거장과 마르가리타

Мастер и Маргарита

세계문학전집 254

거장과 마르가리타

Мастер и Маргарита

미하일 불가코프

정보라 옮김

민음사

……그건 그렇고, 자넨 대체 누군가?
항상 악을 원하면서도 항상 선을 창조해 내는 힘의 일부분입지요.
―괴테, 『파우스트』 중에서

차례

1부

2부

주요 등장인물

거장 소설가. 예수와 본디오 빌라도에 관한 소설을 썼다가 혹평을 받고 자발적으로 정신 병원에 들어갔다.

마르가리타 니콜라예브나 거장의 내연녀. 거장이 사라진 이후 그를 다시 만나기만을 바라고 있다.

이반 니콜라예비치 포니료프 베즈돔니라는 필명을 쓰는 젊은 시인. 총주교 연못가에서 베를리오즈와 예수에 대해 이야기하다 볼란드와 조우한다.

볼란드 모스크바에 나타난 악마.

코로비요프 볼란드의 수행원. 흑마술을 쓰며 파고트라는 이름도 가지고 있다. 몸이 길쭉하고 체크무늬 조끼를 입는다.

베헤모트 볼란드의 수행원. 거대한 고양이로 코로비요프와 함께 흑마술을 쓴다.

아자젤로 볼란드의 수행원. 주로 살인을 담당한다.

헬라 볼란드의 수행원이며 나체의 흡혈귀.

예슈아 하-노츠리 거장의 소설에 등장하는 인물로 거장이 해석한 예수 그리스도.

본디오 빌라도 거장의 소설에 등장하는 로마 총독으로 예슈아 처형을 승인한다.

레비 마트베이 예슈아 하-노츠리의 제자로 예슈아를 구출하려 한다.

아프라니 본디오 빌라도 총독의 수하로 비밀 호위대 대장.

요셉 카이파 유대의 제사장.

가룟의 유다 예슈아 하-노츠리를 함정에 빠뜨려 로마군에 잡히게 한다.

나타샤 마르가리타의 가정부. 본명은 나탈리야 프로코피예브나.

미하일 알렉산드로비치 베를리오즈 모스크바의 문학 협회인 마솔리트의 회장. 시인 이반에게 예수에 대한 견해를 이야기하던 중 볼란드와 맞닥뜨린다.

스테판 보그다노비치 리호데예프 바리에테 극장의 총 지배인. 베를리오즈와 함께 사도바야 거리 302-2번지 건물의 50호 아파트에 살고 있다.

그리고리 다비도비치 림스키 바리에테 극장의 경영 지배인.

이반 사벨리예비치 바레누하 바리에테 극장의 사무장.

바실리 스테파노비치 라스토치킨 바리에테 극장의 회계부장.

니카노르 이바노비치 보소이 사도바야 거리 302-2번지 건물의 주택 조합 위원장.

아르카디 아폴로노비치 셈플레야로프 모스크바 극장 음향 위원회 회장.

프로호르 페트로비치 키타이체프 대중 공연 관람 위원회 위원장.

막시밀리안 안드레예비치 포플랍스키 키예프에 사는 베를리오즈의 친척. 경제학자이자 생산 계획 전문가.

안드레이 포키치 소코프 바리에테 극장의 식당에 근무하는 직원.

라툰스키 문학 비평가로 거장의 작품을 혹독하게 비판했다.

안누시카 사도바야 거리에 사는 노파. '역병'이라는 별명이 있다.

스트라빈스키 거장과 이반이 입원한 정신 병원의 원장.

프라스코비야 표도로브나 스트라빈스키 정신 병원의 마음씨 좋은 간호사.

니콜라이 이바노비치 마르가리타가 사는 단독 주택의 아래층에 사는 주민.

일러두기

등장인물 중 '포니툐프'와 '코로비요프'는 외래어 표기법상 각각 '포니레프'와 '코로비
예프'이나, 발음을 고려해 '포니툐프'와 '코로비요프'로 표기했다.

1부

1
절대로 낯선 사람과 이야기하지 마시오

어느 더운 봄날 해 질 녘, 총주교(摠主教) 연못가에 두 시민이 나타났다. 그중 한 사람은 마흔 살 정도, 회색 여름 정장 차림에 키가 작고 머리카락이 검고 몸집이 퉁퉁하며 대머리이고, 고상해 보이는 중절모를 손에 들고 있으며, 초자연적인 크기의 검은 뿔테 안경이 말끔하게 면도한 얼굴을 장식하고 있었다. 다른 사람은 어깨가 딱 벌어지고 불그스레한 곱슬머리가 텁수룩하게 자란 젊은 사람으로, 체크무늬 야구 모자를 뒤로 한껏 젖혀 쓰고, 체크무늬 윗도리와 다 닳아 떨어진 흰 바지를 입고 검은 샌들을 신고 있었다.

첫 번째 사람은 다름 아닌 미하일 알렉산드로비치 베를리오즈, 저명한 예술 잡지의 편집장이자 모스크바에서 가장 큰 문학 협회 중 하나인, 줄여서 '마솔리트'라고 부르는 단체의 이사회 대표였으며, 그의 젊은 동행인은 이반 니콜라예비치 포니료프인데, 베즈돔니*라는 필명으로 글을 쓰는 시인이었다.

막 잎을 피우기 시작한 보리수나무 아래 다다르자마자 두 문인(文人)은 '맥주와 음료수'라는 간판을 달고 알록달록하게 장식이 된 매점으로 달려갔다.

그렇다, 여기서 이 무서운 5월 저녁의 첫 번째 이상한 점을 짚고 넘어가야겠다. 매점 주변뿐 아니라 말라야 브론나야 거리를 따라 이어지는 모든 대로(大路)에 사람이 하나도 없었던 것이다. 이미 숨 쉴 기운도 없어진 것만 같은 그 시간, 태양이 모스크바를 뜨겁게 달구고 나서 메마른 안개에 싸여 사도보예 원형 도로 너머 어딘가로 기울어 갈 즈음인데, 아무도 보리수나무 아래로 걸어오지 않았고 아무도 벤치에 앉아 있지 않았다. 대로는 텅 비어 있었다.

"나르잔** 주시오." 베를리오즈가 부탁했다.

"나르잔은 없어요." 매점의 여자가 무슨 이유에서인지 퉁명스럽게 대답했다.

"맥주는 있소?" 쉰 목소리로 베즈돔니가 물었다.

"맥주는 저녁때가 돼야 가져와요." 여자가 대답했다.

"그럼 뭐가 있죠?" 베를리오즈가 물었다.

"살구 주스가 있지만 미지근해요." 여자가 말했다.

"아, 좋아요. 그거라도 좋으니 주시오!"

살구 주스는 풍성한 노란 거품을 일으켰고 공기 중에 이발소 냄새가 나기 시작했다. 문인들은 주스를 다 마시고 곧 딸꾹질을 하기 시작했고, 값을 치르고 나서 브론나야 거리에 등을

---

* '집 없는 사람'이라는 의미.

** 음료수 상표 이름.

돌린 채 연못 쪽을 향해 벤치에 앉았다.

여기서 두 번째 수상한 사건이 발생했는데, 이것은 베를리오즈에게만 일어났다. 갑자기 딸꾹질이 멎었고, 그의 심장이 쿵쾅거리다가 어딘가로 내려앉았으며, 그러다가 심장은 곧 다시 돌아왔지만 그 안에 뭉툭한 바늘이 박힌 것 같았다. 뿐만 아니라 너무나 강한 공포가 이유 없이 베를리오즈를 사로잡아서, 순간 그는 뒤도 돌아보지 않고 총주교 연못에서 도망치고 싶은 기분이 들었다.

베를리오즈는 무엇 때문이 겁이 나는지 알 수 없어 걱정스러운 눈길로 주위를 돌아보았다. 창백해진 그는 손수건으로 이마를 닦으며 생각했다. '도대체 내가 어떻게 된 거지? 이런 적은 한 번도 없었는데…… 심장이 제멋대로 뛰잖아…… 과로한 거야…… 다 집어치우고, 다 악마에게나 가 버리라고 하고 키슬로보츠크로 향할 때가 된 걸까……'

그리고 그때, 숨 막히게 더운 공기가 그의 앞에서 뭉치기 시작하더니 그 속에서 대단히 기묘하게 생긴 투명한 시민이 나타났다. 작은 머리 위 테 없는 기수(騎手) 모자, 공기로 만들어진 조그만 체크무늬 조끼…… 시민은 키가 1사젠*을 훌쩍 넘었지만 어깨는 좁고 믿을 수 없을 만큼 말랐으며, 그 얼굴에는 ─ 부디 이 점을 주목하시길 ─ 조롱하는 표정이 떠돌고 있었다.

베를리오즈가 살아온 방식을 보건대 그는 비일상적인 현상에는 익숙하지 않은 사람이었다. 그는 당황하여 더욱 더 창백해

---

* 러시아는 1917년 혁명을 전후해 미터법을 도입했으나, 불가코프는 여기에서 혁명 전에 사용하던 '사젠'이라는 단위를 쓰고 있다. 1사젠은 약 2미터에 해당한다.

져서 눈을 휘둥그렇게 뜨고 생각했다. '이런 일은 있을 수 없어!'

그러나 불행히도 그 있을 수 없는 일이 일어나고 있었고, 길쭉하고 투명해서 몸 반대쪽까지 훤히 비쳐 보이는 시민은 땅에 닿지도 않은 채 그의 앞에서 몸을 좌우로 흔들고 있었다.

베를리오즈는 너무나 강력한 공포에 휩싸여 눈을 질끈 감았다. 그가 눈을 떴을 때는 이미 모든 것이 끝나 있었다. 신기루는 흩어지고 체크무늬도 사라졌으며 그와 함께 뭉툭한 바늘도 심장에서 빠져나갔음을 그는 깨달았다.

"이런, 악마의 장난인가!" 편집장이 소리쳤다. "이봐, 이반. 나 방금 열기 때문에 발작을 일으킬 뻔했어! 환각 비슷한 걸 봤다니까……." 그는 웃으려고 노력했지만 눈에는 아직도 불안감이 뛰놀았고 양손은 떨리고 있었다. 그러나 서서히 그는 진정했고, 손수건을 부채처럼 부치면서 꽤 느긋하게 "그래, 그러니까……." 하고 대화를 이어 나가면서 사이사이 살구 주스를 마셨다.

후에 알려진 바에 따르면 이것은 예수 그리스도에 관한 대화였다. 편집장은 다음 호 문예지에 싣기 위해 시인에게 길고 반(反)종교적인 시를 청탁했던 것이다. 이반 니콜라예비치는 그렇게 시를 집필했고 그것도 매우 짧은 시간 안에 완성했지만, 유감스럽게도 편집장은 이 시를 아주 탐탁지 않게 생각했다. 베즈돔니는 시의 주인공, 그러니까 예수 그리스도를 매우 어둡게 묘사했으나 어쨌든 편집장은 시 전체를 다시 써야한다고 생각했다. 그래서 편집장은 시인에게 예수에 관해 강의 비슷한 것을 하고 있었고, 그러면서 시인의 근본적인 오류를 강조하려 했다.

이반 니콜라예비치가 정확히 무엇 때문에 실패했는지, 붓끝에서 피어난 상상력의 힘이 부족한 탓인지 아니면 주어진 주제를 전혀 이해하지 못해서인지 정확히 꼬집어 말하기는 힘들었지만, 그의 시에서 예수는 말하자면 아주 생생하게 그려져 있어서 언젠가 정말 존재했을 것만 같은, 그러나 온갖 부정적인 특성을 갖춘 예수로 묘사되어 있었다.

그러니까 베를리오즈는 중요한 것은 예수가 어떤 인물이었는지, 나빴는지 좋았는지가 아니라, 예수라는 인물이 애초에 세상에 존재하지 않았고 그에 관한 이야기들은 전부 꾸며 낸 이야기이며 가장 전형적인 허구에 불과하다는 점을 시인에게 증명하고자 했다.

특기할 점은, 편집장은 책을 매우 많이 읽은 사람이며 자신의 연설 속에 고대의 역사가들, 예를 들면 유명한 알렉산드리아의 필론이나 빛나는 교양을 갖춘 요세푸스 플라비우스에 대해 대단히 능란하게 언급할 수 있었는데, 이들은 예수의 존재에 대해서 한마디도 진술하지 않았다는 것이다. 미하일 알렉산드로비치는 시인에게 자신의 확고한 박식함을 과시하면서, 다른 여러 가지 이야기와 함께 타키투스가 그 유명한 『연대기』 제15권 44장에서 예수의 처형에 관해 언급한 부분은 사실 후대 사람들이 위조해서 삽입한 것이라고 알려 주었다.

시인은 편집장이 해 주는 이야기가 전부 금시초문이어서, 기민한 녹색 눈동자를 미하일 알렉산드로비치에게 고정하고 주의 깊게 귀를 기울였으며, 다만 간간이 딸꾹질을 하며 혼잣말로 살구 주스를 욕했다.

"보통 동방의 종교를 보면 말이지." 하고 베를리오즈가 말했다. "순진무구한 처녀가 세상에 신(神)을 낳지 않는 경우가 없네.

그러니 새로운 것은 전혀 고안해 내지 못하는 기독교인들은 예수도 그런 식으로 만들어 낸 거야. 사실은 한 번도 이 세상에 살아 있었던 적이 없는데 말이지. 바로 이 점을 강조해야 한다고……."

베를리오즈의 높은 테너 목소리가 인기척 없는 대로에 울려 퍼졌다. 미하일 알렉산드로비치가 대단히 높은 교육을 받은 사람만이 목숨을 잃을 걱정 없이 들어설 수 있는 현학의 밀림에 들어섬에 따라, 시인은 자비로운 신이며 하늘과 땅의 아들인 이집트의 오시리스와 페니키아의 신 탐무즈, 마르두크, 심지어 널리 알려지지는 않았지만 언젠가 멕시코에서 아즈텍인이 매우 숭앙했던 잔혹한 신 비츨리푸츨리까지, 점점 더 흥미롭고 유용한 이야기들을 알게 되었다.

그리고 미하일 알렉산드로비치가 시인에게 아즈텍인이 비츨리푸츨리의 형상을 반죽으로 어떻게 만들었는지 이야기하기 시작했을 때, 대로에 처음으로 사람이 나타났다.

후에 — 솔직히 말해서 그때는 이미 늦었지만 — 여러 기관에서 이 사람을 묘사한 보고서를 제출했다. 이것을 비교해 보면 놀라지 않을 수가 없다. 그러니까 그중 한 보고서에 따르면 이 사람은 키가 작고 금니를 해 박았으며 오른 다리를 절었다. 다른 보고서에는 이 사람이 거대한 몸집에 치아는 백금으로 씌웠으며 왼 다리를 전다고 적혀 있었다. 또 다른 보고서는 이 사람은 눈에 띄는 특징이 없다고 간략하게 보고했다.

이 보고서들이 어느 것 하나 쓸모가 없다는 사실을 인정할 필요가 있다.

우선 여기 묘사된 사람은 어느 쪽 다리도 절지 않았으며,

몸집은 작지도 거대하지도 않고 그저 키가 클 뿐이었다. 치아에 관해 말하자면 왼쪽은 백금을 씌웠고 오른쪽은 금니였다. 그는 고급 회색 정장을 입고 정장과 같은 색의 외제 단화를 신었다. 회색 베레모를 귀 위로 꾹 눌러 쓰고 겨드랑이에는 푸들 머리 모양의 검은 손잡이가 달린 지팡이를 끼고 있었다. 외모로 보아 나이는 사십 대 정도. 입은 어쩐지 비뚤어졌고 턱은 매끈하게 면도했다. 머리는 갈색. 오른쪽 눈은 검고, 왼쪽은 어째서인지 녹색이다. 눈썹은 검지만 한쪽이 다른 쪽보다 높다. 한마디로, 외국인이다.

외국인은 편집장과 시인이 차지하고 있는 벤치 옆을 지나가면서 그들에게 곁눈질을 하더니 멈추어 섰고, 갑자기 이 두 친구들에게서 두 발자국 떨어진 옆 벤치에 앉았다.

'독일인이군……' 베를리오즈가 생각했다.

'영국인인가……' 베즈돔니가 생각했다. '허, 장갑까지 끼고. 덥지도 않은가 보군.'

외국인은 연못을 사방으로 둘러싼 높은 건물들을 둘러보았고, 그것으로 그가 여기에 처음 와 보았으며 이곳을 흥미로워한다는 사실을 확인할 수 있었다.

그는 미하일 알렉산드로비치로부터 영원히 멀어지고 있는 굴절된 태양을 눈부시게 반사하는 위층 유리창에 시선을 고정했고, 그러다 해도 지기 전에 어두워지고 있는 아래층 유리창으로 시선을 옮겼으며, 무엇 때문인지 깔보는 듯한 웃음을 지으며 눈을 가늘게 뜨고 손을 지팡이 손잡이에 얹고 턱을 손위에 고였다.

"자네는 말야, 이반." 베를리오즈가 말했다. "신의 아들인 예수가 탄생하는 장면 같은 건 풍자적으로 아주 잘 묘사했어. 하지만 여기서 중요한 사실은 예수가 등장하기 전에도 신의 아들은 많이 탄생했다는 거야. 예를 들자면 페니키아의 아도니스나 프리기아의 아티스, 페르시아의 미트라가 그런 경우지. 한마디로 말하자면 이들 중 누구도 진짜로 태어나거나 존재하지 않았고, 마찬가지로 예수도 없었으며, 그러니까 자네는 마법사의 탄생이나 도래 따위 대신에 그 도래에 대한 소문들이 얼마나 말도 안 되는지를 묘사해야 한단 말이야. 그런데 자네 이야기를 보면 아무래도 예수가 정말로 존재했다고 이야기하는 것 같다니까!"

여기서 베즈돔니는 숨을 참아서 괴로운 딸꾹질을 멈춰 보려고 했으나 이 때문에 더 괴롭고 더 크게 딸꾹질을 했다. 바로 그 순간에 베를리오즈는 연설을 중단했는데, 외국인이 갑자기 일어나서 문인들에게 다가왔기 때문이었다.

그들은 놀라서 외국인을 쳐다보았다.

"실례하겠습니다." 그는 외국식 억양으로, 그러나 정확한 발음으로 말했다. "모르는 분들의 대화에 끼어들어서 죄송합니다만…… 그쪽의 학문적인 대화가 너무나 흥미로워서 그만……."

외국인은 예의 바르게 베레모를 벗어 들었고 친구들로서는 일어나서 인사를 하는 수밖에 다른 도리가 없었다.

'아냐, 아무래도 프랑스인인 것 같아…….' 베를리오즈가 생각했다.

'폴란드인……?' 베즈돔니가 생각했다.

여기서 반드시 덧붙여야 할 점은, 외국인은 시인에게 첫마디부터 싫은 인상을 주었으나 베를리오즈는 외국인을 대체로 마음에 들어 했다는 것인데, 그러니까 꼭 마음에 들었다기보다는, 그것이…… 어떻게 말해야 하나…… 흥미로워 보였다고 할까, 그랬던 것이다.

"합석해도 되겠습니까?" 외국인의 공손한 부탁에 친구들은 어쨌든 부득이하게 자리를 만들어 주지 않을 수 없었다. 외국인은 선뜻 그들 사이에 앉더니 바로 대화에 참여했다.

"제가 잘못 들은 게 아니라면, 예수는 세상에 존재하지 않았다고 이야기하고 계셨죠?" 외국인은 녹색 왼쪽 눈을 베를리오즈에게 돌리며 물었다.

"예, 제대로 들으셨습니다." 베를리오즈가 정중하게 대답했다. "제가 바로 그렇게 말했죠."

"아, 정말 흥미롭군요!" 외국인이 감탄했다.

'도대체 무슨 악마의 장난을 치려는 거야?' 베즈돔니는 이렇게 생각하며 얼굴을 찌푸렸다.

"그쪽은 친구분의 의견에 동의하십니까?" 낯선 사람은 오른쪽으로 몸을 돌려 베즈돔니에게 질문했다.

"100퍼센트 동의하죠!" 점잔 빼는 비유적인 표현을 즐기는 베즈돔니가 다짐하듯 대답했다.

"정말 멋지군요!" 초대받지 않은 손님은 경탄했고, 무슨 이유에서인지 조심스레 주위를 둘러보고는 안 그래도 낮은 목소리를 더 낮추어 말했다. "치근치근하게 굴어서 죄송합니다만, 제가 이해하기로는 두 분은 그럼 하느님도 믿지 않으시겠군요?" 그는 겁먹은 눈짓을 지어 보이며 덧붙였다. "아무한테도 얘기하지 않겠습니다, 맹세하죠."

"예, 우리는 하느님을 믿지 않습니다." 외국인 여행자가 겁먹는 모습에 베를리오즈가 웃음을 터뜨릴 뻔하며 대답했다. "하지만 그 점에 관해서라면 아무런 거리낌 없이 말씀하셔도 됩니다."

외국인은 벤치 등받이에 기대어 호기심으로 거의 쳇소리를 내며 물었다.

"그럼 무신론자이신가요?"

"예, 무신론자입니다." 베를리오즈는 웃으며 대답했고, 베즈돔니는 화를 내며 생각했다. '완전히 들러붙었군, 저 외국 거위 같으니!'

"아, 정말 매력적입니다!" 기이한 외국인은 이렇게 소리치고는 고개를 돌려 두 문인을 번갈아 바라보았다.

"우리 나라에서는 아무도 무신론을 이상하게 생각하지 않습니다." 베를리오즈가 외교관처럼 예의 바르게 말했다. "우리 나라 사람 대부분이 이미 오래전부터 하느님에 대한 옛날이야기 같은 건 의식적으로 믿지 않습니다."

그러자 외국인은 뜻밖의 연기(演技)를 펼쳤다. 일어나서 어리둥절해하는 편집장의 손을 잡으며 이렇게 말한 것이다.

"진심으로 감사드립니다!"

"어째서 편집장에게 감사드린다는 겁니까?" 눈을 깜빡이며 베즈돔니가 질문했다.

"여행자인 저로서는 대단히 흥미로운, 아주 중요한 정보를 알려 주셨으니까요." 외국에서 온 기인(奇人)은 의미심장하게 손가락을 치켜들며 설명했다.

그 중요한 정보는 과연 여행자에게 정말로 강한 인상을 준 듯했는데, 왜냐하면 그는 마치 창가에서 무신론자를 발견할까 봐 두려운 듯 겁먹은 눈으로 집들을 훑어보았기 때문이다.

'아니, 영국인은 아냐…….' 베를리오즈는 이렇게 생각했고, 베즈돔니는 또 이렇게 생각했다. '도대체 어디서 저렇게 러시아어를 유창하게 하는 법을 배웠는지, 그걸 좀 알고 싶군!' 그러고는 다시 얼굴을 찌푸렸다.

"그래도 한 가지만 더 여쭤 보겠습니다." 근심 어린 망설임 끝에 외국에서 온 손님이 말했다. "알려진 바로는 하느님이 있다는 증거가 다섯 개 있는데, 그 점에 대해서는 어떻게 생각하십니까?"

"아, 이런!" 베를리오즈가 애석해하며 대답했다. "그런 증거는 어느 하나 가치 있는 것이 없고, 인류는 이미 오래전에 그것을 폐기 처분했습니다. 이성의 영역 안에선 하느님이 존재했다는 아무런 증거도 없다는 점에는 동의하시겠지요."

"만세!" 외국인은 소리쳤다. "만세! 시끄러운 늙은이 이마누엘*이 그 주제에 대해서 생각한 바를 전부 그대로 되풀이하셨습니다. 하지만 정말 재미있는 건 이겁니다. 그는 다섯 개의 증거를 모두 깨끗이 뒤엎었지만, 그러고 나서 마치 자신을 비웃기라도 하듯이 자기 나름의 여섯 번째 증거를 만들어 냈다는 겁니다!"

"칸트의 증거라." 교양 있는 편집장이 엷게 미소를 지으며 반박했다. "그것도 똑같이 근거가 없습니다. 실러가 이 문제에 대한 칸트의 고찰은 노예들만을 만족시킬 수 있다고 말한 것도 다 이유가 있고, 슈트라우스는 그 증거에 대해서 그냥 비웃

---

* 독일 철학자 이마누엘 칸트를 말한다.

어 버렸죠."

베를리오즈는 말하면서 동시에 속으로 생각했다. '그런데, 어쨌든 이 사람은 도대체 누구야? 어떻게 이렇게 러시아어를 잘하는 거지?'

"이 칸트라는 사람은 그런 증거를 들이민 대가로 삼 년쯤 솔롭키*에 잡아 둬야 합니다!" 이반 니콜라예비치가 전혀 예상치 못한 말을 갑자기 내뱉었다.

"이반!" 베를리오즈가 당혹해하며 속삭였다.

그러나 칸트를 솔롭키에 보내자는 제안은 외국인을 전혀 놀라게 하지 않았을 뿐만 아니라, 심지어 대단히 기쁘게 했다.

"그렇습니다, 바로 그렇습니다." 그는 소리쳤고, 베를리오즈를 향한 그의 왼쪽 녹색 눈이 반짝이기 시작했다. "그곳이 바로 그와 어울리는 자리지요! 그때도 제가 아침을 먹으면서 그에게 말하지 않았겠습니까. '교수님, 아무래도 좋습니다만 교수님은 전혀 사리에 맞지 않는 걸 생각해 내셨군요! 아주 기발하기는 하지만 대체로 이해가 되지 않습니다. 사람들 앞에서 웃음거리가 되실 겁니다.'"

베를리오즈는 눈을 휘둥그렇게 떴다. '아침을 먹으면서…… 칸트한테……? 무슨 이야기를 지어내는 거야?' 그는 생각했다.

"하지만." 하고 외지인은 베를리오즈가 놀란 것에도 당황하지 않고 시인 쪽으로 돌아서면서 말을 이었다. "그를 솔롭키에

---

* 오네가 만 앞 백해에 있는 솔로베츠키 섬을 가리킨다. 1436년에 건립된 성당으로 유명하며, 고립된 지형 때문에 공산 혁명 이후 1940년대 말까지 이곳에 정치범 수용소와 감옥이 있었다.

보내는 건 다음과 같은 이유 때문에 불가능하겠습니다. 분명히 말씀드리건대, 그는 이미 백 년이 넘게 솔롭키보다 훨씬 멀리 떨어진 장소에서 지내고 있고, 그곳에서 그를 도로 데려오는 건 어떤 방법으로도 불가능하니까요!"

"아깝군요!" 싸움꾼 시인이 의견을 진술했다.

"저도 아쉽습니다." 낯선 사람이 눈을 빛내며 대답하고는 말을 이었다. "하지만 이런 질문이 저를 괴롭히는군요. 그러니까, 만약에 하느님이 없다면 누가 사람의 인생과 땅 위의 모든 질서를 통치할까요?"

"사람이 스스로 통치하지요." 솔직히 말해 그다지 명료하지 않은 이 질문에 베즈돔니가 화를 내며 성급하게 대답했다.

"죄송합니다만." 하고 낯선 사람이 부드럽게 의견을 내놓았다. "통치하기 위해서는 어찌 됐든 어느 정도 ── 그러니까 얼마 안 될지라도 어떤 일정한 기간에 대해 정확하게 계획을 세울 필요가 있습니다. 감히 여쭤 보겠습니다만 인간은 우스울 정도로 짧은, 예를 들어 천 년 정도의 기한에 대해서도 계획을 세울 능력이 전혀 없을뿐더러 심지어 자기 자신의 내일도 책임질 수가 없는데 어떻게 인간이 통치한단 말입니까? 그리고 사실상." 여기서 낯선 사람은 베를리오즈 쪽으로 돌아섰다. "생각해 보십시오. 그래서 여러분이, 예를 들어 통치를 시작해서, 자기 자신과 다른 사람들을 관리하고, 전반적으로, 말하자면, 거기에 맛을 들이기 시작했는데, 그러다 갑자기, 콜록…… 콜록…… 폐암이라도 생긴다면……." 외국인은 마치 폐암에 대한 생각이 만족스럽기라도 한 것처럼 달콤하게 미소를 지었다. "예, 암이죠." 그는 고양이처럼 눈을 반쯤 감으며 그 낭랑한 단어를 되풀이했다. "그러면 거기서 여러분의 통치는 끝난 겁니다! 다른 누구의 운명보다도 여러분은 자기 자신의 운명에만 관심을 쏟게 될 겁니다. 친지들은 여러분에게 거짓말을 하기 시작하고요. 불편해진 여러분은 고명한 의사에게, 그 뒤에는 돌팔이에게, 그리고 가끔은 점쟁이에게 달려갑니다. 의사나 돌팔이와 마찬가지로 점쟁이도 정말 아무 소용없습니다, 여러분도 잘 이해하시겠죠. 그리고 이 모든 것은 비극적으로 끝납니다. 얼마 전까지 자신이 뭔가 통치한다고 생각했던 바로 그 사람이 갑자기 나무 상자 속에서 미동도 못 하게 되어 버리고, 주위 사람들은 여기 누워 있는 사람이 더 이상 아무 쓸모도 없다는 걸 깨닫고는 화덕에 태워 버립니다. 하지만 더 나쁜 일이 일어나기도 합니다. 사람이 키슬로보츠크로 가려고 마음먹는 그 순간에." 여기서 외국인은 베를리오즈에게 눈을 가늘게 떠 보였다. "언뜻 보기에 별것도 아닌 일 같지만 그걸 완수하지는 못합니다. 왜냐하면 이유 없이 갑자기 발을 헛디뎌서 전차 아래로 떨어져 버리니까요! 과연 이게, 사람이 자기 자신을 그렇게 통치한 결과라고 하시겠습니까? 누군가 전혀 다른 존재가 그 사람을 통치한다고 생각하는 편이 더 옳지 않겠습니까?" 그리고 여기서 낯선 사람은 이상한 소리를 내며 웃었다.

베를리오즈는 암과 전차에 대한 불쾌한 이야기를 대단히 주의 깊게 들었고, 문득 어떤 불안한 생각이 그를 괴롭히기 시작했다. '외국인이 아냐……. 이 사람은 외국인이 아냐……. 정말 너무나 이상한 놈이다……. 그래, 도대체 이 사람은 누구란 말인가?' 그는 생각했다.

"담배를 피우고 싶죠, 아닙니까?" 낯선 사람이 갑작스럽게 베즈돔니 쪽으로 돌아섰다. "어떤 상표를 좋아하십니까?"

"댁의 나라에는 상표가 여러 가지 있나 보죠?" 담배가 다 떨어진 시인이 음울하게 물었다.

"어떤 상표를 좋아하십니까?" 낯선 사람이 되풀이했다.

"뭐, 나샤 마르카*요." 베즈돔니가 독살스럽게 대답했다.

낯선 사람은 즉시 주머니에서 담뱃갑을 꺼내 베즈돔니에게 권했다.

"나샤 마르카입니다."

편집장도 시인도 담뱃갑에 다름 아닌 나샤 마르카가 들어 있다는 사실보다도 그 담뱃갑 자체에 경악했다. 담뱃갑은 엄청난 크기인 데다 순금이었으며, 담뱃갑을 열자 뚜껑에 삼각형 모양으로 박힌 다이아몬드가 불꽃처럼 푸른빛과 흰빛을 내뿜었다.

여기서 문인들은 서로 다른 생각을 했다. 베를리오즈는 '아냐, 외국인이야!'라고, 반대로 베즈돔니는 '이거 악마에게나 가 버리라지, 어!'라고.

시인과 담뱃갑 주인은 담배를 피우기 시작했고, 담배를 피우지 않는 베를리오즈는 권유를 거절했다.

'이 사람은 이렇게 반박해야겠군.' 베를리오즈가 결심했다. '그래, 사람은 누구나 죽어. 거기에 대해선 아무도 논박하지 않아. 하지만 중요한 건 사실……'

그러나 그가 이 말을 하려고 입을 열기도 전에 외국인이 먼저 말했다.

---

* 러시아어로 '우리 상표'라는 뜻.

"예, 사람은 누구나 죽습니다. 하지만 그건 문제의 반쪽에 불과합니다. 정말 불행한 건 사람이 때로는 갑자기 죽어 버린다는 겁니다, 이게 문제의 초점이지요! 그러니 사람은 오늘 저녁에 무슨 일을 하고 있을지조차도 전혀 얘기할 수가 없는 겁니다."

'이거 또 뭔가 졸렬하게 논의를 시작하잖아…….' 베를리오즈가 이렇게 생각하고 반박했다.

"아, 여기서 벌써 과장됐군요. 오늘 저녁 일은 저로서는 대체로 정확히 알고 있습니다. 두말할 필요도 없이, 브론나야 거리에서 갑자기 제 머리 위로 벽돌이 떨어진다면……."

"벽돌은 아무 상관도 없습니다." 낯선 사람이 단호하게 가로막았다. "절대로, 누구의 머리 위에도 떨어지지 않을 겁니다. 확실히 말씀드리지만 특히 당신은 어떤 경우에도 그럴 위험은 없습니다. 당신은 다른 방식으로 죽을 테니까요."

"구체적으로 어떤 방식인지 알고 계신가 보죠?" 베를리오즈는 아주 자연스럽게 빈정거리는 어조로 질문했지만 그러면서 진정으로 황당한 이 대화에 끌려 들어가고 있었다. "저한테도 말씀해 주시겠습니까?"

"기꺼이." 낯선 사람이 답변했다. 그는 마치 양복이라도 지어 주려는 듯 눈대중으로 베를리오즈를 가늠하면서, 잇새로는 다음과 같은 말을 중얼거렸다. "하나, 둘……. 수성은 두 번째 집에…… 달은 떠났고…… 여섯은 불행……. 저녁은 일곱……." 그러고는 큰 소리로 즐겁게 선언했다. "당신은 목이 잘리겠습니다!"

베즈돔니는 적의를 담은 눈을 사납게 부릅뜨고서 이 지나치게 허물없이 구는 낯선 사람을 쳐다보았고, 베를리오즈는 일그러진 웃음을 지으며 물었다.

"정확히 누구한테요? 적인가요? 무력 간섭주의자입니까?"

"아뇨." 상대방이 대답했다. "러시아인 여자, 그것도 버젓한 공산청년동맹 회원입니다."

"흠……." 낯선 사람의 농담에 화가 난 베를리오즈가 끙끙거렸다. "음, 그건, 죄송하지만 설득력이 없군요."

"제가 죄송합니다만, 사실이 그렇습니다. 비밀이 아니라면 저녁에 무얼 하실 예정인지 여쭤 보고 싶습니다만?" 외국인이 대꾸했다.

"숨길 것도 없습니다. 지금은 사도바야 거리에 있는 집에 갈 거고, 이따가 밤 10시에 마솔리트에서 회의가 있는데 제가 거기서 의장을 맡을 겁니다."

"아니요, 그런 일은 절대로 일어날 수 없습니다." 외국인이 확고하게 반박했다.

"그건 어째서죠?"

"왜냐하면 말입니다." 외국인이 대답하며 가늘게 뜬 눈으로 하늘을 쳐다보았다. 그곳에는 저녁의 한기를 예감한 검은 새들이 소리 없이 허공을 선회하고 있었다. "안누시카가 벌써 해바라기 씨 기름을 샀고, 그것도 사기만 한 게 아니라 벌써 흘렸기 때문입니다. 그러니까 회의는 열리지 않을 겁니다."

그 순간 — 아주 당연하게도 — 보리수나무 아래에 정적이 흘렀다.

"죄송합니다만." 잠시 침묵이 흐른 후 베를리오즈가 실없는 소리를 지껄여 대는 외국인을 향해 말했다. "여기에 해바라기 씨 기름이 무슨 상관입니까……. 그리고 무슨 안누시카요?"

"해바라기 씨 기름은 이런 관계가 있죠." 초대받지 않은 상대방에게 전쟁을 선언하기로 결심한 것이 분명한 베즈돔니가 갑자기 끼어들었다. "정신과에서 치료를 받은 적이 있지요, 시민?"

"이반!" 미하일 알렉산드로비치가 조용히 소리쳤다.

그러나 외국인은 전혀 기분 상해하지 않고 오히려 아주 즐겁게 웃음을 터뜨렸다.

"예, 그런 적이 있죠. 그것도 여러 번!" 그가 웃으며, 그러나 웃음기 없는 눈을 시인에게서 떼지 않으며 소리쳤다. "안 가본 데가 어디겠습니까! 다만 교수님에게 정신 분열증이 뭔지 물어볼 짬을 내지 못했다는 게 아쉬울 뿐입니다. 그러니 직접 교수님에게 알아봐 주시죠, 이반 니콜라예비치!"

"제 이름은 어떻게 아셨습니까?"

"제발, 이반 니콜라예비치, 누가 당신을 모르겠습니까?" 외국인은 주머니에서 어제 일자 《문예 신보》를 꺼냈고, 이반 니콜라예비치는 바로 1면에 실린 자신의 모습과 그 아래 있는 자신의 시를 보았다. 어제 그를 그토록 기쁘게 했던 명성과 인기의 증거가 이번에는 시인을 전혀 즐겁게 하지 못했다.

"죄송합니다만, 잠시만 기다려 주시겠습니까? 동료와 몇 마디 얘기를 나누고 싶습니다." 시인은 어두워진 얼굴로 말했다.

"아, 기꺼이 기다리지요!" 낯선 사람이 소리쳤다. "여기 보리수나무 아래는 정말 쾌적하고, 게다가 전 달리 서둘러 갈 데도 없으니까요."

"이것 보세요, 편집장님." 시인이 베를리오즈를 옆으로 끌고 가 속삭였다. "저 사람은 외국인 여행자가 아니라 첩자예요. 외국으로 이민 간 러시아인이 돌아온 거라고요. 서류를 보여 달라고 하세요. 아니면 도망칠 테니까……."

"그렇게 생각해?" 베를리오즈는 불안하게 속삭이며 속으로 생각했다. '그래, 이반이 옳아……'

"제 말을 믿으세요." 시인이 그의 귀에 대고 씩씩거렸다. "저 사람, 뭔가 탐문하기 위해서 바보인 척하고 있는 겁니다. 러시아어를 어떻게 하는지 들으셨잖아요." 시인은 낯선 사람이 갑자기 도망치지 않게 곁눈질로 감시하며 말했다. "가서 붙잡아요. 안 그러면 도망칠 거예요……."

그리고 시인은 베를리오즈의 손을 잡고 벤치로 끌고 갔다.

낯선 사람은 앉아 있지 않고 벤치 옆에 서 있었는데, 손에는 짙은 회색 표지의 조그만 수첩과 질 좋은 종이로 만든 두꺼운 봉투와 명함을 들고 있었다.

"사과드리겠습니다. 논쟁이 너무 치열해서 그만 저를 소개하는 것을 잊어버렸습니다. 이건 제 명함과 여권, 상담을 위해 모스크바로 와 달라는 초대장입니다." 낯선 사람이 형형(炯炯)한 눈빛으로 두 문인을 쳐다보며 위엄 있게 말했다.

두 사람은 난처해졌다. '악마 같으니, 전부 엿들었어…….' 베를리오즈는 이렇게 생각하면서 공손한 몸짓으로 서류를 제시할 필요가 전혀 없음을 표시했다. 외국인이 서류를 편집장에게 내밀고 있는 동안 시인은 명함에 외국 글자로 새겨진 '교수'라는 단어와 성(姓)의 첫 글자 — 더블 V, 즉 W를 훑어볼 수 있었다.

"영광입니다." 편집장은 어쩔 줄 몰라 하며 중얼거렸고, 외국인은 서류를 주머니에 집어넣었다.

이렇게 하여 관계는 복구되었고, 세 사람은 다시 벤치에 앉았다.

"교수님은 자문 자격으로 초대받으신 건가요?" 베를리오즈가 물었다.

"예, 자문이지요."

"독일인이십니까?" 베즈돔니가 질문했다.

"저 말입니까?" 교수가 되묻고는 갑자기 생각에 잠겼다. "예, 뭐, 독일인이라고 해 두죠……." 그가 말했다.

"러시아어를 유창하게 하시는군요." 베즈돔니가 지적했다.

"아, 저는 대체로 외국어에 통달해서 여러 언어를 할 줄 압니다." 교수가 대답했다.

"그런데 교수님의 전공은 뭡니까?" 베를리오즈가 질문했다.

"저는 흑마술 전문가입니다."

'설마 그런!' 이런 생각이 미하일 알렉산드로비치의 머리에 언뜻 스쳤다.

"그래서…… 그래서 그런 분야의 전문가로서 초대받으신 겁니까?" 딸꾹질을 하며 그가 물었다.

"예, 그런 일의 전문가로." 교수가 확인하고 설명했다. "이곳 국립 도서관에서 10세기 흑마술사 오리야크의 제르베르*가 쓴 자필 문서 원본이 발견되었습니다. 그걸 조사해야 하는 상황이 된 거죠. 제가 세계 유일의 전문가니까요."

"아아! 그럼 역사학자시군요?" 베를리오즈가 마음이 놓인다는 듯 존경심을 표하며 물었다.

---

* 오리야크의 제르베르(940~1003)는 후에 로마 교황 실베스터 2세(999~1003)가 된 인물로 원고와 책을 모으는 취미가 있었으며 『흑마술』이라는 책을 저작했다고 한다. 실제로 모스크바 국영 도서관에 그의 원고가 보관되어 있다.

"예, 역사학자입니다." 학자가 대답하고는 아무 관련 없는 말을 덧붙였다. "오늘 저녁 이 총주교 연못가에 흥미로운 역사가 펼쳐질 것입니다!"

편집장도 시인도 다시 한 번 대단히 놀랐으나, 교수는 아랑곳하지 않고 둘을 자기 쪽으로 손짓해 불렀고 두 사람이 자신을 향해 몸을 기울이자 속삭였다.

"예수가 존재했다는 사실을 염두에 두십시오."

"아시겠습니까, 교수님." 베를리오즈가 억지로 웃음을 지으며 진술했다. "교수님의 깊은 지식은 존경하지만 그 문제에 대해서라면 다른 관점을 고수하겠습니다."

"아무런 관점도 필요하지 않습니다." 이상한 교수가 대답했다. "그저 예수는 존재했고, 더 이상 아무것도 필요 없습니다."

"하지만 뭔가 증거가 필요할 텐데요……." 베를리오즈가 말했다.

"아무런 증거도 필요하지 않습니다." 교수가 이렇게 대답하고는 크지 않은 목소리로 말을 이었는데, 어째서인지 이 시점에서 그의 외국 억양은 사라져 버렸다. "전부 아주 간단한 겁니다. 핏빛 안감을 댄 흰 망토를 입고 기병(騎兵) 특유의 절도 있는 발걸음으로, 봄의 니산 달* 14일 이른 아침에……."

---

* 니산은 히브리어로 '움직인다', '길을 떠난다', '출발한다'는 뜻으로, 니산 달은 바빌로니아 달력의 첫 번째 달이다. 유배 이후 유대인의 교력(教歷)에서도 역시 1월을 가리키며 태양력으로는 3~4월에 해당한다.

2
본디오 빌라도

핏빛 안감을 댄 흰 망토를 입고 기병 특유의 절도 있는 발걸음으로, 봄의 니산 달 제14일 이른 아침에 위대한 헤롯 왕의 궁궐에서 두 익면(翼面) 사이 지붕 덮인 주랑(柱廊)으로 유대 총독 본디오 빌라도가 걸어 나왔다.

총독은 이 세상 무엇보다도 장미 기름 냄새를 증오했는데, 오늘 하루 모든 일이 나쁜 쪽으로 흘러갈 것 같은 예감이 드는 것이, 그 냄새가 새벽부터 총독을 따라다녔기 때문이었다. 장미 향은 정원의 삼나무와 야자수에서 풍겨 나오는 듯했고, 가죽 장비와 호위병의 땀 냄새에 저주받을 장미 냄새의 흐름이 섞이는 것 같았다. 총독과 함께 예르살라임에 와 있는 제12전격(電擊) 부대의 제1보병대가 주둔하고 있는 궁궐 뒤쪽의 별채에서 가느다란 연기가 피어올라 정원 위쪽 테라스를 통해 주랑으로 흘러 들어왔고, 백인대(百人隊)의 취사병들이 식사를 준비하기 시작했음을 알리는 씁쓸한 연기 속으로 줄곧 똑같은 기름진 장미 향기가 섞여들었다.

'오, 신들이여, 신들이여, 무엇 때문에 나를 벌하는가? ……그래, 틀림없어. 그거다, 또다시 그것이다. 이길 수 없는 무서운 질병……. 머리의 반쪽만 아픈 편두통……. 여기엔 방법이 없다, 어떤 구원도 없다……. 머리를 움직이지 않도록 해 봐야지…….'

분수 옆, 모자이크 장식이 된 마룻바닥에는 벌써 팔걸이 안락의자가 준비되어 있었고, 총독은 아무에게도 눈길을 주지 않고 안락의자에 앉아서 손을 옆으로 늘어뜨렸다. 비서가 공손하게 양피지 조각을 손에 쥐여 주었다. 총독은 고통을 참지 못해 얼굴을 찌푸리며 거기 적힌 글을 곁눈질로 훑어보고, 양피지를 비서에게 돌려주며 힘겹게 입을 열었다.

"갈릴리의 미결수? 사건을 영주*에게 보냈는가?"

"예, 총독님." 비서가 대답했다.

"그래, 영주는 뭐라고 하던가?"

"결론을 내리지 않고 시네드리온**의 사형 선고에 대해 총독님의 승인을 받기 위해 돌려보냈습니다." 비서가 설명했다.

총독은 뺨에 경련을 일으켰고 조용히 말했다.

"피고를 데려오라."

그러자 바로 병사 두 명이 정원 테라스에서 주랑 아래 발코니로 스물일곱 살 정도 된 사람을 데려와 총독의 의자 앞에 세웠다. 이 사람은 여기저기 찢어진 낡고 긴 하늘색 키톤***을

---

* 고대 로마는 팔레스타인 지역을 네 영역으로 나누고 각 영역을 통치하는 영주를 두었다.
** 고대 유대 민족의 최고 평의회.
*** 고대 그리스인과 유대인이 입던, 아래위가 이어진 옷.

입고 있었다. 머리에는 흰 붕대를 감고 이마에 가죽띠를 둘렀고, 양손은 등 뒤로 묶여 있었다. 왼쪽 눈 아래에 멍이 커다랗게 들었고 입가에는 피가 말라붙은 찰과상이 있었다. 잡혀 온 사람은 불안한 호기심을 띠고 총독을 쳐다보았다.

총독은 잠시 침묵하다가 아람어로 조용히 물었다.

"그래, 예르샬라임의 사원을 파괴하도록 군중을 선동한 자가 너냐?"

총독은 마치 돌처럼 앉아 있었고 입술만이 단어를 발음할 때마다 거의 보이지 않을 정도로 조금씩 움직였다. 총독이 돌처럼 딱딱하게 굳어 있었던 이유는 지옥 같은 고통으로 타오르는 머리가 흔들릴까 두려웠기 때문이었다.

손을 묶인 사람은 몇 발자국 앞으로 걸어 나와 말하기 시작했다.

"착한 사람이여! 나를 믿어 주시오……."

그러나 총독은 아까처럼 미동도 하지 않고 목소리도 거의 높이지 않은 채 즉시 그의 말을 가로막았다.

"지금 나를 착한 사람이라고 하는 건가? 너는 실수하고 있다. 예르샬라임 전역에서 나에 대해 수군거리고, 나를 잔혹한 괴물이라고들 하지. 그 말은 전적으로 진실이다." 그리고 총독은 똑같이 단조로운 어조로 덧붙였다. "백인대장(百人隊長) 쥐잡이를 불러라."

제1백인대 대장 마르크, 별칭 '쥐잡이'라고 하는 그가 총독 앞에 나타났을 때, 사람들은 모두 발코니가 어두워졌다고 느꼈다. 쥐잡이는 부대에서 가장 키가 큰 병사보다도 머리 하나 정도 더 컸고 어깨도 그만큼 넓어서, 아직 높이 떠오르지 않은 태양을 완전히 가려 버렸다.

총독은 백인대장에게 라틴어로 말했다.

"죄인이 나를 착한 사람이라고 한다. 잠시 그를 데리고 나가서 나를 어떻게 불러야 하는지 가르쳐 줘라. 불구로 만들지는 말고."

미동도 하지 않는 총독을 제외한 모두가 죄수에게 따라오라고 손짓하는 쥐잡이 마르크를 눈으로 좇았다.

쥐잡이는 키 때문에 어디에 나타나든 거의 모든 사람의 눈길을 받았으며, 그를 처음 보는 사람들은 특히 그를 유심히 보았는데, 왜냐하면 백인대장의 얼굴이 기형이기 때문이었다. 그의 코는 언젠가 게르만족 병사의 곤봉에 맞아 부러졌다.

마르크의 무거운 장화가 바닥의 모자이크를 두들기는 가운데, 묶인 사람은 그의 뒤로 소리 없이 따라갔고, 주랑에는 완벽한 침묵이 감돌았으며, 발코니 옆 정원 테라스에서 비둘기들이 구구거리는 소리와 분수에서 물이 복잡하게 얽힌 유쾌한 가락을 노래하는 소리만이 들려왔다.

총독은 일어서서 흐르는 물 아래에 관자놀이를 대고 그대로 굳어 버리고 싶었다. 그러나 그것도 아무 도움이 되지 않으리라는 것을 그는 알고 있었다.

죄수를 정원으로 데리고 나온 쥐잡이는 동상 발치에 서 있는 부대원의 손에서 채찍을 낚아채서 가볍게 휘둘러 보더니 체포당한 사람의 어깨를 때렸다. 백인대장의 움직임은 태평하고 가벼웠으나 묶인 사람은 마치 다리를 걷어챈 것처럼 순식간에 땅으로 무너져 숨을 헐떡거렸고, 얼굴에서 핏기가 사라지고 눈은 흐려졌다.

마르크는 마치 빈 자루를 쥐듯이 왼손 하나만으로 넘어진 사람을 가볍게 공중으로 들어 올려 똑바로 세운 후 콧소리로 서투른 아람어를 내뱉었다.

"로마 총독은 각하라고 불러야 한다. 다른 말은 쓰지 마라. 그리고 얌전히 서라. 내 말 알아들었나? 아니면 매를 맞겠나?"

죄수는 잠시 휘청거렸으나 제정신을 되찾았고 핏기도 돌아왔으며 숨을 고르고 쉰 목소리로 대답했다.

"알아들었소. 때리지 마시오."

다음 순간 그는 다시 총독 앞에 서 있었다.

생기 없고 고통스러운 목소리가 울려 퍼졌다.

"이름은?"

"내 이름 말이오?" 죄수는 더 이상의 분노를 불러일으키지 않고 명료하게 대답할 준비가 되어 있음을 모두에게 확실히 드러내면서 재빨리 대꾸했다.

총독은 크지 않은 목소리로 말했다.

"내 이름은 내가 알고 있다. 본래의 너보다 바보스러운 척하지 마라. 네 이름을 대라."

"예슈아." 죄수가 서둘러 대답했다.

"별칭이 있는가?"

"하-노츠리."

"어디 출신인가?"

"가말라 시(市)." 죄수가 고갯짓으로 저기 어딘가 먼 곳, 그의 오른쪽인 북쪽에 가말라 시가 있다는 것을 나타내며 대답했다.

"혈통이 어떻게 되는가?"

"정확히는 모릅니다." 죄수가 활기를 띠며 말했다. "부모를 기억하지 못합니다. 사람들 말이 아버지가 시리아 사람이라고 합니다……."

"주소지가 어디인가?"

"딱히 사는 곳은 없습니다. 이 도시 저 도시로 여행을 다닙니다." 죄수가 소심하게 대답했다.

"그건 한마디로 말할 수 있다. 부랑자로군." 총독은 이렇게 말하고 다시 물었다. "친척은 있나?"

"아무도 없습니다. 세상에 나 혼자입니다."

"글을 읽을 수 있나?"

"예."

"아람어 말고 다른 언어를 아는가?"

"그리스어를 압니다."

부어오른 눈꺼풀이 조금 올라가고 아지랑이 같은 고통에 잠긴 눈동자는 죄수에게 고정되었다. 다른 눈은 계속 감겨 있었다.

빌라도는 그리스어로 말하기 시작했다.

"그래, 사원의 건물을 파괴할 계획을 세우고 그것을 위해 군중을 소집한 것이 바로 너인가?"

그러자 죄수는 다시 활기를 띠었고, 눈에 나타났던 두려움도 사라졌다. 그도 그리스어로 말하기 시작했다.

"나는, 착한……." 순간 무심코 실언을 할 뻔한 죄수의 눈에 공포가 어른거렸다. "각하, 나는 살면서 한 번도 사원을 파괴하려는 계획을 세운 적이 없고, 그런 의미 없는 활동을 위해 누구를 선동한 적도 없습니다."

낮은 탁자에 몸을 숙이고 증언을 받아 적던 비서의 얼굴에 놀라움이 나타났다. 그는 고개를 들었다가 이내 다시 양피지 위로 숙였다.

"각양각색의 수많은 사람들이 축일을 맞아 이 도시로 흘러 들어온다. 그들 중에는 마법사, 점성술사, 예언자, 그리고 살인 자도 있지." 총독이 단조롭게 말했다. "그리고 거짓말쟁이도. 너 같은 거짓말쟁이 말이다. 사원의 파괴를 선동했다고 분명히 기록되어 있다. 사람들이 그렇게 증언한다."

"그들은 착한 사람들이오." 죄수는 말하고 서둘러 덧붙였다. "각하." 그리고 다시 말을 이었다. "배운 것이 없어서 모두 내가 말한 걸 혼동하는 겁니다. 이 혼동이 앞으로도 아주 오랫동안 계속될 것 같아서 정말 겁이 나기 시작합니다. 그리고 그것은 모두 그가 내 말을 사실대로 기록하지 않았기 때문입니다."

침묵이 흘렀다. 고통스러운 두 눈동자가 힘들게 죄수를 바라보고 있었다.

"너에게 다시 말하겠지만, 이번이 마지막이다. 미친 척하지 마라, 도둑아." 빌라도는 부드럽고 단조롭게 말했다. "너에 대한 기록은 많지 않지만 기록된 것만으로도 너를 목매달기엔 충분하다."

"아니요, 아닙니다, 각하." 죄수는 설득해 보려고 간절히 노력하면서 말했다. "그 사람은 혼자 염소 가죽을 들고 계속, 계속 걸어다니면서 끊임없이 무엇인가를 썼습니다. 하지만 어느 날 그 가죽을 들여다보고 경악했소. 나는 거기 쓰인 어떤 것도 절대로 말한 적이 없습니다. 그에게 빌었습니다. 제발 부탁이니 양피지를 태워 달라고! 하지만 그는 내 손에서 양피지를 낚아채 달아나 버렸소."

"그게 누구인가?" 빌라도는 깐깐하게 관자놀이를 손으로 만졌다.

"레비 마트베이입니다." 죄수가 기꺼이 설명했다. "그 사람은 세리(稅吏)였는데 벳바게로 가는 길, 모퉁이에 무화과 과수원이 튀어나온 곳에서 처음 만나 얘기를 하게 됐습니다. 초면에 나에게 적대적으로 굴면서, 심지어 나를 모욕했지요. 그러니까, 그는 나를 모욕하고 있다고 생각한 것이지요. 날더러 개라고 하면서 말입니다." 여기서 죄수는 미소를 지었다. "개인적으로 그런 말에 기분 상할 만큼 그 동물을 나쁘게 보지는 않는데 말이지요……"

비서는 기록하기를 멈추고 놀란 눈길로, 죄수가 아니라 총독을 몰래 쳐다보았다.

"……하지만 내 말을 들으면서 그는 누그러지기 시작했습니다. 그리고 마침내 돈을 길에 내던지며 나와 함께 여행하겠다고 말했습니다……"

빌라도는 누런 치아를 드러내며 한쪽 입꼬리를 올려 웃음을 짓고는, 몸통 전체를 돌려 비서를 향해 말했다.

"오, 예르샬라임이여! 이 도시 안에서는 못 듣는 이야기가 없구나! 여봐라, 세리가 돈을 길에 내던졌다고 한다!"

비서는 어떻게 대답해야 할지 몰라서 빌라도의 미소를 따라해야겠다고 생각했다.

"하지만 그는 이제 돈이 증오스러워졌다고 말했습니다." 예슈아가 레비 마트베이의 이상한 행동을 해명하면서 덧붙였다.

"그리고 그때부터 그는 제 동행자가 되었습니다."

아직도 이를 드러낸 채로 총독은 죄수를 쳐다보고, 멀리 오른쪽 아래에 자리 잡은 마상 경기장의 기마상 위로 확고부동하게 떠올라 있는 해를 쳐다보고, 지긋지긋한 고통 속에 문득 이러한 생각을 했다. 지금 이 순간 무엇보다도 간단한 일은 이 기묘한 도둑을 발코니에서 쫓아내 버리는 것이고, 그러려면 단 두 마디, "목을 매달아라."라고 하면 그만이었다. 그러고는 호위병도 내보내고, 주랑을 떠나 궁전 안으로 들어가서, 방을 어둡게 하라고 명한 다음 침상(臥床) 위에 쓰러져 차가운 물을 가져오라 하고, 애처로운 목소리로 애견 반가를 불러 편두통에 대해 푸념하는 것이다. 그러자 갑자기 독극물에 관한 생각이 총독의 아픈 머릿속에서 유혹하듯이 반짝였다.

그는 흐릿한 눈으로 체포된 자를 바라보면서, 예르샬라임의 인정사정없는 아침 뙤약볕 아래 언어맞아 얼굴이 일그러진 죄수가 어째서 자신의 앞에 서 있으며 그에게 아무런 쓸모도 없는 질문을 얼마나 더 해야만 하는지 괴롭게 상기하며 얼마간 침묵을 지켰다.

"레비 마트베이라고?" 병자는 쉰 목소리로 묻고는 눈을 감았다.

"예, 레비 마트베이입니다." 그를 괴롭히는 높은 목소리가 귀에 들려왔다.

"어쨌든 네가 시장의 군중에게 사원에 대해 이야기를 한 것은 사실이지 않은가?"

대답하는 목소리는 빌라도의 관자놀이에 대고 종을 울리는 것 같았고 그래서 그는 이루 말할 수 없이 괴로웠다. 그 목소리는 이렇게 말했다.

"각하, 나는 옛 신앙의 성전은 무너지고 새로운 진리의 성전이 세워질 것이라고 말했습니다. 이해하기 쉬우라고 그렇게 말한 것입니다."

"부랑자여, 너는 어째서 진리에 관해 이야기하며 시장의 군중을 어지럽히는가? 그 진리에 관해 너 자신도 아무것도 모르지 않느냐. 진리란 무엇이냐?"

그리고 여기서 총독은 생각했다. '오오, 신들이시여! 나는 재판에 필요 없는 질문을 하고 있다……. 내 이성이 더 이상 나를 따르지 않는구나…….' 그리고 또다시 그의 머릿속에 검은 액체를 담은 술잔의 영상이 떠올랐다. '내게 독약을, 독약을…….'

그리고 그는 다시 목소리를 들었다.

"진리란 무엇보다도, 당신은 머리가 아프고, 너무나 아파서 무기력하게 죽음에 관해 생각하고 있다는 것입니다. 당신은 나와 이야기할 기운이 없을뿐더러 심지어 나를 쳐다보는 것조차 힘들어합니다. 지금 나는 뜻하지 않게 당신의 형리(刑吏)가 되어 버렸고 그 때문에 슬픕니다. 당신은 무엇인가 생각하는 것조차 괴로워하고 아마도 당신이 유일하게 애착을 느끼는 존재, 그러니까 당신의 개가 와 주기만을 바랄 뿐입니다. 그러나 당신의 괴로움은 이제 곧 끝날 것입니다. 두통은 사라질 것입니다."

비서는 말을 적다 말고 눈을 휘둥그렇게 뜨고 죄수를 쳐다보았다.

빌라도는 고통스러운 눈을 들어 죄수를 쳐다보았고, 이제

해가 마상 경기장 위로 상당히 높이 떠 있으며, 햇빛이 주랑으로 새어 들어와 예슈아의 닳아 떨어진 샌들 쪽으로 기어가는 것을, 그리고 예슈아가 햇빛을 피해 서 있는 것을 보았다.

총독은 의자에서 일어나 손으로 머리를 감싸 쥐었고, 순간 그의 누르스름하고 면도한 얼굴에 공포의 빛이 떠올랐다. 그러나 그는 즉시 자신의 의지로 그것을 억누르고 다시 의자에 앉았다.

한편 죄수는 말을 계속했지만 비서는 더 이상 아무것도 기록하지 않고 단지 거위처럼 목을 길게 뺀 채 한마디도 놓치지 않으려 노력할 뿐이었다.

"자, 이제 모든 것이 끝났습니다." 체포된 자는 호의적으로 빌라도를 바라보았다. "그리고 나도 대단히 기쁩니다. 각하, 궁전을 잠시 떠나서 이 근처를, 하다못해 엘레온 언덕 위의 정원에라도 산책을 나가 걸어다니시라고 조언해 드리고 싶습니다. 소나기는 나중에……." 죄수는 몸을 돌려 해를 향해 눈을 가늘게 떴다. "…… 저녁때 시작될 테니까요. 산책은 큰 도움이 될 것입니다. 물론 나도 기꺼이 동행하겠습니다. 지금 머리에 새로운 발상이 하나 떠올랐는데, 내가 보기에는 아마 당신에게도 흥미로운 것일 듯하니 기꺼이 당신과 생각을 나누겠습니다. 더구나 당신은 대단히 총명한 사람인 것 같으니까요."

비서는 사색이 된 얼굴로 두루마리를 바닥에 떨어뜨렸다.

"진짜 문제는." 하고 묶인 사람은 아무에게도 방해받지 않고 말을 이었다. "당신은 너무 폐쇄적이고, 인간에 대한 신뢰를 완전히 잃었다는 것입니다. 당신도 모든 애착을 개 한 마리에게만 쏟을 수는 없다는 데는 동의하실 겁니다. 당신의 인생은 빈곤합니다, 각하." 그리고 여기서 그는 허물없이 미소를 지었다.

비서는 지금 단 한 가지, 자기 귀를 믿을 것인지 안 믿을 것인지만 생각했다. 믿기로 했다. 그리하여 그는 죄수가 저지른 이 전대미문의 건방진 행동에 대하여 성마른 총독의 진노가 정확히 어떤 기이한 형태로 쏟아져 나올지 상상하려 애썼다. 그리고 비서는 총독을 잘 알고 있었지만 이것은 상상해 낼 수가 없었다.

그때 총독이 갈라지고 쉰 목소리를 울리며 라틴어로 말했다. "그의 손을 풀어 줘라."

호위병 중 하나가 창을 바닥에 두들기고 다른 병사에게 넘기고는 죄수에게 다가가 밧줄을 풀었다. 비서는 두루마리를 집어 들고 당분간 아무것도 기록하지 않고 어떤 것에도 놀라지 않기로 결심했다.

"솔직히 말하라." 빌라도가 그리스어로 조용히 물었다. "너는 위대한 의사인가?"

"아니요, 총독. 나는 의사가 아닙니다." 죄수가 짓이겨지고 붉게 부어오른 손목을 기쁘게 비비며 대답했다.

빌라도는 험상궂게 눈을 부릅뜨고 죄수를 뚫어지게 노려보았다. 그 눈에는 이미 흐릿한 기색은 가시고 대신 모두가 익히 알고 있는 불꽃이 그 자리에 나타났다.

"이건 아직 물어보지 않은 것 같군. 넌 라틴어도 알겠지?" 빌라도가 물었다.

"예, 압니다." 죄수가 말했다.

빌라도의 누르스름한 볼에 핏기가 돌아왔다. 그는 라틴어로 물었다.

"내가 개를 불러오고 싶어 한다는 것을 어떻게 알았지?"

"아주 간단합니다." 죄수가 라틴어로 대답했다. "손으로 허공을 저었으니까요." 그리고 죄수는 빌라도의 손짓을 되풀이했다. "마치 쓰다듬어 주고 싶은 것처럼, 그리고 입술은……."

"그래." 빌라도가 말했다.

그들은 침묵했다. 이윽고 빌라도가 그리스어로 질문했다.

"그래, 너는 의사인가?"

"아니요, 아닙니다. 믿어 주십시오, 나는 의사가 아닙니다." 죄수가 열심히 대답했다.

"그래, 좋다. 비밀로 지키고 싶다면 그렇게 해라. 사건과 직접 관계가 있는 것은 아니니까. 그래, 너는 건물을 부수거나…… 불태우거나 혹은 다른 어떤 방법으로든 사원을 파괴하라고 선동하지 않았다는 것인가, 맞나?"

"각하, 다시 말씀드리지만 누구에게도 그런 행동을 하라고 선동한 적이 없습니다. 내가 백치 같아 보입니까?"

"오, 그래. 넌 백치 같지는 않다." 총독은 조용히 대답하고 왠지 모르게 무서운 웃음을 지었다. "그렇다면 그런 적이 없다고 맹세할 수 있겠는가?"

"내가 무엇을 걸고 맹세하면 좋겠습니까?" 풀려난 자가 한층 활기를 띠며 물었다.

"글쎄, 네 목숨 정도가 좋겠지." 총독이 대답했다. "마침 그러기에 알맞은 때지. 네 목숨은 머리카락 한 올에 매달려 있으니까. 그 점을 명심해라."

"그렇게 매단 것이 당신이라고 생각하는 건 아니겠지요, 각하?" 죄수가 물었다. "그렇게 생각한다면 크게 실수하시는 겁니다."

빌라도는 몸을 떨며 잇새로 내뱉었다.

"나는 그 머리카락을 자를 수 있다."

"바로 그 점을 잘못 생각하신다는 겁니다." 죄수가 밝게 웃으면서, 손으로는 해를 가리면서 반박했다. "그 머리카락을 자르는 건 분명 애초에 그걸 매단 사람만이 할 수 있다는 데는 동의하시겠죠?"

"그래, 그래." 하고 빌라도가 웃으며 대답했다. "이젠 할 일 없는 예르샬라임의 얼간이 구경꾼들이 무리지어 네 뒤를 따라다닌 걸 의심하지 않겠다. 네 혀를 누가 매달았는지는 모르겠지만 참으로 잘도 달려 있구나. 그렇다면 말해 봐라. 너는 당나귀를 타고 마치 무슨 예언자라도 본 것처럼 너에게 환호하는 서민 무리를 데리고 수사 성문을 거쳐 예르샬라임에 나타났다던데 사실이냐?" 총독은 양피지 두루마리를 가리켰다.

죄수는 어리둥절하여 총독을 바라보았다.

"나는 당나귀 같은 건 없습니다, 각하. 수사 성문을 통해 예르샬라임에 들어온 건 맞지만 나는 걸어서 들어왔고, 동행한 건 레비 마트베이 하나뿐이고, 그때는 예르샬라임 사람들이 나를 몰랐으니 아무도 내게 소리치지 않았습니다."

"그럼 혹시 네가 아는 사람들 중에 디스마스나 게스타스, 바르-라반이라는 사람이 있는가?" 빌라도가 죄수에게서 눈을 떼지 않고 말을 이어 갔다.

"그런 착한 사람들은 모릅니다." 죄수가 대답했다.

"사실인가?"

"사실이오."

"그럼 말해 봐라, 어째서 항상 '착한 사람'이라는 말을 사용하는 것이냐? 설마 모든 사람을 그렇게 부르는 건가?"

"모두를 그렇게 부르지요. 이 세상에 나쁜 사람은 없습니다."

"그런 말은 처음 듣는다." 빌라도가 웃으며 말했다. "아마 내가 인생을 잘 모르는 걸 수도 있지……! 이제부터는 더 이상 기록하지 않아도 좋다." 빌라도는 몸을 돌려 어차피 아무것도 기록하지 않고 있던 비서에게 이렇게 말하고는 죄수에게 말을 계속했다. "그것은 그리스 책을 읽고 안 것이냐?"

"아니요, 나 자신의 생각으로 그런 결론에 이른 겁니다."

"그리고 그런 생각을 전도하나?"

"예."

"그렇다면 예를 들어 여기 있는 백인대장 마르크는, 다들 그를 쥐잡이라는 별명으로 부르는데 그도 착한가?"

"예. 불행한 사람인 건 사실입니다. 착한 사람들이 그를 상처 입혀 추하게 만든 다음부터 잔인하고 지독해진 겁니다. 누가 그를 불구로 만들었는지 궁금하군요."

"그건 기꺼이 알려 줄 수 있지. 내가 증인이었으니까. 마치 개들이 곰에게 덤비듯 착한 사람들이 그에게 덤벼들었다. 게르만인들이 그의 목에, 팔에, 다리에 달라붙었다. 보병 소대는 포위당했고, 내가 지휘한 기병대가 측면에서 뚫고 들어가지 않았다면, 철학자여, 너는 쥐잡이와 이야기를 할 수도 없었을 것이다. 그것은 처녀들의 계곡, 이디스타비조 전투에서였다." 빌라도가 진술했다.

"내가 그와 얘기를 좀 한다면……." 갑자기 죄수가 꿈꾸듯이 말했다. "그는 크게 달라질 것이라고 확신합니다."

"내가 보기엔 중대 사령관이 네가 장교나 병사들과 이야기를 나눈다는 발상을 그다지 좋아하지 않을 것 같군. 그리고 모두에게 다행스럽게도 그런 일은 일어나지 않을 것이다. 무엇보다도 그 일을 주관하는 사람이 나니까." 빌라도가 진술했다.

그때 주랑으로 제비 한 마리가 맹렬하게 날아 들어왔고, 금빛 천장 아래에서 원을 그리고는 벽감(壁龕)에 세워진 청동상의 얼굴을 날카로운 날개로 거의 스치듯 낮게 비행한 후 기둥 머리 뒤로 사라졌다. 아마 그곳에 둥지를 틀 생각이 든 모양이었다.

제비가 나는 동안 이제는 밝고 가벼워진 총독의 머릿속에 공식이 하나 떠올랐다. 그것은 다음과 같았다. 총독 각하는 부랑하는 철학자 예슈아, 별칭 하-노츠리의 사건을 검토했으나 범죄를 입증할 근거를 발견하지 못했다. 특히 예슈아의 행동과 최근 예르샬라임에서 발생한 소란 사이에 아무런 관계도 찾지 못했다. 부랑하는 철학자는 정신에 이상이 있는 것으로 판명되었다. 따라서 총독은 소(小) 시네드리온에서 선고한 하-노츠리의 사형 판결을 승인하지 않는다. 그러나 하-노츠리의 정신 나간 것 같은 공상적인 연설이 예르샬라임에 소요를 일으킬 수 있음을 감안하여, 총독은 예슈아를 예르샬라임에서 추방해 지중해에 있는 황제령 스트라토노바, 즉 총독의 거주지가 있는 그곳에 감금할 것을 명한다.

이제 비서에게 이것을 받아 적게 하는 일만 남았다.

총독의 머리 위에서 제비의 날개가 바람을 일으켰고, 새는 분수 안으로 돌진해 들어갔다가 자유를 향해 날아올랐다. 총독은 눈을 들어 죄수를 보았고 그 근처에서 먼지기둥이 피어오르는 것을 보았다.

"이자에 관한 것은 이게 전부인가?" 빌라도가 비서에게 물었다.

"유감스럽게도 아닙니다." 비서가 예기치 못한 대답을 하며 빌라도에게 다른 양피지 조각을 내밀었다.

"또 뭐가 남았지?" 빌라도가 얼굴을 찌푸리며 물었다.

건네받은 문서를 읽고 그의 표정이 확 달라졌다. 짙은 혈기가 목과 얼굴에 치받쳐 올랐거나 아니면 무엇인가 다른 일이 벌어졌는지도 모르지만, 어쨌든 피부는 누른빛을 잃고 암갈색으로 변했으며 눈은 안으로 꺼져 버린 것 같았다.

분명 관자놀이로 치받쳐 뛰노는 피가 문제였겠지만, 이번에는 그것이 총독의 시각에까지 이상을 일으킨 것이다. 그리하여 총독에게는 죄수의 머리가 어디론가 사라지고 그 자리에 다른 머리가 들어앉은 것처럼 보였다. 이 벗겨진 머리 위에는 날카롭게 가시가 튀어나온 금관이 씌워져 있었다. 이마에는 피부를 침식하는, 기름이 발린 둥근 상처가 있었다. 이가 없어 움푹 꺼진 입에 아랫입술은 이상한 모양으로 축 늘어졌다. 빌라도에게는 주랑의 장밋빛 기둥과 멀리 정원 너머 예르샬라임의 지붕들이 아래로 사라지고, 주위의 모든 것이 카프리에 있는 정원의 짙은 녹음 속으로 가라앉는 것처럼 보였다. 그리고 그의 청각에도 이상한 일이 일어났다. 멀리서 작지만 위협적인 소리로 나팔이 울리기 시작하고 비음이 섞인 목소리가 오만하고 느릿하게 말하는 것이 아주 또렷하게 들렸다. "황제 모독에 관한 법률……."

이상한 생각들이 총독의 머릿속에 단편적으로 두서없이 떠올랐다. '파멸했다⋯⋯!' 그리고 '모두 파멸했다⋯⋯!' 그러한 생각을 하는 와중에 정말 난데없이 어떤 불멸 같은 것이 떠올랐고, 불멸은 어째서인지 견딜 수 없는 회한을 불러일으켰다.

빌라도는 다시 정신을 차려 환각을 쫓아냈고 시선을 도로 발코니로 돌렸다. 그의 앞에 다시 죄수의 눈이 나타났다.

"들어라, 하-노츠리." 총독은 뭔가 이상한 눈빛으로 하-노츠리를 보며 말하기 시작했다. 총독의 얼굴은 위협적이었으나 눈은 불안해 보였다. "너는 위대한 황제에 관해 이야기한 적이 있느냐? 대답하라! 그런가? 아니면⋯⋯ 말한 적⋯⋯ 없는가?" 빌라도는 '없는가'라는 단어를 평소 재판에서 하는 것보다 좀 더 길게 끌었고, 어떻게든 죄수에게 암시를 주려는 듯이 예슈아를 보는 눈에 어떤 생각을 실어 보냈다.

"진실을 말하는 것은 쉽고도 즐거운 일입니다." 죄수가 지적했다.

"그런 건 내 알 바 아니다." 숨 막힌, 악의에 찬 목소리로 빌라도가 진술했다. "진실을 말하는 것이 너에게 유쾌한지 불쾌한지 따위는. 그러나 너는 진실을 말해야 한다. 그런데 말할 때는 한 마디 한 마디를 신중하게 하라. 피할 수 없는 데다 괴롭기까지 한 죽음을 원하지 않는다면."

유대의 총독에게 무슨 일이 일어났는지는 아무도 몰랐다. 다만 그는 마치 햇빛을 가리는 것처럼 손을 들고, 손을 방패 삼아 그 뒤에서 죄수에게 뭔가 암시하려는 듯 눈짓을 보냈다.

"그렇다면 대답하라. 너는 가롯에서 온 유다라는 인물을 아는가? 그리고 그에게 황제에 관해 얘기했다면, 구체적으로 무슨 이야기를 했는가?" 총독이 말했다.

"사실은 이렇습니다." 죄수는 선뜻 이야기를 시작했다. "그저 께 저녁에 사원 근처에서 자신을 가롯에서 온 유다라고 소개한 젊은이와 알게 되었습니다. 그 사람이 나를 아랫마을에 있는 자기 집으로 초대해서 대접해 주었지요……."

"그도 착한 사람인가?" 빌라도가 물었고, 악마처럼 타오르는 불꽃이 그의 눈에서 번쩍였다.

"아주 착하고, 호기심이 많은 사람이었습니다." 죄수가 다짐하듯 대답했다. "내 생각에 지대한 관심을 보이며 나를 아주 성대하게 맞아 주었어요……."

"등불을 밝혔겠지……." 빌라도가 죄수와 같은 어조로 말을 잇새로 내뱉었고, 그와 함께 그의 눈이 다시 빛났다.

"예." 총독의 정보력에 조금 놀라며 예슈아가 계속했다. "정부 권력에 관한 나의 생각을 얘기해 달라고 부탁했습니다. 그는 그 문제에 대단히 관심이 많았습니다."

"그래서 너는 무슨 말을 했는가?" 빌라도가 물었다. "아니면 무슨 말을 했는지 잊어 버렸다고 대답할 텐가?" 빌라도의 목소리에는 이미 절망감이 스며 있었다.

"여러 얘길 했지만, 이런 말을 했습니다." 죄수가 이야기했다. "모든 권력은 사람에 대한 폭력이며 언젠가는 황제의 권력도, 다른 어떤 권력도 전부 없어지는 때가 올 거라고요. 사람은 진리와 정의의 제국에 들어설 것이며 그곳에서는 어떤 권력도 필요하지 않을 것입니다."

"계속하라!"

"계속할 것이 없습니다." 죄수가 말했다. "그때 사람들이 달려와서 나를 붙잡고 감옥으로 데려갔으니까요."

비서는 한마디도 빠뜨리지 않으려 애를 쓰며 양피지 위에 단어들을 휘갈겨 썼다.

"이 세상에 티베리우스 황제의 권력보다 위대하고 아름다운 권력은 전에도 없었고 지금도 없으며 앞으로도 절대로 없을 것이다!" 빌라도의 갈라지고 병든 목소리가 울려 나왔다.

총독은 무슨 이유에서인지 증오에 찬 눈초리로 비서와 호위병을 쳐다보았다.

"그리고 그것은 너같이 정신 나간 범죄자 따위가 논할 수 있는 것이 아니다! 호위병은 발코니에서 물러가라!" 빌라도가 소리쳤다. 그리고 비서에게 돌아서서 덧붙였다. "죄인과 단 둘이 있겠다. 국가적인 사안이다."

호위병은 창을 들어 보이고 징을 박은 가죽 샌들을 규칙적으로 울리며 발코니에서 정원으로 나갔고, 그 뒤로 비서도 따라 나갔다.

한동안 발코니의 침묵을 휘젓는 것은 분수대의 물이 부르는 노래뿐이었다. 빌라도는 작은 관 위로 물이 접시 모양으로 부풀어 올랐다가 가장자리가 부서져 잔물결로 흘러내리는 것을 지켜보았다.

죄수가 먼저 말했다.

"내가 그 가롯에서 온 젊은이와 이야기를 했기 때문에 문제가 생겼다는 걸 알겠습니다. 그 사람에게 불행한 일이 생길 거라는 예감이 들고, 그래서 그가 매우 불쌍합니다."

"나는 이렇게 생각한다." 총독이 묘한 웃음을 지으며 대답했다. "이 세상에 누군가, 네가 가롯의 유다보다 더 불쌍하게 생각해야 할 사람, 유다보다 훨씬 더 나쁜 일을 겪게 될 사람이 있다……! 그런데도 냉혹하고 고집 센 형리인 쥐잡이 마르크와…….” 총독은 예슈아의 상처 입은 얼굴을 가리켰다. “네 설교 때문에 너를 이렇게 때린 자들, 공범들과 함께 병사 네 명을 죽인 강도 디스마스와 게스타스, 그리고 마지막으로 더러운 밀고자 유다, 이들이 모두 착한 사람들인가?”

“예.” 죄수가 대답했다.

“진리의 왕국은 도래할 것이고?”

“도래합니다, 각하.” 예슈아가 확신에 찬 목소리로 대답했다.

“그런 것은 절대로 오지 않는다!” 빌라도가 갑자기 너무나 무섭게 고함쳐서 예슈아는 움찔하며 한 발 물러섰다. 여러 해 전, 처녀들의 계곡에서 빌라도는 자신의 기병들에게 그런 목소리로 이렇게 소리쳤다. “베어라! 베어라! 거인 쥐잡이가 쓰러졌다!” 그는 명령을 내리느라 갈라진 목소리를 한층 높여 정원까지 쩌렁쩌렁 울리도록 크게 소리 질렀다. “범죄자! 범죄자! 범죄자!”

그러고 나서 목소리를 낮추어 물었다.

“예슈아 하-노츠리, 너는 신들을 믿는가?”

“하느님은 오직 한 분이십니다.” 예슈아가 대답했다. “나는 그분을 믿습니다.”

“그럼 그에게 기도하라! 아주 간절하게 기도하라! 그래 봤자…….” 빌라도의 목소리가 조금 작아졌다. “아무 소용없을 것이다. 아내는 없나?” 빌라도는 자신에게 무슨 일이 생기는지도 모른 채 왠지 구슬프게 물었다.

“없습니다, 나는 혼자입니다.”

"증오스러운 도시……." 어째서인지 총독은 갑자기 눈을 깜빡거리고 오한이 나는 것처럼 몸을 떨었고, 손을 씻는 것처럼 손바닥을 비볐다. "가롯의 유다를 만나기 전에 숨통이 끊어지는 편이 너로서는 훨씬 나았을 것이다."

 "하지만 나를 풀어 줄 수도 있지 않습니까, 각하." 뜻밖의 부탁을 하는 죄수의 목소리에 두려움이 서려 있었다. "모두 나를 죽이고 싶어 한다는 걸 알겠습니다."

 빌라도의 얼굴에 경련이 스쳐 지나갔고, 그는 핏발 서린 흰 자위를 예슈아에게 향하고 말했다.

 "불행한 자여, 로마의 총독이 네가 말한 그런 것들을 입 밖에 낸 자를 풀어 줄 거라고 생각한단 말이냐? 오, 신들이여, 신들이여! 아니면 너는 내가 네 자리로 내려가고 싶어 한다고 생각하는 거냐? 나는 너의 관점에 동의하지 않는다! 그리고 기억해 둬라, 지금부터 단 한마디라도 입 밖에 낸다면, 그 누구하고라도 이야기를 나눈다면, 내가 가만두지 않겠다! 다시 말해 두지만, 조심해라!"

 "각하……."

 "닥쳐라!" 빌라도가 소리치고 다시 주랑 아래로 날아든 제비를 분노에 찬 눈길로 노려보았다. "이리 들라!" 그가 외쳤다.

 비서와 호위병들이 제자리로 돌아오자 빌라도는 소 시네드리온의 위원회가 죄인 예슈아 하-노츠리에게 선고한 사형 언도를 승인한다고 선언했고, 비서는 빌라도가 한 말을 기록했다.

 일 분 후 쥐잡이 마르크가 총독 앞에 서 있었다. 총독은 죄인을 비밀 경비대 대장에게 이송하라고 명하고, 동시에 예슈아 하-노츠리가 다른 죄수들과 접촉하지 못하게 할 것이며 또한 비밀 경비대 대원들도 어떤 이유로든 예슈아와 대화하지 말고 어떤 질문에도 대답하지 않도록 강력한 지침을 내리고 이를 어기는 자는 엄히 처벌한다는 총독의 명령을 전하게 했다.

마르크가 신호를 보내자 호위대가 예슈아를 둘러싸고 발코니에서 끌고 나갔다.

잠시 후 총독 앞에 잘생긴 금발의 젊은이가 다가와 섰다. 투구 꼭대기에 독수리 깃털을 꽂았고 가슴에는 금빛 사자 머리가 번쩍였으며 칼집도 금도금을 했고, 발에는 밑창을 삼중으로 댄, 무릎까지 끈을 묶는 가죽 샌들을 신었으며 왼쪽 어깨에는 자주색 외투를 걸치고 있었다. 그는 부대를 지휘하는 보좌관이었다.

총독은 그에게 세바스테*에서 온 보병대가 현재 어디에 있는지 물었다. 보좌관은, 군중에게 죄수에 대한 판결을 공포하는 마상 경기장 앞 광장에 사람들이 접근하지 못하도록 보병대가 쇠사슬을 둘러치고 있다고 보고했다.

이에 총독은 보좌관에게 로마 호위대에서 백인대 두 부대를 차출하라고 명령했다. 둘 중 한 부대는 쥐잡이의 지휘 아래 죄수들을 호송할 것이며, 마차는 형 집행에 필요한 도구와 사형 집행인을 싣고 '민둥 언덕'으로 향하고, 그곳에 도착하면 언덕 정상의 경비대와 합류한다. 다른 부대는 지체 없이 민둥 언덕으로 보내 경비를 시작한다. 총독은 또한 이 임무, 즉 언덕 정상을 지키는 임무를 위해 기병대를 지원병으로 보내되, 시리아

---

* 세바스테는 사마리아의 다른 명칭이다. 사마리아는 옛 이스라엘 왕국의 수도였으며 현재는 팔레스타인 북동쪽 나블루스 주에 속해 있다.

인 부대를 보내라고 보좌관에게 명했다.

보좌관이 발코니를 떠난 후 총독은 비서에게 시네드리온의 지도자와 장로 두 명, 예르샬라임 사원의 책임자를 궁으로 초청하라고 명했으나, 이어 이들 모두와 만나기 전에 시네드리온의 지도자와 개인적으로 이야기를 나눌 수 있도록 조처하라고 덧붙였다.

총독의 명령은 신속하고 정확하게 이행되었다. 며칠간 유례없이 잔인하게 예르샬라임을 달구던 태양이 정점에 채 도달하기도 전에, 정원 위쪽 테라스의 계단을 지키는 두 마리 흰 대리석 사자 곁에서 총독은 시네드리온의 지도자로 있는, 유대의 제사장 요셉 카이파를 만났다.

정원에는 정적이 감돌았다. 그러나 총독이 주랑을 벗어나 햇빛이 쏟아지는 정원의 위쪽 테라스, 기묘한 코끼리 다리처럼 뻗어 있는 야자수 사이를 통과해 그가 증오해 마지않는 예르샬라임의 경치가 펼쳐지는 테라스로 나와, 도시에 놓인 다리와 방어용 성벽과 그중에서도 지붕 대신 덮인, 뭐라 설명할 수 없는 금빛 용의 비늘 모양 대리석 덩어리, 즉 예르샬라임 사원을 눈앞에 대했을 때, 빌라도의 날카로워진 청각은 멀리 궁전의 가장 아래쪽 테라스와 도시의 광장을 가르는 담장에서 울려 나오는 귀먹은 함성을 놓치지 않고 잡아냈다. 그 위로 거의 들리지 않는 가느다란 고함과 신음 소리가 이따금씩 터져 나왔다.

총독은 최근의 소란으로 흥분한 예르샬라임의 주민들이 이미 광장에 수없이 많이 모여들어 무리를 이루고 있음을 깨달았고, 군중이 조급하게 판결을 기다리고 있으며 무리 속에서 상인들이 시끄럽게 물을 팔고 있다는 것을 알아차렸다.

총독은 제사장에게 인정사정없는 땡볕을 피해 테라스 지붕 아래로 들어오라고 권하는 것으로 말문을 열었으나, 카이파는 정중히 감사한 후 축일 첫날에는 그렇게 할 수 없다고 설명했다. 그래서 빌라도는 조금씩 벗어지기 시작하는 자신의 머리를 두건으로 가리고 이야기를 시작했다. 대화는 그리스어로 진행되었다.

빌라도는 예슈아 하-노츠리의 사건을 검토했으며 사형을 승인한다고 말했다.

그러므로 오늘 집행할 사형을 선고받은 자는 세 도둑, 즉 디스모스, 게스타스, 바르-라반인데, 그들 외에 그 예슈아 하-노츠리가 있다. 앞의 두 사람은 황제에 대항하여 군중을 선동했고 체포될 당시 무기를 소지하고 로마 공권력에 저항했으므로 총독의 관할에 속하며, 따라서 그들에 대해서는 여기서 이야기하지 않겠다. 후자인 바르-라반과 하-노츠리는 지방 공권력에 의해 체포되어 시네드리온에서 재판을 받았다. 법률과 관습에 따라, 오늘 시작되는 위대한 유월절* 축일을 기념하여 둘 중 한 사람은 사면하고 풀어 주어야 한다. 그러므로 총독은 시네드리온이 둘 중 누구를 사면할 것인지 알고자 한다. 바르-라반인가, 하-노츠리인가?

카이파는 질문의 의미를 알겠다는 표시로 고개를 숙여 보이고 대답했다.

"시네드리온은 바르-라반을 사면해 주시기를 청원합니다."

---

* 이스라엘 민족이 이집트에서 탈출한 것을 기념하는 유대교의 축제일. 니산 달 중간에 있다.

총독은 제사장이 정확히 그렇게 대답할 것이라는 사실을 잘 알고 있었으나, 임무에 충실하기 위해서는 그 대답에 대단히 놀랐다는 시늉을 해야 했다.

빌라도는 이것을 아주 훌륭하게 해냈다. 총독은 오만한 얼굴에 눈썹을 치켜세우고 놀란 표정으로 제사장의 눈을 똑바로 들여다보았다.

"그 대답에 놀랐다는 사실을 인정해야겠소. 유감스럽게도 뭔가 오해가 있는 듯하오." 그는 부드럽게 말했다.

빌라도가 해명했다. 로마 정부는 어떤 식으로든 지역 종교 기구의 권한을 침해할 의도가 전혀 없으며 그 점은 제사장이 가장 잘 알 것이다. 그러나 이번 사건의 경우 뭔가 착오가 있는 것이 분명하다. 당연히 로마 정부는 이 착오를 바로잡는 데 관심이 있다.

사실 바르-라반과 하-노츠리의 죄는 그 경중을 비교할 수가 없다. 후자, 즉 확실히 정신이 나간 그자가 예르샬라임과 다른 몇몇 장소에서 얼마나 바보 같은 말로 주민들을 혼란시켰든지 간에, 전자의 죄는 그보다 훨씬 무겁다. 감히 공개적으로 궐기를 선동한 것도 모자라 체포당할 때 군인을 죽이기까지 했다. 바르-라반은 비교할 수도 없이 하-노츠리보다 훨씬 위험하다.

모든 정황을 고려하여 총독은 제사장에게 선고를 다시 검토하여 두 죄인 중 덜 위험한 쪽을 풀어 주기를 청하는 바이며, 그중 덜 위험한 쪽은 의심할 여지없이 하-노츠리이다. 그러니……?

카이파는 조용하지만 단호한 목소리로, 시네드리온은 이 문제를 면밀하게 검토했으며 다시 한 번 진술하건대 바르-라반을 풀어 주고자 한다고 말했다.

"무슨 말이오? 내가 청원하는데도 말이오? 로마 정부를 대변하는 자의 청원인데도? 제사장, 세 번째로 묻겠소."

"그렇다면 세 번째로 되풀이하겠습니다. 저희는 바르-라반을 풀어 주겠습니다." 카이파가 조용히 말했다.

사안은 결정되었고, 이제 더 이야기할 것은 없었다. 하-노츠리는 영원히 가 버렸고 앞으로 그 누구도 총독의 그 무서운, 견딜 수 없는 두통을 낫게 해 주지 못할 것이다. 그 통증은 죽음 외에는 약이 없다. 그러나 빌라도를 괴롭히는 것은 그 생각이 아니었다. 이미 테라스에서 그를 사로잡았던 이해할 수 없는 슬픔이 그의 온 존재를 꿰뚫었다. 총독은 슬픔이 어디에서 온 것인지 이해하려 애썼다. 이유는 기묘했다. 총독은 분명하지는 않지만 어쩐지 죄수와 이야기를 다 끝내지 못했다는, 혹은 그의 이야기를 끝까지 다 듣지 못했다는 느낌을 받았다.

총독은 그 생각을 쫓아 버렸고, 그것은 찾아왔을 때처럼 즉각 사라졌다. 남은 것은 이해할 수 없는 슬픔뿐이었다. 그것을 이해할 수 없는 이유는, 또 다른 생각, 번개처럼 스쳐 지나가 즉각 사라져 버린 짧은 생각은 아무것도 설명해 주지 못했기 때문이었다. "불멸…… 불멸이 찾아왔다……." 누가 불멸하게 된단 말인가? 총독은 이것을 알지 못했지만, 수수께끼 같은 불멸에 대한 생각으로 인해 뜨거운 햇볕이 작렬하는데도 몸이 오싹해졌다.

"좋소. 그럼 그렇게 하시오." 빌라도가 말했다.

그는 눈앞의 세상에 시선을 던져 주위를 둘러보았고, 주변이 갑자기 달라져서 놀랐다. 꽃이 무겁게 늘어진 장미 덤불이 없어졌고 삼나무와 석류나무도, 그 녹음 속에 서 있던 흰 석상도, 심지어 녹음 자체도 사라졌다. 대신 그 자리에는 자주색의 짙은 덩어리 같은 것이 흘러들었고, 그 속에서 해초가 흔들리며 사방으로 기어나갔으며, 해초들과 함께 빌라도의 몸도 흔들리기 시작했다. 그를 휩쓴 것은 분노, 타오르는, 숨 막히는, 가장 무서운 분노, 바로 무력감으로 인한 분노였다.

"숨이 막힌다! 숨 막혀!" 그가 속삭였다.

그는 축축하고 차가운 손으로 외투 깃의 조임쇠를 잡아 끌렀고, 조임쇠는 모래 위로 떨어졌다.

"오늘은 날이 무덥습니다. 분명 폭풍이 가까워지는 거겠죠." 카이파가 총독의 붉게 달아오른 얼굴에서 눈을 떼지 않은 채 말했다. 그는 앞으로 닥쳐올 모든 고통을 추측하며 생각했다. '아, 올해의 니산 달은 얼마나 잔혹한지!'

"아니요. 날이 무덥기 때문이 아니라 당신과 함께 있는 게 답답해졌기 때문이오, 카이파여." 빌라도는 눈을 가늘게 뜨고 미소 지으며 덧붙였다. "몸조심하시오, 제사장!"

제사장의 검은 눈동자가 반짝였다. 그는 총독이 조금 전에 지었던 것 못지않게 놀란 표정을 지었다.

"무슨 말씀이십니까, 총독?" 그는 당당하고 침착하게 대답했다. "총독께서 직접 승인한 선고를 가지고, 그 판결을 내렸다고 저를 위협하시는 겁니까? 이게 될 일입니까? 무릇 로마 총독은 말을 입 밖에 내기 전에 경중을 재는 걸로 알고 있습니다. 우리가 하는 말을 누가 듣고 있는 것은 아닙니까, 각하?"

빌라도는 생기 없는 눈으로 제사장을 쳐다보고 미소를 지으려 애쓰며 이를 드러냈다.

"무슨 말이오, 제사장! 우리의 말을 엿들을 사람이 여기 또 누가 있겠소? 오늘 처형될 그 젊고 바보 같은 부랑자와 내가 비슷해 보이기라도 하오? 내가 어린애로 보이시오, 카이파? 내가 무슨 말을 하는지, 어디서 말하는지 나도 잘 알고 있소. 정원에도, 궁궐 주위에도 경비가 서 있으니 여기선 쥐 한 마리도 몰래 빠져나가지 못하오. 쥐뿐만 아니라 심지어 그, 뭐라고 하더라……. 가롯에서 온 그자도 빠져나가지 못하오. 그런데 제사장, 혹시 그를 아시오? 그래……. 그런 사람이 이런 곳까지 흘러 들어왔다면 아마 비통하게 한탄했겠지. 이것만큼은 물론 내 말을 믿겠지요? 그러니까 이제부터 제사장, 당신은 마음 편할 날이 없을 거요! 당신도, 당신의 민족도." 그리고 빌라도는 멀리 오른쪽, 언덕 위에 사원이 빛나는 곳을 가리켰다. "나 본디오 빌라도, 황금 창(槍)의 기사가 그대에게 말하는 거요!"

"압니다, 압니다!" 검은 턱수염의 카이파가 두려움 없이 말했다. 그의 눈이 반짝였다. 그는 하늘을 향해 손을 쳐들고 말을 계속했다. "유대 민족은 총독이 우리를 잔혹하리만치 증오한다는 것도, 앞으로 우리 민족에게 많은 고통을 가하리라는 것도 잘 압니다. 그러나 우리를 파멸시킬 수는 없을 거요! 하느님이 우리를 보호하십니다! 우리에게 귀 기울이십니다, 전능하신 하늘의 황제께서 귀를 기울이시고 우리를 빌라도의 박해에서 보호하십니다!"

"오오, 아니요!" 빌라도가 소리쳤다. 말을 할 때마다 그는 점점 기분이 좋아졌다. 이제 더 이상 감정을 속일 필요도, 단어를 골라 말할 필요도 없었다. "당신은 황제 앞에서 내 험담을 너무 자주 했소, 카이파. 하지만 이젠 내게도 때가 왔소! 이제 곧 내 전령이 달려갈 거요, 안티오크*나 로마의 사령관이 아니라 곧장 카프리로, 황제 폐하께 직접! 여기 예르샬라임에서 반역자가 틀림없는 자들을 죽음으로부터 감싸 준다고. 그리고 그때가 되면 나는 예르샬라임을 솔로몬의 연못 물로 적시지 않을 것이오.** 당신들을 위해서 그렇게 하려고 했지만, 오, 안 되지. 물로는 적시지 않을 것이오! 기억하시오, 당신들 때문에 황제의 이름을 새긴 방패를 벽에서 떼 내야 했고 군대를 이동해야 했고 지금처럼 내가 직접 와서 여기 당신들이 무슨 짓을 저지르는지 내 눈으로 봐야 했단 말이오! 내 말을 잘 새겨들으시오, 제사장. 예르샬라임에서 기병대 단 한 부대만 보게 되진 않을 거요, 절대로! 성벽 아래로 풀미나타***의 부대 전체가 모여들 거요. 아라비아에서 기병대가 찾아올 것이고, 그때가 되면 비통한 울음소리와 탄식을 듣게 되겠지! 그때가 되면 당신들은 당신들이 구해 준 바르-라반을 기억해 내고, 평화를 외치는 철학자를 죽음으로 몰고 간 것을 후회할 거요!"

제사장의 얼굴에 붉은 반점이 나타났고 눈은 불을 뿜었다. 그는 총독이 그랬듯이 이를 드러내고 웃으며 대답했다.

"총독, 지금 하는 말을 정말로 믿으십니까? 아니, 아마 안

---

* 고대 시리아의 수도로, 현재 명칭은 안타키아.
** 솔로몬의 세 연못은 베들레헴에서 남서쪽으로 8킬로미터 정도 떨어진 곳에 있으며, 헤롯 왕이 베들레헴과 예루살렘에 물을 공급하기 위해 건설한 저수지로 추정된다.
*** 율리우스 카이사르가 기원전 58년에 모병하여 기원전 49년 골족과의 전쟁에 동반했던 고대 로마의 보병 군단.

믿을 거요. 평화가 아니오. 오오, 그 사기꾼이 예르샬라임의 우리 민족에게 가져온 건 평화가 아닙니다. 그리고 총독, 황금 창의 기사인 당신이야말로 그 점을 완벽하게 잘 알고 계실 겁니다. 그를 풀어 주고 싶어 하는 이유는, 그렇게 하면 그가 군중을 선동하고 신앙을 모독하여 마침내 유대 민족을 로마의 검 아래로 데려갈 것이기 때문이지요! 하지만 나 유대의 제사장은 이 목숨이 붙어 있는 한 우리의 신앙을 욕보이도록 내버려 두지 않을 것이고 내 민족을 보호할 것이오! 내 말 들립니까, 빌라도?" 여기서 카이파는 위협적으로 한 손을 쳐들었다. "들어 보시오, 총독!"

카이파는 침묵했고, 총독은 다시금 바다의 파도 소리 같은 것이 위대한 헤롯 왕의 정원 담장 바로 아래까지 흘러오는 것을 들었다. 그 소음은 아래쪽에서 시작되어 총독의 다리를 거쳐 얼굴까지 올라왔다. 그리고 빌라도의 어깨 너머, 궁전의 측면 너머에서는 흥분에 찬 나팔 소리와 수백 명이 만들어 내는 무거운 발소리, 쇠 부딪치는 소리가 들려왔다. 총독은 로마 보병대가 그의 명령에 따라 반역자와 강도 들이 두려워하는 사형 집행 전의 행진을 시작하기 위해 궁궐을 나서고 있다는 사실을 깨달았다.

"들립니까, 총독?" 제사장이 조용히 되풀이했다. "과연 이 모든 것을……." 여기서 제사장은 양손을 쳐들었고, 그의 짙은 색 두건이 머리에서 흘러내렸다. "이 모든 것을 일개 도둑에 불과한 바르-라반이 불러일으켰다고 하시겠습니까?"

총독은 손목 바깥쪽으로 축축하고 차가운 이마를 닦아 내고, 땅을 내려다보고, 그러고 나서 가늘게 뜬 눈으로 하늘을 처다보고, 하늘에 떠 있는 화염 덩어리가 이미 정수리 바로 위에 도달한 것과 카이파의 그림자가 대리석 사자상의 꼬리 부근에 완전히 숨어 버린 것을 보며 조용하고 무심하게 말했다.

"정오가 가까워졌소. 대화가 길어졌소만, 이제 공무를 진행해야 하오."

총독은 대단히 정성 들여 고른 표현으로 제사장에게 양해를 구하고 마지막 짧은 회합에 참여해야 하는 다른 사람들을 불러오는 동안, 그리고 사형 집행과 관련해 지령을 한 가지 더 내리는 동안 목련 그늘 아래 벤치에 앉아서 쉴 것을 권했다.

카이파는 오른손을 왼쪽 가슴에 대고 정중하게 머리 숙여 인사한 후 정원에 남았고, 빌라도는 발코니로 돌아갔다. 그곳에서 기다리던 비서에게 부대 보좌관과 기병대 대장, 그리고 시네드리온의 두 장로와 사원 경비대 대장을 정원으로 데려오라고 명했다. 그들은 이미 아래쪽 테라스에 있는, 분수가 솟아오르는 둥근 정자 안에서 부름을 기다리고 있었다. 빌라도는 잠시 후에 자신도 정원으로 오겠다고 덧붙인 후 궁전으로 들어갔다.

비서가 회합을 준비하는 동안, 총독은 짙은 색 차양으로 해를 가린 어두운 침실에서 어떤 사람과 만났다. 그 사람은 방 안에 햇살이 한 줄기도 들어오지 않는데도 얼굴의 절반을 두건으로 가리고 있었다. 그들의 만남은 대단히 짧았다. 총독이 조용히 몇 마디 말을 하자 그 사람은 물러갔으며, 빌라도는 주랑을 통해 정원으로 나갔다.

총독이 만나고자 했던 인물 전원이 참석한 가운데, 그는 장중하고 건조하게 예슈아 하-노츠리에게 내린 사형 선고를 승인한다고 반복한 후, 시네드리온의 구성원들에게 사형 선고를 받은 죄수들 중에서 어느 쪽을 살리기를 원하는지 공식적으로 물었다. 바르-라반이라는 대답을 듣고 그는 말했다.

"좋소." 총독은 비서에게 즉시 관련 서류를 준비하라 이르고, 비서가 모래 위에서 주워 온 외투 조임쇠를 손에 꽉 쥐고 장엄하게 말했다. "시간이 되었소!"

회의에 참석한 사람들은 모두 함께 현기증 나는 향내를 내뿜는 장미 벽 사이로 난 넓은 대리석 계단을 통해 궁궐의 담을 향해, 그리고 궁의 정문을 향해 아래쪽으로 내려갔다. 궁궐의 정문은 바닥에 매끈한 돌이 깔린 거대한 광장을 향해 있었으며, 광장의 끝에는 예르살라임 마상 경기장의 기둥과 석상 들이 보였다.

일행이 정원에서 광장으로 나와 그곳에 위압적으로 솟아 있는 석조 연단으로 올라왔을 때, 빌라도는 눈을 가늘게 뜨고 주위를 둘러보며 정황을 살폈다. 방금 지나온 공간, 즉 궁궐의 담장에서 석조 연단까지의 공간은 비어 있었으나, 빌라도는 자기 앞에 펼쳐진 광장은 볼 수 없었다. 광장은 군중으로 덮여 있었다. 군중은 아마 연단과 그 뒤의 빈 공간까지 밀고 들어올 수 있었겠지만, 빌라도의 왼쪽으로 세바스테에서 온 병사들이 세 겹으로 호위하고, 오른쪽으로는 이투리아*의 연합 보병대 병사들이 역시 세 겹으로 막아서 있었다.

그리하여 빌라도는 이제는 필요 없게 된 조임쇠를 기계적으로 손아귀에 꽉 움켜쥐고 눈을 가늘게 뜬 채 연단 위에 올라섰다. 총독은 햇빛에 눈이 부셔서 눈을 가늘게 뜬 것이 아니었

---

* 옛 유대 왕국의 영토로 예루살렘 동북부에 있는 도시. 현재는 시리아에 있다.

다, 절대로! 이유는 알 수 없지만 죄수들을 보고 싶지 않았다. 그러나 그는 뒤에서 벌써 죄수들을 연단 위로 데려오고 있음을 잘 알고 있었다.

자주색 안감을 댄 흰 외투가 바위 절벽 위, 인간이 모여 이룬 해안가에 높이 솟아오르자마자, 고함 소리가 파도가 되어 자신에게 시선을 주지 않는 빌라도의 귀를 때렸다. "우-아-아-." 소리는 처음에는 약하게, 어딘가 멀리 경기장 부근에서 시작되어 점점 천둥소리와 비슷해졌고 그렇게 몇 초간 이어지다가 수그러들기 시작했다. '나를 봤군.' 총독은 생각했다. 고함은 뜻밖에도 완전히 수그러들지 않고 다시 커지기 시작해서 흔들리며 전보다 더 크게 울려 퍼졌고 그 두 번째 파도에는 마치 바다의 파도에 물거품이 일듯이 휘파람 소리와, 천둥소리 속에서도 확실히 구분해 낼 수 있는 여자의 비명 소리가 한 번씩 섞여 들었다. '그러니까 죄수들을 연단 위로 데려왔단 말이군. 저 비명 소리는 군중이 앞으로 밀어닥치면서 짓밟힌 여자들이 지르는 비명이다.' 빌라도가 생각했다.

그는 잠시 기다렸다. 군중이 내부에 쌓인 것을 모두 뱉어 내고 스스로 조용해지기 전까지는 그들을 강제로 침묵시킬 수 있는 힘은 존재하지 않는다는 것을 그는 알고 있었다.

그리고 그 순간이 다가왔을 때 총독은 오른손을 들었고, 군중 속에서 마지막으로 웅얼거리는 소리가 터져 나왔다.

그때 빌라도는 달아오른 공기를 가능한 한 폐부 깊숙이 들이마셨고, 그의 갈라진 목소리가 수천 명의 머리 위로 울려 퍼졌다.

"황제 카이사르의 이름으로……!"

여기서 몇 번씩이나 겹치며 반복되는 금속성 외침이 그의 귀를 때렸다. 보병대 대열에 선 병사들이 창과 깃발을 치켜들면서 무섭게 소리쳤다.

"카이사르 만세!"

빌라도는 고개를 들어 태양을 똑바로 쳐다보았다. 눈꺼풀 아래에서 초록색 불꽃이 일어났고 그 불꽃은 뇌로 옮겨 붙었다. 군중 위로 목쉰 아람어 단어들이 날아올랐다.

"범죄자 네 명이 예르샬라임에서 살인, 반역 선동, 그리고 법률과 종교를 모독한 죄로 체포되어 기둥에 매달리는 욕된 형벌을 선고받았다. 형은 민둥 언덕에서 즉시 집행될 것이다. 범죄자들의 이름은 디스마스와 게스타스, 바르-라반, 하-노츠리이다. 여기 그들이 너희 앞에 서 있다."

빌라도는 손으로 오른쪽을 가리켰다. 죄수들 쪽을 보지 않았지만 그들이 있어야 할 자리에 있다는 것을 알고 있었다.

군중은 놀란 듯 혹은 안심한 듯 길게 끄는 웅성거림으로 답했다. 웅성거림이 잦아들자 빌라도가 계속 말했다.

"그러나 사형을 당하는 것은 그중 세 명뿐인데, 그 이유는 유월절 축일을 기념하여 법률과 관습에 따라 너그러우신 황제 카이사르께서 로마 권력의 동의하에 소 시네드리온에서 선택한 한 사람에게 비천한 생명을 돌려주실 것이기 때문이다."

빌라도가 소리쳤고, 그와 함께 군중의 마지막 웅얼거림이 수그러들고 그 자리에 거대한 침묵이 덮이는 것을 들었다. 이제는 속삭임도, 숨소리 하나도 그의 귀에 들어오지 않았고 심지어 주변의 모든 것이 사라진 것처럼 느껴지는 순간도 있었다. 증오스러운 도시는 죽었고 단지 빌라도 혼자만이 높이 뜬 태양의 불타는 뙤약볕에 달구어진 채 고개를 하늘로 쳐들고 서 있었다. 빌라도는 그 침묵을 좀 더 오래 끌다가 다시 소리치기 시작했다.

"이 순간 너희 앞에서 자유를 되찾을 자의 이름은……."

그는 한 번 더 말을 멈추었고, 이름을 선언하기 전에 필요한 사안을 모두 말했는지 잠시 확인했다. 운 좋게 선택된 자의 이름이 불리는 순간 죽은 도시는 부활할 것이며, 그 뒤로는 그가 무슨 말을 하든 들리지 않으리라는 것을 알고 있었기 때문이었다.

'이게 전부인가?' 빌라도는 소리 없이 자기 자신에게 속삭였다. '그래, 전부다. 이름!'

그리고 침묵하는 도시 위로 'ㄹ' 자음을 길게 끌며 선언했다. "바르-라반!"

순간 태양이 머리 위에서 큰 소리로 폭발하면서 그의 귀로 불꽃을 쏟아붓는 것 같았다. 불꽃 속에서 울부짖음과 고함, 비명, 웃음소리, 휘파람 소리가 날뛰었다.

빌라도는 몸을 돌려 계단을 향해 연단을 가로질렀다. 그는 아무것도 보지 않고 단지 발아래 바둑판 모양으로 놓인 색색의 포석에 걸려 넘어지지 않는 데만 신경을 집중했다. 그는 등 뒤로 갈색 동전과 야자열매가 우박처럼 연단으로 날아들고, 소리치는 군중 속에서 사람들이 서로 짓밟고 어깨를 부딪치며 어떻게든 자기 눈으로 기적을 목격하려 한다는 것을 알고 있었다. 이미 죽음의 손아귀에 들어갔던 사람이 어떻게 그 손에서 빠져나오는지! 경비병들이 어떻게 그의 손에서 밧줄을 풀어 주고, 그러면서 심문당하는 동안 탈골되었던 손목에 본의 아니게 타는 듯한 고통을 가하는지, 그리고 그 선택된 자는 얼굴을 찡그리고 신음하면서도 어떻게 무의미하고 광기에 찬 미소를 계속 짓는지.

그리고 동시에 호위대가 묶여 있는 죄수 세 사람을 옆쪽 계단으로 데려간다는 것도, 그들을 서쪽으로, 도시 외곽의 민둥 언덕으로 향하는 길로 데리고 나가리라는 것도 총독은 알고 있었다. 그는 연단을 가로질러 뒤쪽에 도달해서야, 자신은 안전하고 죄수들도 이미 보이지 않는다는 것을 알고 나서야 눈을 떴다.

총독이 연단에서 소리쳤던 말을 아람어와 그리스어로 되풀이하는 전령들의 꿰뚫는 듯한 외침이 이미 수그러들기 시작한 군중의 웅얼거림에 섞여 이어졌다. 그 밖에도 그의 귀에 빠르게 투닥투닥 울리며 다가오는 말발굽 소리와 짧고 즐겁게 소리치는 듯한 나팔 소리가 들렸다. 시장에서 마상 경기장 근처 광장으로 이어지는 거리의 집 지붕 위에 올라앉은 사내아이들의 날카로운 휘파람 소리와 "비켜라!" 하고 외치는 목소리가 여기에 답했다.

광장 한가운데, 사람들이 들어오지 못하게 비워 둔 자리에 홀로 서 있던 병사가 손에 든 깃발을 불안하게 흔들었고 총독과 보좌관, 비서와 호위대는 즉시 멈추어 섰다.

기병대가 속보(速步)로 말을 몰아 광장으로 날듯이 덮쳐 와서 무리 지어 모인 사람들을 지나 광장을 비스듬히 가로질렀고, 포도 덩굴로 뒤덮인 성벽 아래 골목길을 통해 민둥 언덕까지 가장 짧은 지름길을 택하여 전속력으로 달려갔다.

선두에서 달리는 것은 어린 소년처럼 작고 혼혈처럼 피부가 검은 기병대 대장이었다. 그는 시리아 사람이었는데, 빌라도에게 가까워지자 새된 소리를 지르며 칼을 칼집에서 빼냈다. 축축하게 땀에 젖은 사나운 그의 흑마가 솟구쳐 올라 뒷발로 섰다. 지휘관은 칼을 다시 칼집에 꽂고 짧은 손짓으로 말의 목에 채찍을 가해 발걸음을 고른 뒤, 골목길로 들어서서 다시 전속력으로 달리기 시작했다. 그의 뒤로 한 줄에 세 명씩 기병들이 먼지구름 속을 달려갔고, 가벼운 대나무 창의 자루 끝이 뛰어올랐으며, 흰 터번 아래 눈에 띄게 검은 얼굴들이 희고 번쩍이는 이를 드러내며 총독 옆을 지나갔다.

기병대는 먼지구름을 하늘까지 피워 올리며 골목으로 들어갔고, 빌라도 옆으로 마지막 병사가 해를 향해 먼지를 내뿜는 나팔을 등에 메고 달려갔다.

빌라도는 먼지를 피해 손으로 얼굴을 가리고 불만스럽게 찡그린 채 궁궐의 정원 문을 향해 계속 걸어갔고, 그의 뒤로 보좌관과 비서, 호위대가 따라갔다.

때는 대략 아침 10시 정도였다.

3
일곱 번째 증거

"예, 때는 대략 아침 10시 정도였습니다, 대단히 존경하옵는 이반 니콜라예비치." 교수가 말했다.

시인은 방금 잠에서 깨어난 사람처럼 얼굴을 손으로 문지르고, 총주교 연못에 어느 새 저녁이 온 것을 깨달았다.

연못의 물은 검어졌고 그 위로 가벼운 보트가 미끄러져 다녔으며, 노가 첨벙거리는 소리와 보트를 탄 여성 시민의 웃음소리가 들렸다. 대로의 벤치에 군중이 나타났지만 사각형 모양으로 이어진 거리 중 세 면에만 있을 뿐이었고 우리의 친구들이 대화를 나누는 곳은 비어 있었다.

모스크바의 하늘은 마치 색이 바랜 것 같았고, 높이 떠오른 보름달이 아주 뚜렷하게 보였지만 아직은 금빛이 아니라 흰색이었다. 숨쉬기가 더 편해졌고, 저녁때면 흔히 그렇듯이 보리수나무 아래의 목소리도 이제는 더 부드럽게 울렸다.

'저 남자가 꾸며 낸 이 얘기를 전부 지껄일 만큼 시간이 지났는데 나는 어째서 눈치채지 못한 걸까? 벌써 저녁이잖아! 혹시 저 사람이 이야기를 한 게 아니고 내가 그냥 잠들어서 전부 꿈을 꾼 걸까?' 베즈돔니가 놀라서 생각했다.

그러나 교수가 실제로 이야기를 했다고 판단할 수밖에 없는 것이, 그렇지 않다면 베를리오즈도 똑같은 꿈을 꾸었다고 생각할 수밖에 없는데, 왜냐하면 그가 외국인의 얼굴을 주의 깊게 들여다보면서 이렇게 말했기 때문이다.

"교수님, 교수님의 이야기는 대단히 흥미롭군요. 복음서의 이야기와는 완전히 어긋납니다만."

"무슨 말씀을." 교수가 겸손한 척 미소를 지으며 말했다. "다른 사람이라면 몰라도 편집장님이라면 복음서에 기록된 것 중에 실제로 일어났던 일은 하나도 없고, 복음서를 역사적 기록의 출전으로 취급하기 시작하면 어떻게 되는지 잘 아실 텐데요……." 교수는 여기서 다시 웃음을 지었지만 베를리오즈는 말문이 막혔다. 브론나야 거리를 따라 총주교 연못으로 오면서 바로 자기 자신이 베즈돔니에게 했던 말과 글자 그대로 똑같았던 것이다.

"그건 그렇습니다. 그러나 유감스럽게도 교수님이 우리에게 해 주신 이야기가 실제로 일어났는지 어떤지는 아무도 확인해 줄 수가 없군요." 베를리오즈가 말했다.

"오, 아닙니다! 아무도 확인해 줄 수 있어요!" 교수는 서투른 러시아어로 말하기 시작하면서 자신 있게 장담하고는, 비밀이라도 얘기하려는 듯이 갑자기 목소리를 낮춰 두 친구들에게 자기 쪽으로 가까이 오라고 손짓했다.

친구들은 양쪽에서 그에게 몸을 기울였고, 그는 외국식 발음은 그림자도 내비치지 않고 유창하게 말하기 시작했다. 그 외국식 발음이 어떻게 해서 나타나기도 하고 사라지기도 하는지는 악마나 알 수 있는 일이었다.

"그러니까 말입니다……." 교수는 겁에 질린 듯 사방을 둘러보고 속삭이기 시작했다. "제가 제 눈으로 전부 목격했습니다. 본디오 빌라도의 발코니에도 있었고, 카이파와 이야기할 때 정원에도, 그리고 연단에도 제가 있었어요. 물론 비밀리에, 말하자면 정체를 숨기고 있었죠. 그러니 부탁인데 아무에게도 이 얘기는 하지 마시고 철저하게 비밀로 지켜 주시길, 쉬이잇……."

침묵이 흘렀고 베를리오즈의 얼굴이 창백해졌다.

"그럼…… 그럼 교수님은 모스크바에 오신 지 얼마나 됐습니까?" 그가 떨리는 목소리로 물었다.

"지금 막, 바로 이 순간에 도착했습니다." 교수가 당황하며 대답했고, 그제야 친구들은 사람들이 보통 하듯이 그의 눈을 똑바로 봐야겠다는 생각이 들었으며, 그의 왼쪽 녹색 눈은 완전히 광기에 차 있고 오른쪽은 공허하고 검게 죽어 있다는 사실을 확신했다.

'그래, 이제 전부 알겠군!' 곤혹스러워진 베를리오즈가 생각했다. '이 독일인은 여기 올 때부터 이미 정신이 나갔거나 아니면 총주교 연못가 와서 머리가 돌아 버린 거야. 이게 무슨 일이람!'

그렇다, 이제 모든 것이 명료해졌다. 이미 고인이 된 철학자 칸트와 함께 했다는 이상하기 짝이 없는 아침 식사도, 안누시카와 해바라기 씨 기름에 관한 바보 같은 이야기도, 머리가 잘릴 것이라는 예언도, 그리고 다른 모든 이야기도 ── 교수는 미친 것이다.

베를리오즈는 이제 어떻게 해야 할지 생각하기 시작했다. 그는 벤치 등받이 쪽으로 몸을 젖히고 교수의 등 뒤로 베즈돔니에게 눈짓했다. '그의 말에 반박하지 말게.' 그러나 평정을 잃은 시인은 이 신호를 이해하지 못했다.

"예, 그렇습니다, 그렇지요." 베를리오즈가 쾌활한 목소리로 말했다. "그러고 보니 전부 다 있을 수 있는 일이군요! 정말 있을 수 있는 일입니다. 본디오 빌라도도, 발코니도, 다른 이야기들도……. 그런데 교수님은 혼자 오셨습니까? 아니면 배우자와 함께 오셨나요?"

"혼잡니다, 혼자. 저는 항상 혼자입니다." 교수가 쓸쓸하게 대답했다.

"그럼 짐은 어디다 두셨나요, 교수님? 메트로폴 호텔인가요? 어디서 묵으십니까?" 베를리오즈가 아첨하는 목소리로 캐물었다.

"저요? 아무 데도 안 묵습니다." 정신 나간 독일인이 녹색 눈으로 총주교 연못을 우울하고도 사납게 훑으며 대답했다.

"뭐라고요? 아…… 그러면 어디서 지내실 생각입니까?"

"당신 아파트에서요." 미치광이가 갑자기 뻔뻔스럽게 대답하고는 한쪽 눈을 찡긋했다.

"저는…… 저…… 정말 기쁘지만……." 베를리오즈가 더듬거렸다. "하지만…… 그게, 저희 집은 지내기 불편하실 텐데요……. 하지만 메트로폴 호텔은 방이 아주 좋지요, 일급 호텔이니까요……."

"그럼 악마도 없습니까?" 정신병자가 갑자기 이반 니콜라예비치에게 재미있다는 듯 질문했다.

"악마도 없……."

"대꾸하지 말게!" 베를리오즈가 교수의 등 뒤로 목을 빼고 얼굴을 찡그리며 입술만 움직여 속삭였다.

"악마 같은 건 없습니다!" 광대놀음 같은 이 정신 나간 이야기에 이성을 잃은 이반 니콜라예비치가 해서는 안 될 말을 소리쳤다. "그러면 벌 받습니다! 미친 소리 좀 그만하시오!"

그때 갑자기 미치광이가 너무 크게 웃어서 머리 위의 보리수나무에 앉아 있던 참새가 날아갔다.

"아니, 이거 정말 비할 데 없이 흥미롭군요." 교수는 온몸을 흔들어 대며 웃었다. "이 나라는 도대체 어떻게 된 나라입니까, 만질 수 없는 건 절대로 존재할 수 없다니!" 그는 돌연히 웃음을 멈추었고 — 정신병자의 행동이라면 완벽하게 이해할 수 있듯이 — 소리 내어 웃은 뒤 순식간에 반대쪽 극단으로 치달아 화를 내며 난폭하게 소리쳤다. "그러니까 말씀대로라면 악마 같은 건 없단 말이죠?"

"진정세요, 진정하세요. 진정하십시오, 교수님." 베를리오즈가 정신병자를 흥분시키지 않으려 신경 쓰며 중얼거렸다. "여기 베즈돔니 동무랑 잠깐만 앉아 계세요. 저는 저기 골목에 뛰어가서 전화 한 통만 걸고 오겠습니다. 그러고 나서 저희가 교수님을 원하시는 곳으로 안내해 드리지요. 이곳 지리도 잘 모르실 테니까……."

베를리오즈의 계획이 상식적으로 옳았다는 사실을 인정해 주어야 한다. 가장 가까운 공중전화로 달려가서 외국에서 온 자문 교수라는 자가 확실히 비정상적인 상태로 총주교 연못가에 앉아 있다고 외국인 등록국에 보고해야 하는 것이다. 지금 상황에서는 반드시 조치를 취해야만 한다. 그렇지 않으면 뭔가 유쾌하지 못한 헛소리를 계속 듣게 된다.

"전화요? 그럼 뭐, 전화하십시오." 정신병자가 서글프게 동의하더니 갑자기 열띠게 부탁했다. "하지만 작별의 의미로 부탁하는 것이니 제발 악마가 존재한다는 것만은 믿어 주십시오. 더 이상은 아무것도 부탁하지 않겠습니다. 여기에는 일곱 번째 증거, 반박할 수 없는 증거가 존재한다는 것을 명심하십시오! 그리고 그 증거는 곧 당신 앞에 나타날 겁니다."

"좋습니다, 좋아요." 베를리오즈는 짐짓 상냥한 척하며 대답하고 어쩔 줄 모르는 시인에게 눈짓을 했지만, 시인은 미친 독일인을 감시하는 역할이 도무지 내키지 않는지 슬금슬금 브론나야 거리와 예르몰라옙스키 골목의 모퉁이에 있는 총주교 연못의 출구로 향하려는 중이었다.

그 순간 교수의 얼굴이 정신이 돌아온 것처럼 환해졌다.

"미하일 알렉산드로비치!" 그가 베를리오즈의 등 뒤에 대고 불렀다.

베를리오즈는 몸을 떨며 고개를 돌렸으나, 자신의 이름과 부칭(父稱)* 정도는 신문을 통해서 충분히 알 수 있으리라는 생각에 마음을 가라앉혔다. 그러나 교수는 양손으로 나팔 모양을 만들어 입에 대고 소리쳤다.

---

* 아버지의 이름에 연유하여 짓는 이름. 러시아에서는 이름과 성 사이에 부칭을 붙인다. 예컨대 이 경우 베를리오즈의 아버지 이름은 '알렉산드르'이다.

"원하신다면 지금 당장 키예프에 계시는 아저씨께 전보를 보낼까요?"

베를리오즈의 얼굴이 다시 일그러졌다. 이 정신병자가 키예프에 있는 아저씨의 존재를 대체 어떻게 알아냈단 말인가? 분명히 그에 관해서는 어떤 신문에도, 아무 소식도 실리지 않았을 것이다. 어어, 그렇다면…… 베즈돔니가 어쨌든 옳은 게 아닐까? 만약 그 서류들이 가짜라면? 정말 한없이 이상한 점 투성이인 인물이다……. 전화, 전화를 해야 해. 지금 당장 전화를 해야 한다! 저 남자의 정체는 곧 밝혀질 것이다.

베를리오즈는 더 이상 그의 말을 듣지 않고 계속 뛰어갔다.

그때 브론나야 거리로 나가는 출구 바로 앞에서 아까 오후의 햇빛 아래 숨 막히는 무더위에서 생겨났던 바로 그 시민이 벤치에서 일어나 편집장을 맞이했다. 다만 지금은 공기가 엉겨서 생겨난 게 아니라 평범한 살과 뼈로 이루어져 있었다. 저무는 석양 속에서 베를리오즈는 남자의 콧수염이 닭 털처럼 가늘고, 눈은 조그맣고 냉소적이며 반쯤 취해 있고, 체크무늬 바지는 허리춤을 너무 높이 끌어올려서 더러운 흰 양말의 발목 부분이 드러나 있는 것을 분명히 보았다.

그리하여 미하일 알렉산드로비치는 뒤로 몇 걸음 물러났으나, 이것은 그저 바보 같은 우연의 일치일 뿐이며 지금은 이런 일에 신경 쓸 때가 아니라는 생각으로 마음을 안정시켰다.

"출구를 찾으십니까, 시민?" 체크무늬 사나이가 녹슨 테너 음성으로 질문했다. "이쪽으로 오시지요. 곧장 가면 가야 할 곳에 닿게 됩니다. 이렇게 길을 알려 드렸으니 4분의 1리터들이 한 잔 값을…… 건강을 회복해야 하니…… 부디 전직 성가

대 지휘자를 도와주시길!" 그리고 사나이는 힘차게 손을 들어 머리에 쓴 조그만 기수 모자를 벗어 들었다.

베를리오즈는 전직 지휘자라는 자의 구걸하는 말과 쓸데없는 조언은 들은 체도 않고 출구로 달려가 회전 관목*에 손을 댔다. 가로대를 돌려 전차 선로에 발을 들여놓으려는 순간, 그의 얼굴에 붉은색과 흰색의 불빛이 번쩍였다. 유리 표시판에 '전차 주의'라는 경보가 켜져 있었다.

그리고 그 순간 예르몰라옙스키 골목에서 브론나야 거리까지 새로 놓인 선로로 전차가 쏜살같이 돌진해 왔다. 전차는 완전히 방향을 틀어 똑바로 앞을 향한 후 갑자기 내부의 전깃불을 밝히고 경적을 울리며 속도를 높여 내닫기 시작했다.

조심성 많은 베를리오즈는 — 안전한 곳에 서 있기는 했지만 — 회전 관목 뒤로 돌아가야겠다 싶어 손을 가로대에 대고 한 걸음 뒤로 물러섰다. 그리고 바로 그때, 그의 손이 미끄러져 가로대에서 떨어졌고, 한 다리가 마치 얼음 위에서처럼 중심을 잃고 철로 옆 자갈로 포장된 경사면을 타고 선로로 비스듬히 미끄러졌으며, 다른 한 다리는 공중에 떠올라, 베를리오즈는 결국 전차 선로에 내던져졌다.

그는 뭐라도 잡으려고 애쓰면서 위를 향한 채 똑바로 떨어졌고, 자갈에 뒤통수를 살짝 부딪쳤으며, 그 사이에 자기 위에 높이 떠 있는 금빛 달을 다시 한 번 볼 수 있었지만 달이 오른쪽에 있는지 왼쪽에 있는지 — 그것은 이미 분간할 수가 없었

---

* 지하철역 등지에 있는, 십자로 가로대를 대어 한 사람씩 돌리면서 통과하도록 만든 장치.

다. 미하일 알렉산드로비치는 간신히 몸을 옆으로 굴렸고 동시에 맹렬한 동작으로 다리를 배 쪽으로 당겨 몸을 돌렸다. 그때 그는 전차의 앞 창문으로 자신을 향해 무서운 속도로 달려오는 전차를 운전하는 여자 기관사의 창백해진 얼굴과 붉은 완장을 보았다. 베를리오즈는 소리를 지르지 않았지만 거리 전체가 절망에 찬 여자들의 목소리로 날카롭게 울렸다.

여자 기관사가 전기 제동기를 당기자 전차는 땅을 향해 코를 박듯 주저앉았다가 순간적으로 펄쩍 뛰었고, 유리가 와장창 소리를 내며 창문에서 떨어져 내렸다. 그리고 그때 베를리오즈의 머릿속에서 누군가 절박하게 소리쳤다. '설마 정말로……?'

한 번 더 그리고 마지막으로 달이 반짝였으나 달빛은 조각조각 흩어져 날아갔고 그 뒤로 어둠이 덮였다.

전차는 베를리오즈를 치었고, 총주교 대로의 격자 울타리 아래 자갈이 깔린 경사면으로 둥그런 검은색 물체가 튀어나왔다. 그 물체는 경사면을 굴러 내려가 자갈로 포장한 브론나야 거리의 도로로 튀어 올랐다.

그것은 베를리오즈의 잘린 머리였다.

4
추격

공포에 질린 여자들의 비명 소리가 잠잠해지고 경찰의 호각 소리도 그쳤으며 구급차 두 대가 다녀갔다. 구급차 한 대는 머리 없는 몸과 떨어진 머리를 시체 안치소로 실어 갔고, 다른 구급차는 깨진 유리창에 부상을 입은 아름다운 전차 운전사를 실어 갔으며, 흰 가운을 입은 구조 대원들은 유리 조각을 쓸어 내고 피 웅덩이를 모래로 덮었다. 한편, 이반 니콜라예비치는 출구까지 가지도 못하고 벤치에 무너지듯 주저앉아 있었다.

그는 몇 번 일어나려고 시도해 보았으나 다리가 말을 듣지 않았다. 베즈돔니는 마비된 듯한 상태에 빠져 있었다.

시인은 첫 번째 비명 소리를 듣자마자 회전 출구로 달려갔고 자갈 도로 위로 머리가 튀어 오르는 것을 보았다. 그는 그 광경을 보고 너무나 충격을 받아서 벤치에 주저앉아 피가 날 정도로 손을 꽉 깨물었다. 물론 미친 독일인에 대해서는 잊어

버렸고 오직 한 가지만을 이해하려고 애썼다. 도대체 어떻게 이런 일이 벌어질 수 있는가. 방금까지도 베를리오즈와 이야기하고 있었는데. 지금, 말 그대로 일 분 후에, 저 머리…….

대로에서는 흥분한 사람들이 뭐라고 소리치며 시인 주위를 뛰어다녔으나 이반 니콜라예비치에게는 그들이 하는 말이 들리지 않았다.

그러다 뜻하지 않게 그의 앞에 두 여자가 우연히 나타났다. 그중 코가 뾰족하고 긴 생머리를 늘어뜨린 한 여자가 시인의 귀 바로 옆에서 다른 여자에게 이렇게 소리쳤다.

"안누시카, 그건 우리 안누시카였어! 사도바야에 사는 그 안누시카! 다 그 애가 저지른 거야! 식료품점에서 해바라기 씨 기름을 사 가지고 가다가 1리터짜리 병을 회전문 가로대에 떨어뜨려 깨뜨렸지. 치마를 다 버렸다고……! 그렇게 불평을 하더니만! 아까 그 불쌍한 남자는 분명히 기름에 미끄러져서 철로 위로 떨어진 거야……."

여자가 소리친 것 중에서 오직 한 단어만이 이반 니콜라예비치의 혼란스러운 두뇌 속을 비집고 들어왔다. "안누시카……."

"안누시카…… 안누시카?" 시인은 불안하게 주위를 둘러보며 중얼거렸다. "잠깐, 잠깐만……."

'안누시카'라는 단어에 '해바라기 씨 기름'이라는 단어가 연결되었고 그다음은 무슨 이유에서인지 '본디오 빌라도'로 이어졌다. 시인은 빌라도는 젖혀 두고 '안누시카'라는 말에서 시작되는 고리를 연결하기 시작했다. 그 고리는 아주 빠르게 연결되어 즉시 그 미친 교수에게로 이어졌다.

그놈 잘못이다! 안누시카가 기름을 쏟았으니 회의는 열리지 않을 거라고 한 건 그 사람이다. 그리고 그 말 그대로 정말 회의는 열리지 않게 됐다! 게다가 그 사람은 여자가 베를리오즈의 목을 자를 거라고 대놓고 말했잖아! 그래, 그래, 그래! 전차 운전사는 여자였어! 이게 도대체 무슨 일이지? 응?

털끝만큼도 의심할 여지 없이 그 비밀스러운 자문 교수는 베를리오즈의 끔찍한 죽음에 대해 처음부터 다 알고 있었던 것이다. 여기서 두 가지 생각이 시인의 머릿속을 가로질렀다. 첫 번째는 '그 사람은 절대로 미치지 않았어! 미쳤다고 생각한 바로 그게 모두 헛소리야!' 그리고 두 번째는 '혹시 그 교수가 이 모든 일을 꾸민 건 아닐까?'

그렇다 해도, 대체 무슨 수로?

'에, 아냐! 그건 당장 알아내도록 하자!'

이반 니콜라예비치는 온 힘을 다해 억지로 벤치에서 일어나서 방금 전까지 교수와 이야기하던 곳으로 도로 달려갔다. 가서 보니 다행히 외국인은 아직 떠나지 않았다.

브론나야 거리에는 이미 가로등이 켜져 있고 총주교 연못 위로 금빛 달이 비치고 있었으며 이반 니콜라예비치의 눈에는 언제나 기만적인 달빛 속에서 교수가 옆구리에 지팡이가 아니라 장검을 끼고 있는 것처럼 보였다.

이반 니콜라예비치가 조금 전까지 앉아 있던 자리에는 표리부동한 전직 합창단 지휘자가 앉아 있었다. 전직 지휘자는 한쪽 유리알은 아예 없고 다른 쪽 알은 금이 간, 분명 전혀 쓸모없어 보이는 코안경을 눌러 쓰고 있었다. 그 코안경 때문에 체크무늬 시민은 베를리오즈에게 전차 선로로 가는 길을 가르쳐 줄 때보다 더 추레해 보였다.

이반은 가슴을 졸이며 교수에게 다가가 그의 얼굴을 들여다보았고, 그 얼굴에 광기의 흔적이라곤 전혀 없으며 이전에도 없었음을 확신했다.

"당신은 대체 누구요? 말해 보시오." 이반이 웅얼거리는 목소리로 물었다.

외국인은 미간에 주름을 잡고 마치 시인을 생전 처음 본다는 듯 쳐다보고는 불친절하게 대답했다.

"못 알아…… 러시아 안 말해……."

"이분이 못 알아듣잖소!" 외국인의 말을 통역해 달라고 누가 부탁한 것도 아닌데 벤치에 앉아 있던 지휘자가 끼어들었다.

"모르는 척하지 마시오!" 이반은 위협적으로 말했다. 명치에 한기가 스치는 것이 느껴졌다. "조금 전까지도 러시아어를 완벽하게 했잖아요. 당신은 독일인도 교수도 아니야! 첩자에 살인자라고! 신분증을 보여 주시오!" 이반은 사납게 소리쳤다.

수수께끼의 교수는 그렇지 않아도 비뚤어진 입을 더 비틀며 어깨를 움찔거렸다.

"이보시오, 시민! 뭣 때문에 외국인 여행자를 괴롭히시오? 그러다간 단단히 대가를 치를 거요!" 지긋지긋한 지휘자가 다시 끼어들었다.

그사이 수상한 자문 교수는 거만한 표정을 띠고 몸을 돌려가 버렸다.

이반은 곤혹스러워졌다. 그는 숨을 거칠게 몰아쉬며 지휘자쪽으로 몸을 돌렸다.

"이봐요, 시민. 범죄자를 잡는 데 협력하시오! 그건 시민으로서의 의무요!"

지휘자는 지나치게 생기를 띠며 벌떡 일어나 소리쳤다.

"무슨 범죄자요? 어디 있죠? 외국인 범죄자?" 그의 조그만 눈동자가 기쁨에 차서 이리저리 움직였다. "저 사람? 범죄자라고요? 그럼 가장 먼저 할 일은 소리를 지르는 겁니다. '사람 살려!' 안 그러면 도망갈 테니까요. 같이 소리칩시다! 자!" 그리고 지휘자는 주둥이를 크게 벌렸다.

이성을 잃은 이반은 광대 지휘자의 말대로 "사람 살려!"라고 소리쳤으나, 정작 지휘자 자신은 아무 소리도 내지 않고 시인을 바보로 만들었다.

외로이 울려 퍼진 이반의 칼칼한 고함 소리는 좋은 결과를 가져오지 못했다. 지나가던 아가씨 두 명이 펄쩍 뛰며 그에게서 물러났고 "술 취했나 봐!"라고 말하는 것이 들렸다.

"아, 그래. 너도 한패로군?" 이반이 분노에 휩싸여 소리쳤다. "뭐야, 날 속이려고? 어디 한번 해 보시지!"

이반이 오른쪽으로 움직이자 지휘자도 역시 오른쪽으로 움직였다!

이반이 왼쪽으로 가자 사기꾼도 따라서 왼쪽으로 갔다.

"날 가지고 노는 거냐?" 이반이 야수처럼 화를 내며 소리쳤다. "내 손으로 붙잡아서 직접 경찰에 넘겨 주마!"

이반은 부랑자의 소매를 붙잡으려 했으나 놓쳐서 아무것도 잡지 못했다. 지휘자는 마치 땅속으로 꺼진 것처럼 사라져 버렸다.

이반은 신음 소리를 내며 먼 곳을 쳐다보다가 정체를 알 수 없는 그 가증스러운 교수를 보았다. 그는 총주교 골목으로 나가는 길목에 서 있었고 게다가 혼자가 아니었다. 수상하기 짝이 없는 지휘자가 그새 벌써 교수와 합류해 있었다. 그뿐이 아니었다. 일당의 세 번째 인물은 어디서 나타났는지 모를 고양이였는데, 돼지처럼 거대하고 숯이나 까마귀처럼 검었으며 기병대의 병사처럼 축 처진 수염을 기르고 있었다. 셋은 총주교 골목 쪽으로 움직이기 시작했고, 특히 고양이는 뒷다리로 서서 걷고 있었다.

이반은 악당들을 쫓아 뛰어갔으나 그들을 따라잡기가 매우 어렵겠다는 사실을 즉시 깨달았다.

셋은 순식간에 골목을 가로질러 스피리도놉카 거리에 들어섰다. 이반이 아무리 걸음을 재촉해도 그와 악당들 사이의 거리는 줄어들지 않았다. 그리고 시인은 경황도 없이 조용한 스피리도놉카 거리를 지나 니키츠키 성문 앞에 다다랐다. 그곳에서 상황은 더 나빠졌다. 그곳은 이미 사람들로 북적거리고 있었고, 이반은 지나가던 행인과 세게 부딪쳐 욕을 먹었다. 게다가 악당 패거리는 이제 범죄자들이 애용하는 수법에 따라 뿔뿔이 흩어져서 도망치려 하고 있었다.

지휘자는 전속력으로 달리는 버스의 승강구를 대단히 능란하게 쑤시고 들어가 올라탔고 버스는 아르바트 광장 쪽으로 내달려 사라졌다. 목표물을 하나 잃고 나서 이반은 고양이에게 모든 주의를 집중했는데, 이 기묘한 고양이는 정거장에 서 있던 A노선 전차의 승강구에 다가가 비명을 지르는 여자 승객을 난폭하게 밀치고 난간 뒤로 비집고 들어가서는 더위 때문에 열어 놓은 전차 창문을 통해 여자 차장에게 10코페이카 동전을 건네주려고까지 했다.

이반은 고양이의 행동을 보고 너무나 놀라서 모퉁이의 식료품점 앞에 얼어붙은 듯 멈춰 서 있다가 곧 두 번째로 — 그러나 아까보다 훨씬 더 — 놀랐는데, 이번에는 여자 차장의 반응 때문이었다. 차장은 전차에 올라타는 고양이를 보자마자 분노로 거의 몸을 떨다시피 하며 소리 질렀다.

"고양이는 안 돼! 고양이를 데리고 타면 안 돼요! 쉿쉿! 내려, 안 그러면 경찰을 부를 테다!"

차장도 승객들도 여기서 문제의 핵심에는 전혀 놀라지 않은 것 같았다. 그러니까, 고양이가 전차를 타려 한다는 사실만이라면 또 모르겠지만 그 고양이는 차비까지 낼 심산인 것이다!

고양이는 요금을 착실히 낼 뿐만 아니라 규칙을 잘 지키도록 제대로 훈련받은 동물인 것으로 드러났다. 차장이 소리를 지르자 고양이는 하던 동작을 멈추고 승강구의 계단을 내려가 동전으로 수염을 문지르며 정거장 의자에 앉았다. 그러나 차장이 종을 울리고 전차가 움직이기 시작하자마자 고양이는 전차에서 쫓겨났지만 그래도 꼭 전차를 타야만 하는 사람이라면 누구나 할 법한 행동을 했다. 즉, 객차 세 량이 모두 지나갈 때까지 기다렸다가 마지막 객차의 뒤쪽 난간에 뛰어올라 앞발로 전차에서 튀어나온 고무파이프를 껴안았고, 그리하여 10코페이카를 아껴서 전차를 타고 갔다.

이반은 비열한 고양이에게 정신이 팔려서 셋 중 가장 중요한 교수를 놓칠 뻔했다. 다행히도 교수는 아직 완전히 모습을 감추지 못했다. 이반은 볼샤야 니키츠카야 거리 입구에서 혹은 헤르첸 거리에서 빽빽한 사람들 위로 회색 베레모를 보았다. 이반도 눈 깜짝할 사이에 그곳에 가 있었다. 그러나 그것만으로는 아무 성과도 없었다. 시인은 걸음을 재촉하며 군중을 헤치고 빠르게 뛰기 시작했으나 교수에게는 단 1센티미터도 가까이 가지 못했다.

이반은 혼란스러워졌다. 무엇보다도 놀라운 것은 이 추격의 속도가 초자연적으로 빠르다는 것이었다. 이반 니콜라예비치는 채 이십 초가 지나기도 전에 니키츠키 성문을 지나 이미 아르바트 광장의 눈부신 불빛 속에 있었다. 또다시 몇 초가 지나자 이번에는 어떤 어두운 골목이 나왔는데, 여기서 이반 니콜라예비치는 기울어진 보도에 걸려 넘어져서 무릎이 깨졌다. 다시 불빛이 환한 크로폿킨 거리의 대로변, 그다음에는 골목, 그다음에는 오스토젠카를 지나 다시 골목, 음침하고 더럽고 불빛이 거의 없는 골목이 나왔다. 그리고 바로 여기서 시인은 그토록 결사적으로 쫓던 인물을 완전히 놓쳐 버렸다. 교수는 사라졌다.

이반 니콜라예비치는 당혹하여 서 있었으나, 이내 정신을 차렸다. 교수가 13번지 건물에 나타나게 되어 있으며 그것도 반드시 47호 아파트로 올 것이라는 예감이 갑자기 떠올랐기 때문이었다.

이반 니콜라예비치는 입구로 뛰어 들어가 날 듯이 3층으로 올라가서 금방 그 아파트를 찾아내어 조바심을 내며 초인종을 눌렀다. 오래 기다릴 필요는 없었다. 다섯 살쯤 된 여자아이가 이반에게 문을 열어 주고는 방문자에게 아무것도 묻지 않은 채 어디론가 사라져 버렸다.

넓고 완전히 텅 빈 현관은 그을음으로 새까매진 높은 천장 아래 걸린 조그마한 석탄 램프로 희미하게 불이 밝혀져 있었고, 벽에는 타이어가 없는 자전거가 걸려 있었으며 그 아래에는 뚜껑에 쇠를 씌운 거대한 나무 궤짝이 놓여 있었고, 선반

위의 시렁에는 귀덮개가 달린 겨울 모자가 놓여 있었는데, 길다란 귀덮개가 시렁 아래쪽으로 흘러 내려와 있었다. 문 뒤 어딘가에서는 라디오에서 흘러나오는 우렁우렁한 남자 목소리가 화난 듯이 무엇인가를 운율에 맞춰 소리치고 있었다.

이반 니콜라예비치는 익숙지 않은 환경에도 전혀 주눅 들지 않고 곧장 복도 쪽으로 향했는데, 이렇게 생각했기 때문이었다. '교수는 분명 욕실에 숨어 있을 거야.' 복도는 어두웠다. 이반은 몇 차례 벽에 부딪치고 나서 문 아래에 가느다랗게 불빛이 한 줄 비쳐 나오는 것을 보고 손잡이를 움켜쥐고 살짝 잡아당겼다. 문고리가 튀어 올랐고, 이반은 드디어 욕실 안에 서서 성공했다고 생각했다.

그러나 그것은 그에게 필요한 종류의 성공은 아니었다! 축축한 열기가 이반에게 흘러왔고, 연기를 내는 석탄 보일러의 희미한 불빛 속에서 그는 벽에 걸린 커다란 대야들과, 사기 조각이 깨져서 온통 검고 흉한 반점으로 뒤덮인 욕조를 둘러보았다. 그리고 바로 여기, 이 욕조 안에 벌거벗은 여성 시민이 비누 거품으로 온통 뒤덮여 손에는 스펀지를 든 채 서 있었다. 그녀는 근시안을 가늘게 뜨고 갑자기 뛰어 들어온 이반을 쳐다보고는 분명 이 지옥 같은 조명 때문에 그를 다른 사람으로 착각하여 작지만 쾌활한 목소리로 말했다.

"키류시카!* 바보짓 그만해요! 정신 나갔어요……? 표도르 이바노비치가 금방 돌아올 거라고요. 얼른 여기서 나가요!" 그리고 이반에게 스펀지를 흔들었다.

---

* 남자 이름 '키릴'의 애칭.

오해가 있다는 것은 확실했고, 물론 그것은 모두 이반 니콜라예비치의 잘못이었다. 그러나 그는 이 사실을 인정할 마음이 전혀 없어서 비난조로 "아, 이 바람둥이 마누라 같으니……!"라고 소리쳤고, 그러고 나서 무슨 이유에서인지 부엌으로 향했다. 부엌에는 아무도 없었고 단지 침침한 어둠 속에 열 개쯤 되는 불 꺼진 프리무스 석유 버너가 소리없이 곤로 위에 놓여 있었다. 오로지 달빛만이 몇 년이나 닦지 않아 먼지로 뒤덮인 창문으로 새어 들어와서 구석을 간신히 비추었다. 그곳에는 먼지와 거미줄에 뒤덮여 버려진 성화(聖畵)가 걸려 있었고, 성화가 끼워진 액자 뒤로 심지가 튀어나온 결혼식용 양초 두 개가 서 있었다.* 큰 성화 아래에는 작은 성화가 핀에 꽂혀 있었다. 작은 성화는 종이에 아무렇게나 그린 것이었다.

여기서 도대체 어떤 생각이 이반을 사로잡았는지는 아무도 알 수 없지만 어쨌든 그는 깜깜한 복도로 달려 나가기 전에 이 양초 두 개 중 하나를 훔쳤고 종이로 된 작은 성화도 떼어 내 품에 넣었다. 그는 이 물건들을 가지고 뭔가 중얼거리면서, 방금 전 욕실에서 일어난 일에 부끄러워하기도 하고 그 뻔뻔스러운 키릴이란 자는 대체 누구이며 귀덮개가 늘어진 불쾌한 모자가 혹시 그 키릴의 것은 아닌지 자신도 모르게 궁리하면서 미지의 아파트를 나왔다.

아무도 없는 침울한 골목에서 시인은 도망자를 찾아 주위를 둘러보았으나 어디에도 보이지 않았다. 그러자 이반은 자기

---

* 러시아 정교에는 집 안이나 방 안의 한쪽 구석을 성스러운 장소로 정하여 성화를 걸고 촛불을 밝혀 두는 전통이 있다.

자신에게 단호하게 말했다.

"그래, 분명 모스크바 강가에 있을 거야! 전진!"

이쯤에서 이반 니콜라예비치에게 어째서 교수가 하필 다른 장소도 아닌 모스크바 강가에 있다고 생각하는지 물어보아야 할 것이다. 아쉬운 점은 그것을 물어볼 사람이 아무도 없었다는 것이다. 기분 나쁜 골목은 완전히 텅 비어 있었다.

매우 짧은 시간이 지난 후, 모스크바 강가에 있는 원형 극장의 대리석 계단 위에서 이반 니콜라예비치를 볼 수 있었다.

이반은 옷을 벗었고, 해진 톨스토이식 루바슈카*와 끈이 풀리고 다 닳은 신발 옆에 앉아 직접 만 담배를 피우고 있는, 사람 좋아 보이는 텁석부리 사내에게 옷가지를 맡겼다. 이반은 몸을 식히기 위해 양팔을 흔든 후 곧장 강물에 뛰어들었다. 물이 너무 차가워서 순간 숨이 멈추었고 다시는 수면 위로 떠오르지 못할 것이라는 생각마저 들었다. 그러나 이반 니콜라예비치는 수면으로 떠오르는 데 성공했고, 겁에 질려 눈을 둥그렇게 뜬 채 숨을 거칠게 몰아쉬며 강가 가로등 불빛이 군데군데 끊어져 컴컴한 갈지자 사이로 석유 냄새 나는 검은 물속을 헤엄치기 시작했다.

흠뻑 젖은 이반이 춤추듯이 계단을 올라와 텁석부리 사내에게 옷가지를 맡겨 놓은 자리로 돌아왔을 때, 후자뿐만 아니라 전자, 즉 사내까지 사라진 것이 분명해졌다. 옷 뭉치가 놓여 있던 바로 그 자리에 남아 있는 것은 줄무늬 내복 바지와 찢어진 루바슈카, 양초, 성화, 성냥 한 갑뿐이었다. 이반은 무기력한

---

* 러시아식 셔츠.

분노 속에 저 멀리 누군지 모를 대상에게 위협조로 주먹을 휘두르고는 남아 있는 옷가지를 꿰어 입었다.

여기서 두 가지 생각이 그를 괴롭히기 시작했다. 첫 번째는 한시도 떼어 놓지 않았던 마솔리트 회원증이 사라졌다는 것이었고, 두 번째는 이런 몰골로 과연 아무 방해도 받지 않고 모스크바를 무사히 가로지를 수 있을까 하는 것이었다. 이렇게 내복 바람으로……. 사실 다른 사람이 상관할 일은 아니지만 그래도 누가 트집을 잡거나 붙잡아 세우는 일이 일어나지 않았으면 싶었다.

이반은 여름 바지처럼 보이기를 바라면서 복사뼈 부근에서 잠그게 되어 있는 내복 바지의 단추를 떼어 냈다. 그리고 성화와 양초와 성냥을 집어 들고 걸음을 옮기며 자신에게 이렇게 말했다.

"그리보예도프! 분명 놈은 거기 있을 거야."

도시는 이미 밤의 세계에 접어들었다. 쇠사슬 소리를 울리며 트럭들이 날개가 달린 듯 먼지 속을 오갔고 사내 몇 명이 트럭 짐칸에 쌓아 놓은 자루 위에 배를 내밀고 누워 있었다. 창문은 전부 열려 있었다. 창문마다 주황색 전등갓 아래 불이 밝혀져 있었고 모든 창문에서, 모든 문에서, 모든 대문 밑의 개구멍과 지붕, 다락방, 지하실, 마당에서 오페라 「예브게니 오네긴」*의 거친 폴로네즈** 가락이 터져 나왔다.

---

* 러시아 작가 푸시킨이 지은 동명의 장편소설을 소재로 한 오페라. 차이콥스키가 작곡한 것으로, 1879년에 초연했다.
** 4분의 3박자의 느린 폴란드 춤곡.

이반 니콜라예비치의 우려는 완벽하게 들어맞았다. 지나가던 사람들은 그에게 주의를 돌리고 킥킥거리며 그를 보려고 고개를 돌렸다. 그래서 그는 큰길은 피하고 골목으로만 다녀야겠다는 결정을 내렸는데, 골목에서는 사람들이 그다지 집요하지도 않고 맨발의 남자에게 달라붙어 바지처럼 보이기를 고집스럽게 거부하는 내복에 대해 캐물으며 괴롭힐 확률도 낮기 때문이었다.

이반은 그 결심을 실천에 옮겨, 담장 아래로 몰래 지나가면서 겁에 질려 옆으로 돌아서기도 하고 매 순간 주위를 살피다가끔은 건물 입구에 숨기도 하면서 교통 신호등의 십자 불빛과 외교관 저택의 세련된 정문을 피해 아르바트 광장 옆 골목길의 비밀스러운 그물망 속으로 더욱더 깊이 들어갔다.

그리고 이 괴로운 행로 내내 그를 따라다니며 어쩐지 말로 표현할 수 없을 정도로 그를 괴롭힌 것은 무소불위의 오케스트라와 그 반주에 맞춰 타티야나*에 대한 사랑을 노래하는 무거운 베이스 목소리였다.

---

* 「예브게니 오네긴」의 여주인공.

5
그리보예도프에 일이 있었다

크림색 외관의 구식 2층 건물은 원형 대로 곁의 시든 정원 깊숙한 곳에 자리 잡고 있었으며, 조각 장식이 달린 철제 울타리가 정원과 대로의 보도를 갈라놓고 있었다. 그다지 크지 않은 집 앞 마당은 아스팔트로 포장되어 있어서 겨울철이면 그 위로 삽이 꽂힌 눈 언덕이 생겨났고 여름철이면 캔버스 천으로 만든 차양이 드리워진, 여름 레스토랑의 가장 호화스러운 부분으로 변모하였다.

사람들은 이곳을 '그리보예도프의 집'이라고 불렀는데, 언젠가 작가 알렉산드르 세르게예비치 그리보예도프*의 숙모가 이 집의 주인이었다는 이야기 때문이었다. 글쎄, 정말 그랬는지 아닌지 우리는 정확히 알 수가 없다. 게다가 잘 되짚어 보면, 글

---

* 러시아의 극작가(1795~1829)로, 러시아 문학에서 걸작 중 하나로 꼽히는 희곡 『지혜의 슬픔』을 지었다.

쎄, 생각건대 그리보예도프에게 그런 집주인 숙모는 전혀 없었던 듯싶기도 하고……. 어쨌든 다들 그 집을 그렇게 불렀다. 게다가 어떤 모스크바 출신의 허풍쟁이가 말하길, 다른 곳도 아닌 2층의 기둥을 세운 원형 홀에서 저명한 작가 그리보예도프가 소파에 누워 있는 숙모에게 『지혜의 슬픔』의 한 부분을 읽어 주었다는 것이다. 그렇지만 어쨌든, 뭐 읽어 주었을 수도 있지. 그런 건 악마나 알 수 있는 일이다. 여기서 그게 중요한 건 아니니까!

중요한 것은 지금 현재 이 집은 다름 아닌 마솔리트가 소유하고 있으며 그 불행한 미하일 알렉산드로비치 베를리오즈가 총주교 연못에 모습을 나타냈던 순간까지도 그 단체의 회장직을 맡고 있었다는 사실이다.

다들 마솔리트 회원들을 따라 그 집을 '그리보예도프의 집'이라고 부르지 않고 그냥 '그리보예도프'라고만 했다. "어제 그리보예도프를 두 시간이나 돌아다녔네." "그래서 어떻게 됐나?" "얄타*로 한 달 동안 휴가를 얻어 냈지." "잘했군!" 혹은 "베를리오즈에게 가 봐, 오늘 4시부터 5시까지 그리보예도프에서 일을 보니까……." 이런 식이었다.

마솔리트는 그리보예도프에 너무나 훌륭하고 안락한 방식으로 자리 잡아서, 그보다 더 좋은 곳은 상상할 수 없을 정도였다. 그리보예도프에 들어오는 모든 사람이 본의 아니게 가장 먼저 마주치게 되는 것은 스포츠 클럽의 이런저런 공지문과

---

* 크림 반도 남쪽 끝에 있는 항구 도시로, 흑해에 면해 있어 기후가 좋고 휴양지로 유명하다. 현재는 우크라이나에 속한다.

마솔리트 회원들의 단체 사진 혹은 개인 사진인데, 이것들은 (사진 말이다.) 2층으로 올라가는 계단 옆의 벽을 장식하고 있었다.

2층 첫 번째 방의 문에는 '낚시-휴가 부서'라는 굵직한 글씨가 적힌 표지판이 보였고 그 옆에는 낚싯줄에 걸려든 붕어의 그림이 있었다.

2호실 문에는 무언가 이해할 수 없는 표지판이 달려 있었다. '1일 창작 여행* 허가. 담당 M. B. 포들로즈나야에게 문의하시오.'

이어지는 문은 짧지만 전혀 이해할 수 없는 표지판을 달고 있었다. '페렐리기노.' 그리보예도프에 우연히 들어온 방문객은 그 뒤에 있는 숙모의 호두나무 문을 뒤덮은 안내문 때문에 눈이 어지러워지기 시작한다. '종이 지급 신청은 선착순으로 포 클룹키나에게.' '출납. 단막극 작가 개별 정산.' 등등······.

아래층 수위실부터 이어지는 긴 줄을 뚫고 나오면 사람들이 일 초에 한 번씩 두들겨 대는 문에 붙은 표지판을 볼 수 있다. '주거 문의.'

'주거 문의' 뒤에는 호화로운 현수막이 펼쳐져 있는데, 현수막에는 바위 절벽이 그려져 있고 절벽 꼭대기에는 갈색 말을 탄 기사가 등에 소총을 메고 서 있다. 아래쪽에는 야자수와 발코니가 그려져 있고, 발코니에는 앞머리가 삐죽 일어선 젊

---

* 작가 협회 주관으로 소재 발굴 등을 위해 떠나는 단체 여행으로 특히 1930년대에 유행했다. 중앙아시아 등 먼 곳으로 가는 것이 일반적이라 당일치기 여행은 특이한 경우였다.

은 남자가 만년필을 손에 쥔 채 아주아주 총기 있는 눈을 들어 위쪽을 바라보고 있다. 설명: '일괄 알선 창작 여행, 이 주(단편, 중편)에서 일 년(장편소설, 3부작)까지: 얄타, 수욱-수, 보로보예, 치히지리, 마힌자우리, 레닌그라드(겨울 궁전).' 이 문 앞에도 역시 사람들이 줄을 서 있었지만 아주 길지는 않고 한 150명 정도였다.

계속해서 그리보예도프 집의 복잡하기 이를 데 없는 구불구불한 오르막과 내리막을 누비다 보면 '마솔리트 총무부', '출납 2번 창구, 3번 창구, 4번 창구, 5번 창구', '편집위원회', '마솔리트 회장실', '당구실' 등 그다지 중요하지 않은 부서들을 지나 마침내 숙모가 천재적인 조카의 희극을 즐겼다는, 바로 그 기둥이 늘어선 홀이 나온다.

그리보예도프를 방문한 사람이라면 누구나(물론 완전히 멍청이가 아니라면) 행운아, 즉 마솔리트 회원들이 얼마나 잘 사는지 곧바로 알 수 있었고, 당장 검은 질투심에 사로잡혔다. 그리고 즉시 하늘을 향해, 어째서 자신이 태어날 때 문학적 재능을 부여해 주지 않았는지 비통하게 탄식하기 시작한다. 당연한 얘기지만 문학적 재능 없이 마솔리트 회원증을 손에 넣는 것은 꿈도 꿀 수 없는 일인 것이다. 계피색에, 값비싼 가죽 냄새를 풍기고 금박으로 널찍하게 가장자리를 두른, 모스크바 전체에 널리 알려진 그 회원증 말이다.

누가 이런 질투심을 변호하기 위해 한마디라도 해 줄 것인가? 질투는 가장 저열한 부류에 속하는 감정이지만 그래도 방문객의 입장에서 생각해 볼 필요가 있다. 그가 2층에서 본 것이 전부가 아니다. 사실 전부와는 거리가 멀다. 숙모의 집 1층 전체를 레스토랑이 차지하고 있었는데 오, 그 레스토랑! 그곳이 모스크바에서 가장 좋은 레스토랑이라는 명성은 합당하기 그지없었다. 그것은 단지 그곳이 둥근 천장이 있는 널따란 홀을 두 개나 차지하고 있으며 천장에 아시리아식 갈기를 휘날리는 보라색 말들이 그려져 있기 때문도 아니고, 테이블마다 갓을 씌운 등잔이 놓여 있기 때문만도 아니며, 거리의 누구나 들어올 수 있는 데가 아니라는 사실 때문만도 아니었다. 그보다는 그리보예도프가 음식의 질이라는 면에서 모스크바의 다른 모든 레스토랑보다 훨씬 앞서 있었고 그런 훌륭한 음식을 대단히 합리적인, 절대로 과하다고 할 수 없는 가격에 제공하기 때문이었다.

그러니 지금 읽고 계시는 이 가장 진실한 이야기의 작가가 언젠가 그리보예도프의 철제 울타리 근처에서 들은 이런 대화도 전혀 이상하지 않은 것이다.

"저녁은 어디서 먹을 텐가, 암브로시?"

"그런 건 왜 묻나. 당연히 여기서 먹지, 친애하는 포카! 아르치발트 아르치발도비치가 오늘 메뉴는 농어로 만든 오 나튀렐이라고 나한테만 살짝 알려 줬다네. 그건 정말 예술이지!"

"인생을 즐길 줄 아는군, 암브로시!" 삐쩍 마르고 영양 상태가 좋지 못한, 목에 여드름이 난 포카가 한숨을 쉬면서 입술이 붉고 몸집이 거대하며 금발 머리에 볼이 통통한 시인 암브로시에게 대답했다.

"즐기는 게 아냐." 암브로시가 반박했다. "그저 나도 보통 사람답게 살고 싶은 것 뿐이야. 농어는 콜로세움에서도 먹을 수 있다고 말하려는 거지, 포카? 하지만 콜로세움에서는 농어 한 접시에 13루블 15코페이카나 받는데, 여기선 5루블 50이란 말이야! 게다가 콜로세움의 농어는 최소한 사흘은 묵었고, 덧붙이자면 콜로세움에서는 극장 통로를 지나가던 젊은이가 다 먹고 던진 포도 가지를 면상에 맞지 않으리란 보장도 없다고. 싫어, 난 콜로세움은 결사반대야." 미식가 암브로시의 목소리가 대로 전체에 쩌렁쩌렁 울렸다. "날 설득할 생각일랑 하지 말게, 포카!"

"설득할 생각 없네. 저녁밥은 집에서도 먹을 수 있어." 포카가 새된 소리를 냈다.

"천만의 말씀. 자네 마누라가 공용 부엌에서 프라이팬을 들고 농어 오 나튀렐*을 요리하는 모습을 어디 상상이나 할 수 있겠어? 히히히! 오 르부아르,** 포카!" 암브로시는 이렇게 소리치고는 흥얼거리면서 차양 아래 베란다로 서둘러 가 버렸다.

에휴…… 우……. 옛날이 좋았지! 모스크바에서 좀 오래 살았다 하는 사람들은 누구나 유명한 그리보예도프를 기억한다! 농어 오 나튀렐 따위는 아무것도 아니지! 그런 건 정말 하찮은 거야, 내 친구 암브로시! 하지만 철갑상어, 은제 팬에 담긴, 뼈를 발라 얇게 저며서 가재 속살과 함께 겹겹이 쌓고 위에 신선한 캐비아를 얹은 철갑상어라면? 아니면 작고 오목한 접시에 담은, 버섯 퓌레를 곁들인 달걀 요리라면? 뼈를 발라낸 지빠귀 고기 요리는 싫어하시나? 거기다 송로 버섯을 곁들인 것도? 제노바식으로 요리한 메추라기는? 9루블 50코페이카밖에

---

* au naturel. 양념을 극히 적게 하여 단순하게 요리하는 방법.
* Au revoir. 프랑스어로 '잘 가게.' 또는 '다시 보자.'라는 뜻.

안 하지! 그리고 재즈에, 친절한 종업원! 그래, 7월에 가족들은 모두 휴양지로 떠나고 미룰 수 없이 시급한 문학 업무에 붙잡혀 도시에 혼자만 남아 있을 때, 구불구불한 포도 덩굴 그늘 아래 테라스에 앉아서 가장 깨끗한 식탁보 위에 얼룩지는 황금빛 햇살을 감상하며 먹는 프랭타니에 수프라면? 기억하시나, 암브로시? 하긴 물어볼 필요도 없지! 입술을 보니 기억한다는 걸 알겠네. 연어나 농어 따위가 다 뭐란 말인가! 하지만 황새, 깍도요, 작은 도요, 제철 멧도요, 메추라기, 깝짝도요 요리라면? 그리고 목에서 거품을 내는 나르잔 소다수는? 하지만 이제 됐다, 독자여, 지루해하는군! 나를 따르라……!

베를리오즈가 총주교 연못가에서 목숨을 잃은 바로 그날 밤 10시 30분, 그리보예도프에는 위층의 방 하나에만 불이 켜져 있었고, 그 방에서는 문사(文士) 열두 명이 회의를 하려고 모였다가 미하일 알렉산드로비치를 기다리느라 괴로워하고 있었다.

마솔리트 총무부의 의자와 책상, 심지어 창턱 두 군데까지 차지하고 앉은 사람들은 숨 막히는 더위 때문에 심각하게 고통 받고 있었다. 창문은 열려 있었지만 신선한 공기는 단 한 줄기도 새어 들어오지 않았다. 모스크바는 낮 동안 아스팔트에 집약된 열기를 뿜어냈고, 밤이라고 해서 사정이 나아지지 않으리라는 것은 명백했다. 레스토랑이 영업 중이어서 숙모의 집 지하실에서는 양파 냄새가 풍겨 왔고, 그래서 모두 한잔하고 싶어졌고 짜증이 치솟고 화가 난 상태였다.

조용하고 흠잡을 데 없는 옷차림에 주의력이 뛰어나지만 동시에 초점이 잘 맞지 않는 눈을 가진 소설가 베스쿠드니코프가 회중시계를 꺼냈다. 바늘은 11시를 향하고 있었다. 베스쿠드니코프는 손가락으로 시계의 문자판을 툭툭 치고 옆에 앉은 시인 드부브랏스키에게 시계를 보여 주었다. 드부브랏스키는 책상 위에 앉아, 바닥에 고무를 댄 노란 구두를 신은 발을 흔들며 지루함과 싸우고 있었다.

"이건 정말." 드부브랏스키가 중얼거렸다.

"이 사람, 틀림없이 클랴지마에 죽치고 있을 거예요." 나스타시야 루키니시나 네프레메노바가 굵은 목소리로 진술했다. 그녀는 모스크바 상인의 고아 출신으로 '키잡이 조르주'라는 필명으로 해상 전쟁 이야기를 집필하는 작가였다.

"한마디 하겠습니다!" 대중적인 단막극을 쓰는 작가 자그리보프가 대범하게 발언했다. "난 지금 이 찜통 속보다는 어디 시원한 발코니에 나가서 차라도 한잔 마셨으면 좋겠습니다. 회의는 10시에 시작될 예정 아니었습니까?"

"그리고 지금 클랴지마는 한창 좋을 때예요." 클랴지마에 있는 작가 휴양지 페렐리기노가 모두의 약점이라는 사실을 아는 키잡이 조르주가 부추겼다. "분명 지금쯤이면 벌써 꾀꼬리가 노래할 거요. 왠지 난 항상 시골에 가 있을 때 일이 더 잘 되던데, 특히 봄철에는."

"바제도병*을 앓는 아내를 그 낙원에 보내 치료하려고 삼 년이나 돈을 납입했는데, 어째 좀처럼 아무 소식이 없군." 단편 소설 작가인 이예로님 포프리힌이 독살스러우면서도 씁쓸하게 말했다.

"다 운에 달린 거요." 창가에서 비평가 아밥코프가 우렁우

---

* 갑상선 항진증의 대표적인 질환으로, 여자에게 많이 발생한다.

렁하게 말했다.

키잡이 조르주의 조그마한 눈에서 기쁨의 빛이 반짝였다. 그녀는 콘트랄토* 목소리를 부드럽게 하고 말했다.

"질투하지 맙시다, 동무들. 별장은 전부 스물두 채고 앞으로도 일곱 채만 더 지을 텐데, 모스크바에 있는 우리는 3000명이나 되니까요."

"3111명이오." 구석에서 누군가 끼어들었다.

"그거 보세요." 키잡이가 말을 받았다. "어쩌겠어요? 당연히 별장은 우리 중에서 가장 재능 있는 사람들이 차지하게 되는 거죠……."

"장군들이 차지하겠지!" 시나리오 작가 글루하레프가 단도직입적으로 말다툼에 끼어들었다.

베스쿠드니코프는 하품을 하는 척하며 방에서 나갔다.

"저치는 혼자 페렐리기노의 방 다섯 개짜리 별장을 차지했지." 그가 나간 후 글루하레프가 말했다.

"라브로비치는 방 여섯 개짜리 독채를 차지했어요. 게다가 식당에 있는 가구가 전부 오동나무래요!" 데니스킨이 소리쳤다.

"지금 그게 문제가 아니오. 벌써 11시 30분이라는 게 문제지." 아밥코프가 우렁차게 고함쳤다.

사람들의 동요가 커져 거의 궐기하기 직전의 상태가 되었다. 가증스러운 페렐리기노에 전화를 걸어 보았으나 어쩌다 보니 다른 별장으로 전화를 걸어서 라브로비치의 방에 연결되었는데, 라브로비치가 지금 강가에 나갔다는 사실을 알게 되었고

---

* 4성부 성악곡에서 두 번째로 높은 성부. 알토와 유사하거나 조금 낮다.

이 때문에 모두 이성을 잃었다. 그들은 닥치는 대로 전화를 걸었고 전화는 순수 문학 위원회의 내선 930번에 연결되었지만 당연히 그곳에는 아무도 없었다.

"편집장도 참, 전화 정도는 해 줄 수 있을 텐데!" 데니스킨과 글루하레프, 크반트가 소리쳤다.

아, 그러나 그 외침은 무용하였다. 미하일 알렉산드로비치는 그 어디에도 전화를 할 수가 없었다. 그리보예도프에서 멀리, 멀리 떨어진 곳의, 천 촉짜리 전구들이 환히 밝혀진 커다란 방에, 얼마 전까지도 미하일 알렉산드로비치 베를리오즈였던 것이 아연 탁자 세 개 위에 나뉘어 놓여 있었다.

첫 번째 탁자에는 흉곽이 부서지고 팔이 짓이겨진 채 말라붙은 피로 뒤덮인 발가벗은 몸통이 놓여 있었고, 두 번째에는 앞니가 부러지고 이제 날카로운 형광등 불빛에도 겁먹지 않는 눈을 동그랗게 뜬 머리가, 세 번째에는 뻣뻣해진 누더기 옷 덩어리가 놓여 있었다.

머리가 잘린 시체 앞에는 법의학 교수와 병리 해부학자, 해부실 주임, 수사 기관 관계자들, 그리고 병든 아내를 간호하다 전화를 받고 끌려나온 마솔리트의 미하일 알렉산드로비치 베를리오즈 대리인인 작가 젤디빈이 서 있었다.

젤디빈을 데려오기 위해 차가 출발했고, 우선 수사반 사람들과 함께 그를 고인의 아파트로 데려갔고(때는 거의 자정이었다.) 그곳에서 그들이 고인의 서류를 봉인하는 작업을 마친 후에야 시체 안치소로 향했다.

그리고 여기 망자의 유해들 앞에 서서 어떻게 하는 것이 좋을지 의견을 교환하고 있었다. 잘린 머리를 다시 목에 꿰매 붙여야 할까 아니면 고인을 턱 밑까지 빈틈없이 검은 천으로 감싸서 그리보예도프의 홀에 모셔야 할까?

그렇다, 미하일 알렉산드로비치는 그 어디에도 전화할 수 없었고, 데니스킨, 글루하레프, 크반트는 베스쿠드니코프와 함께 정말로 아무 소용없이 분개하고 소리를 질러 댔던 것이다. 자정 무렵 열두 문인은 모두 함께 2층을 나와 레스토랑으로 내려갔다. 여기서 다들 다시 한 번 좋지 못한 단어들을 써 가며 미하일 알렉산드로비치를 회상했는데, 왜냐하면 테라스의 테이블은 전부 이미 다른 손님들이 차지하고 있어서 그들은 할 수 없이 아름답지만 덥고 답답한 홀에 남아 저녁 식사를 해야 했기 때문이었다.

그리고 정확히 자정이 되자 레스토랑의 메인 홀에서 무엇인가가 쿵 떨어지더니, 금속성의 소리를 내며 후두둑 떨어지고 튀어 오르기 시작했다. 동시에 가느다란 남자 목소리가 흐르는 음악 속에서 절망적으로 소리쳤다. "할렐루야!" 그 유명한 그리보예도프 재즈가 울려 퍼지기 시작한 것이었다. 땀으로 뒤덮인 얼굴들에 갑자기 빛이 났고, 천장에 그려진 말들이 살아나는 것 같았으며, 등잔불이 더 밝게 타오르는 것 같았고, 마치 쇠사슬에서 풀려난 듯이 두 홀이 갑자기 춤추기 시작했으며, 그 뒤를 이어 테라스도 춤추기 시작했다.

글루하레프는 여류 시인 타마라 폴루메샤츠와 춤을 추기 시작했고, 크반트도 춤을 추었고, 소설가 주코포프는 노란 드레스를 입은 여배우와 춤을 추기 시작했다. 드라군스키와 체르닥치도, 조그마한 데니스킨은 거대한 키잡이 조르주와 함께, 미녀 건축가 세메이키나-갈은 흰 여름 바지를 입은 모르는 남자에게 꽉 안겨 춤을 추었다. 단골 손님이든 처음 온 손님이든, 모스크바 사람이든 타지 사람이든 할 것 없이 춤추었고, 크론 시타트에서 온 작가 요한과 로스토프에서 온, 아마 영화감독인 듯하며 한쪽 뺨에 커다란 반점이 있는 비탸 쿱티크라는 인물도 춤을 추었으며, 마솔리트 시(詩) 분과의 가장 대표적인 문인들, 즉 파비아노프, 보고홀스키, 슬랏키, 시피치킨, 아델피나 부즈댜크도 춤을 추었으며, 머리를 권투 선수처럼 짧게 깎고 어깨에 솜을 댄 옷을 입은, 직업을 알 수 없는 젊은이들도 춤을 추었고, 나이가 꽤 들고 턱수염을 기른 노인도 춤을 추었는데 그의 수염에는 녹색 파 조각이 깃털처럼 날아들어 붙어 있었고, 그 노인과 함께 바짝 마르고 빈혈이 심해 보이는 처녀가 구겨진 주황색 비단 드레스를 입고 춤을 추었다.

땀에 흠뻑 젖은 종업원들이 차가운 물방울이 맺힌 맥주잔을 머리 위로 치켜들고 나르면서 짜증난 목소리로 "죄송합니다, 지나갑니다, 시민!" 하고 외쳤다. 어디선가 확성기에서 명령조의 목소리가 울려 퍼졌다. "꼬치구이 하나랑 보드카 두 잔! 폴란드식 곱창도!" 가느다란 목소리는 이미 노래를 그치고 "할렐루야!"라고 소리쳤다. 재즈 밴드의 금빛 심벌즈가 울리는 소리는 주방의 설거지 담당들이 경사진 개수대로 그릇들을 미끄러뜨려 부딪치는 소리에 가려졌다. 한마디로 지옥이었다.

그리고 자정이 되자 지옥에 유령이 나타났다. 검은 눈에 단검처럼 뾰족한 턱수염을 기른 미남이 연미복 차림으로 베란다에 나타나 황제처럼 권위 있는 눈초리로 신민들을 둘러보았다. 사람들, 특히 신비주의자들이 말하기를 과거 언젠가 이 미남이 연미복 대신 권총 손잡이가 여러 개 튀어나온 널찍한 가죽 혁대를 두르고 다니던 때가 있었으며, 당시에는 까마귀 날개처럼 검은 그의 머리카락을 선홍색 비단으로 질끈 묶었고, 카리브 해에는 그의 지휘 하에 해골 문양이 그려진 죽음의 검은 깃발을 휘날리는 해적선이 떠다녔다고 했다.

하지만 아니다, 그렇지 않다! 사기꾼 신비주의자들은 거짓말을 하고 있다. 세상에는 카리브의 바다도 없고 그 바다를 떠도는 모험심에 찬 해적들도 없으며, 군함이 그들을 뒤쫓지도 않고 대포 연기가 파도 위로 퍼져 나가지도 않는다. 그런 건 지금도 없고 이전에도 전혀 없었다! 있는 것은 시든 보리수나무와 철제 울타리, 그리고 그 너머의 대로뿐이다……. 그리고 컵 안에서 얼음이 녹고, 옆 테이블에는 핏발 선 황소 같은 누군가의 눈이 보이고, 그리고 끔찍하다, 끔찍하다……. 아, 신들이여, 나의 신들이여, 나에게 독약을, 독약을……!

그리고 갑자기 테이블 뒤에서 "베를리오즈!"라는 단어가 터져 나왔다. 마치 누가 주먹으로 때리기라도 한 듯 재즈가 갑자기 엉망이 되었다가 뚝 그쳤다. "뭐, 뭐, 뭐라고? 무슨 소리야?" "베를리오즈가!" 그리고 모두 뛰어다니며 소리를 질러 대기 시작했다…….

그렇다, 미하일 알렉산드로비치에 대한 끔찍한 소식은 공포의 물결을 일으켰다. 누군가 뛰쳐나오더니 무슨 일이 있어도 지금 당장 이 자리에서, 어디 가지 말고 함께, 무엇이든 적어서 시급히 전보를 보내야 한다고 소리쳤다.

하지만 우리는 묻는다. 무슨 전보를, 어디로 보낸단 말인가? 왜 보낸다는 거지? 그리고 정말 중요한 것은, 어디로? 대체 베를리오즈에게 전보가 무슨 소용이 있단 말인가? 지금 검시관

의 고무장갑 낀 손이 그의 찌그러진 뒤통수를 내리누르고, 교
수가 휘어진 바늘로 그의 목을 꿰매고 있는데? 그는 죽었고 어
떤 전보도 소용이 없다. 모든 것이 다 끝났으니 전신국에 괜한
부담을 주지 말자.

그렇다, 죽었다, 그는 죽었다……. 그러나 우리는 살아 있지
않은가!

그렇다, 공포의 물결이 일어나 한동안 지속되었으나 이내 가
라앉기 시작했다. 벌써 누군가는 자기 테이블로 돌아가 처음에
는 몰래, 나중에는 노골적으로 보드카를 마시고 안주를 먹었
다. 사실 어째서 이 특제 치킨 커틀릿을 버려야 한단 말인가?
우리가 무슨 수로 미하일 알렉산드로비치를 도울 수 있단 말
인가? 배를 곯는 것으로? 그렇지만 우리는 살아 있지 않은가!

물론 그랜드 피아노는 벌써 자물쇠를 잠가 버렸고, 재즈 밴
드는 흩어져 가 버렸으며, 기자들은 부고를 쓰기 위해 편집실
로 돌아갔다. 시체 안치소에 갔던 젤디빈이 돌아왔다는 소식
이 알려졌다. 그가 위층, 고인의 사무실에 자리를 잡자마자 사
람들은 그가 베를리오즈의 자리까지 차지할 것이라고 쑥덕거
렸다. 젤디빈은 총무부 구성원 열두 명을 전부 레스토랑에서
불러냈고, 그들은 베를리오즈의 사무실에서 회의를 열어 긴급
사안들, 즉 기둥이 늘어선 그리보예도프의 홀을 장례식에 걸
맞게 장식하고, 시체 안치소에서 홀로 시신을 옮겨 오고, 홀을
일반에 공개할 것인지 하는, 이 비통한 사건에 관련된 문제들
을 논의하기 시작했다.

레스토랑은 평소와 다름없이 밤 영업을 재개했다. 폐점 시
간, 그러니까 새벽 4시까지 그렇게 영업을 계속할 수도 있었을

것이다. 레스토랑의 손님들에게 베를리오즈의 죽음에 관한 소식보다 훨씬 더 충격을 준, 대단히 기이한 사건이 일어나지만 않았다면 말이다.

맨 먼저 흥분한 것은 그리보예도프의 입구에서 손님을 기다리던 마부들이었다. 그중 하나가 마부석에서 일어나 소리쳤다.

"어이, 저것 좀 봐!"

그 말이 떨어지자마자 어디서 왔는지 모를 불빛이 철제 울타리 근처에 나타나더니 테라스로 다가오기 시작했다. 테이블에 앉아 있던 사람들은 하나둘 일어서서 불빛을 자세히 관찰하기 시작했고 그 불빛과 함께 하얀 유령이 레스토랑 쪽으로 걸어오는 것을 보았다. 유령이 테라스 옆, 포도 덩굴을 올리기 위한 철망까지 다가오자 모두 눈을 휘둥그렇게 뜨고 고기 조각이 꽂힌 포크를 손에 든 채 자리에서 그대로 굳어 버렸다. 이제 막 레스토랑 입구의 외투 보관실에서 마당으로 담배를 피우려고 나온 수위가 꽁초를 밟아 끄고 분명 유령이 레스토랑으로 들어가는 것을 막을 의도로 용감하게 그쪽으로 움직였으나, 무슨 이유에서인지 그러다 말고 멈춰 서서 바보 같은 미소만 지었다.

그리하여 유령은 열린 철망 틈으로 아무 제재도 받지 않고 테라스에 다가왔다. 그제야 다들, 이것은 유령 따위가 전혀 아니라 유명한 시인 이반 베즈돔니임을 알아보았다.

시인은 맨발에 길고 흰 톨스토이식 루바슈카를 입었고, 가슴께에는 알아볼 수 없는 성자가 그려진 빛바랜 종이 성화가 안전핀으로 꿰어져 있었으며, 체크무늬 흰 내복 바지를 입고 있었다. 이반 니콜라예비치는 손에 불을 붙인 결혼식용 양초를 들고 있었다. 오른쪽 볼에는 생긴 지 얼마 안 된 긁힌 상처가 있었다. 테라스에 뒤덮인 침묵은 깊이를 가늠할 수 없을 정도였다. 종업원 한 명이 맥주병을 기울인 채 멍하니 서 있는 바람에 맥주가 바닥으로 흘러 떨어졌다.

시인은 촛불을 머리 위로 들고 큰 소리로 말했다. "안녕하십니까, 친구들!" 그러고 나서 가까이 있는 테이블을 훑어보고 구슬프게 소리쳤다. "그래, 그는 여기 없군!"

두 사람의 목소리가 들려왔다. 저음의 베이스가 차갑게 말했다.

"저렇게 될 줄 알았어. 술을 너무 많이 먹더니 돌았군."

그리고 두 번째로 겁에 질린 여자 목소리가 말을 뱉어 냈다.

"경찰은 어떻게 저런 상태로 거리를 돌아다니도록 내버려 뒀을까?"

이반은 이것을 듣고 대답했다.

"경찰이 두 번 붙잡으려고 했어요, 한 번은 스카테르트니 골목이었고 두 번째는 여기 브론나야 거리에서. 하지만 담장을 뛰어넘었죠, 그래서 보시다시피 볼에 상처가 났고요!" 이반 니콜라예비치는 다시 촛불을 치켜들고 소리쳤다. "문학으로 맺어진 형제 여러분! (그의 갈라진 목소리는 강해지면서 열기를 띠었다.) 모두 내 말을 들으시오! 그가 나타났습니다! 당장 그를 붙잡으시오. 그렇지 않으면 그가 엄청난 재앙을 일으킬 겁니다!"

"뭐, 뭐라고? 뭐라고 하는 거야? 누가 나타났다고?" 사방에서 목소리가 웅성거렸다.

"자문 교수요! 그 자문 교수가 방금 총주교 연못에서 베를리오즈를 죽였어요." 이반이 대답했다.

그러자 식당의 가장 안쪽에서부터 테라스로 사람들이 몰려나와서 이반의 불빛을 둘러싸고 군중이 형성되었다.

"죄송합니다. 죄송하지만 좀 더 구체적으로 말해 보세요." 이반 니콜라예비치의 귀 위에서 조용하고 정중한 목소리가 들렸다. "무슨 뜻입니까, 죽였다니요? 누가 죽였습니까?"

"외국인 자문 교수, 첩자요!" 이반이 주위를 둘러보며 말했다.

"그 사람 이름이 뭡니까?" 목소리가 그의 귀에 대고 조용히 물었다.

"바로 그겁니다, 이름!" 이반이 침울하게 소리쳤다. "그의 이름을 알 수만 있다면! 명함에 이름이 찍혀 있었는데, 제대로 못 봤어요……. 첫 번째 글자가 '베(W)'였던 것만 기억합니다. W로 시작하는 이름이에요! W로 시작하는 이름이 뭐가 있지?" 이반은 한 손으로 이마를 누르고 자문하다가 갑자기 중얼거리기 시작했다. "베, 베, 베, 바…… 보…… 바그네르? 바그네르인가? 바이네르? 베그네르? 빈테르?" 이반의 머리카락이 긴장으로 물결치기 시작했다.

"불프?" 어떤 여자가 동정심을 담아 소리쳤다.

그러자 이반이 버럭 성을 냈다.

"멍청아!" 그는 눈으로 방금 말한 여자를 좇으며 고함쳤다. "불프라니 무슨 소리야? 불프는 아무 잘못도 없어. 보, 바…… 몰라! 기억이 안 나! 이보시오, 시민 여러분, 빨리 경찰에 전화해서 기관총으로 무장한 오토바이 경비대 다섯 명을 보내 교수를 잡으라고 해요. 그리고 교수와 한패인 자들이 두 명 더 있다는 것도 잊지 말고 꼭 얘기하시오. 하나는 체크무늬 꺽다리인데…… 코안경 알은 금이 갔고…… 그리고 고양이는 까맣고 뚱뚱해요. 나는 그동안 그리보예도프를 뒤질 테니까…….
어쩐지 그들이 여기에 있을 것만 같은 예감이 들어요."

이반은 흥분하여 자신을 둘러싼 군중을 밀쳐 내고 촛농을
흘리는 촛불을 휘두르며 테이블 아래를 살펴보기 시작했다. 그
때 누가 외쳤다. "의사를 불러!" 그리고 이반 앞에 매끈하게 면
도하고 잘 먹어서 기름기가 도는 상냥하고 살집 있는 얼굴이
뿔테 안경을 쓰고 나타났다.

"베즈돔니 동무." 그 얼굴이 유쾌한 목소리로 말했다. "진
정하시오! 우리 모두 그토록 사랑했던 미하일 알렉산드로비
치…… 아니, 그냥 미샤 베를리오즈의 죽음 때문에 동무는 이
성을 잃었어요. 우리 모두 그 점을 충분히 이해합니다. 동무에
게는 안정이 필요해요. 동무들이 곧 침대로 데려다 줄 테니 한
잠 자고 나면……."

"너." 이반이 이를 드러내며 그의 말을 끊었다. "교수를 잡
아야 한단 말이야, 알아들어? 그런 헛소리로 날 꾀려고! 돌팔
이 같으니!"

"베즈돔니 동무, 제발 이러지 마시오." 상대방은 얼굴이 붉
어지며, 뒤로 물러나며, 이런 일에 연루된 것을 후회하며 대답
했다.

"아아, 안 되지. 다른 사람이라면 몰라도 너한테는 이럴 수
있다." 적의를 담아 이반이 나직하게 말했다.

이반의 얼굴이 경련으로 일그러졌고, 그는 재빨리 양초를
오른손에서 왼손으로 옮겨 들고 팔을 크게 휘둘러 동정 어린
얼굴의 귀뺨에 한 방 먹였다.

그제야 사람들은 이반에게 덤벼들어야 한다는 사실을 깨달

왔고, 그래서 덤벼들었다. 촛불이 꺼지고 얼굴에서 벗겨져 나온 안경은 눈 깜짝할 새에 짓밟혀 깨졌다. 이반은 무시무시하게 큰 소리로 전투를 개시하는 함성을 질렀는데, 그 소리는 대로변까지 울려서 행인들의 흥미를 돋울 정도였다. 그러고 나서 그는 자신을 방어하기 시작했다. 테이블에서 그릇이 떨어져 깨지는 소리가 들리고 여자들은 비명을 질렀다.

종업원들이 수건으로 이반을 묶는 동안 외투 보관실에서는 해적 두목과 수위의 대화가 진행되었다.

"속옷만 입은 걸 못 봤습니까?" 해적이 차갑게 물었다.

"하지만 아르치발트 아르치발도비치. 제가 어쩌겠습니까? 저도 압니다, 테라스에는 숙녀분들도 앉아 있고……." 수위의 얼굴이 자줏빛으로 변했다.

"숙녀들은 아무 상관도 없소, 그들에겐 아무래도 좋은 일이오." 해적이 말 그대로 수위를 불태울 듯한 눈빛으로 쳐다보며 대답했다. "그러나 경찰은 상관이 있소! 속옷만 입은 사람이 모스크바의 거리를 배회할 수 있는 경우는 단 한 가지, 경찰이 동행하고 있을 때뿐이고, 그 사람이 갈 수 있는 곳은 단 한 군데, 경찰서뿐이오! 그리고 당신이 수위라면 그런 사람을 보면 반드시, 한 순간도 망설이지 않고 호각을 울릴 의무가 있다는 걸 알아야만 한단 말이오! 들립니까? 지금 테라스에서 무슨 일이 일어나는지?"

반쯤 정신이 나간 수위는 테라스에서 흘러나오는 신음 소리와 사람들에게 밟혀 쩽그랑거리며 깨지는 그릇 소리, 여자들의 비명 소리를 들었다.

"이제 이 일을 어떻게 책임질 거요?" 해적 두목이 물었다.

수위의 얼굴은 티푸스 환자처럼 누렇게 떴고, 눈은 생기를 잃었다. 그의 눈에 가르마를 탄 검은 머리가 불타는 비단 같은 것으로 덮이는 모습이 보였다. 눈처럼 흰 셔츠 가슴팍도, 연미복도 사라지고 가죽 혁대 뒤에서 권총의 손잡이가 나타났다. 수위는 이미 자신의 머리가 앞쪽 돛대 위에 매달려 있는 모습을 상상하고 있었다. 축 내민 혀와, 양 어깨 위로 꼼짝도 않고 처진 머리를 제 눈으로 똑똑히 보았고 심지어 뱃전 너머로 물결치는 파도 소리까지 들려왔다. 무릎에 힘이 빠지기 시작했다. 그러나 그때 해적은 그를 동정하여 불타는 눈빛을 거두었다.

"조심하시오, 니콜라이! 이런 일은 이번이 마지막이오! 당신 같은 수위는 우리 레스토랑에 거저 줘도 필요없소. 교회 문지기나 하는 게 좋을 거요." 이렇게 말하고 해적 두목은 신속하고, 분명하고 정확하게 명령을 내렸다. "식기실에서 판텔레이를 불러와. 경찰. 조서. 차. 정신 병원으로." 그리고 덧붙였다. "호루라기!"

십오 분 후, 레스토랑 안뿐만 아니라 대로와 레스토랑에 인접한 집들의 창가에 있던 몹시 흥분한 군중이 판텔레이와 수위, 경찰, 종업원, 시인 류힌이 그리보예도프 정문 밖으로 마치 허수아비를 운반하듯이 젊은 남자를 데리고 나오는 것을 목격했다. 눈물로 범벅이 된 남자는 특히 류힌을 겨냥해 침을 뱉으며 온 대로에 울리게 소리쳤다.

"불한당! 악당들……!"

트럭 운전수가 성난 몸짓으로 시동을 걸었다. 옆에서 마부가 보라색 채찍으로 말 궁둥이를 때려 말을 흥분시키며 소리쳤다.

"이쪽 경주마를 타세요! 정신 병원에 태워다 준 적도 많아요!"

주위에서 군중이 이 진기한 사건을 논의하며 웅성거렸다. 이것은 한마디로 더럽고, 음란하고, 정신없고, 저질스러운 추문이었고, 마침내 트럭이 그리보예도프의 철문을 통해 불행한 이반 니콜라예비치와 경찰, 판텔레이, 류힌을 싣고 빠져나갔을 때에야 추문은 끝이 났다.

6
정신 분열증, 예고된 대로

최근 모스크바 외곽의 강가에 설립된 유명한 정신 병원의 접수실에 뾰족한 턱수염을 기르고 흰 가운을 갖춰 입은 사람이 들어섰을 때 시간은 새벽 1시 30분이었다. 남자 간호사 세 명은 소파에 앉아 있는 이반 니콜라예비치에게서 눈을 떼지 않았다. 여기에는 또 극도로 흥분한 시인 류힌도 있었다. 이반 니콜라예비치를 묶었던 수건은 한 덩어리로 뭉쳐져 그가 앉은 소파 한쪽에 놓여 있었다. 이반 니콜라예비치의 손과 발은 자유로웠다.

류힌은 들어온 사람을 보고 얼굴이 창백해져서 기침을 하고 소심하게 말했다.

"안녕하십니까, 박사님."

박사는 류힌에게 고개를 숙여 보였으나, 인사를 하면서 류힌을 보지 않고 이반 니콜라예비치를 보았다. 이반은 분노가 가득한 얼굴로 눈썹을 추켜올린 채, 의사가 들어왔는데도 꿈쩍도 하지 않았다.

"저, 박사님." 류힌이 왠지 알 수 없지만 비밀스럽게 속삭이는 소리로 겁먹은 듯 이반 니콜라예비치를 곁눈질하면서 말했다. "이분은 저명한 시인 이반 니콜라예비치인데……. 그게, 그러니까 말입니다……. 저희 생각에는 과음으로 인한 광기가 아닐까 싶은데요……."

"폭음을 합니까?" 박사가 잇새로 내뱉듯이 물었다.

"아니요, 가끔 마시긴 하지만, 그 정도까지는……."

"바퀴벌레나 쥐, 조그만 악마, 달리는 개를 잡으려고는 안 하던가요?"

"아뇨. 어제하고 오늘 아침에 만났어요. 그때는 완전히 건강했는데……." 류힌이 몸을 떨며 대답했다.

"그런데 왜 내복 차림이죠? 잠자리에서 데려왔나요?"

"박사님, 그러니까, 레스토랑에 저런 차림으로 들어왔어요……."

"아하. 알겠습니다." 박사가 대단히 만족스럽게 말했다. "찰과상은 뭡니까? 드잡이라도 했습니까?"

"담장에서 떨어졌고, 그다음에는 레스토랑에서 누구를 때렸고…… 또 누구 다른 사람도 때렸는데……."

"예, 예. 알겠습니다." 박사가 대답하고 이반에게 돌아서서 말했다. "안녕하세요!"

"안녕하시오, 사기꾼!" 이반이 큰 목소리로 독살스럽게 대답했다.

류힌은 너무나 창피해서 예의 바른 박사 앞에서 감히 고개를 들지 못할 정도였다. 그러나 의사는 전혀 기분 상해하지 않고, 능숙하고 편안한 동작으로 안경을 벗고는 가운 자락을 조금 들어올려 그것을 바지 뒤춤에 집어넣고 나서 이반에게 물었다.

"몇 살입니까?"

"댁들은 날 내버려 두고 악마한테나 가 버리시오!" 이반이 난폭하게 소리치고 몸을 홱 돌렸다.

"어째서 화를 냅니까? 내가 뭔가 불쾌한 말이라도 했습니까?"

"난 스물세 살이오." 이반이 흥분하여 말했다. "그리고 당신들에 대해서 전부 항의서를 제출할 거요. 특히 너에 대해서, 이 기생충아!" 그가 류힌을 향해 개별적으로 진술했다.

"구체적으로 어떤 점에 대해서 항의하고 싶습니까?"

"나를, 건강한 사람을 붙잡아서 강제로 정신 병원에 끌고 왔지 않소!" 이반이 분개하여 대답했다.

류힌은 이반을 들여다보고 온몸이 차가워졌다. 과연 그의 눈에는 전혀 아무런 광기도 없었다. 그리보예도프에서 보았던 흐린 눈은 이제 보통 때의 맑은 눈으로 돌아와 있었다.

'맙소사!' 류힌이 겁에 질려 생각했다. '그래, 저렇게 그냥 멀쩡하단 말인가? 이게 무슨 헛소리야! 그럼 우린 도대체 왜 그를 여기로 끌고 온 거지? 멀쩡해, 멀쩡하다고. 그저 낯짝이 좀 긁혔다 뿐이지……'

의사가 번쩍거리는 쇠 다리가 받쳐진 동그란 흰색 의자에 앉으면서 조용히 말했다. "당신은 정신 병원에 끌려온 게 아니라 병원에 와 있고, 여기선 그럴 필요가 없다면 아무도 당신을 붙잡아 두지 않을 겁니다."

이반 니콜라예비치는 믿지 못하겠다는 듯 곁눈질을 했으나, 그래도 어쨌든 이렇게 웅얼거렸다.

"하느님, 감사합니다! 그 머저리에 무능한 사샤* 같은 천치들 사이에서 드디어 정상인 사람이 나타났군요!"

"무능한 사샤는 누굽니까?" 의사가 문의했다.

"여기 있는 류힌이지요!" 이반이 더러운 손가락으로 류힌을 가리키며 대답했다.

류힌은 격분하여 얼굴이 시뻘개졌다.

'감사의 말 대신 받는 게 이거로군! 그를 동정했다는 이유만으로! 정말이지 재수 없는 일이야!' 그는 비통하게 생각했다.

"정신 상태가 아주 전형적인 부농(富農)이지요." 이반 니콜라예비치는 류힌의 결점을 폭로하고 싶어 안달이 난 것이 분명했다. "뿐만 아니라 부농인 주제에 교묘하게 무산 계급의 탈을 쓰고 있다고요. 이 위선적이고 음울한 용모를 보고 신년을 기념해 지은 그 낭랑한 시를 다시 읽어 보세요! 헤, 헤, 헤……. '날아오릅시다!'에다가 '전진합시다!'라니……. 이자가 무슨 생각을 하는지 그 속을 한번 들여다보면…… 비명이 절로 나올 겁니다!" 이반 니콜라예비치는 불길하게 소리내어 웃었다.

류힌은 힘겹게 숨을 몰아쉬면서 빨개진 얼굴로 오직 한 가지, 즉 이제껏 뱀 새끼를 품에 안고 키워 왔으며, 자신이 동정했던 인물이 알고 보니 악의에 찬 원수였다는 사실만을 생각하고 있었다. 게다가 이 상황에서는 아무것도 할 수 없었다. 정신병자와 말다툼을 할 수는 없는 것이다!

---

* '알렉산드르'의 애칭.

"그런데 왜 당신을 우리에게 데려왔을까요?" 차분하게 베즈돔니의 폭로를 듣고 있던 의사가 물었다.

"그러니까 그 천치들은 악마가 잡아가 버려야 해요! 날 붙잡아서 무슨 넝마 조각으로 묶더니 끌고 가서는 트럭에 태워 버렸소!"

"어째서 속옷만 입고 레스토랑에 들어갔는지 물어봐도 되겠습니까?"

"이상할 거 하나도 없습니다." 이반이 대답했다. "모스크바 강에 수영하러 갔는데 누가 내 옷을 집어 가고 이 걸레 조각을 남겨 놨어요! 벌거벗고 모스크바를 돌아다닐 순 없지 않소! 하는 수 없이 있는 걸 주워 입었죠. 서둘러 식당으로, 그리보예도프로 가야 했으니까."

의사가 어리둥절한 표정으로 류힌을 바라보자 류힌은 음울하게 중얼거렸다.

"레스토랑 이름이 그리보예도프입니다."

"아하." 의사가 말했다. "그런데 왜 그렇게 서둘렀습니까? 업무와 관련된 약속이라도 있었습니까?"

"자문 교수를 잡으려고요." 이반 니콜라예비치가 대답하고 불안하게 주위를 살폈다.

"어떤 자문 교수입니까?"

"베를리오즈를 아십니까?" 이반이 여러 가지 의미를 담아서 물었다.

"그…… 작곡가* 말입니까?"

---

* 프랑스의 작곡가 베를리오즈(1803~1869)를 가리킨다.

이반은 실망했다.

"무슨 작곡가 말입니까? 아, 그렇군……. 그가 아니오! 그 작곡가는 미하일 베를리오즈와 동명이인일 뿐입니다."

류힌은 아무 말도 하고 싶지 않았지만 설명을 해야만 했다.

"마솔리트 회장 베를리오즈가 오늘 저녁 총주교 연못가에서 전차에 치였습니다."

"알지도 못하면서 헛소리하지 마! 거기 있었던 건 네가 아니고 나야! 그자가 계획적으로 베를리오즈를 전차 밑으로 집어넣은 거야!" 이반이 류힌에게 버럭 화를 냈다.

"밀었습니까?"

"'밀었습니까'라니 그게 지금 무슨 상관입니까?" 이반은 말이 통하지 않자 화를 내며 소리 질렀다. "그자는 밀 필요도 없었어요! 그자는 정말 인간의 능력 밖에 있는 일들도 할 수 있다고! 그는 베를리오즈가 전차에 치일 거라는 사실도 미리 알고 있었어요!"

"그런데 당신 말고 그 자문 교수를 본 사람이 있습니까?"

"그 점이 문젭니다. 나하고 베를리오즈밖에 없었어요."

"그렇군요. 그럼 그 살인범을 잡기 위해 어떤 조치를 취하셨습니까?" 의사는 몸을 돌리면서 옆의 책상에 앉아 있는, 흰 가운을 입은 여자에게 눈짓을 했다. 그 여자는 종이를 한 장 꺼내 세로줄의 빈칸을 채우기 시작했다.

"이렇게 했지요. 일단 부엌에서 초를 가져다가……."

"이겁니까?" 의사가 성화와 함께 여자 앞의 책상에 놓여 있는 부러진 양초를 가리키며 물었다.

"바로 그겁니다, 그리고……."

"그런데 성화는 왜?"

"아, 그렇죠. 성화…… 무엇보다도 성화가 그들에게 겁을 줄 테니까요." 이반은 얼굴이 붉어졌다. 그는 다시 손가락으로 류힌을 가리켰다. "하지만 문제는 그러니까 그 자문 교수, 그자는…… 솔직히 말하겠습니다…… 부정한 기운과 관계를 맺고 있어요……. 그러니까 그렇게 쉽게 잡을 수는 없을 겁니다."

무슨 이유에서인지 남자 간호사들이 똑바로 부동자세를 취하고 이반에게서 눈을 떼지 않았다.

"그래요." 이반이 계속했다. "관계가 있어요! 이건 어찌할 수 없는 사실입니다. 그는 본디오 빌라도와 직접 이야기를 나눴어요. 그래, 그런 식으로 날 쳐다보지 말아요! 사실을 말하는 거라고요! 그는 모든 걸 봤어요, 발코니도, 야자수도. 한마디로 본디오 빌라도 옆에 있었어요, 그 점은 내가 보증합니다."

"그래요, 그렇군요……"

"그래서 어쩔 수 없이 가슴에 성화를 핀으로 꽂고 쫓아간 겁니다……"

그때 갑자기 시계가 두 번 울렸다.

"어어엇!" 이반이 소파에서 일어서며 소리쳤다. "2시인데 여기서 시간을 낭비하고 있군! 실례지만 전화는 어디 있습니까?"

"전화 쓰게 하세요." 의사가 남자 간호사들에게 지시했다.

이반이 수화기를 붙잡고 있는 동안 흰 가운을 입은 여자가 조용히 류힌에게 물었다.

"이 사람 결혼했나요?"

"독신입니다." 류힌이 겁먹은 듯 대답했다.

"노동조합 회원인가요?"

"예."

"경찰입니까?" 이반이 수화기에 대고 소리쳤다. "경찰입니까? 당직 동무, 지금 당장 기관총으로 무장한 오토바이 부대원 다섯 명을 보내서 외국인 자문 교수를 체포하라고 지시하시오. 뭐라고요? 날 데리러 오세요, 내가 당신들이랑 같이 갈 테니까……. 나 시인 베즈돔니인데 정신 병원에서 전화하고 있소……. 여기 주소가 어떻게 되죠?" 베즈돔니가 손바닥으로 수화기를 가리고 의사에게 속삭이듯 질문한 후 다시 수화기에 대고 소리쳤다. "들립니까? 여보세요……! 무례하긴!" 이반이 갑자기 수화기를 벽에 대고 던졌다. 그리고 그는 의사를 향해 돌아서서 악수를 하고는 건조하게 "안녕히 계시오."라고 말한 후 나가려 했다.

"죄송하지만 지금 어디로 가시려는 겁니까?" 의사가 이반의 눈을 들여다보며 물었다. "한밤중에 속옷만 입고……. 몸이 안 좋으신 게 분명하니 여기 계시지요!"

"나가게 해 주시오." 이반이 문 주위에 모여 선 남자 간호사들에게 말했다. "나가게 해 줄 거요, 말 거요?" 시인이 무서운 목소리로 외쳤다.

류힌은 몸을 떨었고, 여자는 탁자 위의 단추를 눌렀으며, 탁자에 깔린 유리판 위로 빛나는 작은 상자와 봉인된 주사약 병이 튀어 올랐다.

"아, 그래?" 이반이 사냥개에 쫓기는 사냥감 같은 눈빛으로 사납게 좌우를 둘러보며 말했다. "그렇다면 좋아! 안녕히 계시오!" 그리고 그는 머리부터 곧장 커튼이 쳐진 창문을 향해 뛰어들었다.

상당히 큰 소리가 났지만 커튼 뒤의 유리는 금조차 가지 않았고, 이반 니콜라예비치는 순식간에 남자 간호사들의 손에 잡혔다. 그는 손을 물어 뜯으려 하면서 목쉰 소리로 소리쳤다.

"아니 여기 유리는 대체 뭘로 만든 거야! 놔! 놓으라고……!"

의사의 손에서 주사기가 번쩍이는가 싶더니, 여자가 손을 휘둘러 루바슈카의 낡은 소매를 뜯어내고 여자답지 않은 힘으로 팔을 움켜쥐었다. 에테르 냄새가 퍼지고 이반이 네 사람의 손에 붙잡혀 꼼짝도 못하자 기민한 의사가 이 순간을 이용해 이반의 팔에 바늘을 꽂았다. 이반은 몇 초간 더 잡혀 있다가 소파 위에 눕혀졌다.

"불한당들!" 이반이 소파에서 뛰어 일어나며 소리쳤지만, 사람들이 그를 다시 눌러서 안정시켰다. 그는 사람들이 손을 떼자마자 다시 일어나려 하다가 이번에는 스스로 다시 앉았다. 그는 사납게 주위를 둘러보며 침묵을 지켰고, 그러다가 돌연히 하품을 했으며, 그러고 나서 악의를 담아 미소 지었다.

"결국 감금했군." 그는 이렇게 말하고 다시 한 번 하품한 뒤 누웠다. 그리고 머리는 베개 위에 누이고 주먹은 아이처럼 볼 아래 둔 채 잠에 취한, 힘없는 목소리로 중얼거렸다. "그래, 정말 잘됐군……. 이 대가는 당신들이 직접 치르게 될 거요. 난 경고했으니 그 뒤로는 알아서들 하시오……! 지금 내게 무엇보다도 흥미로운 건 본디오 빌라도…… 빌라도……." 그리고 그는 눈을 감았다.

"목욕시키고, 117호 독방으로. 문 앞에 경비 세우고." 의사가 안경을 쓰며 지시했다. 류힌은 다시 몸을 떨었다. 하얀 문이 소리 없이 열리고 그 뒤로 푸른 야간 등을 밝힌 복도가 나타났다. 복도에서 고무바퀴를 단 간이침대가 나왔다. 그 위에 조용해진 이반이 뉘어졌으며, 그는 간이침대를 타고 복도로 사라졌고, 그 뒤로 문이 닫혔다.

"박사님." 충격을 받은 류힌이 속삭이는 소리로 물었다. "그럼 그가 정말로 아픈 겁니까?"

"오, 물론이죠." 의사가 대답했다.

"도대체 무슨 병입니까?" 류힌이 소심하게 물었다.

지친 의사는 류힌을 바라보며 기운 없이 대답했다.

"언어와 행동의 흥분 상태…… 환각적 현실 인식…… 복합적입니다만…… 아마 정신 분열증이 분명하겠죠. 게다가 알콜 중독도 있고……."

류힌은 이반 니콜라예비치의 상태가 상당히 나쁘다는 것 말고는 의사의 말을 한마디도 알아듣지 못했고, 한숨을 쉬며 물었다.

"그런데 계속 그 자문 교수에 대해서 말하는 건 뭡니까?"

"분명히 그의 비정상적인 상상력을 발현하게 한 누군가를 봤을 겁니다. 아니면 환각을 봤을 수도 있죠……."

몇 분 후 트럭이 류힌을 모스크바로 실어 날랐다. 동이 트고 있었고, 아직 꺼지지 않은 대로의 가로등 불빛은 필요도 없고 불쾌해 보이기까지 했다. 운전수는 헛되이 밤이 지나가 버렸다는 사실에 화를 내며 있는 힘껏 차를 몰았다. 모퉁이를 돌 때마다 찢어지는 듯한 타이어 소리가 났다.

숲이 지나가 뒤쪽 어딘가로 사라지고 강이 어딘가 옆으로 지나가고 앞에는 여러 가지 풍경이 펼쳐졌다. 경비 초소가 있는 울타리와 장작더미, 높다란 기둥과 전신주, 전신주 위에 타

래 모양으로 말아 놓은 전선, 부스러진 돌 조각 무더기, 줄무
늬 운하가 흐르는 대지 ─ 한마디로 지금 바로 눈앞에, 여기
모퉁이 뒤에 모스크바가 있고, 지금 당장 덤벼들어 보는 사람
을 붙잡을 듯한 느낌이었다.

류힌은 흔들리고 덜컹덜컹 튀어 올랐다. 그가 깔고 앉은 그
루터기는 계속 미끄러져 빠져 나가려 했다. 이미 트롤리버스*
를 타고 가 버린 경찰과 판텔레이가 트럭 안에 아무렇게나 내
던진 레스토랑의 수건이 짐칸 전체에 흩어져 있었다. 류힌은
수건을 주워 모으려다 말고 왠지 모르게 악의를 담아 "그래,
다 악마에게나 가 버리라지! 정말 내가 왜 바보처럼 이걸 다
주워야 해……?"라고 새된 소리로 투덜거리고는 수건을 발로
차서 흩어 버리고 더 이상 쳐다보지 않았다.

차를 타고 가는 동안 그는 끔찍한 기분이 들었다. 불행한 정
신병자들의 집을 방문한 것은 그의 내면에 깊은 흔적을 남긴
것이 확실했다. 류힌은 정확히 무엇이 자신을 괴롭히는지 이
해하려고 애썼다. 기억에 달라붙어 버린, 푸른 등이 켜진 복도
인가? 세상에 분별력을 잃는 것보다 더한 불행은 없다는 생각
인가? 그래, 그래, 물론 그것도 있다. 그러나 그것은 다들 하는
생각 아닌가. 뭔가 다른 것이 더 있다. 그게 무엇일까? 모욕이
다, 바로 그거다. 그래, 그래, 베즈돔니가 면전에 대고 던진 모
욕적인 말들이다. 그리고 그 말이 모욕적이어서가 아니라, 그
안에 진실이 숨어 있기 때문에 비통한 것이다.

시인은 이제 더 이상 주위를 둘러보지 않고, 흔들리는 더러

---

* 공중에 가로질러 설치한 전선에서 전력을 공급받아 달리는 전차.

운 바닥에 자리를 잡고 앉아서 자기 자신을 비난하면서 혼자 푸념하고 중얼거리기 시작했다.

그래, 시……. 그는 서른두 살이었다! 앞으로 대체 어떻게 될 것인가? 앞으로도 그는 일 년에 몇편씩 시를 쓸 것이었다. 늙을 때까지? 그래, 늙어 생이 다할 때까지. 그가 쓴 시가 그에게 무엇을 가져다줄 것인가? 명성? '무슨 헛소리야! 자기 자신을 속이지 말자. 형편없는 시를 쓰는 사람에게 명성은 절대 오지 않아. 내 시는 왜 형편없을까? 그가 진실을, 진실을 말했어!' 류힌이 자기 자신에게 무자비하게 말했다. '난 내가 쓰는 말을 하나도 믿지 않아!'

시인은 날카로워진 신경이 터질 것 같은 느낌이 들어 몸을 숙였고, 그의 아래에 있는 바닥은 더이상 덜컹거리지 않았다. 류힌은 머리를 들어 자신이 이미 모스크바에 들어와 있음을 깨달았다. 모스크바 위로 동이 트고 있으며, 구름은 가장자리가 금빛으로 빛났고, 트럭은 대로 모퉁이에 줄지어 선 차들의 행렬에 갇혀 멈추어 있고, 근처 받침대 위에 금속으로 만든 사람이 고개를 조금 숙이고 무관심하게 대로를 바라보며 서 있는 것을 보았다.

번민하는 시인의 머릿속으로 이상한 생각들이 쏟아져 들어왔다. '여기 진짜 행운이라는 것의 좋은 예가 있군…….' 류힌은 트럭의 짐칸에서 똑바로 몸을 세우고, 아무도 건드리지 않는 철제 인간*을 향해 무슨 이유에서인지 주먹을 치켜들었다.

---

* 19세기 초반 러시아의 시인이자 소설가인 알렉산드르 세르게예비치 푸시킨(1799~1837)의 동상.

"인생에서 어떤 행로를 걸었든 간에, 무슨 일이 있었든 간에, 모든 게 다 그에게 유리하게 돌아갔고, 모든 게 다 그의 명성에 더해졌어! 하지만 그는 무슨 일을 한 것일까? 난 납득할 수 없어……. '폭풍이 안개가 되어…….'*라는 말이 뭐가 특별하다는 말인가……? 이해할 수 없어……! 운이 좋았어, 운이 좋았다고!" 갑자기 류힌은 적의에 차서 소리 질렀고 그의 아래에서 트럭이 살짝 움직이는 것을 느꼈다. "그 백군(白軍) 장교가 총을 쏘고 또 쏴서 넓적다리를 박살 내고 불멸을 확보해 준 거야……."**

다시 차의 행렬이 움직였다. 채 이 분도 지나기 전에 시인이 완전히 병들고 심지어 조금 늙어 버리기까지 한 채로 그리보예도프의 테라스에 들어섰다. 테라스는 이미 비어 있었다. 구석에서 남은 술을 마시고 있는 일행의 한가운데에서 낯익은 사회자가 둥근 모자를 쓰고 한 손에 아브라우 샴페인 잔을 들고 부산을 떨었다.

아르치발트 아르치발도비치가 수건을 한아름 들고 있던 류힌을 친절하게 맞이했고, 류힌은 즉시 그 저주받은 넝마에서 해방되었다. 류힌이 병원과 트럭 안에서 그토록 절망하지만 않았더라면, 세부적인 이야기는 상상하고 꾸며 내면서 정신과에서 벌어진 일들을 만족스럽게 이야기했을 것이다. 그러나 지금 류힌은 그럴 상태가 아니었고, 그가 본래 관찰력이 부족하기

---

* 푸시킨의 시 「겨울 저녁」(1825)의 도입부.
** 푸시킨은 아내의 명예를 지키고자 결투에 임했다가 상대방인 귀족 장교(혁명 후 소련 시민의 입장에서는 '백군(白軍)' 장교)의 총에 넓적다리를 맞고 출혈 과다와 이에 따른 합병증으로 사망했다.

는 했지만 아무튼 트럭에서의 고뇌를 겪고 난 뒤에야 처음으로 해적을 날카롭게 들여다보았고, 그자가 비록 베즈돔니에 대해 여러 가지를 물으며 심지어 '저런, 저런, 저런!' 하고 소리치기까지 하며 안타까워하지만 사실은 베즈돔니의 운명에 완전히 무관심하며 그를 조금도 불쌍하게 여기지 않는다는 사실을 깨달았다. '그래, 멋지군! 그렇지! 잘됐어!' 류힌은 냉소와 자학이 담긴 적의를 품으며 생각했고, 정신 분열증에 대한 이야기를 끊고 부탁했다.

"아르치발트 아르치발도비치, 보드카 한 잔만 마셨으면 합니다……."

해적은 동정하는 표정을 지으며 속삭였다.

"이해합니다……. 당장 가져다 드리지요……." 그리고 종업원에게 손을 흔들었다.

십오 분 후 류힌은 완전히 고독에 잠겨 들어 생선 접시 위로 몸을 숙인 채 웅크리고 앉아서, 무슨 수를 쓰더라도 그의 인생을 올바른 방향으로 되돌릴 수 없으며, 오직 할 수 있는 일은 잊어버리는 것뿐이라는 사실을 깨닫고 인정하면서 한 잔, 또 한 잔을 마셨다.

시인은 다른 사람들이 잔치를 벌이는 동안 밤을 허비했고, 그 밤을 되돌릴 수는 없다는 사실을 이제 이해했다. 밤이 돌이킬 수 없이 사라져 버렸다는 사실을 깨닫기 위해서는 등잔에서 고개를 들어 하늘을 쳐다보는 것으로 충분했다. 종업원들이 재빠르게 테이블에서 식탁보를 벗겼다. 테라스 근처에서 뛰어다니는 고양이들의 얼굴에 아침의 표정이 어려 있었다. 낮이 걷잡을 수 없이 시인 위로 덮쳐 왔다.

7
좋지 못한 아파트

다음 날 아침, 스테판 리호데예프에게 "스테판! 지금 당장 일어나지 않으면 총살하겠다!"라고 말했다면 스테판은 들릴 듯 말 듯한 괴로운 목소리로 이렇게 대답했을 것이다. "총살하세요. 하고 싶은 대로 하세요, 난 안 일어날 테니까."

그는 일어나는 것이 문제가 아니라, 눈을 뜰 수도 없었다. 눈을 뜨는 순간 번개가 들이쳐서 머리가 조각날 것 같았기 때문이었다. 머릿속에서는 무거운 종이 울리는 듯했고, 안구와 감긴 눈꺼풀 사이에는 불꽃 같은 녹색 테를 두른 붉은 갈색 얼룩이 떠다녔고, 여기에 덧붙여 속이 메슥거렸으며, 게다가 그 구역질은 집요하게 들려오는 어떤 축음기 소리와 관련이 있는 것 같았다.

스테판은 무엇이든 기억해 내려 애썼지만 오로지 한 가지만 기억날 뿐이었다. 그것은, 어제 어딘가에서 그가 냅킨을 손에 들고 서서 어떤 숙녀에게 입을 맞추려고 했으며, 게다가 그녀에게 다음 날, 정확히 다음 날 정오에 만나러 가겠다고 약속했다는 것이었다. 숙녀는 이렇게 말하면서 거절했다. "안 돼요, 안 돼. 난 내일 집에 없을 거예요!" 그러나 스테판은 자기 의견을 고집했다. "하지만 난 약속을 지킬 거고, 당신을 찾아갈 거요!"

스테판은 도대체 그 숙녀가 누구이며, 지금이 몇 월 며칠 몇 시인지 전혀 알 수 없었고, 무엇보다 나쁜 것은, 지금 자신이 있는 곳이 어디인지도 알 수 없다는 점이었다. 그는 마지막 사항만이라도 해명하려고 애쓰면서 자꾸 감기는 왼쪽 눈꺼풀을 떴다. 어스름 속에서 무엇인가 희미하게 빛났다. 스테판은 그것이 벽에 걸린 큰 거울임을 알아보았고, 마침내 자신이 자기 집 침실의 침대 위에, 그러니까 전에는 보석상 과부의 소유였던 침대 위에 똑바로 누워 있다는 사실을 깨달았다. 그는 머리가 몹시 아파서 눈을 감고 신음했다.

부연해서 설명하자면, 바리에테 극장 총 지배인 스테판 리호데예프는 아침에 자신의 아파트에서 눈을 떴는데, 그 아파트는 고인이 된 베를리오즈와 절반씩 나누어 세낸 것으로 사도바야 거리의 커다란 6층 건물에 있는 방이었다.

여기서 말해 둬야 할 것은, 이 50호 아파트는 이미 오래전부터 꼭 '나쁘다'라고까지는 하지 않더라도 어쨌거나 이상한 평판을 들어 왔다는 점이다. 이 년 전까지 아파트의 소유자는 남편이 보석상이었던 과부 드 푸제레였다. 안나 프란체브나 드 푸제레는 대단히 사업 수완이 좋고 존경받는 쉰 살의 숙녀로, 방 다섯 개 중 세 개를 세놓았다. 세입자 중 한 사람은 벨로무트라는 이름이었던 것 같고, 다른 한 사람은 이름이 사라져 버렸다.

그리고 바로 이 년 전부터 설명할 수 없는 사건들이 벌어지기 시작했다. 아파트에서 사람들이 흔적도 없이 사라지기 시작한 것이다.

어느 휴일, 아파트에 경찰이 나타나 (이름이 없어진) 두 번째 세입자를 입구로 불러내 확인할 것이 있으니 잠시 경찰서에 출두해 달라고 했다. 세입자는 오랫동안 충실히 일해 온 안나 프란체브나의 가정부 안피사에게 혹시 자신을 찾는 사람이 있으면 십 분 후에 돌아온다고 전해 달라고 부탁한 후, 흰 장갑을 낀 정중한 경찰관과 함께 길을 나섰다. 그러나 그는 십 분 후에도 돌아오지 않았을뿐더러 아예 영원히 돌아오지 않았다. 가장 놀라운 일은 그와 함께 경찰관도 사라져 버렸다는 것이다.

신앙심 깊은, 그러나 솔직히 말하자면 미신을 좋아하는 안피사가 상심한 안나 프란체브나에게 털어놓기를, 이것은 마술이 틀림없으며 자신은 세입자와 경찰관을 끌고 간 사람이 누구인지 확실하게 알고 있지만 밤이 다 되었기 때문에 말하고 싶지 않다고 했다.

다들 잘 알고 있듯이, 마술은 한번 시작되면 그 뒤에는 무슨 수를 써도 멈출 수 없는 법이다. 두 번째 세입자가 아마도 월요일에 사라졌고, 수요일에는 벨로무트가 마치 땅 속으로 꺼진 듯 없어졌는데 사실 이때는 상황이 좀 달랐다. 그날 아침, 언제나 그렇듯이 직장까지 가는 차가 와서 그를 태워 갔지만 아무도 집으로 데리고 오지 않았고 그 차도 다시는 돌아오지 않았다.

벨로무트 부인의 슬픔과 공포는 말로 표현할 수 없을 정도였다. 그러나 불행하게도 슬픔도 공포도 오래 지속되지 않았다. 안나 프란체브나는 어째서인지 서둘러 별장으로 떠났다가 벨로무트가 사라진 바로 그날 밤에 안피사와 함께 아파트로 돌아왔는데, 이미 벨로무트 부인은 흔적도 없이 사라져 버린 것이다. 그러나 이것뿐만이 아니었다. 벨로무트의 배우자가 세 들어 있던 두 방의 문은 모두 폐쇄되어 있었던 것이다!

그럭저럭 이틀이 지나갔다. 사흘째 되던 날, 그동안 줄곧 불면증에 시달려 오던 안나 프란체브나가 또다시 서둘러서 별장으로 떠났다…… 그녀가 돌아오지 않았다는 걸 굳이 말할 필요가 있을까!

혼자 남은 안피사는 한참 동안 울고 나서 새벽 2시에 자려고 누웠다. 그 뒤로 그녀에게 무슨 일이 있었는지는 알려지지 않았지만, 다른 아파트의 주민들에 따르면 50호 아파트에서 밤새 누군가 문을 두드리는 소리가 들렸고 아침까지 창문이 환한 것이 전깃불이 켜져 있는 것 같았다고 했다. 아침이 되자 안피사도 없어졌다는 사실이 밝혀졌다!

건물 사람들은 사라진 사람들과 저주받은 아파트에 관해서 오랫동안 갖가지 전설을 떠들어 댔는데, 예를 들자면 그 말라비틀어지고 신앙심 깊은 안피사가 빼빼 마른 품속에 영양 가죽으로 만든 주머니를 가지고 다녔는데 그 안에 안나 프란체브나의 것이던 커다란 다이아몬드 스물다섯 알이 들어 있었다든가, 그 비슷한 이야기들이었다. 혹은 안나 프란체브나가 그토록 서둘러 오가던 별장 마당의 헛간에서는 헤아릴 수 없이 많은 보물이 발견되었는데 그중에는 앞에서 말한 다이아몬드와 차르 시절에 주조된 황금 동전도 있었다든가 하는 이야기도 있었다. 그러나 확실히 알 수 없는 것은 왈가왈부하지 않기로 하자.

이런 일들이야 어찌 됐든지 간에, 아파트는 일주일 동안만 폐쇄되어 있었고 그다음에 입주한 것은 다름 아니라 고인이 된 베를리오즈와 그의 배우자, 그리고 바로 앞에서 말한 스테판과 그의 배우자였다. 아주 당연하게도 이들이 저주받은 아파트에 들어오자마자 악마나 알 법한 일이 시작되었다. 구체적으로 말하자면, 한 달 새에 양쪽 아내들이 모두 사라진 것이다. 그러나 이번에는 흔적이 없지는 않았다. 베를리오즈의 배우자에 대해서는 어떤 발레단 단장과 함께 하리코프에서 본 것 같다고들 하고, 스테판의 배우자에 대해서는 보제돔카 거리에 사는 것 같다고들 하는데, 소문에 따르면 스테판은 바리에테 극장 지배인으로서 막강한 인맥을 이용해 편법으로 아내에게 방을 얻어 주었으며, 사도바야 거리에 다시는 얼씬도 하지 않는다는 조건을 걸었다고 한다…….

어쨌든 스테판은 신음 소리를 냈다. 그는 가정부 그루냐를 불러 피라미돈*을 달라고 하고 싶었으나 이것은 바보 같은 짓이었다. 그루냐에게 피라미돈 같은 것이 있을 리가 없다는 사실을 알고 있었다. 그는 베를리오즈에게 도움을 청하려고 두어 번 "미샤…… 미샤……." 하고 신음했으나, 여러분도 짐작할 수 있듯이 대답은 듣지 못했다. 아파트에는 정적만이 가득했다.

스테판은 발가락을 꼼질거려 보고 자신이 양말을 신은 채 누워 있다는 것을 짐작했고, 바지를 입었는지 확인하기 위해

---

* 해열성 진통제 상표 이름.

떨리는 손으로 넓적다리를 만져 보았지만 알 수가 없었다. 마침내 그는 자신이 혼자라는 사실과 자신을 도와줄 사람이 아무도 없다는 사실을 깨닫고, 아무리 비인간적인 노력이 필요하더라도 일어나기로 결심했다.

스테판은 풀로 붙인 듯 무거운 눈꺼풀을 들어올렸다. 머리카락이 사방으로 삐죽삐죽 솟아나 있었고 거뭇거뭇한 수염으로 덮인 부어 오른 얼굴에 눈은 흐릿하고 목깃과 넥타이가 있는 더러운 셔츠와 내복 바지, 양말 차림의 사람이 거울에 비쳤다.

그는 거울에 비치는 자신의 모습과 함께 거울 옆으로 검은 옷을 입고 검은 베레모를 쓴 낯선 사람을 보았다.

스테판은 침대에 일어나 앉아서 핏발 선 눈을 할 수 있는 한 크게 뜨고 낯선 사람을 쳐다보았다.

낯선 사람이 정적을 깨뜨렸다. 그는 외국 억양이 섞인 낮고 무거운 목소리로 다음과 같이 말했다.

"안녕하십니까, 친절하신 스테판 보그다노비치!"

잠시 침묵이 찾아왔다. 스테판은 있는 힘을 다해 기운을 내서 말했다.

"무슨 일입니까?" 그리고 자신도 알아듣지 못할 정도로 이상한 목소리에 깜짝 놀랐다. 그는 '무슨'이라는 단어를 어린아이 같은 고음으로 발음했고, '일'은 저음으로, '입니까'는 아예 목구멍에서 나오지도 않았다.

낯선 남자는 친근하게 미소를 짓고, 뚜껑에 다이아몬드가 삼각형 모양으로 박혀 있는 커다란 황금 회중시계를 꺼내 종소리가 열한 번 울리는 것을 듣고 말했다.

"11시! 그럼 정확히 한 시간 동안 당신이 깨어나시기를 기다렸군요. 나에게 10시에 찾아오라고 하셨으니까요. 그래서 이렇게 왔습니다!"

스테판은 침대 옆의 의자를 손으로 더듬어 바지를 찾아내고 속삭였다.

"죄송합니다……." 바지를 입고 나서 그는 목쉰 소리로 물었다. "실례지만 저, 성함이 어떻게 되십니까?"

그는 말을 하기가 힘들었다. 단어를 하나 발음할 때마다 누군가 그의 뇌를 바늘로 찔러 지옥 같은 고통을 일으키는 것 같았다.

"뭡니까? 제 이름도 잊으셨습니까?" 낯선 사람이 미소 지었다.

"죄송합니다……." 스테판은 쉰 소리로 중얼거렸고, 숙취 때문에 새로운 증상이 나타나는 것을 느꼈다. 즉, 마치 침대 아래의 마룻바닥이 어디론가 사라져서, 당장 머리부터 떨어져 내려 지옥에 있는 악마의 어머니에게로 곤두박질할 것만 같았다.

"친애하는 스테판 보그다노비치." 방문객이 환하게 웃으며 말했다. "피라미돈을 아무리 먹어도 도움이 안 될 겁니다. 오래된 현자의 법칙을 따르시지요. 눈에는 눈, 이에는 이로 치료하는 겁니다. 당신에게 생기를 돌려줄 수 있는 것은 오직 한 가지, 맵고 뜨거운 안주와 함께 보드카 두 잔을 마시는 겁니다."

스테판은 눈치가 빠른 사람이었으므로, 두통이 심한 가운데서도 일단 이런 모습을 보였으니 모든 것을 시인해야겠다고 결론을 내렸다.

"솔직히 말씀드리겠습니다." 그는 혀를 거의 놀리지 않고 말하기 시작했다. "어제 제가 좀……."

"더 이상 한마디도 하지 마십시오!" 방문객이 말하고 나서 의자를 타고 구석으로 갔다.

스테판은 눈을 크게 뜨고 작은 탁자에 놓인 쟁반을 보았다. 그 위에는 썰어 놓은 흰 빵과 소금에 절인 캐비아가 담긴 오목한 그릇, 양념에 절인 흰 버섯이 담긴 작은 접시, 무언가가 담긴 뚜껑 있는 팬, 그리고 마지막으로 보드카가 담긴, 보석상 주인 과부의 커다랗고 목이 긴 유리병이 있었다. 특히 스테판을 놀라게 한 것은 유리병이 차가워서 물방울이 맺혀 있다는 점이었다. 그렇지만 그것은 곧 이해할 수 있었다. 병은 얼음을 채운 주발에 담겨 있었다. 한마디로 정결하고 솜씨 있게 차려져 있었다.

낯선 사람은 스테판이 병적인 수준으로 놀라도록 내버려 두지 않고 그에게 능숙하게 보드카를 한 잔 따라 건넸다.

"당신도 마시겠습니까?" 스테판이 새된 소리로 물었다.

"기꺼이!"

스테판은 멋대로 떨리는 손으로 잔을 들어 입가로 가져갔고, 낯선 사람은 단번에 들고 있던 잔을 비웠다. 캐비아를 한 조각 썰어 삼키고 나서 스테판은 목소리를 짜냈다.

"안주…… 드시겠습니까?"

"감사합니다만 저는 안주는 절대로 먹지 않습니다." 낯선 사람이 이렇게 대답하고 두 잔째 보드카를 따랐다. 그가 팬의 뚜껑을 열었다. 안에는 토마토소스를 얹은 비엔나소시지가 들어 있었다.

그리고 이때 눈앞의 저주받은 녹색 반점이 녹아내리고 목소리가 제대로 나오기 시작했다. 무엇보다도, 스테판은 기억이 돌아오기 시작했다. 구체적으로 말하자면, 어제 그 일은 스호

드네에 있는, 단막극 작가인 후스토프의 별장에서 일어났다. 그 후스토프가 스테판을 택시에 태워서 별장까지 데리고 갔으며 심지어 그 택시를 메트로폴 호텔 앞에서 잡았던 것까지 기억났고, 그때 배우인지 아닌지…… 하여간 그런 사람이 케이스에 넣은 휴대용 축음기를 가지고 있었던 것도 기억이 났다. 그래, 그래, 그래, 그건 별장에서였어! 그리고 또 그 축음기 때문에 개들이 짖어 댔던 것도 기억났다. 단지 스테판이 입을 맞추려 했던 그 숙녀만이 해명되지 않은 채 남아 있었다……. 그녀가 누구인지는 악마나 알 일이었다……. 라디오 방송국에서 일한다고 한 것 같지만 아닐 수도 있다.

어제 하루는 이런 식으로 조금씩 밝혀지기 시작했지만 스테판에게 지금 훨씬 더 흥미로운 것은 오늘이었고, 그중에서도 특히 자신의 침실에 낯선 사람이, 게다가 안주와 보드카까지 가지고 나타난 일이었다. 이걸 해명할 수만 있다면 정말 나쁘지 않을 텐데!

"그래, 어떻습니까. 지금은 제 이름을 기억해 내셨기를 바랍니다만?"

그러나 스테판은 단지 부끄러운 듯 웃음 지으며 당혹스럽게 두 팔을 벌릴 뿐이었다.

"안 되는군요! 제 기억에 당신은 보드카 다음에 포트와인까지 마신 것 같습니다! 죄송하지만 대체 그런 일이 가능하단 말입니까!"

"그 일은 우리만 아는 일로 덮어 주시기를 부탁드리겠습니다." 스테판이 아첨하듯 말했다.

"오, 물론. 물론입니다! 하지만 후스토프에 관해서는, 당연한 일이지만 제가 보증하지 못할 것 같군요."

"그럼 후스토프도 아신단 말입니까?"

"어제 당신의 사무실에서 잠깐 그의 얼굴을 보았지만, 한번 지나가면서 본 것만으로도 그가 쓰레기에 말썽꾼이고 기회주의자에다 아첨꾼이라는 걸 알 수 있었습니다."

'옳으신 말씀!' 스테판이 후스토프에 대한 이 진실하고 정확하며 간단한 정의에 놀라며 생각했다.

그렇다, 어제 하루는 한 조각씩 이어 붙여지고 있었으나 그래도 불안감은 바리에테 극장 지배인을 떠나지 않았다. 문제는 어제 하루의 기억 한가운데에 거대한 검은 구멍이 입을 벌리고 있다는 것이었다. 여기 이 베레모를 쓴 낯선 사람을, 하느님 맙소사, 스테판은 어제 사무실에서 절대로 본 적이 없었다.

"흑마술 교수 볼란드입니다." 스테판이 당혹해하는 것을 보고 방문객이 무게 있게 말했다. 그리고 어제 있었던 일은 모두 순서대로 이야기했다.

그는 어제 낮에 모스크바에 도착하여, 그길로 스테판을 찾아가 바리에테 극장에서 객원 공연을 하겠다고 제안했다. 스테판은 모스크바 지역 감독 위원회에 전화했고 이 문제에 대해 동의를 얻었으며(스테판은 창백해진 얼굴로 눈을 껌뻑였다.) 볼란드 교수와 함께 일곱 번 출연하기로 계약서에 서명하고(스테판의 입이 쩍 벌어졌다.) 세부적인 내용을 정하기 위해서 오늘 아침 10시에 집에서 만나기로 볼란드와 약속을 했다는 것이다……. 그래서 볼란드가 이렇게 온 것이다. 볼란드가 찾아왔을 때 그를 맞아 준 것은 가정부 그루냐였는데, 가정부는 그녀 자신도 지금 막 왔으며, 이곳에 일하러 다니는 사람이고, 베를리오즈는 집에 없으며 혹시 스테판 보그다노비치를 만나러 왔다면 직접 침실로 가 보라고 했다. 스테판 보그다노비치가 너무 깊이 잠들어 있어서 가정부는 그를 깨울 생각이 없었다. 예술가는 스테판 보그다노비치가 어떤 상태인지 보고, 그루냐를 보내 가까운 식품점에서 보드카와 안주를, 약국에서 얼음을 사 오게 해서…….

"정산을 해 드리겠습니다." 풀이 죽은 스테판이 애처롭게 말하고 지갑을 찾기 시작했다.

"오, 천만의 말씀을!" 객원 출연자는 깜짝 놀라며 더 이상 아무 말도 들으려 하지 않았다.

그리하여 이제 보드카와 안주가 해명되었으나, 스테판의 얼굴은 보기 안쓰러울 정도였다. 그는 계약서에 대해서 전혀 기억하지 못했고, 정말이지 죽어도, 어제 이 볼란드라는 자를 본 기억이 없었다. 그래, 후스토프는 있었지만 볼란드는 없었다.

"죄송하지만 계약서 좀 보여 주십시오." 스테판이 조용히 부탁했다.

"물론 보여 드리지요……."

스테판은 서류를 보고 얼어붙은 듯 굳어 버렸다. 모든 것이 제대로 적혀 있었다. 일단 호쾌한 필체로 손수 쓴 스테판의 서명! 가장자리에는 경영 담당 지배인인 림스키의 비스듬한 필체로 예술가 볼란드에게 일곱 번의 출연 대가로 지급하기로 한 3만 5000루블 중 계약금으로 1만 루블을 먼저 지급한다는 내용이 적혀 있었다. 게다가 그 아래에는 1만 루블을 이미 받았다는 볼란드의 영수증!

'도대체 이게 뭐야?' 불행한 스테판은 생각했고, 머리가 빙빙 돌기 시작했다. 악성 기억 상실인가? 그렇지만 알다시피 계약서를 눈앞에 두고 계속 놀란 표정을 짓고 있는 것은 정말 무례한 일이다. 스테판은 손님에게 계약서 건은 잠시 미뤄 두자고 부탁한 뒤 양말만 신은 채 그대로 전화를 걸기 위해 현관으로 뛰어나왔다. 나오는 길에 그는 부엌을 향해 외쳤다.

"그루냐!"

그러나 아무도 대답하지 않았다. 그는 현관 옆에 있는 베를리오즈의 서재 문을 흘끗 보았고, 여기서 문자 그대로 굳어 버렸다. 문손잡이에 매어 걸려 있는 거대한 밀랍 봉인을 본 것이다. '안녕하십니까!' 누군가 스테판의 머릿속에서 소리쳤다. '여태까지 겪은 걸로는 모자란단 말인가!' 스테판의 생각은 두 개의 궤도를 달리기 시작했다. 그러나 대재앙의 순간에 언제나 그렇듯이, 궤도는 하나의 방향으로 합쳐지더니 결국은 악마나 알 곳으로 가 버렸다. 스테판의 머릿속은 뒤죽박죽이 되어서 표현하기도 어려울 정도였다. 여기 검은 베레모를 쓴 웬 악마 같은 사나이가 차가운 보드카와 믿을 수 없는 계약서를 가지고 나타났고, 게다가 문에 봉인이라니 믿을 수 있겠는가! 그렇다면 베를리오즈가 뭔가 일을 꾸몄다는 말인데…… 믿을 수 없어. 아냐, 이건 아냐! 믿을 수 없어! 하지만 여기 봉인이 있잖아! 그렇지만…….

순간 스테판의 뇌리에 어떤 기사에 대한 아주 불쾌한 생각이 꿈틀거렸다. 그 기사는 운 나쁘게도 그가 일전에 미하일 알렉산드로비치 베를리오즈에게 잡지에 실어 달라고 억지로 떠맡긴 것이었다. 그리고 그 기사는, 우리끼리 말이지만 정말 바보 같은 글이었다! 변변치 못하고, 원고료도 적고…….

기사에 대한 기억에 이어 즉시 어떤 수상쩍은 대화에 관한 기억이 떠올랐다. 그의 기억에 따르면 그 대화는 4월 24일 저녁에 바로 이곳, 그러니까 이 식탁에서, 스테판이 미하일 알렉산드로비치와 함께 저녁을 먹으면서 있었던 일이었다. 물론 엄밀한 의미에서는 그 대화가 수상쩍다고 할 수는 없지만(스테판은 그런 대화에 참여하지도 않았을 것이다.) 어쨌든 그것은 다소 쓸데없는 주제에 관한 대화였다. 시민 여러분, 그런 대화라면 아예 처음부터 시작하지 않을 수도 있었을 것이다. 폐쇄된 문의 봉인을 보기 전이라면 의심할 바 없이 그 대화를 완전히 하찮은 일로 치부할 수도 있었지만, 그 봉인을 본 다음에는…….

'아, 베를리오즈, 베를리오즈!' 스테판의 머릿속에서 탄식이 끓어올랐다. '이렇게 될 줄은 정말 몰랐어!'

그러나 오랫동안 슬퍼할 수는 없었다. 스테판은 바리에테 극장의 경영 지배인 림스키의 사무실 번호를 돌렸다. 스테판의 입장은 미묘했다. 일단 스테판이 계약서를 본 후에도 확인 전화를 했다는 사실에 외국인이 화를 낼 수도 있었고, 경영 지배인과 이야기하는 것 또한 대단히 어려운 일이었다. 사실 그에게 이렇게 물을 수는 없었다. "내가 어제 흑마술 교수와 3만 5000루블짜리 계약서를 썼습니까?" 그런 질문은 할 수 없는 것이다!

"예!" 수화기를 통해 림스키의 날카롭고 불쾌한 목소리가 들려왔다.

"안녕하시오, 그리고리 다닐로비치." 스테판이 조용히 말했다. "리호데예프입니다. 일이 좀 있는데…… 흠…… 흠……. 지금 우리 집에 그…… 어…… 볼란드라는 예술가가…… 그러니 저…… 내가 묻고 싶은 것은, 오늘 저녁 공연 말인데요……."

"아, 흑마술 말입니까?" 수화기 속에서 림스키가 대답했다. "포스터는 금방 나올 겁니다."

"그렇군요." 스테판이 기운 빠진 목소리로 말했다. "그럼 이 따 뵙죠……."

"곧 출근하실 겁니까?" 림스키가 물었다.

"삼십 분 후에 가겠소." 스테판이 대답했다. 그는 수화기를 내려놓고 손으로 뜨거워진 머리를 감쌌다. 아, 이 무슨 기분 나쁜 일인가! 기억이 대체 어떻게 된 거냐, 시민? 응?

어찌 됐든 스테판은 현관에 계속 서 있을 수는 없었다. 그는 당장 계획을 세웠다. 지금 가장 급한 일은 무슨 수를 써서 든 자신의 믿을 수 없는 건망증을 숨기고, 외국인에게 오늘 저녁 스테판이 책임지고 있는 바리에테 극장에서 무엇을 공연할 예정인지 슬쩍 물어보는 것이다.

전화기에서 돌아선 스테판은 현관에 달려 있는, 게으른 그루냐가 오랫동안 닦지 않은 거울 속에서 이상한 인물을 보았다. 그는 막대기처럼 긴 몸에, 코안경을 쓰고 있었다.(아, 여기에 이반 니콜라예비치가 있었다면! 그러면 곧장 이 인물을 알아보았을 텐데!) 그러나 거울에 비친 그 인물은 곧 사라졌다. 스테판은 불안한 마음에 거울에 비친 현관 복도 안쪽을 더 깊숙이 들여다보고는 또 한 번 놀라 휘청거렸는데, 왜냐하면 거울 속으로 건장하기 짝이 없는 검은 고양이가 역시 휙 지나가 사라졌기 때문이었다.

스테판은 심장이 멎어 버린 듯 비틀거렸다.

'이게 도대체 뭐지? 내가 지금 미쳐 가는 건가? 거울에 비친 저건 대체 어디서 나타난 거야?' 그는 현관을 곁눈질하고 겁먹은 목소리로 고함쳤다.

"그루냐! 왜 고양이가 집에 왔다 갔다 하는 거야? 어디서 들어왔어? 그리고 또 한 사람은 누구야?"

"걱정하지 마십시오, 스테판 보그다노비치." 이렇게 대답한 것은 그루냐가 아니라 침실에 있는 손님이었다. "고양이는 제 것입니다. 불안해하지 마십시오. 그리고 그루냐는 없습니다. 제가 보로네시에 보냈거든요. 휴가를 안 주신다고 불평을 하더군요."

너무나 뜻밖이고 불합리하기까지 한 말에, 스테판은 자신이 잘못 들었다고 생각했다. 그는 몹시 당황해서 전속력으로 침실로 뛰어갔으나 문턱에서 굳어 버렸다. 머리카락은 곤두서고 이마에 조그만 땀방울이 맺혔다.

침실에서는 손님이 이미 혼자가 아니라 일행을 데리고 있었다. 두 번째 의자에 아까 현관에서 보았던 사나이가 앉아 있었다. 이제 확실히 보였다. 콧수염은 깃털처럼 가늘고, 코안경은 한쪽 유리만 번쩍이고 다른 쪽은 유리가 아예 없었다. 침실의 상황은 둘러볼수록 점점 나빠졌다. 보석상 과부의 안락의자에 세 번째 인물이 편안한 자세로 기대 앉아 있었다. 구체적으로 말하자면 기분 나쁠 정도로 몸집이 큰 검은 고양이가 한쪽 앞발에는 보드카 잔을, 다른 앞발에는 언제 낚아 올렸는지 양념한 버섯을 포크에 꽂아 들고 있었다.

안 그래도 어두웠던 침실의 불빛이 스테판의 눈앞에서 완전히 꺼지는 듯했다. '그래, 이렇게 미치는 거구나!' 그는 비틀거리며 문기둥을 붙잡았다.

"친애하는 스테판 보그다노비치, 조금 놀라신 것 같아 보입니다만?" 이제 이를 딱딱 맞부딪치기 시작하는 스테판에게 볼란드가 질문했다. "그렇지만 사실 놀라실 것 없습니다. 이쪽은 제 수행원들입니다."

이때 고양이가 보드카를 다 마셨다. 스테판의 손은 문기둥 아래로 힘없이 떨어졌다.

"수행원들은 지낼 곳이 필요합니다." 볼란드가 말을 계속했다. "그러니 여기 있는 우리 중 누군가는 아파트에 있을 필요가 없군요. 정확히 말하자면, 당신 말입니다!"

"저 사람들, 저 사람들이야!" 길다란 체크무늬 사나이가 스테판을 복수형으로 칭하며 염소 같은 목소리로 노래했다. "저 사람들은 기분 나쁘게 마지막 순간에 돼지처럼 더러운 짓을 한다고. 술이나 마시고, 자기 지위를 이용해서 여자들이랑 관계나 가지고. 쓸모 있는 일은 하나도 안 해. 맞아, 할 줄도 모르지. 주어진 일에 대해선 아무 생각이 없으니까. 정부나 속여 먹고 말이야!"

"쓸데없이 관용 자동차나 굴리고!" 고양이가 버섯을 씹으며 비방했다.

그리고 이때, 스테판이 이제 완전히 바닥에 주저앉아 기운 빠진 손으로 문기둥을 움켜쥐고 있을 때, 아파트에 네 번째이자 마지막으로 기이한 현상이 나타났다.

벽에 걸린 거울 유리에서 한 사람이 곧장 걸어 나온 것이다. 키가 작고 이상할 정도로 어깨가 넓으며 머리에는 중산모자를 쓰고 송곳니가 삐죽 튀어나온 사람이었는데, 그 송곳니 때문에 보기 드물게 추한 얼굴이 더욱 추해 보였다. 게다가 불타는 듯한 빨간 머리였다.

이 새로운 인물이 대화에 끼어들었다. "난 저 남자가 어떻게 지배인까지 올라갔는지 도통 이해가 안 가." 빨간 머리가 콧소리를 내며 점점 더 크게 말했다. "저놈이 지배인이면 난 대주교다!"

"넌 대주교하고 안 닮았어, 아자젤로." 고양이가 접시에 소시지 조각을 얹으며 말했다.

"내 말이 그 말이야." 빨간 머리가 콧소리로 답하고는 볼란드를 향해 돌아서서 정중하게 덧붙였다. "메시르,* 이 남자를 모스크바에서 쫓아내 지옥으로 보내 버릴까요?"

"캬악!" 갑자기 고양이가 털을 곤두세우며 소리쳤다.

순간 침실이 빙빙 돌기 시작했다. 스테판은 문기둥에 머리를 부딪치고 의식을 잃으면서 생각했다. '난 이제 죽는구나……'

그러나 그는 죽지 않았다. 눈을 살짝 떠 본 그는 자신이 돌로 된 어떤 것 위에 앉아 있음을 깨달았다. 그의 주위에서 뭔가 소리가 들려왔다. 눈을 완전히 떴을 때, 그는 이 소리가 바다에서 나는 것이며 발밑에 파도가 치고 있다는 것을 알았다. 간단히 말해 그는 방파제의 끝에 앉아 있었다. 위로는 푸르게 빛나는 하늘이 펼쳐져 있고 뒤로는 언덕 위에 하얀 도시가 있었다.

스테판은 이런 상황에서 어떻게 해야 할지 몰랐다. 그는 떨리는 다리로 일어서서 방파제를 따라 해안으로 걸어갔다.

방파제 위에 어떤 사람이 담배를 피우며 바다에 침을 뱉고

---

* messire. 프랑스에서 고위 귀족에게 쓰는 경칭이었으나 점차 일반적인 존칭이 되었다.

있었다. 그는 스테판을 사납게 쳐다보고 침 뱉기를 멈추었다.

순간 스테판은 되지도 않는 연기를 하기 시작했다. 낯선 흡연자 앞에 무릎을 꿇고 이렇게 말한 것이다.

"제발 부탁이니 말씀해 주십시오, 여기는 어디입니까?"

"뭐야!" 비정한 흡연자가 말했다.

"전 술에 취한 게 아닙니다." 스테판이 목쉰 소리로 대답했다. "제게 이상한 일이 생겨서요……. 저는 병자입니다……. 대체 여기가 어딥니까? 무슨 도시죠?"

"어, 얄타요……."

스테판은 조용히 한숨을 쉬고 모로 쓰러져, 햇볕에 달궈진 방파제 돌에 머리를 부딪쳤다. 그의 의식이 어둠 속으로 꺼졌다.

8
교수와 시인의 대결

얄타에서 스테판이 의식을 잃은 것과 동시에, 그러니까 아침 11시 30분 경에, 이반 니콜라예비치 베즈돔니는 깊고도 오랜 잠에서 깨어나 의식을 되찾았다. 그는 자신이 어떻게 해서 이 낯선 방에 오게 되었는지 한참 동안 궁리했다. 벽은 하얗고, 침대 옆 탁자는 빛나는 금속으로 만들어진, 놀랄 만큼 멋진 물건이었으며, 창문에는 흰 커튼이 쳐져 있었고 그 뒤로 햇살이 느껴졌다.

이반은 머리를 흔들어 보고 아프지 않다는 사실을 확인한 후, 자신이 병원에 있다는 사실을 기억해 냈다. 이어 베를리오즈의 죽음에 대한 기억이 떠올랐으나 오늘은 그 생각에 그다지 크게 동요하지 않았다. 이반 니콜라예비치는 잠을 푹 자고 나서 침착해졌고 명료하게 생각하기 시작했다. 이반은 깨끗하고 부드러우며 탄력 있는 스프링이 달린 편안한 침대에 얼마간 누워 있다가 옆에 호출 버튼이 달려 있는 것을 보았다. 쓸데없이 이것저것 건드려 보는 버릇이 있는 이반은 버튼을 눌렀다. 그는 버튼을 누르자마자 무슨 소리가 나거나 혹은 사람이 나타날 것이라 생각했으나, 그의 예상은 완전히 빗나갔다.

이반의 침대 발치에서 불투명한 원통이 빛나기 시작했는데, 거기에는 '음료'라고 쓰여 있었다. 잠시 멈추어 있다가 원통이 돌아가기 시작했고, 이번에는 '유모'라는 글자가 솟아났다. 말할 필요도 없이, 이반은 정교하게 만들어진 이 원통에 놀랐다. '유모'는 다시 '의사 호출'로 바뀌었다.

"흠……." 이반은 이 원통을 어떻게 해야 할지 몰랐다. 그러나 그는 우연히 성공했다. '당직 간호사'라는 말이 나타났을 때 버튼을 두 번째로 눌렀던 것이다. 원통은 그 답으로 낮게 호출 소리를 울렸고, 멈추어 서서 불이 꺼졌다. 흰 가운을 입은 몸집이 크고 인상 좋은 여성이 방 안으로 들어와 이반에게 말했다.

"안녕하세요!"

이반은 대답하지 않았다. 지금 상황에서 이런 인사는 적절하지 못하다고 여겼기 때문이었다. 건강한 사람을 병원에 가둬 놓고, 게다가 그럴 필요가 있었다는 시늉을 하고 있지 않은가!

여성은 얼굴에 온화한 표정을 잃지 않고 버튼을 다시 한 번 눌러 커튼을 위로 걷어 올렸다. 바닥까지 창문 전체에 댄 가늘고 간격이 넓은 격자를 통해 방안으로 햇빛이 쏟아져 들어왔다. 격자 뒤로는 발코니가 있었고, 그 너머에 굽이치는 강의 둑이 있었으며 건너편 강둑에는 전나무 숲이 시원하게 펼쳐져 있었다.

"목욕하시죠." 여성이 권유했다. 그녀가 손을 뻗자 안쪽 벽이 갈라지더니 그 뒤로 욕실과 완벽한 설비를 갖춘 화장실이 나타났다.

이반은 비록 방금 전에 이 여성과 이야기하지 않기로 마음먹었지만 자신을 억제하지 못했다. 그는 번쩍거리는 수도꼭지에서 나온 넓은 물줄기가 욕조 안으로 떨어지는 것을 보고 반어적으로 말했다.

"이런! 메트로폴 호텔 같군!"

"오, 아니죠. 이곳이 훨씬 낫지요. 이런 시설은 외국에도 없어요. 학자와 의사 들이 우리 병원을 구경하러 일부러 찾아올 정도예요. 여기는 매일같이 외국인 관광객이 드나든답니다." 여성이 자랑스럽게 대답했다.

'외국인 관광객'이라는 말에 이반은 곧바로 어제의 자문 교수를 떠올렸다. 그는 어두운 얼굴로 눈을 치뜨고 여성을 쳐다보며 말했다.

"외국인 관광객…… 어째서 그렇게 외국인 관광객이라면 사족을 못 쓰는 거요! 그리고 말이 나왔으니 말인데, 외국인도 여러 종류가 있어요. 예를 들면, 난 어제 댁들이 아주 좋아할 만한 사람을 만났단 말이오!"

그리고 막 본디오 빌라도에 관한 이야기를 시작하려다가 이 여성에게 그 이야기는 아무 쓸모가 없으며 어쨌거나 그녀는 자신을 도와줄 수 없다는 사실을 떠올리고 그만두었다.

몸을 씻고 나온 이반 니콜라예비치에게 목욕을 끝낸 남자가 꼭 필요로 하는 모든 것, 즉 잘 다림질한 셔츠와 내복 바지, 양말이 주어졌다. 그러나 그것이 다가 아니었다. 여성은 옷장 문을 열고 그에게 옷장 안을 가리키며 물었다.

"뭘 입으시겠어요? 실내복 아니면 잠옷?"

새로운 거주지에 강제로 정착하게 된 이반은 여성의 친밀한 태도에 놀라 새빨간 천으로 만든 잠옷을 말없이 손가락으로 가리켰다.

그 뒤에 이반 니콜라예비치는 텅 비고 아무 소리도 나지 않는 복도를 지나 커다란 사무실로 보내졌다. 이반은 이 불가사의할 정도로 잘 설비된 건물에 있는 모든 것을 냉소적으로 대하기로 결심했기 때문에, 머릿속에서 이 사무실을 '공장 부엌'이라고 이름 지었다.

여기에는 이유가 있었다. 이곳에는 니켈로 도금한 번쩍번쩍 빛나는 도구들이 든 캐비닛과 유리 찬장이 있었다. 아주 복잡하게 생긴 의자들과 빛나는 갓을 씌운 배가 불룩한 등잔, 수없이 많은 유리관과 가스버너, 전선, 정체 모를 도구 들도 있었다.

사무실에서 세 사람이 이반을 맞이했는데, 여자 둘, 남자 하나에 모두 흰옷을 입고 있었다. 그들은 먼저 이반을 구석으로 데려갔는데, 뭔가 캐물으려는 목적이 분명했다.

이반은 자신의 입장을 이리저리 궁리하기 시작했다. 그에게는 세 가지 길이 있었다. 첫 번째는 대단히 유혹적이었다. 즉, 이 유리 등잔과 복잡한 도구들에 덤벼들어 모두 깨부숴 지옥으로 보내 버리고, 그렇게 함으로써 자신을 공연히 붙잡아 놓은 것에 항의하는 것이다. 그러나 오늘의 이반은 어제의 이반과는 굉장히 다른 상황에 놓여 있었으므로 이 첫 번째 선택은 효과가 있을지 의심스러웠다. 오히려 사람들은 그가 광란하는 정신병자라는 생각을 더더욱 확고하게 가지게 될 것이다. 그래서 이반은 첫 번째 생각은 부정했다. 두 번째 길이 있었다. 그 것은 자문 교수와 본디오 빌라도에 관하여 즉시 이야기를 시 작하는 것이다. 그러나 어제의 경험으로 미루어 보아 이런 이 야기는 믿지 않거나 아니면 뭔가 왜곡하여 받아들이는 것 같 았다. 그래서 이반은 그 생각도 부정하고 세 번째 길을 선택하 기로 했다. 그것은 오만한 침묵 속에 숨어 버리는 것이었다.

이 계획을 완벽하게 실행하지는 못했다. 그는 자의건 타의 건, 내키지 않고 침울하게라도 이어지는 질문에 대답할 수밖에 없었다. 흰옷을 입은 사람들은 이반에게 그의 지난 인생에 관 한 모든 것, 그러니까 십오 년 전쯤 홍역에 걸린 것까지 알아 내서는 언제 어떻게 걸렸는지 꼬치꼬치 캐물었다. 흰옷을 입은 여자가 이반의 말을 들으며 한 페이지 가득 뭔가 써 넣은 후 종이를 뒷장으로 넘겼다. 그리고 이반의 가족들에 대해 캐묻 기 시작했다. 일종의 만담이 시작되었다. 누가 죽었고, 언제, 무 슨 이유로 죽었는지, 술은 마시지 않았는지, 성병을 앓은 적은 없는지, 기타 등등 이런 종류의 질문이었다. 마지막으로 그녀 는 어제 총주교 연못에서 있었던 사건에 대해 이야기해 달라 고 부탁했는데, 중간에 말을 여러 번 끊지도 않았고 본디오 빌 라도에 관한 이야기에도 전혀 놀라지 않았다.

그리고 나서 여자는 이반을 남자에게 넘겼다. 남자는 이반 을 좀 다르게 대해서, 예상과는 달리 아무것도 묻지 않았다. 남자는 이반의 체온을 재고 맥박 수를 세 보고 이반의 눈에 무슨 불을 비추고 들여다보았다. 남자를 도와주러 온 다른 여 자가 이반의 등에 아프지 않게 바늘을 찌르고, 가슴에 조그만 망치 손잡이로 여기저기 표시를 하고, 작은 망치로 양쪽 무릎을 두들겨 이반의 다리를 튀어 오르게 하고, 손가락 끝을 찔러 피를 뽑아내고, 팔꿈치 안쪽에 바늘을 찌르고, 양 손목에 고무로 된 팔찌를 끼우고⋯⋯.

이반은 그저 혼자서 쓸쓸하게 미소 지으며, 모든 일이 얼마나 바보 같고 이상하게 돌아가는지 생각할 뿐이었다. 생각해 보라고! 정체 모를 자문 교수의 위협을 모두에게 경고하고 그 자문 교수를 붙잡으려 했는데, 그 결과로 이런 비밀스러운 진찰실까지 와서는 볼로그다에 살았던 술주정뱅이 표도르 아저씨에 대해서 미주알고주알 털어놓게 된 것이다. 이건 정말 터무니없이 바보 같은 일이다!

마침내 이반은 놓여났다. 그는 다시 방으로 안내되어 커피 한 잔과 반숙 달걀 두 개, 버터 바른 흰 빵을 받았다.

차려진 음식을 전부 먹고 나서, 이반은 이 시설의 원장 같은 사람이 나타날 때까지 기다렸다가 그 사람에게 자기 이야기를 주의 깊게 들어 줄 것과 공정하게 처리해 줄 것을 요구하기로 결심했다.

이반이 기다리기 시작한 지 얼마 되지도 않아 그 사람은 대단히 빨리, 아침 식사를 끝내자마자 나타났다. 돌연히 이반의 방문이 열리고 안으로 흰 가운 입은 사람들이 무수히 들어왔다. 맨 앞에는 배우처럼 정성 들여 면도한, 마흔다섯 정도 되어 보이는 사람이 서 있었는데, 눈은 유쾌하면서도 대단히 날카로웠고 태도는 정중했다. 수행원들은 전부 그를 존경하며 그의 말을 주의 깊게 듣고 있다는 자세를 보였고 그 때문에 걸어 들어오는 그의 모습은 대단히 장엄해 보였다. '본디오 빌라도처럼!' 이반은 그런 생각이 들었다.

그렇다. 의심할 여지없이 이 사람이 원장이었다. 그는 동그란 의자에 앉았지만 다른 사람들은 모두 계속 서 있었다.

"스트라빈스키 박사입니다." 의자에 앉은 사람이 이반에게 자신을 소개하고 친근한 눈빛으로 바라보았다.

"여기 있습니다, 박사님." 턱수염을 말쑥하게 기른 사람이 그다지 크지 않은 목소리로 말하고는 뭔가 빼곡히 적혀 있는 이반의 차트를 원장에게 넘겨주었다.

'내 이야기를 전부 꿰맞췄군!' 이반은 생각했다. 원장은 익숙한 눈으로 차트를 훑어보며 "으흠, 으흠……."이라고 중얼거리더니 둘러선 사람들과 알아듣기 힘든 말로 몇 마디 주고받았다.

'그래, 마치 빌라도처럼 라틴어로 말하는군……' 이반은 서글프게 생각했다. 그때 그는 단어 하나를 듣고 몸을 떨었다. 그것은 '정신 분열증'이라는 말이었다. 불행히도 어제 총주교 연못에서 그 저주받을 외국인이 했던 말을 오늘 스트라빈스키 교수가 되풀이하고 있는 것이다.

'그자는 이것도 아마 알고 있었을 거야!' 이반이 불안해하며 생각했다.

원장은 모든 사람의 말에 동의하고 둘러싼 사람들이 무슨 말을 하든 기뻐하는 것을 개인적인 신조로 삼고 있는 게 분명해 보였다. 그는 이런 만족감을 "훌륭합니다, 훌륭해요……."라는 단어로 표현했다.

"훌륭합니다!" 스트라빈스키가 누군가에게 차트를 돌려주며 말했다. 그러고는 이반을 돌아보았다. "시인이십니까?"

"시인입니다." 이반은 음울하게 대답했다. 그는 처음으로 시에 대해 설명할 수 없는 반감을 느꼈으며, 그 즉시 생각난 자기 자신의 시가 어쩐지 불쾌하게 느껴졌다.

이번에는 그가 얼굴을 찌푸리며 스트라빈스키에게 물었다.

"교수이십니까?"

스트라빈스키는 매우 친절하고 정중하게 고개를 끄덕여 보였다.

"그럼 여기 원장이십니까?" 이반이 계속 물었다.

스트라빈스키는 이번에도 고개를 끄덕였다.

"원장님과 얘기를 좀 해야겠습니다." 이반 니콜라예비치가 의미심장하게 말했다.

"저도 그러려고 왔습니다." 스트라빈스키가 대답했다.

"그러니까 문제는 이겁니다." 이반은 마침내 때가 왔다고 생각하고 말을 시작했다. "내가 미친 사람이라고 하면서 아무도 내 말을 들으려 하지 않는 겁니다……!"

"오, 아닙니다. 우리 모두 당신 말을 아주 주의 깊게 들을 겁니다." 스트라빈스키가 진지하게, 달래듯이 말했다. "그리고 당신을 미친 사람이라고 하는 건 어떤 경우에도 허락하지 않겠습니다."

"그럼 제 말 좀 들어 주십시오. 어제 저녁에 총주교 연못에서 비밀스러운 사람을 만났어요. 외국인인지 아닌지 모르겠지만, 베를리오즈의 죽음을 미리 알았고 본디오 빌라도를 직접 만났던 사람입니다."

수행원들은 말없이 움직이지 않고 시인의 말을 경청했다.

"빌라도? 빌라도라면 예수 그리스도와 동시대에 살았던 그 사람 말입니까?" 스트라빈스키가 눈을 가늘게 뜨고 이반을 보며 말했다.

"바로 그 사람입니다."

"아하. 그리고 그 베를리오즈는 전차에 치여 사망했지요?" 스트라빈스키가 말했다.

"바로 어제 저녁에 총주교 연못에서, 내가 보는 앞에서 전차가 치고 지나갔어요, 게다가 그 수수께끼의 시민이⋯⋯."

"본디오 빌라도의 지인(知人) 말입니까?" 스트라빈스키가 자신의 뛰어난 이해력을 뚜렷이 드러내며 물었다.

"바로 그 사람입니다." 이반이 스트라빈스키를 관찰하며 확인했다. "그 사람이 그 전에 미리, 안누시카가 해바라기 씨 기름을 쏟았다고 말한 겁니다⋯⋯. 그리고 베를리오즈는 바로 그 자리에서 미끄러졌고요! 이걸 어떻게 생각하십니까?" 이반이 자신의 발언으로 대단한 효과가 나타나리라 기대하며 의미심장하게 진술했다.

그러나 그러한 효과는 일어나지 않았고, 스트라빈스키는 아주 단순하게 다음 질문을 던졌다.

"그런데 그 안누시카는 누굽니까?"

이반은 이 질문에 조금 실망해서 얼굴에 경련을 일으켰다.

"여기서 안누시카는 전혀 중요하지 않습니다." 그는 신경질을 냈다. "그게 누구인지는 악마나 알겠지요. 사도바야 거리에 사는 바보 같은 녀석입니다. 아시겠습니까, 중요한 것은 그 사람이 그 전에 이미 해바라기 씨 기름에 대해서 알고 있었다는 겁니다! 제 말 아시겠습니까?"

"완벽하게 이해합니다." 스트라빈스키가 진지하게 대답했다. 그는 시인의 무릎을 건드린 후 덧붙였다. "흥분하지 마시고 계속하십시오."

"계속하겠습니다." 쓰디쓴 경험을 통해 평정심을 찾는 것이 최선임을 깨닫게 된 이반이 스트라빈스키처럼 차분하게 말하려고 애썼다. "그러니까, 자기를 자문 교수라고 거짓말한 그 무시무시한 인물은 뭔가 범상치 않은 힘을 갖고 있어요……. 예를 들어서, 그를 뒤쫓아 가도 절대로 따라잡을 수가 없었습니다. 그리고 일당이 있는데, 그 녀석들도 몹시 특이했어요. 한 녀석은 어째 기다랗게 생겼고 깨진 안경을 썼고, 다른 녀석은 믿을 수 없을 만큼 커다란 고양이로 혼자서 전차를 타고 다닙니다." 아무도 말을 끊지 않자 이반은 열기를 띠며 자신 있게 말했다. "거기다가 그 사람은 자기가 직접 본디오 빌라도의 발코니에 있었다고 하는데, 여기엔 의심의 여지가 없다고요. 그러니 이게 다 무슨 일이란 말입니까? 예? 즉시 그를 체포해야 합니다, 그렇지 않으면 그가 말로 다 할 수 없는 재앙을 일으킬 겁니다."

"그러니까 그 사람을 체포하려고 애쓰시는 겁니까? 제가 제대로 이해했습니까?" 스트라빈스키가 물었다.

'똑똑하군. 지식인 계급에서도 가끔씩 드물게 똑똑한 사람이 나온다는 걸 인정해야 돼. 그건 부정할 수 없어.' 이반은 이렇게 생각하고는 대답했다.

"바로 그겁니다! 어떻게 애쓰지 않을 수 있겠어요. 생각해 보십시오! 그런데 그런 나를 붙잡아 강제로 여기 데려와서는, 눈에 불빛을 비추고 목욕을 시키고 표도르 아저씨에 대해서 캐묻고 있으니……! 그놈은 벌써 오래전에 도망쳤을 겁니다! 지금 당장 나를 풀어 줄 것을 요구합니다."

"그렇군요. 훌륭합니다, 훌륭해요! 이제 모든 게 밝혀졌군요. 건강한 사람을 병원에 잡아 두는 게 참으로 무슨 의미가 있겠습니까? 좋습니다. 당장 퇴원 처리를 하겠습니다. 다만 당신이 정상이라고 말씀해 주셔야 합니다. 증명하라는 게 아니라, 그냥 말해 달라는 겁니다. 당신은 정상입니까?"

순간 완벽하게 침묵이 흘렀다. 아침에 이반을 돌보아 주었던 통통한 여성이 경탄하는 듯한 표정으로 교수를 쳐다보았다. 이반은 다시 한 번 생각했다. '굉장히 똑똑해.'

이반은 교수의 제안이 대단히 마음에 들었다. 하지만 그는 대답하기 전에 이마에 주름을 잡고 아주, 아주 심각하게 생각한 끝에 확고하게 말했다.

"나는 정상입니다."

"훌륭합니다." 스트라빈스키가 안심한 듯 외쳤다. "그렇다면 우리 함께 논리적으로 고찰해 봅시다. 예를 들면 어제 하루 말입니다." 그가 몸을 돌리자 누군가 즉시 이반의 차트를 내밀었다. "자신을 본디오 빌라도의 지인이라고 소개한 낯선 사람을 찾아서 당신은 어제 다음과 같은 활동을 했습니다." 여기서 스트라빈스키는 차트와 이반을 번갈아 바라보며 기다란 손가락을 뻗었다. "가슴에 성화를 매달았지요. 맞습니까?"

"맞습니다." 이반이 침울하게 동의했다.

"담장에서 떨어졌고, 얼굴을 다쳤지요. 그렇죠? 손에 불붙인 양초를 들고 레스토랑에 나타났고, 속옷만 입고 레스토랑에서 누군가를 때렸습니다. 사람들이 당신을 결박해서 이곳으로 끌고 왔고요. 이곳에 도착해서는 경찰에 전화를 걸어서 기관총을 보내라고 부탁했지요. 그 뒤에 창문에서 뛰어내리려고 시도했습니다. 그렇죠? 그럼 질문하겠습니다. 이런 식으로 행동해서 누군가를 붙잡거나 체포하는 게 가능합니까? 정상적인 사람이라면 스스로 대답해 보십시오. 불가능하죠. 여기서 나가고 싶습니까? 뜻대로 하십시오. 하지만 한 가지만 여쭤 보겠습니다. 어디로 가시겠습니까?"

"당연히 경찰한테죠." 이반은 교수의 시선에 조금 자신감을 잃고 아까보다는 확고하지 않은 어조로 대답했다.

"여기서 곧장 말입니까?"

"예."

"본인의 아파트에는 안 들르시겠습니까?" 스트라빈스키가 재빠르게 물었다.

"집에 들를 시간이 없어요! 내가 아파트를 돌아다니는 동안에 그는 도망쳐 버릴 겁니다!"

"그렇군요. 그럼 경찰에 가서 맨 처음으로 어떤 얘기를 하시겠습니까?"

"본디오 빌라도에 대해서요." 이반은 대답했고, 그의 눈이 어두운 안개로 얇게 덮였다.

"훌륭합니다!" 승리한 스트라빈스키가 외쳤다. 그는 턱수염을 기른 사람에게 몸을 돌려 지시했다. "표도르 바실리예비치, 베즈돔니 시민이 시내로 외출할 수 있도록 허락해 주십시오. 하지만 방은 비우지 말고, 침대 시트도 갈 필요 없습니다. 베즈돔니 동무는 두 시간 후에 다시 여기로 돌아올 겁니다." 그리고 그는 다시 시인에게 말했다. "그러니까 성공을 빌어 드리지는 않겠습니다, 성공할 거라고는 손톱만큼도 믿지 않으니까요. 곧 다시 뵙죠!" 그리고 박사는 일어섰고, 수행원들도 따라 움직였다.

"무슨 근거로 내가 여기 다시 온다는 겁니까?" 이반이 불안에 떨며 물었다.

스트라빈스키는 마치 이 질문을 기다렸다는 듯이 곧바로 다시 앉아서 말했다.

"속옷 차림으로 경찰에 가서 본디오 빌라도를 개인적으로 아는 사람을 만났다고 말하면 경찰은 당신을 다시 여기로 데려올 거고, 그러면 당신은 다시 이 방에 앉아 있게 될 거라는 말입니다."

"속옷이 여기서 무슨 상관입니까?" 이반이 망연자실하게 주위를 둘러보며 물었다.

"중요한 건 본디오 빌라도입니다. 하지만 속옷도 마찬가지요. 병원에서 제공한 옷은 나가실 때 돌려받고 당신 개인 물건을 돌려드릴 겁니다. 그런데 여기 오셨을 때 속옷 차림이었지요. 그리고 본인 아파트에 들를 예정도 없다고 하셨지요, 제가 넌지시 신호를 했는데도 말입니다. 거기다 뒤이어 빌라도가 나온다면…… 그걸로 다 된 겁니다!"

그때 뭔가 이상한 일이 이반 니콜라예비치에게 일어났다. 그의 의지에 구멍이 나 버린 것 같았고, 그는 자신이 나약한 존재이며 조언이 필요하다고 느꼈다.

"그럼 어떻게 하면 좋겠습니까?" 그는 소심해진 목소리로 물었다.

"훌륭하군요!" 스트라빈스키가 외쳤다. "아주 이성적인 질문입니다. 지금부터 제가, 어제 정말로 무슨 일이 있었는지 말씀드리겠습니다. 어제 누군가 당신에게 대단히 겁을 주고 본디오 빌라도와 기타 등등에 관한 이야기로 당신을 혼란스럽게 한 겁니다. 당신은 본래 신경이 쇠약하고 초조한 사람이라, 평정을 잃고 도시를 돌아다니며 본디오 빌라도 얘기를 했습니다. 미친 사람으로 보인 것도 아주 자연스러운 일이지요. 지금 당신을 구원해 줄 것은 오직 한 가지, 절대 안정을 취하는 것 뿐입니다. 그러니 무슨 일이 있어도 여기 계셔야 합니다."

"하지만 반드시 그를 잡아야 해요!" 이반은 이제 애걸하는 목소리로 외쳤다.

"좋습니다. 하지만 어째서 직접 뛰어다녀야 합니까? 그 사람에 대한 의심과 비난을 전부 종이에 적으십시오. 진술서를 적절한 기관에 제출하는 것보다 더 쉬운 일은 없습니다. 당신 말대로 그자가 범죄자라면 모든 것이 아주 금방 밝혀질 것입니다. 하지만 한 가지 조건이 있습니다. 머리를 너무 혹사하지 말고 본디오 빌라도에 대해서 좀 덜 생각하도록 해 보십시오. 말로는 무슨 이야기든 못 하겠습니까! 뭐든지 다 믿을 필요는 없는 겁니다."

"알겠습니다! 종이와 펜을 주십시오." 이반이 단호하게 진술했다.

"종이와 짧은 연필을 주십시오." 스트라빈스키가 통통한 여성에게 지시하고는 이반에게 말했다. "하지만 오늘은 안 쓰시는 게 좋겠습니다."

"안 돼요, 안 돼. 오늘 당장, 반드시 오늘 써야 합니다." 이반이 흥분하여 소리쳤다.

"좋습니다. 하지만 뇌를 혹사하지는 마십시오. 오늘 안 되면 내일도 될 겁니다."

"그가 도망간다니까요!"

"아닙니다." 스트라빈스키가 확신에 차서 반박했다. "아무 데도 못 갑니다, 제가 보증하지요. 여기서 우리들은 가능한 한 모든 방법으로 당신을 도울 것이고, 그런 도움이 없으면 당신은 아무것도 할 수 없다는 걸 기억하십시오. 제 말 들립니까?" 스트라빈스키가 갑자기 의미심장하게 묻고는 이반 니콜라예비치를 양손으로 잡았다. 그는 이반의 양손을 잡은 채 오랫동안, 끈질기게 두 눈을 들여다보면서 반복했다. "여기선 사람들이 도와줍니다……. 제 말 들립니까……? 여기선 사람들이 도와줍니다……. 여기선 한시름 놓을 수 있습니다. 여기는 조용하고, 모든 게 평화롭습니다……. 여기선 사람들이 도와줍니다."

이반 니콜라예비치는 자신도 모르게 하품을 했다. 그의 얼굴 표정이 한결 부드러워졌다.

"예, 예." 그가 조용히 답했다.

"훌륭합니다! 그럼 또 뵙겠습니다!" 스트라빈스키가 습관대로 대화를 끝내고 일어섰다. 그는 이반과 악수하고 방을 나가려다가 턱수염 기른 사람에게 돌아서서 말했다. "그래요, 산소 체크하고……. 목욕도."

몇 분 후 이반 앞에는 스트라빈스키도 수행원들도 없었다. 창문의 격자 밖으로 한낮의 태양이 비치고 저편 강가에는 즐거워 보이는 가을 숲이 아름다움을 뽐냈고, 가까운 곳에서는 강이 빛났다.

9
코로비요프의 장난

니카노르 이바노비치 보소이, 즉 고인이 된 베를리오즈가 살았던 모스크바 사도바야 거리 302-2번지 건물의 주택 조합 위원장인 그는, 수요일에서 목요일로 넘어가던 그 밤부터 무시무시한 곤경에 처해 있었다.

우리도 이미 알고 있듯이, 자정에 젤디빈을 필두로 하는 위원회가 건물에 찾아와서 니카노르 이바노비치를 불러내 베를리오즈의 죽음을 통보하고, 그를 대동하여 50호 아파트에 들어갔다.

그곳에서 고인의 원고와 물품을 봉인하는 작업이 진행되었다. 이때는 출퇴근하는 가정부 그루냐도, 경솔한 스테판 보그다노비치도 아파트에 없었다. 위원회는 니카노르 이바노비치에게, 고인의 원고들은 검토를 위해 위원회에서 수거해 갈 것이며 고인의 거주지였던 방 세 개(보석상 과부의 것이던 서재와 거실, 식당)는 주택 조합이 처리하도록 인계하고 물품은 상속인들이 올 때까지 앞서 언급한 거주지에 보관하라고 통보했다.

베를리오즈의 죽음에 대한 소식은 뭔가 초자연적인 속도로 온 건물에 퍼졌다. 목요일 아침 7시부터 보소이에게 전화가 걸려오기 시작했고, 그 뒤로는 사람들이 아예 직접 신청서를 들고 나타나 고인의 아파트에 거주할 권리를 청구하기 시작했다. 이후 두 시간에 걸쳐 니카노르 이바노비치는 이런 신청서를 서른두 장 접수했다.

신청서에는 읍소, 협박, 중상, 밀고, 아파트 수리를 본인 부담으로 하겠다는 약속, 현 거주지의 참을 수 없는 협소함, 불한당들과 한 아파트에서 거주할 수 없다는 불만 등이 포함되어 있었다. 그와 비슷한 종류로 감동적일 정도로 예술적이고 또 강렬했던, 31호 아파트에서 조끼 주머니에 넣어 두었던 만두를 도둑맞은 사연도 있었고, 자살로 생을 마감하겠다는 협박이 두 건, 비밀리에 임신했다는 고백이 한 건 있었다.

사람들은 니카노르 이바노비치를 그의 아파트 현관으로 불러내어 소매를 붙잡고, 뭔가 속삭이고, 눈을 찡긋하고 이 신세는 꼭 갚겠다고 약속했다.

이런 고문은 낮 1시까지 계속되었다. 니카노르 이바노비치는 견디다 못해 자기 아파트를 박차고 나와 정문 가까이에 있는 관리 사무실로 달려갔으나, 그곳에도 사람들이 그를 기다리며 매복해 있는 것을 보고 다시 도망쳐 나왔다. 그는 아스팔트 마당까지 그의 발뒤꿈치를 쫓아오던 사람들을 어찌어찌 떨쳐 버린 뒤에 6번 입구에 숨어 있다가 5층으로 올라갔다. 그곳은 바로 모두가 탐내는 50호 아파트가 있는 층이었다.

비만한 니카노르 이바노비치는 층계참에서 숨을 고르고 초인종을 눌렀으나 아무도 문을 열어 주지 않았다. 그는 초인종을 다시, 또다시 누르고 낮게 중얼거리며 욕을 하기 시작했다. 그러나 문은 계속 열리지 않았다. 마침내 니카노르 이바노비치의 참을성이 무너졌다. 그는 주머니에서 주택 관리실 소유의 마스터키를 꺼내 힘 있는 손*으로 문을 열고 안으로 들어갔다.

"이봐요, 가정부!" 니카노르 이바노비치는 어둠침침한 현관에 서서 소리쳤다. "이름이 뭐더라? 그루냐, 맞죠? 없어요?"

아무도 대답하지 않았다.

니카노르 이바노비치는 서류 가방에 서서 접는 자를 꺼내 서재 문을 봉인에서 해방**시킨 후 서재 안으로 걸어 들어갔다. 그는 들어가기는 들어갔으나 문 앞에서 놀라 멈춰 서서 몸을 떨기까지 했다.

고인의 책상 뒤에 낯선 사람이 앉아 있었다. 깡마르고 길쭉한 시민으로 체크무늬 조끼를 입고 기수 모자를 쓰고 코안경을 끼고…… 그러니까 한마디로 바로 그 인물이었다.

"댁은 대체 누구시오, 시민?" 니카노르 이바노비치가 겁먹은 목소리로 물었다.

"아이고! 니카노르 이바노비치!" 예상 밖의 시민이 걸걸한 테너 목소리로 고함을 치더니 펄쩍 뛰어 일어나 갑작스럽게, 반강제로 악수를 하며 주택 조합 위원장을 반겼다. 이 악수는 니카노르 이바노비치를 전혀 기쁘게 하지 못했다.

---

* 당시 공산당 선전 문구로 널리 쓰이던 표현. 원래 문구에서는 노동자의 손을 뜻한다.
** 역시 공산당 선전 문구를 패러디한 것.

"실례지만 도대체 누구십니까? 공적인 일로 오셨습니까?" 니카노르는 의심스러운 듯 물었다.

"아, 니카노르 이바노비치!" 낯선 사람이 정답게 소리쳤다. "공적인 일이건 사적인 일이건 그게 무슨 상관입니까? 그건 다 어떤 관점에서 사물을 보느냐에 달린 거지요. 니카노르 이바노비치, 이건 모두 불안정하고 상대적인 겁니다. 오늘은 사적인 용무로 왔지만, 내일은 공적인 용무가 될 수도 있는 겁니다, 아시겠어요! 가끔은 그 반대가 될 수도 있지요, 그런 일도 있고 말고요!"

이런 논의도 역시 주택 조합 위원장을 손톱만큼도 만족시키지 못했다. 그는 본래 의심 많은 성격이어서 자기 앞에서 헛소리를 늘어놓는 이 시민이 지극히 사적이고 아마도 쓸모없는 용무로 왔다고 결론지었다.

"그래, 도대체 누구십니까? 성함이 어떻게 되시죠?" 주택 조합 위원장은 낯선 사람에게 위협적으로 다가서며 한층 더 엄격한 목소리로 물었다.

"제 이름은 말입니다." 시민이 엄격한 목소리에 전혀 주눅 들지 않고 대답했다. "뭐, 코로비요프라고 해 둡시다. 그런데 뭣 좀 드실 생각 없습니까, 니카노르 이바노비치? 사양하지 마시고! 예?"

"실례합니다만 여기 무슨 음식이 있다는 겁니까! (여기서 불쾌하긴 하지만 인정해야 할 사실은, 니카노르 이바노비치가 본래 좀 무례한 성격이라는 것이다.) 고인의 아파트에 들어와 있는 건 금지돼 있습니다! 여기서 뭘 하는 겁니까?" 니카노르 이바노비치가 격분하여 말했다.

"좀 앉으시지요, 니카노르 이바노비치." 시민이 전혀 자신감을 잃지 않고, 위원장에게 의자를 권하며 비위를 맞추기 시작했다.

니카노르 이바노비치는 완전히 격분하여 흉폭해져서, 의자를 거절하고 소리쳤다.

"당신 대체 누구야?"

"저로 말씀드릴 것 같으면 보시다시피 이 아파트에 거주하는 외국인의 통역이올시다." 코로비요프라는 인물이 이렇게 자신을 소개한 후, 더러운 붉은 단화의 뒤꿈치를 딱 소리가 나게 마주쳤다.

니카노르 이바노비치는 입이 쩍 벌어졌다. 이 아파트에 거주한다는, 게다가 통역까지 딸린 외국인의 존재는 완전히 금시초문이었다. 그는 해명을 요구했다.

통역은 기꺼이 해명했다. 외국에서 온 예술가 볼란드 씨는 바리에테 극장 지배인 스테판 보그다노비치 리호데예프의 친절한 초청을 받고 객원 공연을 하면서 한동안, 그러니까 일주일 정도 지배인의 아파트에서 지내게 되었다. 이 일에 대해서는 그가 어제 외국인에게 임시 거주 허가를 내 달라고 니카노르 이바노비치에게 편지로 부탁했는데, 왜냐하면 그 동안 리호데예프 자신은 얄타에 가 있어야 하기 때문이었다.

"그 사람은 나한테 아무 편지도 안 보냈어요." 위원장이 경악하며 말했다.

"서류 가방을 좀 찾아보시지요, 니카노르 이바노비치." 코로비요프가 달콤하게 제안했다.

니카노르 이바노비치는 어깨를 움찔하면서 서류 가방을 뒤졌고, 과연 그 안에서 리호데예프의 편지가 나왔다.

"내가 어떻게 이걸 잊어버릴 수가 있지?" 니카노르 이바노비치가 열려 있는 편지 봉투를 멍하니 바라보면서 중얼거렸다.

"그럴 수도 있지요. 그럴 수도 있어요, 니카노르 이바노비치!" 코로비요프가 재잘거렸다. "부주의지요, 부주의. 게다가 과로와 고혈압 때문이지요, 친애하는 우리의 니카노르 이바노비치! 나 자신도 끔찍하게 부주의합니다. 언제 한잔하면서 제가 저지른 실수를 몇 가지 이야기해 드리지요, 아마 소리내어 웃으실 겁니다!"

"리호데예프는 언제 얄타로 갑니까?"

"벌써 갔어요, 갔어! 아시겠어요, 그는 이미 떠났다고요! 이미 악마나 알 만한 곳에 가 있다고요!" 통역이 소리쳤다. 그리고 그는 마치 방앗간의 풍차처럼 팔을 휘둘렀다.

니카노르 이바노비치는 반드시 그 외국인이라는 자를 직접 만나 봐야겠다고 주장했으나 통역은 이를 거부했다. 절대로 안 된다. 바쁘다. 고양이를 훈련시키고 있다.

"원하신다면 고양이는 보여 드릴 수 있지요." 코로비요프가 제안했다.

이번에는 니카노르 이바노비치가 거절했다. 그러자 통역은 위원장에게 예상하지 못한, 그러나 대단히 흥미로운 제안을 해 왔다.

볼란드 씨는 절대로 호텔에서 지내고 싶어 하지 않는다, 그리고 그는 널찍한 곳에서 지내는 데 익숙해져 있다, 그러니 주택 조합에서 볼란드 씨가 모스크바에 있는 일주일 동안만 이 아파트, 그러니까 고인의 방을 포함해 아파트 전부를 빌려 줄 수 없겠는가?

"죽은 사람한테는 상관없겠지요." 코로비요프가 쌕쌕거리며 속삭였다. "니카노르 이바노비치, 당신도 동의하시겠지만 죽은 사람에게는 이 아파트가 아무 소용이 없지 않습니까?"

니카노르 이바노비치는 잠시 망설이면서 외국인들에게는 주로 메트로폴에서 묵을 것을 권하지, 개인 소유 아파트에서 묵게 하는 법은 절대로 없다고 생각했다…….

"우리끼리 말이지만, 그분은 무척 까다로워요! 악마나 알까!" 코로비요프가 속삭였다. "그러니까 절대로 싫대요! 호텔을 좋아하지 않거든요! 다들 여기에 눌러 앉아 있다고요, 외국인 관광객들이!" 코로비요프가 손가락으로 핏줄이 튀어나온 목을 가리키며 은근하게 털어놓았다. "믿으시겠어요, 진을 다 빼놓는다고요! 일단 오기만 하면…… 예전의 그 망할 놈처럼 스파이 짓을 하거나, 아니면 변덕을 부려서 사람을 괴롭히거나 해서 말이죠. 이것도 마음에 안 든다, 저것도 마음에 안 든다……! 하지만 니카노르 이바노비치, 주택 조합으로 보면 최상의 돈벌이에다 분명히 이익이 될 겁니다. 그는 돈을 아끼지 않거든요." 코로비요프는 주위를 둘러보고 위원장의 귀에 속삭였다. "백만장자라고요!"

통역의 제안에는 명백히 현실적인 목적이 포함되어 있었고, 제안 또한 대단히 확고했다. 그러나 통역이 말하는 태도에, 그의 옷차림에, 그리고 그 추레하기 짝이 없는, 아무 짝에도 쓸데없는 코안경에 뭔가 불확실한 것이 숨어 있었다. 그 결과 뭔가 분명치 않은 것이 위원장의 마음을 괴롭혔지만, 어찌 됐든 그는 제안을 받아들이기로 결정했다. 사실대로 말하자면 주택 조합은 불행히도 거액의 적자를 떠안고 있었던 것이다. 가을까지 스팀 난방에 쓸 석유를 사야 했지만, 무슨 돈으로 살지는 알 수 없었다. 외국인 관광객의 돈이라면 아마도 어떻게든 빠져나갈 수 있을지도 모른다. 수완이 좋고 조심스러운 니카노르 이바노비치는 일단 이 문제를 외국인 관광국에 확인해야겠다고 진술했다.

"이해합니다! 확인하지 않을 수 없지요! 물론입니다! 여기 전화가 있습니다, 니카노르 이바노비치. 그러니 즉시 확인하시지요! 정산할 금액에 대해서는 부끄러워하지 마십시오." 코로비요프가 소리쳤다. 그리고 위원장을 현관의 전화기로 끌고 가며 속삭였다. "저 사람한테서 안 받으면 누구한테서 받겠어요! 저 사람이 니스에 어떤 별장을 갖고 있는지 보시기만 한다면! 그래, 여름이 되어 외국에 나가시게 되거들랑 꼭 보러 오십시오. 감탄하실걸요!"

외국인 관광국 일은 단 한 통의 전화를 통해 평상시에 있을 수 없는, 위원장이 충격을 받을 정도의 빠른 속도로 정리되었다. 알고 보니 당국에서도 볼란드 씨가 리호데예프의 개인 아파트에서 지내고자 한다는 것을 이미 알고 있었으며 이에 대해 아무런 반대 의견도 표명하지 않았다.

"그거 정말 멋지군요!" 코로비요프가 외쳤다.

위원장은 그가 쉴 새 없이 외쳐대는 통에 조금 얼떨떨해져서, 주택 조합은 일주일간 기꺼이 50호 아파트를 예술가 볼란드에게 임대할 것이라 선언했으며, 임대료는……. 니카노르 이바노비치는 잠시 우물거린 후 말했다.

"하루에 500루블입니다."

여기서 코로비요프는 결정적으로 위원장을 놀라게 했다. 그는 무거운 고양이가 부드럽게 뛰는 소리가 들려오는 침실 쪽으로 도둑처럼 눈을 찡긋한 후 끽끽거리며 말했다.

"일주일이면, 그러니까, 3500루블이 되겠군요?"

니카노르 이바노비치는 그가 여기에 '그래, 니카노르 이바노비치, 상당히 입맛이 당기셨던 모양이군요!'라고 덧붙일 줄 알았다. 그러나 코로비요프는 전혀 예상치 못한 말을 했다.

"그래, 그 정도가 돈입니까! 오천 달라고 하세요, 줄 겁니다."

니카노르 이바노비치는 어쩔 줄 모르는 미소를 지으며, 어떻게 고인의 책상까지 갔는지도 모른 채 책상 옆에 섰다. 그 책상에서 코로비요프는 대단히 빠르고 능숙하게 계약서를 두 장 꾸미고는 그것을 들고 침실로 갔다가 돌아왔다. 그때는 이미 외국인이 양쪽 계약서에 모두 호방하게 서명한 후였다. 위원장도 계약서에 서명했다. 코로비요프는 5000루블짜리 영수증을 부탁했다…….

"쓰세요. 쓰세요, 니카노르 이바노비치……! 1000루블……."
그리고 이런 심각한 거래에 왠지 어울리지 않는 단어를 사용하여, "아인스, 츠바이, 드라이!"*라고 말하며 위원장 앞에 빳빳한 새 지폐 다발을 다섯 개 내놓았다.

그리고 코로비요프의 농담과 재치 있는 속담에 파묻혀 결산 작업이 이어졌다. 그 농담이란 주로 '친한 사이일수록 돈 계산은 확실히 해야 한다.'라느니 '눈이란 뭐든 잘 살피라고 있는

---

* eins, zwei, drei. 독일어로 '하나, 둘, 셋'이라는 뜻.

것이다.'라느니 혹은 그 비슷한 것들이었다.

위원장은 돈을 다 세고 나서 임시 거주 허가를 내주기 위해 코로비요프에게서 외국인의 여권을 받아 계약서와 돈과 함께 서류 가방에 넣었다. 그는 어쩐지 자신을 억제하지 못하고, 부끄러운 듯 공연 입장권을 부탁했다…….

"당연히 드려야지요!" 코로비요프가 포효하듯 말했다. "몇 장이나 드릴까요, 니카노르 이바노비치? 열두 장? 열다섯 장?"

위원장은 아연실색하면서 입장권은 자기 자신과 배우자인 펠라게야 안토노브나를 위해 두 장만 있으면 된다고 설명했다.

코로비요프는 번개같이 공책을 꺼내서 니카노르 이바노비치에게 첫째 줄에 앉을 수 있는 무료입장 허가증을 두 장 써 주었다. 그리고 왼손으로는 이 입장권을 능란하게 니카노르 이바노비치에게 들이밀면서, 오른손으로는 위원장의 다른 한 손에 두껍고 빠닥빠닥 소리를 내는 지폐 다발을 쥐어 주었다. 니카노르 이바노비치는 지폐에 시선이 닿자 빨갛게 상기되어 그것을 밀어내기 시작했다.

"이건 경우가 아니지요……." 그가 중얼거렸다.

"그런 말씀은 필요 없습니다. 우리한텐 경우가 아니지만, 외국인들한테는 경우랍니다. 외국인의 기분을 상하게 하시겠어요, 니카노르 이바노비치. 그래선 안 되지요. 애쓰셨으니까……." 코로비요프가 그의 귀에 바짝 대고 속삭였다.

"이런 건 당국에서 철저히 감시합니다." 위원장이 조용히, 아주 조용하게 말하고 주위를 살폈다.

"증인이 어디 있습니까?" 코로비요프가 다른 쪽 귀에 대고 속삭였다. "여기 아무도 없지 않습니까? 무슨 걱정입니까?"

그리고 이때 — 나중에 위원장이 몇 번이나 주장했듯이 — 기적이 일어났다. 지폐 다발이 저 혼자서 그의 서류 가방 속으로 기어 들어간 것이다. 잠시 후 위원장은 어쩐지 기운이 빠지고 심지어 녹초가 된 채 계단에 나타났다. 여러 가지 생각이 폭풍처럼 그의 머릿속을 휩쓸었다. 니스에 있다는 그 빌라와 훈련받은 고양이, 그리고 목격자는 정말로 없었다는 생각과 펠라게야 안토노브나가 입장 허가권을 보면 기뻐할 것이라는 생각도 떠올랐다. 이런 것은 서로 관계 없는 생각들이었지만 어쨌든 대체로 유쾌했다. 그러나 그럼에도 어디선가 바늘 같은 것이 마음 가장 깊은 곳에서 위원장을 쿡쿡 찔러 댔다. 그것은 불안의 바늘이었다. 게다가 여기 계단에 서자 마치 한 대 맞은 것처럼 어떤 생각이 위원장을 덮쳐 왔다. '그런데 저 통역은 문이 봉인되어 폐쇄됐는데 어떻게 서재에 들어갔지? 그리고 내가, 이 니카노르 이바노비치가, 어떻게 그걸 모르고 넘어갔지?' 위원장은 한동안 마치 양처럼 순하게 층계를 내려다보았다. 그러나 곧 그런 건 무시해 버리고 이해할 수 없는 질문으로 자기 자신을 괴롭히지 말자고 결심했다…….

위원장이 아파트를 나가자마자 침실에서 목소리가 낮게 새어 나왔다.

"난 저 니카노르 이바노비치가 마음에 안 들어. 거짓말쟁이에 사기꾼이다. 그가 더 이상 안 오게 할 방법은 없나?"

"메시르, 명령만 하십시오……!" 코로비요프가 어디선가 걸걸하지 않고 깨끗하고 낭랑한 목소리로 대답했다.

저주받은 통역은 곧장 현관으로 향했다. 그는 전화의 다이얼을 돌려 수화기에 대고 어째서인지 몹시 우는 소리로 말하기 시작했다.

"여보세요! 시민의 의무로 신고합니다. 사도바야 거리 302-2번지 건물의 우리 주택 조합 위원장, 니카노르 이바노비치 보소이가 외화 투기를 하고 있습니다. 현재 그가 거주하는 35호 아파트 화장실 환기 파이프에 신문지로 싼 400달러가 들어 있습니다. 저는 같은 건물 세입자인 11호 아파트의 티모페이 크바스초프입니다. 하지만 제 이름은 비밀로 해 주실 것을 부탁드립니다. 위에 말한 위원장이 복수할까 두렵습니다."

그러고는 수화기를 내려놓았다. 비열한 놈 같으니!

이후 50호 아파트에 무슨 일이 생겼는지는 알려지지 않았지만, 니카노르 이바노비치에게 무슨 일이 생겼는지는 알려져 있다. 그는 자기 집 화장실에 들어가 자물쇠를 잠근 후, 서류 가방에서 통역이 억지로 밀어 넣은 지폐 다발을 꺼내 400루블을 확인했다. 니카노르 이바노비치는 이 지폐 다발을 신문지로 싸서 환풍기 입구에 밀어 넣었다.

오 분 후 위원장은 자신의 조그마한 부엌 식탁에 앉아 있었다. 그의 배우자가 주방에서 파를 듬뿍 얹은, 깔끔하게 썬 청어를 가져왔다. 니카노르 이바노비치는 가늘고 긴 술잔에 보드카를 한 잔 따르고, 마시고, 두 잔째 따라서, 마시고, 포크를 움켜쥐고 청어를 세 입 먹었다……. 그 순간 초인종이 울렸다. 한편 펠라게야 안토노브나는 김이 나는 냄비를 가져왔는데, 그 안에 무엇이 들어 있는지 한눈에 알 수 있었다. 수프가 끓는 짙은 김 사이로 세상에 더없이 맛있는, 바로 골수 요리였다.

니카노르 이바노비치는 군침을 꼴깍 삼키며 개처럼 으르렁거렸다.

"도대체 이 사람들 뭐가 문제야! 밥도 못 먹게 하는군. 아무도 들여보내지 말아요, 나 없어요, 없어. 아파트에 관한 거라면 귀찮게 굴지 말라고 해요. 일주일 후에 회의가 있을 거라고……."

배우자는 현관으로 달려갔고, 니카노르 이바노비치는 국자로 냄비 안의, 끓는 증기를 뿜는 연못에서 세로로 가른 뼈를 조심스럽게 건져 냈다. 그 순간 식당 안으로 시민 두 명이 들어왔고, 무슨 이유에서인지 얼굴이 창백해진 펠라게야 안토노브나가 따라 들어왔다. 들어온 시민을 보고 니카노르 이바노비치도 창백해져서 일어섰다.

"변소가 어디요?" 앞이 비스듬히 트인 셔츠를 입은 첫 번째 남자가 조금 긴장한 기색으로 물었다.

식탁 위에 뭔가 쾅 소리를 내며 떨어졌다.(니카노르 이바노비치가 국자를 식탁 매트에 떨어뜨려서 난 소리였다.)

"여기예요, 여기." 펠라게야 안토노브나가 재빨리 대답했다.

방문자들은 즉시 복도로 돌진했다.

"무슨 일입니까?" 니카노르 이바노비치가 방문자들 뒤를 따라가며 조용히 물었다. "우리 집엔, 이 아파트엔 수상한 건 하나도 없어요……. 죄송합니다만 신분증 좀 보여 주시면……."

첫 번째 사나이가 걸으면서 니카노르 이바노비치에게 '신분증 좀' 보여 주었고, 바로 그 순간 두 번째 사나이는 화장실의 접는 의자 위에 있는 환풍구에 한 손을 쑤셔 넣었다. 니카노르 이바노비치는 눈앞이 노래졌다. 신문지를 벗겨 내자 루블이 아니라 알 수 없는 화폐 다발이 나왔다. 여기저기 하늘색과 녹색이 섞여 있고 웬 늙은이가 그려져 있었다. 게다가 니카노르 이바노비치의 눈앞에 뭔지 모를 얼룩이 떠다니고 있어서 그는 이 것을 확실히 볼 수가 없었다.

"환풍구에 미국 달러라." 첫 번째 사나이가 생각에 잠겨 말 한 후 니카노르 이바노비치에게 부드럽고 정중하게 물었다. "당신 소유입니까?"

"아니요! 적들이 숨겨 놓은 것입니다!" 니카노르 이바노비치 가 무서운 목소리로 대답했다.

"그럴 수도 있지요." 첫 번째 사나이가 동의하면서 아까와 마찬가지로 부드럽게 덧붙였다. "어쩌겠습니까, 나머지도 내놓 으십시오."

"난 없습니다! 없어요, 하느님께 맹세코, 손에 만진 적도 없 어요!" 위원장이 절망적으로 소리쳤다.

그는 서랍장에 달려들어 우당탕 소리를 내며 서랍을 잡아 뽑고는, 그 안에서 서류 가방을 꺼내며 맥락 없이 외쳐 댔다.

"여기 계약서가 있어요……. 그 사기꾼 통역이 숨겨 놓은 겁 니다……. 코로비요프……. 코안경을 쓴!"

그는 서류 가방을 열고, 안을 들여다보고, 손을 집어넣고, 얼굴이 납빛이 되어 서류 가방을 국그릇 속으로 떨어뜨렸다. 서류 가방 안에는 아무것도 없었다. 스테판의 편지도, 계약서 도, 외국인의 여권도, 돈도, 입장권도 없었다. 한마디로 접는 자 외에는 아무것도 없었다.

"동무들! 그들을 붙잡으시오! 이 건물에 부정한 기운이 들 어와 있어요!" 위원장이 미친 듯이 외쳤다.

그리고 이때 펠라게야 안토노브나가 뭐에 씌었는지, 두 손을 꼭 잡고 소리쳤다.

"자백해요, 이바노비치! 형량이 좀 줄어들 거예요!"

니카노르 이바노비치는 핏발 선 눈으로 아내의 머리 위에 주먹을 치켜들고 목쉰 소리로 말했다.

"이런, 이 저주받을 바보 같으니!"

그러나 그는 곧 기운이 빠져 접이의자에 주저앉았다. 피할 수 없는 운명을 받아들이기로 결정한 것이 분명했다.

이때 티모페이 콘드라티예비치 크바스초프는 호기심에 몸이 달아 층계참에서 아파트 문에 난 열쇠 구멍에 귀를 대기도 하고 눈을 대기도 하면서 달라붙어 있었다.

오 분 후, 마당에 나와 있던 거주민들은 주택 조합 위원장이 두 사람에게 호송되어 건물 정문으로 향하는 것을 보았다. 사람들 말로는 니카노르 이바노비치의 얼굴에 핏기라곤 하나도 없었으며 그가 비틀비틀 걸어가면서 술에 취한 사람처럼 뭔가 중얼거렸다고 한다.

그리고 다시 한 시간이 지나서, 낯선 시민이 11호 아파트에 나타났다. 그때 티모페이 콘드라티예비치는 다른 주민들에게, 만족감에 겨워 목이 메어 가면서, 위원장이 어떻게 끌려갔나 이야기하고 있었다. 낯선 사람은 손가락으로 신호를 보내 부엌에 있던 티모페이 콘드라티예비치를 현관으로 불러내더니, 그에게 뭔가 말하고는 함께 사라져 버렸다.

10
얄타에서 온 소식

니카노르 이바노비치에게 불운한 일이 벌어지고 있던 바로 그때, 302-2번지 건물에서 멀지 않으며 같은 사도바야 거리에 있는 바리에테 극장의 경영 담당 지배인 림스키의 사무실에는 두 사람이 있었다. 림스키 본인과 바리에테의 사무장 바레누 하였다.

극장 2층에 있는 커다란 사무실은 창문 두 개가 사도바야 거리 쪽으로 나 있었고, 책상에 앉아 있는 경영 지배인 뒤의 창문 하나는 바리에테의 여름 정원 쪽으로 나 있었다. 그 정원에는 찬 음료를 파는 매점과 사격장, 야외무대가 자리 잡고 있었다. 사무실에는 책상 외에도 벽에 걸린 낡은 포스터 한 무더기와 물병이 놓인 작은 탁자, 의자 네 개가 있고, 구석의 전시물 받침대 위에는 오래되어 먼지가 뿌옇게 쌓인 풍자극 모형이 놓여 있었다. 그리고 말할 필요도 없이, 위에 말한 물건들 외에도 자그마한 크기의, 닳아 떨어지고 칠이 벗겨진 내화(耐火) 금고가 림스키의 왼팔 옆에 책상과 나란히 놓여 있었다.

책상에 앉아 있는 림스키는 이른 아침부터 심기가 편치 않았던 반면, 바레누하는 대단히 생기가 넘치고 어쩐지 불안해 보일 정도로 활동적이었다. 하지만 그의 에너지를 쏟아부을 출구가 없었다.

바레누하는 지금 무료입장 허가증을 구하러 온 사람들을 피해 경영 지배인 사무실에 몸을 숨기고 있었다. 이런 사람들은 그의 생명을 갉아먹었고, 특히나 프로그램이 변경된 날은 더더욱 심했다. 그런데 오늘이 바로 그런 날이었다.

전화벨이 울리자마자 바레누하는 수화기를 들고 거짓말을 했다.

"누구요? 바레누하? 지금 없어요. 극장에서 나갔습니다."

"미안하지만 리호데예프에게 다시 한 번 전화해 보시오." 림스키가 초조하게 말했다.

"하지만 집에 없는걸요. 벌써 카르포프를 보냈어요. 아파트에 아무도 없다고 하던걸요."

"이게 어떻게 된 일인지 악마나 알 테지!" 림스키가 계산기를 딱 하고 때리면서 날카로운 목소리로 투덜거렸다.

문이 열리고 매표원이 지금 막 인쇄된 추가분 포스터 뭉치를 끌고 들어왔다. 포스터는 녹색 바탕에 굵은 붉은색 글씨로 이렇게 찍혀 있었다.

오늘, 그리고 매일
바리에테 극장
특별 공연:

볼란드 교수의 흑마술 시연과 비법 완전 폭로

바레누하는 무대 모형 위에 포스터를 대충 붙여 놓고 조금 뒤로 물러서서 만족스러운 듯 감상한 뒤 매표원에게 즉시 인쇄분을 전부 내다 붙이라고 지시했다.

"잘 나왔어요, 눈에 확 띄고." 매표원이 나가자 바레누하가 논평했다.

"하지만 난 이 기획 자체가 정말로 마음에 안 들어요." 림스키가 뿔테 안경 너머로 독살스럽게 포스터를 바라보며 웅얼거렸다. "도대체 이런 공연이 어떻게 허가가 났는지 정말 놀랍다니까!"

"아닙니다, 그리고리 다닐로비치. 그런 말씀 마세요, 이건 아주 노련한 기획이라고요. 여기서 진짜 핵심은 비법을 폭로하는 거라니까요."

"몰라, 난 모르겠어. 여기에 핵심 같은 건 없어요. 지배인은 항상 이따위 걸 생각해 낸다니까! 그 마술사라도 보여 줬으면 좀 좋아. 그 사람 봤소? 도대체 그런 사람은 어디서 파낸 거야, 악마나 알겠지!"

생각해 보니 바레누하도 림스키처럼 마술사를 보지 못했다. 어제 스테판이 (림스키의 표현에 따르면 '마치 미친 사람처럼') 잉크로 쓴 계약서 초본을 가지고 경영 지배인에게 달려와서 당장 그것을 정서하고 돈을 지불하라고 명령했다. 그리고 마술사는 씻은 듯이 사라졌고, 스테판을 제외하면 아무도 본 사람이 없었다.

림스키는 회중시계를 꺼내 바늘이 2시 5분을 가리키는 것을 보고 완전히 격분했다. 이건 정말! 리호데예프는 11시쯤 전화해서 삼십 분 후에 오겠다고 했는데, 오지도 않을뿐더러 아파트에서 완전히 사라진 것이다!

"처리해야 할 일이 산더미인데!" 림스키가 손가락으로 서명하지 않은 서류 무더기를 가리키면서 으르렁거렸다.

"혹시 베를리오즈처럼 전차에라도 치인 거 아니에요?" 바레누하가 귓가에 수화기를 든 채 말했다. 수화기에서는 아무 희망도 없이 신호가 낮게 이어졌다.

"그렇다면 차라리 좋겠지만……" 림스키가 들릴락 말락 하게 내뱉었다.

바로 그 순간, 사무실에 제복 윗도리와 제모(制帽), 검은 치마 차림에 단화를 신은 여자가 들어왔다. 여자는 허리춤에 찬 조그만 주머니에서 흰 직사각형 카드와 공책을 꺼내고 물었다.

"여기 바리에테가 어디죠? 급전(急電)입니다. 서명하세요."

바레누하가 여자의 공책에 뭔가 갈고리 모양을 휘갈기고 나서 여자 뒤로 문이 쾅 하고 닫히자마자 카드를 열었다.

그는 전보를 다 읽고 눈을 껌뻑이며 림스키에게 카드를 넘겨주었다.

전보에는 다음과 같이 적혀 있었다.

'얄타에서 모스크바 바리에테로. 오늘 11시 30분 형사 수사국에 갈색 머리 사내가 잠옷 상의와 바지 차림에 신발 없이 나타나 리호데예프 바리에테 지배인이라고 소동을 벌임. 지배인 리호데예프 거취 확인 바람. 얄타 수사국.'

"이게 사실이면 난 네 이모다!" 림스키가 소리치고 덧붙였다. "놀랄 일이 하나 더 늘었군!"

"가짜 드미트리*예요." 바레누하가 단언했다. 그가 수화기에 대고 말했다. "전신국입니까? 바리에테 극장 부담입니다. 전보를 치려고 하는데요……. 들립니까……? '얄타 수사국 앞으로……. 지배인 리호데예프 모스크바에 있음. 경영 지배인 림스키…….'"

얄타의 자칭 지배인에 관한 소식에도 아랑곳없이 바레누하는 다시 전화를 들어 스테판이 어디로 사라졌는지 찾기 시작했다. 하지만 당연히 어디에서도 그를 찾을 수 없었다.

그리고 바레누하가 여전히 손에 수화기를 든 채 또 어디로 전화를 할까 생각하고 있을 때, 첫 번째 전보를 가지고 온 바로 그 여자가 걸어 들어와 바레누하에게 새 봉투를 전해 주었다. 바레누하는 성급하게 그것을 열어 내용물을 읽고는 휘파람을 불었다.

"또 뭐요?" 림스키가 신경질적으로 몸을 떨며 물었다.

바레누하는 말없이 그에게 전보를 건네주었고, 경영 지배인은 전보에 찍힌 단어를 보았다. '제발 믿어 줘요. 얄타에 버려짐. 볼란드의 최면술. 수사국에 리호데예프 본인 확인 바람.'

림스키와 바레누하는 머리를 맞대고 전보를 다시 읽었다. 그러고 나서 말없이 서로를 응시했다.

"시민들!" 여자가 갑자기 화를 냈다. "서명하세요, 그다음엔

---

* 러시아 황제 이반 4세(1530~1584)의 아들 드미트리는 어린 소년일 때 왕위를 노린 보리스 고두노프의 부하들에게 살해당했으나 민중들 사이에는 드미트리 왕자가 살아 있다는 소문이 퍼졌다. 그 뒤 자신을 드미트리라 칭하는 가짜가 세 번 나타났는데, 이후 러시아에서는 남의 이름을 사칭하는 사람을 가리켜 '가짜 드미트리'라는 표현을 쓰게 되었다.

마음껏 입 다물고 계셔도 상관 안 해요! 난 전보를 배달해야 된단 말이에요."

바레누하가 전보에서 눈을 떼지 않은 채 공책에 비스듬하게 줄을 그었고 여자는 사라졌다.

"분명히 12시 전에 통화했다고 했죠?" 사무장이 완전히 어리둥절해져서 물었다.

"그래, 자꾸 말하기도 웃기는군!" 림스키가 귀청을 찌르듯이 날카롭게 소리쳤다. "얘기를 했든 안 했든 간에 지금 얄타에 있을 수는 없어요! 그건 말이 안 돼!"

"술에 취한 거야……." 바레누하가 말했다.

"누가 취했다는 거요?" 림스키가 말했다. 두 사람은 또다시 서로를 응시했다.

얄타에서 전보를 보낸 사람이 사기꾼이거나 정신병자라는 데는 의심의 여지가 없었다. 그러나 이상한 점이 있었다. 얄타의 거짓말쟁이는 바로 어제 모스크바에 도착한 볼란드를 어떻게 아는 걸까? 리호데예프와 볼란드의 관계는 또 어떻게 안단 말인가?

"최면술……." 바레누하가 전보에 적힌 말을 반복했다. "이 사람은 볼란드를 어떻게 알죠?" 그는 눈을 껌뻑이다가 갑자기 단호하게 소리쳤다. "아냐, 헛소리야, 헛소리. 헛소리라고!"

"이 악마나 잡아갈 볼란드는 지금 어디 묵고 있소?" 림스키가 물었다.

바레누하는 즉각 외국인 관광국에 전화를 걸었다. 림스키에게는 놀랍기 짝이 없게도, 볼란드가 리호데예프의 아파트에서 묵고 있다는 통보가 왔다. 바레누하는 리호데예프의 아파트 전화번호를 돌리고 오랫동안 수화기의 낮고 굵은 신호음 소리를 들었다. 신호음 사이로 어딘가 멀리서 무겁고 음울하게 '……바위산, 나의 안식처……'라고 노래하는 소리가 들렸다. 바레누하는 전화선이 어딘가에서 라디오 극장과 혼선된 것이라고 생각했다.

"아파트에서 전화를 안 받아요." 바레누하가 수화기를 내려놓으며 말했다. "아니면 한 번 더 걸어……."

그는 문장을 끝맺지 못했다. 문에 아까 그 여성이 다시 나타났고, 두 사람, 그러니까 림스키도 바레누하도 여자 쪽을 향해 일어섰다. 여자는 이번에는 흰색이 아니라 뭔가 어두운 색깔의 종잇장을 주머니에서 꺼냈다.

"이거 정말 흥미로워지는데요." 바레누하가 재빨리 걸어 나가는 여자를 눈길로 좇으며 잇새로 내뱉었다. 전신은 먼저 림스키가 열어 보았다.

사진 현상지의 어두운 바탕 위에 검은색으로 쓴 문장이 또렷이 보였다.

'증거 본인 글씨체와 본인 서명. 신원 확인 바람. 볼란드에게 비밀 감시 붙일 것. 리호데예프.'

이십 년간 극장 일을 하면서 바레누하는 이런저런 일들을 보아 왔지만, 지금 그는 이성에 장막이 덮이는 듯한 느낌이었다. 그는 다음과 같은, 진부하고 게다가 완전히 무의미한 한 마디 말고는 아무 말도 할 수 없었다.

"이럴 수는 없어!"

림스키는 이와 다르게 반응했다. 그는 일어서서 문을 열고 의자에 앉아 있는 급사에게 소리 질렀다.

"우체부 말고는 아무도 들여보내지 마!" 그러고는 문을 잠 갔다.

경영 지배인은 책상 서랍에서 서류 뭉치를 꺼내어 현상지의 굵고 왼쪽으로 기울어진 글자를 스테판이 꼬불꼬불 멋을 부린 글씨로 쓴 결재 서류의 서명과 면밀하게 비교하기 시작했다. 의자에 주저앉은 바레누하는 림스키의 볼에 뜨거운 입김을 불 어 댔다.

"지배인 글씨가 맞아요." 마침내 경영 지배인이 단호하게 말 했다. 바레누하는 메아리처럼 따라했다.

"맞군요."

림스키의 얼굴을 쳐다본 사무장은 그의 얼굴에 나타난 변 화에 놀랐다. 원래 마른 편인 경영 지배인은 그보다 더 마르고 심지어 더 늙어 버린 것 같았다. 뿔테 안경 속의 눈은 평소의 꿰뚫는 듯한 빛을 잃었고, 이제 그 눈에는 불안감, 심지어 슬 픔이 어려 있었다.

바레누하는 사람이 크게 경악했을 때 하게 되는 행동들을 전부 했다. 사무실 안을 뛰어다니고, 마치 십자가에 못 박힌 사람처럼 팔을, 그것도 두 번이나 들어올리고, 물병의 누르스 름한 물을 한 잔 가득 들이키고 소리쳤다.

"이해가 안 돼! 이해가 안 돼! 이-해-가-안-돼!"

림스키는 긴장한 얼굴로 창밖을 바라보며 뭔가 생각하고 있 었다. 경영 지배인이 처한 상황은 대단히 어려웠다. 지금 당장, 바로 이 자리에서, 정상적이지 않은 현상에 대한 정상적인 설 명을 생각해 내야 했다.

경영 지배인은 미간을 찌푸리고 스테판이 잠옷 바람에 신발도 신지 않고 아침 11시 30분 경에 아직까지 알려지지 않은 초고속 비행기에 기어들어가는 모습과, 그러고 나서 또 스테판이 역시 11시 30분에 양말만 신고 얄타의 공항에 서 있는 모습을 상상해 보았다……. 이게 대체 어찌된 일인지는 악마나 알 테지!

혹시 오늘 그와 통화한 사람이 스테판이 아니었다면? 아니야, 그건 스테판이었어! 그가 스테판의 목소리를 모를 리가 없다! 그래, 만약 오늘 그에게 전화를 건 사람이 스테판이 아니라면, 스테판이 바로 이 사무실에 그 바보 같은 계약서를 가지고 나타나서 경솔한 행동으로 경영 지배인을 화나게 한 것도 어제저녁의 일이 아니었을 것이다. 기차를 탔든 비행기를 탔든, 어떻게 그런 식으로 떠나 버릴 수 있지? 극장에는 아무 말도 안 하고? 그래, 만약 어제저녁에 비행기를 탔다 해도 오늘 오후까지는 도착하지 못했을 것이다. 아니, 도착할 수 있을까?

"얄타까지 몇 킬로미터죠?" 림스키가 물었다.

바레누하가 날뛰던 것을 멈추고 고함쳤다.

"생각해 봤어요! 이미 생각해 봤다고요! 세바스토폴까지 기차로 1500킬로미터 정도예요. 그리고 거기서 얄타까지 80킬로미터 더 가요. 물론 비행기로 가면 더 가깝겠죠."

흠……. 그래……. 기차에 대해서는 얘기할 필요도 없다. 그렇다면 무엇인가? 전투기? 누가, 무슨 전투기에, 신발도 안 신은 스테판을 태워 주겠는가? 어째서? 혹시 얄타에 도착해서 신발을 벗었나? 다시 한 번, 어째서? 그보다 신발을 신고 있더라도 전투기에는 안 태워 줘! 그래, 전투기는 아무 상관이 없다. 전보에도 형사 수사국에 낮 11시 30분경에 나타났다고 쓰여 있고, 잠깐, 그와 모스크바에서 전화로 이야기한 게……. 잠깐 생각 좀 해 보자……. 림스키의 눈앞에 시계의 문자판이 떠올랐다……. 그는 바늘이 어디에 있었는지 기억했다. 세상에! 그때 시간은 11시 20분이었다. 그렇다면 결론이 뭐지? 만약 통화 직후에 스테판이 순식간에 공항으로 달려가서, 예컨대 오 분 만에 얄타에 도착했다고 가정한다면 — 사실은 그것도 있을 수 없는 일이긴 하지만 — 아무튼 그렇다면, 여기서 떠난 비행기가 오 분 안에 1000킬로미터가 넘는 거리를 날아갔단 말인가? 그건 시간당 1만 2000킬로미터가 넘는 속도인데! 그런 건 불가능하다. 그러므로 스테판은 얄타에 있을 수가 없다.

그럼 뭐가 남지? 최면술? 사람을 단번에 1000킬로미터 저쪽으로 던져 놓는 최면술 따위는 이 세상에 없어! 그렇다면 스테판은 자신이 얄타에 있다고 상상하고 있는 건가? 스테판은 그렇다 쳐도, 얄타 형사 수사국도 그렇게 생각하고 있는 건가? 아냐, 아니다. 미안하지만 그런 일은 일어날 수 없어……! 하지만 거기서 전보를 치지 않았던가?

경영 지배인의 얼굴은 말 그대로 무시무시했다. 그때 밖에서 누군가 문손잡이를 돌려 문을 잡아당겼다. 급사가 문밖에서 절박하게 소리치는 것이 들렸다.

"안 돼요! 못 들어가요! 죽어도 안 돼! 회의 중이라고요!"

림스키는 가능한 한 마음을 가다듬은 뒤 수화기를 들고 말했다.

"급한 전화입니다. 얄타에 연결해 주십시오."

'현명하군!' 바레누하가 속으로 소리쳤다.

그러나 전화는 연결되지 않았다. 림스키는 수화기를 내려놓고 말했다.

"재수도 없지. 얄타 전화선이 손상됐다는군."

이 전화선 손상은 어째서인지 그를 굉장히 실망시켰고, 그래서 그는 더 생각에 잠겼다. 잠시 후 그는 한 손으로 다시 수화기를 들고 다른 손으로는 수화기에서 하는 말을 받아 적기 시작했다.

"급전 부탁합니다. 바리에테입니다. 예. 얄타로요. 형사 수사국입니다. 예. '오늘 11시 30분경 리호데예프 모스크바에서 본인과 통화함, 마침표. 그 후 출근 안 했고 전화로 거취 확인 불가, 마침표. 본인 서명 확인, 마침표. 언급한 예술가 감시 조치 동의. 경영 지배인 림스키.'"

'아주 현명해!' 바레누하가 생각했다. 그러나 그 뒤로 머릿속에 떠오른 다른 단어들, 즉 '바보 같군! 얄타에 있을 리가 없잖아!'는 미처 다 생각하지 못했다.

한편 림스키는 이제까지 받은 전보와 자신이 적은 메모를 깔끔하게 한 묶음으로 정리해서, 그 묶음을 봉투에 넣고, 봉투를 봉하고, 그 위에 몇 마디를 적어 바레누하에게 주면서 말했다.

"이반 사벨리예비치, 지금 당장, 직접 가지고 가세요. 자세한 건 그쪽에서 알아보라고 해요."

'이건 정말 현명한데!' 바레누하는 이렇게 생각하면서 봉투를 자기 서류 가방에 넣었다. 그리고 만약의 경우를 대비해서 다시 한 번 더 스테판의 아파트 전화번호를 돌렸고, 수화기에 귀를 기울이며 기쁨에 차서 비밀스럽게 눈을 찡긋해 보였다. 림스키가 목을 쭉 빼고 그를 쳐다보았다.

"예술가 볼란드 씨 계십니까?" 바레누하가 달콤하게 물었다.

"지금 바쁘십니다." 수화기가 덜걱거리는 목소리로 대답했다. "누구십니까?"

"바리에테 극장 사무장 바레누하입니다."

"이반 사벨리예비치? 목소리 들으니 정말 반갑군요! 요즘 어떠십니까?" 수화기가 갑자기 즐겁게 소리쳤다.

"잘 지냅니다. 감사합니다." 바레누하가 어리둥절하여 대답했다. "그런데 그쪽은 누구십니까?"

"조수입니다, 조수 겸 통역인 코로비요프지요." 수화기가 찢어지는 소리를 냈다. "잘 부탁드리겠습니다, 친절하신 이반 사벨리예비치! 뭐든지 분부대로 해 드립지요. 그런데 무슨 일입니까?"

"예, 죄송하지만 스테판 보그다노비치 리호데예프 씨는 지금 집에 안 계십니까?"

"저런, 안 계십니다! 안 계세요! 떠났어요." 수화기가 소리쳤다.

"어디로요?"

"교외로 드라이브하러요."

"뭐…… 뭐라고요? 드…… 드라이브……? 그럼 언제 돌아옵니까?"

"맑은 공기 좀 쐬고 나서 돌아온다고 하시던데요!"

"그렇군요……. 감사합니다. 실례지만 무슈 볼란드에게 오늘 3막에 출연하신다고 좀 전해 주십시오." 바레누하가 망연자실하여 말했다.

"알겠습니다. 그렇게 하죠. 즉시. 지금 당장. 틀림없이. 전해 드리겠습니다." 수화기가 중간 중간 끊어지며 소리 질렀다.

"안녕히 계십시오." 바레누하가 놀라면서 말했다.

"작별 인사 올립니다. 성심 성의껏, 저의 진심을 담아서 안녕과 건강을 빌겠습니다! 성공을! 행운을! 완전한 행복을! 안녕히 계십시오!" 수화기가 말했다.

"그럼 그렇지! 내가 말했잖아요!" 사무장이 흥분해서 소리쳤다. "얄타 따위가 아닙니다, 교외로 드라이브 갔대요!"

"그래, 그게 사실이라면 이건 정말 말로 표현할 수 없이 비열한 짓거리요!" 경영 지배인의 얼굴이 분노로 창백해졌다.

사무장은 림스키가 깜짝 놀랄 정도로 펄쩍 뛰며 소리쳤다.

"기억났어요! 기억났어! 푸시키노에 카프카스식 양고기 완자를 파는 '얄타'라는 가게가 새로 생겼어요! 이제 전부 이해가 돼요! 거기 가서 술을 잔뜩 마시고 여기로 전보를 치는 겁니다!"

"정말 그렇다면 이건 도를 넘었소." 림스키가 뺨에 경련을 일으키며 대답했다. 그의 눈에 진정으로 무서운 악의가 타올랐다. "이번 일로 대가를 톡톡히 치르게 될 거요……!" 그는 갑자기 말을 우물거리다가 불명확하게 덧붙였다. "하지만 어째서 형사 수사국이……."

"그건 헛소리예요! 지배인이 혼자 장난친 거예요." 흥분한 사무장이 말을 끊고 물었다. "이 봉투는 전달할까요?"

"물론이오." 림스키가 대답했다.

그때 다시 문이 열리고, 그 여성이 들어왔다……. '또 저 여자야!' 림스키가 왠지 모르게 우울하게 생각했다. 그리고 둘 다 일어나 전보 배달원을 맞이했다.

이번에는 전보에 이렇게 쓰여 있었다.

'신원 확인 감사. 즉시 수사국 내 이름 앞으로 500루블 송금 바람. 내일 비행기 편 모스크바로 감. 리호데예프.'

"완전히 미쳤어······." 바레누하가 작은 목소리로 말했다.

림스키는 열쇠를 쩔렁거리며 금고 서랍에서 돈을 꺼내 500루블을 확인한 후, 종을 울려 급사를 부르고는 돈과 함께 전신국으로 보냈다.

"하지만, 그리고리 다닐로비치. 내 생각에는 괜히 돈만 낭비하시는 겁니다." 바레누하가 자기 눈을 믿지 못하고 말했다.

"돈은 다시 돌아올 거요. 그리고 그는 이번 피크닉 건으로 단단히 혼이 날 거고." 림스키가 조용히 대답했다. 그리고 바레누하의 서류 가방을 가리키며 덧붙였다. "가시오, 이반 사벨리예비치. 머뭇거리지 말고."

바레누하는 서류 가방을 들고 사무실에서 뛰어나갔다.

그는 아래층으로 내려가 매표소 입구에 늘어선 기다란 줄을 보았고, 매표소 여직원에게서 한 시간 후면 매진이 예상되며 사람들이 추가로 붙인 포스터를 보자마자 벌떼처럼 마구 쏟아져 들어온다는 말을 들었고, 여직원에게 특별석과 1층의 가장 좋은 자리 서른 개를 비워 두고 그 좌석의 표는 절대 팔지 말라고 지시한 후 출납구를 뛰어나와, 길에서 끈질기게 달라붙는 무료입장권 사냥꾼들을 따돌렸고 모자를 가지러 자신의 조그만 사무실에 잠깐 들렀다. 그 순간 전화기가 찢어지는 소리를 냈다.

"예!" 바레누하가 소리쳤다.

"이반 사벨리예비치?" 수화기가 대단히 불쾌한 콧소리로 질문했다.

"지금 없어요!" 바레누하는 이렇게 소리치려 했으나 수화기가 그의 말을 가로챘다.

"바보 같은 장난하지 마시오, 이반 사빌리예비치. 내 말 들으시오. 그 전보는 아무 데도 가져가지 말고 아무한테도 보여주지 마시오."

"당신 누구요? 농담 그만하시오, 시민! 당신 정체는 금방 밝혀질 거요! 당신 전화번호가 뭐요?" 바레누하가 포효했다.

"바레누하." 여전히 혐오스러운 목소리가 대답했다. "러시아어 못 알아듣나? 전보 아무 데도 가져가지 말게."

"아, 그래. 계속하겠단 말이지? 이거 봐! 장난의 대가는 톡톡히 치르게 될 거야!" 사무장이 사납게 소리쳤다. 그는 뭔가 좀 더 위협하는 말을 외치려 했으나 입을 다물었다. 수화기 저편에서 아무도 그의 말을 듣지 않는 것 같았다.

그때 그의 조그만 사무실이 이유없이 갑자기 어두워지기 시작했다. 바레누하는 뛰어나와서 등 뒤로 문을 탕 닫고 옆문을 통해 여름 정원으로 나왔다.

사무장은 흥분한 상태였고 기운이 넘쳤다. 그는 방금 전의 무례한 통화를 마치고 훌리건 무리가 못된 장난을 치고 있으며 그 장난이 리호데예프의 실종과도 관련이 있을 거라고 확신했다. 악당들의 정체를 밝히고 싶은 의욕 때문에 사무장은 숨이 막힐 지경이었고, 이상하게도 그 와중에도 유쾌한 기분이 될 것 같은 예감이 들었다. 그것은 사람이 주목의 대상이 되려고 애쓸 때, 어딘가에 놀라운 소식을 전할 때 흔히 일어나는 일이다.

바람이 정원에서 사무장의 얼굴로 불어와 길을 가로막는 것처럼, 경고하는 것처럼 눈에 모래를 뿌렸다. 2층의 창틀이 덜컹거려서 금방이라도 창유리가 떨어져 날아갈 것 같았고, 단풍나무와 보리수나무는 스산한 소리를 내며 흔들렸다. 날이 어두워지고 공기도 선선해졌다. 사무장은 눈을 비비고 모스크바의 하늘 위로 가운데가 노르스름한 비구름이 낮게 깔려오는 것을 보았다. 멀리서 우르릉거리는 천둥소리가 들렸다.

바레누하는 서두르고 있기는 했으나, 가는 길에 여름 정원의 화장실에 잠시 들러 수리공이 등잔에 그물망을 씌워 놨는지 확인하고 싶은 욕구를 억누를 수가 없었다.

바레누하는 사격장 옆을 지나가다가 빽빽하게 자란 라일락 덤불에 들어섰다. 그 안에 푸르스름한 색의 화장실 건물이 있었다. 남자 화장실 지붕 밑의 등잔에 이미 철제 그물망이 덮여 있는 것을 보니 수리공은 꼼꼼한 사람인 것이 분명했다. 그러나 사무장은 소나기가 쏟아지기 전의 침침한 어둠 속에서도 목탄과 연필로 그려진 벽의 낙서에 기분이 상했다.

"이게 도대체 무슨……!" 사무장은 말을 내뱉으려다가 뒤에서 가르랑거리는 목소리를 들었다.

"이반 사벨리예비치, 당신이오?"

바레누하는 몸을 떨고 돌아섰다. 그리고 자기 앞에 그다지 크지 않은, 게다가 고양이의 얼굴을 한 땅딸보가 서 있는 것을 보았다.

"맞소." 바레누하가 퉁명스럽게 대답했다.

"정말, 정말 반갑소." 고양이 형상을 한 땅딸보가 새된 목소리로 대꾸하더니 갑자기 손을 휘둘러 바레누하의 따귀를 세게 휘갈겼다. 그 바람에 사무장의 모자가 벗겨져 날아가서 변기 구멍 속으로 흔적 없이 사라졌다.

땅딸보의 일격에 화장실 전체가 한순간 빛으로 전율했고, 하늘에는 천둥소리가 세차게 울려 퍼졌다. 그러고 나서 다시 한 번 번개가 번쩍 빛났고, 사무장 앞에 두 번째 형상이 나타났다. 키는 작지만 운동선수처럼 떡 벌어진 어깨에 불타는 듯한 빨간 머리, 한쪽 눈에는 백태가 끼었고 송곳니가 튀어나온 자였다. 왼손잡이가 분명한 이 두 번째 사람이 사무장의 다른 쪽 따귀를 때렸다. 그와 동시에 또 하늘에 천둥이 쳤고, 화장실의 나무 천장에 폭우가 쏟아져 내렸다.

"당신들 뭐요, 동……." 반쯤 넋이 나간 사무장이 이렇게 속삭이려다가, '동무'라는 단어는 공공 화장실에서 사람을 공격하는 불량배들에게는 절대로 어울리지 않는다는 생각에 목쉰 소리로 말했다. "시민……." 그러나 이러한 호칭도 그들에게는 어울리지 않는다고 생각하는 순간, 둘 중 누가 때렸는지는 모르겠지만 사무장은 세 번째 따귀를 또 맞아서, 코에서 피가 나 셔츠 위로 흘러내렸다.

"기생충 같은 녀석, 서류 가방 속에 뭐가 들었지?" 고양이 비슷한 인물이 날카로운 목소리로 소리쳤다. "전보? 전화로 경고했지, 아무 데도 가져가지 말라고. 경고했지? 내가 묻고 있잖아?"

"경고했…… 하…… 했……." 사무장이 숨을 몰아쉬며 대답했다.

"그런데도 뛰어나가? 그 가방 이리 내놔, 이 비열한 놈!" 두 번째 인물이 전화기를 통해 들려왔던 바로 그 콧소리 섞인 목소리로 소리치고 벌벌 떠는 바레누하의 손에서 서류 가방을 잡아챘다.

둘은 사무장의 팔을 붙잡고 그를 정원에서 끌어내어 사도 바야 거리로 끌고 갔다. 소나기가 최고조에 달해 날뛰고 있었고, 물이 꿩음을 내며 하수관 입구로 쏟아져 들어갔으며, 사방에서 거품이 일고 파도가 높이 일어났고, 빗물이 지붕에서 배수 파이프 옆을 지나 콸콸 떨어졌고, 대문 밑으로 물거품이 섞인 급류가 굽이쳐 갔다. 살아 있는 생물체는 전부 사도바야 거리에서 사라졌고, 이반 사벨리예비치를 구해 줄 사람은 없었다. 불한당들은 진흙탕이 된 강물 속을 이리 뛰고 저리 뛰어 번갯불 아래서 번쩍거리면서 반쯤 넋이 나간 사무장을 순식간에 302-2번지 건물까지 끌고 와 대문 안으로 들어갔다. 그 안에는 여자 두 명이 양말과 구두를 손에 들고 맨발로 벽에 바짝 붙어 서 있었다. 일당은 6번 입구로 달려갔고, 미치기 직전의 바레누하는 5층으로 끌려가 그가 이미 잘 알고 있는 스테판 리호데예프의 아파트 안, 어둠침침한 현관 바닥에 내던져졌다.

여기서 불한당은 둘 다 사라졌고, 대신 현관에 실오라기 하나 걸치지 않은 나체의 젊은 처녀가 나타났다. 빨간 머리에, 두 눈은 인광(燐光)을 발하며 빛나고 있었다.

바레누하는 지금 자신에게 일어나려는 상황이 그 무엇보다도 가장 무시무시한 일이 될 것이라는 사실을 직감하고 신음 소리를 내며 껑충 뛰어 벽 쪽으로 물러섰다. 처녀는 사무장에게 가까이 다가가 양손을 어깨에 얹었다. 바레누하의 머리카락이 곤두섰다. 물에 흠뻑 젖어 차가워진 셔츠의 옷감보다도 그 손바닥이 더 차갑다는 것을, 정말 얼음장처럼 차갑다는 것을 느낄 수 있었기 때문이었다.

"키스해 드릴게요." 처녀가 다정하게 말하며 그의 바로 눈앞에 빛나는 두 눈을 갖다 댔다. 그 순간 바레누하는 정신을 잃어 키스를 느끼지 못했다.

11
분열된 이반

강 건너편의 침엽수림은 한 시간 전까지만 해도 5월의 햇살을 받아 빛나고 있었지만 지금은 넓게 퍼져 어둠에 녹아들었다.

창밖의 빗물은 장막처럼 끊임없이 흘러 떨어져 내렸다. 하늘에서는 실처럼 가닥가닥 타오르는 빛이 쩍쩍 갈라졌고, 전율하는 빛줄기는 무섭게 병실을 적셨다.

이반은 거품을 일으키며 흐르는 탁한 강물을 보며 침대에 앉아 조용히 울고 있었다. 천둥이 한 번 칠 때마다 그는 애처롭게 소리치며 손으로 얼굴을 가렸다. 이반이 글을 가득 써넣은 종잇장이 바닥에 흩어져 있었다. 소나기가 시작되기 전에 방 안으로 불어 들어온 바람이 종잇장을 사방으로 날려 놓았던 것이다.

무시무시한 자문 교수에 관해 진술서를 작성하려는 시인의 노력은 아무런 성과도 없었다. 그는 프라스코비야 표도로브나라는 뚱뚱한 당직 간호사에게서 몽당연필과 종이를 받자마자 부지런히 양손을 비벼 대며 서둘러 탁자 앞에 자리를 잡았다. 서두는 자못 대담하게 시작했다.

'경찰에 고함. 마솔리트 회원 이반 니콜라예비치 베즈돔니 씀. 진술서. 어제 저녁 나는 고인 미하일 알렉산드로비치 베를리오즈와 함께 총주교 연못에 갔습니다……'

시인은 곧 혼란에 빠지기 시작했는데, '고인'이라는 단어 때문이었다. 거기서부터 모든 것이 헛소리처럼 보이기 시작했다. 어떻게 그럴 수가 있는가, 고인과 함께 갔다니? 고인은 걸어다니지 않는다! 정말 이래가지고는 딱 정신병자로 보이겠군!

이반 니콜라예비치는 이렇게 생각하고 이제까지 쓴 것을 고치기 시작했다. 다음과 같은 결과가 나왔다. '……나중에 고인이 된 베를리오즈와 함께……' 그리고 시인은 여기에도 만족하지 못했다. 3차 교정본의 제작에 착수했으나 그것은 앞의 두 개보다도 이상하게 돼 버렸다. '……전차에 치여 죽은 베를리오즈와 함께……' 그때 그 아무도 모르는 동명이인 작곡가가 머릿속에 끼어들었고, 그래서 시인은 이렇게 덧붙여야 했다. '……작곡가가 아닌……'

이 두 사람의 베를리오즈 때문에 완전히 지쳐 버린 이반은 전부 다 까맣게 줄을 그어 버리고, 단번에 읽는 이의 주의를 잡아끌기 위해 아주 강한 것부터 시작하기로 결심했다. 먼저 고양이가 전차에 탔다고 쓰고, 그 뒤에 잘려 나간 머리에 관한 일화로 돌아갔다. 머리와 자문 교수의 예언 때문에 그의 생각은 본디오 빌라도에게로 이어졌고, 이반은 진술을 더욱더 설득력 있게 하기 위해서 총독에 관한 이야기를 전부, 그러니까 총독이 핏빛 안감을 댄 흰 망토를 입고 헤롯 왕의 정원 주랑 사이로 걸어 나온 시점부터 빠짐없이 쓰기로 결심했다.

이반은 심혈을 기울여 진술서를 썼다. 이미 써 놓은 글에 줄을 그어 지우기도 하고, 새 단어를 끼워 넣기도 하고, 심지어 본디오 빌라도와 뒷발로 서 있는 고양이를 그림으로 그려 넣으려고까지 했다. 그러나 그림은 도움이 되지 못했고 시인의 진술서는 갈수록 혼란스럽고 이해할 수 없는 글이 되어 갔다.

무시무시한 먹구름이 가장자리에서 안개를 뿜으며 나타나 침엽수림을 뒤덮고 바람이 휘몰아치는 동안 이반은 자신이 무기력하며 진술서를 써 낼 능력이 없다고 느꼈다. 그는 사방으로 흩날리는 종잇장을 잡지도 않고 조용히 비통하게 울기 시작했다.

마음씨 착한 당직 간호사 프라스코비야 표도로브나는 소나기가 오기 시작했을 때 시인의 방에 들어왔다가 그가 울고 있는 것을 보고 걱정이 되어 커튼을 쳐서 병자가 번개를 보고 놀라지 않도록 하고, 바닥에 널린 종잇장을 집어 들고 의사를 부르러 달려갔다.

의사가 나타나 이반의 팔에 주사를 놓고 그에게 더 이상 울지 않을 것이라고, 모든 것이 다 지나갈 것이고 변할 것이며 다 잊어버리게 될 것이라고 달랬다.

과연 의사의 말은 옳았다. 강 너머의 숲은 곧 이전의 모습으로 돌아갔다. 숲은 하늘 아래 마지막 나무 한 그루까지 선명하게 드러냈고, 하늘은 전처럼 완전한 푸른색으로 맑아졌으며, 강은 평온해졌다. 이반은 주사를 맞은 다음부터 우울한 기분이 가시기 시작했고, 이제 평화롭게 누워서 하늘에 드리운 무지개를 보고 있었다.

그런 상태가 저녁때까지 이어졌고, 그는 무지개가 흩어져 사라지고 하늘이 우울해지고 빛이 바래며 숲이 어두워지는 것을 눈치조차 채지 못했다.

이반은 따뜻한 우유를 마시고 다시 누워서 자기 생각이 달라진 것에 스스로 놀라워했다. 어떻게 된 일인지 그 저주받은 악귀 같은 고양이의 기억이 희미해지기 시작했고, 잘려 떨어진 머리도 더 이상 무섭지 않았으며, 머리에 대한 생각을 그만두고 나서 이반은 사실상 병원도 상당히 괜찮은 곳이고, 스트라빈스키는 똑똑하고 저명하며 그와 알게 된 것은 대단히 기분 좋은 일이라고 생각하기 시작했다. 게다가 소나기가 지나간 후라 저녁 공기도 달콤하고 신선했다.

불행의 집은 잠들어 갔다. 조용한 복도에서 광택 없는 흰 등불이 꺼지고 대신 흐릿한 하늘색 야간등이 순서대로 켜졌으며, 문밖에서 복도의 고무 매트 위를 종종걸음으로 조심스럽게 걷는 간호사들의 발소리가 점점 더 드물게 들려왔다.

이반은 달콤한 나른함 속에 누워서, 천장에서 부드러운 빛을 뿜어내는, 갓이 씌워진 전등을 쳐다보기도 하고 검은 침엽수림 뒤로 떠오른 달을 바라보기도 하면서 자문하기 시작했다.

"도대체 어째서 나는 베를리오즈가 전차에 치였다는 사실에 그렇게 흥분했던 걸까?" 시인이 생각에 빠졌다. "결과적으로 보면 아무 일도 아니잖아! 사실 내가 뭐야, 그의 대부(代父)나 사돈이라도 돼? 그 문제를 잠깐 규명해 보면, 사실 나는 고인을 제대로 알지도 못했던 거야. 정말로, 그에 관해서 내가 아는 게 뭐가 있었어? 대머리였고 말솜씨가 끔찍하게 좋았다는 것 말고는 아무것도 몰랐지. 그리고 생각해 보시오, 시민." 이반은 누군가를 향해 연설을 계속했다. "해명해야 할 건 바로 이거지. 설명해 주시오, 내가 도대체 어째서 그 눈이 검고 공허한 수수께끼의 자문 위원, 마술사에다 교수 때문에 그렇게 날뛰었던 걸까? 뭣 때문에 그를 쫓아서 속바지만 입고 손에 촛불을 들고 그 무의미한 추적을 하고, 레스토랑에서 그 난동을 벌인 걸까?"

"잠깐, 잠깐, 잠깐." 갑자기 어디선가, 머릿속인 것도 같고 귓가인 듯도 한 곳에서 예전의 이반이 새로운 이반에게 엄격하게 말했다. "베를리오즈의 머리가 잘려 나가리라는 걸 그가 미리 알았기 때문 아냐? 어떻게 흥분하지 않을 수가 있어?"

"지금 무슨 얘기인가, 동무!" 새로운 이반이 낡은 이전의 이반에게 반박했다. "상황이 깔끔하지 못하다는 건 어린아이도 알 수 있어. 그는 100퍼센트 비범하고 신비한 인물이야. 하지만 그게 또 가장 흥미로운 점이지! 본디오 빌라도를 알던 사람이라니, 그 이상 흥미로운 게 또 뭐가 있겠어? 거기다가, 총주교 연못에서 그 멍청하기 짝이 없는 소란을 일으킬 바에야 그빌라도와 체포된 하-노츠리에게 그 뒤로 무슨 일이 있었는지 정중하게 물어보는 것이 훨씬 현명하지 않았겠어? 그런데 나는, 악마나 알까, 대체 뭐에 매달려 있었던 거야! 중요한 건 이 사건이야. 편집장이 치여 죽었다는 거? 그래, 그래서 어쩌겠어, 그것 때문에 잡지가 문을 닫겠어? 그래, 어떻게 하겠어? 사람은 원래 죽는 거고, 누군가 공정하게 말했듯이, 때로는 놀연히 죽는 거야. 뭐, 명복을 빌어야지! 다른 편집장이 들어올 거고, 어쩌면 이전 편집장보다 말주변이 좋을지도 모르지."

새로운 이반은 잠깐 졸았다가 전의 이반에게 간악하게 물어

보았다.

"그래, 이번 일로 나는 어떤 사람이 됐나?"

"멍청이!" 어디선가 저음의 목소리가 분명하게 대답했다. 그것은 두 이반 중 누구의 목소리도 아니었으며 자문 교수의 낮은 목소리와 놀랄 정도로 비슷했다.

이반은 어째서인지 '멍청이'라는 말에 기분 상해하지 않고 반대로 그 말에 경탄하면서 즐겁게 웃다가 반쯤 잠들어 조용해졌다. 잠이 이반에게 살금살금 다가왔고, 그의 눈앞에 코끼리 다리 같은 야자수가 떠올랐으며, 고양이가 옆으로 지나갔다……. 그러나 무시무시한 고양이가 아니라 유쾌하게 생긴 고양이였고, 한마디로 잠이 금방이라도 이반을 뒤덮을 순간이었는데, 갑자기 격자창이 소리 없이 옆으로 열리고 달빛을 피해 발코니에 숨어든 비밀스러운 형상이 이반에게 위협하듯 손짓했다.

이반은 전혀 겁먹지 않은 채 침대 위에서 몸을 일으켜 발코니에 남자가 있는 것을 보았다. 그리고 그 남자는 손가락을 입술에 대고 속삭였다.

"쉬이이잇!"

12
흑마술과 폭로

키가 작고 서양배 모양의 코가 산딸기처럼 빨간 남자가 구멍 난 노란색 중산모자에 체크무늬 바지, 에나멜 단화 차림으로 평범해 보이는 바퀴 두 개짜리 자전거를 타고 바리에테 극장의 무대에 나왔다. 그는 폭스트롯* 음악에 맞춰 원을 그리며 돌다가, 승리의 고함을 지르며 자전거 뒷바퀴로 섰다. 그러고는 뒷바퀴 하나만 타고 돌면서 안장 위에서 물구나무를 섰고, 교묘하게 앞바퀴를 빼내어 무대 뒤로 보냈으며, 손으로 페달을 돌리며 바퀴 하나만으로 계속 무대를 돌았다.

풍만한 금발 미녀가 은빛 별을 가득 뿌린, 몸에 착 붙는 상의와 미니스커트 차림으로 안장이 높이 달린 외발 자전거를 타고 무대에 나와서 원을 그리며 돌기 시작했다. 키 작은 남자는 금발 미녀와 마주치자 소리쳐 인사하며 발로 머리에서 중

---

* 1910년대 초 미국에서 생겨 난 비교적 빠른 템포의 사교 춤곡.

산모자를 벗었다.

마지막으로 여덟 살 정도 되어 보이지만 노인의 얼굴을 한 꼬마가 엄청나게 커다란 자동차용 경적이 달린 아주 작은 이륜차를 타고 무대로 굴러 나와 어른들 사이를 돌아다니기 시작했다.

곡예사들은 몇 차례 원을 그리며 돌고 나서 오케스트라의 긴장된 북소리가 울려 퍼지는 가운데 무대의 가장자리 끝까지 나아갔고, 맨 앞줄의 관객들은 경악하며 몸을 뒤로 젖혔다. 관객들이 보기에는 곡예사 세 명이 자전거를 탄 채로 악단 위로 쿵 떨어질 것 같았다.

그러나 자전거들은 앞바퀴가 나락으로 미끄러질 듯 위태롭게 악사들의 머리 위를 덮치려던 바로 그 순간에 멈추었다. 자전거에 탄 사람들은 큰 소리로 "합!" 하고 외치며 자전거에서 뛰어내려 인사했고, 금발 미녀는 관객들을 향해 허공으로 키스를 날렸으며, 꼬마는 경적으로 우스꽝스러운 신호음을 울렸다.

박수 소리가 건물을 뒤흔들었고, 양쪽에서 하늘색 휘장이 천천히 닫히며 곡예사들을 가렸으며, 문 앞에 '출구'라고 쓰인 초록색 등이 꺼졌고, 아치형 천장 아래 거미줄처럼 이어진 곡예용 그네 사이로 태양처럼 하얀 공 모양의 조명등이 켜졌다. 마지막 공연 전의 쉬는 시간이 시작되었다.

줄리 가족의 기적 같은 자전거 묘기에 유일하게 아무 흥미를 느끼지 못한 사람은 바로 그리고리 다닐로비치 림스키였다. 그는 사방이 교요한 가운데 자신의 사무실에 앉아서 얇은 입술을 깨물었다. 그의 얼굴에 이따금 경련이 스치고 지나갔다. 리호데예프가 실종된 데 이어 정말 뜻밖에도 사무장 바레누하마저 사라진 것이다.

림스키는 바레누하가 어디로 갔는지는 알고 있었으나, 그는 그렇게 가서…… 다시 돌아오지 않았다! 림스키는 어깨를 움찔하고 자기 자신에게 속삭였다.

"도대체 왜?"

경영 지배인처럼 수완 있는 사람이면 물론 바레누하를 보낸 곳으로 전화를 한 통 걸어서 무슨 일이 일어났는지 알아내는 것만큼 쉬운 일은 없을 텐데, 이상하게도 그는 저녁 10시가 되도록 전화를 걸 마음이 들지 않았다.

10시가 되자, 림스키는 마음을 가다듬고 억지로 전화의 수화기를 집어 들었고, 그제야 전화가 끊어졌다는 사실을 발견했다. 급사가 건물 안에 있는 다른 전화기도 모두 불통이라고 보고했다. 경영 지배인은 어째서인지 당연히 불쾌하지만 초자연적이지는 않은 이 사건에 별로 동요하지 않았으며, 심지어 한편으로는 기뻐했다. 전화를 해야 할 필요가 없어진 것이다.

경영 지배인의 머리 위에서 쉬는 시간을 알리는 빨간 등이 갑자기 켜져 깜빡이기 시작했을 때, 급사가 들어와 외국인 예술가가 도착했다고 보고했다. 경영 지배인은 왠지 모르게 경련을 일으켰고, 이제는 먹구름보다 더 음울해진 채로 이 객원 출연자를 맞이하러 분장실로 갔다. 손님을 맞이할 사람이 더 이상 남아 있지 않았기 때문이었다.

신호음이 찢어지듯 울리는 복도에서 호기심 많은 사람들이 여러 가지 구실을 대고 분장실을 엿보고 있었다. 분장실 안에는 울긋불긋한 가운을 입고 터번을 두른 마술사와 털실로 짠 윗도리를 입은 롤러스케이트 선수, 얼굴에 하얗게 분을 바른 재담꾼과 분장사가 있었다.

마침내 도착한 유명인사는 유별나게 길고 기묘한 디자인의 연미복을 입고 얼굴의 절반을 검은 가면으로 가리고 있어 사람들을 놀라게 했다. 그러나 무엇보다도 놀라운 것은 흑마술사의 두 동료였다. 기다랗고 체크무늬 옷을 입은, 깨진 코안경을 쓴 사나이와 검고 뚱뚱한 고양이였다. 특히 이 고양이는 분장실에 뒷발로 걸어 들어와 갓을 씌우지 않은 장식용 전구 불빛에 눈을 찡그리며 아무렇지도 않게 소파에 앉았다.

림스키는 얼굴에 웃음을 띠려 노력했지만 그 때문에 오히려 쓸쓸하고 악의에 찬 미소를 지어 버렸고, 소파의 고양이 옆에 말없이 앉아 있는 마술사에게 고개 숙여 인사했다. 악수는 하지 않았다. 한편 체크무늬 사나이는 스스럼없이 경영 지배인에게 다가가 자신을 마술사의 '현지인 조수'라고 소개했다. 이런 정황에 경영 지배인은 한편으로는 놀라고, 다른 한편으로는 불쾌한 마음이 들었다. 계약서에는 조수에 관해서는 단 한 마디도 없었던 것이다.

그리고리 다닐로비치는 다분히 의도적으로, 그리고 건조하게, 자신의 머리 위로 몸을 바짝 기울인 체크무늬 사내에게 예술가가 쓸 도구들은 어디 있는지 문의했다.

"저런, 저런, 세상에. 더없이 존경하는 친애하는 지배인님." 마술사의 조수가 걸걸한 목소리로 대답했다. "도구는 항상 우리 눈앞에 있답니다. 여기 있네요! 아인스, 츠바이, 드라이!" 그리고 림스키의 눈앞에서 울퉁불퉁한 손가락을 빙빙 돌린 후, 돌연히 고양이 귀에서 다름 아닌 림스키의 금시계를 사슬이 달린 채로 꺼냈다. 그때까지 그 시계는 단추를 채운 림스키의 신사복 아래 조끼 주머니 속에 들어 있었으며 사슬은 단추 구멍에 꿰어 놓았던 것이었다.

림스키는 자기도 모르게 배를 움켜쥐었고, 주위의 사람들은 경탄했으며, 분장사는 문가에 서서 정신없이 바라보다가 감탄하듯이 신음을 내뱉었다.

"지배인님 시계지요? 여기 받아 가시지요." 체크무늬가 허물없이 말하고는 망연자실해 있는 림스키에게 더러운 손바닥 위에 놓인 그의 소유물을 내밀었다.

"저런 사람하고는 전차에서 같이 앉으면 안 되지." 재담꾼이 재미있다는 듯 분장사에게 속삭였다.

그러나 남의 시계를 가지고 보여 준 이 장난보다 훨씬 흥미로운 재주를 고양이가 선보였다. 고양이는 갑자기 소파에서 일어나 뒷발로 거울 아래 놓인 탁자까지 걸어가더니, 앞발로 물병의 코르크 마개를 열고 컵에 물을 따라 마신 후 코르크를 다시 제자리에 막아 놓고 분장용 수건으로 수염을 닦은 것이다.

사람들은 경탄의 소리조차 내지 못하고 그저 입을 쩍 벌릴 뿐이었다. 그때 분장사가 열광하며 속삭였다.

"우와, 최고다!"

그때 신호음이 세 번째로 시끄럽게 울렸다. 모두 흥미로운 공연에 대한 기대에 부풀어 흥분한 채 분장실에서 몰려 나갔다.

일 분 후, 관객석에 있는 공 모양의 조명이 꺼지고 각광(脚光)이 장막 아래로 불그스름한 빛을 반사했으며, 불이 밝혀진 장막 틈 사이로 풍채가 좋고 어린아이처럼 유쾌한 사람이 얼굴을 말끔히 면도하고 구겨진 연미복과 조금 때가 탄 셔츠 차림으로 관객 앞에 등장했다. 그는 모스크바 전체에 잘 알려진 사회자 조르주 벤갈스키였다.

"자, 시민 여러분." 벤갈스키가 어린아이처럼 천진난만하게 웃으며 말하기 시작했다. "이제 여러분 앞에 나오실 분은……." 벤갈스키는 말을 잠시 끊었다가 다른 억양으로 말하기 시작했다. "보아하니 3막이 시작되면서 관객 수가 더 늘어났군요. 오늘 이 도시의 절반이 구경 오셨습니다! 낮에 제가 친구를 만나서 이렇게 말했죠. '왜 공연을 보러 오지 않나? 어제 도시의 절반이 구경하러 왔는데.' 친구가 이러더군요. '난 다른 쪽 절반에 사는데!'" 벤갈스키는 폭발적인 웃음소리가 터져 나오리라 기대하며 말을 멈추었지만 아무도 웃지 않았다. 그는 말을 계속했다. "……그리하여, 오늘은 저명하신 외국인 예술가 무슈 볼란드가 출연해 흑마술을 시연해 주시겠습니다! 하지만, 우리도 여러분도 다 알고 계시듯이." 벤갈스키는 모든 것을 다 알고 있다는 듯이 웃음을 지었다. "세상에 흑마술 같은 건 애초에 없습니다. 그런 건 다름 아닌 미신일 뿐이죠. 그리고 마에스트로 볼란드는 순전히 마술의 기교를 깊이 연마하셨을 뿐이며, 이 사실은 오늘 공연의 가장 흥미로운 부분, 그러니까 그 기교를 폭로하는 부분에서 확실히 알 수 있을 겁니다. 그러니 우리 모두 하나가 되어 흑마술의 기교와 폭로를 공연하실 볼란드 씨를 초청하겠습니다!"

벤갈스키는 이 허튼소리를 전부 지껄인 후 환영의 뜻으로 양손을 맞잡고 장막의 틈을 향해 흔들었으며, 그것을 신호로 장막은 사락거리는 소리를 내며 양쪽으로 갈라졌다.

마술사와 그를 수행하는 기다란 조수, 뒷발로 무대에 걸어 나오는 고양이의 등장은 관객들의 마음을 사로잡았다.

"의자." 볼란드가 작은 목소리로 지시를 내리자 바로 그 순간 어디서 나왔는지 알 수 없지만 무대에 안락의자가 나타났으며, 마술사는 의자에 앉아 말하기 시작했다. "말해 보게, 친애하는 파고트." 볼란드가 체크무늬 광대에게 질문했다. 그 광대는 분명 '코로비요프' 외에도 다른 이름이 있는 것 같았다. "자네 생각에는 모스크바 시민들이 많이 달라진 것 같은가?"

마술사는 허공에서 출현한 안락의자에 놀라 조용해진 관객들을 바라보았다.

"그렇습니다, 메시르." 파고트-코로비요프가 낮은 목소리로 대답했다.

"자네가 옳다. 시민들은 많이 변했어……. 겉모습 말이네. 한데 그건 도시 자체도 마찬가지지. 옷차림은 말할 것도 없고, 그, 뭐라고 하던가…… 전차라든가, 자동차가 나타났고……."

"버스도요." 파고트가 정중하게 덧붙였다.

관객들은 이 대화가 마술 공연의 전주곡이라고 생각하면서 주의 깊게 경청했다. 무대 뒤는 공연자와 극장 직원 들로 가득 차 있었고, 그들의 얼굴 사이로 긴장하여 창백해진 림스키의 얼굴이 보였다.

무대 구석에 있던 벤갈스키의 얼굴이 아연실색한 표정을 띠기 시작했다. 그는 잠시 대화가 멎은 틈을 타서 눈썹을 약간 추켜올리고 말했다.

"외국인 예술가께서 모스크바의 기술적 발달 수준과 모스크바 시민들에 대한 본인의 열정을 표현하시는군요." 벤갈스키는 한 번은 1층 보통석을 향해서, 한 번은 위층을 향해서 두 번 미소 지었다.

볼란드와 파고트, 고양이가 사회자 쪽으로 고개를 돌렸다.

"내가 열정을 표현했던가?" 마술사가 파고트에게 물었다.

"전혀 아닙니다, 메시르. 아무런 열광도 표현하신 적 없습니다." 파고트가 대답했다.

"그럼 저 사람은 무슨 말을 하는 건가?"

"그저 헛소리를 하는 것 뿐이지요!" 체크무늬 조수가 극장 전체에 울려 퍼지도록 낭랑하게 보고한 후, 벤갈스키를 향하여 덧붙였다. "헛소리를 축하합니다, 시민!"

위층 보통석에서 웃음소리가 파도쳤고, 벤갈스키는 몸을 떨며 눈을 부릅떴다.

"하지만 내가 관심 있는 것은 다른 부분이지, 물론 버스나 전화나 그런……."

"기계!" 체크무늬가 소곤거렸다.

"그렇지, 감사하네." 마술사가 무거운 저음으로 천천히 말했다. "그런 것보다 훨씬 더 중요한 질문일세. 여기 시민들은 과연 내면적으로 변했는가?"

"예, 그게 가장 중요한 질문이지요, 주인님."

무대 뒤에서 사람들은 서로를 쳐다보기 시작했고 어깨를 움찔했다. 벤갈스키는 얼굴이 빨개진 채로 서 있었고, 림스키는 창백해졌다. 그때 사람들 사이에 퍼지기 시작한 불안감을 알아채기라도 한 듯 마술사가 말했다.

"어쨌든 우리가 말을 너무 많이 했군. 친애하는 파고트, 관객들이 지루해하기 시작했네. 일단 시작 삼아서 뭐든 단순한 걸 좀 보여 주게."

관객석이 안도한 듯 웅성거렸다. 파고트와 고양이가 각각 양쪽 무대 끝으로 흩어졌다. 파고트가 손가락을 딱 하고 울리며 호쾌하게 소리쳤다.

"셋, 넷!" 그리고 허공에서 카드 한 벌을 꺼내 섞고 리본처럼 쭉 늘여 고양이에게 던졌다. 고양이는 카드 리본을 받아들고 다시 던졌다. 카드 줄기가 공단으로 된 뱀처럼 쉬르륵 소리를 냈고, 파고트는 마치 새끼 새처럼 입을 벌리고 카드를 하나씩 전부 삼켰다.

고양이가 오른쪽 뒷발을 살짝 뒤로 빼고 고개 숙여 인사했고, 믿을 수 없을 정도로 큰 박수갈채를 받았다.

"최고다! 최고야!" 무대 뒤에서 사람들이 열광하면서 소리쳤다.

파고트가 손가락으로 1층 관객석을 가리키며 선언했다.

"지금 그 카드는, 존경하옵는 시민 여러분, 일곱 번째 열에 앉아 있는 파르쳅스키 시민의 지갑 속, 3루블짜리 지폐와 여성 시민 젤코바 동무에게 지급할 위자료 건으로 법정에 소환한다는 통고장 사이에 있습니다."

1층 관객석이 웅성거렸고 사람들이 일어나기 시작했으며, 마침내 어떤 시민, 즉 정말로 이름이 파르쳅스키인 남자가 경악하여 얼굴이 완전히 새빨개진 채 지갑에서 카드 한 벌을 꺼내 어찌할 바를 모르고 공중에 치켜들었다.

"기념으로 간직하시지요!" 파고트가 소리쳤다. "어제 저녁 식사 전에, 포커가 없으면 모스크바 생활을 견딜 수 없었을 거라고 하신 것도 이유가 있었을 테니까요."

"뻔한 수작이야. 1층에 있는 저 사람도 한패야." 위층에서 누군가 말했다.

"그렇게 생각하십니까?" 파고트가 위층에 눈을 찡긋해 보이며 외쳤다. "그렇다면 당신도 우리 일당이겠군요, 카드가 당신 주머니에도 있으니까요!"

위층에서 사람들이 들썩거렸고, 기쁨에 찬 목소리가 들렸다. "정말이야! 정말로 주머니에 있어! 여기, 여기⋯⋯. 잠깐만! 이거 10루블짜리잖아!"

1층 관객들이 고개를 돌려 올려다보았다. 위층에서 흥분한 시민이 자기 주머니에서 지폐 다발을 꺼내 보여 주었는데, 은행에서 흔히 하는 식으로 가운데를 끈으로 묶었고 그 위에 1000루블이라고 쓰여 있었다.

옆자리 사람들이 그에게 덤벼들었고, 그는 아연실색하여 그것이 진짜 10루블 지폐인지 아니면 무슨 요술이라도 부린 것인지 알아내기 위해 표지를 손톱으로 긁어 대기 시작했다.

"오, 하느님. 진짜야! 진짜 10루블 지폐!" 위층에서 기쁨에 찬 고함 소리가 들렸다.

"나한테도 그 카드 장난을 해 줘요." 1층 중간에 앉아 있던 뚱보가 즐겁게 부탁했다.

"아베크 플레지르!"* 파고트가 대답했다. "하지만 어째서 당신에게만 해 주겠습니까? 다들 뜨거운 관심을 갖고 계시는데요!" 그리고 명령했다. "모두 위를 보세요⋯⋯! 하나!" 그의 손에 권총이 나타났고, 그는 소리쳤다. "둘!" 권총이 위쪽으로 치켜 올라갔다. 그가 소리쳤다. "셋!" 빛이 번쩍이고, 폭음이 들리고, 바로 그 순간 천장 아래서 흰 종잇조각들이 곡예용 그네

---

* Avec plaisir. 프랑스어로 '기꺼이'라는 뜻.

사이로 보였다 안 보였다 하면서 객석으로 떨어지기 시작했다.

종잇조각들은 빙글빙글 돌면서 사방으로 흩어져 위층 관객석을 뒤덮고 오케스트라와 무대 위로 쏟아졌다. 돈의 비는 점점 더 세게 내리기 시작해 몇 초가 지나자 무대의 안락의자까지 차올랐고, 관객들은 종잇조각을 붙잡기 시작했다.

몇백 개의 손이 여기저기서 치켜 올라갔다. 관객들은 종잇조각을 무대의 조명등에 비춰 보고 확실하게 새겨져 있는 위폐 방지용 무늬를 보았다. 냄새 또한 의심할 여지가 없었다. 그것은 다른 무엇과도 비교할 수 없는, 방금 찍어 낸 지폐의 냄새였다. 처음에는 기쁨이, 그 뒤에는 경악이 온 극장을 사로잡았다. 사방에서 "10루블이다, 10루블!"이라는 말이 울렸고 "아, 아!" 하는 탄성과 기쁨에 찬 웃음소리가 들렸다. 누군가 좌석 아래를 손으로 더듬으며 통로로 기어나갔다. 많은 사람들이 좌석 위에 올라서서 공중에서 빙글빙글 도는 변덕스러운 종잇조각을 잡으려 애썼다.

경비 경찰관들의 얼굴에 조금씩 당황한 표정이 어리기 시작했고, 공연자들은 체면을 생각하지 않고 무대 뒤에서 튀어 나오기 시작했다.

2층 특등석에서 목소리가 들렸다. "뭘 붙잡는 거야? 그건 내 거야! 나한테 날아왔다고!" 다른 목소리도 들렸다. "밀지 마, 자꾸 그러면 나도 밀 거야!" 그리고 갑자기 누군가 넘어지는 소리가 났다. 그 즉시 특등석에 경찰관의 헬멧이 나타나 누군가를 데리고 나갔다.

극장 전체가 흥분에 휩싸여 갔고, 파고트가 갑자기 공중에 훅 하고 숨을 불어 돈의 비를 멈추지 않았다면 이것이 어떻게 끝났을지 모르는 일이다.

젊은이 두 사람이 의미심장하고 유쾌한 시선을 주고받은 후 자리에서 일어나 곧장 식당으로 향했다. 극장 안은 와자지껄한 소리로 가득 찼고, 관객들은 모두 흥분하여 눈을 반짝였다. 그렇다, 그렇다. 벤갈스키가 기운을 내어 움직이지 않았다면 이 모든 것이 어떻게 끝났을지 알 수 없다. 그는 마음을 가다듬으려 애쓰면서 평소 습관처럼 양손을 비비고 낭랑한 목소리를 돋우어 이렇게 말했다.

"예, 시민 여러분. 지금 우리는 소위 집단 최면이라고 하는 경우를 목격했습니다. 완벽하게 과학적인 실험으로, 기적이나 마법은 존재하지 않는다는 것을 증명할 더없이 좋은 방법이라 하겠습니다. 마에스트로 볼란드께 이 마법의 비밀을 밝혀 주시기를 요청합시다. 시민들, 지금 당장, 이 지폐처럼 보이는 종잇조각들이 나타났을 때처럼 그렇게 갑작스럽게 사라지는 것을 보시겠습니다."

그러고 나서 그는 박수를 쳤으나, 박수 치는 사람은 오로지 그 하나뿐이었다. 그의 얼굴에는 확신에 찬 미소가 어른거렸으나, 눈에는 확신의 그림자조차 보이지 않았으며, 곧 그 눈에는 애원의 빛이 나타났다.

관객들은 벤갈스키의 발언을 마음에 들어 하지 않았다. 모두가 침묵하는 가운데, 그것을 깬 사람은 체크무늬 파고트였다.

"다시 한 번 말씀드리지만, 이것은 헛소리라고 하는 것입니다. 시민들, 지폐는 진짜입니다!" 그가 커다랗고 염소 울음소리처럼 높은 테너음으로 선언했다.

"만세!" 어딘가 높은 곳에서 단속적인 저음이 외쳤다.

"그런데 저 사람 말입니다." 파고트는 벤갈스키를 가리켰다. "저는 저자가 지겨워졌습니다. 부탁하지도 않았는데 공연히 돌아다니고, 계속 거짓 설명으로 공연을 망치는군요! 저 사람을 어떻게 하면 좋을까요?"

"머리를 뚝 떼어 내 버려요!" 2층에서 누군가 잔인하게 말했다.

"뭐라고 하셨죠? 예? 머리를 잘라 내라고요? 좋은 생각입니다! 베헤모트!" 이 추악한 제의에 파고트가 즉시 맞장구를 치더니 고양이에게 소리쳤다. "하자! 아인스, 츠바이, 드라이!"

그리고 이제까지 본 적도 없는 놀라운 일이 벌어졌다. 검은 고양이는 털을 곤두세우고 찢어지듯 날카롭게 소리 지르며 몸을 잔뜩 움츠렸다가 마치 표범처럼 벤갈스키의 가슴으로 뛰어들었다. 거기서 머리로 뛰어오른 고양이는 가르릉거리면서 털북숭이 두 발로 사회자의 성긴 머리카락을 붙잡고 사납게 소리친 후, 머리를 두 번 돌리더니 목을 완전히 떼어 냈다.

극장 안에 있던 관객 2500명이 한목소리로 비명을 질렀다. 끊어진 목의 동맥에서 피가 분수처럼 솟아나와 와이셔츠 가슴팍과 연미복을 적셨다. 머리가 없는 몸은 무의미하게 다리를 휘젓다가 바닥에 주저앉았다. 객석에서 여자들이 광적으로 비명을 질러 댔다. 고양이는 머리를 파고트에게 넘겨주었고, 파고트는 머리카락을 잡고 머리를 들어올려 객석에 보여 주었고, 머리는 온 극장에 울리도록 절망적으로 소리쳤다.

"의사 불러!"

"계속 헛소리를 늘어놓을 셈인가?" 파고트가 울고 있는 머리에게 위협적으로 물었다.

"이젠 안 할게요!" 머리가 목쉰 소리를 질렀다.

"하느님 맙소사, 그만 괴롭혀요!" 갑자기, 시끄러운 군중의 소리를 뒤덮으며 특별석에서 여자 목소리가 울려나왔고, 마술사는 목소리가 난 쪽으로 얼굴을 돌렸다.

"시민들, 그 말은 이자를 용서해 주라는 겁니까?" 파고트가 객석을 향해 물었다.

"용서해 줘요! 용서해 줘!" 처음에는 여자들의 목소리가 띄엄띄엄 울려 퍼졌고, 곧 남자들의 목소리와 합쳐져 하나의 합창이 되었다.

"어떻게 할까요, 메시르?" 파고트가 가면 쓴 마술사에게 물었다.

"어쩌겠나. 사람은 사람이니까. 돈을 좋아하지만, 그건 언제나 그랬지…… 사람이란 돈을 좋아하지, 뭘로 만들어졌든 가리지 않고. 가죽으로 만들어졌든, 종이든, 구리든 아니면 금이든. 그래, 경솔하지…… 뭐, 어쩌겠나…… 그리고 자비심이라는 것도 가끔은 그 마음을 두드리곤 하지……. 보통 사람들……. 대체로, 예전 사람들을 상기시키지……. 단지 주택 문제가 그들을 이렇게 망쳐 놓았을 뿐이야……." 마술사가 생각에 잠겨 대답하더니 큰 소리로 명령했다. "머리를 도로 붙이게."

고양이가 좀 더 면밀하게 머리를 붙잡아 목에 꽂아 넣었고, 머리는 마치 한 번도 떨어져 나간 적이 없었던 것처럼 정확하게 자기 자리에 들어앉았다. 게다가 목에는 잘려 나간 자국이 머리카락 하나만큼도 남지 않았다. 고양이가 앞발로 벤갈스키의 연미복과 와이셔츠 앞판을 문지르자 핏자국도 사라졌다. 파고트가 앉아 있던 벤갈스키를 일으켜 세웠고, 연미복 주머니에 10루블짜리 지폐 다발을 쑤셔 넣고 무대 밖으로 내쫓으며 말했다.

"여기서 꺼져! 당신 없는 쪽이 훨씬 재미있어."

사회자는 넋이 나간 듯 비틀거리고 주위를 둘러보면서 간신히 소화전까지 걸어갔고, 그 앞에서 기운이 빠져 애처롭게 소리쳤다.

"내 머리, 머리!"

다른 사람들과 함께 림스키도 그에게 달려갔다. 사회자는 울면서 양손으로 뭔가 붙잡을 듯 허공을 저으며 중얼거렸다.

"내 머리 돌려줘! 머리 돌려줘! 아파트도 가져가고 그림도 가져가, 그렇지만 머리는 돌려줘!"

급사가 의사를 부르러 갔다. 사람들이 벵갈스키를 분장실 안 소파에 눕히려 했으나 그는 난폭하게 사람들을 뿌리쳤다. 구급차를 불러야 했다. 불운한 사회자가 실려 가고 나서 림스키는 다시 무대로 달려갔고, 그 위에서 새로운 기적이 일어나는 것을 보았다. 그렇다. 바로 그 순간에 일어난 일인지 아니면 그 전에 일어난 일인지는 알 수 없으나, 마술사가 그의 낡은 안락의자와 함께 무대에서 사라져 버린 것이다. 여기서 하나 말해 두어야 할 것은, 관객들은 파고트가 무대에서 벌인 신기한 일들에 정신이 팔려서 전혀 눈치조차 채지 못했다는 것이다.

사회자가 괴로워하며 무대에서 실려 나간 후 파고트는 관객에게 이렇게 선언했다.

"그 지긋지긋한 놈을 끌어냈으니, 이제 여성들을 위한 가게를 열어 볼까요!"

그러자 무대 바닥은 즉시 페르시아 융단으로 덮였고, 가장자리에 초록색으로 빛나는 조명을 두른 거대한 거울들이 나타났으며, 거울 사이로 진열장이 등장했고, 관객들은 즐겁게 경탄하며 진열장 안에 갖가지 색깔과 모양의 파리식 여성복이 걸려 있는 것을 보았다. 그것이 한쪽 진열장이었다. 다른 쪽 진열장에는 깃털이 달리기도 하고 안 달리기도 하고, 쇠 장식이 달리기도 하고 안 달리기도 한 수백 개의 여성 모자가 걸려 있었고, 검은 구두, 흰 구두, 노란 구두, 가죽, 공단, 스웨이드, 가죽 줄이 달리기도 하고 보석이 달리기도 한 수백 켤레의 구두도 놓여 있었다. 구두 사이로 향수 수백 병과, 영양 가죽, 스웨이드, 비단으로 만들어진 여성용 가방이 산더미처럼 나타났으며, 그 사이로 또 부조를 새긴 가늘고 긴 금빛 상자가 무더기로 나타났는데, 그것은 립스틱이 든 케이스였다.

어디서 나타났는지 악마나 알 법한 빨간 머리 처녀가 검은색 이브닝 가운을 입고 등장했다. 목의 흉악한 상처가 전체적인 인상을 반감시키는 것만 빼면 모든 면에서 아름다운 처녀였고, 진열장 옆에 서서 여주인 같은 미소를 짓고 있었다.

파고트는 달콤하게 싱글거리며, 회사에서 완전히 무상으로 낡은 여성 의류와 신발을 파리식 디자인의 새 여성복과 구두로 교환해 준다고 선언했다. 그리고 가방과 기타 장신구도 똑같은 방식으로 바꿔 준다고 덧붙였다.

고양이가 뒷발을 비비기 시작했고, 동시에 타고난 수위처럼 앞발로 문을 여는 듯한 동작을 취했다.

처녀는 조금 목쉰 소리가 섞이기는 했지만 달콤하게, 분명치 않은 발음으로 뭔가 알아들을 수 없는 소리를 노래하듯 말했다. 1층 관객석에 앉은 여성들의 표정으로 미루어 대단히 매혹적인 말이 분명했다.

"겔랑, 샤넬 넘버 파이브, 미츠코, 나르시스 누아르, 이브닝 가운, 칵테일 파티용……."

파고트는 굽신거렸고, 고양이는 절을 했고, 처녀는 유리 진열장을 열었다.

"초대합니다! 부끄러워하실 것도 체면 차릴 필요도 없습니다!" 파고트가 고함쳤다.

관객들은 동요했으나, 아무도 감히 무대에 올라서지 못했다. 마침내 갈색 머리 여성이 1층 10번 열에서 일어나, 자신은 아무래도 좋고 아무것도 상관하지 않겠다는 듯 미소를 지으며, 무대로 다가와 구석에 있는 계단을 올라왔다.

"브라보! 첫 번째 고객을 환영합니다! 베헤모트, 의자! 구두부터 시작하지요, 마담!" 파고트가 소리쳤다.

갈색 머리 여성은 의자에 앉았고, 파고트는 즉시 여성 앞에 깔린 융단 위에 구두 한 무더기를 쏟아 놓았다. 갈색 머리 여성은 신고 있던 오른쪽 구두를 벗고 연보라색 구두를 신어 보고, 융단을 밟아 보고, 뒤축을 살펴보았다.

"조이지 않을까요?" 그녀가 생각에 잠겨 물었다. 여기에 파고트는 짐짓 화난 척 소리쳤다.

"무슨 말입니까, 무슨 말이에요!" 고양이도 기분이 상해 야옹거렸다.

"이거 한 켤레 주세요, 무슈." 갈색 머리 여성이 다른 한쪽 구두를 신으며 위엄 있게 말했다.

갈색 머리 여성이 신고 있던 낡은 구두는 장막 너머로 던져졌고, 갈색 머리 여성은 빨간 머리 처녀와 파고트의 안내를 받으며 장막 뒤로 들어갔는데, 파고트는 어깨에 여러 가지 디자인의 여성복을 걸쳐 들고 있었다. 고양이는 여기저기 뛰어다니며 그들을 도왔고, 자신이 나름대로 중요한 일을 한다는 듯 목에 줄자까지 걸고 있었다.

몇 분이 지나 갈색 머리 여성이 새 드레스를 입고 장막 뒤에서 걸어나오자 1층 관객석에 앉아 있던 사람들은 모두 숨을 죽이고 드레스를 바라보았다. 용감한 여성은 이제 놀랄 정도로 아름다워져서, 거울 앞에 서서 드러난 어깨를 똑바로 펴 보기도 하고 뒷머리를 만져 보기도 하고 뒷모습을 보려고 몸을 틀기도 했다.

"회사에서 이것을 기념품으로 드리는 것이니 부디 받아 주십시오." 파고트가 이렇게 말하고 갈색 머리 여성에게 향수병이 든 뚜껑 열린 상자를 주었다.

"메르시."* 갈색 머리 여성이 오만하게 대답하고는 무대 옆 계단을 내려가 관객석으로 돌아갔다. 여성이 걷는 동안 관객들은 소리치며 향수병을 만지려고 손을 뻗었다.

그때부터 사방에서 무대로 여자들이 몰려나왔다. 흥분에 들뜬 대화와 웃음소리, 한숨 속에서 한 남자의 목소리가 들렸다. "이런 건 허락할 수 없어!" 그리고 여자의 목소리. "이 폭군, 속물! 내 팔 놔요!" 여자들은 장막 뒤로 들어가 입고 있던 옷을 벗어 놓고 새 옷을 입고 나왔다. 황금빛 다리가 달린 동그란 의자에 여성들이 줄지어 앉아서 새 신발을 신고 기운차

---

* Merci. 프랑스어로 '감사합니다.'라는 뜻.

게 융단을 밟아 보고 있었다. 파고트는 무릎을 꿇고 앉아서 연방 금속제 구두 주걱을 놀려 댔고, 고양이는 손가방과 구두 더미 아래에서 완전히 지친 채로 진열장에서 의자로 그리고 다시 진열장으로 왔다 갔다 했고, 목이 보기 흉한 처녀는 나타났다 사라졌다 하면서 이제는 완전히 프랑스어로만 지껄이는 지경에 이르렀는데, 놀랍게도 여자가 단어를 절반쯤 말하면 모든 여성들이, 심지어 프랑스어를 한마디도 모르는 여자들까지도 전부 그 뜻을 이해했다.

갑자기 한 남자가 무대에 침입해 모두를 놀라게 했다. 그는 자기 아내가 감기 몸살에 걸려 있으며 그래서 자신이 아내에게 줄 물건들을 가져가고 싶다고 선언했다. 그 시민은 유부남이라는 증거로 여권을 보여 줄 준비가 되어 있었다. 이 자상한 남편의 말에 장내는 웃음소리로 가득 찼고 파고트는 이러니저러니 할 것 없이 당신의 말을 믿으며 여권은 필요 없다고 말하고 시민에게 실크 스타킹을 두 벌 선사했으며, 고양이도 립스틱을 하나 보냈다.

뒤늦게 온 여성들도 무대로 뛰어들어 무도회 드레스나 용무늬가 수놓인 잠옷, 깔끔한 나들이옷을 입고 한쪽 눈썹 위로 모자를 기울여 쓰고 행복하게 줄지어 걸어 내려갔다.

그때 파고트가 시간이 늦은 관계로 이 가게는 정확히 일 분후에 문을 닫고 내일 저녁에 다시 열겠다고 선언했고, 그러자 무대 위는 난장판이 되었다. 여자들은 치수 따위는 보지도 않고 날쌔게 구두를 잡아챘다. 한 여자는 마치 폭풍처럼 장막 뒤로 뛰어들어 입고 있던 정장을 내던지고 손에 닿는 대로 옷을 집어 들었다. 그것은 비단에 거대한 꽃다발이 수놓인 가운이었는데, 그 밖에도 재빨리 향수 두 병을 더 움켜쥐었다.

정확히 일 분 후에 권총 소리가 울렸고, 거울이 사라지고 진열장과 접는 의자도 없어졌으며, 융단과 탈의실 장막도 공기 중으로 녹아 흩어져 버렸다. 마지막으로 높이 쌓여 있던 낡은 여성복과 구두 더미가 사라졌으며, 무대는 다시 밝고, 텅 비어 아무것도 없는 상태가 되었다.

그때 새로운 등장인물이 공연에 끼어들었다.

상냥하고 낭랑하지만 매우 고집스러운 바리톤 음성이 두 번째 특별석에서 들려왔다.

"예술가 시민, 부탁하건대 즉시 관객들에게 요술의 비밀을, 특히 그 지폐 마술의 비밀을 폭로해 주십시오. 그리고 사회자도 무대로 돌려보내 주십시오. 관객들이 그의 운명을 걱정하고 있습니다."

바리톤 음성의 주인은 다른 누구도 아닌, 오늘 저녁의 특별 손님인 모스크바 극장 음향 위원회 회장 아르카디 아폴로노비치 셈플레야로프였다.

아르카디 아폴로노비치는 특별석에 여성 두 명과 함께 자리를 잡고 있었다. 한 사람은 나이가 지긋하고, 값비싼 최신 유행의 옷차림이었고, 다른 사람은 좀 더 젊고 예쁘장하며 더 수수한 차림새였다. 후에 조서를 작성할 때 곧바로 밝혀졌듯이, 전자는 아르카디 아폴로노비치의 배우자였고, 후자는 그의 먼 친척으로 지금 막 연기 생활을 시작한 촉망받는 여배우였다. 그녀는 사라토프에서 올라와 아르카디 아폴로노비치와 그 배우자의 아파트에서 지내고 있었다.

"파르동!* 죄송합니다만, 여기에 폭로 같은 건 필요 없습니다, 한눈에도 명백하니까요." 파고트가 대답했다.

"아니요, 죄송합니다! 폭로는 반드시 필요합니다! 그렇지 않으면 오늘 저녁의 빛나는 공연이 곤란한 인상을 남기게 될 것입니다. 관객 대중은 설명을 요구합니다."

"관객 대중은." 무례한 어릿광대가 셈플레야로프의 말을 가로막았다. "전혀, 아무것도 표출하지 않았는데요? 하지만 아르카디 아폴로노비치, 그 대단히 존경해 마지않는 요청에 주의를 기울여서 제가 응당한 폭로를 하겠습니다. 하지만 그 전에 하나 더 짧은 공연을 보여 드려도 좋을까요?"

"물론입니다. 하지만 반드시 폭로가 이어져야 합니다!" 아르카디 아폴로노비치가 양보하듯이 거만하게 대답했다.

"알겠습니다, 알겠습니다. 그러면 질문 하나만 드리겠습니다. 아르카디 아폴로노비치, 어제 저녁에 어디 계셨지요?"

부적절하고 심지어 야비하기까지 한 이 질문에 아르카디 아폴로노비치의 표정이 변했는데, 그것도 대단히 심하게 일그러졌다.

"아르카디 아폴로노비치는 어제 저녁에 음향 위원회 회의에 참석하셨습니다. 하지만 그게 마술과 무슨 관계가 있는지 이해가 가지 않는군요." 아르카디 아폴로노비치의 배우자가 오만하게 진술했다.

"저런, 마담!" 파고트가 대답했다. "당연히 이해 못 하시겠지요. 회의에 관해서라면 완전히 착각하고 계시는군요. 위에 언급한 회의에 참석하기 위해 집을 나오셨다고요. 말이 나왔으니

---

* Pardon. 프랑스어로 '죄송합니다.'라는 뜻.

말인데 어제 그런 회의는 없었지요. 아르카디 아폴로노비치는 치스티예 연못가의 음향 위원회 건물 앞에서 운전사를 퇴근시키고 (극장 전체가 고요해졌다.) 버스를 타고 옐로홉스카야 거리에 가서 그곳에 사는 지역 유람 극단 여배우 밀리차 안드레예브나 포코바티코의 집에서 네 시간 정도 그녀와 함께 있었습니다."

"저런!" 침묵 속에서 누군가 고뇌에 차서 외쳤다.

아르카디 아폴로노비치의 젊은 친척 여성이 갑자기 낮고 무시무시한 소리로 크게 웃었다.

"이젠 다 알겠어! 나도 오랫동안 의심하고 있었어요. 왜 그 재능도 없는 여자가 루이자 역을 맡았는지 이제 분명해졌어!" 그녀가 외쳤다.

그러고는 돌연히 짧고 굵직한 연보라색 우산을 휘둘러 아르카디 아폴로노비치의 머리를 내리쳤다.

비열한 파고트, 동시에 코로비요프라는 이름으로도 알려진 자가 소리쳤다.

"존경하옵는 시민 여러분, 이것이 바로 아르카디 아폴로노비치가 그토록 집요하게 요구했던 폭로의 한 예입니다!"

"이런 쓰레기 같으니, 네가 어떻게 감히 아르카디 아폴로노비치를 건드릴 수가 있지?" 아르카디 아폴로노비치의 배우자가 특별석에서 그 거대한 몸집을 일으키며 위협적으로 물었다.

젊은 친척 여성이 두 번째로 짧고 악의에 찬 웃음소리를 터뜨렸다.

"이젠 누가 누군지 다 밝혀졌으니 감히 내가 건드릴 수가 있지!" 그녀가 웃으면서 대답했다. 우산이 두 번째로 아르카디 아폴로노비치의 머리에 맞아 딱 소리를 내며 튀어 올랐다.

"경찰! 저 여자 붙잡아요!" 셈플레야로프의 배우자가 너무나 무시무시한 목소리로 외쳐서 사람들의 심장이 서늘해졌다.

그때 갑자기 고양이가 무대 가장자리로 뛰어나가 사람의 목소리로 극장 전체에 외쳤다.

"공연 끝! 마에스트로! 행진곡 틀어!"

반쯤 얼이 빠진 지휘자가 자신이 무엇을 하는지도 모른 채 지휘봉을 휘둘렀고, 악단은 연주를 한 것도 아니고 갑자기 소리를 낸 것도 아니고 심지어는 노래를 한 것도 아닌, 고양이의 혐오스러운 표현에 의하면 어떤 믿을 수 없는, 믿을 수 없을 정도로 엉망진창이어서 다른 무엇과 비교하기도 어려운 행진곡 하나를 '틀었다.'

순간 남쪽 하늘의 별빛 아래 카바레에서 어째 잘 이해할 수 없고 막무가내지만 용맹한 행진곡의 가사가 들려온 적도 있었을 법한 느낌이 들었다.

장군님은 집에다
새 키우길 좋아해서
지붕 밑으로 끌어들였네
예쁘장한 처녀들을!

노래는 애초에 이런 가사가 전혀 아니고 같은 반주에 가사는 전혀 다른, 뭔가 극도로 문란한 곡이었는지도 모른다. 이런 것은 중요하지 않았다. 정말 중요한 것은, 이 순간이 지나간 뒤 바리에테 극장에서 바벨탑의 건설과 비슷한 대혼란이 시작되었다는 것이다. 셈플레야로프가 있던 특별석으로 경찰이 달려왔고, 난간 위로 호기심 많은 사람들이 기어 올라왔으며, 지옥에서 터져 나오는 듯 깔깔거리는 소리와 광포한 고함소리가 들려왔고, 악단의 황금 심벌즈가 쨍그랑거리며 이 소리들을 뒤덮었다.

그리고 무대는 돌연히 텅 비어 있었다. 파고트도, 무례한 고양이 새끼 베헤모트도 모습을 감추고 공기 속으로 녹아 사라진 것이 분명했다. 그 전에 마술사가 낡은 쇠 장식을 붙인 안락의자와 함께 사라진 것처럼.

13
주인공의 등장

그리하여, 낯선 사람은 이반에게 손가락을 들어 보이며 속삭였다. "쉬이이잇!"

이반은 다리를 이불 밖으로 내놓고 그를 쳐다보았다. 발코니에서 조심스럽게 방 안을 들여다보는 사람은 깨끗이 면도한 얼굴에, 머리카락이 검고, 코가 뾰족하고, 근심을 띤 눈에, 이마에는 머리카락을 한 다발 늘어뜨린 대략 서른여덟 살 정도 된 남자였다.

비밀스러운 방문객은 이반이 혼자 있다는 것을 확인하고 조심스럽게 귀를 기울여 본 후 용기를 내어 방 안으로 들어왔다. 이반은 방문객이 환자복을 입고 있는 것을 보았다. 그는 흰 속옷 차림에, 맨발에 실내화를 신고 어깨에는 갈색 실내복 윗도리를 걸치고 있었다.

방문객은 이반에게 눈을 찡긋해 보이고 주머니 속에 열쇠고리를 감춘 후 속삭이는 소리로 질문했다. "앉아도 됩니까?" 그리고 이반이 고개를 크게 끄덕이자 의자에 자리를 잡았다.

"여기는 어떻게 들어오셨죠?" 방문객의 당당하고 위협적인 몸짓을 거스르지 못하고 이반도 속삭이는 소리로 물었다. "발코니의 격자창은 잠겨 있지 않소?"

"격자창은 잠겨 있소." 손님이 확인해 주었다. "프라스코비야 표도로브나는 더없이 상냥하긴 하지만 불행히도 주의가 산만한 사람이지. 한 달쯤 전에 간호사에게서 열쇠고리를 훔쳐서 공용 발코니에 나갈 수 있게 됐는데, 그 발코니는 이 층 전체를 둘러싸고 이어져 있으니 가끔씩 이렇게 이웃들을 방문하는 거요."

"발코니로 나갈 수 있으면 여기서 도망칠 수도 있겠군요. 아니면 여기가 너무 높은가요?" 이반이 관심을 보였다.

"아니요." 손님이 확고하게 대답했다. "내가 여기서 도망칠 수 없는 건 높아서가 아니고 도망쳐도 갈 곳이 없기 때문이오." 그리고 잠시 멈추었다가 그는 덧붙였다. "그래, 여기 좀 같이 앉아 있어도 되겠소?"

"그러시죠." 이반이 불안하게 떨리는 방문객의 갈색 눈동자를 들여다보며 대답했다.

"그래⋯⋯." 손님은 갑자기 걱정하기 시작했다. "그런데 당신, 설마 난폭한 건 아니겠지요? 난 정말이지 큰 소리나 소란, 폭력 같은 류의 일들은 절대로 못 참아요. 특히 난 사람 비명 소리가 싫소. 그게 고통스러운 비명이건 사나운 고함이건 아니면 다른 외침이건 간에. 내가 안심할 수 있도록 말해 주시오, 당신 난폭한 사람은 아니지요?"

"어제 레스토랑에서 어떤 놈의 주둥이에 한 방 먹였죠." 이

전과 달라진 시인이 용감하게 실토했다.

"이유는?" 손님이 엄하게 물었다.

"그게, 나도 인정하는 건데, 이유가 없었어요." 이반이 창피해하며 대답했다.

"추태로군." 손님이 이반에게 평가를 내리고는 덧붙였다. "게다가 어째서 그런 식으로 표현하는 거요, 주둥이에 먹였다니? 사람한테 있는 게 주둥이인지 입인지 모르는 건 아닐 테고. 어쨌든 사람한테는 입이지 않소. 그러니까, 아시겠소, 주먹으로…… 아니요, 어쨌든 그런 건 하지 마시오. 절대로, 다시는."

손님은 이반을 이렇게 훈계한 후 질문했다.

"직업은?"

"시인입니다." 이반은 대답하면서도 왠지 내키지 않았다.

방문객은 괴로워했다.

"아, 난 왜 이리 운이 없을까!" 그는 이렇게 탄식하고는 다시 진정하고 사과한 후 물었다. "이름은?"

"베즈돔니."

"이런, 이런……." 손님이 얼굴을 찌푸리며 말했다.

"왜 그러시죠, 내 시가 마음에 안 드는 겁니까?" 호기심이 발동한 이반이 물었다.

"끔찍하게 마음에 안 들죠."

"어떤 걸 읽으셨는데요?"

"당신 시는 하나도 안 읽었소!" 방문객이 신경질적으로 외쳤다.

"그럼 왜 그렇게 말씀하시죠?"

"도대체 왜라고 생각하시오." 손님이 대답했다. "내가 다른 시를 안 읽어 본 것 같소? 하지만…… 기적이라는 것도 있겠지? 좋소, 한 번 믿어 봅시다. 직접 말해 보시오, 당신 시는 훌륭한가요?"

"엉망진창입니다!" 이반이 갑자기 대담하고도 솔직하게 말했다.

"앞으로는 쓰지 마시오!" 손님이 애원하듯 부탁했다.

"약속하고 또 맹세할게요!" 이반이 엄숙하게 대답했다.

두 사람은 악수로 맹세를 확인했다. 그때 복도에서 부드러운 발소리와 목소리가 들렸다.

"쉬잇." 손님이 속삭이더니 발코니로 뛰어나가 격자창을 닫았다.

프라스코비야 표도로브나가 들어와 이반에게 기분이 어떤지, 잠을 잘 때 어두운 것이 좋은지 불을 켜 놓는 것이 좋은지 물었다. 이반은 전등을 그대로 켜 놓아 달라고 부탁했고, 프라스코비야 표도로브나는 잘 자라고 인사한 후 방을 나갔다. 사방이 조용해지자 손님이 다시 들어왔다.

그는 이반에게 속삭이는 소리로, 119호 방에 신참이 들어왔는데, 빨간 얼굴의 뚱보이고 무슨 환기구의 외국 돈에 대해서 계속 중얼거리면서 사도바야 거리의 자기 집에 부정한 기운이 살고 있다고 주장한다고 알려 주었다.

"그 사람 그러면서 푸시킨에게 온갖 욕을 하고 계속 '쿠롤레소프, 앙코르, 앙코르!' 하고 소리친다오." 손님이 불안하게 몸을 떨며 말했다. 그는 진정하고 앉아서 말했다. "뭐, 하느님이 함께하시길 빌어야지." 그리고 이반과 대화를 계속했다. "그래, 어쩌다 여기에 들어오셨소?"

"본디오 빌라도 때문이죠." 이반이 우울하게 바닥을 내려다 보며 대답했다.

"뭐라고?!" 손님이 조심성을 잃어버린 듯 소리치고는 손으로 입을 막았다. "충격적인 우연의 일치로군! 부탁이오, 부탁이니 어떻게 된 일인지 얘기해 주시오!"

어째서인지 이 낯선 사람에게 신뢰를 느낀 이반은 처음에는 말을 더듬으며 소심하게, 그러다가 점점 대담하게 어제 총주교 연못에서의 사건을 이야기하기 시작했다. 그렇다, 이반 니콜라 예비치는 비밀스러운 열쇠 절도범의 모습을 한 은혜로운 청취 자를 만난 것이다! 손님은 이반을 미친 사람으로 속단하지 않고 이야기하는 이반에게 대단한 관심을 쏟았으며, 이야기가 진 행됨에 따라 환희에 젖었다. 그는 가끔 이반의 말을 끊으며 이렇게 소리치기도 했다.

"그래, 그래. 계속, 계속해요. 제발 부탁이오! 하지만, 모든 성인의 이름으로 애원하건대 아무것도 빼놓지 마시오!"

그래서 이반은 아무것도 빼놓지 않았고, 이야기는 자신도 놀랄 정도로 술술 흘러나와 점차 본디오 빌라도가 핏빛 안감 을 댄 흰 외투를 입고 발코니로 걸어 나온 순간에 가까워졌다.

그러자 손님은 기도하듯 양손을 모아 잡고 속삭였다.

"아, 그럴 줄 알았어! 전부 그럴 줄 알고 있었어!"

베를리오즈의 끔찍한 죽음에 대해 이야기할 때는 분노의 눈 빛을 보이며 수수께끼 같은 논평을 했다.

"단 한 가지 사실이 아쉽군. 그 베를리오즈의 자리에 비평 가 라툰스키나 작가 므스치슬라프 라브로비치가 있었어야 했 는데." 그리고 몹시 열광하여, 그러나 작은 목소리로 외쳤다.

"계속!"

차장에게 차비를 낸 고양이 이야기는 손님을 대단히 즐겁게 했고, 자신의 이야기가 성공을 거둔 데 흥분한 이반이 몸을 웅크려 동전으로 수염을 문지르는 고양이를 흉내 내면서 펄쩍 펄쩍 뛰자 손님은 소리를 내지 않고 웃느라 숨이 막힐 지경이 었다.

"그렇게." 그리보예도프에서 일어난 사건을 이야기하며 슬퍼지고 침울해진 이반이 말을 맺었다. "제가 여기 오게 된 거죠."

손님은 동정하듯 불쌍한 시인의 어깨에 한 손을 얹고 이렇게 말했다.

"불행한 시인! 하지만 친구여, 이건 모두 당신 자신의 잘못이오. 그 사람 앞에서 그렇게 무례하다시피 격의 없게 행동하면 안 되는 거요. 그래서 이런 대가를 치르는 거지. 그리고 그 대가를 별로 비싸게 치르지 않았다는 사실에 감사해야 하오."

"그런데 그 사람은 도대체 누구죠?" 이반이 흥분으로 주먹을 떨면서 물었다.

손님은 이반을 물끄러미 바라보다 질문으로 대답했다.

"발작을 일으키지는 않겠지요? 여기 있는 이들은 모두 희망이 없는 사람들이니까……. 의사를 부르고 주사를 놓고, 그런 소란은 일어나지 않겠지요?"

"일어나지 않습니까, 절대로! 말해 주세요, 그는 누굽니까?" 이반이 외쳤다.

"그럼 좋소." 손님은 무거우면서도 명확한 목소리로 대답했다. "당신은 어제 총주교 연못에서 악마를 만났소."

이반은 약속대로 발작은 일으키지 않았지만, 어쨌든 몹시 당혹스러워했다.

"그럴 리가 없어요! 그런 건 존재하지 않아요!"

"제발! 다른 사람이라면 몰라도 당신은 그런 말을 하면 안됩니다. 보아하니 당신은 분명 악마 때문에 첫 번째로 고생한 사람들 중 하나인 거요. 정신 병원에 갇혀 있으면서 여전히 악마는 없다고 떠들어 대다니. 정말 이상해!"

말문이 막힌 이반은 입을 다물었다.

"당신이 그를 묘사하기 시작한 순간에 난 이미 당신이 어제 누구와 대화하는 영광을 얻었는지 알아맞힐 수 있었소. 정말로, 난 베를리오즈가 놀랍소! 당신이야 물론 순진한 사람이겠지." 여기서 손님은 다시 사과했다. "하지만 베를리오즈는 내가 알기로, 보고 들은 게 좀 있는 사람이란 말이오! 그 교수가 처음으로 했다는 말이 내 의심을 모두 날려 버렸소. 그를 잘못 알아볼 수는 없어요, 친구여! 그런데 당신은…… 다시 한 번 사과드리겠소만, 내가 잘못 본 게 아니라면 당신은 교육을 받지 못했겠죠?"

"확실히 그렇죠." 완전히 딴사람이 된 이반이 인정했다.

"그럼 그렇지……. 심지어 당신이 묘사한 그 얼굴도…… 색깔이 다른 눈, 눈썹! 실례지만 혹시 오페라 「파우스트」도 본 적 없소?"

이반은 새빨개진 얼굴로 대단히 창피해하면서 얄타에 있는 요양원으로 무슨 여행을 갔던 일에 대해 중얼거리기 시작했다…….

"그래, 그래…… 놀랄 일도 아니지! 그런데 베를리오즈는 정말로 충격적이군……. 그 사람은 책을 많이 읽었을 뿐 아니라 아주 교활한 사람인데. 굳이 그를 변호하자면 볼란드가 그보다 더 교활하게 사람의 눈을 속일 수 있긴 하지만."

"뭐라고요?" 이번에는 이반이 소리쳤다.

"조용히!"

이반은 손으로 자기 이마를 때리고는 씩씩거렸다.

"알겠어, 알겠어요. 그의 명함에 W자가 새겨져 있었어요. 이런, 이런. 그렇구나, 그게 그거였구나!" 그는 충격으로 잠시 입을 다물고 격자창 너머에 떠오른 달을 쳐다보다가 말했다. "그럼 그는 정말로 본디오 빌라도를 만났던 거군요? 그가 그때도 살아 있었나요? 그런데 사람들은 날더러 정신병자라고 하니!" 이반이 분개하여 문을 가리키며 덧붙였다.

손님의 입가에 비통한 주름살이 나타났다.

"우리 진실을 똑바로 대면합시다." 그리고 손님은 구름 사이로 움직이는 밤의 천체를 향해 얼굴을 돌렸다. "당신도 나도 정신병자요, 뭐하러 부정하겠소! 보시오, 그는 당신을 동요시켰고, 당신은 제정신이 아니었어요, 당신 자신에게도 원인이 있겠지만, 어쨌든 당신이 얘기한 것은 명백히 실제로 일어났던 일이오. 그게 너무나 기괴한 일이라, 천재적인 정신과 의사 스트라빈스키조차도 당신을 믿지 않았던 거요. 그 사람한테 진찰받았소? (이반은 고개를 끄덕였다.) 당신과 이야기했던 그 외국인은 본디오 빌라도에게도 갔고, 칸트와 아침도 먹었고, 그리고 지금은 모스크바를 방문한 거요."

"그가 여기서 무슨 일을 꾸미는지는 악마나 알겠지! 어떻게든 그를 잡아야겠죠?" 완전히 확신하지는 못했지만, 어쨌든 새로운 이반 안에서 이전의 이반, 아직 완전히 패배당하지 않은 이반이 고개를 들기 시작했다.

"당신이 이미 시도해 봤으니, 앞으로도 행운을 빌겠소." 손님이 반어적으로 대답했다. "다른 사람들한테도 시도해 보라고는 권하지 못하겠소. 그리고 무슨 일을 꾸미는지는 안 봐도 뻔하니 더 이상 궁리할 필요도 없소. 아, 아! 하지만 정말 억울한 건, 그와 만난 게 당신이고 내가 아니라는 거요! 모든 것이 다 타 버리고 석탄이 전부 재로 변해 버린다 해도, 맹세컨대 그를 만나기 위해서라면 프라스코비야 표도로브나의 열쇠라도 내놓겠소, 난 달리 더 줄 게 없으니까. 난 거지요!"

"그런데 당신은 왜 그를 만나야 하죠?"

손님은 오랫동안 괴로워하며 몸을 떨다가 마침내 말했다.

"아시겠소? 이건 정말 이상한 이야기요. 내가 여기 갇혀 있게 된 건 당신처럼 바로 그 본디오 빌라도 때문이오." 손님은 겁먹은 듯 주위를 둘러보고 말했다. "사실 일 년쯤 전에 빌라도에 관한 소설을 썼소."

"작가셨습니까?" 시인이 관심을 보이며 물었다.

손님은 어두워진 얼굴로 이반을 향해 위협적으로 주먹을 휘둘러 보이고는 말했다.

"난, 거장(Master)이오." 그의 얼굴이 엄숙해졌다. 그리고 그가 실내복 주머니에서 완전히 기름에 절어 더러워진 검은 모자를 꺼냈는데, 거기에는 노란 명주실로 'M'이라는 글자가 새겨져 있었다. 그는 자신이 거장이라는 것을 증명하기라도 하듯 모자를 쓰고 이반에게 옆모습과 앞모습을 차례로 보여 주었다. "그녀가 손수 글자를 수놓아 주었소." 그가 비밀스럽게 덧붙였다.

"그런데 성함이 어떻게 되십니까?"

"난 더 이상 이름 같은 건 없소." 이상한 손님이 경멸조로 음울하게 대답했다. "난 그녀를 거부했소, 인생의 다른 모든 것처럼. 그녀 얘기는 하지 맙시다."

"그럼 최소한 소설에 대해서라도 얘기해 주세요." 이반이 상냥하게 부탁했다.

"그러지요. 내 인생은 분명히 평범과는 거리가 먼 것이 되어 버렸소." 손님이 이야기를 시작했다.

……그는 본래 역사를 공부한 사학자로, 이 년 전까지도 모스크바의 한 박물관에서 일했으며, 그 밖에 번역도 하고 있었다…….

"어떤 언어를?" 이반이 흥미롭게 물었다.

"난 우리 말 외에도 5개 국어를 할 줄 압니다." 손님이 대답했다. "영어, 불어, 독어, 라틴어, 그리스어. 이태리어도 조금 읽을 수 있고."

"굉장하군요!" 이반이 부러운 듯 속삭였다.

역사학자는 가족도 없었고 모스크바에는 아는 사람도 거의 없이 외롭게 살았다. 그러다가, 상상할 수 있겠는가, 어느 날 10만 루블을 딴 것이다.

"내가 얼마나 놀랐을지 생각해 보시오." 검은 모자를 쓴 손님이 속삭였다. "더러운 속옷을 담은 빨래 바구니에 손을 넣었는데 거기서 나온 종이쪽지에 신문에서 본 것과 똑같은 번호가 찍혀 있었소! 채권이었지." 그가 설명했다. "박물관에서 받았소."*

---

* 소비에트 시절에는 화폐 경제가 원활하지 못해 월급 대신 이름뿐인 채권을 주기도 했다.

수수께끼 같은 이반의 손님은 10만 루블을 따고 나서 이렇게 했다. 책을 사고, 마스니츠카야 거리의 방을 버리고……

"우우, 그 저주받을 쪽방!" 그가 으르렁거렸다.

……그리고 개인 건축업자에게서 아르바트 가까운 골목에 있는, 조그만 정원이 딸린 작은 집의 지하 방 두 개를 빌렸다. 그 후 박물관 일은 그만두고 본디오 빌라도에 관한 소설을 쓰기 시작했다.

"아, 그때가 황금기였지!" 손님이 눈을 반짝거리며 속삭였다. "완전히 독립된 생활 공간에 현관도 있고 조가비 모양 세면대도 있었지." 어째서인지 그는 이것을 특별히 자랑스러워하며 강조했다. "쪽문에서 보도로 곧장 난 조그마한 창문들도 있었고. 반대쪽으로 네 걸음 가면 울타리 아래로 라일락과 보리수나무와 단풍나무. 아, 아, 아! 겨울이면 가끔 창문 밖으로 누군가의 까만 발이 지나가면서 그 아래로 눈이 갈라지는 소리를 들었소. 그리고 벽난로에는 항상 불이 활활 타올랐고! 하지만 돌연히 봄이 찾아왔고, 뿌연 창유리를 통해서 처음에는 벌거벗은, 그리고 곧 녹음으로 뒤덮인 라일락 덤불을 보았소. 바로 그때, 그러니까 작년 봄에, 10만 루블을 딴 것보다 훨씬 황홀한 일이 일어난 거요. 10만 루블은 아시다시피 엄청난 금액 아니오!"

"정말 그렇죠." 주의 깊게 경청하던 이반이 동의했다.

"난 창문을 열어 놓고 아주아주 조그만 방에 앉아 있었소." 손님은 손으로 모양을 그리며 설명하기 시작했다. "여기 소파가 있고, 반대편에 다른 소파가 있고, 그 사이에 조그만 탁자가 있고, 탁자 위에 아름다운 탁상 전등이 놓여 있고, 창가에 쌓아 둔 책 옆에는 조그마한 책상이 있었소. 큰방에는, 그 방은 정말로 넓었죠. 한쪽 벽이 족히 14미터는 됐을 겁니다. 그 방은 책으로 가득 찼고 벽난로도 있었소. 아, 그때 우리 집은 정말 얼마나 좋았던지! 라일락 향기가 코를 찌르고! 그리고 내 머리는 지쳐서 빙빙 돌기 시작하고, 빌라도는 끝을 향해 달려가고……."

"흰 외투, 붉은 안감! 저도 알고 있습니다!" 이반이 소리 높여 말했다.

"바로 그렇소! 빌라도는 끝을, 끝을 향해서 달려갔고 나는 소설의 마지막 말이 어떤 것이 될지 이미 알고 있었소. '……유대의 잔혹한 다섯 번째 총독인 기사 본디오 빌라도였다.' 당연한 얘기지만 나는 종종 산책하러 나가기도 했소. 10만 루블은 정말 큰 금액이고, 나는 아주 멋진 옷을 입고 있었지. 아니면 어디 저렴한 레스토랑에 식사하러 나갔는지도 모르겠소. 아르바트에 굉장한 레스토랑이 하나 있었는데, 지금도 있는지는 모르겠군."

이때 손님은 눈을 크게 떴고, 달을 바라보며 계속 속삭였다.

"그녀는 혐오스럽고 불길한 노란색 꽃다발을 품에 안고 있었소. 그 꽃을 뭐라고 부르는지는 악마나 알겠지만, 이 모스크바에서 처음 보는 꽃이었소. 그리고 그 꽃들은 그녀의 까만 봄 드레스에 아주 뚜렷하게 대비되어 보였소. 그녀는 노란색 꽃다발을 들고 있었어! 그건 좋지 않은 색깔이오. 그녀는 트베르스카야 거리에서 모퉁이를 돌아 골목으로 들어가더니 그곳에서 고개를 뒤로 돌렸소. 트베르스카야 거리를 아시오? 트베르스카야 거리를 따라서 몇천 명의 사람들이 오가고 있었지만 장담하건대 그녀는 나만을 보았고 사뭇 불안한 듯이, 아니 심지어 고통스러운 듯이 그렇게 바라보았소. 그리고 나는 그녀의 아름다움뿐만 아니라 그녀의 눈에 서린 그 기묘한, 이제까지 누구도 알아보지 못했을 외로움에 충격을 받았소!

나도 그 노란 신호를 따라 골목으로 들어가서 그녀를 뒤따라갔소. 우리는 구불구불하고 지루하게 이어지는 골목을 말없이 걸었소. 내가 한쪽에서, 그녀가 다른 쪽에서. 상상해 보시오, 골목에는 사람의 그림자도 없었소. 나는 무슨 일이 있어도 그녀에게 말을 걸어야 한다고 생각하면서 괴로워했고, 내가 한 마디도 하지 못하는 사이에 그녀가 가 버려서 영원히 다시는 보지 못할까 봐 걱정했소.

그런데 상상할 수 있겠소, 돌연히 그녀가 말을 걸어온 거요.

'제 꽃이 마음에 드세요?'

나는 그녀의 목소리가 어땠는지 똑똑히 기억해요. 상당히 낮고, 하지만 조금 머뭇거리고, 그리고 정말 바보 같은 얘기지만 누렇고 더러운 담벽에 메아리가 부딪치며 골목에 울리는 것만 같았소. 나는 재빨리 길을 건너 그녀에게 다가가서 대답했소.

'아니요.'

그녀는 놀란 듯이 나를 쳐다보았고 나는 문득 전혀 예상치 못한 사실을, 내가 바로 이 여자를 평생 사랑해 왔다는 것을 깨달았소! 정말 이상한 일 아니오, 응? 물론 내가 미쳤다고 하겠지?"

"그렇지 않습니다. 부탁입니다, 계속해 주세요!" 이반이 외쳤다.

손님은 이야기를 계속했다.

"그래, 그녀는 놀란 듯이 나를 쳐다보았고, 그러다가 이렇게 물었소.

'꽃을 전혀 안 좋아하시나 보죠?'

내가 듣기에는 그녀의 목소리에 적의가 서려 있었소. 나는 그녀와 발을 맞추려고 애쓰며 걸었고, 정말 놀랍게도 그런 자신이 전혀 부끄럽지 않았소.

'아니요, 꽃은 좋아합니다. 하지만 그런 꽃은 아닙니다.' 내가 말했소.

'그럼 어떤 꽃을 좋아하세요?'

'전 장미를 좋아합니다.'

나는 이 말을 한 것을 후회했소. 그녀가 죄스러운 듯 웃으며 들고 있던 꽃을 도랑에 던져 버렸거든. 나는 조금 당황해서 꽃을 도로 집어 들어 그녀에게 내밀었지만 그녀는 미소를 지으며 꽃을 거절했소. 그래서 내가 꽃을 들고 가게 되었지요.

그렇게 말없이 한동안 걷다가, 그녀가 내 팔에 안긴 꽃다발을 낚아채 차도에 버리더니 손목이 넓은 검은 장갑을 낀 팔을 내 팔에 끼었고, 그렇게 우리는 나란히 걷기 시작했소."

"계속하십시오." 이반이 말했다. "그리고 부탁이니 아무것도 빼놓지 말고 얘기해 주세요!"

"계속?" 손님이 되물었다. "계속해서 그 뒤로 어떻게 됐을지는 당신 혼자서도 추측할 수 있을 거요." 그는 갑자기 흘러나온 눈물을 오른쪽 소매로 닦아 내고 말을 이었다. "사랑이 우리들 앞에, 마치 골목에서 살인범이 땅속에서 솟아나듯 나타나는 것처럼 그렇게 갑자기 뛰어 들어와서 우리를 동시에 놀라게 했소. 번개가 그런 식으로 놀라게 하고 핀란드식 칼이 그런 식으로 놀라게 하지! 그런데 나중에서야 알게 됐지만, 물론 우리는 아주 오래 전부터 서로를 모르면서도, 한 번도 보지 못했으면서도 사랑했지만, 어쨌든 그녀는 그때 다른 사람하고 살고 있었소……. 그리고 나는 거기서…… 그 여자와…… 이름이 뭐더라…….”

“누구요?” 베즈돔니가 물었다.

“그 여자와…… 그러니까…… 그 여자…… 그게…….” 손님이 중얼거리며 손가락을 딱 하고 튀겼다.

“아내가 있었어요?”

“그래요, 그래서 이렇게 손가락을 튀기는 거요……. 아내 이름이……. 바렌카……. 마네치카……. 아냐, 바렌카였어……. 줄무늬 원피스를 입고, 박물관의……. 모르겠소, 기억이 안 나요.

여하튼 그녀는 그날 노란 꽃다발을 들고 나온 것은 내가 자신을 찾아낼 수 있게 하기 위해서였고, 만약 찾아내지 못했다면 독을 마시고 자살할 생각이었다고 말했소. 그녀의 인생은 공허했던 거요.

그렇소, 사랑이 순식간에 우리 둘을 덮쳐 버렸소. 난 바로 그날, 우리가 시내의 어디를 걷고 있는지도 모른 채 정처 없이 걷다가 한 시간 후 강변도로의 크레믈 궁 성벽에 도달했을 때 이미 그걸 깨달았소.

우리는 마치 어제 헤어진 사람들처럼, 마치 몇 년이나 서로 알고 지낸 사이처럼 그렇게 이야기했소. 그리고 다음 날 같은 장소, 그러니까 모스크바 강가에서 만나기로 약속했고 정말로 다시 만났지. 5월의 태양이 우리를 비추었소. 그리고 곧 그 여성은 내 비밀스러운 아내가 되었소.

그녀는 매일 나를 찾아왔고, 나는 아침부터 그녀를 기다리기 시작했소. 기대감에 부풀어 계속 책상 위의 물건들을 이리저리 옮겨 놓곤 했지. 그녀가 오기 십 분 전부터 창가에 앉아서 낡은 쪽문이 덜컹거리지 않는지 귀를 기울이기 시작했소. 재미있게도 내가 그녀를 만나기 전까지는 우리 집의 작은 마당에 누가 찾아오는 일은 거의 없었고, 아니, 아무도 오지 않았는데, 이제는 마치 도시 전체가 몰려오는 것만 같았소. 쪽문이 덜컹거리면 내 심장도 덜컹거리고. 생각해 보시오, 그 소리에 내가 고개를 들면 내 얼굴 정도 높이에 있는 창문 밖에 꼭 누군가의 더러운 장화가 보이는 거요. 칼 가는 사람이었지. 그래, 우리 건물에 사는 사람 중 누가 칼을 갈아야 한단 말이오? 뭘 갈겠소? 무슨 칼을?

그녀는 그 쪽문으로 하루에 한 번 들어왔지만, 나는 그녀가 올 때까지 적어도 열 번은 심장이 두근거렸소. 거짓말이 아니오. 그런 후에 그녀가 올 시간이 가까워지고 이윽고 바늘이 정오를 가리키면 심장이 쿵쾅거리기 시작해서 쪽문이 덜컹거리는 소리도 없이, 아니, 거의 아무런 소리도 없이 검은색 스웨이드 장식 띠를 잠금쇠로 조인 샌들이 창밖에 나타날 때까지, 두근거림이 멈추지 않는 거요.

가끔씩 그녀는 장난으로 두 번째 창가에 멈추어 서서 신발 끝으로 유리를 톡톡 치는 내가 창문에 다가가면 옆에 숨어 있기도 했소. 샌들이 사라지고 햇빛을 가리고 있던 검은 비단 원피스도 사라지고, 그러면 나는 그녀에게 문을 열어 주러 가는 거요.

우리 관계에 대해서는 아무도 몰랐소. 어떻게 그런 일이 가능할 수 있을까 생각하겠지만 그건 장담할 수 있소. 그녀의 남편도 몰랐고, 친지들도 몰랐소. 물론 그 지하실이 있던 주택에 사는 사람들은 어떤 여자가 나를 찾아오는 것을 보고 알고 있었지만, 그들도 그녀의 이름은 몰랐소."

"그런데 그녀는 누굽니까?" 이 사랑 이야기에 완전히 빠져든 이반이 물었다.

손님은 절대로, 누구에게도 이야기해 줄 수 없다는 몸짓을 해 보이고는 이야기를 계속했다.

이반은 거장과 이름 모를 여인이 깊은 사랑에 빠져 결코 헤어질 수 없는 사이가 되었다는 것을 알았다. 이반은 이미 라일락 덤불과 울타리 때문에 언제나 어둠침침한 지하 방 두 개를 눈앞에 또렷하게 그릴 수 있었다. 닳아 빠진 붉은색 가구와 책상, 책상 위에 놓인 삼십 분마다 울리는 시계, 도료를 칠한 바닥부터 검게 그을린 천장까지 가득 들어찬 책들, 그리고 벽난로도.

이반은 손님과 그의 비밀 아내가, 그들의 관계가 처음에 시작되었을 때부터 이미 트베르스카야 거리 모퉁이에서 그들이 맞닥뜨린 것은 다름 아닌 운명이었으며 그들은 영원히 함께하기 위해 이 세상에 태어났다고 결론을 내렸다는 사실을 알게 되었다.

또 이반은 손님의 이야기에서 이 연인들이 하루를 어떻게 보냈는지 알게 되었다. 그녀는 집에 오면 가장 먼저 앞치마를 입고, 불쌍한 병자가 어째서인지 자랑스러워했던 바로 그 조가비 모양의 세면대가 있는 현관에서 나무 탁자 위의 석유난로에 불을 붙이고 요리를 해서 큰 방의 타원형 탁자에 아침 식사를 차렸다. 5월의 소나기가 내려 빗줄기가 그들의 마지막 은신처를 덮칠 듯 위협하면서 채광이 좋지 않은 창문을 지나 대문 아래의 틈을 향해 콸콸 소리를 내며 흘러갈 때면 연인들은 벽난로에 불을 피우고 감자를 구웠다. 감자에서 김이 나고 까만 감자 껍질이 손가락을 더럽혔다. 지하실에서는 웃음소리가 들렸고 비가 지나간 후 정원의 나무들은 부러진 나뭇가지와 흰 깃털 같은 꽃을 떨어뜨렸다.

소나기가 끝나고 푹푹 찌는 여름이 오자 꽃병에는 오랫동안 기다려 왔던, 두 사람 모두 좋아하는 장미가 꽂혔다. 자신을 거장이라고 한 손님은 열정적으로 소설을 써 나갔고 이름 모를 여인 또한 그 소설에 빠져들었다.

"가끔은 그녀가 이야기에 너무 빠져들어서 소설을 질투한 적도 있었지요." 달빛 어린 발코니에서 온 이반의 밤손이 속삭였다.

그녀는 손톱을 날카롭게 정리한 가느다란 손가락을 머리카락 속에 찔러 넣고는 그가 쓴 소설을 되풀이해 읽었고, 다 읽은 후에 읽기를 멈추면 손님이 지금 쓰고 있는 바로 그 모자를 만들어 주었다. 또 그녀는 가끔 아래쪽 선반에 웅크리고 앉거나 의자 위에 올라 위쪽 선반 가에 선 채로 몇백 권이나 되는 먼지투성이 책을 걸레로 닦아 냈다. 그녀는 소설이 그에게 명성을 가져다 줄 것이라 장담하면서 재촉했으며 그리하여 그를 거장이라고 부르기 시작했다. 그녀는 서두르지 않고 이미 정해진, 유대의 다섯 번째 총독에 관한 마지막 문장이 나오기를 기다렸으며, 마음에 든 구절들을 큰 소리로 노래하듯이 하나하나 반복했고, 그 소설에 그녀의 인생이 들어 있다고 말했다.

소설은 8월에 완결되어 어떤 무명 타자수에게 넘겨졌으며, 타자수는 타자본 다섯 벌을 쳐 냈다. 그리고 마침내 이 비밀스러운 안식처에서 벗어나 인생을 향해 나아갈 때가 왔다.

"나는 인생을 향해 나아가서 그것을 양손에 쥐었고 바로 그때 내 인생은 끝장이 났소." 거장이 고개를 숙이며 속삭였다. M이라는 글자가 금빛으로 수놓인 검은 모자가 오랫동안 서글프게 흔들렸다. 그는 이야기를 계속했으나 이야기는 조금 흐트러져 있었다. 이해할 수 있는 것은 단 한 가지, 이반의 손님에게 뭔가 커다란 재앙이 일어났다는 것뿐이었다.

"나는 그때 처음 문학계에 뛰어들었지만, 모든 것이 끝나 버리고 파국이 눈앞에 닥쳐온 지금 문학계를 생각하면 끔찍하기 그지없소!" 거장이 장엄하게 속삭이고는 손을 치켜들었다. "그래요, 그는 정말 나에게 충격을 주었소. 아, 얼마나 끔찍했던지!"

"누가요?" 이반이 흥분한 손님의 말을 가로막지 않으려고 들릴락 말락 한 소리로 속삭였다.

"그래 편집장 말이오, 편집장. 그렇소, 그가 소설을 읽었소. 그는 마치 내가 뺨에 염증이라도 가득 일어난 사람인 것처럼 나를 쳐다보더니 한쪽 구석을 곁눈질하고는 창피하다는 듯이 히히 웃었소. 그는 이유 없이 원고를 구기고 목소리를 가다듬었소. 그때 그가 내게 던진 질문들은 내 생각에는 정신 나간 소리인 것 같았소. 그는 소설에 대해서는 아무 말도 하지 않고 내가 누구이며 어디서 왔는지, 소설을 쓴 지 오래 됐는지, 지금까지 나에 대해서 왜 아무것도 들어 본 적이 없는지 물었고, 심지어 내가 보기에는 완전히 천치 같은 질문도 던졌지. 그러니까 누가 이런 이상한 주제로 소설을 쓰라고 가르쳐 주었느냐는 것이었소.

마침내 나는 그의 말이 지겨워져서 단도직입적으로 소설을 출판해 줄 것인지 아닌지 물었소.

그는 공연히 안달하면서 뭔가 웅얼거리기 시작하더니, 자기 혼자서 그 문제를 결정할 수는 없고 내 작품을 편집 위원회의 다른 동료 위원들, 그 중에서도 특히 비평가 라툰스키와 아리만, 작가 므스치슬라프 라브로비치에게 보여 주어야 한다고 말했소. 그는 나에게 이 주 뒤에 다시 와 달라고 부탁했소.

나는 이 주 뒤에 다시 찾아갔고, 끊임없이 거짓말을 해 대는 바람에 눈이 코 쪽으로 몰린 처녀가 나를 맞이했소."

"그건 편집 위원회 비서인 랍숀니코바입니다." 손님이 그토록 분개하며 묘사하는 세계를 잘 아는 이반이 미소를 지으며 말했다.

"그럴지도 모르지." 손님이 말을 잘랐다. "어쨌든 그 여자에게서 몹시 더러워지고 너덜너덜해진 소설을 돌려받았소. 랍숀니코바는 내 시선을 피하면서 편집 위원회에서 앞으로 이 년간 출간할 원고를 미리 확정해 두었고 그래서 내 소설은 ── 그 여자 표현에 의하면 ── '떨어졌다'라고 알려 주었소."

"그 뒤에 기억나는 건 뭐냐고?" 거장이 관자놀이를 문지르며 말했다. "그래, 원고 표지 위로 흩어진 붉은 꽃잎과 내 사랑의 눈. 그래요, 그 눈은 기억해요."

손님의 이야기는 점점 혼란스러워지고 끝맺지 못한 말들로 채워졌다. 그는 비스듬하게 내리던 비와 지하의 안식처에서 겪은 절망에 관해 이야기했고, 어딘가 또 다른 곳에 가곤 했다는 말을 했다. 그는 자신을 투쟁으로 밀어 넣은 그 여자를 탓하지 않는다, 그래, 전혀 탓하지 않는다고 중얼거렸다.

그 뒤의 이야기는 조금 예상 밖으로, 또 이상하게 전개되었다. 어느 날 주인공은 신문에서 비평가 아리만이 쓴 글을 보았다. '적의 기습'이라는 제목의 글에서 아리만은 독자들에게 그가, 그러니까 우리의 주인공이 예수 그리스도를 변호하는 글을 언론에 끌어들이려 한다고 경고했다.

"아, 기억납니다, 기억나요!" 이반이 소리쳤다. "하지만 당신 이름은 잊어버렸어요!"

"다시 말하지만, 내 이름 얘긴 관둡시다. 난 이제 이름 같은 건 없어요." 손님이 대답했다. "그게 중요한 게 아니오. 하루가 더 지나자 다른 신문에 므스치슬라프 라브로비치의 글이 실렸는데 거기서 그 글의 저자는 빌라도 숭배와 그걸 언론에 끌어들일(또다시 이 저주받을 단어!) 생각을 해 낸 그 광신자를 처단하자고, 그것도 완전히 매장해 버리자고 제안했던 거요.

'빌라도 숭배'라는 금시초문의 말에 나는 못 박힌 듯 굳어서 세 번째 신문을 펼쳤소. 거기에는 기사가 두 개 있었소. 하나는 라툰스키의 것이었고 다른 하나는 M. Z.라는 머리글자만 나와 있었소. 분명히 말하지만, 아리만과 라브로비치의 평론은 라툰스키가 쓴 것에 비하면 농담으로 여길 수 있을 정도였소. 라툰스키의 글 제목이 '전투적인 구교회파'라는 것만 얘기해도 충분할 거요. 나는 이 기사들을 읽는 데 너무 열중한 나머지, 그녀가 젖은 우산과 신문을 손에 들고 내 앞에 서 있는 것도(문 잠그는 것을 잊고 있었소.) 눈치채지 못했소. 그녀의 눈은 분노로 불타올랐고 손은 떨리고 차가웠소. 그녀는 내게 달려들어 키스했고, 그런 후에 주먹으로 바닥을 치면서 목쉰 소리로 라툰스키를 독살할 거라고 말했소."

이반은 어쩐지 창피한 듯 끙끙거렸으나 아무 말도 하지 않았다.

"아무 기쁨도 없는 가을날들이 이어졌소." 손님이 계속했다. "소설이 끔찍하게 실패하면서 나는 영혼의 일부가 잘려 나간 것 같았소. 나는 더 이상 할 일도 없었고, 하루 그녀를 만나고 나면 다음 만남만을 기다리며 그렇게 살았소. 바로 그때 내게 무슨 일인가 일어났소. 스트라빈스키라면 분명히 오래전에 해명했겠지만, 그거야 악마나 알 일이니. 그러니까, 우울한 기운에 뒤덮여 어떤 예감 같은 것이 떠올랐던 거요. 아시겠소, 그 기사들은 끊임없이 쏟아져 나왔소. 첫 번째 기사를 보고 나는 웃었소. 그러나 그런 글들이 계속 나타나면서 내 반응도 점점 달라졌소. 두 번째 단계는 놀라움이었소. 위협적이고 자신감 넘치는 어조였음에도 보기 드물게 거짓되고 신뢰가 가지 않는 뭔가가 말 그대로 그런 기사들의 행간마다 느껴졌소. 지금도 그 생각을 떨칠 수가 없는데, 내가 보기에 이 글의 저자들은 자신이 하고 싶은 말을 하는 것이 아니고, 바로 그 때문에 글이 점점 더 사나워진 것 같았소. 그리고 세 번째 단계가 찾아왔소. 그건 공포였소. 아니요, 그 기사에 대한 공포가 아니고 다른 것들, 그런 기사나 소설과는 아무런 상관이 없는 일들에 대한 공포였소. 그래, 예를 들자면 나는 어둠을 두려워하게 되었소. 한마디로, 심리적으로 병드는 단계가 찾아온 거요. 특히 내가 잠이 들 때, 굉장히 차갑고 탱탱한, 문어같이 생긴 괴물이 촉수를 움직여서 아무 방해도 받지 않고 내 심장을 향해 곧장 흐물흐물 기어오는 것 같았소. 그래서 불도 켜 놓고 자야 하게 되었지.

내 사랑하는 그녀도 많이 달라졌소. (문어 괴물에 대해서는 물론 말하지 않았지만, 그녀는 내게 좋지 않은 일이 일어나고 있다는 걸 알아챘소.) 그녀는 야위고 창백해졌고, 소리 내어 웃지도 않게 되었고, 자기가 내게 소설의 일부를 출판하라고 권했다는 사실 때문에 계속 내게 용서를 빌었소. 그녀는 나더러 다 던져 버리고 10만 루블 중 남은 돈을 모두 털어서 남쪽의 흑해로 여행을 떠나라고 말했소.

그녀는 대단히 고집을 부렸고, 나는 말다툼을 피하기 위해서 (사실 흑해로 떠나지 못하게 될 거라는 예감이 들었소.) 조만간 그렇게 하겠다고 약속했소. 그러자 그녀는 자기가 직접 표를 사다 주겠다고 했소. 그때 나는 1만 루블 정도 남은 돈을 전부 그녀에게 주었소.

'왜 이렇게 많이 줘요?' 그녀가 놀랐소.

나는 도둑맞을까 두려우니 내가 떠나는 날까지 그녀가 돈을 맡아 주기를 바란다는 식으로 얘기했소. 그녀는 돈을 받아서 가방에 넣고 나에게 키스를 하기 시작했고 나를 이런 상태로 혼자 두는 것보다 죽는 편이 낫다고, 그러나 기다리겠다고, 필요하다면 평생이라도 기다리겠다고, 내일이 올 거라고 말했소. 그녀는 나에게 아무것도 두려워하지 말라고 애원했소.

그때가 10월 중순의 어스름 무렵이었소. 그리고 그녀는 갔지. 나는 소파에 누워 전등을 켜지 않고 잠들었소. 그러다 문어 괴물이 있다는 느낌에 잠이 깼소. 나는 어둠 속을 더듬어서 간신히 전등을 켤 수 있었소. 회중시계를 보니 새벽 2시를 가리키고 있었소. 나는 끙끙 앓으며 다시 누웠고, 잠이 깨었을 때는 완전히 병자가 되어 버렸소. 가을의 어둠이 유리창을 뚫고 방 안으로 쏟아져 들어와, 마치 잉크를 마신 것처럼 그 어둠에 목이 막힐 것만 같았소. 이미 내 몸 하나도 제대로 추스르지 못하게 되었소. 나는 비명을 질렀고 아무에게나, 하다못해 위층에 사는 집주인에게라도 달려가야겠다고 생각했소. 마치 미친 사람처럼 나 자신과 싸웠소. 젖 먹던 힘까지 써서 간신히 벽난로까지 가서 장작을 넣고 불을 지폈소. 장작이 탁탁 소리를 내고 불꽃이 벽난로 문에 부딪치기 시작하자 조금은 기분이 나아지는 것 같았소. 나는 현관으로 달려가서 불을 켜고 백포도주 한 병을 찾아내 병째로 마시기 시작했소. 그렇게 하자 공포가 조금 무뎌졌소……. 그러니까 최소한 집주인에게 달려가지 않을 정도로 말이오. 그래서 나는 벽난로로 돌아서서 벽난로 문을 열었고, 열기가 얼굴과 손을 데우기 시작하자 이렇게 속삭였소.

'나에게 문제가 생겼다는 걸 알아 줘……. 내게 와, 내게 와 줘, 내게 와 줘……!'

그러나 아무도 오지 않았소. 벽난로에서는 불꽃이 포효하고 창문에 빗줄기가 탁탁 부딪쳤소. 그때 다음과 같은 일이 벌어졌소. 나는 책상 서랍에서 무거운 소설 사본과 연습장을 꺼내 태우기 시작했소. 글이 잔뜩 쓰인 종이는 불이 잘 붙지 않기 때문에 굉장히 힘든 일이었지. 손톱을 부러뜨려 가면서 연습장을 잡아 뜯어서 장작 토막 사이에 끼우고 부젓가락으로 종잇장을 뒤적였소. 때때로 재가 나를 덮쳐 왔고 불꽃에 숨이 막히기도 했지만 나는 굴하지 않고 계속했고, 소설은 고집스럽게 저항하면서도 결국 완전히 타서 사라졌소. 낯익은 단어들이 눈앞에 어른거렸고, 노란 반점이 종이쪽을 타고 걷잡을 수 없이 피어올랐지만 단어들은 그런 종이쪽에서도 스며 나왔소. 그 단어들이 완전히 사라진 것은 내가 새까매진 종이쪽을 부젓가락으로 사납게 긁어 헤쳤을 때였소.

바로 그때, 창밖에서 누군가 조용히 바스락거리는 소리가 들렸소. 심장이 두근거렸고, 마지막 연습장을 불 속에 던져 넣고 문을 열러 달려갔소. 벽돌 계단이 지하실에서 마당의 문까지 이어져 있었소. 나는 비틀거리면서 문으로 뛰어가 조용히 물었소.

'거기 누구요?'

목소리가, 그녀의 목소리가 대답했소.

'나예요⋯⋯.'

어떻게 했는지 모르겠지만 나는 사슬을 풀고 자물쇠를 열었소. 그녀는 들어오자마자 온몸이 젖은 채로, 뺨은 눈물로 축축하고 머리카락은 흐트러진 채로 몸을 떨면서 내게 안겼소. 나는 이 말 한 마디밖에 할 수 없었소.

'당신⋯⋯ 당신⋯⋯?' 내 목소리는 갈라졌고, 우리는 지하로 달려갔소. 그녀는 현관에 들어서자 입고 있던 외투에서 빠져나왔고, 우리는 황급히 큰 방으로 들어갔소. 그녀는 낮게 비명을 지르며 벽난로 안에, 가장 아래쪽에 남아 있던 마지막 종이 뭉치를 맨손으로 꺼내 바닥에 던졌소. 연기가 방 안에 가득 찼소. 나는 발로 밟아 불을 껐고, 그녀는 소파에 쓰러져 걷잡을 수 없이 흐느껴 울기 시작했어요.

나는 그녀가 진정되고 나서 말했소.

'난 저 소설이 싫어졌고, 이제는 겁이 나요. 난 병자요. 두려워요.'

그녀가 몸을 일으켜 말했소.

'오, 하느님, 당신 정말로 아프군요. 왜 이렇게 된 거죠, 어째서? 내가 당신을 구해 줄게요, 내가 구해 주겠어요. 도대체 어떻게 된 일이에요?'

울음과 방 안을 채운 연기 때문에 부어오른 그녀의 눈이 보였고, 시원한 손이 이마를 어루만지는 듯한 느낌이 들었소.

'내가 치료해 줄게요, 낫게 해 줄게요.' 그녀가 내 어깨에 얼굴을 묻고 중얼거렸소. '당신은 소설을 다시 쓸 거예요. 어째서, 어째서 난 사본을 보관해 두지 않았을까!'

그녀는 사납게 이를 드러내며 뭔가 뜻 모를 말을 내뱉고는, 내게 입 맞추고 타다 남은 종잇장을 모아서 정리하기 시작했소. 그건 소설의 중간 부분이었는데, 어느 부분이었는지는 기억이 안 나요. 그녀는 꼼꼼하게 페이지를 추려서 종이로 싼 다음 리본으로 묶었소. 그녀의 동작들은 모두, 그녀가 결단력으로 가득 차 있고 자신을 잘 통제하고 있다는 걸 보여 주었소. 그녀는 포도주를 요청해서 한 잔 마신 뒤 침착하게 말했소.

'거짓말한 대가를 이렇게 치르게 되는군요.' 그녀가 말했소. '이제 더 이상 거짓말은 하고 싶지 않아요. 지금이라도 여기서 당신과 함께 지낼 수 있겠지만, 이런 식으로 하고 싶지는 않아요. 남편에게 내가 야반도주했다는 기억을 안겨 주고 싶지 않아요. 남편은 나한테 한 번도 나쁜 짓을 하지 않았어요……. 그는 갑자기 불려 나갔어요, 공장에 불이 났대요. 하지만 금방 돌아올 거예요. 내일 아침에 남편과 얘기해 볼게요, 다른 사람을 사랑한다고 말하고 당신에게 돌아올게요. 대답해 줘요, 당신도 그걸 원하나요?'

'가엾은, 가엾은 내 사랑.' 내가 그녀에게 말했소. '당신이 그렇게 하게 둘 수는 없소. 나와 함께 있으면 좋지 않아요. 당신이 나와 함께 파멸하는 건 원치 않소.'

'겨우 그런 이유예요?' 그녀는 그렇게 묻고는 얼굴을 바짝 대고 내 눈을 들여다보았소.

'겨우 그런 이유뿐이오.'

그녀는 갑자기 생기를 띠더니 몸을 내던져 내 목에 팔을 감고 말했소.

'그렇다면 당신과 함께 파멸하겠어요. 내일 아침 난 당신과 함께 있을 거예요.'

그리고 이것이 내 인생에서 마지막으로 기억하는 겁니다. 우리 집 현관에서 비쳐 나온 한 줄기 빛과 빛줄기 속에 흩날리는 머리카락, 그녀의 베레모와 결단력으로 빛나는 눈, 그리고 바깥쪽 대문의 문턱을 넘어 하얀 길모퉁이로 빠져나가는 검은 실루엣도.

'데려다 주고 싶지만 혼자서 집에 돌아올 기운이 없어요. 난 두려워요.'

'겁내지 말아요. 몇 시간만 참아요. 내일 아침에는 당신과 함께 있을 거예요.'

그게 살면서 내가 마지막으로 들은 그녀의 말이었소⋯⋯. 쉬이이잇!" 갑자기 병자가 말을 멈추고 손가락을 치켜들었다.

"오늘 밤은 달도 뜨고 소란하군."

그는 발코니에 숨었다. 이반은 복도에 바퀴가 지나가는 소리와 누군가의 흐느낌 혹은 약한 비명 소리를 들었다.

사위가 조용해지자 손님이 돌아와 120호 방에도 거주자가 들어왔다고 알려 주었다. 새로 들어온 사람은 계속 머리를 돌려 달라고 애원한다고 했다. 대화를 나누던 두 사람은 불안한 느낌이 들어 말을 멈추었다가 진정하고 끊어졌던 이야기로 다시 돌아갔다. 손님이 입을 열려고 했으나 그의 말대로 밤은 소란했다. 또다시 복도에서 목소리가 들려왔고, 손님은 이반의 귀에 대고 들릴 듯 말 듯 하게 속삭이기 시작했다. 너무나 조용해서 처음 몇 마디를 빼면 손님의 말을 알아들은 것은 시인 혼자뿐이었다.

"그녀가 나를 떠나고 십오 분 후, 창문을 두드리는 소리가 들렸소……."

병자가 귀에 속삭인 이야기는 이반을 몹시 흥분시킨 것이 분명했다. 때때로 그의 얼굴에 경련이 스쳐 지나갔다. 눈에는 공포와 격노가 떠올라 번졌다. 손님은 손으로 달 부근을 가리켰는데, 달은 이미 발코니 아래로 지고 난 후였다. 밖에서 들려오던 소리가 완전히 멎자 손님은 이반에게서 물러나 조금 더 큰 소리로 말했다.

"그래, 그렇게 해서 1월 중순의 밤에 바로 그 외투를, 단추가 떨어진 채로 입고, 우리 집 마당에서 추위에 떨며 웅크리고 있었소. 뒤에는 눈 더미가 라일락 덤불을 가리고 있었고, 앞에는 흐릿하게 불이 켜지고 커튼으로 가려진 창문이 있었소. 나는 첫 번째 창문에 몸을 숙이고 귀를 기울였소. 방 안에서 축음기 소리가 들려왔소. 그것 말고는 아무것도 들리지 않았고 창문 안으로 아무것도 보이지 않았지. 그렇게 잠시 서 있다가 쪽문을 나와 골목에 들어섰소. 거기는 눈보라가 치고 있었소. 발아래서 덤벼드는 개 때문에 겁을 먹어서 개를 피해 다른 쪽으로 도망쳤소. 이제는 영원히 내 동반자가 되어 버린 추위와 공포가 나를 광란 상태로 몰아갔소. 갈 곳은 아무 데도 없었고, 내가 할 수 있는 가장 간단한 일은 그 골목을 지나가는 전차 밑으로 몸을 던지는 것이었소. 멀리서 환하게 불을 밝힌, 얼음으로 덮인 철 상자들이 보였고, 선로의 얼음을 긁는 혐오스러운 소리도 들렸소. 하지만 친애하는 나의 이웃이여, 이것은 모두 공포가 내 몸의 이음새 하나하나까지 지배하고 있다는 걸 의미할 뿐이었소. 개가 무서웠던 것처럼 전차도 무서웠소. 그래요, 이 건물에 나보다 더 심한 병에 걸린 사람은 없소. 장담할 수 있소."

"하지만 그녀에게 알릴 수도 있었잖아요." 이반이 가엾은 병자에게 공감을 표하며 말했다. "게다가 그녀는 당신 돈을 갖고 있었잖아요? 그녀가 그걸 잘 숨겨 뒀겠죠?"

"의심할 것 없이 잘 간직하고 있을 겁니다. 당신은 분명 날 이해하지 못하고 있어. 아니, 정확히 말하면 내가 사물을 서술하는 재능을 잃은 거겠지. 그리고 난 그녀를 잃은 게 별로 안타깝지 않아요. 난 더 이상 그녀에게 어울리지 않으니까." 손님은 밤의 어둠 속을 경건하게 바라보았다. "그녀 앞에 정신 병원에서 온 편지가 놓여 있다고 생각해 보시오. 대체 그런 곳에서 편지를 보낼 수나 있단 말이오? 정신병자가? 농담이겠지, 친구여! 그녀를 불행에 빠뜨리라고? 못 해요, 난 그렇게는 못

합니다."

이반은 여기에 반박하지 못하고 말없이 그저 손님에게 공감하며 그의 고통을 함께 느낄 뿐이었다. 손님은 고통스럽게 과거를 회상하면서 검은 모자를 쓴 머리를 끄덕이고 이렇게 말했다.

"불쌍한 여자……. 이제는 그녀가 날 잊었으면 해요……."

"하지만 병이 나을 수도 있잖아요……." 이반이 소심하게 말했다.

"내 병은 고칠 수 없어요." 손님이 평온하게 말했다. "스트라빈스키가 날 도로 이전의 인생으로 돌려보내 주겠다고 하지만, 난 믿지 않소. 그는 인간적인 사람이라 그저 날 위안해 주고 싶은 것뿐이오. 그리고 지금이 나에게는 훨씬 낫다는 것도 부정하지 않겠소. 그래, 도대체 뭐하러 여길 떠난단 말이오? 얼어붙는 추위, 쏜살같이 달려가는 전차들……. 난 이 병원이 문을 연 것을 알고 스스로 도시를 가로질러 찾아왔소. 미친 짓이지! 교외로 나갔을 때는 정말 얼어 죽을 뻔했지만 우연히 구조받았소. 웬 트럭이 고장 나 멈춰 있었고 나는 운전사에게 다가갔지. 그게 도시 관문에서 4킬로미터 정도 떨어진 곳이었는데, 놀랍게도 그는 나를 가엾게 여겼소. 마침 그를 데리러 차가 오는 중이었고 운전사는 나도 함께 태워 주었소. 여기 도착했을 때 왼쪽 발가락에 동상이 걸린 걸 알았소. 그것으로 모험은 끝이 났지. 그런데 여기에서 동상을 치료해 주더군. 그리고 지금 나는 넉 달째 여기 살고 있소. 아시겠소, 난 여기가 아주아주 괜찮다고 생각해요. 친애하는 이웃이여, 거창한 계획 같은 건 필요 없어요, 정말로! 난 예전에 세계 일주를 하고 싶었어요. 하지만 알고 보니 그럴 운명이 아니었소. 난 이 지구의 아주 작은 한 부분만 보고 있지. 이게 지구상에서 가장 좋은 부분은 아니라고 생각하지만 다시 한 번 말하건대 그렇게 나쁘지도 않아요. 이제 여름이 다가오고, 프라스코비야 표도로브나가 약속하듯이 발코니에는 담쟁이가 감겨 올라올 거요. 열쇠를 훔쳤더니 운신의 폭도 넓어졌소. 밤에는 달이 뜰 거요. 아, 달이 졌군! 공기도 선선해졌고. 벌써 자정이 지났군. 돌아갈 때가 됐소."

"그런데 예슈아와 빌라도는 그 뒤로 어떻게 됐습니까? 이렇게 애원합니다, 말해 주세요." 이반이 부탁했다.

"아, 안 돼요, 안 돼." 손님이 병적으로 몸을 떨면서 대답했다. "난 내 소설을 생각할 때마다 소름이 끼쳐요. 그리고 그건 총주교 연못가에서 만난 당신 친구가 나보다 더 잘 얘기해 줄 거요. 얘기 들어 줘서 고맙소. 또 봅시다."

이반이 정신을 차리기도 전에 격자창이 조용히 쇳소리를 울리며 닫히고 손님은 사라졌다.

14
수탉이 보우하사!

혼히 말하듯이 신경이 견뎌 내지 못해서 림스키는 조서를 꾸미는 일이 다 끝나기도 전에 사무실로 달려갔다. 그는 책상에 앉아서 불타는 눈으로 자기 앞에 놓인 마법의 10루블짜리 지폐를 쳐다보았다. 경영 지배인은 분별력을 잃었다. 밖에서는 발소리가 쿵쿵 울렸다. 관객들이 줄지어 바리에테 건물에서 거리로 몰려나갔다. 극도로 예민해진 경영 지배인의 귀에 갑자기 경찰의 호각 소리가 또렷하게 들렸다. 호각 소리는 그 자체로도 결코 유쾌하지 않은 것이다. 그리고 그 소리가 되풀이되면서 거기에 더해 보다 날카롭고 끈질긴 다른 호각 소리가 이어지고 그 너머로 또렷이 들리는 웃음소리와 심지어 야유하는 소리까지 섞여 들자, 경영 지배인은 또다시 거리에서 추잡하고 불쾌한 소동이 일어났다는 것을 곧 알아챘다. 또한 그 소동은 마치 그와 떨어지지 않으려는 것처럼 흑마술사와 그의 조수들이 진행했던 그 혐오스러운 마술 공연과 대단히 밀접한 관계에 있다는 것도 알 수 있었다. 경영 지배인의 날카로운 직감은 한 치도 틀림이 없었다.

사도바야 거리 쪽으로 난 창밖을 내다보자마자 그의 얼굴이 일그러졌고, 그는 속삭임을 넘어서 씩씩거렸다.

"내가 이럴 줄 알았어!"

가로등의 강렬한 불빛 속에서 창 아래 보도에 슈미즈와 보라색 속바지만 입고 서 있는 여성이 보였다. 사실 그 여성은 머리에 모자를 쓰고 손에는 우산도 들고 있었다.

그 여성 주위에는 완전히 공황 상태에 빠진 군중이 흥분하여 쪼그려 앉기도 하고 어딘가로 뛰쳐나가기도 하면서 아까의 그 웃음소리를 내고 있었다. 그 소리 때문에 경영 지배인의 등골이 오싹해졌다. 여성의 옆에는 어떤 시민이 여름용 외투를 벗으려고 몸부림쳤다. 그러나 너무 흥분한 나머지 소매에 들어간 팔을 빼내지도 못했다.

비명 소리와 포효하는 웃음소리는 다른 곳에서도 들려왔다. 정확히는 왼쪽 입구였는데, 그곳으로 고개를 돌린 그리고리 다닐로비치는 장미색 속옷을 입은 여성을 보았다. 그 여성은 차도에서 보도로 뛰어올라 입구에 숨으려 했으나, 안에서 몰려나온 관객들이 그녀의 앞을 가로막았고, 경솔함과 옷 욕심 때문에 사악한 파고트의 사업에 속아 넘어간 불쌍한 희생자는 오로지 한 가지, 땅 속으로 꺼져 여기서 사라지기만을 바라고 있었다. 경찰관이 호각 소리로 허공을 가르며 불행한 여성에게 다가갔고 경찰관 뒤로 야구 모자를 쓴 매우 쾌활한 젊은이들이 신나게 따라왔다. 웃음 소리와 야유 소리는 이들이 내는 것이었다.

콧수염을 기른 깡마른 마부가 재빨리 벌거벗은 첫 번째 여인에게 다가가 앙상하게 마르고 녹초가 된 말에 여인을 맹렬한 기세로 올려 태웠다. 마부의 콧수염 난 얼굴은 즐겁게 싱글거리고 있었다.

림스키는 주먹으로 자신의 머리를 때리고 침을 내뱉은 후 창가에서 펄쩍 뛰어 물러섰다.

그는 길거리에서 나는 소리를 들으며 한동안 책상 앞에 앉아 있었다. 여기저기서 들리는 호각 소리는 갈수록 위세를 부리다가 얼마 뒤에 수그러들기 시작했다. 림스키로서는 놀랍게도 추문은 예상보다 빠르게 가라앉았다.

경영 지배인이 움직일 때가 되었다. 책임이라는 쓴잔을 마셔야 했다. 전화기는 3막이 올라갈 때 수리해 놓았으므로, 일단 전화를 걸어서 일어난 사건을 보고하고, 도움을 청하고, 거짓말을 꾸며 대고, 모든 것을 리호데예프의 탓으로 떠넘기고, 변명해서 빠져나오고 기타 등등의 일을 해야 하는 것이다. 에잇, 지옥에나 가 버리라지!

곤혹스러워진 지배인은 전화기에 두 번 손을 얹었다가 두 번 다 손을 내려놓았다. 그때 사무실의 죽은 듯한 정적 속에서 바로 그 전화기가 갑자기 경영 지배인의 얼굴에 대고 벨소리를 폭발시켰고, 경영 지배인은 흠칫 놀라 온몸이 서늘해졌다. '정말 신경을 제대로 긁는군.' 그는 이렇게 생각하며 수화기를 들었다. 그러나 즉시 수화기에서 물러났다. 그의 얼굴은 백지장보다 더 창백해졌다. 조용하면서 동시에 간사하고 음탕한 여자 목소리가 수화기에 대고 속삭였다.

"림스키, 아무 데도 전화하지 마. 내 말을 듣지 않으면 나쁜 일이 일어날 거야……."

수화기는 곧 조용해졌다. 경영 지배인은 등골에 소름이 끼치는 것을 느끼면서 수화기를 내려놓고 어째서인지 등 뒤의 창을 흘낏 쳐다보았다. 아직 잎사귀가 성긴 가느다란 단풍나무 가지 사이로 투명한 구름 속을 지나가는 달이 보였다. 림스키는 어째서인지 꼼짝 않고 서서 나뭇가지를 쳐다보았고, 점점 공포에 휩싸였다.

경영 지배인은 정신을 가다듬고 억지로 기운을 내서 마침내 달빛 비치는 창가에서 몸을 돌려 일어났다. 전화를 걸 수 없다는 것은 이제 두말할 나위도 없었고, 이제 경영 지배인의 머릿속에는 오로지 한 가지, 어떻게든 빨리 극장에서 빠져나가야 한다는 생각으로 가득했다.

그는 귀를 기울였다. 극장 건물은 침묵만이 감돌았다. 림스키는 이미 오래전부터 이 2층 건물 전체에 자기 혼자 뿐이었다는 사실을 깨달았고 그렇게 생각하자 어린아이처럼 억누를 수 없는 공포에 휩싸였다. 혼자서 텅 빈 복도를 걸어서 계단을 내려가야 한다고 생각하니 몸이 저절로 떨려 왔다. 그는 미친 듯이 최면술의 산물인 10루블짜리 지폐를 책상에서 잡아채 서류 가방에 집어넣고 조금이라도 용기를 내 보려고 헛기침을 했다. 기침은 목에 걸린 것처럼 약하게 나왔다.

순간 사무실 문 아래에서 갑자기 썩은 물이 흘러 들어오는 것 같았다. 경영 지배인의 등에 소름이 돋았다. 돌연히 시계가 자정을 가리키며 울리기 시작했다. 심지어 이 시계 종소리도 경영 지배인의 간담을 서늘하게 했다. 그리고 그의 심장이 결정적으로 내려앉은 것은 문의 열쇠 구멍에서 열쇠가 조용히 돌아가는 소리를 들었을 때였다. 경영 지배인은 식은땀에 끈적거리는 두 손으로 서류 가방을 끌어안고 열쇠 구멍의 덜컥거리는 소리가 조금만 더 이어진다면 자신을 억제하지 못하고 찢어지는 비명을 지르게 될 것이라고 생각했다.

마침내 누군가의 노력에 굴복하여 문이 열리고, 사무실로 바레누하가 소리 없이 들어섰다. 다리가 더 이상 지탱하지 못하고 꺾이는 바람에 림스키는 서 있던 자세 그대로 의자에 무너지듯 주저앉았다. 그는 숨을 깊이 들이마시고 아첨하는 듯한 미소를 지으며 조용히 입을 열었다.

"하느님, 얼마나 놀랐는지……."

그렇다, 이 돌연한 등장에는 누구라도 놀랐을 것이다. 동시에 대단히 기쁜 일이기도 했다. 이 혼란스러운 상황에서 적어도 한 조각은 제자리로 돌아온 것이다.

"그래, 어떻게 된 건지 말해 봐요! 빨리! 빨리! 이게 도대체 어떻게 된 거요?" 림스키가 그 한 조각에게 다가붙으며 쉰 목소리로 말했다.

"진정하세요, 제발." 바레누하가 문을 닫으며 웅얼거리는 목소리로 대답했다. "이미 퇴근하셨을 거라고 생각했습니다."

바레누하는 모자도 벗지 않고 다가와서 책상 맞은편에 앉았다.

여기서 말해 두어야 할 것은, 바레누하의 대답에는 어딘가 아주 미묘하게 이상한 구석이 있었다는 것이다. 민감함으로 말하자면 세계 어느 관측소의 지진계와도 다툴 수 있을 정도인 경영 지배인은 이 점을 즉시 눈치챘다. 이게 어떻게 된 일인가? 경영 지배인이 사무실에 없을 거라고 생각했다면서 왜 이 사무실로 돌아왔는가? 자기 사무실이 따로 있는데도 말이다. 그것이 첫 번째로 이상한 점이었다. 두 번째는, 바레누하가 어느 입구로 들어오든 반드시 야간 경비원과 마주쳤을 텐데 경비원들은 모두 그리고리 다닐로비치가 사무실에 남아 있다는 것을 알고 있었던 것이다.

그러나 경영 지배인은 이런 점을 오래 궁리할 수 없었다. 지금은 그럴 때가 아니었다.

"왜 전화하지 않았소? 그 얄타가 어쩌고 하는 장난은 전부 어떻게 된 거요?"

"그게, 제가 말한 대로예요." 사무장은 마치 아픈 이 때문에 고통스러운 것처럼 입술을 쪽 빠는 소리를 낸 후 대답했다. "푸시키노의 술집에서 찾아냈어요."

"어떻게 푸시키노에서? 모스크바 외곽에 있는 곳 말이오? 그런데 전보는 얄타에서 왔잖아!"

"얄타는 무슨, 악마나 잡아갈! 푸시키노 전보국 직원한테 술을 잔뜩 먹여서 둘 다 정신 못 차리고 곤드레만드레하다가 '얄타'라고 찍어서 전보를 친 거예요."

"아하…… 그래……. 알겠어, 알겠어……." 말한다기보다는 거의 노래하듯이 림스키가 대답했다. 그의 눈이 누르스름한 빛으로 번쩍였다. 스테판이 일자리에서 불명예스럽게 쫓겨나는, 축제와도 같은 그림이 머릿속에 그려졌다. 해방이다! 오랫동안 기다려 왔던, 리호데예프의 탈을 쓴 이 악운으로부터 경영 지배인은 해방이다! 그리고 스테판 보그다노비치는 해고보다 좀 더 안 좋은 일을 당할지도 모른다……. "자세히 말해 봐요!" 림스키가 책상 위의 문진을 톡톡 두드리며 말했다.

바레누하가 사정을 자세히 이야기하기 시작했다. 그가 경영 지배인이 가 보라고 한 곳에 도착하자 그곳에 있던 사람들은 즉시 그를 맞이하고 그의 말을 주의 깊게 경청했다. 물론 아무도 스테판이 정말로 얄타에 가 있으리라고 생각하지 않았다. 리호데예프가 푸시키노의 레스토랑 '얄타'에 있다는 바레누하의 가설에 모두가 동의했다.

"그 사람 지금 어디 있소?" 흥분한 경영 지배인이 사무장의 말을 가로막았다.

"뭐, 어디 있겠어요. 당연히 알콜 중독자 요양소에 있죠." 사무장이 비뚤어진 미소를 지으며 대답했다.

"그래, 그래! 아아, 고맙소!"

바레누하는 이야기를 계속했다. 그가 이야기를 하면 할수록 경영 지배인의 눈앞에 리호데예프의 추태가 점점 더 뚜렷하게 기다란 사슬처럼 펼쳐졌고, 이어지는 사슬 고리들은 각각 그 이전의 고리보다 훨씬 지저분했다. 푸시키노 전신국 마당의 잔디밭에서 한가하게 울려 퍼지는 하모니카 소리에 맞춰 전신국 직원과 부둥켜안고 주정뱅이 춤을 춘 것은 아무것도 아니다! 공포에 질려 비명을 지르는 여성 시민들을 쫓아가고! 다름 아닌 '얄타' 레스토랑에서 종업원과 드잡이를 하려 들고! 그 '얄타'에서 식당 바닥에 파를 뿌려 대고, 스테판을 태우지 않으려는 택시의 미터기를 부수고, 스테판의 난동을 제지하려는 시민에게 체포하겠다고 으름장을 놓고…… 한마디로 끔찍했다!

스테판은 모스크바 극장 관계자들 사이에 잘 알려진 사람이었고, 다들 이 사람이 무골호인이 아니라는 것을 알고 있었다. 그러나 그럼에도, 아무리 스테판이라도, 사무장의 이야기는 지나친 감이 있었다. 그래, 너무하다. 이상할 정도로 너무하다……

림스키는 꿰뚫는 듯한 시선으로 책상 맞은편 사무장의 얼굴을 면밀히 뜯어보았다. 사무장이 이야기를 하면 할수록 그 시선은 점점 음울해져 갔다. 사무장이 요란하게 늘어놓는 끔찍한 이야기의 세부 사항이 생생하게 빛날수록 경영 지배인은 점점 이야기하는 사람을 믿을 수가 없었다. 스테판의 실태가 도를 넘어서서 자신을 모스크바로 데려가려고 찾아온 사람에게 저항했다는 이야기에 이르자, 경영 지배인은 자정이 되어 돌아온 사무장이 지금까지 한 이야기가 전부 거짓말이라는 사실을 확실하게 깨달았다! 처음부터 마지막까지 거짓말투성이였다.

바레누하는 푸시키노에 가지도 않았고, 스테판도 물론 푸시키노에 없었다. 술 취한 전신국 직원도, 술집의 깨진 유리창도 없었고, 스테판을 밧줄로 묶거나 하지도 않았다……. 전부 다 사실이 아니었다.

사무장이 거짓말을 하고 있다는 생각을 확신한 순간 공포가 발밑에서 시작해 전신을 타고 흘렀고, 경영 지배인은 다시 한 번 말라리아 균이 들끓는 썩은 웅덩이가 바닥에 퍼져 나가는 모습이 보여 깜짝 놀랐다. 경영 지배인은 사무장에게서 한순간도 눈을 떼지 않고 있었다. 사무장은 의자에 앉아 어쩐지 괴상하게 얼굴을 찌푸린 채 마치 전등 불빛이 눈에 거슬리는 듯 신문으로 기묘하게 얼굴을 살짝 가리고 책상 전등이 만든 하늘색 그림자에서 벗어나지 않으려 애쓰고 있었다. 이것을 보면서 경영 지배인은 오직 한 가지만 생각했다. 이 모든 것은 도대체 무엇을 의미하는가? 뒤늦게 돌아온 사무장은 어째서 텅 비고 정적에 휩싸인 건물에서 이렇게 뻔뻔하게 거짓말을 늘어 놓는가? 그리고 무엇인지, 알 수는 없지만 무서운 위험이 다가 오고 있다는 예감이 경영 지배인의 마음을 괴롭히기 시작했 다. 경영 지배인은 사무장이 신문으로 얼굴을 가리며 눈속임 하는 것을 눈치채지 못한 척하면서 바레누가가 늘어놓는 이야 기는 거의 듣지 않고 그의 얼굴을 유심히 관찰했다. 그 얼굴에 는 푸시키노에서의 모험에 대해 꾸며 낸 중상모략보다도 더 설 명하기 힘든 무언가가 나타나 있었다. 그 무언가는 바로 사무 장의 외모와 태도의 변화였다.

얼굴을 가리기 위해 오리 주둥이 같은 야구 모자의 차양을 눈 바로 위까지 눌러쓴 모습이나 신문을 한 면씩 넘기는 모습 이나……. 경영 지배인은 사무장의 오른쪽 뺨, 코 바로 옆에 커 다랗게 멍이 든 것을 보았다. 그것 말고도 평소에는 혈기왕성 하던 사무장의 얼굴은 분필처럼 탁하고 창백한 빛을 띠었고 숨 막히게 더운 밤에 어째서인지 낡아 빠진 줄무늬 스카프를 목에 두르고 있었다. 여기에 행방불명일 때 새로 생긴, 입술을 쪽쪽 빠는 혐오스러운 습관과 뭉개지고 투박해진 목소리, 교 활하고 비겁한 눈빛을 덧붙인다면, 감히 말하건대 이반 사벨리 예비치 바레누하는 알아볼 수 없을 정도로 변한 것이다.

경영 지배인은 한 가지 더 심하게 걱정되는 것이 있었는데, 달아오른 머리를 아무리 쥐어짜도, 바레누하를 아무리 들여다 보아도 그것이 딱 집어 무엇인지 알 수가 없었다. 한 가지 확 신할 수 있는 것은 낯익은 의자와 사무장을 합쳐 놓은 그림에 뭔가 기이하기 짝이 없는, 부자연스러운 면이 있다는 점이었다.

"그래서, 마침내 간신히 그를 제압해서 차에 집어넣었죠."
바레누하가 신문지 뒤에서 손바닥으로 멍 자국을 가리며 낮고
둔탁한 소리로 말했다.

립스키는 돌연 책상 위로 한 손을 뻗어서 거의 기계적으로
손바닥을 펼쳤고 동시에 손가락을 책상 위로 움직여 비상벨을
눌렀다가 그대로 굳어 버렸다. 텅 빈 건물에 날카로운 벨 소리
가 울려야 했다. 그러나 벨은 울리지 않았고 단추는 책상 위에
서 생기 없이 눌려 있을 뿐이었다. 단추는 고장났고, 초인종은
끊겼다.

바레누하의 눈은 경영 지배인의 교활한 행동을 놓치지 않았
다. 사무장은 눈에 악의를 담은 채 얼굴을 찡그리며 물었다.

"왜 벨을 눌렀습니까?"

"습관이오." 경영 지배인이 얼버무리며 손을 움츠리고 이번
에는 바레누하에게 웅얼거리는 목소리로 물었다. "얼굴에 그건
뭐요?"

"차 문을 닫다가 손잡이에 부딪쳤어요." 바레누하가 시선을
피하며 대답했다.

'거짓말!' 경영 지배인이 속으로 외쳤다. 바로 그때, 그는 갑
자기 완전히 어리둥절해져서 눈을 동그랗게 뜨고 의자 등받이
로 몸을 바짝 밀어 붙였다.

의자 뒤 바닥에 그림자 두 개가 엇갈려 있었는데, 하나는
짙은 검은색이었고 다른 하나는 연한 회색이었다. 의자 등받
이와 가느다란 의자 다리의 그림자는 바닥에 또렷하게 새겨져
있었지만, 그림자 등받이 위에 있어야 할 바레누하의 그림자
머리도, 그림자 의자 아래에 있어야 할 사무장의 그림자 다리

도 보이지 않았다.

'그림자가 없어!' 림스키가 머릿속으로 절박하게 비명을 질렀다. 한기가 그를 덮쳐 왔다.

바레누하는 교활하게 림스키의 넋 나간 시선을 따라 의자 뒤를 훔쳐보고 들켰다는 사실을 깨달았다.

그는 의자에서 일어났고(경영 지배인도 똑같이 일어났다.) 서류 가방을 손에 단단히 쥔 채 책상에서 한 걸음 물러섰다.

"알아챘군, 빌어먹을! 언제나 눈치가 빨랐지." 바레누하가 경영 지배인의 얼굴에 대고 득의양양하고 악의에 찬 미소를 지으며 말하고는 문 쪽으로 펄쩍 뛰어가 재빨리 문을 잠갔다. 경영 지배인은 정원으로 난 창문 쪽으로 물러나면서 절망적으로 주위를 둘러보다가 창유리에 달라붙은 벌거벗은 처녀의 얼굴과 그녀의 팔이 환기창 안으로 들어와 창문의 아래쪽 빗장을 열려고 하는 것을 보았다. 위쪽 빗장은 이미 열려 있었다.

림스키는 책상 전등의 불이 꺼지고 책상이 기울어지는 것을 보았다. 얼음 같은 한기의 파도가 림스키를 뒤덮었으나, 다행히도 쓰러지지 않았다. 그는 소리는 지르지 못하고 마지막 남은 힘으로 간신히 속삭였다.

"살려 줘……."

바레누하는 문을 감시하면서 그 앞으로 뛰어갔는데, 그러면서 오랫동안 공중에 떠서 비틀거렸다. 그는 갈고리처럼 구부러진 손가락을 림스키 쪽을 향해 휘저었고, 입술을 쪽쪽 빨고 씩씩거리며 창문 밖의 처녀에게 눈짓을 했다.

처녀는 서두르기 시작하여, 빨간 머리를 환기창 안으로 밀어 넣고 손을 한껏 뻗어 손톱으로 아래쪽 쇠고리를 긁으면서 동시에 창틀을 흔들었다. 손이 마치 고무로 만든 것처럼 길게 늘어나며 시체 같은 초록색으로 변했다. 마침내 죽은 사람의 초록색 손가락이 고리 끝을 잡아 돌렸고, 창문이 열리기 시작했다. 림스키는 약하게 비명을 지르고 벽에 기대어 서류 가방을 방패처럼 앞에 들었다. 그는 죽음이 닥쳐왔다는 사실을 깨달았다.

마침내 창문이 활짝 열렸으나, 신선한 밤공기와 보리수나무 향기 대신 무덤 냄새가 방 안에 훅 끼쳤다. 죽은 여자가 창틀로 들어섰다. 림스키는 여자의 가슴에 난 썩은 자국을 똑똑히 보았다.

바로 그때 사격장 뒤, 공연용 새를 키우는 나지막한 건물에서 예상치 못했던 수탉의 즐거운 외침이 들려왔다. 훈련을 잘 받은 수탉은 동쪽에서 모스크바로 새벽이 다가온다는 것을 선포하며 우렁차게 노래했다.

흉포하고 사나운 빛이 처녀의 얼굴을 일그러뜨렸고, 그녀는 목쉰 소리로 욕설을 내뱉었으며, 바레누하는 문 앞에서 쉿소리를 지르고는 허공에서 바닥으로 떨어졌다.

수탉의 울음소리가 반복되자 처녀가 이를 갈았고 그녀의 빨간 머리가 곤두섰다. 세 번째 울음소리와 함께 여자는 몸을 돌리더니 그대로 창밖으로 날아갔다. 그녀를 따라 바레누하도 살짝 뛰어올라 마치 큐피드가 날아가는 것처럼 공중에 평행하게 몸을 뻗은 채 책상을 지나 창문으로 천천히 떠갔다.

눈처럼 머리가 하얗게 세어 검은 머리라고는 한 오라기도 남지 않은, 얼마 전까지도 림스키였던 노인이 문으로 달려가 문고리를 벗기고 어두운 복도를 내달렸다. 대문으로 나가는 계단에서 그는 두려움에 신음 소리를 내며 스위치를 더듬어 켰고 곧 계단에 불이 밝혀졌다. 노인은 층계에 서서 부들부들 떨다가 쓰러졌다. 공중에서 바레누하가 가볍게 움직여 그에게 덤벼들었기 때문이었다.

아래층으로 뛰어 내려온 림스키는 입구의 매표소 안에서 책상에 엎드려 잠든 경비원을 보았다. 림스키는 까치발을 딛고 그의 앞을 몰래 지나 정문을 향해 미끄러지듯 나아갔다. 거리로 나오자 기분이 조금 나아졌다. 머리를 만져 보고 사무실에 모자를 두고 왔다는 사실을 깨달을 만큼 정신도 돌아왔다.

물론 그는 모자를 가지러 돌아가지 않았다. 대신 숨을 한 번 크게 쉰 후 맞은편 모퉁이에 있는 영화관을 향해 넓은 거리를 가로질러 뛰어갔다. 영화관 앞은 불그스름하고 몽롱한 불빛이 희미하게 빛나고 있었다. 일 분 후 그는 벌써 그 앞에 서 있었다. 택시를 새치기할 사람은 아무도 없었다.

"레닌그라드 행 급행열차 매표소로 가 주시오, 웃돈 주겠소." 숨을 헐떡이며 가슴을 부여잡고 노인이 말했다.

"이 차는 차고로 돌아가는 길이오." 운전수가 귀찮다는 듯 대답하고 고개를 돌렸다.

그러자 림스키는 서류 가방의 잠금쇠를 풀고 50루블을 꺼내 열린 창문으로 운전수에게 내밀었다.

잠시 후 차는 덜컹거리면서 질풍처럼 사도바야 거리의 원형 도로를 날아갔다. 림스키는 좌석에서 몸을 떨면서 운전사 앞에 달린 거울 구석에서 기쁨에 찬 운전수의 눈과 자신의 넋 나간 눈을 번갈아 볼 수 있었다.

기차역 건물 앞에서 차에서 뛰어내린 림스키는 흰 제복을 입고 감찰(鑑札)을 단 사람을 보자마자 소리쳤다.

"일등실 한 장, 30루블 주겠소." 그는 서류 가방에서 10루블 짜리 지폐를 움켜쥐어 구기며 꺼냈다. "일등실 없으면 이등실 이라도, 없으면 삼등이라도 주시오."

감찰을 단 사람은 형광등 불빛에 빛나는 시계를 올려다보고 는 림스키의 손에서 지폐를 낚아챘다.

오 분 후, 기차역의 유리 천장 아래로 급행열차가 빠져나가 어둠 속으로 완전히 사라졌다. 그와 함께 림스키도 사라졌다.

15
니카노르 이바노비치의 꿈

정신 병원의 119호 방에 자리 잡은 시뻘건 얼굴의 뚱보가 니카노르 이바노비치 보소이라는 사실을 추측하기란 어려운 일이 아니다.

그는 스트라빈스키 박사에게 곧장 인도되지 않고 그 전에 잠시 다른 곳에 머물렀다.

그 다른 곳에 대한 기억은 니카노르 이바노비치에게 거의 남아 있지 않다. 단지 거기 있었던 책상과 옷장, 소파를 기억할 뿐이다.

그곳에서 눈에 핏발이 서고 정신적으로 흥분하여 어쩐지 앞이 잘 보이지 않는 니카노르 이바노비치와의 대화가 진행되었다. 그 대화는 어쩐지 기묘하고 혼란스러웠고, 정확히 말하자면 대화 자체가 제대로 이루어지지 않았다.

니카노르 이바노비치에게 던져진 첫 번째 질문은 이런 것이었다.

"당신은 니카노르 이바노비치 보소이, 사도바야 거리 302-2번지 건물의 주택 조합 위원장이 맞습니까?"

니카노르 이바노비치는 이상한 소리를 내며 웃은 후 글자 그대로 다음과 같이 대답했다.

"나는 니카노르입니다, 물론 니카노르지요! 하지만 농담도 아니고, 도대체 내가 무슨 위원장이라는 거예요!"

"그건 무슨 말입니까?" 질문을 던진 사람은 눈을 가늘게 뜨며 니카노르 이바노비치에게 물었다.

"만약에 내가 위원장이라면 그에게 부정한 기운이 흐른다는 사실을 곧장 알아챘어야지요! 보면 모르겠습니까? 코안경은 금이 가고…… 머리부터 발끝까지 누더기 옷을 입고……. 그런 사람이 어떻게 외국인의 통역이 될 수 있겠어요!"

"누구를 말하는 겁니까?" 질문자가 니카노르 이바노비치에게 물었다.

"코로비요프!" 니카노르 이바노비치가 외쳤다. "그가 50호 아파트를 차지했어요! 코로비요프라고 쓰세요. 당장 그를 붙잡아야 합니다! 6번 출입구라고 쓰세요, 거기 있어요."

"외화는 어디서 가져왔습니까?" 질문자가 니카노르 이바노비치에게 진지하게 물었다.

"하느님은 진실하세요, 하느님은 전능하십니다. 그분은 모든 것을 보고 계십니다, 하느님께서 보시는 곳이 곧 저의 갈 길입니다. 손에 외화를 쥐어 본 적도, 그게 외화라고 의심해 본 적도 결코 없어요! 주님께서 저의 비루한 탐욕을 벌하시는 겁니다." 니카노르 이바노비치가 윗옷 단추를 채웠다 풀기도 하고 성호를 긋기도 하면서 감정을 담아서 계속했다. "돈은 받았어요! 받았지만, 내가 받은 건 우리 돈, 소비에트 연방 돈이었습니다! 돈을 받고 입주권을 내준 건 부정하지 않겠습니다. 그런 일은 있었어요. 우리 비서 프롤레주네프는 아주 좋은 친구예요, 좋은 친구죠! 솔직히 말해서 관리실 직원들은 전부 도둑놈들이에요. 하지만 외화는 받은 적이 없습니다!"

바보 같은 말은 그만하고 달러가 어떻게 환풍구에 들어 있었던 것인지 이야기하라는 요청에 니카노르 이바노비치는 무릎을 꿇고 앉아 바둑판무늬로 된 바닥재를 삼키기라도 할 듯이 입을 크게 벌리고 몸을 앞뒤로 흔들었다.

"원하신다면 제 말을 증명하기 위해서 흙이라도 먹을까요? 코로비요프, 그자는 악마예요!"그가 코 막힌 소리로 울부짖었다.

참을성이 한계에 도달한 듯했다. 책상 맞은편에서는 이미 언성이 높아졌고, 니카노르 이바노비치에게 알아들을 수 있게 이야기하라고 말했다.

그러자 니카노르 이바노비치가 벌떡 일어나 소파가 있는 방이 울리도록 사납게 포효했다.

"저기 있다! 저기 옷장 뒤에 있어! 저기서 싱글싱글 웃잖아! 그리고 저 코안경……. 그를 붙잡아요! 방에 성수를 뿌리라고!"

니카노르 이바노비치의 얼굴에서 핏기가 사라졌고, 그는 몸을 떨면서 공중에 성호를 긋고, 문으로 달려갔다가 다시 달려왔고, 기도문 같은 것을 소리 높여 암송하다가 마침내 완전히 의미를 알 수 없는 말을 하기 시작했다.

니카노르 이바노비치가 어떤 대화도 할 수 없는 상태라는 사실이 확실해졌다. 사람들이 그를 데리고 나가서 독방에 집어넣었고, 거기서 그는 다소 진정이 되어서 목쉰 소리로 기도를 할 뿐이었다.

물론 사도바야 거리에도 모종의 사람들이 들러서 50호 아파트에 들어가 보았다. 그러나 그곳에서 코로비요프라는 사람은 흔적조차 없었고 건물에 사는 사람 누구도 코로비요프라는 사람을 본 적도 없고 알지도 못했다. 고인이 된 베를리오즈와 얄타로 떠난 리호데예프가 살았던 아파트는 비어 있었고, 서재의 벽장 앞에는 아무도 건드리지 않은 봉인 표지가 얌전히 붙어 있었다. 그것을 보고 사람들은 사도바야를 떠났고, 이 때 주택 조합 비서 프롤레주네프도 아연실색하고 의기소침해져서 함께 떠났다.

저녁이 되자 니카노르 이바노비치는 스트라빈스키의 병원으로 인계되었다. 그는 병원에서도 너무나 소란스럽게 행동하여, 스트라빈스키의 처방에 따라 주사를 맞아야만 했다. 니카노르 이바노비치는 자정이 지나서야 119호 방에서 잠이 들었고, 때때로 고통에 찬 무거운 신음 소리를 냈다.

그러나 시간이 갈수록 그는 더 편안하게 잠에 빠져들었다. 그는 몸을 뒤척이거나 신음 소리를 내거나 하지 않고 가볍고 고르게 숨을 쉬었고, 이내 방에 혼자 남겨졌다.

그때 니카노르 이바노비치는 꿈을 꾸기 시작했다. 의심할 여지없이 오늘 겪은 경험에서 나온 꿈이었다. 시작은 금으로 된 나팔을 손에 든 사람들이 니카노르 이바노비치 앞에 나타나서 도료를 칠해 광택이 나는 커다란 문 앞으로 그를 대단히 장엄하게 데려간 것이었다. 동행자들은 문 앞에서 니카노르 이바노비치에게 축하 연주를 해 주었고, 그 뒤로 하늘에서 낮고 우렁찬 목소리가 즐거운 듯 말했다.

"환영합니다, 니카노르 이바노비치! 외화를 내놓으시오!"

깜짝 놀란 니카노르 이바노비치는 머리 위에 있는 검은 확성기를 보았다.

그가 다시 정신을 차려 보니 어째서인지 극장 안에 있었다. 금도금한 천장에는 크리스털 샹들리에가 번쩍거렸고 벽은 부조로 장식되어 있었다. 규모는 그다지 크지 않지만 모든 것이 대단히 잘 갖춰진 극장이었다. 무대는 벨벳 막으로 가려져 있었는데, 막에는 어두운 바탕에 큼지막한 금빛 10루블짜리 지폐가 별처럼 촘촘하게 박혀 있었다. 그 밖에도 프롬프터의 자리, 심지어 관객도 있었다.

니카노르 이바노비치는 관객들이 전부 남자들뿐인 것에 놀랐다. 어째서인지 다들 턱수염을 기르고 있었다. 더 놀라운 것은 공연장에 객석 의자가 없어서 관객들이 모두 먼지 한 점 없이 매끈하고 반들반들한 바닥에 앉아 있었다는 점이었다.

니카노르 이바노비치는 이 낯설고도 웅장한 환경에 당혹해하며 잠시 우물쭈물하다가 다른 사람들처럼 혈색 좋은 빨간 머리 텁석부리와 창백한 털북숭이 사이에 자리를 잡고 양반다리를 하고 바닥에 앉았다. 앉아 있던 사람들은 아무도 새로 온 관객에게 주의를 기울이지 않았다.

그때 종소리가 부드럽게 울리고 공연장의 불이 꺼지며 막이 열리더니 조명이 밝혀진 무대 위에 의자와 탁자, 탁자 위에 놓인 조그만 금빛 종과 그 뒤의 어두운 검은색 벨벳 배경이 나타났다.

무대 뒤에서 턱시도를 입은 배우가 나왔다. 매끈하게 면도를 하고 머리는 가르마를 타서 넘겼으며 이목구비가 아주 반듯한 젊은이였다. 관객들이 생기를 띠며 무대를 바라보았다. 배우는 프롬프터 자리로 다가와 양손을 비벼 댔다.

"모두 앉으셨습니까?" 배우가 부드러운 바리톤 음성으로 묻고 객석을 향해 미소 지었다.

"앉았습니다, 앉았습니다." 테너와 베이스 목소리가 객석에서 합창이 되어 그에게 대답했다.

"흠……." 배우가 생각에 잠겨 말했다. "이해가 안 됩니다, 지겹지 않으신가요? 다른 사람들은 지금 거리를 걸어다니며 봄햇살과 온기를 즐기는데, 여러분은 여기 이렇게 답답한 공연장에 나와서 바닥에 앉아 있군요! 그래, 오늘 공연이 그렇게 흥미롭습니까? 하긴 각자 하고 싶은 대로 하는 거죠." 배우가 철학적으로 말을 맺었다.

그러고 나서 그는 음색도 억양도 바꾸어 유쾌하고 낭랑하게 설명했다.

"그래서 오늘 프로그램의 다음 공연은 주택 조합 위원장이며 식이 요법 전문 식당의 대표이신 니카노르 이바노비치 보소이가 해 주시겠습니다. 니카노르 이바노비치, 나와 주세요!"

관객들은 친근한 박수로 답했다. 놀란 니카노르 이바노비치는 눈을 휘둥그렇게 떴으나, 사회자는 조명 빛을 손으로 가리고 앉아 있는 관객들 사이에서 그를 눈으로 찾아내어 상냥하게 손짓으로 무대에 불러냈다. 그리고 니카노르 이바노비치는 어리둥절한 채로 무대 위에 나타났다. 가지각색의 조명등 불빛이 아래쪽과 정면에서 그의 눈을 강타했고, 그와 동시에 관객들이 앉은 객석은 어둠 속으로 사라졌다.

"자, 니카노르 이바노비치, 우리에게 모범을 보여 주십시오."
젊은 배우가 진심 어린 목소리로 말했다. "외화를 내놓으시죠."

침묵이 깔렸다. 니카노르 이바노비치는 숨을 들이쉬고 조용
히 말했다.

"하느님께 맹세코, 저는……."

그러나 그는 말을 미처 끝맺지 못했다. 객석 전체가 믿지 못
하겠다는 듯 야유로 폭발했기 때문이었다. 니카노르 이바노비
치는 당황하여 말을 멈추었다.

"제가 이해한 바로는 하느님께 맹세코 외화를 가지고 있지
않다고 말씀하시려고 했지요?" 공연 진행자가 말했다. 그리고
그는 동정 섞인 눈으로 니카노르 이바노비치를 쳐다보았다.

"바로 그겁니다, 없단 말입니다." 니카노르 이바노비치가 대
답했다.

"그렇군요." 배우가 대꾸했다. "죄송하지만 단도직입적으로
묻겠습니다. 그렇다면 대체 아파트 화장실에 나타난 400달러
는 어디서 온 걸까요, 그 아파트에 거주하는 사람은 당신과 당
신의 배우자뿐인데?"

"마술이다!" 누군가 어두운 객석에서 빈정대며 말했다.

"바로 그렇습니다, 마술이에요." 니카노르 이바노비치가 불
명확한 상대방을 향하여, 반쯤은 배우에게 그리고 반쯤은 어
두운 객석을 향해 소심하게 대답하고는 설명했다. "부정한 기
운, 그 체크무늬 통역이 몰래 갖다 버린 겁니다."

객석에서 또다시 불신의 야유가 터져 나왔다. 야유가 잦아
들자 배우가 말했다.

"라퐁텐의 우화 같은 이야기를 듣게 되는군요! 400달러를 몰래 갖다 버렸다니! 여기 계시는 여러분들은 모두 화폐 투기꾼이시니 전문가로 간주하고 묻겠습니다. 이게 있을 수나 있는 일입니까?"

"우리는 투기꾼이 아니오. 그건 있을 수 없는 일이오." 화난 목소리가 극장에 울렸다.

"전적으로 동의합니다." 배우가 단호하게 말했다. "그럼 여러분께 묻겠습니다. 몰래 갖다 버릴 수 있는 건 뭐가 있을까요?"

"갓난아이!" 누군가 객석에서 소리쳤다.

"맞습니다." 공연 진행자가 동의했다. "갓난아이, 익명의 편지, 선언서, 시한폭탄, 그 외에도 많이 있지만, 400달러는 아무도 몰래 갖다 버리지 않습니다, 왜냐하면 그런 바보는 세상에 없으니까요." 그리고 배우는 니카노르 이바노비치를 향해 돌아서서 비난을 섞어 구슬프게 덧붙였다. "저를 슬프게 하시는군요, 니카노르 이바노비치! 전 당신에게 희망을 걸었던 말입니다. 우리 공연은 실패로군요."

객석에서 니카노르 이바노비치를 향하여 비난의 휘파람 소리가 울렸다.

"저 사람이야말로 화폐 투기꾼이야! 저런 사람들 때문에 우리가 죄 없이 고생하는 거야!" 객석에서 관객들이 외쳤다.

"그를 욕하지 마십시오. 그도 후회하고 있어요." 사회자가 부드럽게 말했다. 그리고 눈물이 가득한 푸른 눈을 니카노르 이바노비치에게 향하고 덧붙였다. "그럼 니카노르 이바노비치, 자리로 돌아가십시오."

그러고 나서 배우는 종을 울리고 큰 소리로 선언했다.

"막간 휴식이다, 이 불한당들아!"

니카노르 이바노비치는 예상치 못하게 공연에 참여하게 되어 심히 동요한 채 바닥의 자기 자리로 돌아왔다. 이때 그의 꿈속에서 객석은 완전한 어둠으로 덮였고 사방의 벽에 빨갛게 타오르는 글씨가 솟아올랐다. '외화를 내놓으시오!' 잠시 후 다시 막이 열리고 사회자가 공연자를 초청했다.

"세르게이 게라르도비치 둔칠 씨를 무대로 초대합니다."

무대에 올라온 둔칠은 단정하게 생겼으나 수염을 아주 오랫동안 깎지 않은 쉰 살 가량의 남자였다.

"세르게이 게라르도비치." 사회자가 그에게 말했다. "한 달 반이나 여기 앉아 계시면서 남은 외화를 끈질기게 내놓지 않으시는군요. 조국이 이렇게 외화를 필요로 하는 때에 당신에게는 아무 소용도 없는 외화를 왜 그렇게 고집하시는 겁니까? 당신은 현명하신 분이니 이 상황을 아주 잘 이해하실 텐데, 그래도 제 말대로 하시길 거부하시네요."

"유감스럽게도 아무것도 할 수 없어요, 나한텐 더 이상 외화가 남아 있지 않거든요." 둔칠이 평온하게 대답했다.

"외화가 없다면, 다이아몬드는 있겠죠?" 배우가 물었다.

"다이아몬드도 없어요."

배우는 고개를 숙이고 잠시 생각을 하더니 손뼉을 짝 하고 쳤다. 무대 뒤에서 중년 여성이 유행하는 옷깃 없는 외투에 아주 작은 모자를 쓴 차림으로 무대로 걸어 나왔다. 여성은 불안한 표정이었고, 둔칠은 눈썹 하나 까딱하지 않고 여성을 쳐다보았다.

"이 여성은 누구입니까?" 공연 진행자가 둔칠에게 물었다.

"제 아내입니다." 둔칠이 위엄 있게 대답하고 약간의 혐오감이 섞인 시선으로 여성의 긴 목을 바라보았다.

"우리 때문에 불안해지셨군요, 마담 둔칠." 사회자가 여성에게 말했다. "이유는 바로 이것이겠지요. 한 가지만 질문하겠습니다. 당신의 배우자는 외화를 가지고 있습니까?"

"그때 전부 내놨어요." 마담 둔칠이 불안해하며 대답했다.

"그렇군요." 배우가 말했다. "그래, 어쩌겠습니까. 그렇다면 그런 거죠. 외화를 전부 내놓았다면 지금 당장 세르게이 게라르도비치와 작별해야겠지요, 어떡하겠어요! 원하신다면 극장을 나가셔도 좋습니다, 세르게이 게라르도비치." 배우는 황제와도 같이 장엄한 몸짓을 해 보였다.

둔칠은 아무렇지 않은 듯 위엄 있게 몸을 돌려 무대 뒤로 걸어갔다.

"잠깐만요!" 사회자가 그를 불러 세웠다. "작별 인사로 오늘 프로그램의 공연을 하나만 더 보여 드리겠습니다." 그리고 다시 손뼉을 쳤다.

검은 배경 막이 열리고 무도회 드레스를 입은 젊은 미녀가 손에 금 쟁반을 들고 무대로 나왔다. 쟁반에는 고급 리본으로 묶은 두꺼운 종이 꾸러미와 다이아몬드 목걸이가 놓여 있었고 목걸이에서 푸른색, 노란색, 붉은색 불꽃이 사방으로 반사되고 있었다.

둔칠은 한 걸음 물러섰고, 그의 얼굴은 창백하게 변했다. 객석은 쥐 죽은 듯 고요해졌다.

"여기 1만 8000달러와 금화 4만 루블어치 목걸이입니다." 배우가 엄숙하게 선언했다. "세르게이 게라르도비치가 하리코프시에 사는 애인 이다 헤르쿨라노브나 보르스의 아파트에 숨겨 놓은 것인데, 영광스럽게도 지금 우리 앞에 나와 계시는 보르스 양께서 이 값을 따질 수 없는, 그러나 개인에게는 전혀 쓸모가 없는 보물을 찾아내는 데 친절하게 협력해 주셨습니다. 대단히 감사합니다, 이다 헤르쿨라노브나."

미녀가 미소를 짓자 치아가 하얗게 빛났고 거칠고 풍성한 속눈썹이 떨렸다.

"그러니까 당신의 그 위엄 있는 가면 아래에 욕심 많은 거미와 뻔뻔한 사기꾼, 거짓말쟁이가 숨어 있었군요. 한 달 반 동안 당신의 멍청하기 짝이 없는 고집 때문에 우리는 모두 지쳐 버렸습니다. 이제 집으로 가시지요, 당신 배우자가 준비해 놓고 있을 지옥이 당신이 받을 벌이 될 겁니다." 배우가 둔칠에게 말했다.

둔칠은 비틀거리며 넘어질 뻔했지만 동정심 많은 누군가의 손이 그를 잡아 주었다. 그때 앞쪽 막이 닫히며 무대 위에 있는 사람들을 모두 가려 버렸다.

맹렬한 박수 소리가 객석을 뒤흔들어서, 니카노르 이바노비치는 샹들리에에서 불꽃이 튀어나오는 것 같다고 느낄 정도였다. 다시 막이 걷혀 올라갔을 때 무대에는 사회자 외에는 아무도 없었다. 그는 일제히 울리는 두 번째 박수 소리를 들으며 머리 숙여 인사하고 말했다.

"오늘 여러분 앞에 우리 공연의 전형적인 고집불통 바보가 둔칠의 형상을 하고 나왔습니다. 제가 어제 분명히 말씀드렸지만 외화를 몰래 숨겨 놓는 것은 무의미한 짓입니다. 확실히 말씀드리건대 어떤 상황에서도, 아무도 외화를 사용할 수 없습니다. 둔칠을 예로 들어 봅시다. 그는 월급을 충분히 받고 있으며 더 필요한 것도 없습니다. 살기 좋은 아파트와 아내 그리고 아름다운 애인이 있죠. 그렇지 않습니까! 저 얼간이는 외화와 보석을 내놓고 아무 탈 없이 조용히 평화롭게 살 수 잇었는데, 사리사욕에 눈이 멀어 결국 모두의 눈앞에서 폭로를 당하고 거기에 덧붙여 가정의 불화라는 큰 불행까지 얻게 됐습니다. 자, 이제 누가 내놓으시겠습니까? 원하시는 분 안 계십니까? 그렇다면 다음 공연으로 넘어가지요. 오늘 이 자리를 위해 특별히 초청한, 뛰어난 연기력으로 유명하신 예술가 사바 포타포비치 쿠롤레소프께서 시인 푸시킨의 「인색한 기사」 중 일부를 공연해 주시겠습니다."

소개받은 쿠롤레소프는 머뭇거리지 않고 즉시 무대에 나타났다. 키가 크고 근육질에 면도한 사나이로 연미복 차림에 흰 넥타이를 매고 있었다.

그는 도입 부분도 없이 암울한 표정으로 눈썹을 추켜올리더니 금빛 종을 곁눈질하며 부자연스러운 목소리로 말했다.

"젊은 난봉꾼이 음란하고 약삭빠른 처녀와 만나려고 기다리고 있을 때……."

쿠롤레소프는 자신에 대해 좋지 않은 이야기를 많이 했다. 니카노르 이바노비치는 예전에 웬 불행한 과부가 빗속에서 울부짖으며 쿠롤레소프 앞에 무릎을 꿇었지만 예술가의 냉담한 심장은 움직이지 않았다고 고백하는 것을 들었다.

니카노르 이바노비치는 이 꿈을 꾸기 전까지 시인 푸시킨의 작품을 전혀 몰랐으나, 푸시킨이라는 사람은 잘 알고 있었으며 하루에도 몇 번씩 다음과 같은 표현들을 내뱉었다. "그래, 아파트 방세는 푸시킨이 낼 텐가?"라든가 "계단 전등은 푸시킨이 빼 간 게 분명하군?" 혹은 "석유는 분명히 푸시킨이 사 오는 거겠지?"

이제 그의 작품을 하나 알게 된 니카노르 이바노비치는 왠지 슬퍼졌고, 과부가 아버지 없는 아이들을 데리고 빗속에 꿇어앉은 광경을 상상하며 자기도 모르게 생각했다. '어쨌든 저 쿠롤레소프도 못된 인물이로군!'

한편 쿠롤레소프는 점점 목소리를 높이며 참회를 계속했고 마침내 결정적으로 니카노르 이바노비치를 혼란에 빠뜨렸다. 그가 갑자기 무대에 없는 누군가를 향하여 말을 걸더니 그 부재하는 인물 대신 자기 스스로 대답하기 시작했으며, 그러면서 자기 자신을 '군주'라느니 '공작'이라느니 '아버지' 혹은 '아들'이라고 칭하며 존댓말과 반말을 섞어 말했기 때문이었다.

니카노르 이바노비치가 이해한 것은 딱 한 가지였다. 그것은 예술가가 괴로운 죽음을 맞이했으며, 죽는 순간에 "열쇠! 내 열쇠들!"이라고 소리치고 나서 쉰 목소리로 신음하며 조심스럽게 넥타이를 풀고 바닥에 쓰러졌다는 것이었다.

쿠롤레소프는 그렇게 죽었다가 다시 일어나 신사복 바지에서 먼지를 털어 내고 관객들에게 인사한 후, 가식적인 미소를 지은 채 드문드문한 박수 소리를 들으며 무대를 내려갔다. 사회자가 말했다.

"사바 포타포비치가 훌륭하게 공연해 주신 「인색한 기사」를 보셨습니다. 이 기사는 장난꾸러기 물의 요정들이 달려와 큰 즐거움을 가져다주기를 바랐지요. 하지만 보시다시피 그런 일은 일어나지 않았습니다. 물의 요정이 달려오지도 않았고 음악의 여신들이 그에게 공물을 바치지도 않았으며 궁궐의 화려한 방을 짓지도 못했고 오히려 그와 반대로 아주 추악한 종말을 맞이했지요. 외화와 보석을 담은 자기 짐 가방 위에 앉은 채 심장 마비를 일으켜 지옥의 악마에게 가 버렸단 말입니다. 미리 경고합니다만 외화를 내놓지 않으면 여러분들에게도 이와 비슷한 일이나, 아니면 더 나쁜 일이 벌어질 지도 모릅니다!"

푸시킨의 시가 남긴 인상 때문인지 아니면 사회자의 지루한 연설 때문인지는 알 수 없으나 갑자기 객석 여기저기서 부끄러워하는 목소리가 울렸다.

"외화를 내놓겠소."

"무대 위로 올라오시기를 부탁드립니다." 사회자가 어두운 객석을 내려다보며 정중하게 초대했다.

무대에 키 작은 금발 시민이 나타났다. 얼굴을 보니 삼 주쯤 면도를 하지 못한 것 같았다.

"실례지만 성함이 어떻게 되십니까?" 사회자가 문의했다.

"니콜라이 카납킨입니다." 무대에 올라온 사람이 수줍어하며 대답했다.

"아! 대단히 반갑습니다, 카납킨 시민. 그래서요?"

"내놓겠습니다." 카납킨이 조용히 말했다.

"얼마나?"

"1000달러와 금화 20루블입니다."

"브라보! 가지고 계신 건 그게 전부입니까?"

공연 진행자는 카납킨의 눈을 똑바로 쳐다보았다. 니카노르 이바노비치에게는 그의 눈에서 빛이 뿜어져 나와 마치 엑스선처럼 카납킨의 몸속을 꿰뚫고 지나가는 것 같아 보였다. 객석은 쥐 죽은 듯 고요했다.

"그 말씀 믿겠습니다!" 마침내 배우가 이렇게 외치고는 눈빛을 거뒀다. "믿겠습니다! 이 눈은 거짓말하지 않습니다. 몇 번이나 말씀드렸지만 여러분이 실수를 하는 근본적인 이유는 사람의 시선이 주는 의미를 과소평가하기 때문인 겁니다. 혀는 진실을 숨길 수 있어도 눈은 절대로 그렇지 않다는 사실을 아셔야 합니다! 예상치 못한 질문을 받고 전혀 긴장하지 않더라도, 일 초 만에 정신을 가다듬고 진실을 숨기기 위해 무슨 말을 해야 할지 알고 있다 해도, 얼굴 근육 하나 움직이지 않고 대단히 설득력 있게 말을 한다 해도 불행히도 마음속 깊은 곳에서 뜻밖의 질문으로 불안해진 진실이 순간적으로 눈에 나타나고 그러면 모든 게 끝나는 겁니다. 진실은 밝혀지고 여러분은 체포되는 겁니다!"

이 대단히 설득력 있는 연설을 굉장히 열정적으로 하고 나서 배우는 카납킨에게 상냥하게 문의했다.

"어디에 숨겼습니까?"

"제 숙모, 포로호브니코바 댁에, 프레치스텐카 거리의……."

"아! 그건…… 잠깐만…… 그건 클라드비야 일리니치나 댁 말입니까?"

"맞습니다."

"아, 그렇죠, 그렇죠, 예, 예! 조그만 주택 말이죠? 길 건너에는 나무 울타리가 있고? 물론 알지요, 알아요! 그런데 어디에 넣어뒀습니까?"

"지하실에, 아이넴* 사탕 상자 속에······."

배우가 경악스럽다는 듯 양손을 움켜쥐었다.

"여러분은 이런 일을 보신 적 있습니까? 그래, 거기에 두면 곰팡이가 슬 겁니다, 습기가 찰 거예요! 이런 사람들에게 외화를 맡겨도 되겠습니까? 예? 어린아이들처럼 순진하니, 하느님 맙소사!" 그가 비탄에 차서 말했다.

카납킨은 자신의 과실로 소중한 재화를 망쳤다는 사실을 깨닫고 더벅머리를 숙였다.

배우가 계속 말했다. "돈은 국영 은행처럼 건조 장치와 경비 시설을 갖춘 특별 금고에 보관해야지 절대로 숙모의 집 지하실에, 말이야 바른 말이지 쥐가 들어와 뜯어 먹을 수 있는 그런 곳에 숨겨서는 안 되는 겁니다! 정말이지 부끄러운 줄 아세요, 카납킨! 당신은 성인이지 않습니까."

카납킨은 어디로 숨어야 할지 몰라서 그저 손가락으로 윗옷의 앞섶을 잡아 뜯을 뿐이었다.

"어쨌든 좋습니다. 지난 일을 자꾸 꺼내지 말고······." 배우가 조금 부드러워졌다. 그리고 갑자기 예상치 못한 말을 덧붙였다. "그런데 말입니다······. 만약의 경우를 대비해서, 그러니까 괜히 차를 두 번 보내서 석유를 낭비하지 않기 위해 드리는 말씀인데······ 그 숙모도 뭔가 숨겨 놓은 게 있죠, 그렇죠?"

이런 반전을 전혀 예상하지 못했던 카납킨은 놀라 몸을 떨

---

* 독일인인 페르디난드 테오도르 폰 아이넴이 1850년 모스크바에 설립한 과자 회사. 1918년 공산 혁명 당시 국유화되어 1922년 '붉은 10월'로 회사 이름이 바뀌었다. 본문에서는 혁명 전 명칭을 사용하여 부르주아 계급과의 연관성을 암시하고 있다.

었고 극장에는 침묵이 찾아왔다.

"아, 카납킨. 이런데도 나는 이 사람을 칭찬했으니! 알고 보니 이것저것 다 집어다가 자기 것이라고 했군요. 그러면 안 됩니다, 카납킨! 내가 방금 시선에 대해서 말했잖아요. 숙모도 숨겨 놓은 것이 있다는 게 다 보여요. 그래, 왜 공연히 우리를 성가시게 하는 겁니까?" 사회자가 책망하는 듯하면서도 상냥하게 말했다.

"숙모도 있어요!" 카납킨이 용감하게 소리쳤다.

"브라보!" 사회자가 소리쳤다.

"브라보!" 객석이 무시무시하게 울렸다.

객석이 진정되자 사회자는 카납킨에게 축하 인사를 건네고 악수를 한 후, 차를 타고 시내의 집으로 돌아갈 것을 권했다. 또한 무대 뒤의 누군가에게, 함께 차를 타고 숙모의 집에 찾아가 여성 극장의 공연을 보러 오라고 초대할 것을 지시했다.

"그래, 한 가지 더 묻겠습니다. 숙모님은 자기 물건을 어디다 숨겼는지는 말씀 안 하시던가요?" 사회자가 카납킨에게 친근하게 담배와 불붙은 성냥을 권하며 질문했다. 카납킨은 담배를 피우며 어쩐지 애수에 찬 미소를 지었다.

"당신을 믿습니다, 믿어요." 한숨을 쉬고 배우가 대답했다. "그 늙은 구두쇠가 조카는커녕 악마에게도 그런 얘기는 안 했겠지요. 뭐, 어쩌겠습니까. 숙모님의 내면에 인간적인 감정을 불러일으켜 봅시다. 그 고리대금업자의 영혼에 있는 심금(心琴)이 전부 다 썩어 버리지는 않았을지도 모르니까요. 행운을 빌겠습니다, 카납킨!"

그리고 행복해진 카납킨은 떠났다. 배우는 외화를 내놓을 사람이 더 있는지 문의했으나, 객석은 침묵으로 답했다.

"괴짜들이로군, 하느님 맙소사!" 배우가 어깨를 으쓱하며 말했고, 막이 그를 가렸다.

조명등이 꺼지고 실내에는 한동안 어둠이 깔렸다. 어둠 속 멀리서 신경질적으로 노래하는 테너 음성이 들렸다.

"그곳에 금덩이가 쌓여 있네, 그 금덩이는 내 것이네!"

그 뒤 어딘가에서 들릴 듯 말 듯하게 박수 소리가 두 차례 들렸다.

"여성 극장에서 어떤 여인네가 외화를 내놓는 모양이지." 니카노르 이바노비치 옆에 앉은 빨간 머리 텁석부리가 돌연히 말했고, 한숨을 쉬고 덧붙였다. "아, 내 거위들만 아니라면……! 나는 말이오, 리아노조프에 싸움 거위를 기르고 있단 말이오……. 내가 없으면 죽어 버릴 텐데, 겁이 나요. 싸움도 잘하고 다정한 새들이지요! 거위들이 우리에서 나가려고 할 거요……. 아, 이 거위들만 아니라면! 푸시킨 가지고는 날 겁주지 못해요." 그리고 그는 다시 한숨을 내쉬었다.

그때 객석에 날카롭게 불이 들어왔고, 니카노르 이바노비치는 꿈속에서 흰 모자를 쓴 요리사들이 국자를 손에 들고 입구마다 깔리는 것을 보았다. 요리사들은 수프가 든 큰 통과 썰어 놓은 검은 빵이 든 궤짝을 끌고 공연장 안으로 들어왔다. 관객들이 생기를 띠었다. 유쾌한 요리사들은 극장 안을 뛰어다니며 국그릇에 수프를 따라 주고 빵을 나눠 주었다.

"식사하시오, 여러분. 그리고 외화를 내놓으시오! 뭐하러 공연히 여기에 앉아 계십니까? 이 멀건 채소 국을 드시고 싶은 모양이지! 집에 가면 술도 마시고 맛있는 것도 먹을 수 있소!"

요리사들이 소리쳤다.

"그래, 예를 들면 이 아저씨는 왜 여기 앉아 계실까?" 뚱뚱하고 목이 산딸기처럼 새빨간 요리사가 니카노르 이바노비치를 가리키면서 그에게 국그릇을 내밀었다. 그릇 안에는 국물에 양배추 잎사귀가 외롭게 떠다니고 있었다.

"없어요! 없어요! 난 없습니다! 정말이에요, 없어요!" 니카노르 이바노비치가 무서운 목소리로 소리쳤다.

"없어요?" 요리사가 위협하듯 목소리를 깔았다. "없어요?" 이번에는 여자처럼 상냥한 목소리로 물었다. "없어요, 없어요." 이반은 이렇게 중얼거리고는 당직 간호사 프라스코비야 표도로브나에게 몸을 돌렸다.

간호사는 잠결에 신음하는 니카노르 이바노비치의 어깨를 상냥하게 흔들었다. 그러자 요리사들이 녹아 없어지고 극장과 막이 사라져 버렸다. 눈물범벅이 되어 깨어난 니카노르 이바노비치는 정신 병원의 자기 방과 흰 가운을 입은 두 사람을 보았다. 그 두 사람은 부탁하지도 않은 충고를 관객들에게 들이밀며 허물없이 구는 요리사가 아니라, 의사와 아까 봤던 바로 그 프라스코비야 표도로브나였고, 그녀는 국그릇이 아니라 거즈로 덮은 작은 쟁반을 손에 들고 있었고 그 위에는 주사기가 놓여 있었다.

"도대체 왜 이래요." 니카노르 이바노비치가 주사를 맞는 동안 비통하게 말했다. "나한텐 없어요, 없다구요! 푸시킨더러 외화를 내놓으라고 하세요. 난 없어요!"

"없어요, 없어. 여기도 없고, 아무 데도 없어요." 마음씨 고운 프라스코비야 표도로브나가 달랬다.

니카노르 이바노비치는 주사를 맞고 기분이 조금 나아졌고, 이번에는 아무런 꿈도 꾸지 않고 잠에 빠져들었다.

그러나 그의 비명 소리 덕분에 불안감이 120호 방에도 전해졌고, 그곳의 병자가 잠에서 깨어 자기 머리를 찾기 시작했으며, 118호에 있는 무명의 거장도 불안해하기 시작하여 달을 보면서 인생의 마지막이었던 비통한 가을밤과 지하실 문 밑의 빛줄기, 흩어진 머리카락을 떠올리며 비통하게 양손을 움켜쥐었다.

118호 방에서 불안감이 발코니를 타고 이반에게 날아왔고 그는 잠에서 깨어 울기 시작했다.

그러나 의사가 정신에 병이 들어 불안해하는 사람들 모두에게 서둘러 주사를 놓았고 사람들은 잠들기 시작했다. 마지막으로 정신을 잃은 사람은 이반이었는데, 그때는 이미 강 위로 동이 트고 있었다. 그가 약을 먹자 약 기운이 온몸에 퍼지고 평온함이 파도처럼 다가와 그를 뒤덮었다. 몸이 가벼워지고 머리 속에는 졸음이 따뜻한 산들바람처럼 불어왔다. 그는 잠에 빠져들었고 맨정신에 마지막으로 들은 것은 동트기 전에 숲에서 지저귀는 새들의 소리였다. 그러나 새들은 곧 울음을 그쳤고, 이반의 꿈속에서 해는 벌써 민둥 언덕 위로 지기 시작했고 언덕은 두 겹의 쇠사슬로 둘러막혀 있었다……

16
처형

해는 벌써 민둥 언덕 위로 지기 시작했고 언덕은 두 겹의 쇠사슬로 둘러막혀 있었다.

정오 무렵 총독의 길 앞을 가로질러 갔던 기병대는 전속력으로 도시의 헤브론 성문을 향해 달려 나갔다. 기병대가 갈 길은 이미 정리되어 있었다. 카파도키아 보병대의 병사들이 양옆으로 사람들과 노새, 낙타 무리를 밀어젖혔고, 기병대는 하늘로 흰 먼지 기둥을 일으키며 교차로를 향해 전속력으로 달려 나갔다. 교차로는 두 개의 길로 갈라져 있었다. 남쪽 길은 베들레헴으로, 북서쪽 길은 야파로 가는 길이었다. 기병대는 북서쪽 길을 택했다. 카파도키아 보병대는 흩어져서 예르샬라임 축제에 가기 위해 길을 재촉하는 카라반을 미리 길 가장자리로 쫓아냈다. 순례자 무리는 줄무늬 천막을 풀밭 위에 펼쳐둔 채 그대로 보병대 뒤에 서 있었다. 약 1킬로미터쯤 가서 기병대는 전격 부대의 제2보병대를 앞질렀고, 다시 1킬로미터를 달려 민둥 언덕의 기슭에 첫 번째로 도착했다. 기병대가 분주히 움직였다. 사령관이 기병대를 소대로 나누었고 각 소대는 나지막한 언덕의 기슭을 전부 둘러싸고 야파 쪽 도로에서 통하는 입구 하나만을 남겨 놓았다.

얼마 후 두 번째로 언덕에 도착한 보병대가 한 단 더 높이 올라가 관 모양으로 언덕을 둘러쌌다.

마침내 쥐잡이 마르크가 지휘하는 백인대가 도착했다. 백인대는 2열 종대로 갈라져 길 양 끝을 행진했고, 두 열의 가운데에는 비밀경찰의 호위 아래 죄인 세 명이 목에 흰 널판을 걸고 수레에 실려 갔으며, 널판에는 두 가지 언어, 즉 아람어와 그리스어로 '도적이며 반역자'라고 적혀 있었다.

죄수들의 수레 뒤로 두 번째 수레가 따랐다. 수레에는 방금 잘라 쌓아 둔 횡목(橫木)과 밧줄, 삽, 양동이, 도끼 무더기가 실려 있었다. 이들 수레에 형리 여섯 명이 타고 갔다. 그 뒤로 백인대장 마르크와 예르샬라임 사원 경비대 대장, 그리고 그늘이 드리워진 궁궐 방에서 빌라도와 짧은 회합을 가졌던 두건 쓴 남자가 말을 타고 따라갔다.

군인들이 가로로 줄을 지어 행렬의 끝을 막아섰고, 그 뒤에는 지옥 같은 더위도 겁내지 않고 흥미로운 구경거리에 참석하고 싶어 하는 호기심 많은 사람들이 이천 명 정도 따라가고 있었다.

시내에서부터 따라온 이 호기심 많은 사람들의 행렬에 이제는 호기심 많은 순례자들도 합류했는데, 그들은 아무 제지도 받지 않고 행렬의 끄트머리에 받아들여졌다. 정오 무렵 빌라도의 말을 되풀이해 외쳤던 전령들이 행렬을 따라오며 외치는 날카로운 고함 소리 아래 행렬은 민둥 언덕으로 걸음을 옮겼다.

기병대는 사람들을 모두 두 번째 단으로 들여보냈으나, 제2보병대는 죄수와 관계가 있는 사람들만 들여보냈고 그 후 날쌔게 움직여 군중을 언덕 주위로 흩어서 군중이 위쪽으로는 보병대, 아래쪽으로는 기병대 사이에 자리하도록 정리했다. 이제 군중은 보병대의 성긴 열 사이로 처형을 볼 수 있었다.

행렬이 언덕으로 올라온 지도 세 시간이 넘게 지났고 해는 이미 민둥 언덕 너머로 지고 있었으나 열기는 아직도 견딜 수 없을 정도였고, 양쪽 경비대의 군인들은 그 열기에 지치고 지루한 기다림에 괴로워져서 마음속으로 세 죄수를 저주하며 그들이 빨리 처형되기를 진심으로 빌었다.

키 작은 기병대 대장은 땀으로 이마가 흠뻑 젖고 흰 윗옷 등에 얼룩이 진 채 언덕 아래쪽 출구에 있다가 때때로 제1소대의 가죽 양동이에 다가와서는 손에 물을 가득 떠서 마시고 터번을 적셨다. 이렇게나마 더위를 식힌 후 그는 다시 언덕 위로 향하는 먼지투성이 길을 왔다 갔다 하기 시작했다. 그의 기다란 검이 가죽 끈으로 된 장화에 부딪쳐 소리를 냈다. 대장은 기병대다운 인내심의 귀감을 보여 주고 싶었으나 더위에 지친 병사들을 동정하여 땅에 기둥을 박고 그 위에 흰 캔버스 천을 덮어 피라미드 모양의 천막을 만들도록 허락했다. 이 임시 막사 아래에서 시리아인들은 인정사정 없이 작열하는 햇빛을 피했다. 물 양동이가 순식간에 비어서 여러 소대의 기병들이 차례로 언덕 아래 협곡으로 물을 뜨러 갔다. 협곡의 흐릿한 냇물은 지옥과도 같은 열기 때문에 가느다란 뽕나무의 빈약한 그림자 아래서 죽어 가고 있었다. 기병들은 이리저리 움직이는 그림자를 좇아 움직이며 이제 진정되어 온순해진 말을 붙잡고 지루함을 달랬다.

군인들의 피로와 죄수들을 향해 퍼붓는 욕지거리는 이해할 법했다. 총독이 증오하는 도시 예르샬라임에서 처형을 진행할 경우 폭동이 일어날 수도 있다는 총독의 우려는 다행히도 들어맞지 않았다. 그리고 처형이 네 시간째에 접어들자 위쪽 보병대와 기슭의 기병대 사이에는 모두의 예상과는 달리, 한 사람도 남지 않았다. 태양이 군중을 내리쬐어 예르샬라임 성 안으로 쫓아 버린 것이다. 로마 백인대의 두 경비대 뒤에 남은 것은 누구의 소유인지, 또 어쩌다 언덕에 올라왔는지 모를 개 두 마리뿐이었다. 이 개들도 열기에 굴복하여 땅에 누워 혀를 빼물고 힘겹게 숨을 몰아쉬며 곁을 지나가는 초록색 등의 도마뱀들에게 아무런 주의도 기울이지 않았다. 그 도마뱀들이야말로 태양을 두려워하지 않고 뜨겁게 달구어진 돌과 땅에 달라붙은, 가시가 커다랗게 돋아난 식물 사이를 비집고 다니는 유일한 생물이었다.

군대로 가득 찬 예르샬라임에서도, 그리고 이곳, 쇠사슬과 경비가 둘러싼 언덕에서도 죄수들을 탈출시키려는 시도는 없었고 군중들도 시내로 돌아갔다. 이 처형은 정말로 흥미로운 점이 하나도 없었고, 성 안에서는 해가 지고 나서 시작되는 위대한 유월절 축일 행사를 준비하고 있었기 때문이었다.

언덕 위쪽에 서 있는 로마 보병대는 기병대보다 더 고통스러웠다. 백인대장 쥐잡이는 군인들에게 투구를 벗고 대신 물에 적신 흰 천을 감는 것만 허락했을 뿐 계속 창을 들고 서 있게 했다. 그 자신도 머리에 천을 감고 있었으나 물에 적시지 않은 마른 천이었고, 상의에 달린 은제 사자 머리와 정강이 보호대, 장검과 단검도 그대로 갖춘 채로 형리들 주위를 걸어다녔다. 태양은 곧바로 백인대장을 내리쬐었지만 그에게 아무런 해도 끼치지 못했고, 다만 사자 머리 장식은 똑바로 쳐다볼 수가 없었는데, 햇빛에 끓어오른 듯한 은이 빛을 반사해 두 눈을 찢고 들어올 정도로 찬란하게 번쩍였기 때문이었다.

쥐잡이의 기형적인 얼굴에는 피로도 불평도 나타나지 않았고, 거인 백인대장은 이렇게 하루 종일, 밤새도록, 하루 더, 그러니까 한마디로 필요한 만큼 계속 걸어다닐 수 있을 것 같았다. 청동 조각이 줄지어 박힌 무거운 허리띠에 변함없이 손을 얹은 채, 변함없이 엄격한 시선으로 기둥에 매달린 죄수와 경비를 선 병사 들을 번갈아 쳐다보면서 발밑에 떨어지는, 세월 때문에 하얗게 바랜 사람 뼈나 작은 부싯돌 조각을 닳아서 보풀이 일어난 장화 앞코로 무심하게 차면서 그렇게 변함없이 걷는 것이다.

두건을 쓴 사람은 기둥에서 멀지 않은 곳에서 다리가 세 개인 간이 의자 위에 편안하게, 미동도 없이 앉아 있다가 가끔씩 지루함에 못 이겨 작은 나뭇가지로 모래를 쑤시곤 했다.

경비대 대열 뒤에 한 사람도 없었다는 말이 정확한 표현은 아니었다. 한 사람이 있었지만 누구에게나 다 보이지는 않았던 것뿐이다. 그는 언덕으로 올라가는 길에, 그러니까 처형을 보기에 가장 편한 쪽에 있었던 것이 아니라 접근하기 쉽고 경사가 완만한 쪽이 아닌 북쪽의 울퉁불퉁하고 무너지고 갈라진 언덕 쪽에, 하늘도 저주한 물 없는 땅 너머로 병든 무화과나무

한 그루가 살기 위해 좁은 계곡에 달라붙어 있는 곳에 서 있었다.

그늘 하나 없는 바로 그 무화과나무 아래, 처형 관계자가 아닌 유일한 구경꾼이 처음부터, 그러니까 지금 네 시간째 돌 위에 앉아 있었다. 그렇다, 그는 처형을 보기 위해서 가장 좋은 자리가 아니라 가장 나쁜 자리를 선택했던 것이다. 어쨌든 그곳에서도 기둥이 보였고, 경비병 너머로 백인대장의 가슴에서 번쩍이는 얼룩 두 개도 보였으며, 분명 남의 눈에 띄지 않고 누구의 방해도 받지 않고 싶은 사람에게는 그 자리로도 아주 충분했다.

네 시간 전 처형이 시작될 때 이 사람은 지금과는 딴판으로 행동하여 금세 눈에 띄었으며, 아마 그가 지금 태도를 바꾸어 외따로 서 있는 것은 그 때문이 틀림없었다.

그때, 행렬이 경비대를 지나 언덕 꼭대기까지 올라왔을 때, 그는 맨 처음으로 나타나 마치 대단히 늦은 것처럼 굴었다. 숨을 몰아쉬면서 언덕 위로 걷지 않고 뛰어 올라가서 사람들을 밀치고 다른 사람들처럼 자기 앞에도 경비대가 막아선 것을 보고는 화난 고함 소리를 못 들은 척하며 군인들을 뚫고 수레에서 죄수들을 내리기 시작한 처형장에 들어가려는 순진한 시도를 했다. 이 때문에 그는 무딘 창 자루 끝으로 가슴을 세게 얻어맞고 군인들에게서 펄쩍 뛰어 물러나며 비명을 질렀는데, 그것은 고통이 아니라 절망 때문이었다. 그는 자신을 때린 경비병에게 모든 일에 완전히 무심하다는 듯 흐릿한 시선을 던졌는데, 마치 육체의 고통을 느끼지 못하는 사람 같았다.

그는 기침을 하면서 숨을 몰아쉬고 가슴을 부여잡은 채 북쪽 경비대의 대열 사이에 기어 들어갈 수 있는 틈이 있는지 찾으면서 언덕 주위를 한 바퀴 돌아 뛰었다. 그러나 이미 늦었다. 원형 대열은 막혀 있었다. 슬픔으로 얼굴을 일그러뜨린 그 사람은 이미 기둥을 내리고 있는 수레 쪽으로 뚫고 들어가려는 시도를 포기해야만 했다. 그런 시도는 아무런 소용도 없었고 유일한 결과라면 아마 붙잡히는 것뿐인데, 체포되는 것은 어떤 식으로든 그날 그의 계획과 어긋나는 것이었다.

그래서 그는 아무도 방해하지 않는 조용한 계곡 쪽으로 물러섰다.

검은 턱수염을 기르고 불면과 햇빛 때문에 눈이 짓무른 이 사람은 이제 돌 위에 앉아서 번민했다. 그는 한숨을 내쉬고 오랫동안 입고 돌아다녀서 해진, 한때는 하늘색이었으나 이제는 지저분한 회색으로 변한 탈리스*를 열어젖히고 창에 맞아 멍든, 더러운 땀이 흐르는 가슴을 드러내기도 하고, 견딜 수 없는 고통 속에 하늘을 향해 고개를 들었다가 저 높은 곳에서, 아까부터 다가올 향연을 기다리는 듯 커다란 원을 그리며 돌고 있는 독수리 세 마리를 눈으로 쫓기도 했고, 희망이 완전히 사라져 버린 시선을 노란 땅에 꽂고 반쯤 삭아 버린 개의 두개골과 그 주위를 돌아다니는 도마뱀을 내려다 보기도 했다.

번민이 너무나 큰 나머지 그는 때때로 자신을 질책했다.

"아아, 난 천치다!" 정신적인 고통 때문에 바위 위에서 몸을 앞뒤로 흔들며, 손톱으로 거무스름한 가슴을 할퀴며 그가 중얼거렸다. "천치, 멍청한 아낙네, 겁쟁이! 나 같은 놈은 죽은 짐

---

* 유대교에서 남자가 아침 예배 때 입는 겉옷.

승이지 사람이 아냐!"

그는 잠시 입을 다물고 고개를 숙였다가 나무 물통에 담긴 미지근한 물을 마시고 다시 기운을 내서 탈리스 아래 품속에 숨긴 칼을 움켜쥐기도 하고 눈앞의 돌 위에 있는 잉크 주머니와 막대기 옆에 놓인 양피지 조각을 집어 들기도 했다.

양피지에는 이런 글이 휘갈겨져 있었다.

'시간이 지나가고 나, 레비 마트베이는 민둥 언덕 위에 있다, 그러나 죽음은 아직 오지 않았다!'

이런 글도 있었다.

'해가 진다, 그러나 죽음은 찾아오지 않았다.'

이제 레비 마트베이는 절망에 빠진 채 뾰족한 막대기를 들어 다음과 같이 썼다.

'신이여! 어째서 그에게 분노하는가? 차라리 그에게 죽음을 내려 주시오.'

그는 이렇게 쓰고 나서 눈물 없이 흐느껴 울면서 다시 손톱으로 가슴을 쥐어뜯었다.

레비가 절망하는 이유는 예슈아와 그를 덮친 무서운 불운과 — 그가 생각하기에 — 자신이 저지른 무거운 과실 때문이었다. 그저께 낮에 예슈아와 레비는 예르샬라임 교외의 베다니에 있었다. 그곳에서 예슈아의 설교를 무척 마음에 들어 한 채소밭지기를 방문했다. 두 손님은 오전 내내 집주인을 도와 채소밭에서 일했고, 선선한 저녁이 되면 예르샬라임으로 돌아올 생각이었다. 그러나 예슈아는 어째서인지 서두르면서 시내에 급한 볼일이 있다고 말하고 정오쯤에 혼자 떠났다. 바로 이것이 레비 마트베이의 첫 번째 실수였다. 어째서, 어째서 그를 혼자 가도록 두었던가!

저녁에 마트베이는 예르샬라임에 돌아갈 수 없었다. 예기치 못했던 무서운 열병이 그를 덮쳤다. 그는 온몸이 불길로 가득 찬 것처럼 덜덜 떨었으며 이를 딱딱 부딪치고 일 분마다 물을 청했다. 그런 상태로는 아무 데도 갈 수 없었다. 그는 채소밭지기의 헛간에서 말에게 씌우는 담요 위에 쓰러져 금요일 새벽까지 그렇게 누워 있었다. 금요일이 되자 열병은 처음에 덮쳐 왔을 때처럼 돌연히 레비를 놓아주었다. 그는 아직 기운이 없고 다리가 떨렸지만, 재앙이 올 것 같은 예감에 괴로워하며 집주인과 작별하고 예르샬라임으로 향했다. 예르샬라임에서 그는 예감이 틀리지 않았음을 알게 되었다. 재앙은 일어났다. 레비는 군중 속에서 총독이 선고문을 낭독하는 것을 들었다.

죄수들이 언덕 위로 실려가는 동안 레비 마트베이는 호기심 많은 군중에 섞여 행렬과 함께 달려가면서, 예슈아에게 어떻게든 몰래 신호를 보내 자신이 여기 그와 함께 있고 그를 마지막 순간에 버린 것이 아니며, 예슈아에게 가능한 한 빨리 죽음이 찾아오기를 빈다는 사실을 알리려 애썼다. 그러나 예슈아는 자신이 실려 가는 저 먼 곳을 바라보고 있었고 레비는 당연히 보지 못했다.

그리고 행렬이 0.5베르스타* 정도 길을 지나왔을 때, 군중 속에서 경비대까지 밀려나온 마트베이는 단순하지만 기발한 생각이 떠올랐고, 즉시 평소의 급한 성격대로 그 생각을 좀 더

* '베르스타' 역시 혁명 전에 사용하던 단위이다. 1베르스타는 약 1킬로미터에 해당한다.

일찍 떠올리지 못한 자기 자신에게 욕설을 퍼부었다. 병사들은 느슨한 대열을 지어 걸어갔다. 그들 사이에는 빈 공간이 있었다. 잘 계산해서 대담하게 뛰어든다면 몸을 숙이고 경비대원두 명 사이를 지나가 수레까지 뚫고 가서 그 위로 뛰어오를 수있다. 그렇게 되면 예슈아는 고통에서 해방될 수 있다.

예슈아의 등에 칼을 꽂고 이렇게 외치는 데는 한순간이면충분할 것이다. "예슈아! 내가 당신을 구원하고 당신과 함께가겠소! 나, 마트베이, 당신의 충실하고 유일한 사도!"

그리고 만약 신이 자유로운 한순간을 더 허락한다면, 자기자신도 칼로 찔러 기둥에 묶인 채 죽는 것을 면할 수도 있었다. 그러나 전직 세리였던 레비는 이 마지막 일에는 그다지 흥미가 없었다. 어떻게 죽든 그에게는 별로 다를 바가 없었다. 그가 원하는 것은 단 한 가지, 평생 남에게 단 한 번도 해를 끼치지 않은 예슈아가 고통에서 벗어나는 것뿐이었다.

계획은 아주 좋았지만 한 가지 문제가 있다면 레비에게 칼이 없다는 점이었다. 돈도 한 푼도 없었다.

레비는 자기 자신에게 광포하게 분노하면서 군중 속에서 나와 시내로 다시 뛰어갔다. 그의 열띤 머릿속에는 단 하나의 열병과도 같은 생각만이 뛰놀고 있었는데, 그것은 지금 당장 어떤 방법을 써서든 시내에서 칼을 구해 다시 행렬을 따라잡는것이었다.

그는 성문까지 뛰어가 시내 곳곳에 흐르는 카라반 행렬 사이를 누비다가 왼편에 빵을 파는 작은 가게가 문을 연 것을보았다. 햇빛에 달궈진 길을 달린 후라 힘겹게 숨을 들이쉬면서 마음을 진정시킨 후, 아주 단정한 걸음걸이로 가게 안에 들어가 판매대 뒤에 서 있는 여주인에게 인사하고 선반 위에 놓인, 어째서인지 다른 것보다 훨씬 그의 마음에 든 커다랗고 둥근 빵을 내려 달라고 부탁했고, 여주인이 돌아서자마자 날렵하게 더 이상 좋을 수 없는 — 면도날처럼 날카롭게 간, 기다란 빵칼을 판매대에서 집어 들어 뒤도 돌아보지 않고 뛰쳐나왔다.

몇 분 후 그는 다시 야파로 가는 길에 있었다. 그러나 행렬은 이미 보이지 않았다. 그는 뛰기 시작했다. 때때로 먼지 속에 넘어져서 숨을 고르느라 꼼짝 않고 누워 있어야 했다. 그렇게 누워 있는 그를 보고 노새를 타고 가는 사람과 예르샬라임으로 걸어가는 사람 들이 깜짝 놀랐다. 그는 자기 심장이 가슴 속에서뿐만 아니라 머릿속과 귓가에서도 두근두근 뛰는 소리를 들으며 누워 있었다. 그는 조금 쉰 후 벌떡 일어나 다시 뛰기 시작했으나 속도가 점점 더 느려졌다. 마침내 멀리서 먼지를 날리는 긴 행렬을 발견했을 때 행렬은 이미 언덕 기슭에 도달해 있었다.

"오, 신이시여……." 레비는 자신이 점점 늦어지고 있다는 사실을 깨닫고 신음했다. 그리고 그는 늦었다.

처형이 시작된 지 네 시간이 지나자 레비의 괴로움은 최고조에 달했고, 그는 광포해졌다. 앉아 있던 돌에서 일어서서 지금 생각하니 공연히 훔친 것이 분명한 칼을 바닥에 내던지고 발로 물통을 깨뜨려서 자기에게 필요한 물을 쏟아 버렸고, 머리에서 키파*를 벗어 던지고 성긴 머리카락을 쥐어뜯으며 자기

---

* 유대인 남자들이 쓰는 작고 둥근 모자.

자신을 욕하기 시작했다.

그는 의미 없는 말을 내뱉으며 자기 자신을 욕했고, 으르렁 거리며 침을 뱉었고, 세상에 이 천치를 태어나게 한 아버지와 어머니를 비난했다.

그는 이 욕설과 비난이 전혀 효과도 없고 타는 듯한 태양 속에서 아무것도 바꿀 수 없다는 것을 깨닫고는 메마른 주먹 을 단단히 쥐고 눈을 꽉 감은 후 하늘을 향해, 점점 더 낮아지 면서 그림자를 길게 늘이며 지중해로 넘어가기 위해 내려가는 태양을 향해 주먹을 쳐들고 신에게 즉시 기적을 일으켜 줄 것 을 요구했다. 그는 신에게 지금 당장 예슈아에게 죽음을 내려 줄 것을 요구했다.

눈을 뜬 그는 백인대장의 가슴에서 번쩍이던 빛이 꺼진 것 외에는 언덕 위에 아무런 변화도 일어나지 않은 것을 알았다. 태양은 예르샬라임 쪽으로 얼굴을 향하고 묶여 있는 죄수들 의 등으로 빛을 보냈다. 레비가 소리쳤다.

"신이여, 당신을 저주한다!"

쉰 목소리로 그는 신의 부당함을 확언했으며 더 이상 신을 믿지 않겠다고 소리쳤다.

"당신은 귀가 먹었어!" 레비가 으르렁거렸다. "귀가 먹지 않 았다면 내 말을 듣고 즉시 그를 죽였을 거야!"

레비는 눈을 감고 하늘에서 다른 누구도 아닌 그를 태워 버 릴 불꽃이 떨어지기를 기다렸다. 그러나 그런 일은 일어나지 않았고 눈을 뜬 레비는 계속 하늘을 향해 독설과 비방하는 말을 쏟아냈다. 그는 자신이 완전히 실망했다고, 그리고 다른 신과 종교 들이 존재한다고 소리쳤다. 그렇다, 다른 신이라면 무슨 일이 있어도 절대로 예슈아 같은 사람이 기둥에 묶여 햇빛에 타 죽도록 내버려 두지는 않았을 것이다.

"내가 실수했다!" 완전히 목이 쉬어 버린 레비가 소리쳤다. "당신은 악의 신이야! 아니면 당신의 눈은 신전 향로의 연기에 가려지고, 당신의 귀는 사제들의 나팔 소리 외에는 아무것도 듣지 못하게 된 건가? 당신은 전능한 신이 아니야. 당신은 어둠의 신이다. 당신을 저주한다, 도적들의 신이여. 도둑들의 비호자이자 영혼이여!"

그때 전직 세리의 얼굴에 뭔가 불어왔고 그의 발아래에서 뭔가 꿈틀거렸다. 다시 한 번 뭔가 불어왔고 레비는 눈을 뜨고 그의 저주 때문인지 아니면 다른 이유 때문인지 모르겠지만 세상의 모든 것이 변한 것을 깨달았다. 해는 매일 가라앉던 바다까지 도달하지 못한 채 사라졌다. 먹구름이 서쪽 하늘에서 해를 삼키고 위협적이고 위풍당당하게 일어나고 있었다. 먹구름의 가장자리에는 이미 흰 거품이 피어올랐고, 가운데 검은 연기 부분은 누런빛을 반사했다. 먹구름이 우르릉 소리를 냈고 그 속에서 때때로 실처럼 가느다란 빛줄기가 번쩍였다. 야파로 가는 길 위에도, 황량한 골짜기 위에도, 갑자기 일어난 바람에 쫓기는 순례자들의 무리 위에도 먼지기둥이 날아올랐다.

레비는 입을 다물고 당장 예르샬라임을 뒤덮을 소나기가 쏟아져 불행한 예슈아의 운명에 어떤 변화가 닥칠지 조금이라도 예상하려 애썼다. 그리고 실 모양의 빛과 갈라지는 먹구름을 보면서 예슈아가 묶인 기둥에 번개가 내리치기를 빌었다. 회한 속에 아직 구름에 먹히지 않은, 독수리들이 천둥 번개를 피하기 위해 날아든 푸른 하늘을 보면서 레비는 공연히 저주를 서

두른 것을 후회했다. 이제 신은 그의 말을 듣지 않을 것이다.

레비는 언덕 기슭으로 시선을 돌려 기병대가 흩어져 경비를 서던 자리를 뚫어지게 바라보다가 그곳에 중대한 변화가 일어났음을 알아챘다. 높은 곳에 있던 그는 병사들이 부지런히 돌아다니며 땅에서 기둥을 남김없이 뽑고 망토를 둘러쓰는 것을, 그리고 당번병들이 말고삐를 잡고 전속력으로 흑마를 몰아 도로를 내달리는 것을 똑똑히 볼 수 있었다. 기병대가 떠날 준비를 하고 있다는 것만은 분명했다. 레비는 얼굴로 날아오는 먼지를 손으로 가리고 입에서 뱉어 내며 기병대가 떠난다는 것이 무슨 의미인지 알아내려 궁리했다. 그는 시선을 조금 들어 붉은 전투용 외투를 입은 작은 형상이 처형장으로 올라오는 것을 보았다. 그리고 드디어 종말이 온다는 기쁜 예감으로 전직 세리의 심장이 서늘해졌다.

도적들이 다섯 시간째 고통받고 있는 언덕 위로 올라온 것은 보병대 대장이었다. 그는 전령의 호위를 받으며 예르샬라임에서 말을 타고 달려와 이제 막 도착한 참이었다. 쥐잡이의 손짓에 병사들의 대열이 흩어졌고 백인대장은 호민관에게 경례했다. 호민관은 쥐잡이를 한쪽으로 데려가 그에게 뭔가를 속삭였다. 백인대장은 다시 경례하더니 기둥 아래 돌 위에 모여 앉은 형리들에게로 갔다. 호민관은 다리가 세 개 달린 간이 의자 위에 앉아 있는 사람에게로 걸음을 옮겼고, 앉아 있던 사람은 정중하게 일어서서 호민관을 맞이했다. 호민관이 그에게 뭔가를 속삭이면서 함께 기둥 쪽으로 갔다. 사원 경비대 대장도 그들과 합류했다.

쥐잡이는 기둥 아래 놓여 있는 더러운 누더기 뭉치를 혐오스러운 듯 곁눈질로 내려다보았다. 그 누더기는 조금 전까지 죄수들의 옷이었으나 형리들도 가져가기를 거부한 물건이었다. 쥐잡이는 형리 둘을 불러내 명령했다.

"따라와라!"

가장 가까이 있는 기둥에서 목쉰 소리로 부르는 무의미한 노래가 들려왔다. 그 기둥에 묶여 있는 게스타스는 처형이 시작된 지 네 시간이 되어 갈 무렵 파리와 햇빛 때문에 정신이 나가 버렸고 지금은 웬 포도에 관한 노래를 조용히 부르고 있었으나 두건으로 덮인 머리를 가끔 끄덕였고 그럴 때면 파리들이 그의 얼굴에서 기운 없이 날아올랐다가 다시 내려앉곤 했다.

두 번째 기둥에 묶여 있는 디스마스는 실신 상태에 완전히 몸을 맡기지 못한 터라 다른 두 사람보다 더 고통스러워했다. 그는 규칙적으로 오른쪽, 혹은 왼쪽으로 머리를 흔들어 귀를 어깨에 닿게 하려고 애썼다.

이 둘보다 운이 좋은 것은 예슈아였다. 그는 한 시간도 되지 않아 정신을 잃기 시작했고 얼마 후 두건이 끌러지고 머리를 수그린 채 완전히 실신해 버렸다. 그러자 파리와 등에가 달라붙어 그를 완전히 뒤덮어서 그의 얼굴은 조금씩 움직이는 검은 가면 아래로 사라져 버렸다. 사타구니와 배, 겨드랑이에 뚱뚱한 등에 떼가 앉아서 벌거벗은 누르스름한 몸을 빨아 댔다.

두건을 쓴 사람이 손짓하자 형리 한 명이 창을 들었고 다른 형리가 양동이와 해면을 가지고 기둥으로 다가왔다. 첫 번째 형리가 창을 들어 밧줄에 묶인 채 기둥의 횡목을 따라 뻗은 예슈아의 한 팔을, 그리고 나서 다른 팔을 툭툭 건드렸다. 갈

비뼈가 튀어나온 몸통이 떨렸다. 형리는 창끝으로 배를 건드렸다. 그러자 예슈아가 머리를 들었고, 파리가 웅웅 소리를 내며 날아올라 묶인 죄수의 얼굴을 드러냈다. 벌레에 물려 여기저기 부어오르고, 눈은 막을 씌운 것처럼 탁하고, 알아볼 수 없게 된 얼굴이었다.

하-노츠리는 눈꺼풀을 들어올려 아래를 내려다보았다. 평상시에 맑던 그의 눈은 이제 흐리멍덩해져 있었다.

"하-노츠리!" 형리가 말했다.

하-노츠리는 부어오른 입술을 움직여 도적처럼 목쉰 소리로 대답했다.

"무슨 일이오? 왜 내게 왔소?"

"마셔라!" 형리가 이렇게 말하고 물에 적신 해면을 창끝에 꽂아 예슈아의 입술로 들어올렸다. 그의 눈이 기쁨의 빛으로 번쩍였고, 그는 해면으로 머리를 기울여 탐욕스럽게 물기를 빨기 시작했다. 이웃한 기둥에서 디스마스의 목소리가 들렸다.

"불공평해! 나도 저 사람과 똑같은 도적이란 말이다!"

디스마스는 몸을 버둥거렸지만 움직일 수가 없었다. 그의 팔이 밧줄로 세 군데 매듭을 지어 횡목에 묶여 있었다. 그는 배를 내밀고 손톱으로 횡목 끝을 할퀴며 고개를 예슈아의 기둥으로 향한 채 그쪽을 계속 쳐다보았고, 디스마스의 눈에 악의가 타올랐다.

먼지투성이 먹구름이 처형장을 덮었고 주위가 몹시 어두워졌다. 먼지가 가라앉자 백인대장이 소리쳤다.

"두 번째 죄수는 입을 다물라!"

디스마스는 입을 다물었다. 예슈아는 해면에서 머리를 떼고, 상냥하고 설득력 있는 목소리를 내려 애썼지만 뜻대로 하지 못하고 쉰 목소리로 형리에게 부탁했다.

"저 사람도 마시게 해 주시오."

주위가 더 어두워졌다. 먹구름이 이미 하늘의 반을 가리고 예르샬라임 쪽으로 움직여 갔으며, 거품이 이는 흰 구름이 검은 습기와 불꽃으로 가득한 먹구름 앞으로 지나갔다. 언덕 바로 위에서 번개가 번쩍이고 천둥소리가 들렸다. 형리가 창끝에서 해면을 빼냈다.

"자비로우신 총독 각하를 찬양하라!" 그가 장엄하게 속삭이고 조용히 예슈아의 심장을 창으로 꿰뚫었다. 예슈아가 몸을 떨며 속삭였다.

"각하……"

그의 배를 타고 피가 흘러내렸고 아래턱이 경련을 일으키며 떨리더니 결국 고개가 떨구어졌다.

두 번째 천둥소리가 울렸을 때 형리는 디스마스에게 물을 먹이고 있었고 같은 말을 되풀이했다.

"각하께 영광을!" 그리고 디스마스도 죽였다.

판단력을 잃은 게스타스는 형리가 앞에 나타나자마자 겁을 먹고 소리를 질렀으나 해면이 입술을 건드리자 뭔가 으르렁거리고는 이로 해면에 달라붙었다. 몇 초가 지나 그의 몸도 밧줄이 허락하는 한도까지 축 늘어졌다.

두건을 쓴 사람은 형리와 백인대장의 뒤를 따라 걸었고 그 뒤로 사원 경비대 대장이 따라왔다. 두건을 쓴 사람은 첫 번째 기둥 앞에 멈춰 서서 피투성이 예슈아를 자세히 관찰하고 하얀 손으로 발을 건드린 후 일행에게 말했다.

"죽었소."

다른 두 기둥에서도 같은 일이 반복되었다.

그런 뒤 호민관은 백인대장에게 신호를 보냈고, 돌아서서 사원 경비대 대장과 두건을 쓴 사람과 함께 언덕을 내려가기 시작했다. 어스름이 덮이고 번개가 검은 하늘에 하얀 고랑을 만들었다. 하늘에서 갑자기 불꽃이 튀었고 백인대장의 "쇠사슬을 풀어라!"라는 외침은 천둥소리에 묻혀 버렸다. 신이 난 병사들은 투구를 쓰고 언덕에서 뛰어 내려가기 시작했다.

어둠이 예르샬라임을 덮었다.

갑자기 소나기가 내리기 시작하여 언덕길을 반쯤 내려온 백인대 위로 쏟아졌다. 빗물이 너무나 세차게 쏟아져 내려서 병사들이 아래쪽으로 달려 내려갔을 때는 이미 그 뒤로 급류가 날뛰며 쫓아오고 있었다. 병사들은 고르게 닦은 길을 서둘러 달려가다가 미끄러져 진흙탕에 넘어졌고, 그 도로 ― 이제는 물의 장막 속에 거의 보이지 않게 된 ― 위로 흠뻑 젖은 기병대가 줄을 지어 예르샬라임으로 돌아갔다. 몇 분이 지나자 천둥과 빗물, 번개로 죽탕이 되어 연기가 피어오르는 언덕 위에는 오직 한 사람만이 남아 있었다.

그는 훔친 보람이 없지 않게 된 칼을 들고 몸을 떨면서, 미끄러운 언덕길에 발을 헛디디면서, 손에 닿는 대로 아무것이나 붙잡으면서, 가끔은 무릎으로 기면서 기둥으로 다가갔다. 그의 모습은 안개 속에 완전히 잠겼다가 갑자기 번쩍이는 불꽃에 다시 환히 밝혀지곤 했다.

이미 뼛속까지 비에 폭 젖은 그는 기둥에 이르러서 물에 젖어 무거워진 탈리스를 벗고 셔츠 한 장만 입은 채 예슈아의 발치에 달려들었다. 그는 발목을 묶은 밧줄을 잘라 내고 아래쪽 횡목 위에 올라서서 예슈아를 안고 밧줄 매듭을 풀어 팔을 해방시켰다. 벌거벗은 예슈아의 젖은 몸이 레비를 향해 무너졌고 그들은 함께 땅으로 떨어졌다. 레비는 그를 등에 업으려다가 어떤 생각이 나서 멈추었다. 그는 물에 잠긴 땅에 머리를 뒤로 젖히고 팔을 활짝 벌린 시체를 남겨 두고 진흙탕 속에서 멋대로 헤엄치는 다리를 움직여 다른 기둥을 향해 달려갔다. 그는 다른 기둥에서도 밧줄을 잘라 냈고, 시체 두 구가 땅으로 떨어졌다.

몇 분 후 언덕 꼭대기에는 시체 두 구와 빈 기둥 세 개만이 남았다. 빗물이 시체들을 때리면서 주위를 휘감았다.

그때 언덕 위에는 레비도, 예슈아의 시체도 이미 사라지고 없었다.

17
소란스러운 하루

금요일 아침, 그러니까 저주받은 마술 공연 다음 날, 바리에테 극장의 현재 임직원들, 그러니까 회계부장 바실리 스테파노비치 라스토치킨과 회계원 두 명, 타자수 세 명, 출납계원 두명, 급사, 좌석 안내원, 청소부까지, 한마디로 극장 근무자 전원은 자리에 앉아 업무를 보지 않고 사도바야 거리 쪽 창가에 앉아서 바리에테 극장 건물 아래에서 일어나는 일을 구경하고 있었다. 건물 벽 아래에는 수천 명의 사람들이 몰려와 두 줄로 서 있었고, 그 줄은 쿠드린스카야 광장까지 이어졌다. 줄의 첫머리에는 모스크바 극장계에 잘 알려진 암표상들이 대략 스무명 정도 서 있었다.

줄을 선 사람들은 몹시 흥분한 채 주위를 지나가는 시민들의 이목을 끌었으며 어제의 기이한 흑마술 공연에 대한 열띤 이야기들을 주고받는 데 열중하고 있었다. 이 이야기들은 특히 회계부장 바실리 스테파노비치를 몹시 불안하게 했다. 그는 어제 공연을 보지 않았던 것이다. 좌석 안내원들은 믿지 못할 이야기, 예를 들면 그 유명한 공연이 끝나고 나서 여성 시민들이 숙녀답지 못한 차림으로 거리를 뛰어다녔다든가 하는 이야기를 떠들어 댔다. 겸손하고 조용한 성격인 바실리 스테파노비치는 이런 기묘한 사건에 관한 잡담을 들으며 그저 눈을 껌뻑일 뿐이었고, 어떤 조치를 취해야 할지 전혀 알 수가 없었다. 그러나 뭔가 조치를 취해야만 했고 게다가 바로 그가 조치를 취해야 했다. 이제 바리에테 극장의 인사 체계상 가장 높은 위치에 있는 사람이 바로 그였기 때문이었다.

오전 10시쯤 되자 표를 탐내는 사람들의 줄은 너무 길고 소란스러워져서 드디어 경찰의 귀에까지 소식이 전해졌고, 눈 깜짝할 새에 도보 순찰 경관과 기마 경관 들이 파견되어 대기자 행렬에 약간의 질서를 잡았다. 그러나 질서를 지킨다 하더라도 길이가 1킬로미터나 되는 뱀 같은 행렬은 그 자체로 대단한 구경거리였고 사도바야 거리를 지나가는 시민들을 몹시 놀라게 했다.

그것이 바깥 상황이었고, 바리에테 극장 안의 상황 또한 좋지 못했다. 이른 아침부터 전화벨이 리호데예프의 사무실과 림스키의 사무실, 회계부 사무실, 매표소, 바레누하의 사무실에서 끊임없이 울리고 또 울려 댔다. 바실리 스테파노비치는 처음에는 어떻게든 전화를 받았고 매표소 직원들도, 좌석 안내원들도 전화를 받아 뭔가 중얼거렸으나, 이내 다들 전화 받기를 포기했다. 리호데예프와 바레누하, 림스키가 어디 있냐는 질문에 대답할 방도가 전혀 없었기 때문이었다. 처음에는 '리호데예프는 집에 있다.'라는 식으로 둘러대려 했으나, 시내에서 온 전화에 의하면 아파트에 전화해 보았더니 리호데예프가 바리에테에 있다고 하더라는 것이었다.

흥분한 여성이 전화해 림스키를 바꾸라고 요구했으며, 림스키의 부인에게 전화해 보라는 조언에 수화기는 흐느껴 울기 시작하더니 바로 자신이 그 아내이며 림스키를 어디서도 찾을 수 없다고 하소연했다. 뭔가 말도 안 되는 소동이 벌어지기 시작했다. 청소부가 경영 지배인의 사무실을 청소하러 들어갔는데 문이 활짝 열려 있고 전등이 켜져 있었으며 정원으로 난 창문은 깨졌고 의자는 바닥에 넘어졌고 아무도 없었다고 모두에게 이야기했다.

11시에는 바리에테 극장에 마담 림스키가 쳐들어왔다. 그녀는 절망에 빠져 양손을 모아 쥐고 흐느껴 울었다. 바실리 스테파노비치는 완전히 당황하여 무슨 말을 해야 할지 몰랐다. 그리고 그 삼십 분 전인 10시 30분에는 경찰이 나타났다. 경찰이 첫 번째로 던진 대단히 이성적인 질문은 다음과 같았다.

"여기서 도대체 무슨 일이 일어나고 있는 겁니까, 시민들? 뭐가 문제입니까?"

직원들은 물러서서 선두에 창백하고 흥분한 바실리 스테파노비치만을 남겨 놓았다. 그는 현실을 직시하고 바리에테 극장 간부들, 즉 총 지배인과 경영 지배인, 사무장이 사라져서 지금 어디에 있는지 알 수가 없고, 사회자는 어제 공연이 끝난 후 정신 병원에 실려 갔으며, 한마디로 어제의 공연은 해괴망측한 공연이었다는 사실을 인정해야만 했다.

경찰은 흐느껴 우는 마담 림스키를 할 수 있는 한 달래서 집으로 돌려보냈고, 다른 무엇보다도 경영 지배인의 사무실이 어떤 상태로 발견되었는가 하는 청소부의 이야기에 흥미를 보였다. 직원들에게 자기 자리로 돌아가 업무를 보라는 지시가 내려진 지 얼마 지나지 않아 바리에테 건물에 귀가 뾰족하고 근육이 튼실하며 눈빛이 영리해 보이는 담뱃재 색깔의 개가 형사들과 함께 나타났다. 바리에테 직원들은 이 개가 그 유명한 투즈부벤*이라고 소곤거리기 시작했다. 그리고 사실 그 말이 맞았다. 개의 등장에 모두 아연실색했다. 투즈부벤은 경영지배인의 사무실에 뛰어 들어가자마자 누르스름하고 흉측한 송곳니를 드러내며 으르렁거리더니 배를 깔고 엎드려서 왠지 애처로운 표정으로, 그러나 눈은 사납게 빛내면서 깨진 창문 쪽으로 기어갔다. 공포심을 떨쳐 낸 개는 갑자기 창틀에 뛰어올라 날카로운 주둥이를 위로 쳐들고 악의를 담아 거칠게 울부짖었다. 개는 창문에서 내려오려 하지 않고 으르렁거리며 몸을 떨다가 갑자기 아래로 뛰어내렸다.

형사들이 개를 사무실에서 데리고 나가 현관에 내놓자 개는 입구를 지나 거리로 나가서 따라오는 형사들을 뒤로하고 택시 정류장으로 향했다. 거기서 개는 이제까지 따라온 냄새를 잃어버렸다. 그러자 형사들은 투즈부벤을 도로 데려갔다.

형사들은 바레누하의 사무실에 자리를 잡고 어제 공연 중에 일어난 일을 목격한 바리에테 직원들을 증인으로 차례차례 불러냈다. 형사들은 한 걸음 내디딜 때마다 예상하지 못했던 어려움에 맞닥뜨려야 했다. 단서는 손 안에 들어왔다가도 끊임없이 사라졌다.

---

* '다이아몬드의 에이스'라는 뜻.

포스터가 있었는가? 있었다. 하지만 밤사이에 새 것으로 갈아 붙였는데 지금은 한 장도 없다, 정말로! 그 마술사는 대체 어디로 갔는가? 누가 알겠는가. 그 마술사와 계약 같은 것을 맺은 게 있겠지?

"분명 그렇겠지요." 바실리 스테파노비치가 불안해하며 대답했다.

"계약서를 썼다면 분명 회계부를 거쳤겠지요?"

"당연히 그래야죠." 바실리 스테파노비치가 불안해하며 대답했다.

"그럼 그 계약서는 어디 있습니까?"

"없습니다." 회계부장이 점점 더 창백해지며, 당혹하여 양팔을 벌리고 대답했다. 실제로 회계부의 파일에도, 경영 지배인 사무실에도, 리호데예프의 사무실에도, 바레누하의 사무실에도 계약서는 흔적조차 없었다.

그렇다면 문제의 마술사는 이름이 무엇인가? 바실리 스테파노비치는 그의 이름을 몰랐다. 그는 어제 공연에 가지 않았다. 좌석 안내인들도 몰랐고, 매표소 직원은 이마에 잔뜩 주름을 짓고는 그 주름을 짚고 생각하고 또 생각하다가 마침내 입을 열었다.

"보…… 아마 볼란드인 것 같아요."

그렇다면 볼란드가 아닐 수도 있다는 말인가? 볼란드가 아닐 수도 있다. 팔란드일 수도 있다.

외국인 사무국에 알아보니 그곳에서는 볼란드도, 팔란드라는 이름도, 마술사에 대해서도 아무것도 들은 바가 없다고 했다.

급사 카르포프는 그 문제의 마술사가 리호데예프의 아파트에 묵는 것 같다고 보고했다. 당연히 그 즉시 아파트로 사람을 보냈다. 그러나 마술사는 찾아내지 못했다. 리호데예프도 없었다. 가정부 그루냐도 사라졌고, 그녀가 어디로 갔는지 아무도 몰랐다. 조합 위원장 니카노르 이바노비치도 없고, 비서 프롤레주네프도 없었다!

다시 말해 상상도 못할 정도로 비상식적인 일이 일어난 것이다. 극장의 간부란 간부는 죄다 사라져 버렸고, 어제의 그 기이하고 해괴망측한 공연을 누가 사주해서 누가 진행했는지 전혀 알 수가 없었다.

시간이 흘러 정오가 가까워졌고 매표 창구를 열어야 할 때가 되었다. 물론 그런 일은 생각조차 할 수 없었다! 바리에테 문 앞에는 다음과 같은 안내문이 적힌 거대한 마분지가 걸렸다. '금일 공연 취소.' 줄 선 사람들은 앞에서부터 동요하기 시작했지만 흥분한 줄은 잠시 후 흩어지기 시작했고 한 시간이 지나고 나자 사도바야 거리에는 줄을 섰던 흔적조차 남지 않았다. 형사들은 다른 장소에서 수사를 계속하기 위해 가 버렸고, 직원들은 경비원 몇 명만 남긴 채 집으로 돌려보냈고, 바리에테의 문이 잠겼다.

회계부장 바실리 스테파노비치는 시급히 두 가지 일을 처리해야 했다. 먼저 대중 공연 관람 위원회에 출두하여 어제 일어났던 일에 대해 보고해야 했고, 또 공연 경영 분과에 출두하여 어제 공연의 수익금을 전달해야 했다. 총 2만 1711루블이었다.

꼼꼼하고 성실한 바실리 스테파노비치는 돈을 신문지에 싸서 가느다란 노끈으로 꾸러미를 묶은 후 서류 가방에 집어넣고 업무 지침에서 숙지한 대로 버스나 전차가 아니라 택시 정류장으로 향했다.

운전수들은 두툼하게 부풀어 오른 서류 가방을 들고 바삐 걸어오는 승객을 보자마자 어째서인지 악의에 찬 눈길로 주위를 둘러보며 코앞에서 세 대나 빈 차로 떠나 버렸다.

이런 상황에 당혹스러워진 회계부장은 이것이 어떻게 된 일인지 궁리하며 한동안 못 박힌 듯 서 있었다.

삼 분쯤 지나자 빈 택시가 다가왔고, 승객을 보자마자 운전수의 얼굴이 일그러졌다.

"빈 차입니까?" 바실리 스테파노비치가 놀라서 기침을 하며 물었다.

"돈부터 보여 주시오." 운전수가 승객을 보지도 않고 독살스럽게 대답했다.

회계부장은 아까보다 더 놀라면서 소중한 서류 가방을 겨드랑이 아래에 단단히 끼고 지갑에서 10루블짜리 지폐를 꺼내 운전수에게 내밀었다.

"안 가요!" 운전수가 짧게 말했다.

"죄송하지만……." 회계부장이 말을 시작했지만 운전수가 가로막았다.

"3루블짜리 있어요?"

회계부장은 어안이 벙벙해진 채 지갑에서 3루블짜리 지폐 두 장을 꺼내 운전수에게 보여 주었다.

"타시오." 운전수가 이렇게 외치고는 미터기를 부러뜨릴 듯한 기세로 힘껏 꺾었다. "갑시다."

"거스름돈이 없나 보죠?" 회계부장이 조심스럽게 물었다.

"주머니가 거스름돈으로 가득합니다!" 운전수가 고함을 질렀다. 거울에 핏발 선 눈이 비쳤다. "오늘 벌써 세 번이나 이랬소. 다른 사람들도 똑같이 당했어요. 어느 개자식이 10루블 지폐를 줘서 내가 4루블하고 50코페이카를 거슬러 줬죠……. 그리고 내렸소, 망할 놈! 오 분 뒤에 보니까 10루블 지폐 대신에 소다수 상표 쪼가리가 있지 않겠소!" 운전수는 차마 책에 인쇄할 수 없는 단어를 몇 개 내뱉었다. "두 번째는 주봅스카야 거리에서 탔소. 10루블 지폐를 냈지. 3루블 거슬러 줬소. 가 버렸지! 그러고 나서 잔돈 주머니를 뒤져 보니, 이번에는 벌 한 마리가 튀어나와 엄지손가락을 쏘는 거요! 아, 이런……!" 운전수는 다시 책에 인쇄할 수 없는 단어를 쏟아 냈다. "10루블 지폐는 없어져 버렸고. 어제 이 바리에테 극장에서 (인쇄할 수 없는 단어들) 어떤 망할 요술사 놈이 10루블 지폐를 가지고 공연을 했다던데(인쇄할 수 없는 단어들)……."

회계부장은 얼이 빠져서 몸을 움츠리고 마치 '바리에테'라는 말을 처음 들어 본다는 듯한 표정을 지으며 속으로 생각했다. '이런, 이런……!'

목적지에 도착한 회계부장은 무사히 요금을 계산하고 건물 안으로 들어가 복도를 따라 위원장 사무실로 향했다. 그러나 곧 이미 늦었다는 사실을 깨달았다. 공연 위원회 사무실에서는 뭔가 소동이 벌어지고 있었다. 회계부장 옆으로 급사 소녀가 머릿수건은 뒤통수까지 흘러내리고 눈은 휘둥그렇게 뜬 채 달려갔다.

"없어요, 없어. 없어요, 여러분! 양복 윗도리하고 바지는 있는데 윗도리 안에는 아무것도 없어요!" 급사가 누구에게 말하는지도 모른 채 소리쳤다.

급사는 어떤 문으로 들어가 사라졌고 그녀가 들어가자마자 그릇이 깨지는 소리가 들려왔다. 회계부장도 잘 아는 위원회 제1분과 과장이 비서실에서 뛰쳐나왔으나, 그는 회계부장을 알아보지도 못하는 상태였고 곧 흔적도 없이 사라져 버렸다.

회계부장은 이런 상황에 불안해하며 위원장 사무실 입구에 있는 비서실에 들어갔고, 여기서 완전히 경악했다.

문이 닫힌 사무실 안에서 위협적인 목소리가 들려왔다. 의심할 여지없이 위원장 프로호르 페트로비치의 목소리였다. '누구를 야단치나?' 혼란에 빠진 회계부장이 이렇게 생각하며 주위를 둘러보다가 다른 사람이 있는 것을 발견했다. 머리를 등받이 쪽으로 젖히고, 걷잡을 수 없이 흐느끼며, 손에는 젖은 손수건을 쥐고, 다리를 비서실 한가운데로 뻗은 채 가죽 의자 위에 눕다시피 앉아 있는 것은 프로호르 페트로비치의 개인 비서인 미녀 안나 리차르도브나였다.

안나 리차르도브나의 턱은 립스틱으로 범벅이 되어 있었고, 복숭아 빛 뺨 위로 속눈썹에서 번진 검은 마스카라 두 줄기가 흘러내리고 있었다.

안나 리차르도브나는 누군가 들어온 것을 보고 뛰어 일어나 회계부장에게 달려들었고, 그의 양복 앞깃을 붙잡고 흔들며 외치기 시작했다.

"하느님 감사합니다! 용감한 사람이 한 명은 있었군요! 다들 도망갔어요, 다들 두 손 들었다고요! 가요, 저 사람한테 가 보세요, 전 어떻게 해야 할지 모르겠어요!" 그녀는 계속 흐느껴 울면서 회계부장을 붙잡고 사무실로 데려갔다.

사무실에 들어선 회계부장은 서류 가방을 떨어뜨렸고 머릿속은 뒤죽박죽되었다. 분명히 말해 두지만 거기에는 그럴 만한 이유가 있었다.

거대한 책상 위에 엄청난 크기의 잉크병이 놓여 있고 그 뒤에 속이 빈 양복이 앉아서 잉크를 적시지 않은 마른 펜을 종이 위로 움직이고 있었다. 양복은 넥타이를 매고 있었고 가슴 주머니에는 만년필 손잡이가 삐져나와 있었으나, 옷깃 위에는 목도 머리도 없었고 소맷동에 손목도 나와 있지 않았다. 양복은 일에 파묻혀 사무실을 뒤덮은 혼란을 전혀 눈치채지 못했다. 양복은 누군가 들어오는 소리를 듣고 안락의자에서 몸을 젖혔고, 옷깃 위에서 회계부장이 잘 아는 프로호르 페트로비치의 목소리가 울려나왔다.

"무슨 일입니까? 오늘은 방문객을 받지 않는다고 문에 써 붙여 놨을 텐데요."

미녀 비서가 쇳소리를 지르고 양손을 움켜쥐며 외쳤다.

"보셨죠? 보셨죠? 그가 없어요! 없다고요! 그를 돌려줘요, 돌려주세요!"

그때 사무실 문으로 누군가 고개를 들이밀었다가 비명을 지르고 도로 달려 나갔다. 회계부장은 다리를 덜덜 떨며 의자 가장자리에 앉았으나, 서류 가방은 잊지 않고 꼭 잡아 쥐었다. 안나 리차르도브나는 회계부장의 양복 상의를 잡아당기며 그의 주위를 펄쩍펄쩍 뛰면서 외쳤다.

"내가 저 사람이 악마가 어쩌고 하면서 욕을 할 때마다 항상 말렸다고요! 그렇게 욕을 해 대더니 결국 이렇게 됐잖아요!" 미녀 비서는 책상으로 달려가서 울고 난 뒤라 콧소리가 약간 섞여 있지만 다정한 목소리로 노래하듯이 외쳤다. "프로샤!* 어디 있어요?"

"지금 누구를 '프로샤'라고 부르는 거요?" 양복이 안락의자에 몸을 더 깊이 파묻으며 거만하게 질문했다.

"못 알아봐! 날 못 알아봐요! 알겠어요?" 비서가 훌쩍거리며 울기 시작했다.

"사무실에서는 울지 말아 주시오!" 성미 급한 양복이 화난 목소리로 의자에서 말하고 서류를 결재하려는 듯 소매로 새 종이 꾸러미를 자기 쪽으로 당겼다.

"안 돼, 이런 건 더 이상 볼 수 없어요. 못 해요, 더는 못 해요!" 안나 리차르도브나가 이렇게 외치고 비서실로 뛰어나갔고, 그녀의 뒤를 따라 회계부장도 총알처럼 튀어나갔다.

"생각해 보세요." 안나 리차르도브나가 흥분하여 몸을 떨면서 또다시 회계부장의 소매를 붙잡고 이야기했다. "여기 앉아 있었는데, 어디선가 고양이가 나오는 거예요. 까맣고, 퉁퉁하고, 마치 하마** 같았어요. 난 '쉿, 저리 가!' 하고 소리를 질렀어요. 그랬더니 고양이는 사라지고 대신 웬 뚱보가 들어오는데, 어쩐지 고양이 얼굴같이 생겨 가지고는 이렇게 말하는 거예요. '여성 시민, 어째서 방문객에게 '쉿, 저리 가!' 하고 박대하는 거요?' 그리고 순식간에 프로호르 페트로비치에게 가 버렸어요. 난 당연히 그 뒤에 대고 소리 질렀어요. '당신 미쳤어

---

* 남자 이름 '프로호르'의 애칭.
** 작품 속 고양이의 이름인 '베헤모트'는 러시아어로 '하마'라는 뜻도 가지고 있다.

요?’ 하지만 그 무뢰한은 곧장 프로호르 페트로비치에게 가서 책상 맞은편의 안락의자에 앉는 거예요! 아, 그이는…… 그 사람은 마음씨는 정말 곱지만, 신경질인 사람이에요. 발끈하는 성미가 있어요! 그건 부정하지 않겠어요. 사소한 데도 욱하고, 불깐 황소처럼 일하고……. 그가 소리 질렀어요. ‘당신 뭔데 무단으로 여기 들어오는 거요?’ 그러자 그 철면피가 어떻게 했는지 아시겠어요? 의자에 아주 편하게 기대앉아 웃으면서 이렇게 말하는 거예요. ‘난 댁한테 볼일이 좀 있어서 왔는데요.’ 프로호르 페트로비치가 다시 발끈했어요. ‘난 바쁜 사람이오!’ 그러자 그 남자가 이렇게 대답하는 거예요. ‘전혀 바쁘지 않다는 거 아는데요…….’ 이해하시죠? 그러니까, 당연하게도 프로호르 페트로비치의 인내심이 날아가 버렸고, 그가 소리를 질렀어요. ‘그래 이게 도대체 무슨 일이야? 당장 이 남자 데리고 나가, 악마한테나 잡혀 가라지!’ 그러니까 그 사람이, 상상해 보세요, 미소를 짓더니 이러더라고요. ‘악마가 데려가라고요? 원하신다면 그렇게 할 수 있지요!’ 그리고 내가 소리 지를 새도 없이, 쾅 하는 소리가 나더니 그 고양이 낯짝이 없어지고 저기 앉아…… 앉아 있는 건…… 양복만…… 아아아아아……!” 안나 리차르도브나가 립스틱이 번져 범벅이 된 입을 크게 벌리고 울부짖기 시작했다.

그녀는 울음을 억누른 후 숨을 크게 들이마셨으나, 그러고 나서는 상상하기도 어려운 일을 이야기했다.

“그리고 계속 뭔가 쓰고, 쓰고, 또 쓰는 거예요! 미치겠어요! 전화로 얘기도 하고! 양복이 말이에요! 다들 도망가 버렸어요, 토끼처럼!”

회계부장은 그저 멍하니 서서 몸을 떨 뿐이었다. 그러나 여기서 운명이 그를 구해 주었다. 경찰관 두 명이 태평하고 사무적인 걸음걸이로 비서실에 들어왔다. 그들을 보고 미녀는 손으로 사무실 문을 가리키며 더 심하게 흐느껴 울기 시작했다.

"그만 우세요, 시민." 첫 번째 경찰관이 평온하게 말했고, 회계부장은 자신이 아무런 쓸모도 없다고 느끼고 비서실에서 뛰쳐나와 일 분 후에는 신선한 바깥 공기 속에 서 있었다. 그의 머릿속으로 뭔가 외풍이 불어 들어오는 것 같았고, 나팔 속처럼 머리가 웅웅 울렸으며, 그 울리는 소리 속으로 좌석 안내원이 어제 공연에 나온 고양이에 관해 이야기하는 것이 조각조각 들려왔다. '아, 이런, 이런! 그럼 그 고양이가 우리 고양이인가?'

충직한 바실리 스테파노비치는 위원회에서 아무 성과도 얻지 못하자 바간콥스키 골목에 자리 잡은 공연 위원회 지부에 들르기로 했다. 그리고 마음을 조금 진정시키기 위해 지부까지 걸어갔다.

시의 공연 위원회 지부는 마당 안쪽 깊숙이 들어선, 오래되어 칠이 벗겨진 주택에 자리 잡고 있었으며 현관에 있는 반암(斑岩) 기둥으로 유명했다.

그러나 이날 방문객들을 놀라게 한 것은 현관의 기둥이 아니라 그 기둥 아래서 벌어지는 일이었다.

거기서는 방문객 몇 명이 울고 있는 아가씨를 멍하니 바라보고 있었다. 아가씨 앞에 펼쳐진 탁자 위에는 그녀가 판매하는 공연 관련 특별 서적들이 놓여 있었다. 그러나 지금 아가씨는 이 서적들을 아무에게도, 한 권도 팔지 않았고 동정 어린 질문들에도 그저 손을 내저을 뿐이었다. 바로 그 순간 위에서,

아래에서, 옆에서, 지부의 모든 부서에서, 적어도 스무 통은 되는 과로한 전화기가 울리는 소리가 쏟아져 내렸다.

아가씨는 울음을 그치고 갑자기 몸을 떨더니 광기에 찬 목소리로 울부짖었다.

"저기 또!" 그리고 뜻밖에 떨리는 소프라노로 노래하기 시작했다.

영광스러운 바다, 성스러운 바이칼……

계단에 나타난 급사가 누군가에게 주먹을 들어 위협해 보이면서 잘 울리지 않는 둔한 바리톤으로 아가씨와 함께 노래하기 시작했다.

영광스러운 함선, 연어로 가득한 통……!

급사의 목소리에 다른 목소리들이 합류했고, 합창은 점점 커지기 시작하더니 마침내 노랫소리가 지부의 구석구석을 울렸다. 특히 출납 정산부가 자리 잡은, 현관과 가장 가까운 방 6호실에서 누군가의 우렁차고 약간 목이 쉰, 대단히 낮은 저음이 뚜렷하게 들려왔다. 전화벨 소리가 합창의 반주로 점점 더 크게 퍼져 나갔다.

어이, 북동풍이여…… 방파제를 밀어내라……!

계단에서 급사가 고래고래 소리쳤다.

처녀의 얼굴에 눈물이 흘러내렸고, 그녀는 이를 악물려 했지만 입이 저절로 열려 급사보다 한 옥타브 높은 소리로 노래했다.

멋진 젊은이는 먼 길 가지 않아도 되네!

할 말을 잃은 방문객들을 놀라게 한 것은 곳곳에 흩어져 합창하는 사람들이, 마치 모두 한자리에 모여 보이지 않는 지휘자에게 눈을 떼지 않는 것처럼 대단히 조화롭게 노래한다는 사실이었다.

바간콥스키 골목을 지나가던 사람들은 지부를 장악한 즐거운 노랫소리에 놀라 마당의 격자 울타리 옆에 멈추어 섰다.

1절이 끝나자마자 또다시 그 지휘자의 지휘봉에 맞추기라도 한 것처럼 노랫소리가 갑자기 멎었다. 급사는 조용히 욕설을 내뱉고 사라졌다.

그때 입구 안쪽의 문이 열리고 여름 외투를 입고 그 아래로 흰 가운 자락이 보이는 시민이 경찰과 함께 밖으로 나왔다.

"조치를 취해 주세요, 의사 선생님. 제발요!" 처녀가 광기 어린 목소리로 소리쳤다.

계단으로 뛰어나온 지부의 비서가 얼굴에 수치심과 당혹감을 뚜렷이 드러낸 채 딸꾹질을 하며 외쳤다.

"보셨지요, 의사 선생님. 우리 지부에 집단 최면 같은 게 일어났습니다……. 그러니 부디……." 그는 문장을 끝맺지 못하고 목에 단어가 걸려 숨 막혀 하다가 갑자기 테너로 노래했다.

실카와 네르친스크…….

"멍청아!" 처녀가 급히 소리쳤으나, 누구에게 욕하는지 말을 잇기도 전에 홀린 듯이 급조 연속음*을 내더니 역시 실카와 네르친스크에 관해 노래하기 시작했다.

"정신 차리시오! 노래 그만해요!" 의사가 비서에게 말했다.

비서가 노래를 그치기 위해서라면 뭐든지 내줄 태세라는 것이 모두의 눈에도 분명해 보였지만, 그는 노래를 그치지 못하고 합창하는 사람들과 함께 골목을 지나가던 사람들의 귀에 "밀림의 먹보 짐승이 그를 건드리지 못하고 사수들의 총알도 쫓아오지 못했네!"라는 소식을 전했다.

그 소절이 끝나자마자 처녀가 처음으로 의사에게서 진정제를 처방받았고, 그러고 나서 의사는 비서를 좇아 다른 사람들에게도 약을 먹이러 달려갔다.

"시민 아가씨, 죄송합니다만 여기 검은 고양이가 찾아오지 않았습니까?" 바실리 스테파노비치가 처녀를 붙잡고 말했다.

"무슨 고양이 말이에요?" 처녀가 분노하며 소리쳤다. "당나귀가 우리 지부에 앉아 있다고요, 당나귀!" 그리고 덧붙여 말했다. "내 말 들어 봐요! 내가 전부 다 얘기해 줄게요." 그녀는 무슨 일이 일어났는지 이야기했다.

알고 보니 지부의 위원장은 — 처녀의 말에 따르면 — '마침내 대중오락을 완전히 망쳐 놓은' 인물로서, 온갖 종류의 동호회를 조직하는 광증에 시달리고 있었다.

---

* 여러 개의 복잡한 음조를 한 음절로 노래하는 것.

"당국을 벗겨 먹은 거예요!" 처녀가 고래고래 외쳤다.

일 년 동안 위원장은 레르몬토프* 연구회, 체스와 바둑 동호회, 탁구 동호회, 승마 동호회를 조직했다. 여름이 다가오자 조정(漕艇) 동호회와 등산 동호회도 조직하겠다고 나섰다.

그리고 바로 오늘, 점심 휴식 시간에 위원장이 걸어 나온 것이다…….

"그리고 어떤 개자식의 손을 잡고 데리고 나온 거예요." 처녀가 이야기했다. "어디서 데려왔는지 모르겠지만 체크무늬 바지를 입고 깨진 코안경을 쓰고 게다가…… 정말 절대로 봐줄 수 없는 추한 면상을 하고 있었어요!"

처녀의 이야기에 따르면, 위원장은 지부 식당에서 식사 중인 사람들 모두에게 그를 합창 동호회 조직 전문가라고 소개했다는 것이다.

미래의 산악 등반가들은 얼굴이 어두워졌으나, 위원장은 즉시 모두에게 용기를 북돋아 주었고 전문가는 농담을 하기도 하고 재치 있게 비꼬기도 하면서 노래라는 것은 시간은 별로 안 걸리지만 그 효과가 대단하다고 진지하게 설득했다.

그리하여 처녀의 말에 따르면 지부에서 가장 유명한 아첨꾼인 파노프와 코사르추크가 제일 먼저 뛰쳐나와 명단에 이름을 올리겠다고 선언했다. 그러자 듣고 있던 다른 사람들도 합창을 피할 수 없다는 것을 깨닫고 어쩔 수 없이 동호회에 동참해야 했다. 다른 시간은 전부 레르몬토프와 바둑 일정이 잡혀 있었기 때문에 노래는 점심 휴식 시간에 하기로 했다. 위원장은 귀

---

* 제정 러시아 시대의 시인이자 소설가(1814~1841).

감을 보이기 위해 앞장서서 자신이 테너라고 밝혔고, 그 뒤로 모든 일이 악몽처럼 진행되었다. 체크무늬 전문가이자 합창단 지휘자가 고래고래 소리쳤다.

"도-미-솔-도!" 그리고 지휘자는 노래를 피하기 위해 옷장에 숨어 있던, 부끄럼을 많이 타는 사람들을 끄집어냈고, 코사르추크에게 절대 음감이 있다고 말했으며, 투덜거리고 훌쩍거리면서 열심히 노래하는 늙은 지휘자를 존중해 달라고 부탁했고, 음관(音管)을 손가락으로 치면서 「영광스러운 바다」를 합창하자고 애원조로 말했다.

그래서 합창했다. 영광스럽게 합창했다. 체크무늬는 정말로 자신의 일을 제대로 알고 있었다. 1절을 다 불렀다. 여기서 지휘자는 잠시 자리를 비우겠다며 "일 분만 기다리시오!"라고 말하고는…… 사라졌다. 모두 그가 정말 일 분 후에 돌아올 거라고 생각했다. 그러나 십 분이 지나도 그는 오지 않았다. 지부 직원들은 기쁨에 휩싸였다. 도망쳤구나.

그러다 직원들은 갑자기 자기들끼리 2절을 부르기 시작했다. 모두를 이끈 것은 코사르추크였다. 절대 음감은 없는 듯했지만 그런 대로 듣기 좋은 고음의 테너 목소리였다. 다 불렀다. 지휘자는 오지 않았다! 그들은 각자 자기 자리로 흩어졌으나 미처 앉기도 전에 어찌된 셈인지 자신도 모르게 노래를 부르기 시작했다. 멈출 수가 없었다. 삼 분쯤 입을 다물었다가 다시 합창 시작. 입을 다물었다가 ─ 또 합창! 그러자 다들 문제가 생겼다고 생각하기 시작했다. 위원장은 수치스러워서 자기 사무실에 문을 잠그고 들어앉았다.

여기서 아가씨의 이야기가 끊어졌다. 진정제도 아무 소용이 없었다.

십오 분 후, 바간콥스키 골목의 격자 울타리로 트럭이 세 대 들어와 짐칸에 지부 위원장을 필두로 직원 전원을 태웠다.

첫 번째 트럭이 흔들거리며 정문을 통과해 골목에 나서자마자, 짐칸에서 서로 어깨를 붙잡고 서 있던 직원들이 입을 열었고 골목 전체에 대중가요가 울려 퍼졌다. 두 번째 트럭이 따라 잡고, 그 뒤로 세 번째도 합류했다. 그렇게 모두 떠나갔다. 자기 일로 바쁜 보행자들은 견학단이 교외로 나간다고 생각한 듯 하나도 놀라지 않고 그저 트럭을 흘낏 곁눈질할 뿐이었다. 사실 트럭은 교외로 나가기는 했으나, 견학하기 위해서가 아니라 스트라빈스키 박사의 병원으로 가기 위해서였다.

삼십 분 후, 완전히 이성을 잃은 회계부장은 마침내 공금에서만이라도 벗어나리라는 희망을 안고 경영 분과에 도착했다. 이미 여러 차례 소란을 경험한 그는 무엇보다도 먼저 금빛 글씨가 박힌 불투명한 유리 뒤로 직원들이 앉아 있는 장방형 홀을 조심스럽게 둘러보았다. 회계부장은 여기서 소란이나 추태의 징후를 전혀 발견하지 못했다. 그곳은 제대로 된 공공기관답게 조용했다.

바실리 스테파노비치는 '수익금 수납'이라고 쓰인 창구에 머리를 들이밀고 처음 보는 직원에게 인사한 후 정중하게 수납전표를 부탁했다.

"무슨 일로요?" 창구 직원이 물었다.

회계부장은 놀랐다.

"수익금을 전달하려고 합니다. 바리에테에서 왔습니다."

"잠시만 기다리세요." 직원이 대답과 동시에 재빨리 유리창에 난 구멍에 가리개를 씌웠다.

'이상하군!' 회계부장이 생각했다. 그가 놀라는 것은 아주 당연한 일이었다. 그는 이런 정황을 평생에 처음으로 마주한 것이다. 돈을 손에 넣기가 얼마나 어려운지 누구나 알고 있었고. 돈을 버는 일이라면 항상 장애물을 만날 수 있다. 회계부장은 삼십 년간 근무하면서 법조 관계자이든 개인이든 주는 돈을 받으면서 머뭇거리는 상황은 본 적이 없었다.

마침내 가리개가 치워졌고 회계부장은 다시 창구에 매달렸다.

"돈이 많습니까?" 직원이 물었다.

"21711루블입니다."

"오호!" 직원이 어째서인지 냉소적으로 대답하고는 회계부장에게 초록색 종잇조각을 내밀었다.

서류 관계를 잘 아는 회계부장은 즉시 서류를 작성하고 지폐 꾸러미의 노끈을 풀기 시작했다. 꾸러미가 열렸을 때, 그의 눈앞에 뭔가 아른거렸고 그는 괴로운 듯 불분명한 신음 소리를 냈다.

그의 눈앞에 외국 돈이 아른거렸다. 꾸러미 속에 있는 것은 캐나다 달러와 영국 파운드, 네덜란드 굴덴, 라트비아 라트, 에스토니아 크로네였다……

"여기 있습니다, 이 사람도 바리에테의 사기꾼입니다." 말문이 막힌 회계부장의 머리 위로 위협적인 목소리가 들렸다. 그리고 바실리 스테파노비치는 곧바로 체포되었다.

18
불운한 방문객들

부지런한 회계부장이 택시를 타고 자동 기록 양복을 만나러 가고 있던 바로 그때, 키예프를 출발해 모스크바에 도착한 9번 열차의 일등칸 침대차에서 품위 있는 승객이 인조 가죽으로 만든 조그만 트렁크를 손에 들고 내렸다. 이 승객은 다름 아니라 고인이 된 베를리오즈의 아저씨 막시밀리안 안드레예비치 포플랍스키였다. 경제학자이자 생산 계획 전문가인 그는 현재 키예프의, 이전에 대학 거리였던 곳에 살고 있었다. 막시밀리안 안드레예비치가 모스크바에 찾아온 이유는 그저께 저녁 늦게 받은, 다음과 같은 내용의 전보 때문이었다.

'본인 방금 총주교 연못에서 전차에 치였음. 장례식 금요일 낮 3시. 참석 바람. 베를리오즈.'

막시밀리안 안드레예비치는 키예프에서 가장 똑똑한 사람들 중 하나에 속한다고 자부하고 있었고, 또 그럴 자격도 있었다. 그러나 아주 똑똑한 사람이라도 이런 전보를 받으면 난처해지게 마련이다. 일단 누군가 자신이 전차에 치였다고 전보를 쳤다면 그것은 분명 죽지는 않았다는 뜻이다. 그렇다면 장례식은 무슨 말인가? 혹시 상태가 아주 나빠서 자신이 곧 죽을 거라고 예상하는 것인가? 그건 있을 수 있는 일이지만, 이상한 것은 이 정확한 세부 사항이다. 도대체 자기 장례식이 금요일 낮 3시에 있으리라는 걸 어떻게 이렇게 세세하게 안단 말인가? 놀라운 전보다!

그러나 사람이 똑똑하다는 것은 혼란스러운 상황을 잘 분석하기 때문에 똑똑하다는 것이다. 아주 간단하다. 뭔가 착오가 있어서 전보가 잘못 적힌 채로 배달된 것이다. 의심할 여지 없이, '본인'이라는 단어가 '베를리오즈'라는 단어 대신 다른 전보에서 섞여 들어왔고, 그리하여 그 '베를리오즈'라는 단어는 전보 끝으로 밀려난 것이다. 이런 수정을 거치자 전보의 내용은 명료해졌으나, 물론, 비극적이기도 했다.

막시밀리안 안드레예비치는 자신의 배우자를 덮친 슬픔의 물결이 수그러들자 즉시 모스크바를 향해 출발했다.

여기서 막시밀리안 안드레예비치의 비밀을 한 가지 밝혀야겠다. 아내의 조카가 한창 나이에 목숨을 잃은 것을 그가 안쓰럽게 여겼다는 사실은 두말할 필요도 없다. 그러나 그는 현실적인 사람이었으므로 자신이 장례식에 참석해야만 하는 특별한 이유는 하나도 없다는 것을 알고 있었다. 그러나 어쨌든 막시밀리안 안드레예비치는 서둘러서 모스크바로 향했다. 도대체 이유가 무엇일까? 단 한 가지, 아파트였다. 모스크바의 아파트! 이건 중대한 일이다. 이유는 알 수 없지만 막시밀리안 안드레예비치는 키예프가 마음에 들지 않았고, 최근 모스크바로 이사를 갈 생각에 너무나 고심해서 밤에 잠을 제대로 잘 수 없을 정도였다.

그는 드네프르 강물이 넘치는 봄에, 강물이 강변의 야트막한 섬들을 뒤덮어 지평선과 합쳐지는 것을 좋아하지 않았다. 블라디미르 왕자 동상의 발치에서 펼쳐지는 숨 막히게 아름다운 풍경도 좋아하지 않았다. 봄이면 벽돌로 포장한 블라디미르 언덕의 오솔길에 아른거리는 햇빛의 얼룩도 그를 즐겁게 하지 못했다. 그는 이런 것들은 전혀 원하지 않았다. 그가 원하는 것은 단 한 가지, 모스크바로 이사 가는 것뿐이었다.

키예프의 대학 거리에 있는 아파트와 모스크바의 더 작은 방을 맞바꾸자는 신문 광고는 아무 성과가 없었다. 원하는 사람은 나오지 않았고, 간혹 그런 사람이 나타난다고 해도 그들의 제안은 양심적이지 못한 것이었다.

막시밀리안 안드레예비치는 전보를 받고 흥분했다. 그대로 지나치기에는 너무나 아까운 기회였다. 현실적인 사람이라면 이런 기회가 다시 오지 않는다는 것을 안다.

한마디로 그는 어떤 어려움이 있더라도 사도바야 거리에 있는 조카의 아파트를 물려받아야만 하는 것이다. 그렇다. 이것은 어려운, 아주 어려운 일이지만, 어떤 대가를 치르더라도 그 어려움을 극복해야만 하는 것이다. 경험이 많은 막시밀리안 안드레예비치는 이를 위해서 반드시 해야 할 첫 번째 일은 다음과 같다는 사실을 알고 있었다. 즉, 그는 임시로라도 죽은 조카의 방 세 개에 거주 등록을 해야만 했다.

금요일 낮, 막시밀리안 안드레예비치는 모스크바 사도바야 거리의 302-2번지 건물 주택 조합 사무실의 문을 열고 들어

섰다.

좁다란 방의 벽에는 강물에 빠진 사람을 응급 처치하는 방법이 그려진 현수막이 붙어 있고 목재 책상 뒤에 면도하지 않은, 눈동자가 불안해 보이는 중년 남자가 홀로 앉아 있었다.

"주택 조합 위원장님을 뵐 수 있습니까?" 경제학자이며 생산 계획 전문가가 모자를 벗고 트렁크를 빈 의자에 내려놓으며 정중하게 문의했다.

언뜻 듣기에 지극히 간단한 이 질문에 앉아 있던 사람은 어째서인지 안색이 변할 정도로 몹시 당황해했다. 그는 불안한 눈으로 곁눈질을 하면서 알아듣기 힘든 말로 위원장님은 안 계신다고 중얼거렸다.

"아파트에 계신가 보죠? 급한 일이 있어서요." 포플랍스키가 물었다.

앉아 있던 사람은 또다시 횡설수설했다. 어쨌든 위원장이 아파트에도 없다는 것을 추측할 수는 있었다.

"그럼 언제 오십니까?"

앉아 있던 사람은 아무런 대답도 하지 않고 애수에 찬 눈으로 창밖을 바라볼 뿐이었다.

"아하!" 똑똑한 포플랍스키가 혼잣말로 중얼거리고는 비서는 어디 있는지 문의했다.

책상 뒤에 앉아 있는 이상한 사람은 너무 긴장하여 얼굴이 벌겋게 변해서 다시 한 번 알아듣기 힘든 말로 비서도 없다고 말했다……. 언제 돌아오는지는 알 수 없다……. 비서는 지금 병이 났다…….

'아하!' 포플랍스키가 속으로 생각했다. "그래도 조합 직원이 누군가 계시겠죠?"

"접니다." 그 사람이 기운 없는 목소리로 대답했다.

"그러니까 말입니다." 포플랍스키가 인상 깊게 말을 시작했다. "저는 아시다시피 총주교 연못에서 사망한 제 조카 고 베를리오즈의 유일한 상속자입니다. 법에 따라서 유품을 가져갈 의무가 있고, 그 유품은 우리 50호 아파트에……"

"나한테 말해 봤자 소용없어요, 동무……." 그 사람이 구슬프게 가로막았다.

"그래도 들어 보십시오. 주택 조합의 일원이시니 의무적으로……." 포플랍스키가 낭랑한 목소리로 말했다.

그때 한 시민이 방에 들어왔다. 책상 뒤에 앉은 사람은 들어온 사람을 보고 얼굴이 창백해졌다.

"주택 조합 직원 파트나즈코입니까?" 들어온 사람이 앉아 있는 사람에게 물었다.

"예." 그가 들릴락 말락 한 목소리로 대답했다.

들어온 사람이 앉아 있는 사람에게 뭔가 속삭이자 앉아 있던 사람은 크게 당황하여 의자에서 일어났고, 몇 초 후 포플랍스키는 텅 빈 조합 사무실에 혼자 남았다.

'아, 일이 복잡하게 됐군! 하필 꼭 만나야 할 사람들이 이렇게 한꺼번에…….' 포플랍스키가 아스팔트를 깐 마당을 가로질러 서둘러 50호 아파트로 가면서 짜증스럽게 생각했다.

경제학자이자 생산 계획 전문가가 초인종을 누르자마자 문이 열렸고, 막시밀리안 안드레예비치는 어둠침침한 현관에 들어섰다. 그는 누가 문을 열어 주었는지 알 수 없는 이 상황에 조금 놀랐다. 현관에는 의자에 앉아 있는 거대한 검은 고양이 말고는 아무도 없었다.

막시밀리안 안드레예비치는 헛기침을 하고 발을 몇 번 굴렀고, 그러자 서재의 문이 열리고 현관으로 코로비요프가 나왔다. 막시밀리안 안드레예비치는 그에게 정중하게, 그러나 위엄 있게 고개를 숙여 보이고 말했다.

"저는 포플랍스키라고 합니다. 제 조카가⋯⋯."

그러나 그는 미처 말을 끝맺지 못했다. 코로비요프가 주머니에서 더러운 손수건을 꺼내어 코를 찔러 넣고 울음을 터뜨린 것이다.

"⋯⋯사망한 베를리오즈인데⋯⋯."

"압니다, 알아요. 보자마자 알았어요, 바로 그분이시라는 걸!" 코로비요프가 얼굴에서 손수건을 거두며 가로막았다. 그는 몸을 떨고 흐느끼면서 외치기 시작했다. "비극입니다, 그렇지 않습니까? 이게 도대체 무슨 일이랍니까, 예?"

"전차에 치였다고요." 포플랍스키가 속삭였다.

"즉사였지요!" 코로비요프가 소리쳤고, 눈물이 코안경 아래로 줄줄 흘러내렸다. "즉사였어요! 제가 목격자입니다. 정말이에요. 단번에! 머리가 획! 오른쪽 다리가, 확, 두 동강! 왼쪽도, 확, 두 동강! 전차라는 게 그런 겁니다!" 그리고 코로비요프는 몸을 가누지 못하는 듯 거울 옆의 벽에 코를 처박고 흐느껴 울며 몸을 떨기 시작했다.

베를리오즈의 숙부는 낯선 사람의 행동에 진심으로 충격을 받았다. '이런데도 요즘 세상에 정 많은 사람이 없다고들 하니!' 그는 자기 자신도 눈시울이 뜨거워지는 것을 느끼며 생각했다. 그러나 동시에 약간 불쾌한 구름이 그의 마음에 피어올랐고, 불현듯 이 정 많은 사람이 선수를 쳐서 고인의 아파트에 거주 등록을 해 버린 게 아닐까 하는 사악한 생각이 번뜩였다. 살다 보면 그런 일도 일어나게 마련이다.

"죄송하지만, 혹시 죽은 제 조카 미샤의 친구입니까?" 그가 소매로 메마른 왼쪽 눈을 닦아 내면서, 그러나 오른쪽 눈으로는 코로비요프의 감동적인 슬픔을 관찰하면서 물었다. 그러나 상대방은 너무나 심하게 흐느끼고 있어서 아무것도 이해하지 못했고, 알아들 수 있는 것은 계속 되풀이하고 있는 "확, 두 동강!"이라는 말뿐이었다. 코로비요프는 실컷 울더니 마침내 벽에서 코를 떼고 말했다.

"안 돼요, 더는 못 하겠어요! 가서 진정제를 300방울은 마셔야겠어요……!" 그는 완전히 눈물범벅이 된 얼굴을 포플랍스키에게 돌리고 덧붙였다. "그러니까 전차였단 말입니다!"

"죄송하지만, 저한테 전보를 친 게 당신입니까?" 막시밀리안 안드레예비치가 이 놀라운 울보는 대체 누구일지 머리가 아프도록 생각하면서 물었다.

"저 애가 쳤어요!" 코로비요프가 손가락으로 고양이를 가리키며 대답했다.

포플랍스키는 잘못 들었을 거라 생각하며 눈을 크게 떴다.

"안 돼요, 난 할 수가 없었어요. 그럴 기운이 없어서." 코로비요프가 코를 문지르며 계속했다. "또렷이 기억나요, 바퀴가 다리를 지나가고……. 바퀴 하나가 10푸드*나 나가는데……. 확! 가서 자야겠어요, 잠들면 다 잊을 거예요……." 그리고 그

---

* '푸드' 역시 혁명 전에 사용하던 단위이다. 1푸드는 약 16킬로그램에 해당한다.

는 현관에서 사라졌다.

고양이는 바스락거리며 움직이더니 의자에서 뛰어내려 뒷다리로 서서 몸을 뒤로 젖히고 앞발을 허리에 대고는 주둥이를 열어 말했다.

"그래, 내가 전보 쳤소. 또 뭐요?"

막시밀리안 안드레예비치는 머리가 빙빙 돌기 시작했고 손발이 마비되어 트렁크를 떨어뜨리고 고양이 맞은편에 놓인 의자에 주저앉았다.

"지금 러시아어로 묻고 있지 않소. 또 뭐냐니까?" 고양이가 진지하게 말했다.

포플랍스키는 아무런 대답도 하지 못했다.

"여권!" 고양이가 짖어 대고 털북숭이 앞발을 내밀었다.

포플랍스키는 아무런 생각도 하지 못하고, 고양이의 두 눈에 타오르는 불꽃 외에는 아무것도 보지 못하면서, 주머니에서 마치 단도를 꺼내듯 여권을 꺼내 움켜쥐었다. 고양이는 거울 아래 탁자에서 두꺼운 검은 테가 달린 안경을 집어 들어 얼굴에 끼고 ── 이 때문에 더욱 인상적인 모습이 되어 ── 포플랍스키의 멋대로 떨리는 손에서 여권을 빼냈다.

'이거 흥미롭군. 나는 기절하는 걸까, 아닐까?' 포플랍스키가 생각했다. 멀리서 코로비요프가 흐느끼는 소리가 들려왔고, 현관 전체가 에테르와 갈초근, 또 뭔가 구역질 나는 약물 냄새로 가득 찼다.

"412번 사무실." 고양이가 거꾸로 든 여권을 앞발로 만지며 혼잣말을 하더니 소리쳤다. "그럼 그렇지! 내가 이 부서는 잘 알지! 여긴 아무한테나 여권을 내주거든! 하지만 나라면 당신 같은 사람한테는 여권을 안 내줬을 거요! 무슨 일이 있어도! 얼굴을 한 번 보고 당장 거절했을 거요!" 고양이는 몹시 분개하여 여권을 바닥에 내팽개쳤다. "당신의 장례식 참석 계획은 중지요." 고양이가 딱딱한 목소리로 말했다. "거주지로 돌아가시오." 그리고 문에 대고 짖었다. "아자젤로!"

이 부름에 키가 작고 다리를 좀 절고, 딱 붙는 검은 운동복 차림에 가죽 허리띠에는 단검을 쑤셔 넣었고, 빨간 머리에 누런 송곳니가 보이고 왼쪽 눈에는 백태가 낀 인물이 현관으로 달려 나왔다.

포플랍스키는 숨이 막히는 것을 느끼며 의자에서 일어나 가슴을 움켜쥐고 뒷걸음질쳤다.

"아자젤로, 내보내!" 고양이가 명령을 내리고는 현관에서 나갔다.

"포플랍스키." 방금 막 들어온 인물이 콧소리를 내며 조용히 말했다. "이제 다 이해했겠지?"

포플랍스키는 머리를 끄덕였다.

"지금 즉시 키예프로 돌아가. 거기 쥐죽은 듯 조용히, 숨소리도 내지 말고 앉아서 모스크바의 아파트 따위는 꿈도 꾸지 말라고. 알아들어?" 아자젤로가 말을 계속했다.

송곳니와 칼과 애꾸눈으로 포플랍스키를 벌벌 떨게 한 이 작달막한 인물은 키가 경제학자의 어깨 정도밖에 되지 않았으나 그의 움직임은 기운이 넘치고 정확하며 또 조직적이었다.

그는 먼저 여권을 집어 들어 막시밀리안 안드레예비치에게 주었고, 막시밀리안 안드레예비치는 떨리는 손으로 그 조그만 수첩을 받았다. 그리고 아자젤로라고 불린 인물은 한 손으로 트렁크를 들고 다른 손으로 문을 열어젖힌 다음 베를리오즈 숙부의 팔을 잡아 그를 층계참으로 데리고 나갔다. 포플랍스키는 쓰러지듯 벽에 몸을 기댔다. 아자젤로는 열쇠도 없이 트렁크를 열고는 기름칠한 신문지에 싼, 한쪽 다리가 없는 거대한 구운 통닭을 꺼내 층계참에 놓았다. 그러고 나서 속옷 두 벌과 면도날을 가는 가죽띠, 조그만 책자, 작은 상자를 꺼내 통닭만 빼고 전부 발로 차서 계단 아래로 떨어뜨렸다. 같은 곳으로 속을 비운 트렁크도 굴러 떨어졌다. 트렁크가 아래로 쾅 하고 떨어지는 소리로 미루어 보아 가방 뚜껑이 날아간 것 같았다.

빨간 머리의 불한당은 통닭의 다리 부분을 쥐고 가로로 눕힌 통닭 전체를 휘둘러 강력하고도 무시무시하게 포플랍스키의 목을 내려쳤다. 통닭의 몸통이 떨어져 나가고 아자젤로의 손에는 닭다리만 남았다. '오블론스키의 집은 모든 것이 뒤죽박죽이었다.'*라고 유명한 소설가 레프 톨스토이가 묘사한 바 있다. 그는 이 경우에도 똑같이 말했을 것이다. 그렇다! 포플랍스키의 눈에는 모든 것이 뒤죽박죽이었다. 그의 눈앞에 기다란 불꽃이 지나가더니, 곧 상장(喪章)처럼 검은 뱀으로 바뀌었다가 5월의 햇빛을 받아 순식간에 사라져 버렸다. 포플랍스키는 손에 여권을 쥔 채 계단을 뛰어 내려갔다. 모퉁이까지 날듯이 달려 내려간 그는 다음 층계참에서 발로 창유리를 깨뜨리고 계단에 앉았다. 그의 옆으로 다리 없는 통닭이 솟구치더니 훌쩍 날아서 아래로 떨어졌다. 위층에 남은 아자젤로는 눈 깜짝

---

* 소설 『안나 카레니나』의 도입부에 나오는 문장.

할 사이에 닭다리를 먹어 치우고는 딱 붙는 운동복 상의 옆 주머니에 뼈를 쑤셔 넣고 아파트로 돌아가 쾅 하고 문을 닫았다.

그때 아래쪽에서 사람이 일어서 조심스럽게 발걸음을 옮기는 소리가 들려오기 시작했다.

포플랍스키는 한 층을 더 뛰어 내려가서 층계참의 나무 벤치에 앉아 숨을 골랐다.

키가 아주 작고 나이가 들어 보이는 사람이 유난히 슬픈 표정을 하고 낡은 명주 양복에 초록색 띠를 두른 밀짚모자를 쓰고 계단을 올라와 포플랍스키 앞에 멈추어 섰다.

"시민, 말 좀 물읍시다. 50호 아파트가 어디요?" 명주옷을 입은 조그만 사람이 서글픈 목소리로 물었다.

"위층!" 포플랍스키가 갑자기 큰 소리로 대답했다.

"삼가 감사드리겠소, 시민." 조그만 사람이 여전히 서글프게 말하고는 위층으로 올라갔고, 포플랍스키는 일어나서 아래로 달려 내려갔다.

여기서 드는 의문은, 막시밀리안 안드레예비치가 그렇게 서두른 것이 백주 대낮에 야만적인 폭행을 저지른 불한당들을 경찰에 신고하기 위해서였는가 하는 것이다. 아니다, 절대로 그렇지 않다고 단언할 수 있다. 그러니까 경찰서에 들어가서 안경 쓴 고양이가 방금 내 여권을 들여다보았고 운동복을 입은 사람은 칼을 들고……. 아니다, 시민들. 막시밀리안 안드레예비치는 정말로 똑똑한 사람이었던 것이다!

아래층에 내려온 그는 입구의 가장 바깥쪽 문 옆에 있는 골방으로 통하는 문을 보았다. 문의 유리창은 깨져 있었다. 포플랍스키는 여권을 주머니에 집어넣고 혹시 내던져진 소지품을 찾을 수 있을까 싶어 주위를 둘러보았다. 그러나 소지품은 흔적도 없었다. 포플랍스키 자신도 그 물건들이 전혀 아깝지 않다는 사실에 놀랐다. 그는 보다 흥미롭고 유혹적인 다른 생각에 마음을 빼앗겼다. 아까의 조그만 사람이 과연 그 저주받은 아파트에서 어떻게 되는지 한번 확인해 보는 것이다. 사실상 아파트가 어디 있는지 물었다는 것은 그곳으로 간다는 뜻이었다. 분명 그는 지금쯤 50호 아파트를 점거한 일당들의 손아귀로 향하고 있을 것이었다. 포플랍스키는 왠지 그 조그만 사람이 금세 아파트를 나올 것이라는 예감이 들었다. 이미 막시밀리안 안드레예비치에게 조카의 장례식 같은 것은 안중에도 없었고, 키예프로 돌아가는 열차가 출발할 때까지는 시간이 충분했다. 경제학자는 주위를 둘러보고 골방 안으로 몸을 숨겼다.

그때 멀리 위층에서 문을 두드리는 소리가 났다. '그 사람이 들어갔구나…….' 포플랍스키가 가슴을 졸이며 생각했다. 골방 안은 서늘했고 쥐 냄새와 장화 냄새가 뒤섞여 났다. 막시밀리안 안드레예비치는 갈라진 나무토막 위에 앉아서 기다리기로 했다. 자리도 편했고, 6번 출입구도 잘 보였다.

그러나 키예프에서 온 경제학자는 예상보다 오래 기다려야 했다. 어째서인지 층계는 계속 비어 있었다. 밖의 소리도 잘 들을 수 있었고, 마침내 5층에서 문 열리는 소리가 났다. 포플랍스키는 숨을 죽였다. 그렇다, 그 사람의 조그만 발소리였다. '아래로 내려온다.' 한 층 아래에서 문이 열렸다. 조그만 발소리가 멈추었다. 여자 목소리. 조그만 사람의 슬픈 목소리……. 그렇다, 저건 그 사람 목소리다……. "그만둬요, 하느님 맙소사……."와 비슷한 말이 들렸다. 깨진 유리창 밖으로 포플랍스키의 귀가 쫑긋이 튀어나왔다. 그 귀가 여자 웃음소리를 포착했다. 빠르고 당당한 발소리가 아래층으로 내려왔다. 그리고 바로 앞에 여자의 등이 어른거렸다. 초록색 유포(油布) 가방을 손에 든 여자는 현관에서 마당으로 나갔다. 맞은편에서 조그만 사람의 조그만 발소리가 다시 들려왔다. '이상하군! 아파트로 다시 돌아가고 있잖아! 혹시 저 사람도 애초에 그 일당인 거 아냐? 그래, 돌아간다. 지금 또 위층에서 문이 열렸어. 뭐 어쨌든, 좀 더 기다려 보자.'

이번에는 오래 기다릴 필요가 없었다. 문소리. 조그만 발소리. 조그만 발소리가 그쳤다. 절망적인 비명. 고양이 새끼의 야옹거리는 소리. 조그만 발걸음 소리가 빠르게, 잰걸음으로, 아래로, 아래로, 아래로!

포플랍스키는 끝까지 기다렸다. 서글픈 표정의 조그만 사람이 완전히 얼이 빠진 얼굴로 성호를 긋고 뭔가 중얼거리면서, 모자도 없이 대머리에는 할퀸 상처가 나고 바지는 완전히 젖은 채로 튀어나왔다. 그는 출구의 문에 매달려 문손잡이를 흔들기 시작했는데, 겁에 질려서 문이 안으로 열리는지 밖으로 열리는지 파악하지 못하다가, 마침내 문을 열고 햇빛이 비치는 마당으로 튀어나갔다.

아파트 확인 작업은 끝났다. 막시밀리안 안드레예비치는 더 이상 죽은 조카도, 아파트도 생각하지 않고 자신이 처했던 위험을 상기하고 몸을 떨면서 단지 두 마디, "다 알았어! 다 알았어!"만 속삭이며 마당으로 달려나왔다. 몇 분 후 트롤리버스가 생산 계획 전문가를 키예프행 기차역 방향으로 실어나르고 있었다.

경제학자가 아래층 골방에 앉아 있는 동안 조그만 사람에게는 대단히 불쾌한 상황이 벌어졌다. 그 조그만 사람은 바리에테의 식당에 근무하는 사람으로 이름은 안드레이 포키치 소코프였다. 바리에테에서 수사가 진행되는 동안 안드레이 포키치는 소동을 피해 한쪽에 숨어 있었고 그에 관해서 눈에 띈 것은 한 가지, 평소보다도 더 슬퍼 보인다는 점뿐이었으며, 그 밖에는 급사 카르포프에게 객원 마술사가 어디에 묵고 있는지 확인했다는 것이었다.

이 식당 직원은 경제학자와 계단에서 헤어진 후 5층으로 올라가 50호 아파트의 초인종을 울렸다.

곧바로 문이 열렸지만 식당 직원은 몸을 떨고 뒷걸음질을 치며 곧바로 들어가지 못했다. 그럴 만했다. 문을 연 사람은 젊은 처녀였는데, 옷이라고는 하나도 입지 않고 단지 교태가 넘치는 레이스 앞치마를 두르고 머리에 흰 레이스 장식을 꽂고 있을 뿐이었다. 그리고 발에는 굽 높은 금색 샌들을 신고 있었다. 처녀의 몸매는 흠잡을 데 없이 돋보였으며, 목에 자줏빛 흉터가 나 있는 것이 유일한 결점이라면 결점이었다.

"자, 들어와요, 초인종 눌렀잖아요!" 처녀가 방탕해 보이는 초록빛 눈을 식당 직원에게 돌리며 말했다.

안드레이 포키치는 숨을 한 번 깊게 들이쉬고, 눈을 껌뻑이며 모자를 벗어들고 현관 안으로 발걸음을 옮겼다. 그와 동시에 현관에서 전화기가 울렸다. 수치심을 모르는 하녀는 한쪽 다리를 의자 위에 올린 채 수화기를 들고 말했다.

"여보세요!"

식당 직원은 시선을 어디에 둬야 할지 몰라 계속 몸의 중심을 한 발에서 다른 발로 바꾸며 생각했다. '이런, 이런. 외국인의 하녀라니! 세상에, 행실도 더러워라!' 그리고 그 더러운 행실을 보지 않으려고 다른 쪽을 곁눈질하기 시작했다.

커다랗고 어둠침침한 현관은 기이한 물품과 옷가지로 가득 차 있었다. 의자 등에는 불타는 듯한 색깔의 안감을 댄 장례식용 검은 망토가 걸쳐져 있고 거울 아래 탁자에는 빛나는 황금색 자루가 달린 장검이 놓여 있었다. 구석에는 칼자루가 은으로 된 검 세 자루가 무슨 우산이나 지팡이처럼 아무렇지도 않게 세워져 있었다. 박제된 사슴 머리의 뿔에는 독수리 깃털을 꽂은 베레모가 걸려 있었다.

"예." 하녀가 전화기에 대고 말했다. "뭐라고요? 마이겔 남작님? 그러세요. 예! 예술가님은 오늘 집에 계세요. 예, 반가워하실 거예요. 예, 손님들도……. 연미복이나 검은 정장이면 돼요. 뭐라고요? 밤 12시쯤이요." 대화가 끝나자 하녀가 수화기를 내려놓고 식당 직원에게 돌아섰다. "무슨 일이시죠?"

"예술가 시민을 꼭 뵈어야 합니다."

"정말요? 그분을 직접?"

"예." 식당 직원이 서글프게 대답했다.

"여쭤 볼게요." 하녀가 유난히 주저하며 말하고, 죽은 베를리오즈의 서재 문을 조금 열고 보고했다. "기사님, 여기 조그만 사람이 와서 메시르를 뵈어야겠다고 하는데요."

"들여보내요." 서재에서 코로비요프의 갈라진 목소리가 울렸다.

"거실로 가세요." 처녀가 마치 옷을 제대로 입고 있는 것처럼 너무나 평범하게 말하더니 거실로 들어가는 문을 열어 주고 현관에서 사라졌다.

안내받은 곳으로 들어간 식당 직원은 거실 안의 내부 장식을 보고 자신이 무슨 일로 찾아왔는지 까맣게 잊어버릴 정도로 놀랐다. 커다란 창문의 색유리(흔적 없이 사라진 보석상 과부의 상상에서 나온 것이었다.) 사이로 성당에서처럼 기기묘묘한 빛이 쏟아져 들어왔다. 따뜻한 봄날인데도 오래된 거대한 벽난로에서 장작이 타오르고 있었다. 그러나 방 안은 전혀 덥지 않았고 오히려 지하실의 습기 같은 것이 방에 들어선 사람을 에워쌌다. 벽난로 앞의 호랑이 가죽 깔개 위에는 불꽃 앞에 눈을 감은 검은 고양이가 온화한 표정으로 앉아 있었다. 탁자가 있었는데, 그것을 보고 신앙심 깊은 식당 직원은 몸을 흠칫 떨었다. 탁자는 성당의 비단 제단 보로 덮여 있었다. 제단 보 위에는 배가 불룩하고 곰팡이가 슬고 먼지가 쌓인 병이 여러 개 놓여 있었다. 그 사이에서 반짝이는 접시는 한눈에 보기에도 순금으로 만들어진 것이었다. 벽난로 앞에는 키가 작은 빨간 머리 사내가 허리에 단검을 차고 금속으로 만든 기다란 검에 고기 조각을 꽂아 굽고 있었으며, 고기즙이 불꽃 속으로 방울지어 떨어졌고 굴뚝 위로 연기가 올라갔다. 고기 굽는 냄새 말고도 향수와 향지(香脂) 냄새가 강하게 풍겨 왔다. 그 때문에 식당 직원은 이미 신문에서 베를리오즈의 죽음과 그의 생전 거주지에 대해 읽어 알고 있었으므로 이 정교 의식이 베를리오즈의 진혼제 같은 것이 아닐까 하는 생각을 잠시 했다가, 어리석은 생각이 분명한 듯해서 곧 머릿속에서 쫓아 버렸다.

어안이 벙벙해진 식당 직원에게 무거운 저음의 목소리가 돌연히 말을 걸었다.

"그래, 어떻게 도와 드리면 되겠습니까?"

식당 직원은 그제야 자신이 찾고 있던 사람의 그림자를 발견했다.

흑마술사는 나지막하고 아주 커다란 소파에 비스듬히 누워 있었는데, 주위에 쿠션이 가득 놓여 있었다. 식당 직원이 보기에 예술가는 앞이 뾰족한 검은 실내화를 신고 검은 속옷만 입은 것 같았다.

식당 직원은 비통하게 말했다. "저는 바리에테 극장의 식당 책임자입니다만……."

예술가는 마치 식당 직원의 입을 막으려는 듯이 손가락에 보석이 번쩍이는 손을 앞으로 내밀고 몹시 흥분한 어조로 말하기 시작했다.

"아니, 아니, 아니요! 그 이상 한마디도 하지 마시오! 절대로, 어떤 경우에도! 댁의 식당에서는 아무것도 입에 대지 않겠습니다! 존경하는 식당 지배인님, 제가 말입니다, 어제 댁의 식당 옆을 지나간 이후 지금까지 철갑상어 고기도, 양젖 치즈도 잊지를 못하고 있습니다. 친애하는 지배인님! 양젖 치즈는 초록색일 수 없답니다, 누군가에게 속은 거예요. 치즈는 모름지기 흰색이어야 합니다. 그래요, 게다가 그 차는? 그건 정말 개숫물과 다를 바 없습니다! 제 눈으로 똑똑히 봤습니다. 지저분한 아가씨가 양동이에 담긴 회색 물을 댁의 거대한 사모바르*에 붓고 있더군요. 그 와중에도 차는 계속 따라 주고요. 안 됩니다, 그렇게 해서는 안 돼요!"

---

* 아래쪽에 숯불을 넣어 물을 끓이는 러시아식 화로로 신선로와 흡사하다.

"죄송합니다만." 이 갑작스러운 공격에 어안이 벙벙해진 안드레이 포키치가 말을 시작했다. "전 그 일로 여기 온 게 아닙니다. 철갑상어 고기는 아무 상관도 없어요."

"아니 왜 상관이 없다는 겁니까, 고기가 상했는데!"

"철갑상어 고기는 신선도가 2등급인 걸 받아서 씁니다." 식당 직원이 해명했다.

"친구여, 그건 말도 안 됩니다!"

"뭐가 말도 안 됩니까?"

"2등급 신선도라니, 그건 말도 안 됩니다! 신선도는 한 가지밖에 없어요. 바로 1등급입니다, 그게 마지막이지요. 만약에 철갑상어 고기의 신선도가 2등급이라면, 그건 부패했다는 뜻이지요!"

"그 점은 사과드립니다만……." 식당 직원은 어떻게 하면 시비를 거는 예술가에게서 화제를 돌릴지 쩔쩔매면서 다시 말을 시작하려 했다.

"사과는 받아들일 수 없습니다." 상대방이 단호하게 말했다.

"저는 그 일로 온 게 아닙니다." 식당 직원은 당혹스러워하며 말했다.

"그럼 무슨 일입니까?" 외국인 마술사가 놀라워했다. "도대체 저한테 찾아오실 일이 뭐가 또 있지요? 제가 제대로 기억하고 있다면, 댁과 비슷한 직업을 가진 인물 중에서는 군대의 구내매점에서 일하는 아가씨를 한때 알고 지냈을 뿐이고, 그것도 이미 오래전 일이라 당신은 아마 이 세상에 없었을 때일 겁니다. 어쨌든 반갑습니다. 아자젤로! 식당 경영자님께 의자 가져다 드려!"

고기를 굽던 인물이 몸을 돌리면서 송곳니를 내보여 식당 직원을 겁에 질리게 하더니 능숙한 몸짓으로 나지막한 오동나무 간이 의자를 그에게 내밀었다. 방 안에 달리 앉을 곳은 없었다.

식당 직원이 말했다.

"삼가 감사드립니다." 그리고 간이 의자 위로 몸을 낮추었다. 그때 의자 뒷다리가 우지직 소리를 내며 부러졌고 식당 직원은 신음 소리를 내며 바닥에 심하게 엉덩방아를 찧었다. 그는 넘어지면서 자기 앞에 있던 간이 탁자를 발로 차 버렸고, 그 바람에 탁자에서 붉은 포도주가 가득 들어 있는 잔을 뒤엎어 바지에 쏟았다.

예술가가 소리쳤다.

"저런! 다치지 않으셨습니까?"

아자젤로가 식당 직원이 일어서도록 도와주고는 다른 의자를 내주었다. 식당 직원은 바지를 벗어 벽난로 불에 말리지 않겠느냐는 주인의 권유를 비탄이 가득한 목소리로 거절하고 젖은 속옷과 바지 때문에 견딜 수 없을 정도로 불편함을 느끼면서 다른 의자 위에 조심스럽게 앉았다.

"전 낮은 의자를 좋아합니다. 의자가 낮으면 떨어져도 덜 위험하니까요. 그래, 철갑상어 고기 얘기에서 멈췄지요? 친애하는 지배인님! 신선도, 신선도, 또 신선도, 이것이야말로 모든 식당 직원의 좌우명이어야 하는 겁니다. 그러니 이것을 한번 맛보시지 않겠습니까……." 예술가가 말했다.

순간, 식당 직원 앞에서 검이 벽난로 불꽃의 붉은빛을 받아 번쩍였고, 아자젤로가 황금 접시에 김이 모락모락 나는 고기 조각을 얹고 레몬주스를 조금 부은 후 가지가 두 개인 황금 포크와 함께 식당 직원에게 내밀었다.

"삼가…… 저는……."

"아니요, 아닙니다. 드셔 보십시오!"

식당 직원은 예의상 고기 조각을 입안에 넣었고, 지금 씹는 것이 아주 신선하고 무엇보다 정말 이상할 정도로 맛있다는 사실을 곧바로 깨달았다. 그러나 그는 향기롭고 육즙이 풍부한 고기를 씹다가 목이 막혀 또 한 번 넘어질 뻔했다. 옆방에서 커다랗고 검은 새가 날아 들어와 날개로 조용히 식당 직원의 대머리를 할퀴었다. 벽난로 선반의 시계 옆에 앉은 새는 부엉이였다. '하느님 맙소사!' 안드레이 포키치가 식당 직원들이 으레 그렇듯이 불안해하며 생각했다. '이런 아파트가 있다니!'

"포도주 한잔 드릴까요? 적포도주, 아니면 백포도주? 이런 시간에는 어느 나라 포도주를 선호하십니까?"

"삼가…… 전 술을 안 마십니다……."

"그럴 리가요! 그럼 주사위 놀이라도 한판 하시겠습니까? 아니면 더 좋아하시는 다른 놀이라도 있습니까? 도미노라든가, 카드라든가?"

"안 합니다." 녹초가 되어 버린 식당 직원이 대답했다.

"정말 안 되겠군요." 집주인이 결론지었다. "이런 말씀 드려서 죄송하지만, 포도주와 노름, 매력적인 여성과의 교제, 식사 중의 대화를 피하는 남자는 뭔가 좋지 못한 것을 숨기고 있게 마련입니다. 이런 사람들은 중한 병을 앓고 있든가 아니면 주위 사람들을 비밀리에 혐오하고 있는 거죠. 사실 예외가 있긴 합니다. 저와 함께 연회장 식탁에 앉았던 인물들 중에는 가끔 놀라울 정도로 저열한 인간들도 있었죠! 그건 그렇고 무슨 일로 오셨는지 듣고 싶습니다."

"어제 선생님께서 마술을 부려서⋯⋯."

"제가요?"

마술사가 놀라서 소리쳤다. "제발 그런 말은 마십시오. 전그런 일은 하지 않습니다!"

"죄송합니다. 하지만 그게⋯⋯. 흑마술 공연이라고⋯⋯." 어리둥절한 식당 직원이 말했다.

"아, 그렇죠, 그렇죠! 친애하는 지배인님! 한 가지 비밀을 알려 드리죠. 저는 예술가가 아니고 그냥 모스크바 사람들을 단체로 한번 만나 보고 싶었을 뿐인데, 그런 일을 하려면 극장이가장 편하거든요. 그래서 여기 제 수행원들이 말입니다." 그가고양이 쪽을 보며 고개를 끄덕였다. "수행원들이 공연을 진행하고, 저는 그저 앉아서 모스크바 시민들을 보고 있었을 뿐이지요. 그런 표정은 짓지 마세요. 그 공연과 관련해서 무슨 일로 여기까지 오셨습니까?"

"기억하시는지 모르겠습니다만, 다름이 아니라 천장에서 지폐가 떨어져 내린 일 때문에⋯⋯." 식당 직원은 창피한 듯 목소리를 낮추고 주위를 둘러보았다. "그래, 다들 그걸 붙잡았지요.그 뒤로 식당에 젊은 사람이 들러서 10루블 지폐를 내고 제가거스름돈으로 8루블 50코페이카를 줬고요⋯⋯. 그리고 다른사람이⋯⋯."

"또 젊은 사람입니까?"

"아니요, 나이 든 사람입니다. 그리고 세 번째, 네 번째⋯⋯.저는 계속 거스름돈을 줬습니다. 그런데 오늘 정산을 하려고 보니, 돈 대신에 자른 종잇조각이 들어 있는 겁니다. 식당은 109루블이나 적자예요."

"이런, 이런, 이런! 그래 그 사람들은 그게 진짜 지폐라고 생각했던 겁니까? 전 그 사람들이 일부러 그랬다고는 생각할 수가 없습니다." 예술가가 소리쳤다.

식당 직원은 어쩐지 우수를 띤 표정으로 쓸쓸하게 주위를 둘러보았으나 아무 말도 하지 않았다.

"사기꾼들이란 말입니까? 정말로 모스크바 시민 중에 사기꾼이 있단 말입니까?" 마술사가 흥분하여 손님에게 물었다.

대답 대신 식당 직원은 비통하게 미소를 지어 모든 의심을 떨쳐 버렸다. 그렇다, 모스크바 시민 중에는 사기꾼이 있다.

"그렇게 저열할 수가!" 볼란드가 분노했다. "당신은 가난한 사람이지요……. 그래, 당신은 가난한 사람입니까?"

식당 직원은 머리를 어깨 쪽으로 움츠려서 자신이 가난하다는 것을 드러내 보였다.

"저축한 돈이 얼마나 있습니까?"

질문한 목소리에는 동정이 섞여 있었지만, 어쨌든 이런 질문은 확실히 사려 깊은 것은 아니었다. 식당 직원은 말을 우물거렸다.

"적금 계좌 다섯 개에 24만 9000루블이 있습니다." 옆방에서 갈라진 목소리가 대답했다. "그리고 집의 마루 밑에 10루블 금화가 200개 있고요."

식당 직원은 앉아 있던 의자에 눌어붙은 것 같았다.

"그래, 물론 그 정도는 돈도 아니지요." 볼란드가 관대한 척하며 손님에게 말했다. "하긴 그 돈은 사실 당신에게는 필요가 없지만 말입니다. 당신은 언제 죽지요?"

순간 식당 직원은 화가 치밀어 올랐다.

"그건 아무도 모르고 누구와도 상관없는 일이오." 그가 대답했다.

"그건 그렇죠, 알 수 없죠." 서재에서 그 듣기 싫은 목소리가 계속 들려왔다. "하지만 생각해 보시오, 뉴턴의 방정식을! 그는 아홉 달 뒤, 내년 2월에 모스크바 국립대학 제1병원 4번 병동에서 간암으로 죽을 겁니다."

식당 직원의 얼굴이 노래졌다.

"아홉 달이라." 볼란드가 생각에 잠겨 헤아렸다. "이십사만 구천⋯⋯. 그럼 대략 계산했을 때 한 달에 2만 7000루블이군요? 좀 적은 듯하지만 검소한 생활이라면 충분하겠죠⋯⋯. 그리고 또 그 10루블 금화⋯⋯."

"금화는 현금으로 바꾸지 못할 겁니다." 아까의 그 목소리가 끼어들어 식당 직원의 심장을 얼어붙게 했다. "안드레이 포키치가 사망한 직후에 집이 수색당해서 금화는 국립 은행으로 넘어가게 됩니다."

"그래 저라면 병원에 입원하지 말라고 권하고 싶군요." 예술가가 말을 이었다. "병동에서 불치병 환자들의 신음과 흐느낌을 들으며 죽는 게 무슨 의미가 있겠습니까. 그 2만 7000루블로 향연을 베푼 후에 울려 퍼지는 음악 속에서 술 취한 미녀들과 흥겨워하는 친구들에게 둘러싸여 독약을 마시고 저 세상으로 가는 편이 낫지 않겠습니까?"

식당 직원은 꼼짝 않고 앉아 있었고, 그새 몹시 늙어 버린 듯했다. 어두운 색 원이 눈 주위를 둘러쌌고, 뺨은 축 늘어졌으며, 아래턱이 저도 모르게 벌어졌다.

"얘기가 다른 곳으로 흘러갔군요." 집주인이 외쳤다. "본론으로 돌아갑시다. 그 잘라진 종잇조각을 보여 주십시오."

식당 직원은 불안해하며 주머니에서 꾸러미를 꺼내 열어보고는 그대로 얼어붙었다. 신문지 조각 속에는 10루블짜리 지폐 뭉치가 들어 있었다.

"친구여, 정말로 건강이 안 좋은 모양이군요." 볼란드가 어깨를 으쓱해 보이며 말했다.

식당 직원은 사납게 미소 짓고는 의자에서 일어섰다.

"하지만……. 하지만 만약에 이 돈이 다시……." 그가 딸꾹질을 하며 말했다.

"흠……." 예술가가 생각에 잠겼다. "그럼, 그때 다시 찾아오십시오. 언제나 환영입니다! 만나 뵙게 되어 정말 반가웠습니다."

그 순간 코로비요프가 서재에서 튀어나와 식당 직원의 손을 꼭 잡고 흔들면서 모두에게, 식당의 모두에게 안부를 전해 달라고 안드레이 포키치에게 간청했다. 식당 직원은 아무것도 제대로 생각하지 못하고 현관 쪽으로 움직이기 시작했다.

"헬라, 배웅해 드려!" 코로비요프가 소리쳤다.

또다시 그 빨간 머리의 벌거벗은 여자가 현관에 나타났다! 식당 직원은 문에 몸을 바짝 붙이고 새된 소리로 "안녕히 계시오."라고 외치고는 술 취한 사람처럼 걸어 나왔다. 그는 아래쪽으로 조금 내려가다 멈추어 서서 계단에 앉아 꾸러미를 꺼내 열어 보았다. 10루블 지폐는 제자리에 있었다. 그때 맞은편 아파트 문에서 초록색 가방을 든 여자가 걸어 나왔다. 그녀는 계단에 앉아 망연히 10루블 지폐를 바라보는 사람을 발견하고 미소를 지으며 생각에 잠겨 말했다.

"이 건물은 도대체 어떻게 된 건지……. 이 사람은 아침부터 술에 취했네. 계단 유리창은 또 깨졌잖아!" 그녀는 식당 직원을 좀 더 주의 깊게 살펴본 후 덧붙였다. "이봐요 시민, 돈이 새 모이로 뿌려도 될 만큼 많네요! 나하고 좀 나눠 가져요, 응?"

"제발 부탁이니 나 좀 놔둬요." 식당 직원은 겁에 질려 재빨리 돈을 감추었다. 여자가 웃음을 터뜨렸다.

"그 정도 가지고 겁먹긴, 구두쇠! 농담이에요……." 그리고 그녀는 아래로 내려갔다.

식당 직원은 천천히 일어났고 모자를 바로잡으려고 손을 들었다가 머리 위에 모자가 없다는 사실을 깨달았다. 돌아가기는 죽어도 싫었지만 모자가 아까웠다. 그는 조금 머뭇거리다가 돌아가서 초인종을 눌렀다.

"또 무슨 일이에요?" 저주받은 헬라가 그에게 물었다.

"모자를 두고 가서요." 식당 직원은 자신의 대머리를 가리키며 속삭였다. 헬라가 몸을 돌리자 식당 직원은 마음속으로 침을 뱉고 눈을 감았다. 그가 눈을 떴을 때 헬라가 모자와 검은색 손잡이가 달린 지팡이를 내주었다.

"내 것이 아니에요." 식당 직원이 지팡이를 밀어내고 재빨리 모자를 쓰며 속삭였다.

"아니, 지팡이도 없이 왔단 말이에요?" 헬라가 놀랐다.

식당 직원은 뭔가 꿍얼거리며 서둘러 아래층으로 내려갔다. 모자를 쓴 머리가 왠지 불편하고 몹시 뜨거웠다. 그는 모자를 벗었다가, 공포에 질려 펄쩍 뛰며 조용히 비명을 질렀다. 그의 손에 들린 것은 닭 깃털이 너덜너덜하게 달린 공단 베레모였다. 식당 직원은 성호를 그었다. 바로 그 순간, 베레모가 야옹 소리를 내고 조그만 검은색 고양이로 변하더니 안드레이 포키치의 대머리 위로 뛰어올라 발톱을 전부 사용하여 그의 대머리를 할퀴었다. 식당 직원은 절망에 찬 비명을 지르며 아래로 내달렸고, 고양이는 머리에서 떨어져나가 위층 계단으로 튀어 올라갔다.

바깥 공기 속으로 달려 나온 식당 직원은 전속력으로 정문을 통과하여 악마의 집 302-2번지 건물을 영원히 떠났다.

그 뒤로 그에게 무슨 일이 있었는지는 잘 알려져 있다. 식당 직원은 대문에서 튀어나와 뭔가를 찾듯이 사납게 주위를 둘러보았다. 일 분 후 그는 길 건너편에 있는 약국에 들어갔다. 그가 "말씀 좀 묻겠습니다……."라고 말하자마자 판매대 뒤에서 여자가 외쳤다.

"시민! 머리 전체가 할퀸 자국 투성이예요!"

오 분 후, 식당 직원은 거즈 붕대로 머리를 칭칭 감고 있었고, 베르낫스키 교수와 쿠지민 교수가 간(肝) 질환의 가장 권위 있는 전문가라는 사실을 알아냈으며, 누가 더 가까운 곳에 사는지 물었다가 쿠지민이 글자 그대로 마당 건너편에 있는 조그만 흰색 주택에 산다는 대답을 듣고는 기쁨으로 타올라 이 분쯤 지나고는 바로 그 집에 가 있었다.

건물은 오래되었지만 무척 아늑했다. 식당 직원의 기억에 남은 것은, 처음 마주친 늙수그레한 유모가 그의 모자를 잡아채려 했으나, 모자가 없어서 그 유모는 이가 없는 입을 우물거리며 어딘가로 가 버렸다는 것이었다.

그 유모 대신 거울 옆의 아치 조형물 아래 중년 여성이 나타나서 예약이 19일까지 꽉 차 있어서 그보다 빨리 진찰을 받을 수는 없다고 말했다. 식당 직원은 곧바로 어떻게 해야 구조를 받을 수 있는지 알아챘다. 그는 꺼져 가는 눈빛으로 아치 너머 현관에 세 사람이 기다리고 있는 것을 보면서 속삭였다.

"치명적인 병입니다……."

여자는 어리둥절하여 붕대로 동여맨 식당 직원의 머리를 쳐다보고는 머뭇거리다가 말했다.

"그러시다면……." 그러고는 식당 직원을 아치 안으로 들여보냈다.

바로 그 순간에 맞은편 문이 열리고 그 안에서 금테 안경이 번쩍였다. 가운을 입은 여자가 말했다.

"시민들, 이 환자는 대기열과 관계없이 진찰받습니다."

식당 직원은 자신이 어떻게 쿠지민 교수의 진찰실에 들어왔는지 살펴볼 틈도 없었다. 이 가늘고 긴 장방형 방은 무섭지도, 장엄하지도, 의학적이지도 않았다.

"어떻게 오셨죠?" 쿠지민이 듣기 좋은 목소리로 묻고 붕대로 맨 머리를 조금 불안하게 응시했다.

"방금 믿을 만한 사람에게서 들었습니다." 식당 직원이 유리장 안에 든 단체 사진을 쳐다보며 거칠게 대답했다. "제가 내년 2월에 간암으로 죽는답니다. 제발 그런 일이 일어나지 않게 해 주십시오."

쿠지민 교수는 앉은 채로 높이 솟은 고딕식 안락의자의 가죽 등받이에 몸을 기댔다.

"죄송하지만, 알아듣기가 어렵군요⋯⋯. 어디 다른 의사한테
가 보셨나요? 어째서 머리를 붕대로 감으셨죠?"

"무슨 의사 말입니까⋯⋯? 의사는 본 적도 없습니다⋯⋯!"
식당 직원이 대답하고 갑자기 이를 딱딱 부딪쳤다. "머리는 신
경 쓰지 마십시오, 관계없습니다. 머리 따위는 아무래도 좋아
요, 그게 중요한 게 아닙니다. 간암 말입니다, 제발 고쳐 주십
시오."

"그래, 대체 누가 그런 말을 했습니까?"

"제발 믿어 주세요! 그는 이미 알고 있어요!" 식당 직원이
간절하게 부탁했다.

"전혀 이해가 안 되는군요. 당신이 언제 죽는지 그 사람이
어떻게 압니까? 의사도 아니라면서요!" 교수가 어깨를 으쓱하
고 의자에 앉은 채 책상에서 물러나며 말했다.

"4번 병동에서요." 식당 직원이 대답했다.

교수는 환자와 환자의 머리, 젖은 바지를 보고 생각했다. '그
래, 이런 환자란 말이지! 정신병자야!' 그리고 물었다.

"보드카를 드십니까?"

"전혀. 건드린 적도 없습니다." 식당 직원이 대답했다.

일 분 후 그는 옷을 벗고 차가운 방수포가 깔린 간이침대
위에 누워 있었고, 교수가 그의 배를 주물렀다. 여기서 식당 직
원이 기분이 대단히 좋아졌다는 사실을 말해 두어야겠다. 교
수가 적어도 지금은 식당 직원에게 암의 징후가 전혀 없다고
확신했던 것이다. 그러나 일단⋯⋯ 일단 그가 걱정하고 있고
웬 돌팔이가 그를 겁준 이상 제대로 검사를 해 보는 것이⋯⋯.

교수는 종잇조각에 꼼꼼하게 글을 쓰면서 무엇을 가지고 어

디로 가야 할지 설명해 주었다. 그 외에도 신경학자인 부레 교수에게 전달할 메모를 써 주면서, 식당 직원에게 지금 완전히 신경 쇠약인 상태라고 설명했다.

"진료비는 얼마 드리면 됩니까, 교수님?" 식당 직원이 두꺼운 지갑을 꺼내며 상냥하면서도 떨리는 목소리로 물었다.

"원하는 대로 주시오." 교수는 돌연히 건조한 어조로 대답했다.

식당 직원은 30루블을 꺼내서 책상 위에 놓았고, 그 위에 마치 고양이 발이라도 만지듯이 부드럽게 신문지에 싸인, 덜걱거리는 꾸러미를 올려놓았다.

"이건 뭡니까?" 쿠지민이 콧수염을 비틀며 물었다.

"거절하실 것 없습니다, 교수 시민. 제발 부탁이니 암을 고쳐 주세요." 식당 직원이 속삭였다.

"이 금화 당장 도로 가져가십시오." 교수가 뿌듯해하며 말했다. "그보다는 신경 쪽을 진찰받는 편이 나을 겁니다. 내일 소변 검사 받고, 차도 너무 많이 마시지 말고 소금은 절대로 들지 마시오."

"수프에도 넣으면 안 됩니까?" 식당 직원이 물었다.

"절대로 안 됩니다." 쿠지민이 지시했다.

"아아……!" 식당 직원이 비통하게 소리치고는 감동한 듯 교수를 쳐다본 후 금화를 도로 집어 들고 문 쪽으로 뒷걸음질했다.

그날 저녁은 교수를 찾아온 환자가 별로 많지 않았고 어스름이 내릴 무렵 마지막 환자가 나갔다. 교수는 가운을 벗으며 식당 직원이 두고 간 10루블 지폐를 보았다. 그곳에는 지폐라고는 단 한 장도 없고 '아브라우 듀르소' 샴페인의 상표가 석 장 놓여 있을 뿐이었다.

"이건 악마나 알 일이군!" 쿠지민이 가운 자락을 바닥에 질질 끌고 종이를 손으로 더듬으며 중얼거렸다. "그 사람은 정신 분열도 모자라 사기꾼이었어! 대체 나한테서 뭘 원한 건지 모르겠어! 소변 검사 요청서가 필요했나? 그래! 외투를 훔쳐 갔군!" 교수는 한쪽 팔을 가운 소매에 끼운 채로 현관에 대고 소리쳤다. "크세니야 니키티시나! 외투 제대로 있는지 봐 주겠소?" 그가 현관문에 대고 날카롭게 외쳤다.

외투는 제자리에 멀쩡히 있었다. 그러나 교수는 마침내 힘들게 가운을 벗고 책상으로 돌아가서는 마치 바닥에 못 박힌 것처럼 책상에 시선을 고정한 채로 우뚝 멈추어 섰다. 샴페인 상표가 놓여 있던 자리에 어미 잃은 검은 새끼 고양이가 앉아서 불쌍한 표정으로 우유 접시 앞에서 야옹거렸다.

"이, 이건 대체 뭐야? 이건 정말……." 쿠지민은 뒤통수가 차가워지는 듯한 느낌이 들었다.

낮고도 애처로운 교수의 비명 소리에 크세니야 니키티시나가 달려와 그를 달래 주었고, 환자 중 누군가가 몰래 고양이를 버린 게 틀림없다고, 교수들에게 드물지 않게 일어나는 일이라고 말했다.

"환자들은 분명 가난할 테니까요. 하지만 선생님 댁이라면……." 크세니야 니키티시나가 설명했다.

두 사람은 누가 고양이를 몰래 버렸을지 추측하기 시작했다. 위궤양을 잃는 노파가 용의 선상에 올랐다.

"분명 그 노파일 거예요. 이렇게 생각한 거죠. 어찌 됐든 나는 죽겠지만, 고양이가 가엾구나." 크세니야 니키티시나가 말했다.

"그게 뭐요! 그럼 우유는 어떻게 된 거요? 그것도 노파가 가져온 거라고? 접시도? 응?" 쿠지민이 소리쳤다.

"병째로 가져와서 여기서 접시에 부었을 거예요." 크세니야 니키티시나가 설명했다.

"어찌 됐든, 고양이도 접시도 가지고 나가시오." 쿠지민은 이렇게 말하고 크세니야 니키티시나를 문까지 배웅했다. 그가 돌아왔을 때, 주위 상황은 달라져 있었다.

교수는 가운을 못에 걸면서 마당에서 웃는 소리를 들었고, 창밖을 내다보았다가 망연자실해지고 말았다. 셔츠만 입은 여성이 마당을 가로질러 맞은편 별채로 달려가고 있었다. 심지어 교수는 그 여성이 누구인지도 알고 있었다. 마리야 알렉산드로브나였다. 어린 소년이 깔깔거렸다.

"이게 무슨 일이야?" 쿠지민이 경멸하듯이 말했다.

그때 벽 너머, 교수 딸의 방에서 축음기가 폭스트롯 「할렐루야」를 연주하는 소리가 들렸고, 바로 그 순간 교수의 등 뒤에서 참새가 지저귀는 소리가 들렸다. 뒤돌아선 그는 진찰실 책상 위에 커다란 참새가 펄쩍펄쩍 뛰고 있는 것을 보았다.

'흠……. 진정하자……. 내가 창문에서 물러났을 때 날아 들어왔겠지. 전부 다 괜찮아!' 그러나 교수는 혼잣말을 하면서도 전부 다 전혀 괜찮지 않다고 느꼈다. 물론 그 주된 이유는 참새였다. 새를 들여다본 교수는 이 새가 절대로 평범한 참새가 아니라고 확신했다. 추레한 참새 새끼는 왼쪽 다리를 아래로 깔고 넘어졌다가 얼굴을 찌푸리고 다리를 질질 끌면서, 분절음을 내며, 한마디로 마치 술집 스탠드 앞에 선 주정뱅이처럼 축음기 소리에 맞춰 폭스트롯을 추고 있었다. 참새는 건방진 눈빛으로 교수를 쳐다보면서 할 수 있는 한 야비하게 행동하고 있었다.

쿠지민의 손은 전화기 위에 얹혀 있었고, 그는 의대 시절 동급생이자 동료인 부레에게 전화해 나이 육십에 이런 참새가 보인다는 것은 무슨 의미이며, 이렇게 갑자기 머리가 핑핑 돌 때는 어떻게 해야 하는지 물어볼 생각이었다.

그동안 참새 새끼는 선물로 받은 잉크병 위에 앉아서 그 안에 배설을 하고(농담이 아니다!) 위로 날아올라 공중에 잠시 떠 있다가 날개를 휘두르며 마치 강철로 된 듯한 부리로 1894년도 대학 졸업생을 찍은 단체 사진의 액자 유리를 찍어 산산조각 내고는 창밖으로 날아가 버렸다.

교수는 전화를 돌리다 말고 부레 대신 거머리 부서에 연락해 이름을 밝히고 지금 당장 자택으로 거머리를 보내 달라고 부탁했다.

교수는 수화기를 내려놓고 책상 쪽으로 돌아섰다가 자신도 모르게 비명을 질렀다. 책상 뒤에는 간호사가 쓰는 삼각 수건을 머리에 두른 여자가 '거머리'*라고 적혀 있는 작은 가방을 들고 앉아 있었다. 교수는 여자의 입을 보고 다시 비명을 질렀다. 그 입은 남자의 입처럼 생겼고 비뚤어진 데다 귀까지 길게 찢어졌으며 송곳니 하나가 삐죽 튀어나와 있었다. 간호사의 눈은 죽어 있었다.

---

* 러시아어의 '거머리'는 구어로 '흡혈귀'라는 의미도 가지고 있다.

"돈은 내가 가져가겠소." 간호사가 낮은 남자 목소리로 말했다. "여기서 굴러다녀 봤자 아무 소용없으니까." 간호사는 새 발톱 같은 손으로 샴페인 상표를 그러모은 후 공중에서 녹아 사라지기 시작했다.

두 시간이 지났다. 쿠지민 교수는 침실의 침대 위에 앉아 있었고, 거머리가 관자놀이와 귀 뒤, 목에 매달려 있었다. 콧수염이 허옇게 센 부레 교수가 쿠지민의 발치, 솜을 넣어 누빈 비단 이불 위에 앉아서 애도하듯 쿠지민을 바라보며 이건 전부 말도 안 되는 일이라고 그를 위로하고 있었다. 창밖은 이미 밤이었다.

그날 밤 모스크바에 이것 말고도 이상한 일들이 얼마나 더 많이 벌어졌는지 우리는 알 수도 없고, 물론 알아내려 하지도 않을 것이다. 게다가 우리는 이 진실한 이야기의 제2부로 넘어갈 때가 되었다. 독자여, 나를 따르라!

2부

19
마르가리타*

독자여, 나를 따르라! 이 세상에 진정한 사랑, 변치 않는 영원한 사랑은 없다고 말한 이는 누구인가? 거짓말쟁이의 추악한 혀는 잘릴지어다!

나의 독자여, 나를 따르라. 오직 나만을 따르라, 내가 그런 사랑을 보여 줄 테니!

아니다! 거장은 잘못 알았다. 병원에서 밤이 자정으로 넘어갈 때, 그는 비탄에 젖어 그녀가 자신을 잊었을 거라고 이반에게 말했지만 그것은 사실이 아니었다. 그런 일은 있을 수 없다. 그녀는 결코 그를 잊지 않았다.

---

* '마르가리타'라는 이름은 앙리 4세의 왕비였던 마르그리트 드 발루아(Marguerite de Valois, 1553~1615)를 염두에 둔 것으로 보인다. 앙리 4세는 신교도인 위그노, 발루아 왕비는 가톨릭이었는데, 이들의 결혼을 기념하기 위해 모인 위그노들이 가톨릭 세력에 의해 학살당하는 참변이 벌어졌다. 이 사건을 '성 바르톨로메오 축일의 학살'이라고 한다.

우선 거장이 이반에게 말해 주려 하지 않았던 비밀을 한 가지 밝혀 두자. 그가 사랑한 여인의 이름은 마르가리타 니콜라예브나였다. 거장이 그녀에 대하여 불쌍한 시인에게 이야기한 것은 전부 틀림없는 사실이었다. 그는 자신이 사랑한 여인을 정확하게 묘사했다. 그녀는 아름답고 현명했다. 여기에 한 가지를 덧붙여야겠다. 장담하건대 수많은 여인들이 마르가리타 니콜라예브나의 인생과 자신의 인생을 맞바꾸기 위해 무엇이든 줄 수 있으리라는 것이다. 자식이 없는 서른 살의 마르가리타는 국가적으로 대단히 중요한 발견을 해 낸 권위 있는 전문가의 아내였다. 그녀의 젊고 잘생긴 남편은 착하고 성실했으며 아내를 열렬히 사랑했다. 마르가리타 니콜라예브나는 남편과 둘이서 아르바트 근처 골목에 자리 잡은, 정원이 딸린 아름다운 단독 주택의 위층 전체를 차지하고 있었다. 참으로 매혹적인 곳이었다! 그 정원에 한번 가 보기만 한다면 누구나 이 사실을 확인할 수 있을 것이다. 궁금한 사람은 내게 문의하면 주소도 알려 주고 길도 가르쳐 줄 것이다. 그 집은 지금도 예전 그대로 그곳에 있다.

마르가리타 니콜라예브나는 돈이 부족하지 않았다. 마르가리타 니콜라예브나는 마음에 드는 것은 무엇이든 살 수 있었다. 남편의 지인 중에는 재미있는 사람도 많았다. 마르가리타 니콜라예브나는 한 번도 석유난로를 만져 본 적이 없었다. 마르가리타 니콜라예브나는 공동 아파트의 끔찍한 삶을 알지 못했다. 한마디로…… 그녀는 행복했던 것일까? 단 한 순간도 그렇지 않았다! 열아홉에 시집가서 그 집에 살게 된 이후로 그녀는 행복을 알지 못했다. 신들이여, 나의 신들이여! 이 여자는 도대체 무엇이 더 필요했던 것일까? 눈에 언제나 이해할 수 없는 불꽃이 타오르는 이 여자는 무엇을 원했던 것일까? 그해 봄, 미모사 꽃다발로 자신을 장식했던, 한쪽 눈이 살짝 사시인 이 마녀는 무엇이 필요했던 것일까? 모르겠다. 나는 알 수가 없다. 분명 그녀는 사실을 말했던 것이다. 그녀에게는 그가, 거장이 필요했고, 그 외에는 고딕식 주택도 자기만의 정원도 돈도 전혀 필요가 없었다. 그녀는 그를 사랑했다. 그녀는 사실을 말했던 것이다.

가장 진실한 이야기의 필자라고는 하지만 역시 제3자인 나조차도, 마르가리타가 다음 날 다행히 예정에 맞춰 돌아오지 못한 남편에게 미처 이야기하지 못하고 거장의 작은 집에 찾아왔을 때, 그리고 거장이 그곳에 없다는 것을 발견했을 때 어떤 심정이었을지 생각하면 가슴이 조여 온다. 그녀는 그에 관한 소식이라면 무엇이든 알아내기 위해 할 수 있는 일은 다 했고, 물론 아무것도 알아내지 못했다. 그래서 그녀는 집으로 돌아가 예전처럼 지냈다.

그러나 보도와 차도에서 더러운 눈이 녹아 사라지고 비를 품은 소란한 봄바람이 환기창에 불어 들어오자, 곧 마르가리타 니콜라예브나는 겨울보다 더한 우울에 잠기기 시작했다. 그녀는 종종 아무도 모르게 오랫동안 비통하게 울었다. 자신이 사랑하는 사람이 죽었는지 살았는지도 알지 못했다. 그리고 그녀는 절망에 빠진 날들이 지나가면 갈수록 — 특히 어스름이 질 무렵에 더욱 자주 — 자신이 죽은 사람을 사랑하고 있는 것은 아닌가 하고 생각하기 시작했다.

그를 잊어버리든가 아니면 그녀 자신이 죽어야 했다. 이런 삶을 계속 이어갈 수는 없었다. 그럴 수는 없다! 그를 잊어야 한다. 어떤 대가를 치르더라도 잊어야 한다! 그러나 그는 잊히지 않았다. 바로 그것이 문제였다.

"그래, 맞아. 그래, 똑같은 실수를 저지른 거야!" 마르가리타가 벽난로 앞에 앉아 불꽃을 바라보며 말했다. 불꽃은 그녀의 기억 속에서 거장이 본디오 빌라도를 쓰던 무렵에 타오르던 그 불꽃으로 이어졌다. "나는 왜 그때, 그날 밤에 그를 떠났을까? 어째서? 그건 정말 어이없는 짓이었어! 다음 날 아침에 약속한 대로 돌아갔지만, 그때는 이미 늦었던 거야. 그래, 난 돌아갔어. 불행한 레비 마트베이처럼 너무 늦게!"

물론 이런 말은 전부 아무 소용이 없었다. 사실 그녀가 그날 밤 거장과 함께 남아 있었다 한들 무엇이 달라졌겠는가? 그녀가 과연 그를 구해 낼 수 있었을까? 어림도 없는 일이다! 우리는 이렇게 소리치고 싶지만, 절망에 빠진 여인 앞에서 그런 말은 하지 말기로 하자.

모스크바에 흑마술사가 나타나면서 갖가지 어처구니없는 소동이 일어났던 바로 그날, 그러니까 베를리오즈의 아저씨가 키예프로 도로 쫓겨 가고 회계부장이 체포되고 우스꽝스럽고 이해할 수 없는 일이 무수히 많이 일어난 금요일에, 마르가리타는 주택 꼭대기에 있는, 채광창이 달린 침실에서 깨어났다.

잠에서 깬 마르가리타는 평소처럼 울지 않았다. 오늘은 드디어 무슨 일인가 일어날 것 같다는 예감이 들었기 때문이었다. 그녀는 이 예감이 자신을 떠나지 못하도록 마음속에 품고 키우기 시작했다.

"나는 믿어!" 마르가리타가 엄숙하게 속삭였다. "나는 믿어!

무슨 일인가 일어날 거야! 안 일어날 수는 없어. 그렇지 않다면 도대체 어째서 내게 이런 고통이 주어졌겠어? 내가 거짓말을 했고 사람들을 속였고 그들의 눈을 피해 비밀스러운 이중생활을 한 건 인정해. 하지만 그것 때문에 이렇게까지 가혹한 벌을 받을 수는 없는 거야. 머지않아 무슨 일인가 일어날 거야, 어떤 일이든 영원히 계속될 수는 없으니까. 게다가 이 꿈이 뭔가 예견하고 있어, 확실해."

마르가리타 니콜라예브나는 햇빛에 물든 새빨간 커튼을 쳐다보다 불안하게 옷을 입고 화장대의 삼단 거울 앞에서 짧은 곱슬머리를 빗으며 이렇게 속삭였다.

마르가리타가 전날 밤에 꾼 꿈은 정말 기묘한 것이었다. 사실대로 말하자면 괴로웠던 겨울 내내 그녀는 꿈에서 한 번도 거장을 본 적이 없었다. 그는 밤에는 그녀를 놓아주었고, 그녀는 낮 동안에만 괴로워했다. 그런데 이 꿈을 꾼 것이다.

꿈속에서 마르가리타는 낯선 장소를 보았다. 이른 봄의 흐릿한 하늘 아래 아무 희망도 없어 보이는 음침한 곳이었다. 처음에는 잿빛 하늘에 구름이 작은 덩어리를 지어 빠르게 흘러갔고, 까마귀 떼가 소리 없이 모여 있었다. 작은 옹이 투성이 다리와 그 아래에 흐르는 봄의 탁한 시냇물. 아무런 기쁨도 없는 보잘 것 없고 반쯤 헐벗은 나무들. 외로운 사시나무와 나무들 사이로 보이는 채소밭과 그 너머 작은 통나무 건물,* 그 뒤로 독립된 부엌 같기도 하고 욕탕 같기도 한 건물, 그리고 뭔지 악마나 알 수 있는 어떤 것. 주위의 모든 것이 전혀 생기가

---

* 수용소나 유형지를 암시한다.

없고 너무나 음침해 차라리 다리 옆의 사시나무에 목을 매달고 싶어질 정도다. 산들바람도 불지 않고, 흰 구름이 피어오르지도 않고, 움직이는 생명체라고는 하나도 없다. 산 사람에게는 지옥 같은 장소인 것이다!

그리고 상상해 보시라, 그때 통나무 건물의 문이 열리더니 그가 나타났다. 상당히 먼 거리지만 뚜렷이 보였다. 옷은 누더기가 되어 무엇을 걸쳤는지 알아볼 수 없다. 머리카락은 헝클어졌고 수염은 깎지 않았다. 커다란 눈은 불안해 보였다. 그가 그녀를 부르며 손짓했다. 마르가리타는 생기 없는 대기 속에서 숨을 몰아쉬며 울퉁불퉁한 땅 위로 그에게 뛰어갔고, 그때 잠에서 깼다.

'이 꿈의 의미는 두 가지 중 하나일 거야.' 마르가리타 니콜라예브나가 혼자 생각했다. '그가 죽어서 나를 부르는 거라면 그가 나를 데리러 올 것이고 나는 곧 죽는다는 뜻이겠지. 그건 아주 좋은 일이야, 내 괴로움도 끝이 날 테니까. 그게 아니라 그가 살아 있는 거라면, 그 꿈은 그가 자신의 존재를 내게 상기시켜 주려고 한다는 의미일 수밖에 없어! 그는 우리가 다시 만날 거라고 말하는 거야. 그래, 우리는 머지않아 다시 만날 거야!'

그리하여 마르가리타는 들뜬 상태로 옷을 입으면서 모든 일이 대단히 공교롭게 진행되고 있으며 이 공교로운 순간을 붙잡아 이용해야 한다고 스스로에게 암시를 주기 시작했다. 남편은 사흘 동안이나 출장을 나가고 없었다. 사흘 동안 그녀는 완전히 혼자였고 그녀가 무엇을 생각하든, 무엇을 꿈꾸든 아무도 방해하지 않을 터였다. 주택의 2층에 있는 방 다섯 개, 모스크바 시민 수만 명이 질투할 이 집 전체가 온전히 그녀의 재량에 달려 있었다.

그러나 사흘간의 자유를 손에 넣은 마르가리타는 이 호화롭기 그지없는 집에서 가장 좋다고 할 수 없는 장소를 선택했다. 그녀는 차를 마시고 나서 어둡고 창문이 없는, 트렁크와 오래된 물건 들을 보관해 둔 큼지막한 장 두 개가 있는 방에 들어갔다. 그녀는 쪼그리고 앉아 첫 번째 장의 아래쪽 서랍을 열고 비단 천 조각 무더기 아래에서 인생에 단 한 가지 뿐인 값진 물건을 꺼냈다. 마르가리타의 손에 갈색 가죽을 씌운 오래된 사진첩이 들려 있었고, 그 안에는 거장의 사진과 그의 이름으로 된 1만 루블이 든 예금 통장, 담배 싸는 종이 사이에 펼쳐 누른 말린 장미 꽃잎, 그리고 타자로 친 글이 빽빽이 적힌, 가장자리가 타서 눌어붙은 공책이 있었다.

마르가리타 니콜라예브나는 이 보물을 들고 침실로 돌아와 사진을 삼단 거울에 끼우고 불에 타서 망가진 공책을 무릎 위에 놓고는 한 시간 정도 그 앞에 앉아서 책장을 한 장 한 장 넘기며 불에 타 버려 시작도 끝도 없게 된 내용을 읽었다. '…… 지중해에서 시작된 어둠이 총독이 증오하는 도시를 뒤덮었다. 사원과 무시무시한 안토니우스 탑을 잇는 구름다리도 사라졌고, 하늘에서 끝 모를 어둠이 내려와 모든 것이 물에 잠겼다. 마상 경기장 위의 날개 달린 신들도, 하스모나 궁궐과 포문도, 시장도, 카라반의 마구간도, 골목길도, 웅덩이도 모두……. 위대한 도시 예르샬라임은 마치 세상에 존재하지 않았던 것처럼 사라져 갔다…….'

마르가리타는 계속 읽고 싶었지만 그 뒤로는 삐죽삐죽한 공책 가장자리 외에는 아무것도 없었다.

마르가리타 니콜라예브나는 눈물을 닦으며 공책을 내려놓고 팔꿈치를 화장대에 기댄 채 오랫동안 거울 앞의 사진에서 눈을 떼지 않고서 앉아 있었다. 마침내 눈물이 말랐다. 마르가리타는 꼼꼼하게 자신의 보물을 정리했고 몇 분 후 그것은 다시 비단 천 조각 아래 파묻혔으며 철컹이는 소리와 함께 어두운 방에 자물쇠가 잠겼다.

마르가리타 니콜라예브나는 산책을 나가려고 현관에서 외투를 입었다. 가정부인 미녀 나타샤가 식사로 무엇을 준비할지 물었다가 아무래도 상관없다는 대답을 듣고는 무료함을 달래기 위해 여주인과 대화를 시작했다. 그녀의 이야기에 따르면, 어제 저녁 극장에서 마술사가 이상한 마술을 부려서 다들 비명을 질렀고, 마술사가 모두에게 외국산 향수 두 병과 스타킹을 무료로 나눠 주었는데 공연이 끝나고 관객들이 거리로 나와 보니 펑! 하고 다들 발가벗고 있더라는 것이었다! 마르가리타 니콜라예브나는 현관 거울 아래 의자에 주저앉아 큰 소리로 웃었다.

"나타샤! 부끄러운 줄 알아요. 학교도 다니고 똑똑한 아가씨가 사람들이 떠드는 헛소문을 믿고 그대로 퍼뜨리다니!" 마르가리타 니콜라예브나가 말했다.

나타샤는 새빨개진 얼굴로 열띠게 반박했다. 그녀는 절대로 헛소리가 아니라 오늘 아르바트의 식료품점에서 어떤 여성 시민을 직접 봤는데, 굽 높은 샌들을 신고 식료품점에 들어와 돈을 내려고 계산대에 서자마자 샌들이 발에서 사라져 스타킹만 신고 있었다고 말했다. 눈을 휘둥그렇게 뜨고, 발뒤꿈치에는 구멍이 난 채로! 그리고 그것은 바로 그 공연에서 받은 마법의 샌들이었던 것이다.

"그래서 맨발로 나갔다고요?"

"맨발로 나갔어요!" 자기 말을 믿어 주지 않자 나타샤가 더욱 얼굴을 붉히며 외쳤다. "마르가리타 니콜라예브나, 어젯밤에는 100명이나 경찰에 잡혀갔어요. 공연을 보고 나온 여성 시민들이 속옷만 입고 트베르스카야 거리를 뛰어다녔대요."

"그건 분명 다리야가 한 얘기겠죠." 마르가리타 니콜라예브나가 말했다. "오래전부터 알고 있었지만 다리야는 굉장한 허풍선이예요."

이 우스꽝스러운 이야기는 나타샤에게 유쾌한 놀라움을 선사하는 것으로 끝이 났다. 마르가리타 니콜라예브나가 침실에 가서 손에 스타킹 몇 켤레와 오드콜로뉴 병을 들고 나온 것이다. 마르가리타 니콜라예브나는 나타샤에게 자기도 요술을 부려 보고 싶다고 말한 후 그녀에게 스타킹과 유리병을 선물하고 부탁하건대 스타킹만 신고 트베르스카야 거리를 뛰어다니거나 다리야의 말을 곧이곧대로 받아들이지 말라고 말했다. 여주인과 가정부는 친밀하게 인사를 나누고 헤어졌다.

마르가리타 니콜라예브나는 전동 버스의 편안하고 부드러운 의자 등받이에 기대앉아서 아르바트 거리를 지나가며 혼자 생각에 빠지기도 하고, 앞에 앉은 시민 두 사람이 소곤거리는 소리에 귀를 기울이기도 했다.

앞에 앉은 시민들은 이따금 누군가 엿듣지는 않는지 조심스럽게 주위를 둘러보면서, 헛소리 같은 이야기를 속삭이고 있었다. 건장한 근육질에 돼지같이 사나운 눈을 하고 창가에 앉은 남자는 옆에 앉은 키 작은 남자에게 관을 검은색 덮개로 덮어야 한다고 조용히 말했다…….

"하지만 그럴 수는 없어!" 키 작은 남자가 놀라 속삭였다. "그런 건 들어 본 적도 없어……. 그런데 젤디빈은 무슨 대책이라도 세웠나?"

전동 버스가 일정하게 내는 소음 속에 창가에서 말소리가 들렸다.

"형사 수사국……. 추문……. 그래, 정말 불가사의라니까!"

마르가리타 니콜라예브나는 이 끊어진 조각들을 끼워 맞춰 뭔가 일관성 있는 이야기를 연결해 냈다. 시민들의 이야기에 따르면 누가 죽었는지는 모르겠지만 누군가 죽었고, 오늘 아침 그 죽은 사람의 관에서 머리가 사라졌다는 것이다! 그 때문에 젤디빈이라는 자가 어쩔 줄 몰라 하는 것이다. 전동 버스에서 속삭이는 두 사람도 머리를 강탈당한 고인과 어떤 관계가 있는 것 같았다.

"꽃을 사러 다녀올 시간이 될까?" 키 작은 사람이 걱정했다. "2시에 화장한다고 했지?"

마침내 마르가리타 니콜라예브나는 관에서 머리를 도둑맞았다는 이 비밀스러운 헛소리를 듣는 것도 지겨워져서, 내릴 때가 된 것을 기뻐했다.

몇 분 후 마르가리타 니콜라예브나는 크레믈의 담벽 아래 벤치에, 승마 연습장이 보이는 자리에 앉아 있었다.

마르가리타는 날카로운 햇빛에 눈을 가늘게 뜨고 간밤에 꾸었던 꿈을 떠올렸고, 정확히 일 년 전 바로 이날 이 시간, 바로 이 벤치에 그와 나란히 앉아 있었던 것을 상기했다. 지금도 작고 검은 가방이 그때처럼 그녀 옆 벤치 위에 놓여 있었다. 그는 옆에 없었지만 마르가리타 니콜라예브나는 머릿속으로 계속 그와 이야기했다. '유형을 당했다면, 어째서 소식을 전하지 않는 거죠? 사람들은 소식을 전하잖아요. 이젠 나를 사랑하지 않나요? 아니야, 어쩐지 그건 믿을 수 없어요. 그러니까 유형을 가서 죽었다는 뜻이군요……. 그렇다면 부탁이니 날 놔줘요. 이제는 자유롭게 살게 해 줘요, 편히 숨 쉬게 해 줘요!' 마르가리타 니콜라예브나는 그를 대신해 스스로 대답했다. '당신은 자유로워요……. 내가 당신을 붙잡고 있는 거요?' 그리고 다시 그에게 반박했다. '아니에요, 무슨 대답이 그래요? 아니에요, 내 기억에서 나가 줘요, 그래야 내가 자유로워질 거예요.'

사람들이 마르가리타 니콜라예브나 옆을 지나갔다. 어떤 남자가 이 잘 차려입은 여성의 미모와 고독에 매혹되어 곁눈질했다. 그 남자는 기침을 하고 마르가리타 니콜라예브나가 앉아 있는 벤치의 끝에 살짝 걸터앉았다. 그리고 숨을 한 번 들이쉬고 말하기 시작했다.

"오늘은 확실히 날씨가 좋군요……."

그러나 마르가리타가 몹시 음울하게 쳐다보는 바람에 그 남자는 일어나 가 버렸다.

'이게 좋은 예로구나.' 마르가리타는 머릿속으로 자신의 운명을 지배하는 존재에게 말했다. '나는 도대체 어째서 저 남자를 쫓아 버린 걸까? 난 지루하고, 저 호색한은 '확실히'라는 바보 같은 말 외에는 나쁜 구석이 전혀 없었잖아? 난 왜 부엉이처럼 담벼락 아래 혼자 앉아 있는 걸까? 나는 왜 인생에서 제

외된 걸까?'

그녀는 슬픔에 잠겨 우울해졌다. 그러나 문득 오늘 아침 나타났던 그 기대감과 흥분의 파도가 그녀의 가슴을 건드렸다. '그래, 뭔가 일어날 거야!' 파도가 다시 한 번 그녀를 건드렸고, 그녀는 그것이 소리의 파도라는 것을 깨달았다. 도시의 소음 사이로 점점 가까워지는 북소리와 조금 과장된 듯한 나팔 소리가 뚜렷이 들렸다.

정원의 철제 울타리 옆으로 보조를 맞추어 처음에는 기마 경찰이, 그 뒤로는 도보 경찰 세 명이 나타났다. 그리고 악사들을 태운 트럭이 천천히 지나갔다. 그 뒤로 신형 영구차가 지붕을 열어 놓은 채 천천히 지나갔고, 그 안에는 온통 화환으로 뒤덮인 관이 놓여 있었으며, 각 모서리에 네 사람이 서 있었다. 세 명은 남자였고 한 명은 여자였다.

마르가리타는 절망에 빠진 와중에도 영구차 안에 서서 고인의 마지막 길을 함께하는 사람들이 어쩐지 이상하게 곤혹스러운 표정을 짓고 있는 것을 알아차렸다. 특히 영구차의 왼쪽 뒤 모서리에 서 있는 여성 시민이 그러했다. 그 여성 시민의 통통한 두 볼은 마치 어떤 자극적인 비밀로 인해 더 불룩해진 것 같았고, 울어서 부은 눈에는 기묘한 불꽃이 떠돌았다. 마치 지금 당장이라도 참지 못하고 고인에게 다가가 이렇게 말할 것 같았다. '이런 일 본 적 있어요? 정말 불가사의해요!' 천천히 영구차를 따라 걷는 300명쯤 되는 사람들 중에도 마찬가지로 곤혹스러운 표정들이 보였다.

마르가리타는 계속 "둥, 둥, 둥" 소리만 내는 우울한 큰북 소리가 점점 멀어지며 잦아드는 것에 귀를 기울이며, 눈으로 행렬을 좇으면서 생각했다. '정말 이상한 장례식이네……. 저 둥둥 소리는 또 얼마나 우울한지! 아, 정말로 그가 살아 있는지 아닌지 알 수만 있다면 악마에게 영혼이라도 팔 텐데……. 그런데 저렇게 이상한 표정들을 짓고 누구의 장례를 치르는 건지 궁금하네.'

"미하일 알렉산드로비치 베를리오즈이지요. 마솔리트 회장입니다." 옆에서 약간 콧소리가 섞인 남자 목소리가 들렸다.

놀란 마르가리타 니콜라예브나는 몸을 돌려 자신이 앉은 벤치에 앉아 있는 시민을 보았다. 이 사람은 마르가리타가 행렬을 보는 데 정신이 팔려 있을 때 소리 없이 옆으로 다가와, 그녀 자신도 모르게 소리 내어 물은 마지막 질문을 들은 것이 분명했다.

그때 장례 행렬이 교통 신호에 걸려 천천히 멈추어 섰다.

"그렇습니다. 이상한 분위기지요. 고인을 싣고 가면서 다들 그의 머리가 어디로 사라졌을까 그 생각만 하고 있어요!" 낯선 시민이 말을 계속했다.

"무슨 머리요?" 마르가리타가 뜻밖의 합석자를 들여다보며 물었다. 이 합석자는 키가 작고, 불타는 듯한 빨간 머리에, 송곳니가 튀어나오고, 풀 먹인 흰 셔츠와 줄무늬가 들어간 고급 양복을 입고, 에나멜 구두를 신고 머리에 중산모를 쓰고 있었다. 넥타이 색깔이 몹시 밝았다. 특이하게도 보통 남자들이 손수건이나 만년필을 꽂고 다니는 양복 윗주머니에 고기를 말끔히 발라낸 닭 뼈를 꽂고 있다.

"예, 아시는지 모르겠지만, 오늘 아침 그리보예도프의 홀에서 누군가 고인의 머리를 관에서 가져갔답니다." 빨간 머리가 설명했다.

"어떻게 그럴 수가 있어요?" 마르가리타가 자신도 모르게 물으면서 동시에 전동 버스에서 들었던 얘기를 떠올렸다.

"어떻게 된 건지는 악마나 알겠지요!" 빨간 머리가 허물없이 대답했다. "제 생각에 이건 베헤모트에게 물어보는 것도 나쁘지 않을 것 같습니다. 도둑들은 무서울 정도로 교묘하게 훔쳐 냈지요. 어떻게 이런 소동이! 그리고 무엇보다도, 누가 무슨 이유로 그 머리를 가져갔는지 알 수가 없단 말입니다!"

마르가리타 니콜라예브나는 자기 생각에 바쁜 와중에도 정체 모를 시민이 해 주는 기묘하기 짝이 없는 이야기에 충격을 받았다.

"잠깐만요!" 그녀가 갑자기 외쳤다. "무슨 베를리오즈 말이지요? 그 사람, 오늘 신문에서……."

"그렇죠, 바로 그렇습니다……."

"그럼 저기 관을 따라가는 건 문인들인가요?" 마르가리타가 갑자기 이를 드러내며 물었다.

"예, 당연하죠, 문인들입니다!"

"얼굴을 알아보실 수 있나요?"

"하나하나 다 알죠." 빨간 머리가 대답했다.

"그렇다면 말인데요." 마르가리타의 목소리가 낮아졌다. "저 사람들 중에 혹시 비평가 라툰스키는 없나요?"

"없을 리가 있습니까? 저기 가장자리에서 네 번째 줄에 있네요."

"저 금발 머리 말인가요?" 마르가리타가 눈을 가늘게 뜨며 물었다. "잿빛 머리지요……. 보입니까, 시선을 하늘로 향하고 있군요."

"가톨릭 신부처럼요?"

"바로 그렇죠!"

마르가리타는 더 이상 묻지 않고 라툰스키를 바라보았다.

"그러니까 제가 보기엔 저 라툰스키를 싫어하시는 것 같군요." 빨간 머리가 미소를 지으며 말했다.

"저 사람 말고도 싫어하는 사람이 또 있어요." 마르가리타는 이를 악물고 대답했다. "하지만 그 얘긴 별로 흥미롭지 않아요."

그때 행렬이 다시 움직이기 시작했고, 걸어가는 사람들 뒤로 대부분은 비어 있는 차들이 따라갔다.

"그래요, 그게 뭐가 흥미롭겠습니까, 마르가리타 니콜라예브나!"

마르가리타는 깜짝 놀랐다.

"저를 아시나요?"

빨간 머리는 대답 대신 중산모를 벗어 들고 팔을 쭉 뻗었다.

'완전히 도둑놈 관상이잖아!' 마르가리타가 거리에서 마주친 대화 상대의 얼굴을 들여다보며 생각했다.

"하지만 저는 댁을 모르는데요." 마르가리타가 딱딱하게 말했다.

"저를 어떻게 아시겠습니까? 그보다도, 저는 볼일이 있어서 여기 심부름을 왔습니다."

마르가리타는 창백해져서 조금 물러앉았다.

"그럼 그 말씀부터 하셨어야죠. 쓸데없이 잘린 머리니 뭐니 하며 악마나 알 이야기나 꾸며 대지 말고! 절 체포하실 건가요?"

"그런 게 아닙니다." 빨간 머리가 외쳤다. "이 도시는 대체 어떻게 된 거죠, 무슨 말만 하면 곧바로 체포라니! 전 그저 당신에게 볼일이 있을 뿐입니다."

"도무지 모르겠어요, 무슨 볼일이죠?"

빨간 머리는 주위를 살피더니 조심스럽게 말했다.

"당신을 오늘 저녁에 초대하기 위해 왔습니다."

"무슨 말씀이세요, 무슨 초대요?"

"대단히 저명한 외국인이 초대한 겁니다." 빨간 머리가 눈을 찡긋해 보이며 의미심장하게 말했다.

마르가리타가 크게 화를 냈다.

"새로운 계급이 나타났군. 거리의 포주라니!" 그녀가 자리를 뜨기 위해 일어났다.

"이런 심부름에 대한 감사의 말이 고작 그거로군! 어리석긴!" 빨간 머리가 기분이 상했는지 이렇게 외치고는 가려는 마르가리타의 등에 대고 투덜거렸다.

"비열한 자식 같으니!" 그녀가 몸을 돌리며 대답했다. 그때 빨간 머리의 목소리가 등 뒤에서 말하는 것이 들렸다.

"지중해에서 시작된 어둠이 총독이 증오하는 도시를 뒤덮었다. 사원과 무시무시한 안토니우스 탑을 잇는 구름다리도 사라졌고, 하늘에서 끝 모를 어둠이 내려와 모든 것이 물에 잠겼다. 마상 경기장 위의 날개 달린 신들도, 하스모나 궁궐과 포문도, 시장도, 카라반의 마구간도, 골목길도, 웅덩이도 모두……. 위대한 도시 예르샬라임은 마치 세상에 존재하지 않던 것처럼 사라져 갔다……. 그래, 당신도 불탄 공책과 말린 장미꽃과 함께 사라져 버리시오! 여기 벤치에 혼자 앉아서 그에게 자유롭게 놓아 달라고, 숨을 쉬게 해 달라고, 기억에서 사라져 달라고 계속 애원하라고!"

마르가리타가 얼굴이 하얗게 질려서 벤치로 돌아왔다. 빨간 머리가 눈을 가늘게 뜨고 그녀를 쳐다보았다.

"이해할 수가 없어요." 마르가리타 니콜라예브나가 조용히 말했다. "공책에 대해서는 알아낼 수 있겠죠……. 몰래 숨어 들어와서 읽었다면……. 나타샤를 매수한 거죠, 그렇죠? 하지만 내 생각은 어떻게 알아냈죠?" 그녀는 고통스러운 듯 얼굴을 찌푸리고 덧붙였다. "말씀해 주세요, 당신은 누구죠? 어느 기관에서 나왔어요?"

"정말 지겹군." 빨간 머리가 투덜거리면서 좀 더 큰 소리로 말하기 시작했다. "죄송하지만 나는 기관에서 나온 게 아니라고 이미 말하지 않았습니까! 앉으십시오."

마르가리타는 순순히 그 말에 따라 자리에 앉았지만 곧 다시 한 번 물어보았다.

"당신은 누구죠?"

"뭐 좋습니다. 내 이름은 아자젤로*이지만, 말해 봤자 당신에겐 아무 의미도 없을 겁니다."

"공책과 내 생각에 대해서 어떻게 알아냈는지는 말해 주지 않을 건가요?"

"예, 말 못 합니다." 아자젤로가 건조하게 대답했다.

---

* 아자젤로(혹은 아자젤)는 타락한 천사로, 여자들에게 얼굴을 칠하여 남자를 유혹하는 법을 가르쳐 주었다고 한다.

"하지만 그에 대해서 뭔가 아는 게 있죠?" 마르가리타가 애원하듯 속삭였다.

"뭐 안다고 해 둡시다."

"부탁이니 이것 한 가지만 말씀해 주세요. 그는 살아 있나요? 제발 저를 괴롭히지 말아 주세요!"

"예, 살아 있어요, 살아 있습니다." 아자젤로가 내키지 않는 듯 대답했다.

"하느님!"

"제발, 흥분하지 말고 소리도 지르지 마시오." 아자젤로가 얼굴을 찡그리며 말했다.

"죄송해요, 죄송해요. 보시다시피 제가 몹시 화를 내고 말았군요. 하지만 길거리에서 지나가는 여자한테 대고 초대를 받았으니 오라고 하는 건, 아시겠죠…… 확실히 말씀드리지만 전 편견 같은 건 없어요……" 이제 온순해진 마르가리타가 중얼거렸다. 그녀는 쓸쓸하게 미소 지었다. "하지만 전 외국인은 절대로 만나지 않고, 그들과 관계를 가지고 싶은 생각도 전혀 없어요…… 게다가 제 남편은…… 사랑하지 않는 사람과 함께 사는 게 제 비극이긴 하지만, 그의 인생을 망치는 건 부도덕하다고 생각해요. 전 남편한테서 선한 면밖에는 보지 못했어요……"

아자젤로는 눈에 띄게 지루해하는 표정으로 이 두서없는 말을 다 듣고는 진지하게 말했다.

"잠시만 가만히 있어 주시오."

마르가리타는 순순히 침묵했다.

"당신을 초대한 외국인은 전혀 위험하지 않은 분입니다. 그리고 세상 누구도 이 만남에 대해 알지 못할 겁니다. 이 점은 장담할 수 있습니다."

"그런데 그분은 왜 저를 보려는 거죠?" 마르가리타가 아첨하는 듯한 목소리로 물었다.

"그건 나중에 아시게 될 겁니다."

"알겠어요……. 그분에게 몸을 맡겨야 되는 거로군요." 마르가리타가 생각에 잠겨 말했다.

아자젤로는 어쩐지 야유하는 듯이 "흠!" 하는 소리를 내고는 이렇게 대답했다.

"분명히 말하건대, 이 세상 모든 여성들이 그렇게 되기를 꿈꿀 겁니다." 아자젤로의 면상이 비웃음으로 비뚤어졌다. "실망시켜서 죄송하지만 그럴 일은 없을 겁니다."

"그 외국인은 도대체 누구죠?" 혼란에 빠진 마르가리타가 너무나 크게 소리를 질러서 벤치 옆을 지나가던 사람들이 그녀를 돌아보았다. "그를 찾아가면 내게 무슨 이득이 되는 건가요?"

아자젤로가 그녀 쪽으로 몸을 기울이며 의미심장하게 속삭였다.

"그게, 대단히 큰 이득이 되죠……. 이 공교로운 순간을 이용할 수 있는 기회가……."

"뭐라고요?" 마르가리타가 소리쳤고, 그녀의 눈이 휘둥그레졌다. "제가 제대로 알아들었다면, 거기에 가면 그의 소식을 들을 수 있다는 말인가요?"

아자젤로는 말없이 고개를 끄덕였다.

"갈게요!" 마르가리타가 힘주어 소리치고 아자젤로의 손을 잡았다. "어디든지 가겠어요!"

아자젤로는 안심한 듯 숨을 내쉬고 벤치의 등받이에 몸을 기대어 거기에 커다랗게 새겨진 '뉴라'라는 단어를 등으로 가린 후 반어적으로 말했다.

"여자들이란 다루기 힘든 종족이군!" 그는 주머니에 양손을 쑤셔 넣고 다리를 쭉 뻗었다. "어째서 이런 일에 나를 보낸 거지? 베헤모트를 보내면 좋았잖아, 그 애는 매력적이니까……."

마르가리타가 비통하고 일그러진 웃음을 지으며 말했다.

"수수께끼 같은 말로 어리둥절하게 하면서 괴롭히는 거 그만두세요……. 난 불행한 사람이고 당신은 그걸 이용하고 있어요. 이 이상한 상황에 내 발로 걸어 들어가고 있지만, 이건 맹세코 당신이 그에 대한 말로 나를 꾀었기 때문이에요! 난 이 이해할 수 없는 이야기들 때문에 머리가 빙빙 돌 지경이라고요……."

"소동은 피우지 맙시다, 소란 피우지 말아요." 아자젤로가 얼굴을 찡그리며 대답했다. "내 입장도 고려해 주시오. 사무장의 얼굴에 한 방 먹이거나 아저씨를 집에서 쫓아내거나 누구를 총으로 쏘거나 뭐 그런 소란을 피우는 게 본래 전문인데, 사랑에 빠진 여자와 이야기를 나누는 건, 이건 정말이지! 벌써 삼십 분이나 당신을 설득하고 있지 않습니까. 그래, 갑니까?"

"가요." 마르가리타 니콜라예브나가 간단하게 대답했다.

"그럼 이걸 받으시오." 아자젤로가 주머니에서 동그란 금빛 상자를 꺼내 마르가리타에게 내밀었다. "빨리 숨겨요, 지나가는 사람들이 보니까. 이게 도움이 될 겁니다, 마르가리타 니콜라예브나. 당신은 지난 반 년 동안 슬픔 때문에 많이 늙어 버렸어요." 마르가리타는 얼굴이 붉어졌으나 아무 대답도 하지 않았고, 아자젤로는 말을 계속했다. "오늘 밤 정확히 9시 30분에, 옷을 전부 벗고 이 크림을 얼굴과 온몸에 바르시오. 그 뒤에는 하고 싶은 대로 해도 좋지만 전화기 옆을 떠나지 마시오. 내가 10시에 전화해서 필요한 사항을 전부 말씀드리겠습니다. 아무것도 걱정할 필요가 없고, 가야 할 장소로 가게 될 겁니다. 그리고 불안하게 할 만한 일도 전혀 하지 않을 겁니다. 알겠습니까?"

마르가리타는 잠시 침묵을 지키다가 대답했다.

"알겠어요. 이건 무게를 보니 순금이군요. 그러니까 날 매수해서 불법적인 일을 하려는 거고, 나도 이것 때문에 단단히 대가를 치르게 되리라는 걸 분명히 알겠어요."

"이건 또 무슨 말입니까." 아자젤로가 언성을 높이며 말했다. "당신 또 시작입니까……?"

"아니에요, 화내지 마세요!"

"크림 도로 주시오!"

마르가리타는 황금 상자를 손에 더 꽉 쥐고 말을 이었다.

"아니에요, 화내지 마세요……. 무슨 말을 하려는지 알아요. 하지만 난 그를 위해서라면 무슨 일이 됐든 갈 거예요, 이 세상에 더 이상 희망이라고는 없으니까. 하지만 날 속여서 파멸시킨다면 당신들한테 큰 수치라는 건 말해 두고 싶어요! 그래요, 수치예요! 난 사랑 때문에 파멸하는 거예요!" 마르가리타는 자기 가슴을 때리며 태양을 올려다보았다.

"그거 도로 내놔요. 도로 내놔요, 이런 건 전부 악마나 가져가라지! 베헤모트 보내라고 해!" 아자젤로가 분개하여 소리쳤다.

"절대로 안 돼요!" 마르가리타의 외침에 지나가던 사람들이 깜짝 놀랐다. "뭐든지 다 하겠어요, 크림을 온몸에 바르라는 그 희극도 기꺼이 하겠어요, 땅끝의 악마에게라도 가겠어요! 하지만 이건 못 돌려줘요!"

"하!" 아자젤로가 갑자기 쩌렁쩌렁하게 고함을 치더니 정원의 철제 울타리를 향해 눈을 크게 뜬 채 손가락으로 어딘가를 가리켰다.

마르가리타는 아자젤로가 가리키는 쪽으로 몸을 돌렸지만 별다른 점을 발견하지 못했다. 그녀는 무의미한 '하!'에 대한 설명을 듣고자 다시 아자젤로에게 몸을 돌렸으나, 그것을 설명해 줄 사람은 아무도 없었다. 마르가리타 니콜라예브나의 비밀스러운 이야기 상대는 사라졌다.

마르가리타는 이 마지막 외침이 들리기 전에 크림 상자를 숨겨 두었던 가방에 재빨리 손을 집어넣어 상자가 아직 안에 있는지 확인했다. 그리고 더 이상 깊이 생각하지 않고 서둘러 알렉산드롭스키 정원에서 뛰어나왔다.

20
아자젤로의 크림

저녁의 맑은 하늘에 달이 둥글게 걸린 모습이 단풍나무 가지 사이로 보였다. 보리수나무와 아카시아가 정원 마당 위에 복잡한 얼룩무늬를 그리고 있었다. 저택의 맨 위층에 튀어나온 삼면 창문이 열려 있고, 커튼으로 가려져 있긴 했지만 방 안은 강렬한 전깃불로 밝혀져 있었다. 마르가리타 니콜라예브나의 침실에 켜진 불이 방 안의 혼란을 비추고 있었다.

침대의 이불 위에는 슈미즈와 스타킹, 속옷이 놓여 있었고, 방바닥에는 아무렇게나 벗어 놓은 속옷과 흥분하여 마구 쏟아 버린 담뱃갑이 흩어져 있었다. 침대 옆 탁자 위에는 굽 높은 샌들이 미처 다 마시지 않은 커피와 재떨이 옆에 놓여 있었고, 재떨이에서는 꽁초가 연기를 내고 있었다. 의자 등받이에는 검은 이브닝드레스가 걸려 있었다. 방 안에서는 향수 냄새가 풍겼다. 어디선가 달구어진 다리미 냄새가 방 안으로 흘러 들어왔다.

마르가리타 니콜라예브나는 벌거벗은 몸에 목욕 가운만 걸치고 검은 스웨이드 구두를 신은 채 전신 거울 앞에 앉아 있었다. 마르가리타 니콜라예브나 앞에 금으로 된 팔찌 시계와 아자젤로가 준 상자가 나란히 놓여 있었다. 마르가리타는 시계 판에서 눈을 떼지 않았다. 시간이 흐르자 마치 시계가 고장나서 바늘이 움직이지 않는 것처럼 보이기 시작했다. 그러나 바늘은 비록 풀로 붙인 것처럼 아주 느리기는 했지만 어쨌든 움직이고 있었고, 마침내 긴 바늘이 9시 29분을 가리켰다. 마르가리타의 심장은 너무나 무섭게 뛰어서 그녀가 곧장 상자를 집어 들기 어려울 정도였다. 마르가리타는 마음을 가다듬고 상자를 열어 그 안에 금빛의 진한 크림이 들어 있는 것을 보았다. 크림에서 늪의 진흙 냄새가 나는 것 같았다. 손가락 끝으로 크림을 조그만 덩어리로 떠내 손바닥에 놓자 늪의 풀과 나무 냄새가 더 진하게 풍겼다. 마르가리타는 손바닥으로 이마와 뺨에 크림을 문지르기 시작했다.

크림은 잘 발렸고, 바르는 대로 곧장 피부에 스며드는 것 같았다. 마르가리타는 몇 차례 문지른 후 거울을 보았다가 크림 상자를 시계 유리판 위에 떨어뜨리고 말았다. 유리판에 금이 잔뜩 갔다. 마르가리타는 눈을 감았다 뜨며 다시 한 번 거울을 보고는 큰 소리로 거침없이 웃기 시작했다.

족집게로 가장자리를 정리해 실처럼 가늘었던 눈썹은 숱이 많아지고 검고 고른 아치를 그리며 한결 짙어진 초록색 눈동자 위에 얹혀 있었다. 10월에 거장이 사라졌을 때 생겨난, 미간을 가로지른 가느다란 세로 주름은 흔적도 없이 사라졌다. 관자놀이의 누르스름한 그림자도, 보일까 말까 한 눈가의 주름살 두 개도 사라졌다. 뺨의 피부는 고른 장밋빛을 띠었고 이마는 하얗고 깨끗해졌으며 미장원에서 파마한 곱슬머리가 느슨하게 풀어졌다.

서른 살의 마르가리타를 거울 속에서 쳐다보는 것은 풍성하고 자연스러운 검은색 곱슬머리를 하고 이를 드러낸 채 걷잡을 수 없이 웃고 있는 스무 살 정도 된 여성이었다.

마르가리타는 실컷 웃고 나서 단번에 가운을 벗어젖히고는 가볍고 기름진 크림을 듬뿍 떠서 힘차게 몸에 문지르기 시작했다. 피부가 순식간에 장밋빛을 띠며 빛났다. 그러고 나자 마치 뇌에 박혀 있던 바늘을 집어낸 듯이 알렉산드롭스키 정원에서의 만남 이후로 저녁 내내 쑤시던 관자놀이의 통증이 순식간에 가라앉았고, 팔과 다리의 근육도 단단해졌으며, 그러고 나서 마르가리타의 육체는 무게를 잃었다.

그녀는 살짝 뛰어올라 융단 위 허공에 떠 있다가 천천히 아래로 내려와 땅에 발을 디뎠다.

"굉장한 크림이구나! 이런 크림이 있다니!" 마르가리타가 의자에 몸을 던지며 소리쳤다.

크림은 그녀의 외모만 바꾸어 놓은 것이 아니었다. 지금 그녀의 몸속에서는 입자 하나하나에까지 기쁨이 끓어올랐고, 그녀는 그것이 마치 거품처럼 온몸을 찌르는 것을 느꼈다. 마르가리타는 자신이 모든 것으로부터 자유롭고 또 자유롭다고 느꼈다. 그리고 아침에 느꼈던 예감이 그대로 실현되었다는 것을, 이 집과 지금까지의 인생을 영원히 떠나게 되리라는 것을 분명히 깨달았다. 그러나 이처럼 그녀를 위로, 허공으로 끌어올리는 새롭고 신기한 무엇인가를 시작하기에 앞서 이전의 인생에서 마지막으로 남은 의무를 완수해야 한다는 생각이 계속 마음에 걸렸다. 그래서 그녀는 벌거벗은 채 공중으로 날아오르기도 하고 뛰기도 하면서 침실에서 남편의 서재로 가서 불을 켜고 책상 쪽으로 달려갔다. 서류철에서 빈 종이를 한 장 빼내 연필로 굵직하게, 단어를 고치거나 지우지도 않고 단숨에 쪽지를 써 내려갔다.

날 용서하고 최대한 빨리 잊어 줘요. 나는 당신을 영원히 떠납니다. 날 찾지 말아요, 소용없을 거예요. 나는 슬픔과 불행에 시달려 마녀가 되었어요. 이제는 가야 해요. 잘 있어요.

마르가리타

한결 마음이 가벼워진 마르가리타는 침실로 날아 들어왔고, 그녀의 뒤로 나타샤가 물건을 잔뜩 들고 따라 들어왔다. 나타샤는 그녀를 보고 이 물건들, 그러니까 나무 옷걸이에 건 드레스와 레이스 손수건, 모양을 유지하기 위해 나무틀을 끼운 푸른 비단 구두, 허리띠 ― 이것들을 전부 바닥에 우르르 쏟아 버렸다. 나타샤는 자유로워진 양손을 움켜쥐었다.

"어때, 나 괜찮아 보여요?" 마르가리타 니콜라예브나가 목쉰 소리로 크게 외쳤다.

"어떻게 된 거예요? 어떻게 한 거예요, 마르가리타 니콜라예브나?" 나타샤가 뒷걸음질치며 속삭였다.

"저 크림 덕분이에요! 크림! 크림!" 마르가리타가 빛나는 황금 상자를 가리키고 거울 앞에서 한 바퀴 빙글 돌며 대답했다.

나타샤는 바닥에 쏟아져 구겨진 드레스에 대해서는 까맣게 잊어버린 채 거울 앞으로 뛰어가서 남은 크림을 이글거리는 눈빛으로 바라보았다. 그녀의 입술이 뭔가 중얼거렸다. 그녀는 다시 마르가리타 쪽으로 돌아서서 어쩐지 공손하게 말했다.

"피부가, 예? 피부가! 마르가리타 니콜라예브나, 피부에서 빛이 나요!" 그러나 여기서 나타샤는 다시 정신을 차리고 드레스 쪽으로 달려가 집어 들고 흔들어 펴기 시작했다.

"놔둬요! 놔둬요! 그런 건 악마나 가져가라지, 그냥 놔둬요! 참, 아니야. 기념으로 가져요. 기념으로 가지라고 하잖아요. 방에 있는 건 전부 가져가도 좋아요!" 마르가리타가 나타샤에게 소리쳤다.

나타샤는 한동안 넋이 나간 사람처럼 미동도 하지 않고 서서 마르가리타를 쳐다보다가 이윽고 그녀의 목에 매달려 입을 맞추며 소리쳤다.

"공단 같아요! 빛이 나요! 진짜 공단 같아! 게다가 이 눈썹, 눈썹!"

"저 넝마 같은 건 전부 가져가요, 향수도 짐 가방에 넣어 숨겨 두고. 하지만 보석류는 가져가지 말아요, 사람들이 도둑질했다고 생각할 테니까!" 마르가리타가 소리쳤다.

나타샤는 드레스와 구두, 스타킹, 속옷을 손에 닿는 대로 그러모으더니 침실에서 달려 나갔다.

그때 골목 반대편 어딘가의 열린 창문에서 우레처럼 쩌렁쩌렁 울려나오는 명곡 왈츠 소리가 방 안으로 날아 들어왔고, 대문으로 자동차가 헐떡거리며 다가오는 소리가 들려왔다.

"아자젤로가 곧 전화할 거야!" 마르가리타가 골목에 울려퍼지는 왈츠 소리를 들으며 외쳤다. "전화할 거라고! 외국인은 위험하지 않아. 그래, 이제 그가 위험하지 않다는 걸 알겠어!"

자동차 소음이 대문에서 멀어졌다. 쪽문이 덜컹거리고 마당의 포석 위를 걸어오는 발소리가 들렸다.

'저건 니콜라이 이바노비치야, 발소리로 알 수 있어. 작별 인사로 굉장히 우습고 흥미로운 일을 해 줘야지.' 마르가리타가 생각했다.

마르가리타는 커튼을 한쪽으로 걷고 무릎을 팔로 껴안은 채 창가에 비스듬히 앉았다. 달빛이 그녀의 오른쪽 반신을 훑었다. 마르가리타는 달 쪽으로 고개를 들고 생각에 잠긴 듯 시적(詩的)인 표정을 지었다. 발소리가 두 번쯤 더 들리더니 갑자기 조용해졌다. 마르가리타는 잠시 달을 감상한 후 짐짓 한숨을 쉬고는 고개를 다시 마당으로 돌려 같은 주택의 아래층에 사는 니콜라이 이바노비치를 보았다. 달빛이 니콜라이 이바노비치를 선명하게 비추고 있었다. 벤치에 앉아 있는 그의 모습은 누가 보기에도 엉겁결에 주저앉은 것이었다. 얼굴의 코안경은 어째서인지 비뚤어졌고, 손가방을 단단히 쥐고 있었다.

"아, 안녕하세요. 니콜라이 이바노비치. 멋진 저녁이네요! 회의에 다녀오시는 건가요?" 마르가리타가 슬픈 목소리로 말했다.

니콜라이 이바노비치는 아무런 대답도 하지 않았다.

"저는요, 보시다시피 우울하게, 혼자 앉아서 달을 보면서 왈츠를 듣고 있답니다." 마르가리타가 마당 쪽으로 몸을 좀 더 내밀고 말을 이었다.

마르가리타는 왼손을 들어 머리채를 가다듬고 화난 듯이 쏘아붙였다.

"니콜라이 이바노비치, 예의도 없군요! 저는 누가 뭐래도 숙

녀란 말이에요! 숙녀가 말을 거는데 대답하지 않는 건 무례한
짓이에요!"

달빛에 회색 조끼의 단추 하나하나까지, 빛나는 뾰족한 턱
수염의 마지막 한 가닥까지 환히 드러낸 니콜라이 이바노비치
는 갑자기 야만적인 냉소를 짓고 벤치에서 일어나, 당황해 제
정신이 아닌 상태가 분명한 듯, 모자를 벗는 대신 한쪽으로 서
류 가방을 휘둘렀고 마치 러시아 전통 춤이라도 출 것처럼 무
릎을 구부렸다.

"아, 댁은 정말 따분한 인간이군요, 니콜라이 이바노비치!
당신들 전부 정말 지겨워서 말로 다 표현할 수 없을 정도예요.
이젠 헤어지게 됐으니 기쁘군요! 다들 악마에게나 가 버리라
지!" 마르가리타가 말을 이었다.

그때 마르가리타의 등 뒤에서 전화기가 울렸다. 마르가리타
는 니콜라이 이바노비치에 관해서는 잊어버리고 창가에서 벌
떡 일어나 수화기를 들었다.

"아자젤로입니다." 수화기에서 목소리가 들렸다.

"오, 내 소중한 아자젤로!" 마르가리타가 소리쳤다.

"때가 됐어요! 날아서 나가세요." 아자젤로가 수화기 속에
서 말했고, 어조로 미루어 보아 마르가리타가 진심으로 반가
워하자 무척 기뻐하는 것 같았다. "대문 위를 날아갈 때 '난
보이지 않아!'라고 소리치세요. 그리고 날아다니는 데 익숙해
질 때까지 한동안 도시 위를 날아다니고, 그러고 나서 남쪽으
로, 도시를 떠나 강가로 곧장 가세요. 모두 기다리고 있습니
다!"

마르가리타는 수화기를 내려놓았고, 그때 옆방에서 나무 같

은 것이 똑똑 소리를 내며 문을 두드렸다. 마르가리타가 문을 활짝 열자 빗자루가 솔 부분을 위로 하고 춤추듯이 침실로 날아 들어왔다. 빗자루는 손잡이 쪽을 바닥에 연달아 찍은 후 튀어 올라 창문으로 날아갔다. 마르가리타는 흥분하여 새된 소리를 지르고는 빗자루를 잡으러 허공으로 뛰어올랐다. 그리고 빗자루에 올라탄 후에야 이 소동에 정신이 팔려서 옷 입는 것을 깜빡했다는 사실이 떠올랐다. 마르가리타는 단번에 침대로 날아가 처음 손에 닿은, 하늘색 슈미즈 같은 것을 낚아챘다. 그리고 마치 깃발처럼 그것을 흔들며 창문으로 날아갔다. 마당의 왈츠 소리가 점점 세게 울렸다.

마르가리타는 창턱에서 아래쪽으로 미끄러져 내려갔고 벤치에 있는 니콜라이 이바노비치를 보았다. 그는 벤치 위에 얼어붙은 듯 앉아서 어리둥절하며 위층의 불 켜진 침실에서 나는 외침 소리와 쿵쿵거리는 소리에 귀를 기울이고 있었다.

"잘 있어요, 니콜라이 이바노비치!" 마르가리타가 니콜라이 이바노비치 앞에서 춤추듯이 발을 구르며 소리쳤다.

상대방은 헉 소리를 내며 벤치에서 굴러 떨어졌다. 손으로 벤치를 더듬어 다시 올라왔지만 그 와중에 서류 가방이 땅에 떨어졌다.

"그럼 영원히 안녕! 난 날아갑니다!" 마르가리타가 왈츠 소리보다 더 크게 외쳤다. 그녀는 슈미즈가 필요 없다는 사실을 깨닫고 음흉하게 웃으며 그것을 니콜라이 이바노비치의 머리에 씌웠다. 앞이 보이지 않게 된 니콜라이 이바노비치는 벤치에서 바닥의 포석 위로 떨어졌다.

마르가리타는 그토록 오랫동안 괴로운 나날을 보냈던 주택을 마지막으로 보기 위해 몸을 돌렸고, 불이 환히 밝혀진 창문 안으로 놀라움으로 일그러진 나타샤의 얼굴을 보았다.

"잘 있어요, 나타샤!" 마르가리타가 빗자루를 당겨 올리며 외쳤다. "난 보이지 않아! 난 보이지 않아!" 그녀는 더욱 큰 소리로 외치고 단풍나무 가지에 얼굴을 스치며 대문 위를 지나 골목으로 날아갔다. 그녀의 뒤를 따라 제멋대로 울려 퍼지는 왈츠가 날아올랐다.

21
비행

보이지 않고, 자유로워! 보이지 않고, 자유롭다! 마르가리타는 집 앞 골목길 위를 날다 모퉁이를 직각으로 돌아 다른 골목으로 접어들었다. 여기저기 포장을 때우고 기운 이 구불구불하고 긴 골목에 있는, 문짝이 비뚤어진 석유 가게에서는 1리터들이 등유 통과 가느다란 병에 담긴 살충제를 팔았고, 그녀는 그곳을 순식간에 날아서 지나가면서 아무리 완벽하게 자유롭고 보이지 않는다 해도 비행을 즐기면서 동시에 조금이나마 분별 있게 행동해야 한다는 사실을 체득했다. 모퉁이의 오래되고 비뚤어진 가로등에 부딪치려는 바로 그 순간에 기적처럼 제동을 걸어서 목숨을 잃는 것을 간신히 면한 것이다. 마르가리타는 가로등을 피해 간 후 보도를 가로질러 걸려 있는 간판과 전선을 주의 깊게 살피며 빗자루를 꽉 잡고 좀 더 천천히 날아갔다.

세 번째 골목은 곧장 아르바트로 이어졌다. 이때쯤 마르가리타는 빗자루를 다루는 법을 완벽하게 익혀서, 손과 발을 아주 조금만 움직여도 빗자루가 반응한다는 사실과 도시 위를 날아갈 때는 대단히 신중해야 하며 난폭하게 날뛰면 위험하다는 사실을 알게 되었다. 그 외에도 골목에서 아주 분명하게 알게 된 사실은 행인들이 이 비행가를 전혀 알아보지 못한다는 것이었다. 아무도 고개를 들지 않았고, "저거 봐, 저거 봐!"라고 소리를 지르지도 않았고, 황급히 한쪽으로 피하지도 않았고, 휘파람을 불지도, 기절하지도, 미친 듯이 웃어 젖히지도 않았다.

마르가리타는 소리도 내지 않고 대단히 느리게, 2층 정도의 높이로 높지 않게 날아갔다. 그러나 이렇게 느리게 날아가는데도 불이 눈부시게 밝혀진 아르바트 입구에서 방향을 조금 잘못 잡아 화살표에 불이 들어온 원형 간판에 어깨를 부딪쳤다. 이 때문에 마르가리타는 화가 났다. 그녀는 말 잘 듣는 빗자루를 조금 후퇴시켜 세운 후 한쪽 옆으로 물러났다가, 갑자기 원형 간판에 달려들어서 자루 끝으로 간판을 산산조각 냈다. 커다란 소리와 함께 파편이 사방으로 튀었고, 행인들이 황급히 몸을 피했고, 어딘가에서 호각 소리가 들렸으나, 마르가리타는 이 쓸모없는 행위를 마치고 큰 소리로 웃기 시작했다. '아르바트에서는 좀 더 조심해야 해. 모든 게 얽히고 설켜 있어 분간할 수가 없으니까.' 마르가리타가 생각했다. 그녀는 전선 사이를 누비며 날기 시작했다. 마르가리타의 아래로 전동 버스와 자동차, 버스 지붕이 흘러갔고, 허공에 있는 마르가리타의 눈에 비친 보도에서는 챙 있는 모자들이 강물처럼 흘러갔다. 이 강에서 따로 흘러나온 지류가 불타는 듯 입을 벌리고 있는 밤의 상점들로 들어갔다.

'아, 정말 엉망진창이구나! 이래서는 방향을 돌릴 수 없겠어.' 마르가리타가 화가 나서 생각했다. 그녀는 아르바트를 가로질러 좀 더 높이, 4층 정도 높이로 떠올라서, 모퉁이의 극장 건물 꼭대기에서 눈부시게 빛나는 확성기 옆을 지나 높은 집들이 늘어선 좁은 골목으로 흘러들었다. 이곳의 창문은 전부 열려 있었고 사방에서 라디오 음악 소리가 들렸다. 마르가리타는 호기심에 창문 하나를 들여다보았다. 부엌이 보였다. 주석으로 만든 판 위에 석유 버너 두 개가 타고 있었고, 숟가락을 손에 든 두 여자가 그 앞에 서서 서로 욕을 하며 싸우고 있었다.

"화장실 나올 땐 불을 꺼야 한다니까. 내가 그렇게 말했잖아요, 펠라게야 페트로브나. 안 그러면 강제 퇴거하게 될 줄 알아요!" 음식이 담겨 김이 모락모락 나는 냄비 앞에 선 여자가 말했다.

"그러는 댁은 참 훌륭하시구려." 다른 여자가 대답했다.

"당신들 둘 다 훌륭해요." 마르가리타가 창틀을 타고 부엌으로 날아들면서 낭랑하게 말했다. 싸우던 여자들은 목소리 쪽으로 돌아섰다가 더러운 숟가락을 손에 든 채 얼어붙었다. 마르가리타는 둘 사이로 조심스럽게 팔을 뻗어 석유 버너의 꼭지를 돌려 두 개를 모두 껐다. 여자들은 입을 다물지 못하고 작게 비명을 질렀다. 그러나 마르가리타는 벌써 그 부엌에 싫증이 나 골목으로 날아가 버렸다.

골목 끝에서 그녀의 주의를 끈 것은 분명 최근에 지은 듯한, 거대하고 호화로운 8층짜리 건물이었다. 마르가리타는 아래로 내려가 착지한 후, 검은 대리석으로 지은 건물 전면과 널찍한 문, 유리 안으로 금테 모자를 쓰고 제복 단추를 번쩍이는 수위를 보았다. 문 위에 금빛 글씨로 현판이 걸려 있었다. '극문(劇文)의 집.'

마르가리타는 '극문'이라는 단어가 도대체 무슨 뜻일까 생각하며 눈을 가늘게 뜨고 현판을 들여다보았다. 빗자루를 겨드랑이에 끼고 마르가리타는 놀란 수위를 문짝으로 떠밀며 현관에 들어서서 엘리베이터 옆의 벽에서 방 번호와 거주자의 이름이 흰 글씨로 적혀 있는 거대한 검은색 판을 발견했다. 명단의 상단을 장식한 '극작가와 문인들의 집'이라는 한 줄에 마르가리타는 참고 있던 노호(怒號)를 터뜨렸다. 그녀는 허공에 좀 더 높이 떠올라 흥미롭다는 듯 명단을 열심히 읽어 내려갔다. 후스토프, 드부브랏스키, 크반트, 베스쿠드니코프, 라툰스키…….

"라툰스키!" 마르가리타가 쇳소리를 냈다. "라툰스키! 바로 그자야……. 거장을 파멸시킨 바로 그 사람이야!"

문 앞에 선 수위는 놀라 펄쩍 뛰면서, 눈을 부릅뜨고 검은 판을 들여다보며 무슨 일이 일어난 것인지 납득하려 애썼다. 어째서 거주자 명단에서 돌연히 쇳소리가 난단 말인가?

한편 마르가리타는 취한 듯이 뭔가를 되뇌며 맹렬하게 계단 쪽으로 떠올랐다.

"라툰스키, 84호……. 라툰스키, 84호……."

여기 왼쪽에 82, 오른쪽에 83, 좀 더 올라가 왼쪽에 84. 여기다! 여기 명패도 있다. '라툰스키.'

마르가리타는 빗자루에서 뛰어내렸고, 그녀의 달아오른 발

바닥을 돌로 된 바닥이 기분 좋게 식혀 주었다. 마르가리타는 두어 번 벨을 눌렀다. 그러나 아무도 문을 열어 주지 않았다. 마르가리타는 점점 세게 초인종을 누르기 시작했고, 아파트에 울려 퍼지는 연속적인 종소리를 그녀 자신도 들을 수 있었다. 그렇다. 8층 84호 아파트의 거주자는 마솔리트 회장이 전차에 치였고 장례 회의가 바로 그날 저녁에 시작되었다는 사실에 대해 고인이 된 베를리오즈에게 평생 감사해야 할 것이다. 비평가 라툰스키는 행운의 별 아래서 태어난 것이 틀림없다. 그 행운의 별이 이 금요일, 마녀로 변한 마르가리타와 마주칠 운명에서 그를 구해 준 것이다.

아무도 문을 열지 않았다. 마르가리타는 전속력으로 아래로 내려가, 층수를 세면서 가장 아래층까지 내려가서 거리로 나온 뒤, 위를 쳐다보며 밖에서 층수를 세어 어느 것이 라툰스키의 아파트 창문일지 궁리했다. 의심할 여지없이, 8층 모퉁이에 있는 불 꺼진 창문 다섯 개가 분명했다. 확신에 찬 마르가리타는 공중으로 떠올라 몇 초 만에 열린 창문을 통해 불 꺼진 방에 들어섰다. 안에는 달빛만이 가느다란 띠가 되어 은빛으로 빛나고 있었다. 마르가리타는 그 빛을 따라 뛰어 들어가 전등 스위치를 더듬어 찾았다. 일 분 후에 아파트 전체에 불이 밝혀졌다. 빗자루는 구석에 세워 두었다. 마르가리타는 집에 아무도 없다는 사실을 확인한 후 계단으로 나가는 문을 열고 명패를 확인했다. 명패는 제자리에 있었고 마르가리타는 가야 할 장소에 가 있었다.

그렇다, 사람들이 말하기를 지금도 라툰스키는 이 무서운 저녁을 상기하면 얼굴이 창백해지고 베를리오즈의 이름을 경건하게 입에 올린다고 한다. 만일 그가 집에 있었다면 이날 저녁 어떤 어둡고 추악한 범죄가 벌어졌을지는 전혀 알 수 없으나, 어쨌든 부엌에서 나오는 마르가리타의 손에는 무거운 망치가 들려 있었다.

눈에 보이지 않는 벌거벗은 비행가는 마음을 가다듬었다. 조급한 마음에 그녀의 손이 덜덜 떨렸다. 주의 깊게 목표물을 정한 후 마르가리타는 피아노의 건반을 내려쳤고, 아파트 전체에 애처로운 첫 번째 비명 소리가 울렸다. 아무 죄도 없는 베커 소형 실내 피아노가 광란에 찬 외침을 질렀다. 건반이 우르르 떨어졌고 상아 조각이 사방으로 튀었다. 악기는 웅웅 울리며 울부짖고, 목쉰 소리와 쇠 부딪치는 소리를 냈다. 망치의 일격에 광택을 낸 상단부가 총소리를 내며 무너졌다. 마르가리타는 힘겹게 숨을 몰아쉬며 망치로 현을 끊고 휘었다. 그리고 마침내 지친 나머지 안락의자에 주저앉아 휴식을 취했다.

욕실에서 물이 콸콸 흐르는 소리가 났고, 부엌에서도 마찬가지였다. '지금쯤 바닥으로 넘쳤겠지……' 마르가리타가 이렇게 생각하고는 큰 소리로 덧붙였다.

"그래도 오래 앉아 있을 필요는 없지."

이미 부엌에서 복도로 급류가 흘러나왔다. 마르가리타는 맨발로 물을 튀기며 부엌에서 양동이로 물을 떠서 비평가의 서재로 가져가 책상 서랍에 부었다. 그리고 역시 서재에 있는 장식장 문을 망치로 부순 후 침실로 달려갔다. 그녀는 거울이 달린 옷장을 부수고 장에서 비평가의 양복을 꺼내 욕실의 물바다에 던져 넣었다. 서재에서 집어 온, 잉크병에 가득 찬 잉크는 침실의 호화로운 침구가 놓인 더블베드에 끼얹었다. 그녀는 이런 파괴 활동을 하면서 불타는 듯 만족감을 느꼈으나, 그 와중에도 그녀는 줄곧 어쩐지 성과가 초라하다는 생각이 들었다. 그래서 그녀는 닥치는 대로 전부 부수기 시작했다. 그녀는 피아노가 놓여 있던 방에 가 무화과나무 가지를 꽂은 꽃병을 깨뜨렸다. 그러다 말고 침실로 돌아가서 부엌칼로 이불잇을 자르고 유리로 된 액자를 깨뜨렸다. 땀이 줄기를 이루어 흘러내렸지만 그녀는 피곤한 줄 몰랐다.

그때 라툰스키의 아파트 아래층에 있는 82호 아파트에서는 희곡 작가 크반트의 가정부가 부엌에서 차를 마시다 위층에서 나는 쿵쿵 울리는 소리, 달리는 소리, 쇠 부딪치는 소리를 듣고 어리둥절해하고 있었다. 그녀는 천장으로 머리를 들었고, 갑자기, 눈앞에서 원래 흰색인 천장이 죽은 듯한 납빛으로 변하는 것을 보았다. 얼룩이 점점 커지더니 갑자기 물방울이 떨어졌다. 가정부는 이 분 정도 이 현상에 놀라 멍하니 앉아 있었다. 마침내 천장에서 문자 그대로 비가 내려 바닥에 툭툭 떨어지기 시작했다. 가정부는 벌떡 일어나 급히 물이 새는 곳 아래에 대야를 받쳤지만 전혀 도움이 되지 못했다. 비는 점점 세게 떨어지면서 가스 버너와 접시가 놓인 식탁 위로 퍼붓기 시작했다. 크반트의 가정부는 비명을 지르며 계단으로 뛰어나왔고, 잠시 후 라툰스키의 아파트에 초인종이 울리기 시작했다.

"음, 초인종이 울리네…… 나갈 때가 됐구나." 마르가리타가 말했다. 그녀는 빗자루를 타고 앉아 문틈으로 소리를 지르는 여자 목소리가 외치는 것에 귀를 기울였다.

"문 열어요, 문 열어! 두샤, 문 열어요! 여기 물 틀어 놨어요? 우리 집에 물이 샌다구요."

마르가리타는 1미터 정도 위로 떠올라서 샹들리에를 내리쳤다. 전구가 두 개 떨어져나가고 수정 알이 사방으로 튀었다. 문틈으로 들려오던 외침이 그치고 계단에 발소리가 들렸다. 마르가리타는 창밖으로 날아가 망치를 가볍게 휘둘러 창유리를 때렸다. 쏴아 하고 흩어지는 소리가 나면서 유리 파편이 대리석 벽을 타고 폭포처럼 아래로 떨어져 내렸다. 마르가리타는 다음 창문으로 날아갔다. 멀리 아래쪽에서는 사람들이 보도 위를 우왕좌왕했고, 입구에 서 있던 두 대의 자동차 중 한 대가 엔진 소음을 내며 떠나갔다.

마르가리타는 라툰스키의 창문을 모두 깬 후 이웃 아파트로 흘러갔다. 망치질은 더 잦아졌고, 골목은 유리가 깨지는 소리와 유리 파편이 떨어지는 소리로 가득 찼다. 첫 번째 출구에서 수위가 달려나와 위를 쳐다보더니 도대체 무엇을 해야 할지 몰라 잠시 망설이다가 입에 호각을 물고 미친 듯이 불어 댔다. 흥이 난 마르가리타는 호각 소리에 맞춰 8층의 마지막 유리창을 부순 뒤 7층으로 내려가 역시 창문을 산산조각 내기 시작했다.

현관의 유리문 뒤에서 오랫동안 아무것도 하지 못한 채 서 있기만 하다가 지쳐 버린 수위는 온 영혼을 실어서 호각을 불어 댔고, 그 소리는 마치 반주하듯이 마르가리타의 망치질을 정확히 뒤따랐다. 그녀가 창문에서 다른 창문으로 날아다니는 사이사이 수위는 호흡을 골랐고, 마르가리타가 한 번 유리창을 때릴 때마다 볼에 바람을 가득 넣고 밤의 대기를 하늘 끝까지 꿰뚫을 듯 호각을 불었다.

수위의 노력과 격분한 마르가리타의 수고가 결합되어 굉장한 결과를 이루어 냈다. 건물은 공황 상태에 빠졌다. 아직 성한 유리창이 열리고 그 안에서 사람들의 머리가 나타났다가, 머리는 곧장 사라져 버리고 열렸던 창문도 도로 닫혔다. 맞은편 건물에서도 창문에 불이 밝혀지고 사람들의 검은 윤곽이 서성거리며 새로 지은 극문 건물에서 어째서 이유 없이 유리가 깨지고 있는 것인지 납득하려고 애썼다.

골목에 있던 사람들이 극문 건물로 달려왔고, 건물 내부에서는 아무런 의미도 이유도 없이 계단을 오르내리는 사람들의 발소리가 울렸다. 크반트의 가정부는 계단을 뛰어다니며 집이 물에 잠겼다고 외쳐 댔고, 곧 크반트의 아파트 아래층에 있는 80호 아파트에서 후스토프의 가정부가 나와 그녀와 합류했다. 후스토프의 집에서는 천장에서 부엌과 화장실로 물이 뚝뚝 떨어졌다. 마침내 크반트의 부엌 천장에서 커다란 회반죽 덩어리가 떨어져 내려 더러운 그릇을 전부 깨뜨렸고, 그 뒤로는 말 그대로 폭우가 쏟아지기 시작했다. 천장에 층층이 걸친 젖은 널판지 사이로 마치 양동이로 붓듯 물이 쏟아졌다. 그때 1번 출구 쪽 계단에서 비명 소리가 시작되었다. 마르가리타는 4층, 끝에서 두 번째 창문을 지나가면서 안쪽에 눈길을 주었다가 단단히 겁에 질려 방독면까지 쓰고 있는 사람을 보았다. 마르가리타는 망치로 아파트 창문을 깨뜨려 그를 놀려 주었고, 남자는 방에서 사라졌다.

야만적인 파괴 행위는 예기치 못하게 중단되었다. 3층으로 내려온 마르가리타는 얇은 검은색 커튼을 매단 구석의 창문을 들여다보았다. 방 안에는 작은 갓을 씌운 등불이 희미하게 빛나고 있었다. 양 옆에 격자를 댄 조그만 침대에 네 살쯤 된 남자아이가 앉아서 겁에 질려 밖에서 나는 소리에 귀를 기울이고 있었다. 어른은 한 명도 없었다. 아파트에서 도망친 것이 분명했다.

"유리창이 깨져." 남자아이가 이렇게 말하고 소리쳐 불렀다. "엄마!"

대답이 없자 아이가 말했다.

"엄마, 나 무서워."

마르가리타는 커튼을 젖히고 창문으로 날아 들어갔다.

"나 무서워." 아이가 반복해 말하고 몸을 떨기 시작했다.

"겁내지 마, 겁내지 마라, 아가야." 마르가리타가 계속 바람을 쐬서 쉬어 버린 범죄자의 목소리를 애써 부드럽게 내며 말했다. "아이들이 유리창을 깬 거야."

"새총으로?" 아이가 이제 몸을 떨지 않고 물었다.

"새총이야, 새총." 마르가리타가 장담했다. "그러니까 이제 자야지!"

"그거 시트니크야. 걔한테 새총이 있어요." 아이가 말했다.

"그래, 맞아, 그 애야!"

아이는 재빨리 주위를 살펴보고는 물었다.

"그런데 아줌마는 어디 있어요?"

"난 여기 없단다. 네가 꿈을 꾸는 거야." 마르가리타가 대답했다.

"나도 그런 것 같았어요."

"누워야지. 손을 뺨에 대고, 그럼 내가 네 꿈에 나올 거란다." 마르가리타가 지시했다.

"응. 꿈에 나와요, 꼭." 아이가 고개를 끄덕이고 곧바로 눕더니 손을 뺨 아래 놓았다.

"내가 옛날 이야기 하나 해 줄게." 마르가리타가 뜨거워진 손을 아이의 까까머리에 가져다 댔다. "옛날에 어떤 아줌마가 있었어. 아줌마는 아이도 없고, 전혀 행복하지 않았단다. 그래서 아줌마는 처음에는 오래오래 울다가, 그다음에는 화가 났지……." 마르가리타는 말을 멈추고 손을 내렸다. 아이는 잠들어 있었다.

마르가리타는 망치를 창틀에 놓고 조용히 창밖으로 날아올랐다. 건물 앞은 시끄러웠다. 유리 조각이 가득 흩어진 아스팔트 보도 위로 사람들이 뛰어다니며 뭔가 소리쳤다. 벌써 경찰이 와 있었다. 돌연히 사이렌이 울리더니 아르바트에서 골목으로 사다리를 실은 빨간 소방차가 달려왔다…….

그러나 마르가리타는 이미 이후의 상황에 흥미가 없었다. 그녀는 전선에 걸리지 않기 위해 주의 깊게 진로를 정한 뒤 빗자루를 좀 더 꽉 쥐고 순식간에 불행한 건물보다 높이 날아올랐다. 그녀 아래에 놓인 골목은 옆으로 휘어지더니 시야에서 사라졌다. 골목 대신 마르가리타의 다리 아래로 지붕 무더기가 나타났고, 그 처마 아래로는 전깃불이 한 줄로 이어져 띠처럼 여기저기 가로지르고 있었다. 하지만 이 모든 풍경도 갑자기 한쪽으로 멀어져 갔고, 사슬처럼 이어진 불빛이 흐려지면서 뒤섞여 퍼졌다.

마르가리타는 다시 한 번 위로 치솟았고, 지붕 무더기가 전부 땅속으로 꺼진 듯 사라지고 대신 아래쪽에 깜빡이는 전기 불빛으로 된 호수가 나타났으며, 그러다 호수가 돌연히 수직으로 상승하더니 마르가리타의 머리 위에 나타났고, 달이 그녀의 발 아래서 번쩍였다. 자신이 거꾸로 매달려 있다는 것을 깨달은 마르가리타는 다시 몸을 바로 했고, 뒤를 돌아보자 호수는 이미 사라지고 그 자리에 장밋빛 노을이 걸쳐진 지평선만 보일 뿐이었다. 몇 초가 지나자 노을도 사라졌고, 마르가리타는 자신이 왼쪽에서 지평선 위로 날아가는 달 옆에 홀로 남아 있는 것을 알았다. 마르가리타의 머리카락은 이미 덥수룩하게 헝클어져 있었고 달빛이 휘파람 소리를 내며 그녀의 몸을 씻어 내렸다. 아래쪽에 두 줄로 띄엄띄엄 서 있던 불빛이 마치 이어진 선처럼 두 개의 불길로 합쳐졌다가 빠르게 뒤로 사라지는 것을 보고 마르가리타는 자신이 무시무시한 속도로 날고 있을 거라고 생각했고, 그런데도 숨이 막히지 않는다는 것이 놀라웠다.

몇 초간 그렇게 날다가 멀리 아래쪽, 지상의 어둠 속에 새로운 전깃불의 호수가 나타나 비행가의 발밑으로 솟아 올라왔다. 그러나 호수는 소용돌이처럼 뺑뺑 돌더니 땅속으로 사라져 버렸다. 몇 초가 지나자 또다시 같은 일이 벌어졌다.

"도시다! 도시다!" 마르가리타가 소리쳤다.

이런 일이 두세 번 반복된 후 그녀는 가느다란 장검 같은 것이 열린 검은색 칼집에 놓인 듯 희미하게 빛나는 것을 보고 그것이 강일 것이라 짐작했다.

고개를 왼쪽 위로 들고 날아가던 마녀는 자기 위로 치솟은 달이 정신없이 모스크바로 돌아가면서 동시에 제자리에 가만히 서 있는 것 같기도 한 이상한 풍경을 감상했고, 그러다가 달 표면에서 수수께끼 같은 검은 물체를 또렷이 보았다. 그것은 용인 것도 같았고 혹은 뾰족한 주둥이를 황폐한 도시 쪽으로 향하고 있는 등에 혹이 난 말인 것도 같았다.

순간 마르가리타는 자신이 쓸데없이 지나치게 흥분하여 빗자루를 몰고 있다는 생각에 사로잡혔다. 사물을 찬찬히 살펴보며 비행을 마음껏 즐길 수 있는 기회를 놓치고 있는 것 같았다. 어쩐지 지금 날아가고 있는 목적지에서는 그녀를 좀 더 기다려 줄 수 있을 것이라는, 그리고 이렇게 재미없게, 경황없이 그저 빨리, 또 높이 비행해야 할 이유는 전혀 없다는 생각이 들었다.

마르가리타는 빗자루의 앞을 기울여 자루 끝을 뒤로 높이 솟게 한 뒤 속도를 뚝 떨어뜨려 땅으로 천천히 내려왔다. 마치 썰매로 허공을 미끄러지듯 지면으로 내려가면서 그녀는 큰 즐거움을 느꼈다. 지면이 그녀를 향해 솟아오르면서 그때까지 형태가 없던 검은 덩어리 속에서 달 밝은 밤에만 볼 수 있는 대지의 비밀과 매력이 드러났다. 지면이 마르가리타를 향해 점점 다가왔고, 푸른 숲의 향기가 물씬 풍겨 왔다. 마르가리타는 안개처럼 퍼진 이슬 젖은 풀밭 바로 위로, 그리고 그 뒤에는 웅덩이 위로 날았다. 마르가리타 아래에서 개구리들이 합창을 했고, 어쩐지 가슴을 마구 뒤흔드는 듯한 기차 소리가 어딘가 멀리서 들려왔다. 이내 기차가 보였다. 마치 애벌레처럼 천천히, 공중에 불꽃을 뿜어내며 기어 왔다. 마르가리타는 기차를 앞질러 다시 거울처럼 맑은 물 위를 지나갔다. 수면 위로 또 하나의 달이 떠 있었고, 마르가리타는 거대한 소나무 꼭대기를 발로 스치듯 낮게 내려와 날아갔다.

대기를 가르는 무거운 소리가 뒤에서 마르가리타를 쫓아오기 시작했다. 마치 포탄처럼 날아다니는 뭔가가 내는 소음에 아주 멀리서 들려오는 여자의 웃음소리가 합류했다. 마르가리타는 주위를 둘러보다가 뒤에서 이상하게 생긴 검은 물체가 쫓아오는 것을 발견했다. 마르가리타와 가까워진 물체는 점점 윤곽이 분명해져서 이윽고 누군가 그 위에 타고 있는 것이 보였다. 그리고 마침내 그 물체가 완전히 모습을 드러냈다. 속도를 줄이면서 마르가리타를 따라잡은 것은 나타샤였다.

그녀는 실오라기 하나 걸치지 않고 머리카락을 공중에 산산이 흩뜨린 채 뚱뚱한 수퇘지를 타고 날아왔다. 수퇘지는 앞발에 서류 가방을 쥐고 뒷발로 격렬하게 공기를 걷어차고 있었다. 가끔씩 달빛에 반짝 빛나다가 이내 어두워지곤 하는 코안경은 코에서 미끄러져 줄에 대롱대롱 매달린 채 옆에서 함께 날아왔고 모자는 이따금 수퇘지의 눈을 가렸다. 마르가리타는 자세히 들여다보고 나서야 수퇘지가 니콜라이 이바노비치라는 사실을 알았다. 그녀의 웃음소리가 나타샤의 웃음소리와 뒤섞이며 숲 위로 울려 퍼졌다.

"나타샤! 크림 발랐어요?" 마르가리타가 꿰뚫는 듯 날카롭게 소리쳤다.

"내 소중한 마르가리타! 나의 프랑스 여왕님! 내가 이 남자 대머리에도 발라 줬어요, 이 남자에게도!" 나타샤가 쉿소리로 잠든 소나무 숲을 깨우며 대답했다.

"공주님!" 수퇘지가 여기사를 태우고 전속력으로 달리며 울음 섞인 목소리로 고함쳤다.

"소중한 마르가리타! 마르가리타 니콜라예브나!" 나타샤가 마르가리타 옆에서 날아가며 소리쳤다. "인정해요, 크림을 훔쳤어요! 우린 모두 삶을 즐기고, 날고 싶잖아요! 용서해 줘요,

여왕님, 하지만 난 돌아가지 않을 거예요, 무슨 일이 있어도! 아, 정말 좋아요, 마르가리타 니콜라예브나……! 그가 나한테 청혼했어요." 나타샤가 부끄러워하며 숨을 몰아쉬는 수퇘지의 목을 손가락으로 가리켰다. "청혼! 날 뭐라고 불렀지, 응?" 그녀가 수퇘지의 귀 쪽으로 몸을 기울이며 소리쳤다.

"여신님!" 그가 대답했다. "이렇게 빨리 날 수는 없어요! 이러다가 중요한 서류를 잃어버리겠어요. 나탈리야 프로코피예브나, 난 항의하겠어요."

"그래 그 서류 가지고 악마한테나 가 버려!" 나타샤가 무례하게 큰 소리로 웃으며 소리쳤다.

"무슨 말입니까, 나탈리야 프로코피예브나! 누군가 우리 말을 듣겠어요!" 수퇘지가 애원하듯 고함쳤다.

전속력으로 마르가리타 옆을 날면서, 나타샤는 큰 소리로 웃으며 마르가리타 니콜라예브나가 대문을 통해 날아가 버린 뒤 저택에 무슨 일이 생겼는지 이야기해 주었다.

나타샤는 선물로 받은 물건에는 눈길조차 주지 않고 옷을 벗은 뒤 크림에 달려들어 즉시 그것을 발랐다. 그녀에게도 여주인과 똑같은 일이 일어났다. 나타샤가 기쁨의 웃음을 터뜨리며 거울 앞에서 자신의 마법 같은 아름다움에 취해 있을 때 문이 열리고 니콜라이 이바노비치가 나타났다. 그는 흥분한 상태였고, 손에는 마르가리타 니콜라예브나의 슈미즈와 자신의 모자와 서류 가방을 쥐고 있었다. 나타샤를 본 니콜라이 이바노비치는 순간 멍해졌다. 그는 잠시 정신을 가다듬은 후, 가재처럼 완전히 새빨개져서는 슈미즈를 직접 가져다주어야 할 것 같았다고 말했다…….

"뭐라고 했지, 멍청아!" 나타샤가 쳇소리를 지르며 웃었다. "뭐라고 말했지, 뭘로 날 꼬이려고 했지! 돈을 준다고 약속했지! 클라브디야 페트로브나는 아무것도 모를 거라고 하면서. 그래, 내 말이 틀렸어?" 나타샤가 수퇘지에게 소리쳤고, 수퇘지는 수치심에 고개를 돌릴 뿐이었다.

나타샤는 침실에서 장난을 치다가 니콜라이 이바노비치에게 크림을 발라 주고 자신도 놀라서 멍해져 버렸다. 아래층에 사는 존경하는 세입자의 얼굴에 돼지 코가 생겨나고, 손과 발에 발굽이 돋아난 것이다. 니콜라이 이바노비치는 자기 모습을 거울에 비춰 보고 절망적이고 사납게 울부짖었으나 때는 이미 늦었다. 잠시 후 그는 나타샤를 태운 채 슬피 흐느껴 울면서 모스크바를 떠나 어딘가 있을 악마에게로 날아가고 있었다.

"나를 정상적인 모습으로 돌려놓을 것을 요구합니다! 난 불법 집회에 끌려갈 의사는 전혀 없다고요! 마르가리타 니콜라예브나, 당신은 댁의 가정부를 말릴 의무가 있습니다!" 광기에 찬 듯, 혹은 애원하는 듯 수퇘지가 갑자기 목쉰 소리로 꿀꿀거렸다.

"아, 그래? 내가 이제는 너한테 가정부란 말이지? 가정부!" 나타샤가 수퇘지의 귀를 꼬집으며 외쳤다. "아까는 여신이라며? 날 뭐라고 불렀지?"

"비너스!" 수퇘지가 돌 사이로 졸졸 흐르는 시냇물 위를 날아가다 발굽으로 개암나무 숲을 건드려 사각사각 소리를 내며 울음 섞인 목소리로 대답했다.

"비너스! 비너스!" 나타샤가 몸을 뒤로 젖히고 한 손은 허리에 대고, 다른 한 손은 달을 향해 뻗은 채 의기양양하게 외쳤다. "마르가리타! 여왕님! 날 위해서 내가 계속 마녀로 남아 있을 수 있도록 부탁해 주세요! 당신은 뭐든지 할 수 있어요, 그럴 힘이 있어요!"

그러자 마르가리타가 대답했다.

"좋아요, 약속할게요."

"고마워요!" 나타샤가 갑자기 날카롭고도 애수에 찬 목소리로 소리쳤다. "이랴! 이랴! 더 빨리! 빨리! 저쪽 앞으로!" 허공에서 정신없이 발길질을 당해 홀쭉해진 수퇘지의 옆구리를 나타샤가 발꿈치로 조이자 수퇘지는 또다시 공기를 찢어 댈 듯이 울었으며, 그녀는 순식간에 검은 점이 되어 앞에서 날아가다가 곧 완전히 사라졌고, 그녀가 비행하는 소리도 공기 중으로 흩어졌다.

마르가리타는 공허하고 낯선 장소를 전처럼 천천히 날아갔다. 그곳은 외따로 떨어진 거대한 소나무들의 숲 사이로 간간이 둥근 돌이 보이는 언덕이었다. 마르가리타는 자신이 분명 모스크바에서 대단히 멀리 떨어진 곳에 와 있을 것이라고 생각했다. 빗자루는 이제 소나무 꼭대기 위가 아니라 가지 사이를 날고 있었다. 가지 한쪽이 달빛을 받아 은빛으로 빛났다. 그녀의 가벼운 그림자가 앞쪽에서 지면을 스쳐 갔다. 이제 달은 마르가리타의 등 뒤에서 빛나고 있었다.

마르가리타는 물이 가까워진 것을 느끼고 목적지가 멀지 않았음을 직감했다. 소나무 숲이 드문드문 멀어지고, 마르가리타는 백묵처럼 하얀 절벽을 향해 조용히 날아갔다. 그 절벽 뒤로 아래쪽에, 그림자 속에 강이 놓여 있었다. 수직으로 솟은 절벽 아래 소나무 숲 너머 안개가 매달려 걸려 있었고, 맞은편 강가는 평탄하고 나지막했다. 강가에 나무 몇 그루가 여기저기 따로 흩어져 있고 그 아래 모닥불의 작은 불빛이 반짝이며 무엇인가 움직이는 모습이 보였다. 마르가리타는 그곳에서 뭔가 단조로우면서도 흥겨운 음악이 들려오는 것 같았다. 시야가 닿는 저 먼 끝의 은빛으로 반짝이는 평원 위에는 집이나 사람이 있다는 징후가 전혀 보이지 않았다.

마르가리타는 절벽 아래 물 쪽으로 날렵하게 뛰어내렸다. 물은 공중을 전속력으로 비행한 그녀를 유혹했다. 그녀는 빗자루를 내팽개치고 머리부터 물속으로 뛰어들었다. 그녀의 가벼운 몸이 화살처럼 물을 뚫고 들어갔고, 물기둥이 달까지 닿을 듯 솟아올랐다. 물은 마치 욕조 안처럼 따뜻했고, 심연에서 수면 위로 떠오른 마르가리타는 아무도 없는 고요한 밤의 강물 속에서 마음껏 헤엄쳤다.

마르가리타의 곁에는 아무도 없었으나, 소나무 숲 너머 조금 멀리서 물을 튀기고 콧김을 뿜는 소리가 들리는 것으로 보아 그곳에서 누군가 헤엄치고 있는 것 같았다.

마르가리타는 강가로 달려 나갔다. 헤엄치고 난 후 그녀의 몸은 타오르는 듯했다. 그녀는 피곤한 줄 모르고 축축한 풀밭 위에서 즐겁게 춤을 추었다. 그러다 갑자기 춤을 멈추고 주위를 살폈다. 콧김 뿜는 소리가 가까워지더니 버드나무 숲 뒤에서 벌거벗은 뚱보가 뒤통수 쪽이 구부러진 검은색 비단 톱 해트를 쓰고 기어 나왔다. 발은 진흙투성이어서 마치 검은색 단화를 신고 있는 것 같았다. 숨을 헐떡거리며 딸꾹질을 하는 모양새로 보아 남자는 적당히 술에 취한 것 같았고, 강에서 갑자기 코냑 냄새가 나기 시작하는 것도 그 때문인 듯했다.

뚱보는 마르가리타를 발견하고 빤히 들여다보더니 이윽고 즐거운 목소리로 외쳤다.

"이게 누구야? 내가 정말 그녀를 보고 있는 건가? 클로디나,* 근심을 모르는 과부, 정말 당신이야? 정말 여기로 와 준 거야?" 그리고 그는 인사를 하려고 다가왔다.

마르가리타는 한 발 물러서서 위엄 있게 대답했다.

"악마에게나 가 버려. 내가 무슨 클로디나라는 거야? 누구와 이야기하고 있는지 잘 보란 말이야." 그리고 잠시 생각한 뒤 방금 한 말에 인쇄할 수 없는 욕설을 길게 덧붙였다. 이 모든 상황에 경솔한 뚱보는 술이 확 깼다.

"이런! 너그럽게 용서해 주십시오, 빛나는 마르고 여왕님! 제가 잘못 봤습니다. 하지만 전부 코냑 탓입니다, 저주받을 술!" 뚱보가 낮게 외치고는 몸을 떨었다. 그는 한쪽 무릎을 꿇고 모자를 벗어 옆으로 젖히며 절을 한 후 러시아어와 프랑스어를 섞어 가며 파리에 있는 친구 게사르**의 피투성이 결혼식과 코냑에 관해, 그리고 자신이 이 서글픈 실수에 얼마나 낙담했는지에 관해 헛소리를 두서없이 지껄였다.

"바지라도 입지 그래, 개자식아." 마르가리타가 조금 누그러져서 말했다.

뚱보는 마르가리타가 화나지 않은 것을 보고 입을 크게 벌려 즐겁게 웃은 후, 지금 이 순간 바지도 입지 않고 나타난 것

---

* 투르농 백작 부인인 클로디나는 발루아 왕비의 시녀였다.
** 게사르는 19세기의 학자로 발루아 왕비의 회고록을 편집했다. '피투성이 결혼식'은 성 바르톨로뮤 축일의 학살을 가리킨다.

은 단지 부주의 때문에 조금 전에 멱을 감았던 예니세이 강가에 깜빡하고 옷을 두고 왔기 때문이며, 엎드리면 코 닿을 곳이니 지금 당장 날아갔다 오겠다고 환희에 차서 보고했고, 그러고 나서 그녀에게 호의와 후원을 베풀어 달라고 부탁한 후 뒷걸음으로 물러나다가 미끄러져 물에 빠졌다. 그러나 물에 빠지고 나서도 구레나룻이 드문드문 테를 두른 얼굴에서는 환희와 충성의 미소가 떠나지 않았다.

마르가리타는 날카롭게 휘파람을 분 뒤, 날아 돌아온 빗자루를 타고 강 위를 날아 맞은편 강가로 건너갔다. 백묵 언덕의 그림자는 이곳에 미치지 못했고, 강변 전체에 달빛이 쏟아지고 있었다.

마르가리타가 축축한 풀을 밟자마자 버드나무 아래서 음악이 보다 크게 울리기 시작했고 모닥불에서 불꽃이 즐겁게 날아올랐다. 버드나무 가지 아래서 얼굴이 뚱뚱한 개구리들이 달빛을 받은 부드럽고 무성한 버들강아지 위에 두 줄로 앉아 고무로 된 듯한 볼을 부풀리며 나무 피리로 웅장하고 활기찬 행진곡을 연주했다. 반짝이는 썩은 나무 조각이 악사들 앞 버드나무 가지 위에 걸려 악보를 비추었고 개구리의 얼굴에 모닥불의 불빛이 일렁였다.

행진곡은 마르가리타를 맞이하기 위한 것이었다. 이 환영 행사는 대단히 성대하게 치러졌다. 투명한 물의 요정들이 강 위에서 원무를 추다가 마르가리타에게 해초를 흔들어 보였고, 멀리서 들려오는 이들의 인사 소리가 텅 빈 초록색 강가 위로 메아리쳤다. 벌거벗은 마녀들이 버드나무에서 뛰어나와 줄지어 서더니 궁궐에서 하듯이 무릎을 굽히고 머리를 숙여 절했다. 염소 다리를 한 사람이 날듯이 다가와 손등에 키스하고 잔디 위에 숄을 펼친 후, 여왕에게 즐겁게 수영을 하셨는지 문의하고 잠시 누워 쉴 것을 권했다.

마르가리타는 그의 말대로 했다. 염소 다리가 건네준 샴페인을 마시자 심장이 타오르기 시작했다. 그녀는 나타샤가 어디 있는지 질문했고, 나타샤가 이미 수영을 마치고 마르가리타가 곧 도착한다고 알려 주고 의상을 준비하기 위해 수퇘지를 타고 먼저 모스크바로 날아갔다는 대답을 들었다.

마르가리타가 버드나무 아래 머물렀던 짧은 시간 동안 한 가지 소동이 일어났다. 허공에서 휘파람 소리가 들리더니 검은 몸뚱이가 손을 흔들고 물속으로 떨어졌다. 잠시 후 마르가리타 앞에 아까 강가에서 대단히 무례하게 자기소개를 했던 구레나룻을 기른 뚱보가 등장했다. 연미복을 갖추어 입은 것이, 예니세이 강가까지 갔다 온 것이 분명했으나, 또다시 머리부터 발끝까지 젖어 있었다. 착지하면서 본의 아니게 물에 빠진 것으로 보아 그는 또 코냑을 한잔 걸치고 온 듯했다. 이 서글픈 상황에서도 그는 시종일관 미소를 잃지 않았고, 웃고 있는 마르가리타의 손등에 키스하도록 허락받았다.

그러고 나서 모두 떠나기 시작했다. 물의 요정들은 달빛 아래 원무를 마저 추고 빛 속으로 녹아 사라졌다. 염소 다리는 마르가리타가 무엇을 타고 강으로 왔는지 정중히 물었다. 그녀가 빗자루를 타고 왔다는 사실을 알고 그가 말했다.

"오, 어째서 그러셨습니까. 그건 불편하실 텐데요." 그리고 눈 깜짝할 새에 나뭇가지 두 개로 수상쩍은 전화기를 만들어 내더니 누군가에게 당장 자동차를 보내라고 지시했다. 그의 지시는 정말로 순식간에 이루어졌다. 섬에 지붕 없는 짙은 갈색 자동차가 나타난 것이다. 다만 운전석에 평범하지 않은 운전수가 앉아 있었는데, 그것은 검고 부리가 긴 갈가마귀로 기름 먹인 천으로 만든 모자를 쓰고 손목이 넓은 장갑을 끼고 있었다. 작은 섬은 점점 비어 갔다. 마녀들이 타오르는 달빛 속에 날아올라 사라졌다. 모닥불은 다 타서 꺼졌고 석탄은 회색 재로 덮였다.

마르가리타가 구레나룻 사내와 염소 다리의 도움을 받아 넓은 뒷좌석에 올라탔다. 자동차는 부르릉 엔진 소리를 내며 펄쩍 뛰어 달까지 갈 것처럼 치솟았고, 섬도, 강도 저 뒤로 사라지고 마르가리타는 모스크바로 향했다.

22
촛불 앞에서

대지 위를 높이 나는 자동차의 고른 엔진 소리가 마르가리
타에게 자장가처럼 들렸고, 달빛은 기분 좋게 그녀를 덥혀 주
었다. 그녀는 눈을 감고 얼굴을 바람에 맡긴 채 조금 슬프게
방금 떠나왔고 아마 다시는 보지 못할 신비로운 강을 생각했
다. 그날 저녁 마법과 기적을 모두 겪은 뒤에 그녀는 자신이
누구에게 초대받아 가는지 이미 짐작하고 있었으나, 그것이 하
나도 두렵지 않았다. 그곳에 가면 행복을 되찾을 수 있다는 희
망 때문에 두려움이 없어졌다. 게다가 차 안에서 그 행복에 대
해 꿈꿀 시간도 그렇게 많지 않았다. 갈가마귀 운전수의 솜씨
가 좋은 덕인지 차가 좋은 덕인지 어쨌든 눈을 뜬 마르가리타
는 아래쪽에서 숲의 어둠 대신 모스크바의 불빛으로 이루어진
일렁이는 호수를 보았다. 검은 새 운전수가 비행 중에 오른쪽
앞바퀴를 빼내더니 인적이 전혀 없는 도로고밀로프 구역의 묘
지에 자동차를 세웠다.

갈가마귀는 아무것도 묻지 않는 마르가리타를 빗자루와 함께 묘비 옆에 내려 주고는 자동차를 묘지 뒤 골짜기로 굴려 보냈다. 자동차는 시끄러운 소리를 내며 골짜기 아래로 떨어졌고 완전히 망가졌다. 갈가마귀는 정중하게 거수경례를 하고 자동차 바퀴 위에 앉더니 날아가 버렸다.

그때 기념비 뒤에서 검은 외투가 나타났다. 마르가리타는 달빛에 반짝이는 송곳니를 보고 아자젤로를 알아보았다. 그는 마르가리타에게 빗자루에 타라고 손짓하고는 자신도 가느다란 장검 위에 올라탔으며, 둘은 공중으로 솟구쳐 올라, 그 누구의 눈에도 띄지 않고 날아가서 몇 초 후 사도바야 거리 302-2번지 건물 근처에 착륙했다.

두 사람은 빗자루와 장검을 옆구리에 끼고 대문을 지나 들어갔다. 마르가리타는 안쪽에서 챙 달린 모자를 쓰고 긴 장화를 신은 사람이 아마도 그들을 기다리는 듯 서성거리는 모습을 보았다. 아자젤로와 마르가리타의 발걸음은 소리없이 가벼웠으나 혼자 있던 사람은 그들의 발소리를 듣고 누가 그 소리를 내는지 몰라 불안하게 파르르 떨었다.

그들은 이 첫 번째 인물과 놀랄 정도로 닮은 두 번째 인물을 6번 출입구 근처에서 마주쳤다. 그리고 다시 같은 일이 반복되었다. 발소리……. 그 사람은 불안하게 주위를 돌아보며 얼굴을 찡그렸다. 문이 열렸다가 닫히자 그는 문으로 들어온, 눈에 보이지 않는 사람들을 쫓아 달려갔고, 출구 쪽을 내다보았지만 아무것도 보지 못했다.

두 번째 인물을 그대로 복사한 듯한, 그러므로 첫 번째와도 꼭 닮은 세 번째 인물이 3층 층계참에서 경비를 서고 있었다. 그는 냄새가 독한 담배를 피웠고, 그래서 마르가리타는 그 옆을 지나가며 기침을 했다. 흡연자는 마치 바늘에 찔린 듯이 벤치에서 펄쩍 뛰어 일어나 불안하게 사방을 둘러보았고, 난간에 몸을 기대고 아래를 내려다보았다. 그때 마르가리타는 동행인과 함께 이미 50호 아파트의 문앞에 있었다. 초인종은 누를 필요가 없었다. 아자젤로가 열쇠로 소리 없이 문을 연 것이다.

맨 처음 마르가리타가 깜짝 놀란 것은 그녀를 덮친 어둠 때문이었다. 마치 지하에 들어온 것처럼 어두워서 그녀는 넘어질까 두려워 자신도 모르게 아자젤로의 외투를 꽉 움켜잡았다. 그때 저 멀리 위에서 등불의 작은 불빛이 아른거리며 가까이 다가오기 시작했다. 아자젤로는 걸어가면서 마르가리타가 옆구리에 끼고 있던 빗자루를 빼냈고, 빗자루는 어둠 속으로 소리 없이 사라졌다. 그들은 널찍한 계단을 밟으며 위로 올라갔는데, 마르가리타가 느끼기에 그 계단은 끝이 없을 것만 같았다. 마르가리타는 보이지 않지만 발밑에 분명히 느껴지는, 끝없이 이어지는 기묘한 층계를 모스크바의 평범한 아파트 현관에 들여놓을 수 있다는 사실에 놀랐다. 그러나 계단은 끝났고, 마르가리타는 자신이 층계참에 서 있다는 사실을 깨달았다. 작은 불빛이 바로 옆까지 바짝 다가왔고, 마르가리타는 불빛에 비친, 길고 검은 남자의 얼굴을 보았으며, 남자의 손에 들린 등불을 보았다. 그즈음 그와 마주치는 불운을 겪었던 사람들은 조그만 등불에서 아른거리는 침침한 불빛만으로도 충분히 그를 알아보았으리라. 그는 코로비요프, 혹은 파고트라고도 하는 인물이었다.

코로비요프의 외모는 완전히 달라져 있었다. 아른거리는 불빛을 반사하는 것은 이미 오래전에 쓰레기장에 버렸어야 할 금 간 코안경이 아니라 외알 안경이었는데, 사실 그것 역시 금이 가 있었다. 뻔뻔스러운 얼굴에 난 조그마한 콧수염은 곱슬곱 슬하게 지져서 포마드를 발랐고, 연미복을 차려입고 있어 검은 실루엣으로 보였다. 단지 가슴팍만이 하얗게 빛났다.

마술사, 지휘자, 요술쟁이, 통역사 혹은 진짜 정체는 악마나 알 법한 — 한마디로 코로비요프는 고개를 숙여 인사한 뒤, 등불을 크게 휘두르며 마르가리타에게 따라올 것을 권했다. 아자젤로는 사라졌다.

'놀라울 정도로 이상한 저녁이구나. 모든 상황을 예상했다 고 생각했는데, 이건 정말 몰랐어! 여기는 전기가 끊어진 걸 까? 제일 이상한 건 이 건물 내부의 규모야. 도대체 어떻게 이 걸 전부 모스크바의 아파트 안에 집어넣을 수 있지? 이런 건 불가능해!'

코로비요프의 어둠침침한 등불 속에서도 마르가리타는 무 한히 넓고 기둥이 줄지어 서 있으며 어둡고 언뜻 보기에 끝이 없어 보이는 듯한 홀에 자신이 서 있다는 사실을 알아챘다. 코 로비요프는 작은 소파 옆에 멈추어 서서 웬 받침대에 등불을 올려놓은 후, 마르가리타에게 앉으라고 몸짓하고 자기 자신은 받침대에 팔꿈치를 괴고 그림 같은 자세로 옆에 섰다.

"제 소개를 해 올리겠습니다." 코로비요프가 날카로운 첫소 리로 말했다. "저는 코로비요프입니다. 불빛이 없어서 놀라셨 나요? 분명 절약하느라 그랬을 거라고 생각하셨겠죠? 결단코, 절대로 그런 게 아닙니다! 만약에 그렇다면 길 가는 형리 아무 나, 바로 오늘, 이따가 당신 앞에 머리를 조아릴 그 형리들 중의 하나라도 데려다가 이 받침대에 대고 제 머리를 잘라도 좋습니다! 그저 메시르께서 전깃불 빛을 안 좋아하셔서 마지막 순간에 불을 켤 예정입니다. 그리고 장담컨대 그때가 되면 불빛이 모자라는 일은 없을 겁니다. 아마도 불빛을 좀 줄였으면 하시게 될걸요."

마르가리타는 코로비요프가 마음에 들었고, 그의 과장된 수다를 들으면서 마음이 차분해졌다.

"아니요. 무엇보다도 놀라운 건, 이 모든 걸 전부 들여놓을 자리가 있다는 거예요." 마르가리타가 대답했다. 그녀는 손을 휘저어 홀의 무한한 넓이를 강조했다.

코로비요프는 달콤하게 미소를 지었고, 코 옆의 주름살 위로 그림자가 어른거렸다.

"그거야 간단한 일이지요!" 그가 대답했다. "5차원을 잘 아는 사람이라면 방을 원하는 넓이만큼 늘리는 건 아무것도 아닙니다. 존경하옵는 부인, 악마나 알 수 있을 넓이로 늘릴 수도 있답니다! 그런데 저는 말입니다." 코로비요프는 계속 수다를 늘어놓았다. "5차원에 대한 지식뿐만 아니라 제대로 알고 있는 것도 하나 없으면서 기적처럼 주거 공간을 넓히는 사람들을 알고 지냈더랬죠. 그래요, 예를 들면 어떤 신사분은 제믈랴니 제방 거리에 방 세 개짜리 아파트를 얻은 뒤, 인간의 이성을 뛰어넘는 5차원이라든가 하는 것과는 전혀 상관없이 순식간에 그 아파트를 방 네 개짜리로 만들었답니다. 방 하나에 칸막이를 쳐서 둘로 나눴거든요.

그 후 그 신사분은 자신이 가진 아파트 한 채를 모스크바의 서로 다른 구역에 떨어져 있는 아파트 두 채와 맞바꿨답니

다 — 하나는 방이 세 개짜리고 다른 하나는 방이 두 개짜리
였어요. 그러니까 합치면 방이 다섯 개죠. 그 방 세 개짜리 아
파트는 다시 방 두 개짜리 아파트 두 채와 바꿔서, 보시다시
피 그는 모스크바 전역에 아주 제멋대로 흩어져 있는 방 여섯
개의 소유자가 된 겁니다. 그리고 이젠 마지막으로 가장 찬란
한 속임수를 쓰려고 했습니다. 신문에 광고를 낸 거죠, 모스크
바 여러 구역에 있는 방 여섯 개를 제믈랴니 제방 거리의 방
다섯 개짜리 아파트와 바꾸겠다고. 비록 그 활동은 그 신사분
의 책임이 아닌 다른 이유로 인해서 중지됐지만요. 그 신사분
이 지금 이 순간에도 방 하나쯤 가지고 있을 수도 있겠죠. 하
지만 감히 말씀드리건대 모스크바는 아닐 겁니다. 아, 세상에
는 그런 투기꾼도 있는데, 전 5차원 같은 이야기를 늘어놓았
군요!"

비록 마르가리타 자신은 5차원 이야기를 전혀 늘어놓지 않
았고, 그런 이야기를 한 것은 코로비요프 혼자였으나, 마르가
리타는 아파트 투기꾼의 모험담을 듣고 즐겁게 웃음을 터뜨렸
다. 코로비요프는 계속해서 말했다.

"하지만 이제 본론으로 들어가야죠, 마르가리타 니콜라예
브나. 당신은 지혜로운 여성이니까 우리 메시르가 누구신지 이
미 눈치채셨겠죠."

마르가리타의 심장이 쿵 하고 뛰었고 그녀는 머리를 끄덕
였다.

"그래, 그렇죠. 그렇죠. 저희는 해야 할 말을 끝까지 안 하
거나 비밀스럽게 구는 짓은 결사반대니까요. 메시르는 일 년
에 한 번씩 무도회를 여십니다. 봄의 만월(滿月) 무도회, 혹은

100명의 왕 무도회라고도 하죠. 사람이 얼마나 많이 모이는 지……!" 코로비요프는 갑자기 치통이라도 생긴 듯이 한쪽 뺨을 붙잡았다. "이건 직접 눈으로 확인하시게 될 겁니다. 그러니까 이런 거죠. 아시다시피 메시르는 독신이시니까요. 그래도 무도회에 여주인은 필요하죠." 코로비요프는 양팔을 벌렸다. "당연히 동의하시겠지만, 여주인이 없으면……."

마르가리타는 애써 한마디도 하지 않으며 코로비요프에게 귀를 기울였다. 심장 아래쪽이 차가워졌고 행복에 대한 희망으로 머리가 어질어질했다.

"그러니까, 이런 전통이 생긴 겁니다." 코로비요프가 말을 이었다. "무도회의 여주인은 무슨 일이 있어도 이름이 마르가리타여야 한다는 게 첫 번째이고, 무도회가 열리는 곳에서 태어난 사람이어야 한다는 게 두 번째입니다. 저희는 보시다시피 여행을 하는 처지이고 지금 이 순간에는 모스크바에 있습니다. 모스크바에서 마르가리타를 121명 찾아냈는데 말입니다, 믿으시겠습니까?" 코로비요프는 낙담한 듯 넓적다리를 철썩 때렸다. "한 사람도 적절하지가 않더란 말입니다! 그러다가 마침 행운이 따라서……."

코로비요프는 의미심장하게 미소를 짓고 상체를 숙여 보였고, 마르가리타의 심장은 다시 얼어붙었다.

"간단히 말해서! 아주 간단히 말해서, 이 임무를 거절하지는 않으시겠죠?" 코로비요프가 소리쳤다.

"거절 안 해요." 마르가리타가 확고하게 대답했다.

"당연하죠!" 코로비요프가 말하고, 등불을 쳐들고 덧붙였다. "저를 따라 오시죠."

둘은 기둥 사이를 지나 다른 홀에 들어갔다. 어째서인지 레몬 냄새*가 강하게 풍겨왔고, 사각사각 소리와 함께 뭔가가 마르가리타의 머리를 가볍게 건드렸다. 그녀는 몸을 떨었다.

"겁내지 마십시오." 코로비요프가 마르가리타의 팔짱을 끼며 달콤하게 위로했다. "무도회를 대비해 베헤모트가 장난을 친 것뿐입니다. 그리고 제가 감히 충고의 말씀을 한마디 드려도 된다면, 마르가리타 니콜라예브나, 절대 아무것도 두려워하지 마십시오. 그건 어리석은 일입니다. 무도회는 성대하게 치러질 겁니다, 그걸 숨길 생각은 없어요. 유명 인사와 당대에 굉장히 위대했던 권력자 들을 만나게 될 겁니다. 하지만 사실 조금만 생각해 보면, 그들의 권세란 것도 제가 영광스럽게도 수행원으로서 모시는 그분의 권세에 비하면 미미할 정도로 작아서 우스워질 지경이고 심지어는 슬퍼지기까지 합니다……. 게다가 덧붙이자면 당신도 왕족의 혈통이니까요."

"제가 어째서 왕족의 혈통이라는 거죠?" 마르가리타가 코로비요프 쪽으로 다가서서 겁먹은 목소리로 속삭였다.

"아, 여왕님." 코로비요프가 경박하게 재잘거렸다. "혈통의 문제는 세상에서 가장 복잡한 문제랍니다! 그리고 증조나 고조할머니 몇 명에게, 그중에서도 성격이 온화하다고 소문이 난 분들에게 물어본다면 놀라운 비밀이 밝혀질 겁니다, 마르가리타 니콜라예브나. 이런 일에 관해 이야기하면서 아주 기기묘묘하게 섞인 카드 한 벌에 비견해도 큰 잘못은 아니겠지요. 세상

---

* 레몬은 1920~1923년 루블화의 가치가 폭락한 시기에 백만 루블짜리 지폐를 가리키던 속어이다.

에는 신분 계급의 장벽이나 심지어는 나라와 나라 사이의 국경도 어찌할 수 없는 일들이 있는 법입니다. 살짝 말씀해 드리자면, 프랑스의 어느 왕비님은 16세기에 살았던 고로, 누군가가 그분에게 오랜 세월이 지난 후 제가 왕비님의 매혹적인 6대손 손녀분과 팔짱을 끼고 모스크바의 무도회장을 걷게 될 거라고 말씀드렸다면 아마 무척 놀라셨을 겁니다.* 아, 이제 다 왔군요!"

코로비요프는 등불을 불어 껐고, 그의 손에서 등잔이 사라졌다. 마르가리타는 어두운 문 아래에서 마룻바닥으로 비쳐나오는 한 줄기 빛을 보았다. 코로비요프는 그 문을 조용히 두드렸다. 여기서 마르가리타는 몹시 긴장하여 이를 소리내 딱딱 부딪치기 시작했고 등줄기에 소름이 돋았다.

문이 열렸다. 들어가보니 방은 아주 작았다. 마르가리타는 구겨지고 뭉쳐진 더러운 침구와 베개가 놓인 널따란 참나무 침대를 보았다. 침대 앞에는 다리에 조각 장식을 한 참나무 탁자가 있고, 그 위에 초꽂이가 새 발톱 모양으로 생긴 촛대가 놓여 있었다. 일곱 개의 금으로 된 새 발톱에서 굵은 밀랍 초가 타고 있었다. 탁자 위에는 체스 판도 있었는데, 보기 드물게 정교하게 만들어진 말들이 놓여 있었다. 닳아 빠진 작은 융단 위에 낮은 의자가 있었다. 탁자가 하나 더 있고, 그 위에 금잔과 또 하나의 촛대가 놓여 있었는데, 촛대의 가지가 뱀 모양이었다. 방에는 유황과 타르 냄새가 풍겼다. 촛불로 생긴 그림자가 마룻바닥 여기저기에 십자 무늬를 그렸다.

---

* 사실 마르그리트 드 발루아는 자손이 없었다.

마르가리타는 방 안에 있던 인물 중에서 아자젤로를 곧 알아보았다. 그는 벌써 연미복을 입고 침대 머리맡에 서 있었다. 정장 차림의 아자젤로는 알렉산드롭스키 정원에서 마르가리타 앞에 나타났던 도둑과는 딴판이었고, 마르가리타에게 유난히 정중하게 고개 숙여 인사했다.

나체의 마녀 헬라, 바리에테 극장의 식당 지배인을 그토록 당혹스럽게 했고 그 유명한 흑마술 공연이 열렸던 밤에 다행스럽게도 수탉이 울어 쫓아 버렸던 바로 그녀가 침대 옆에 깔린 융단 위에 앉아 손잡이 달린 냄비 속의 뭔가를 젓고 있었고, 그 안에서 유황 연기가 뭉게뭉게 올라왔다.

방 안에는 그들 말고도 체스 판이 놓인 탁자 앞에 등받이 없는 높은 간이 의자 위에 거대한 검은 고양이가 앉아 오른쪽 발에 체스의 기사를 쥐고 있었다.

헬라는 몸을 일으켜 마르가리타에게 인사했다. 고양이도 역시 간이 의자에서 뛰어 내려와 인사했다. 고양이는 오른쪽 뒷발을 비비다가 체스 말을 떨어뜨렸고 말을 쫓아 침대 밑으로 기어 들어갔다.

공포에 질려 정신을 잃을 지경이 된 마르가리타는 이 모든 상황을 촛불의 이리저리 흔들리는 그림자 속에서 어찌어찌 훑어보았다. 그녀의 시선이 침대로 향했고, 그 위에는 바로 얼마 전에 불쌍한 이반이 총주교 연못가에서 악마는 존재하지 않는다고 설득하려 했던 바로 그 인물이 앉아 있었다. 그 존재하지 않는 인물이 여기 이 침대 위에 앉아 있는 것이다.

두 눈이 마르가리타의 얼굴을 응시했다. 오른쪽은 안쪽 깊은 곳에서 금빛 불꽃이 타올라 어떤 영혼이든 그 바닥까지 꿰

뚫어 볼 듯했고, 왼쪽은 검고 공허해서 마치 가느다란 바늘귀
나 모든 어둠과 그늘이 담긴 바닥없는 우물 입구 같았다. 볼란
드의 얼굴은 한쪽으로 일그러져서 오른쪽 입꼬리가 아래쪽으
로 늘어졌고, 머리가 벗겨진 이마에는 깊은 주름이 날카로운
눈썹과 평행하게 새겨져 있었다. 볼란드의 얼굴 피부는 마치
영원히 햇볕에 그을린 듯 검었다.

볼란드는 더럽고 왼쪽 소매에 기운 자국이 있는 기다란 잠
옷 윗도리 하나만 입은 채 침대 위에 사지를 쭉 뻗고 앉아 있
었다. 벌거벗은 다리는 하나는 구부려 깔고 앉았고, 다른 하나
는 의자 위로 뻗었다. 헬라가 그의 거무스름한 무릎에 연기가
나는 고약을 발라 문지르고 있었다.

마르가리타는 볼란드의 풀어헤친 털 없는 가슴에서 금줄을
달고 등에 뭔가 문구를 새긴, 정교하게 조각한 검은색 딱정벌
레 돌 조각을 보았다. 침대 위 볼란드 옆에는 묵직한 받침대에
받친, 마치 살아서 한쪽 옆에 햇빛을 받아 빛나는 듯한 기괴한
지구의가 서 있었다.

몇 초간 침묵이 이어졌다. '나를 관찰하는구나.' 마르가리타
는 생각하고 억지로 기운을 내어 다리의 떨림을 멈추려고 애
썼다.

마침내 볼란드가 미소를 띠며 입을 열었다. 불꽃을 담은 쪽
의 눈이 갑자기 타오르는 것 같았다.

"인사드립니다, 여왕님. 그리고 이렇게 집 안에서 입는 차림
인 것을 용서해 주시기 바랍니다."

볼란드의 목소리는 몹시 낮아서 어떤 대목에서는 잠길 정도
로 늘어졌다.

볼란드는 이불에서 기다란 검을 집어 들더니 몸을 앞으로 숙이고 침대 밑을 쑤시며 말했다.

"이리 나와! 대국은 끝났다. 손님이 도착하셨으니까."

"당치 않습니다." 코로비요프가 마르가리타의 귓가에 연극 대사를 일러 주기라도 하듯이 불안하게 쉿소리로 속삭였다.

"당치 않습니다……." 마르가리타가 말을 시작했다.

"메시르……." 코로비요프가 귓가에 숨을 내쉬었다.

"당치 않습니다, 메시르." 마르가리타는 자기 자신을 추스르고 조용히 그러나 분명하게 대답하고 미소를 지은 후 덧붙였다. "부탁이니 저 때문에 놀이를 중단하지는 마세요. 제 생각에는 체스 잡지에서 이런 판을 실을 수만 있다면 적지 않은 돈을 지불했을 거예요."

아자젤로가 찬성의 뜻으로 조용히 목구멍을 울렸으나, 볼란드는 주의 깊게 마르가리타를 들여다본 후, 마치 혼잣말하듯 말했다.

"그래, 코로비요프가 맞았군. 카드 한 벌을 아주 교묘하게 섞었어! 피는 못 속이지!"

그는 손을 뻗어 마르가리타에게 다가오라고 손짓했다. 그녀는 맨발 아래의 마룻바닥을 느끼지도 못한 채 다가섰다. 볼란드는 마치 돌처럼 무겁고 불처럼 뜨거운 손을 마르가리타의 어깨에 얹고 그녀를 끌어당겨 옆에 앉혔다.

그가 말하기 시작했다. "그래, 저도 달리 기대하지는 않았지만 이렇게 매혹적이고 상냥하신 분이니, 허물없이 대하기로 하겠습니다." 그는 다시 침대 가장자리로 몸을 기울이고 소리쳤다. "거기 침대 밑에서 광대극을 얼마나 오래 할 생각이냐? 이리 나와, 빌어먹을 간스* 녀석!"

"말을 못 찾겠어요." 고양이가 숨이 막힌 듯 목소리를 꾸며
내며 침대 밑에서 대꾸했다. "어딘가로 뛰어가 버렸어요, 대신
웬 개구리가 눈에 띄네요."

"지금 뭐 하는 거야, 여기가 시장 바닥인 줄 알아?" 볼란드
가 짐짓 화난 목소리로 말했다. "침대 밑에 개구리 같은 건 없
어! 그런 싸구려 술수는 바리에테 극장에서나 쓰게 남겨 두란
말이야. 당장 그 밑에서 나오지 않으면 기권한 걸로 치겠다, 저
주받을 겁쟁이야."

"그럴 리 없습니다, 메시르!" 고양이가 울부짖고는 발에 체
스 말을 쥔 채 곧장 침대 밑에서 기어 나왔다.

"소개해 드리자면……." 볼란드가 말을 시작하다가 이내 끊
었다. "안 되겠소, 저 어릿광대 같은 녀석을 더 이상 보고 있을
수가 없어요. 보십시오, 저놈이 침대 밑에서 뭘로 변했는지!"

뒷발로 선, 완전히 먼지투성이가 된 고양이는 이제 마르가
리타에게 인사를 하고 있었다. 고양이는 목에 흰색 나비넥타이
를 매고 가슴에는 가죽 줄이 달린 여성용 자개 오페라글라스
를 늘어뜨리고 있었다. 게다가 고양이의 수염은 금도금이 되어
있었다.

"이게 도대체 무슨 일인가! 왜 수염을 도금한 거야? 그리고
대체 어느 악마에게 필요하다고 넥타이를 맸나, 바지도 안 입
었으면서?" 볼란드가 외쳤다.

"바지는 고양이에게 어울리지 않습니다, 메시르." 고양이가

---

* 간스는 독일어로 '거위'라는 뜻이며, '바보'라는 의미로도 쓰인다.

대단히 위엄 있게 대답했다. "장화도 신으라는 말씀은 안 하실는지요? 장화 신은 고양이는 동화에만 등장하지요, 메시르. 하지만 무도회에 넥타이 없이 오는 사람을 보신 적 있습니까? 그렇게 우스꽝스러운 모습으로 나타났다가 목덜미를 잡혀 끌려나갈 위험은 무릅쓰고 싶지 않습니다! 각자 할 수 있는 대로 몸단장을 하는 거지요. 오페라글라스도 마찬가지입니다, 메시르!"

"하지만 수염은……?"

"이해가 안 됩니다." 고양이가 딱딱한 말투로 항의했다. "오늘 아자젤로와 코로비요프가 면도할 때 파우더를 뿌린 건 괜찮다는 겁니까? 어째서 파우더가 금보다 낫다는 겁니까? 저도 수염에 파우더를 뿌린 것뿐입니다! 면도까지 했으면 또 몰라요! 면도한 고양이라니, 그거야말로 정말 꼴불견이지요, 그건 수천 번이라도 인정하겠습니다. 하지만 말입니다." 고양이의 목소리가 상처 입은 듯 가늘게 떨렸다. "어쩐지 저한테만 생트집을 잡으시는 것 같습니다. 그러니 제가 큰 문제에 직면한 것도 알겠습니다. 제가 무도회에 참석할 수나 있을까요? 대답 좀 해 보세요, 메시르!"

고양이는 화가 나서 부풀어 오르다 못해 조금 더 있으면 터져 버릴 것 같았다.

"이런 사기꾼, 사기꾼. 체스를 두다가 궁지에 몰리면 언제나 말도 안 되는 소리를 늘어놓지, 외나무다리에 몰린 협잡꾼처럼. 당장 헛소리 그치고 자리에 앉으란 말이야." 볼란드가 고개를 저으며 말했다.

"앉을 거예요." 고양이가 앉으면서 대답했다. "하지만 방금

하신 말씀에는 동의할 수 없습니다. 제가 말씀드린 건 결코 헛소리가 아닙니다. 숙녀분이 계시는 앞에서 그런 표현을 쓰시다니요! 이것은 치밀하게 구성된 삼단논법의 일부로서, 그 가치는 이 분야의 달인인 섹스투스 엠피리쿠스*와 마르티아누스 카펠라,** 그리고 누구보다도 아리스토텔레스가 인정했을 겁니다."

"체크."*** 볼란드가 말했다.

"잠깐만요, 잠깐만요." 고양이가 오페라글라스로 체스 판을 들여다보았다.

"그럼." 볼란드가 마르가리타 쪽으로 돌아앉았다. "마담, 저의 수행원들을 소개해 드리겠습니다. 여기 바보 어릿광대 노릇을 하는 것이 고양이 베헤모트입니다. 아자젤로와 코로비요프는 이미 만나 보셨고, 제 하녀 헬라를 소개해 드리겠습니다. 민첩하고 이해심도 많고, 못 하는 일이라고는 하나도 없지요."

아름다운 헬라는 고약을 두 손 가득 떠내 무릎에 계속 문지르면서 녹색을 띠는 눈동자를 마르가리타에게 향하고 미소 지었다.

"자, 이게 전부입니다." 볼란드가 말을 맺었고, 헬라가 무릎을 세게 주무르자 얼굴을 찡그렸다. "보시다시피 그다지 큰 집단도 아니고, 서로 다른 구성원들이 섞여서 그런지 사심 없이 소탈하지요." 그는 말을 멈추고 앞에 놓인 지구의를 돌렸다. 지

---

* 3세기 초 그리스의 철학자이자 의사.
** 5세기 초 카르타고 출신의 작가이자 법률가.
*** 체스 경기에서는 왕을 잡았을 때 '체크메이트' 혹은 '체크'를 외치는 것이 규칙이다.

구의는 무척 정교하게 만들어져서 푸른 대양은 파도치는 것 같았고 극점의 빙산은 실제 빙산처럼 얼어붙어 눈에 덮여 있었다.

그사이 체스 판은 혼란에 빠졌다. 흰 망토를 두른 왕은 완전히 힘을 잃고 절망에 빠져 양팔을 쳐든 채 궁성 안에서 발을 동동 굴렀다. 미늘창을 든 흰색 병사 셋이 당혹스러워하며 장검을 휘둘러 전진을 명하는 장교를 바라보았고, 장교의 목표 지점인 인접한 흑백 칸에서는 볼란드의 검은색 기사들이 흥분하여 발굽으로 칸을 차는 말 두 마리에 타고 있었다.

마르가리타에게 가장 흥미롭고 또 놀라운 것은 장기의 말이 살아 있다는 것이었다.

고양이는 눈에서 오페라글라스를 떼고 조용히 왕의 등을 떠밀었다. 왕은 절망에 빠져 양손으로 얼굴을 가렸다.

"일이 좋지 않게 돌아가는군, 친애하는 베헤모트." 코로비요프가 악의에 찬 목소리로 조용히 말했다.

"심각한 상황이지만 절대로 희망이 없는 건 아냐. 무엇보다도 나는 마지막에 승리하리라는 걸 확신하거든. 상황을 잘 분석하면 되겠지." 베헤모트가 대꾸했다.

그는 다분히 이상한 방식으로 이 분석을 실행에 옮겼다. 자기 왕에게 눈을 찡긋거리며 괴상한 표정을 지어 보인 것이다.

"쓸데없는 짓이야." 코로비요프가 평했다.

"이런! 앵무새들이 날아가 버렸어, 딱 내가 예언한 대로!" 베헤모트가 소리쳤다.

그의 말대로 어딘가 멀리서 푸드득거리는 날개 소리가 무수히 들려오기 시작했다. 코로비요프와 아자젤로가 곧장 뛰어나갔다.

"아, 너희들은 그 말도 안 되는 무도회 술수와 함께 악마에게나 떨어져 버려!" 볼란드가 지구의에서 눈을 떼지 않은 채 투덜거렸다.

코로비요프와 아자젤로가 사라지자마자 베헤모트의 눈짓이 더욱 심해졌다. 백(白)의 왕은 마침내 베헤모트가 무엇을 원하는지 깨달았다. 왕은 갑자기 망토를 끌러 궁성에 던져 버리고는 체스 판에서 도망쳤다. 장교가 버려진 왕의 망토를 걸치고 왕의 자리를 차지했다.

코로비요프와 아자젤로가 돌아왔다.

"거짓말이야, 언제나 그렇듯이." 아자젤로가 베헤모트를 노려보며 중얼거렸다.

"나한텐 들렸는데." 고양이가 대꾸했다.

"그래, 어때. 이렇게 계속할 생각인가? 체크메이트라니까." 볼란드가 물었다.

"분명 제가 잘못 들은 거겠죠, 주인님. 체크가 아닙니다. 그럴 수도 없어요." 고양이가 대답했다.

"다시 말하겠는데, 내가 이겼다."

"메시르. 과로하셨군요. 체크메이트가 아닙니다!" 고양이가 꾸며 낸 불안한 목소리로 대꾸했다.

"왕이 G2에 있잖아." 볼란드가 체스 판을 보지 않고 말했다.

"메시르, 정말 충격입니다!" 고양이가 충격받은 표정을 지으며 부르짖었다. "그 칸에는 왕이 없잖아요!"

"무슨 말인가?" 볼란드는 어리둥절하여 질문하고는 체스 판을 살폈다. 왕의 궁성에 들어선 장교가 고개를 돌리고 팔로 얼굴을 가리고 있었다.

"이런 비열한 놈." 볼란드가 생각에 잠겨 말했다.

"메시르! 다시 한 번 이성에 호소하겠습니다." 고양이가 앞발을 모아 가슴에 대고 말하기 시작했다. "게임 중에 체크라고 선언했는데 알고 보니 왕이 이미 체스 판에서 자취를 감추고 없다면, 그 판은 무효인 겁니다."

"패배를 인정하지 않겠다는 거냐?" 볼란드가 무시무시한 목소리로 고함쳤다.

"잠시만 생각하게 해 주십시오." 고양이가 고분고분 대답하고는 팔꿈치를 탁자 위에 올리고 앞발로 귀를 움켜잡으며 생각하기 시작했다. 그는 오랫동안 그렇게 있다가 마침내 입을 열었다. "인정합니다."

"저렇게 고집만 센 몹쓸 놈은 죽여야 돼." 아자젤로가 속삭였다.

"예, 패배를 인정합니다. 하지만 그는 이유는 오직 한 가지, 저를 질투하는 이들이 이렇게 몰아붙이는 분위기에서는 더 이상 게임을 계속할 수 없기 때문입니다!" 그가 일어섰고, 체스판 위의 말들은 상자 속으로 들어갔다.

"헬라, 때가 됐다." 볼란드가 말하자 헬라는 방에서 사라졌다. "아직 다리가 아프지만, 오늘은 무도회라서……." 볼란드가 말을 계속했다.

"제가 하게 해 주세요." 마르가리타가 나지막히 부탁했다.

볼란드는 그녀를 뚫어지게 쳐다보다가 무릎을 그녀 쪽으로 내밀었다.

마르가리타는 용암처럼 뜨겁고 걸쭉한 액체에 손을 데었지만 찡그리지도 않고, 상대방에게 통증을 주지 않으려 애쓰면서 고약을 무릎에 문질렀다.

"측근들은 이게 관절염이라고 단언하더군요." 볼란드가 마르가리타에게서 눈을 떼지 않으며 말했다. "하지만 저는 이 무릎의 통증이 1571년에 브로켄 산에 있는 악마의 설교단에서 만나 가깝게 지냈던 매혹적인 마녀가 기념으로 남겨 준 것이 아닐까 하는 의심이 강하게 듭니다."*

"아, 어떻게 그런 일이!" 마르가리타가 말했다.

"별것 아닙니다! 300년쯤 지나면 없어질 겁니다. 수많은 약을 조언받았지만, 할머니에게 들은 구식 방법을 고집하고 있지요. 제 할머니는 이교도였는데 유산으로 정말 놀라운 약초를 남겨 주었거든요! 그런데 혹시 지병으로 고생하고 있지는 않습니까? 예를 들면 마음속의 슬픔이라든가, 영혼을 침식하는 그리움이든가?"

"아니요, 메시르, 그런 건 전혀 없어요. 그리고 지금은 이렇게 메시르의 저택에 있으니 기분이 참 좋네요." 현명한 마르가리타가 대답했다.

"혈통이란 위대한 것이지요." 볼란드가 누구를 향해서인지 알 수 없으나 쾌활하게 말하고는 덧붙였다. "제 지구의에 흥미가 있나 보군요."

"아, 예. 이런 물건은 한 번도 본 적이 없어서요."

"좋은 물건입니다. 솔직히 말씀드리자면 저는 라디오의 최

---

* 악마는 천국에서 쫓겨나 지옥으로 떨어질 때 무릎을 다쳐 다리를 전다는 이야기가 전해진다.

신 뉴스를 좋아하지 않는답니다. 뉴스를 전달하는 건 항상 젊은 여자들인데, 다들 지명을 불분명하게 발음하지요. 게다가 셋 중 한 사람은 혀가 좀 짧아요. 마치 일부러 그런 사람만 뽑는 것 같지요. 제 지구의가 훨씬 편리합니다. 저는 어떤 사건이 일어났는지 정확하게 알아야 하니까요. 예를 들면 여기, 대양의 바닷물이 씻고 있는 이 부분의 땅이 보입니까? 보세요, 지금 불길로 뒤덮이고 있지요. 거기서 전쟁이 시작된 겁니다. 눈을 가까이 대면 보다 자세히 보실 수 있습니다."

마르가리타는 지구의 쪽으로 몸을 기울였고, 네모진 땅이 넓어지면서 다채로운 색깔로 채워지고 마치 부조(浮彫)된 지도처럼 바뀌는 것을 보았다. 그러고 나서 그녀는 띠처럼 이어진 강과 그 옆의 마을을 보았다. 완두콩만 한 작은 집이 성냥갑 크기로 부풀었다. 갑자기 그리고 소리 없이 집의 지붕이 검은 연기 기둥과 함께 공중으로 날아갔고 벽도 무너져서 2층짜리 상자는 검은 연기를 뿜어내는 무더기 외에는 아무것도 남지 않았다. 눈을 좀 더 가까이 갖다 댄 마르가리타는 땅에 누워 있는 조그마한 여자의 형상과 그 옆 피 웅덩이 속에 팔을 벌리고 누운 조그마한 어린아이를 보았다.*

"그렇게 끝난 겁니다. 죄를 저지르기에는 너무 어렸지요. 아바돈**의 작업은 나무랄 데가 없어요." 볼란드가 미소를 지으며 말했다.

"그 아바돈이라는 사람을 적으로 돌리고 싶지 않군요." 마

---

* 스페인 내전(1936~1939)을 묘사하는 것으로 보인다.
** 성경에서 '무덤', '멸망', '지옥'의 뜻으로 쓰이는 히브리어.

르가리타가 말했다. "그는 누구의 편인가요?"

볼란드가 상냥하게 대답했다. "이야기를 하면 할수록, 대단히 현명한 분이라는 걸 확신하게 됩니다. 걱정하지 않아도 됩니다. 그는 보기 드물게 공정한 사람이고 교전 당사자 모두에게 똑같이 공감한답니다. 그렇기 때문에 언제나 양쪽 모두에게 같은 결과가 오지요. 아바돈!" 볼란드가 크지 않은 목소리로 외치자 벽에서 검은 안경을 쓴 마른 사람의 형상이 나타났다. 그 안경은 마르가리타에게 너무나 강렬한 인상을 주어서 그녀는 낮게 비명을 지르고 볼란드의 다리에 얼굴을 묻었다. "그만두십시오! 현대인은 도대체 얼마나 신경증이 심한지!" 볼란드가 소리쳤다. 그가 팔을 크게 휘둘러 마르가리타의 등을 때려서 그 소리가 그녀의 온몸에 울렸다. "안경을 쓴 것 뿐이지 않습니까. 아바돈은 누구에게든 너무 일찍 나타난 적은 이전에도 없었고 앞으로도 없을 겁니다. 그리고 무엇보다도 제가 여기 있습니다. 당신은 저의 손님입니다! 그저 그를 한번 보여 드리고 싶었을 뿐입니다."

아바돈은 꼼짝도 않고 서 있었다.

"그럼 그가 잠시만 안경을 벗으면 안 될까요?" 마르가리타가 볼란드 쪽으로 가까이 다가앉아 아직도 몸을 떨며, 그러나 이번에는 호기심을 가지고 물었다.

"그것만은 안 됩니다." 볼란드가 진지하게 대답하고 아바돈에게 손을 흔들었고, 아바돈은 사라졌다. "할 말이라도 있는 거냐, 아자젤로?"

"메시르. 말씀 올리겠습니다. 불청객이 두 명 와 있습니다. 하나는 아름다운 여자인데 자기 여주인과 함께 있게 해 달라고 흐느껴 울며 애원하고, 또 하나는, 송구스럽게도 그 여자의 수퇘지입니다." 아자젤로가 대답했다.

"아름다운 여자는 특이한 구석이 있는 법이지." 볼란드가 논평했다.

"그건 나타샤예요, 나타샤!" 마르가리타가 외쳤다.

"그럼 여주인과 함께 있게 해 주지요. 수퇘지는 요리사에게 데려가고."

"도살당하나요?" 마르가리타가 겁을 먹고 소리쳤다. "용서하세요, 메시르. 그건 아래층에 세들어 사는 니콜라이 아비노비치입니다. 오해가 있었어요. 저기, 나타샤가 그 사람에게 크림을 발라서……."

"실례하겠습니다만." 볼란드가 말을 가로챘다. "무슨 악마가 도대체 무슨 이유로 그를 도살한다는 겁니까? 그저 요리사들과 함께 앉아 있으라는 겁니다, 그게 전부예요! 수퇘지를 무도회장에 들여놓을 수는 없잖습니까, 동의하시겠지요!"

"그것도 그렇지요……." 아자젤로가 덧붙이고 이어서 말했다. "메시르, 자정이 가까워 옵니다."

"아, 좋아." 볼란드는 마르가리타에게 말했다. "부탁드리겠습니다…… 미리 감사의 말씀을 드립니다. 당황하지 말고, 무슨 일이 일어나도 겁내지 마십시오. 물 말고는 아무것도 마시면 안 됩니다. 안 그러면 기운을 잃어서 힘들어질 겁니다. 자, 시간이 됐습니다!"

마르가리타는 융단에서 일어섰고, 그때 문가에 코로비요프가 나타났다.

23
사탄의 대무도회

자정이 가까워졌고, 서둘러야 했다. 마르가리타는 주위를 어렴풋이 둘러보았다. 촛불과 천연색 광물이 깔린 연못이 기억에 남았다. 마르가리타가 연못 바닥에 서자 헬라와 그녀를 돕는 나타샤가 마르가리타에게 뜨겁고 진한 붉은색 액체를 부었다. 마르가리타는 입술에 짠맛을 느끼고 자신을 피로 씻기고 있음을 깨달았다. 얼마 후 피의 망토는 다른 것으로 바뀌었다. 그것은 진하고 투명한 장밋빛이었으며, 마르가리타는 장미 기름 때문에 머리가 어질어질했다. 그 후 둘은 마르가리타를 수정 침대에 눕히고 커다란 녹색 이파리로 온몸이 번쩍일 때까지 문질렀다. 그때 고양이가 뛰어 들어와 그들을 도왔다. 그는 마르가리타의 발치에 웅크리고 앉아서, 마치 거리에서 징화를 닦는 사람처럼 그녀의 발을 문지르기 시작했다.

마르가리타는 창백한 장미 꽃잎으로 구두를 만들어 신겨준 사람이 누구인지, 그 구두가 어떻게 저절로 황금 버클을 채

윘는지 기억하지 못했다. 어떤 힘이 마르가리타를 끌어 올려 거울 앞에 세웠고, 그녀의 머리에는 여왕의 다이아몬드 왕관이 번쩍였다. 어딘가에서 코로비요프가 나타나 묵직한 사슬에 달린, 검은 푸들의 형상이 들어 있는 무거운 달걀형 펜던트를 마르가리타의 가슴에 매달았다. 이 장신구는 여왕에게 큰 짐이 되었다. 당장 사슬이 목으로 파고들기 시작했고, 푸들 펜던트의 무게 때문에 몸이 앞으로 기울었다. 그러나 검은 푸들과 사슬로 불편을 겪게 된 마르가리타에게 보상이 주어졌다. 코로비요프와 베헤모트가 그녀에게 존경의 태도를 보이기 시작한 것이다.

"어쩔 수 없습니다, 어쩔 수 없어요, 어쩔 수 없어요!" 코로비요프가 연못이 있는 방의 문가에 서서 중얼거렸다. "목걸이가 무거워도 피할 방법이 없어요, 목에 걸고 있어야 합니다. 그래야 해요, 그래야 해……. 마지막으로 한 가지 조언을 드리는 걸 허락해 주십시오, 여왕님. 여러 종류의, 아주 여러 종류의 손님들이 오겠지만, 마르고 여왕님, 누구에게도, 어떤 특권도 주어서는 안 됩니다! 만일 어떤 사람이 마음에 들지 않더라도……. 물론 그걸 표정에 드러내지는 않으시겠지요, 압니다……. 아니, 아니, 그렇게 생각하면 안 됩니다! 눈치챌 겁니다, 순식간에 눈치채고 말아요! 마음에 안 드는 사람도 반가워해야 해요, 여왕님, 좋아해야만 합니다! 무도회의 여주인 역할을 해 주시면 그 보상은 백배로 받으실 겁니다. 그리고 또 하나, 한 사람이라도 그냥 지나치지 마세요! 말을 나눌 시간이 없다면 미소라도 지어 보이고 다정하게 머리라도 끄덕여 보이세요. 어떻게든 편하신 대로 하셔도 좋지만 무시해서는 안 됩니다. 그럼 사람들은 쇠약해질 테니까요……."

잠시 후 마르가리타는 코로비요프와 베헤모트의 호위를 받으며 연못에서 나와 칠흑 같은 어둠 속으로 걸어 들어갔다.

"내가 할래, 내가. 내가 신호를 보낼 거야!" 고양이가 속삭였다.

"그럼 네가 해!" 코로비요프가 어둠 속에서 대답했다.

"무도회!" 고양이가 귀청을 찌르듯 날카롭게 외쳤고, 동시에 마르가리타는 비명을 지르며 몇 초간 눈을 가렸다. 무도회는 빛과 소리, 향기의 형태로 그녀를 덮쳤다. 마르가리타는 코로비요프의 팔에 손을 얹고 따라가면서 자신이 열대의 숲 속에 있음을 알았다. 가슴이 빨갛고 꼬리는 초록색인 앵무새들이 덩굴에 매달려 있고, 그 위를 뛰어다니며 귀가 먹을 듯이 소리쳤다. "정말 황홀해!" 그러나 숲은 금방 끝났고, 욕탕 속에 있는 듯한 숨 막히는 습기가 순식간에 노르스름하고 불꽃이 튀는 돌기둥이 늘어선 무도회장의 서늘한 기운으로 바뀌었다. 무도회장은 좀 전의 숲처럼 텅 비어 있었고, 단지 기둥 주위에 벌거벗은 흑인들이 머리에 은색 띠를 매고 미동도 없이 서 있을 따름이었다. 마르가리타가 어디선가 나타난 아자젤로를 수행원으로 대동하고 무도회장으로 날아들었을 때 그들의 얼굴은 흥분 때문에 짙은 갈색으로 변했다. 코로비요프는 마르가리타의 손을 놓아주고 속삭였다.

"튤립 쪽으로 곧장 가십시오!"

흰 튤립으로 이루어진 나지막한 담장이 마르가리타 앞에 나타났고, 그 뒤로 갓을 씌운 수없이 많은 등불과 연미복을 차려입은 남자들의 흰 가슴과 검은 어깨가 보였다. 여기서 마르가리타는 무도회장의 음악 소리가 어디서 흘러나오는 것인지 알아차렸다. 그녀의 위에서 나팔 소리가 세차게 쏟아졌고, 그 아래에서 튀어나온 바이올린 소리가 날아오르며 마치 피처럼 온몸에 끼얹어졌다. 150명 정도 되는 오케스트라가 폴로네즈를 연주하고 있었다.

오케스트라 앞에 우뚝 서 있던 연미복 차림의 사람이 마르가리타를 보고 얼굴이 창백해지더니 미소를 띠고 갑자기 팔을 휘둘러 오케스트라 전체를 일어서게 했다. 오케스트라는 한 순간도 음악을 멈추지 않고 일어선 채 마르가리타에게 음악 소리를 끼얹었다. 오케스트라 앞의 사람은 악단에 등을 돌리고 돌아서서 팔을 넓게 벌리고 허리를 굽혔고, 마르가리타는 미소를 띠며 그에게 손을 흔들어 보였다.

"아니에요, 그걸로는 모자라요, 모자랍니다. 이런 식이면 저 사람은 밤새 한잠도 못 잘 겁니다. 이렇게 소리치세요. '인사드립니다, 왈츠의 임금님!'" 코로비요프가 속삭였다.

마르가리타는 그가 말한 대로 소리쳤고, 자신의 목소리가 마치 종소리처럼 낭랑하게 울려 교향악단의 굉음을 덮어 버리는 것에 깜짝 놀랐다. 지휘자는 기쁨으로 몸을 떨었고, 왼손은 가슴에 대고 오른손으로는 흰 지휘봉을 쥔 채 오케스트라를 계속 지휘했다.

"모자라요, 아직 부족해요." 코로비요프가 속삭였다. "왼쪽을 보고 수석 바이올린 쪽으로 고개를 끄덕이세요. 연주자들이 모두 자신을 특별히 알아봐 준다고 생각하도록 말이죠. 여기 있는 사람들은 모두가 세계적인 유명 인사입니다. 바로 저기 첫 번째 악보대 뒤에, 저 사람은 비외탕*입니다. 그래요, 아주 좋아요. 그럼 계속 가시지요!"

"지휘자는 누구예요?" 날아가며 마르가리타가 물었다.

"요한 슈트라우스!" 고양이가 소리쳤다. "세상의 어떤 무도회라도 이만한 오케스트라가 연주한 적이 있다면, 날 열대림의 덩굴에 목매달아도 좋습니다! 내가 저 오케스트라를 초청했어요! 보시다시피 병이 난 사람도 하나 없고 한 사람도 거절하지 않았지요."

다음 무도회장에는 기둥이 없는 대신 한쪽에는 붉은색, 분홍색, 우윳빛 흰색 장미가, 다른 쪽에는 일본 동백꽃이 담장을 이루어 서 있었다. 그 두 담장 사이에는 벌써 분수가 쉭쉭 소리를 내며 솟아올랐고, 연못 세 개에서 샴페인이 거품을 냈다. 첫 번째 연못은 투명한 보라색이었고 두 번째는 루비처럼 붉었으며 세 번째는 수정처럼 투명했다. 그 옆에는 새빨간 머리띠를 맨 흑인들이 뛰어다니며 은 국자로 연못에서 샴페인을 떠서 얕은 술잔을 채우고 있었다. 장미 담장에 틈이 생기더니 그 속에서 빨간 연미복을 입은 사람이 무대 위를 뛰어다녔다. 그 앞에서는 재즈 음악이 견딜 수 없이 큰 소리를 내며 천둥처럼 울렸다. 지휘자는 마르가리타를 보자마자 손이 마룻바닥에 닿을 정도로 몸을 숙여 인사했고, 몸을 바로 세운 후 날카롭게 외쳤다.

"할렐루야!"

그는 자기 무릎을 한 번 치고 손을 교차해 반대쪽 무릎을

---

* 프랑스에서 활동했던 벨기에의 바이올리니스트 겸 작곡가 앙리 비외탕 (1820~1881)을 가리킨다.

두 번 치더니, 가장자리에 서 있던 연주자의 심벌즈를 빼앗아 기둥에 대고 쳤다.

날아오른 마르가리타는 재즈 밴드의 명인이 그녀의 등 뒤에서 굉음을 울리는 폴로네즈와 싸우며 손에 든 심벌즈로 연주자들의 머리를 때리고 연주자들이 우스꽝스럽게 겁에 질린 척하며 웅크리는 것을 보았다.

마침내 그들은 마르가리타의 생각에 아까 어둠 속에서 등불을 든 코로비요프를 마주쳤던 곳 같은 층계참까지 날아왔다. 지금 그곳에서는 빛 때문에 눈이 멀 것 같았는데, 그 빛은 포도송이 모양으로 만든 수정 등불에서 쏟아져 나오고 있었다. 마르가리타는 그 자리에 세워졌고, 그녀의 왼팔 아래 나지막한 자수정 기둥이 나타났다.

"너무 힘들어지면 거기에 손을 얹으셔도 됩니다." 코로비요프가 속삭였다.

피부색이 검은 어떤 남자가 나타나 마르가리타의 발밑에 금색 실로 푸들을 수놓은 방석을 슬그머니 밀어넣었다. 그녀는 누군가의 손이 이끄는 대로 무릎을 구부려 방석 위에 오른발을 올려놓았다.

마르가리타는 주위를 한번 둘러보았다. 코로비요프와 아자젤로가 그녀 옆에 위풍당당한 자세로 서 있었다. 아자젤로 옆에는 젊은 사람 셋이 서 있었는데, 어쩐지 어렴풋이 아바돈이 생각났다. 등 뒤로 냉기가 불어왔다. 뒤를 돌아보니 대리석 벽에서 포도주가 쉿쉿 소리를 내며 흘러나와 얼음을 깎아 만든 연못으로 흘러 들어가고 있었다. 왼쪽 다리에 뭔가 따뜻하고 털이 거칠거칠하게 난 것이 느껴졌다. 베헤모트였다.

마르가리타는 높은 곳에 있었고, 그녀의 발밑에서 아래쪽까지 융단이 깔린 장대한 계단이 이어져 있었다. 아래쪽은 너무나 멀어서 마치 쌍안경을 뒤집어 들여다본 것 같았다. 거기서 그녀는 어마어마하게 거대한 수위실과 안의 크기를 짐작할 수 없을 만큼 커다란 난로를 보았다. 난로의 차갑고 시커먼 입구는 5톤 트럭도 자유롭게 들어갈 수 있을 것 같았다. 수위실과 계단은 눈이 시릴 정도로 환했고 텅 비어 있었다. 멀리서 나팔 소리가 들려왔다. 그들은 그렇게 일 분 정도 꼼짝 않고 서 있었다.

"손님들은 어디 있어요?" 마르가리타가 코로비요프에게 물었다.

"올 겁니다, 여왕님. 올 거예요, 곧 옵니다. 손님이 모자라지는 않을 겁니다. 사실 전 여기 층계참에서 손님을 맞이하느니 차라리 장작을 패는 쪽이 좋습니다."

"장작 패는 건 아무것도 아냐." 수다스러운 고양이가 말꼬리를 잡았다. "난 전차의 차장 일이라도 하겠어. 이 일보다 힘든 건 세상에 없으니까!"

"모든 것이 완벽하게 준비되어 있어야 합니다, 여왕님." 코로비요프가 망가진 외알 안경 너머로 눈을 빛내며 설명했다. "첫 번째로 도착한 손님이 무엇부터 해야 할지 몰라서 헤매고, 그 옆에서 그와 법적으로 맺어진 표독스러운 아내가 제일 먼저 도착했다고 소곤거리며 바가지를 긁는 것보다 추악한 일은 없으니까요. 그런 무도회는 쓰레기장에 내다 버려야 합니다, 여왕님."

"두말할 것 없이 쓰레기장에 버려야지." 고양이가 동의했다.

"자정까지 십 초도 안 남았어요." 코로비요프가 덧붙였다.

"이제 시작합니다."

그 십 초는 마르가리타에게 유난히 길게 느껴졌다. 분명 십 초가 지났는데, 거의 아무 일도 일어나지 않았다. 그때 갑자기 아래쪽의 거대한 난로에서 쿵 떨어지는 소리가 나더니 그 안에서 교수대가 튀어나왔으며 교수대에는 반쯤 부서진 먼지 덩어리 시체가 매달려 흔들리고 있었다. 먼지 덩어리가 목을 맨 밧줄에서 빠져나와 마룻바닥에 부딪치자, 그 안에서 검은 머리의 미남이 연미복을 입고 에나멜 구두를 신은 차림으로 뛰어나왔다. 난로에서 반쯤 썩어 버린 관이 튀어나오더니 뚜껑이 열리고 안에서 두 번째 시체가 굴러 나왔다. 미남은 두 번째 시체에게 뛰어가 정중하게 팔을 굽혀 내밀었고, 두 번째 시체는 검은 구두를 신고 머리에 검은 깃털 장식을 한, 경박해 보이는 나체의 여자로 변했으며, 그리하여 두 사람은, 남자와 여자 모두, 서둘러 위층으로 계단을 오르기 시작했다.

"첫 손님이군요!" 코로비요프가 소리쳤다. "자크 씨*와 그의 부인입니다. 여왕님, 세상에서 가장 흥미로운 남성 중 한 명을 소개합니다. 솜씨 좋은 화폐 위조범에 국가의 반역자이지만 나쁘지 않은 연금술사이지요. 유명해지게 된 사연은 이렇습니다." 코로비요프가 마르가리타의 귀에 대고 속삭였다. "왕의 정부를 독살했거든요. 그런 일은 아무에게나 일어나지는 않는 법이지요! 보십시오, 얼마나 잘생겼는지!"

---

* 자크 쾨르는 15세기 프랑스 왕 샤를 7세의 연금술사로 알려져 있었으나 위조 전문가에 반역자였으며 샤를 7세의 정부 아녜스 소렐을 독살한 것으로 의심받았다.

얼굴이 창백해진 마르가리타는 입을 가린 채 아래를 내려다보았고, 수위실의 옆문으로 교수대와 관이 어딘가로 사라져 가는 것을 보았다.

"매력적입니다!" 자크 씨가 계단을 올라서자마자 고양이가 코앞에 대고 부르짖었다.

그때 아래쪽 난로에서 머리가 없고 팔이 떨어져 나간 해골이 나타나 땅에 쓰러졌다가 연미복을 입은 남자로 변했다.

자크 씨의 배우자는 벌써 마르가리타 앞에 한쪽 무릎을 굽히고 서서 흥분하여 창백해진 채 마르가리타의 무릎에 입을 맞추었다.

"여왕님……." 자크 씨의 배우자가 중얼거렸다.

"여왕님은 매혹되셨습니다!" 코로비요프가 소리쳤다.

"여왕님……." 미남 자크 씨가 조용히 말했다.

"저희 모두 매혹되었습니다." 고양이가 외쳤다.

아자젤로와 동행한 젊은 사람들이 생기는 없지만 상냥한 미소를 지으며 자크 씨와 배우자를 둘러싸고 흑인들이 들고 있는 샴페인 잔 쪽으로 밀어 갔다. 계단에 외로운 연미복을 입은 사나이가 혼자서 날 듯이 뛰어 올라왔다.

"로베르트 백작*이죠." 역시 흥미로운 인물입니다. 얼마나 재미있는지 들어 보십시오, 여왕님. 방금 전과는 반대의 경우입니다. 이 남자는 여왕의 정부였고 자기 아내를 독살했거든요." 코로비요프가 마르가리타에게 속삭였다.

---

* 레스터 백작 로버트 더들리를 가리킨다. 그는 영국 여왕 엘리자베스 1세의 정부였다고 하며 자신의 아내를 살해한 것으로 알려져 있다.

"반갑습니다, 백작!" 베헤모트가 소리쳤다.

난로에서 관 세 개가 하나씩 터지고 부서지며 줄지어 굴러 나왔고, 그 뒤에 누군가 검은 망토를 입고 나왔다. 그다음으로 검은 난로에서 달려나온 사람이 앞사람의 등을 칼로 찔렀다. 아래쪽에서 억눌린 비명 소리가 들려왔다. 난로에서 완전히 썩어 문드러진 시체가 달려 나왔다. 마르가리타가 눈을 찡그리자 누군가의 손이 불쑥 튀어나와 그녀의 코 아래에 흰 소금이 든 유리병을 갖다 댔다. 나타샤의 손인 것 같았다. 계단이 북적이기 시작했다. 이제 벌써 층계의 단마다 멀리서 보면 완전히 똑같아 보이는 연미복을 차려입은 남자들과 곁에 선 나체의 여자들이 나타났는데, 여자들을 구별해 주는 것은 오직 머리에 꽂은 깃털과 구두의 색깔뿐이었다.

왼쪽 다리에 이상한 나무 장화를 신은 부인이 마르가리타 쪽으로 다리를 절며 다가왔다. 수녀처럼 눈을 내리깔고, 마르고 수수한 외모에, 목에 왠지 모를 넓은 초록색 띠를 매고 있었다.

"저 초록색은 누구죠?" 마르가리타가 기계적으로 물었다.

"가장 매력적이고 존경스러운 부인이죠." 코로비요프가 속삭였다. "소개해 올리겠습니다. 토파나 부인*이십니다. 나폴리의 젊고 매력적인 여성들과 팔레르모 주민들 사이에서 유달리 인기가 좋으셨는데, 특히 남편에게 싫증이 난 여자분들이 좋아

---

* '토파나'라는 인물은 여럿 있었으나 그중 토파나 부인이 유명하다. 그녀는 성자의 그림이 그려진 유리병에 비소와 아편이 든 물을 넣어 화장품으로 팔았고, 내용물을 아는 여자들은 남편을 독살하는 데 이것을 사용했다. 이 물은 17세기 이탈리아에서 '아쿠아 토파나(Aqua Toffana, 토파나의 물)'라고 알려졌다.

하셨죠. 그런 일도 일어나지 않습니까, 여왕님. 남편에게 싫증이 나는 경우 말입니다……."

"예." 마르가리타가 애매하게 대답하면서 동시에 연미복을 입은 두 남자에게 미소를 지었다. 남자들은 한 명씩 그녀의 앞에 고개를 숙이고 무릎과 손에 입을 맞추었다.

"그렇죠." 코로비요프가 교묘하게 마르가리타에게 속삭이고는 누군가에게 소리쳤다. "공작님! 샴페인 한잔! 매혹적입니다! 예, 그러니까 이렇게 된 겁니다. 토파나 부인은 그런 불쌍한 여성들의 처지를 십분 이해하고 어떤 물을 유리병에 담아 판매한 거죠. 아내는 남편의 수프에 그 물을 타고, 남편은 그걸 먹고 맛있는 식사에 감사하고, 그때까지는 기분이 아주 좋은 겁니다. 그리고 몇 시간이 지나면 남편은 엄청난 갈증을 느끼기 시작하고 그 후에는 침대에 눕게 되죠. 하루가 더 지나면 남편에게 수프를 끓여 먹인 아름다운 나폴리 여성은 봄바람처럼 자유로워지는 겁니다."

"그런데 발에는 뭘 신은 거죠?" 마르가리타가 다리를 저는 토파나 부인을 밀치고 다가온 손님들에게 끊임없이 손을 내밀며 물었다. "목에 저 초록색 띠는 왜 두르고 있죠? 목에 주름이 졌나요?"

"매혹적이십니다, 왕자님!" 코로비요프가 소리치고 곧바로 마르가리타에게 속삭였다. "아름다운 목이었는데 감옥에서 불쾌한 일을 당했지요. 발에 신은 건 스페인 장화*입니다, 그리

---

* 나무나 쇠로 만들어 장화와 다리의 살 사이에 쐐기를 박도록 고안된 고문 도구. 중세 마녀 사냥에 사용되었다.

고 목의 띠는 이렇게 된 거죠. 나폴리와 팔레르모에서 불행하게도 영원히 세상을 떠난 남편들이 500명에 이른다는 사실을 알게 된 간수들이 광분해서 토파나 부인을 목 졸라 죽인 겁니다."

"정말 행복합니다, 검은 여왕님. 이렇게 영광스러운 기회를 얻게 되다니요." 토파나가 수녀처럼 속삭이며 무릎을 굽히려 애썼지만 스페인 장화가 그녀를 방해했다. 코로비요프와 베헤모트가 토파나가 일어나도록 도와주었다.

"저도 기쁩니다." 마르가리타가 그녀에게 대답하면서 동시에 다른 사람에게 손을 내밀었다.

이제 계단은 아래위 할 것 없이 군중으로 가득 찼다. 마르가리타는 수위실에서 일어나는 일을 더 이상 보지 않았다. 그녀는 기계적으로 손을 올리고 내리면서, 단조롭게 이를 드러내고 손님들에게 미소 지었다. 층계참의 공기 중에는 이미 굉음이 계속 울리고 있었고, 마르가리타가 떠나온 무도회장에서는 마치 파도처럼 음악이 들려왔다.

"저기 저이는 참으로 지긋지긋한 여자입니다. 무도회를 열렬히 좋아하지만, 언제나 손수건에 대해서 불평할 생각만 하고 있지요." 코로비요프는 굉음 속에서 목소리를 구별할 수 없다는 걸 알고 속삭이는 대신 큰 소리로 말했다.

마르가리타는 계단을 올라오는 손님 중에서 코로비요프가 손으로 가리키는 여자를 찾아냈다. 스무 살쯤 된 젊은 여자로 몸매는 더할 나위 없이 아름다웠으나 두 눈은 어딘가 불안하고 집요해 보였다.

"무슨 손수건요?" 마르가리타가 물었다.

"저 여자에게는 시녀가 딸려 있습니다. 그리고 삼십 년간 밤마다 탁자에 손수건을 올려놓지요. 그래서 그녀가 잠에서 깨면 손수건이 항상 거기 있는 겁니다. 벌써 그 수건을 화덕에 태워 버리기도 하고 강에 가라앉히기도 했지만, 어떻게 해도 소용이 없어요." 코로비요프가 설명했다.

"어떤 손수건인데요?" 마르가리타가 손을 올렸다 내렸다 하며 속삭였다.

"푸른 테두리를 두른 손수건이죠. 사정을 말씀드리자면, 저 여자가 카페에서 여급으로 일할 때 카페 주인이 끈질기게 곳간으로 불러냈고, 그래서 아홉 달이 지나 남자아이를 낳았어요. 그녀는 아들을 숲으로 안고 가서 입을 손수건으로 쑤셔 막고 아기를 땅에 묻었습니다. 재판정에서는 아이를 먹여 살릴 방도가 없었다고 말했지요."*

"그럼 그 카페 주인은 어디 있어요?" 마르가리타가 물었다.

"여왕님." 갑자기 아래쪽에서 고양이가 쳇소리를 냈다. "한 가지만 여쭤 보도록 허락해 주십시오. 도대체 카페 주인이 여기서 무슨 상관입니까? 그 사람이 숲에서 아기를 목졸라 죽인 건 아니잖아요!"

마르가리타는 계속 미소를 짓고 오른손을 흔들면서, 왼손의 날카로운 손톱으로 베헤모트의 귀를 잡아당기고 속삭였다.

"이 짐승아, 한 번만 더 내가 얘기하는 데 멋대로 끼어들면······."

---

* 괴테의 『파우스트』에 나오는 그레첸의 실제 모델 주잔나 브란트는 자기 아이를 살해한 혐의로 체포되었다고 한다.

베헤모트는 무도회에 어울리지 않게 꽥 소리를 지른 후 목쉰 소리로 말했다.

"여왕님……. 귀가 부어요……. 부은 귀로 무도회를 망칠 필요는 없지 않아요? 저는 그냥 법적으로 말한 겁니다……. 법적인 관점에서……. 입 다물게요, 다물게요……. 절 고양이가 아니라 생선으로 여기셔도 좋아요, 제발 귀 좀 놔주세요."

마르가리타는 귀를 놓아주었고, 집요하고 음울한 두 눈이 그녀 앞에 다시 나타났다.

"자정의 대무도회에 초대받아서 정말 기쁩니다, 여왕이신 여주인님."

"저도 만나서 반갑습니다. 정말 반가워요. 샴페인을 좋아하시나요?" 마르가리타가 대답했다.

"지금 대체 무슨 짓을 하시는 겁니까, 여왕님!" 코로비요프가 필사적으로, 그러나 소리없이 마르가리타의 귀에 대고 외쳤다. "손님들 차례가 막힌단 말입니다!"

"좋아합니다." 여자가 애원하듯 말하고는 갑자기 기계적으로 같은 말을 되풀이했다. "프리다, 프리다, 프리다! 제 이름은 프리다입니다, 여왕님!"

"그럼 오늘 취하도록 마셔요, 프리다. 그리고 아무것도 생각하지 마세요." 마르가리타가 말했다.

프리다는 양손을 마르가리타에게 내밀었으나, 코로비요프와 베헤모트가 눈치 빠르게 양쪽에서 그녀의 팔을 잡고 군중 속으로 밀어 넣었다.

이제 아래쪽에서는 손님들이 물결처럼 밀려들어 마르가리타가 서 있는 층계참을 습격이라도 할 것 같았다. 벌거벗은 여인들의 몸이 연미복을 입은 남자들 사이에서 두드러졌다. 마르가리타를 향하여 거무스름하거나 희거나 커피 원두처럼 갈색이거나 완전히 검은 여인들의 육체가 흘러 덮쳐 왔다. 머리카락은 붉거나 검거나 갈색이거나 혹은 아마(亞麻)처럼 연한 금발이었고, 머리카락에 꽂은 값진 보석들이 쏟아지는 빛 속에서 불꽃을 흩뿌리며 뛰놀고 춤추었다. 그리고 층계참을 습격하는 남자들의 행렬에 누군가 빛 방울을 쏟기라도 한 것처럼 가슴팍에서 다이아몬드 단추들이 빛을 내뿜었다. 이제 마르가리타는 일 초마다 무릎에 와 닿는 입술을 느꼈고, 일 초마다 손을 앞으로 내밀어 입맞춤을 받았으며, 얼굴에는 변함없이 상냥하게 인사하는 가면을 잡아맨 것 같았다.

"매혹적입니다." 코로비요프가 단조롭게 노래했다. "저희 모두 매혹되었습니다……. 코로비요프는 매혹되었습니다……."

"여왕님은 매혹되셨습니다……." 아자젤로가 등 뒤에서 콧소리로 말했다.

"매혹적입니다." 고양이가 쇳소리로 외쳤다.

"후작 부인*……." 코로비요프가 중얼거렸다. "유산을 노리고 아버지와 형제 둘, 자매 둘을 독살했지요……. 여왕님은 매혹되셨습니다……! 민키나 부인**이십니다……. 아, 얼마나 아름다우신지! 좀 신경질적이지요. 뭣 때문에 하녀의 얼굴을 머리 지지는 인두로 지진단 말입니까? 물론 그런 일을 저지르

---

* 아버지와 형제들을 독살하고 유산을 가로챈 죄로 1676년 참수형을 당한 브랑빌리에 후작 부인을 가리킨다.
** 하인들을 잔인하게 다룬 것으로 유명하다. 1825년 의문의 죽음을 당했다.

면 칼침을 맞게 되죠……. 여왕님은 매혹되셨습니다……! 여왕님, 잠시만 주목하십시오! 마법사이자 연금술사이신 루돌프 황제*이십니다……. 그리고 또 다른 연금술사, 교수형을 당했죠……. 아, 저기 그녀가 왔군요! 스트라스부르에 있던 그녀의 매음굴은 얼마나 환상적이었던지……! 저희 모두 매혹되었습니다……! 모스크바의 여자 재단사**입니다. 무궁무진한 상상력 때문에 우리 모두 그녀를 좋아하지요……. 아틀리에를 운영하면서 대단히 재미있는 술수를 고안해 냈어요. 벽에 조그만 구멍을 동그랗게 두 개 뚫어서……."

"숙녀분들은 몰랐나요?" 마르가리타가 물었다.

"한 명 한 명 모두 알고 있었답니다, 여왕님." 코로비요프가 대답했다. "매혹적이십니다……! 저 스무 살짜리 남자아이는 어릴 때부터 기괴한 상상력을 뿜내던 몽상가에 기인이지요. 어떤 처녀가 자기를 사랑하게 되자 그 여자애를 붙잡아다 매음굴에 팔았답니다……."

아래층에서는 사람들의 강이 흐르고 있었다. 끝이 보이지 않았다. 강의 수원(水原)인 거대한 난로는 계속 물을 공급하고 있었다. 그렇게 한 시간이 지나가고 두 시간째가 되었다. 여기서 마르가리타는 목에 건 사슬이 전보다 무거워졌다고 느꼈다. 손에도 뭔가 이상한 일이 벌어졌다. 손을 쳐들 때마다 마르가리타는 자신도 모르게 얼굴을 찡그렸다. 코로비요프의 흥미로운 이야기도 더 이상 마르가리타의 주의를 끌지 못했다. 그리

---

* 독일 합스부르그 왕가의 루돌프 2세(1552~1612)를 가리킨다.
** 불가코프의 희곡 『조야의 아파트』의 여주인공.

고 눈초리가 치켜 올라간 동양인의 얼굴도, 백인과 흑인의 얼굴도 더 이상 구분되지 않았고, 때때로 서로 겹쳤으며, 얼굴들 사이의 공기가 어째서인지 덜덜 떨리고 흐물흐물해지기 시작했다. 바늘로 찌른 듯한 날카로운 통증이 갑자기 마르가리타의 오른팔을 꿰뚫었고, 그녀는 이를 악물고 팔꿈치를 받침대에 내려놓았다. 날개가 벽을 스치는 듯한 사락사락 소리가 등 뒤의 무도회장에서 들려왔고, 그곳에서 전무후무한 손님들의 대군(大軍)이 춤을 추는 것을 알 수 있었다. 마르가리타는 그 불가사의한 무도회장의 거대한 대리석과 모자이크, 수정으로 만들어진 바닥까지도 규칙적으로 맥박치는 것만 같았다.

이제는 가이우스 카이사르 칼리굴라도, 메살리나도 마르가리타의 관심을 끌지 못했고, 마찬가지로 어떤 왕도, 공작도, 기사도, 자살자도, 독살범도, 교수형을 당한 흉악범과 뚜쟁이도, 간수와 협잡꾼도, 형리도, 밀고자도, 반역자도, 광인도, 형사도, 강간범도 그녀의 흥미를 끌지 못했다. 그들의 이름은 전부 머릿속에서 뒤섞였고, 얼굴은 거대한 하나의 덩어리로 뭉쳐졌으며, 단 하나의 얼굴만이 고통스럽게 기억에 남았는데, 그것은 글자 그대로 불꽃처럼 붉은 턱수염을 두른 말류타 스쿠라토프*의 얼굴이었다. 다리가 저절로 풀렸고, 매 분마다 울음을 터뜨릴까 겁이 났다. 가장 고통스러운 것은 손님들이 입을 맞추는 오른쪽 무릎이었다. 무릎은 부어올랐고 피부는 푸르스름

---

* 그리고리 루케야노비치 스쿠라토프-벨스키(?~1573). 악명 높은 이반 뇌제의 친위대원으로 노브고로드에서 반란을 의심하여 주민을 학살하는 등 왕권 강화를 명분으로 살인을 수없이 많이 저질렀다.

하게 변했으며, 나타샤의 손이 몇 번인가 해면을 쥐고 무릎 옆에 나타나 뭔가 향기로운 물질로 무릎을 문질러 줬지만 소용이 없었다. 네 시간째에 접어들 무렵 마르가리타는 완전히 절망에 빠진 눈으로 아래쪽을 내려다보았다가 기쁨에 몸을 떨었다. 손님들의 흐름이 줄어들고 있었다.

"무도회 참석의 법칙은 항상 똑같습니다, 여왕님." 코로비요프가 속삭였다. "손님들의 파도가 잦아들기 시작하네요. 이제 조금만 견디면 끝납니다. 맹세해도 좋습니다. 저기 브로켄 산의 탕아 무리가 오는군요. 언제나 마지막으로 온답니다. 그래요, 저게 그들입니다. 술 취한 흡혈귀가 둘…… 그게 다인가? 아, 아니군요, 저기 하나 더 옵니다. 아니, 둘인데요!"

계단으로 마지막 두 손님이 올라왔다.

"자 이건 새로운 인물이군요." 코로비요프가 외알 안경 유리 너머로 눈을 가늘게 뜨며 말했다. "아, 예, 예. 언젠가 아자젤로가 그를 찾아가 코냑을 한잔하면서 어떤 사람에게서 자유로워지는 방법에 대해 조언해 준 적이 있죠. 이자는 그 사람이 비밀을 폭로할까 봐 유달리 두려워했거든요. 그래서 그는 자기한테 의존하고 있는 지인을 시켜서 사무실 벽에 독을 바르게 한 겁니다."*

"이름이 뭐죠?" 마르가리타가 물었다.

"아, 사실 저도 아직 모릅니다." 코로비요프가 대답했다. "아

---

* 스탈린 치하 소비에트 비밀경찰의 수장이었던 겐리흐 야고다는 화학자 출신으로, 1937년 대숙청 초기에 스탈린의 신임을 잃으면서 자신의 후임자인 예조프의 사무실 벽에 독가스를 뿌린 혐의로 체포되었다. 이 사건은 1938년 신문에 대대적으로 보도되었고, 불가코프는 이를 인용한 것으로 보인다.

자젤로에게 물어보셔야 할 겁니다."

"같이 있는 건 누구예요?"

"그에게 예속된 바로 그 해결사이지요. 매혹적입니다!" 코로
비요프가 마지막 두 명에게 소리쳤다.

마침내 계단이 비었다. 그들은 혹시나 하는 마음에 조금 더
기다렸다. 그러나 난로에서는 더 이상 아무도 나오지 않았다.

몇 초 후 어떻게 된 일인지 마르가리타는 연못이 있는 아까
의 그 방에 나타났고, 그곳에서 곧 팔다리의 통증 때문에 울
음을 터뜨리며 그대로 바닥에 쓰러져 버렸다. 헬라와 나타샤가
그녀를 달래며 다시 한 번 마르가리타에게 피 목욕을 시켰고
다시 한 번 온몸을 문질러 주었고, 그리하여 마르가리타는 다
시 기운을 되찾았다.

"아직, 아직 끝나지 않았습니다, 마르고 여왕님. 무도회장
을 한 번 날아서 돌아봐야 합니다, 예의 바른 손님들이 내버
려졌다고 느끼지 않게 말이죠." 곁에 나타난 코로비요프가 속
삭였다.

마르가리타는 다시 공중을 날아 연못이 있는 방을 나왔다.

왈츠의 임금님이 오케스트라를 지휘하던 튤립 뒤 무대에서
는 이제 원숭이들의 재즈가 미쳐 날뛰고 있었다. 털북숭이 구
레나룻을 기른 거대한 고릴라가 나팔을 손에 들고 발로 느릿
느릿 박자를 맞추며 지휘했다. 오랑우탄들이 한 줄로 앉아 번
쩍이는 나팔을 불어 댔다. 그들의 어깨 위에 아코디언을 든 유
쾌한 침팬지들이 앉아 있었다. 사자처럼 갈기가 길게 난 망토
개코원숭이 두 마리가 피아노를 쳤고, 그 피아노 소리는 긴팔
원숭이와 맨드릴개코원숭이, 긴꼬리원숭이 들이 연주하는 색

소폰, 바이올린, 드럼의 굉음과 쉿소리에 묻혀 들리지 않았다. 거울 같은 바닥 위로 수없이 많은 커플들이 놀랄 만큼 우아하고 정확한 동작으로 일사불란하게 한 방향으로 돌더니, 가는 길에 있는 것은 전부 쓸어 버릴 듯한 기세로 줄지어 움직여 갔다. 공단 나비들이 살아 움직이며 춤추는 대군 위로 내려왔다가 다시 솟구쳐 올라갔고, 천장에서 꽃이 흩뿌려졌다. 전깃불이 꺼지면 기둥머리에서 수많은 반딧불이가 불을 밝혔고 허공에는 도깨비불이 떠다녔다.

마르가리타는 어느새 기둥으로 에워싸인, 놀라울 정도로 커다란 연못가에 서 있었다. 거대한 검은 넵튠이 주둥이에서 장밋빛 물줄기를 넓게 발사했다. 신경이 마비될 듯한 샴페인 냄새가 연못에서 피어올랐다. 이곳에서는 다들 제멋대로, 유쾌하게 즐기고 있었다. 숙녀들은 까르르 웃으며 구두를 던져 댔고 함께 온 신사나 수건을 들고 뛰어다니는 흑인들에게 핸드백을 내주고는 소리를 지르며 머리부터 연못에 뛰어들었다. 물거품 기둥이 솟구쳐 올랐다. 수정으로 된 연못 바닥의 아래에서 비춘 빛이 샴페인의 심연을 뚫고 반짝였고, 연못 속에서 수영하는 은빛 몸들이 보였다. 그들은 완전히 취해서 연못에서 뛰어나왔다. 웃음소리가 기둥 아래서 낭랑하게 울리고 마치 목욕탕 안에서처럼 메아리쳤다.

이런 혼란 속에서도 몹시 취해 흐리멍덩한, 그러나 멍한 중에도 간절히 애원하는 눈길로 바라보는 여자의 얼굴이 기억에 남았고, 어떤 한 단어가 머릿속을 계속 맴돌았다. "프리다!"

마르가리타는 샴페인 향에 머리가 어지러워져서 어서 나가고 싶었지만 그때 고양이가 연못에서 재주를 부리며 마르가리타를 붙잡았다. 베헤모트가 넵튠의 주둥이 옆에 마법을 걸었고, 그러자 즉시 쉭쉭 소리와 굉음이 나면서 연못에서 엄청난 양의 샴페인이 파도치며 빠져나가고 넵튠이 까불거리며 거품을 내는 짙은 노란색 물결을 내뿜기 시작했다. 숙녀들이 쉿소리를 지르며 외쳤다.

"코냑이다!" 그리고 연못가에서 기둥 위로 달려가 숨었다. 몇 초가 지나자 연못은 다시 꽉 찼고, 고양이는 허공에서 공중제비를 세 바퀴 돌더니 출렁이는 코냑에 뛰어들었다. 그리고 넥타이가 풀어지고 수염의 금칠이 지워지고 오페라글라스도 잃어버린 채 푸푸거리며 기어 나왔다. 베헤모트의 뒤를 따르기로 한 것은 그 재치 넘치는 여자 재단사와 그녀와 동행한 정체불명의 젊은 물라토*였다. 그들은 함께 코냑에 몸을 던졌으나, 그때 코로비요프가 마르가리타의 팔을 붙잡았고, 두 사람은 수영하는 손님들을 뒤로하고 그곳을 떠났다.

마르가리타는 어딘가 굴이 산처럼 쌓여 있는, 돌로 만든 인공 연못 같은 곳을 날아서 지나간 것 같았다. 그다음에는 유리 마룻바닥 아래 지옥 같은 아궁이가 활활 타오르고 그 사이로 흰 옷을 입은 요리사들이 악마처럼 뛰어다니는 곳 위로 날아갔다. 그녀는 이제 아무 생각도 하지 않은 채 컴컴한 지하실을 보았는데, 그곳에서는 커다란 불빛들이 빛났고 아가씨들이 벌겋게 타는 숯 위에서 지글거리는 소리를 내는 고기를 꺼내 대접했고 사람들은 큼직한 원을 그리며 둘러앉아 마르가리타

---

* 백인과 흑인의 혼혈 인종으로 주로 백인 아버지와 흑인 어머니 사이의 혼혈을 이른다.

의 건강을 위해 건배했다. 그런 후 그녀는 무대 위에서 아코디 언을 연주하며 러시아 전통 춤을 추는 흰곰들도 보았다. 그리 고 화로 속에서 불타지 않은 마법사 샐러맨더*도……. 그녀는 다시 기운이 떨어지기 시작했다.

"마지막 무대입니다." 코로비요프가 그녀에게 걱정스럽게 속삭였다. "그리고 자유입니다."

그녀는 코로비요프의 안내를 받으며 다시 무도회장에 들어 섰으나, 이제 그 안에서 춤추는 사람은 하나도 없었고, 손님들 은 기둥 사이에 무리 지어 몰려서서 무도회장 중앙부를 비워 두고 있었다. 마르가리타는 누군지 기억은 나지 않지만 누군가 의 도움을 받아 무도회장의 빈 공간 한가운데 솟아오른 단상 에 올라섰다. 올라선 그녀에게 놀랍게도 이미 오래전에 지나갔 으리라 생각했던 자정을 치는 소리가 들려왔다. 어디서 들려오 는지 모를 시계의 마지막 종소리와 함께 손님들 위로 침묵이 닥쳐왔다.

그때 마르가리타는 다시 볼란드를 보았다. 그는 아바돈과 아자젤로, 아바돈과 비슷하게 생긴 검고 젊은 사람들에게 둘 러싸여 걸어왔다. 마르가리타는 그제야 그녀의 단상 맞은편에 볼란드를 위한 단상이 하나 더 마련되어 있는 것을 알아차렸 다. 그러나 그는 그 단상을 이용하지 않았다. 마르가리타는 볼 란드가 무도회의 이 마지막 장엄한 무대에 침실에서 봤던 것 과 똑같은 차림으로 나온 것을 보고 깜짝 놀랐다. 위에는 전과 다름없이 더럽고 여기저기 기운 잠옷 상의를 걸쳤고 발에는

---

* 불 속에 산다는 전설의 도마뱀.

오래 신어서 비뚤어진 침실용 슬리퍼를 신고 있었다. 볼란드는 칼집에 넣지 않은 장검을 지팡이처럼 받치고 기대 서 있었다.

볼란드는 다리를 절룩거리며 단상 옆에 멈추어 섰고, 아자젤로가 즉시 그의 앞에 접시를 들고 나타났으며, 마르가리타는 그 접시 위에 앞니가 부러진, 사람의 잘린 머리가 놓여 있는 것을 보았다.* 정적이 깊어졌고, 그 정적을 깬 것은 멀리 정문 현관에서 한 차례 들려온, 지금의 상황과 어울리지 않게 지극히 평범한 초인종 소리였다.

"미하일 알렉산드로비치." 볼란드가 작은 목소리로 머리에게 말하자 살해된 남자의 눈꺼풀이 열렸으며, 마르가리타는 죽은 얼굴에서 의식이 분명하고 고통으로 가득한, 살아 있는 눈을 보고 몸을 떨었다.

"미하일 알렉산드로비치, 모든 일이 예언대로 실현됐지요, 그렇지 않습니까?" 볼란드가 머리의 눈을 들여다보며 말을 이었다. "당신은 여자 때문에 머리가 잘렸고, 회의는 열리지 않았고, 저는 당신 아파트에서 지내고 있지요. 이건 사실입니다. 그리고 사실이란 세상에서 가장 견고한 것이지요. 그러나 지금 우리가 관심이 있는 건 이미 끝나 버린 사실이 아니라 앞으로 일어날 일들입니다. 당신은 머리가 잘리면 사람의 삶은 그것으로 멈추고 그 사람은 재로 화하여 무(無)로 사라져 버린다는 이론을 열띠게 전파해 왔지요. 저의 손님들 앞에서 — 하긴 이 손님들 자체가 반론의 증거가 되기는 합니다만 — 어쨌든

---

* 접시 위에 놓인 사람 머리는 성경에 나오는 살로메와 세례 요한의 일화(마태복음 14장 8절)를 연상시킨다.

이분들 앞에서 당신의 이론은 확고하고 재치 있다는 사실을 알려 드리게 되어 기쁩니다. 이론이라는 건 다 그 나름대로 가치가 있는 법입니다. 그런 것들 중에는 사람은 각자 믿는 대로 이루어질 것이라는 이론도 있지요. 그 이론도 실현될 겁니다! 당신은 무로 사라질 것이고, 저는 당신의 머리로 술잔을 만들게 되어 기쁠 겁니다, 존재를 위해 건배합시다!"

볼란드는 장검을 들었다. 그 순간 머리의 거죽이 거무스름해지면서 쪼그라들더니 조각조각 떨어지고 눈도 사라졌다. 마르가리타는 곧 접시 위에서 에메랄드로 눈을 박고 진주로 이를 박아 금제 받침대에 놓인 누르스름한 두개골을 볼 수 있었다. 이음새를 댄 두개골 뚜껑이 열렸다.

"지금 바로 입장하십니다, 메시르." 코로비요프가 볼란드의 질문하는 듯한 시선을 눈치채고 말했다. "이제 곧 여기 나타나실 것입니다. 이 무덤 같은 정적 속에 그분의 에나멜 구두가 삐걱거리는 소리와, 생애 마지막으로 샴페인을 마시고 탁자에 내려놓은 잔이 쨍그랑거리는 소리가 들립니다. 자, 여기 오셨습니다."

무도회장에 새로운, 동행인이 없는 손님이 한 명 들어서서 볼란드 쪽을 바라보았다. 겉보기에는 다른 남자 손님들과 비슷해 보였으나, 한 가지 차이점이 있다면 손님은 말 그대로 흥분하여 멀리서도 보일 정도로 몸을 덜덜 떨고 있다는 것이었다. 뺨에는 홍조가 타올랐고, 몹시 불안하여 시선이 이리저리 흔들렸다. 손님이 당황해하는 것은 당연한 일이었다. 손님에게는 모든 것이 다 놀라웠고 무엇보다도 볼란드의 차림새가 충격적이었다.

어찌 됐든 손님은 정중한 환대를 받았다.

"아, 친애하는 마이겔 남작." 볼란드가 상냥하게 웃으며 눈을 휘둥그렇게 뜬 손님 쪽으로 돌아섰다. "여러분께 소개드리게 되어 기쁘게 생각합니다." 볼란드가 다른 손님들에게 말했다. "대단히 존경하옵는 마이겔 남작은 관람 예술 위원회에서 외국 손님들께 우리 수도의 명소를 소개하는 임무를 맡고 계십니다."*

마르가리타는 마이겔을 알아보고 정신이 아찔해졌다. 모스크바의 극장과 레스토랑에서 그를 몇 번 마주친 적이 있었다. '그렇다면……. 저 사람도 혹시 죽었다는 얘기일까?' 마르가리타가 생각했다. 그러나 사정은 곧 밝혀졌다.

볼란드가 환하게 웃으며 말을 이었다. "친애하는 남작은 대단히 친절하셔서, 제가 모스크바에 왔다는 사실을 알고 곧바로 전화를 주셔서는 전문 지식을 동원해 저를 도와주시겠다고, 그러니까 명소를 소개해 주시겠다고 제안하셨답니다. 그래서 설명할 필요도 없이 기꺼이 저의 무도회에 초대했지요."

그때 마르가리타는 아자젤로가 두개골이 담긴 접시를 코로비요프에게 넘겨주는 것을 보았다.

"예, 그런데 말입니다, 남작님." 볼란드가 갑자기 비밀스럽게 목소리를 낮추어 말하기 시작했다. "남작님의 유별난 지식욕에 대한 이야기가 널리 퍼져 있더군요. 사람들 말이, 남작님의

---

* 마이겔 남작은 소련 비밀경찰의 밀정이었던 슈타이게르 혹은 속칭 '슈타이게르 남작'에게서 모티프를 얻은 것으로 보인다. 그는 외국인, 특히 극장이나 극예술 분야와 관련하여 모스크바를 방문하는 미국인들을 정탐했다. 1937년 총살당한 것으로 알려져 있다.

지식욕과, 그보다 나으면 나았지 절대로 못할 것 없는 수다스러움이 결합되어 모두의 관심을 끌기 시작했다는 겁니다. 게다가 못된 혀를 놀려서 당신에 대해 이런 말도 흘리더군요 — 고자질쟁이에 밀정이라고요. 그리고 거기에 덧붙이자면, 바로 그것 때문에 한 달 안에 인생이 슬픈 종말을 맞이할 거라는 예상도 있습니다. 그래서 남작님을 고통스러운 기다림에서 해방시켜 드리기 위해서, 할 수 있는 한 저에 대해 모든 것을 훔쳐보고 훔쳐 들으려고 멋대로 찾아오신 것을 계기로 저희가 직접 남작님을 도와 드리기로 한 겁니다."

남작의 얼굴이 본래 유별나게 창백한 아바돈보다도 더 창백해졌고, 그때 뭔가 이상한 일이 벌어졌다. 아바돈이 남작 앞에 서서 안경을 잠시 벗었다. 그러자 아자젤로의 손 안에서 뭔가 번쩍 빛났고, 박수치듯이 작게 찰싹 소리가 나더니, 남작이 고개를 위로 쳐든 채 쓰러졌으며, 남작의 가슴에서 선홍색 피가 뿜어져 나와 풀 먹인 셔츠와 조끼를 적시기 시작했다. 코로비요프는 뿜어져 나오는 핏줄기 아래에 두개골 술잔을 댔다가 가득 찬 술잔을 볼란드에게 넘겼다. 생명을 잃은 남작의 시체는 이미 바닥에 쓰러져 있었다.

"여러분의 건강을 위하여." 볼란드가 낮은 목소리로 말하고 술잔을 들어 입술을 가져다 댔다.

그 순간 변신이 일어났다. 해진 잠옷 셔츠와 비뚤어진 슬리퍼가 자취를 감추었다. 볼란드는 이제 길고 검은 예복 같은 것을 입고 허리에 강철 장검을 차고 있었다. 그는 재빨리 마르가리타에게 다가와 그녀에게 술잔을 내밀고 명령하듯 말했다.

"드시오!"

마르가리타는 머리가 어지럽고 몸이 떨렸으나 술잔은 이미 입술에 다가와 있었고 누군지 모를 목소리가 그녀의 양쪽 귓가에 속삭였다.

"겁내지 마십시오, 여왕님……. 겁내지 마십시오, 여왕님, 피는 이미 전부 땅 속으로 흘러가 버렸습니다. 그리고 피가 흘렀던 곳에는 이미 포도송이가 자라고 있습니다."

마르가리타는 눈을 뜨지 않고 술잔을 한입에 들이켰고, 달콤한 물결이 그녀의 혈관으로 퍼졌으며, 귓가가 울리기 시작했다. 수탉들이 귀청이 떨어지도록 울어 댔고 어디선가 행진곡을 연주하는 소리가 들리는 것 같았다. 손님들의 윤곽이 희미해지기 시작했다. 연미복의 남자들도 여자들도 가루가 되어 사라졌다. 마르가리타의 눈앞에서 무도회장이 썩어 무너지기 시작했고 그 위로 무덤 냄새가 피어올랐다. 기둥이 무너지고 불이 꺼지고 모든 것이 쪼그라들었으며 분수도, 튤립도, 동백꽃도 모두 사라져 버렸다. 남은 것은 예전 그대로의 모습, 즉 보석상 과부의 수수한 셋방뿐이었고, 약간 열린 문 사이로 빛줄기가 내비쳤다. 그리고 그 약간 열린 문으로 마르가리타도 들어갔다.

24
거장의 구출

볼란드의 침실은 무도회가 있기 전의 모습 그대로였다. 볼란드는 잠옷 셔츠 바람으로 침대 위에 앉아 있었고, 다만 헬라가 이제 그의 다리를 문지르지 않았고 체스를 두던 탁자 위에 저녁상이 차려져 있었다. 코로비요프와 아자젤로는 연미복을 벗고 식탁에 앉아 있고 그들 사이에는 예의 고양이가 끼어 앉아 있었는데, 넥타이가 완전히 더러운 넝마로 변했는데도 여전히 헤어지기 싫은지 계속 매고 있었다. 마르가리타는 몸을 떨면서 식탁으로 다가가 탁자에 기댔다. 그때 볼란드가 그녀를 손짓해 부르면서 자기 옆에 앉으라고 권했다.

"어때요, 몹시 힘드셨지요?" 볼란드가 물었다.

"전혀 아닙니다, 메시르." 마르가리타가 대답했으나, 그녀의 목소리는 거의 들리지 않을 만큼 작았다.

"노블레스 오블리주*입니다." 고양이가 이렇게 논평하고는 마르가리타에게 뭔가 투명한 액체를 가늘고 길쭉한 유리잔에 따라 주었다.

"이건 보드카인가요?" 마르가리타가 약하게 물었다.

고양이는 화가 나서 의자 위에서 펄쩍 뛰었다.

"무슨 말씀을, 여왕님. 제가 감히 숙녀분께 보드카를 따라 드리겠습니까? 이건 순수한 주정(酒精)입니다." 그가 새된 소리를 냈다.

마르가리타는 간신히 미소를 지으며 술잔을 밀어내려는 몸짓을 해 보였다.

"마음껏 드십시오." 볼란드가 말했고, 마르가리타는 바로 유리잔을 손에 들었다. "헬라, 앉아라." 볼란드가 명령을 내리고 마르가리타에게 설명했다. "만월의 밤은 축제의 밤이라 가까운 측근과 수행원을 불러 모아 저녁 식사를 합니다. 그래, 기분이 어떠십니까? 그 피곤한 무도회를 어떻게 참아 내셨습니까?"

"놀라웠죠! 모두 매혹되어 사랑에 빠지고 압도당했어요! 그토록 재치 있고 노련하시고 황홀하도록 매력적이시다니!" 코로비요프가 재잘거렸다.

볼란드는 말없이 잔을 들어 마르가리타와 술잔을 마주쳤다. 마르가리타는 도수 높은 술 때문에 마시자마자 완전히 취할 것이리라 생각하면서도 고분고분 잔을 비웠다. 그러나 나쁜 일은 전혀 일어나지 않았다. 활기찬 온기가 뱃속을 흐르면서 부드러운 뭔가가 뒤통수를 톡톡 쳤고, 마치 오랫동안 폭 자고 일어난 것처럼 기운이 돌아왔으며, 다만 무시무시하게 배가 고파

---

* 프랑스어로 '귀족의 의무'라는 뜻.

왔다. 어제 아침부터 아무것도 먹지 않았다는 사실을 떠올리자 허기가 더욱 불타올랐다. 그녀는 게걸스럽게 캐비아를 집어 삼키기 시작했다.

베헤모트는 파인애플을 한 조각 잘라 내 소금을 뿌리고 후춧가루도 뿌려 먹어 치운 후 호쾌하게 두 번째 잔을 들이켜서 그 모습에 모두 박수를 쳐 주었다.

마르가리타가 두 잔째 술을 마시자 촛대의 초들은 더 밝게 타오르기 시작했고 난로의 불꽃도 더 커졌다. 마르가리타는 취기를 전혀 느끼지 못했다. 그녀는 흰 치아로 고기를 씹어 고기에서 흘러나오는 육즙의 맛을 만끽하면서 한편으로는 베헤모트가 굴에 겨자를 바르는 것을 지켜보았다.

"그 위에 포도를 놔야지." 헬라가 고양이의 옆구리를 찌르며 조용히 말했다.

"나한테 가르치려고 들지 마세요. 나도 식탁에서 제대로 식사해 봤어요, 걱정 말라고요. 나도 해 봤어요!" 베헤모트가 대꾸했다.

"아, 난로 앞에서 이렇게 허물없이 저녁을 먹으니 얼마나 좋습니까." 코로비요프가 걸걸한 목소리로 말했다. "친한 사람들끼리 둘러앉아……."

"아냐, 파고트. 무도회도 나름대로 매력이 있고 규모가 있어." 고양이가 반박했다.

"매력 같은 건 하나도 없고 규모도 마찬가지야. 그리고 바에서 그 멍청한 곰과 호랑이 들이 울부짖는 소리 때문에 편두통이 생길 뻔했다." 볼란드가 말했다.

"그렇습니다, 메시르. 메시르께서 규모가 없다고 생각하신다면 저도 그렇게 생각합니다." 고양이가 말했다.

"그 입 그만 놀리지 못해!" 볼란드가 대답했다.

"농담이었습니다." 고양이가 다소곳이 말했다. "그런데 호랑이 얘기가 나와서 말인데, 구워 놓으라고 명령합지요."

"호랑이는 먹으면 안 돼." 헬라가 말했다.

"그렇게 생각하십니까? 그럼 제 말씀 좀 들어 보세요." 고양이가 이렇게 응수하고는 만족스러운 듯 눈을 가늘게 뜨고 언젠가 열아흐레 동안 광야를 방랑하던 때에 먹을 것이 없어 자기 손으로 직접 호랑이를 죽여 고기를 먹었다는 이야기를 늘어놓았다. 모두 이 흥미로운 이야기에 귀를 기울이다가 베헤모트가 이야기를 마치자마자 입을 모아 소리쳤다.

"거짓말!"

"그리고 그 거짓말 중에서도 가장 흥미로운 건 처음부터 마지막 단어 하나까지 전부 새빨간 거짓말이라는 점이지." 볼란드가 말했다.

"아, 그래요? 거짓말입니까?" 고양이가 외쳤고, 다들 이제 고양이가 항의를 시작할 것이라고 생각했으나 그는 그저 조용히 이렇게 말할 뿐이었다. "역사가 판결해 줄 겁니다."

"아, 그런데 말이에요." 마르고가 보드카를 마시고 기운을 되찾아 아자젤로에게 물었다. "예전에 남작이었다던 사람을 쏴 죽이셨죠?"

"당연하지요. 어떻게 죽이지 않을 수 있습니까? 무슨 일이 있어도 쏴 죽여야 할 자입니다." 아자젤로가 대답했다.

"전 정말 깜짝 놀랐어요! 너무 예상 밖의 일이라서." 마르가리타가 외쳤다.

"예상 밖의 일은 전혀 없었습니다." 아자젤로가 반박했고, 코로비요프가 짐승처럼 울부짖으며 불평했다.

"어떻게 놀라지 않을 수가 있어? 난 무릎이 덜덜 떨렸다고! 탕! 픽! 남작은 마룻바닥에 쓰러져 버리고!"

"난 히스테리를 일으킬 뻔했는걸." 고양이가 캐비아를 뜬 숟가락을 핥으며 덧붙였다.

"그런데 이해가 안 되는 게 한 가지 있어요." 마르가리타가 말했고, 크리스털 술잔에서 반사된 금빛 불꽃이 그녀의 눈에 아른거렸다. "밖에서는 이 무도회의 음악과 또 여러 가지 소리가 전혀 안 들리는 건가요?"

"당연히 전혀 안 들리지요, 여왕님. 밖에서 안 들리게 해야 하는 거랍니다. 그거야말로 아주 확실하게 해 둬야죠." 코로비요프가 설명했다.

"그래요, 그렇군요……. 그리고 계단에 있던 그 남자……. 아자젤로와 함께 지나갈 때 말이에요……. 그리고 입구에 있던 다른 사람……. 아파트 안을 감시하는 것 같던데……."

"맞아요, 맞아요!" 코로비요프가 소리쳤다. "맞습니다, 친애하는 마르가리타 니콜라예브나! 저도 의심스러웠던 점인데 당신이 짚어 주시는군요! 그래요, 그 사람이 아파트를 감시했습니다! 처음에는 저도 멍하니 넋이 나간 대학 교수거나 사랑에 빠져 계단 위에서 괴로워하는 연인인 줄 알았죠. 하지만 아니에요, 아니었어요! 뭔가 마음이 켕기더란 말입니다! 그 사람은 아파트를 감시하고 있었어요! 입구에 서 있던 사람도 마찬가지예요! 그리고 대문간에 있던 사람도 역시 똑같습니다!"

"체포하러 오면 어떻게 될지 궁금한데요?" 마르가리타가 물었다.

"곧 올 겁니다, 매혹적인 여왕님. 이제 곧!" 코로비요프가 대답했다. "가슴에서 느껴집니다, 이제 올 거예요. 물론 지금 당장은 아니겠지만, 때가 되면 틀림없이 옵니다. 하지만 궁금하실 만한 일은 전혀 일어나지 않을 거라고 장담합니다."

"아, 남작이 쓰러졌을 때 얼마나 놀랐던지." 마르가리타가 말했다. 생전 처음 목격한 살인을 아직까지 떨쳐 내지 못하는 것이 분명했다. "총을 잘 쏘시나 보죠?"

"어느 정도는 쏠 줄 알죠." 아자젤로가 대답했다.

"몇 걸음이나 떨어진 곳에서 명중시킬 수 있나요?" 마르가리타가 아자젤로에게 그다지 명료하지 않은 질문을 던졌다.

"그렇지요. 비평가 라툰스키네 집의 유리창을 망치로 깨는 것과 그의 심장을 맞히는 건 전혀 다른 문제인 겁니다." 아자젤로가 조리 있게 설명했다.

"심장을!" 마르가리타가 어째서인지 자기 심장 부근을 움켜쥐며 부르짖었다. "심장을!" 그녀가 낮은 목소리로 되풀이했다.

"비평가 라툰스키가 어쨌다는 겁니까?" 볼란드가 눈을 가늘게 뜨고 마르가리타를 보며 물었다.

아자젤로와 코로비요프, 베헤모트는 어째서인지 부끄러워하며 고개를 숙였고, 마르가리타가 얼굴을 붉히며 대답했다.

"그런 비평가가 있어요. 제가 오늘 저녁에 그 사람 아파트를 전부 뒤집어 놨죠."

"잘했군요! 그런데 어째서?"

"메시르, 그 사람은 어떤 거장을 파멸시켰거든요." 마르가리타가 대답했다.

"그런데 어째서 그 힘든 일을 직접 하신 겁니까?" 볼란드가 물었다.

"제가 하게 해 주세요, 메시르!" 고양이가 튀어 오르며 즐겁게 소리쳤다.

"넌 앉아 있어. 제가 지금 당장 들러서⋯⋯." 아자젤로가 일어서며 투덜거렸다.

"아니요! 아니요, 제발 부탁이에요, 메시르, 이러실 필요 없어요!" 마르가리타가 외쳤다.

"원하시는 대로 하지요, 당신이 원하시는 대로." 볼란드가 대답했고, 아자젤로는 자리에 앉았다.

"그런데 고귀하신 마르고 여왕님, 아까 어디까지 얘기했지요?" 코로비요프가 말했다. "아 그렇죠, 심장. 그의 심장에 맞히는 겁니다." 그는 그 긴 손가락을 아자젤로 쪽으로 뻗었다. "마음대로 골라서 말입니다. 심장의 아무 심실이나 아니면 다른 내장 기관이라도 좋습니다."

마르가리타는 무슨 말인지 알아듣지 못하다가 마침내 말뜻을 이해하고는 깜짝 놀라 외쳤다.

"하지만 그런 건 가려져 있잖아요!"

"여왕님. 가려져 있다는 게 중요한 겁니다! 그 점이 핵심이라고요! 노출된 물체는 누구나 맞힐 수 있으니까요!" 코로비요프가 걸걸한 목소리로 말했다.

코로비요프는 탁자 서랍에서 스페이드 7을 꺼내 마르가리타에게 내밀며 스페이드 무늬 중 하나에 손톱으로 표시를 내 달라고 부탁했다. 마르가리타는 오른쪽 위 구석에 있는 무늬에 표시를 했다. 헬라가 카드를 방석 밑에 감추고 외쳤다.

"됐어!"

아자젤로는 방석에 등을 돌리고 앉더니 연미복 바지 주머니에서 검은색 자동 권총을 꺼내 총구를 어깨에 받친 후 침대쪽을 돌아보지 않고 총을 쏘았고, 이 때문에 마르가리타는 즐겁게 깜짝 놀랐다. 총알이 뚫고 지나간 방석 밑에서 카드를 꺼내자 마르가리타가 표시한 무늬에 구멍이 뚫려 있었다.

"권총을 가지고 계실 땐 마주치지 않기를 바라야겠군요." 마르가리타가 조금 교태 섞인 눈빛으로 아자젤로를 쳐다보며 말했다. 그녀는 무엇이든 일급으로 잘 해내는 사람들에게 열광했다.

"고귀하신 여왕님. 아자젤로가 손에 권총 따위 전혀 들고 있지 않더라도 그와 마주치는 건 누구에게도 권하지 않겠습니다! 전직 지휘자이며 합창반장으로서 명예를 걸고 말씀드리건대, 그렇게 마주친다 해도 아무도 반가워하지 않을 겁니다." 코로비요프가 빽빽거렸다.

고양이는 사격 실험을 하는 내내 얼굴을 찌푸리고 앉아 있다가 갑자기 선언했다.

"7번 카드의 기록을 깨 보이겠습니다." 아자젤로는 대답 대신 뭔가 투덜거렸다. 그러나 고양이는 고집스러웠고, 권총 한 개가 아니라 두 개를 요구했다. 아자젤로는 깔보듯이 입을 일그러뜨리며 바지 뒷주머니에서 권총을 또 하나 꺼내 첫 번째와 함께 큰소리치는 고양이에게 건네주었다. 7번 카드 무늬 두 개에 표시를 했다. 고양이는 방석에서 돌아앉아서 오랫동안 조준을 했다. 마르가리타는 손가락으로 귀를 막고 앉아서 벽난로 위 선반에 앉아 졸고 있는 부엉이를 바라보았다. 고양이가 양쪽 권총을 모두 발사하자 헬라가 쇳소리를 질렀으며, 살해된 부엉이가 난로에서 떨어졌고, 깨진 시계가 멈췄다. 한 손이 피투성이가 된 헬라가 울부짖으며 고양이의 털가죽을 움켜쥐었고, 고양이는 이에 응수하여 그녀의 머리카락을 움켜쥐었으며, 둘은 한 덩어리가 되어 마룻바닥을 굴렀다. 술잔 하나가 탁자에서 떨어져 깨졌다.

"이 미쳐 날뛰는 마녀를 떼 내 줘요!" 고양이가 이렇게 부르짖으며 자기 위에 타고 앉은 헬라를 때리고 밀쳐 내려 애썼다. 나머지 사람들이 싸우는 둘을 떼어 냈고, 코로비요프가 총에 맞은 헬라의 손가락을 후후 불자 손가락이 아물었다.

"옆에서 떠들면 총을 쏠 수가 없다고요!" 베헤모트가 이렇게 외치고 등에서 뽑혀 나간 굵직한 털 덩어리를 제자리에 도로 맞춰 심으려 애썼다.

"내기 해도 좋습니다. 분명 일부러 이런 농간을 부린 겁니다. 평소엔 제대로 쏘니까요." 볼란드가 마르가리타에게 미소 지으며 말했다.

헬라는 고양이와 화해했고, 둘은 화해의 표시로 입을 맞추었다. 방석 밑에서 카드를 꺼내 확인해 보니 아자젤로가 뚫은 것 외에 무늬는 하나도 뚫리지 않았다.

"그럴 리가 없어요." 고양이가 촛불의 빛에 카드를 비춰 보며 장담했다.

즐거운 저녁 식사가 계속되었다. 촛불이 촛대에서 녹아내렸고 난로에서 건조하고 숨 막히는 열기가 피어 나와 방 안에 파도처럼 퍼져 나갔다. 실컷 먹은 마르가리타는 더없이 행복한 기분에 사로잡혔다. 그녀는 아자젤로의 시가에서 피어오른 회청색 연기 고리가 난로 속으로 날아 들어가는 것과 고양이가 장검 끝으로 그 연기 고리를 낚는 광경을 바라보았다. 마르가리타가 생각하기에 시간이 많이 늦은 것 같았지만 다른 곳 어디에도 가고 싶지 않았다. 모든 정황을 고려해 볼 때, 시간은 아침 6시에 가까워져 있었다. 잠시 침묵이 이어지자 마르가리타는 볼란드를 향해 수줍게 말했다.

"죄송하지만 이제 갈 때가 된 것 같아요⋯⋯. 시간도 늦었고⋯⋯."

"어디를 그렇게 서둘러 가시려고요?" 볼란드가 예의 바르지만 조금 딱딱하게 물었다. 수행원들은 시가 연기 고리가 무척 흥미롭다는 듯한 시늉을 하며 침묵을 지켰다.

"예, 갈 때가 됐어요." 마르가리타가 그들의 반응에 당황하여 되풀이하고는 마치 망토나 외투를 찾을 때처럼 돌아섰다. 나체라는 사실이 갑자기 부끄럽게 느껴졌다. 그녀는 식탁에서 일어섰다. 볼란드가 침대에서 닳아 빠진 기름투성이 가운을 말없이 쳐들었고, 코로비요프가 그것을 마르가리타의 어깨에 걸쳐 주었다.

"감사합니다, 메시르." 마르가리타가 들릴 듯 말 듯한 목소리로 말하고 질문하듯이 볼란드를 쳐다보았다. 그는 대답 대신 예의 바르면서도 무심하게 웃어 보였다. 어쩐지 검은 우수(憂愁)가 느닷없이 마르가리타의 심장으로 굴러 들어왔다. 그녀는 속았다는 기분이 들었다. 보다시피 무도회에서 그녀가 애쓴 것에 대해 아무도, 아무런 보상도 해 줄 마음이 없는 것이 분명했고, 아무도 그녀를 붙잡지 않는 것을 보아도 알 수 있었다. 게다가 이 와중에 그녀에게 분명해진 사실은 이제 아무 데도 갈 곳이 없다는 것이었다. 단독 주택으로 돌아갈 수밖에 없을 것이라는 생각이 스치자 그녀의 마음은 절망으로 찢어지는 것 같았다. 어쩌나, 아자젤로가 알렉산드롭스키 정원에서 그토록 유혹적으로 충고했던 것처럼, 그녀가 직접 부탁해야 하나? '안 돼, 절대로 그럴 순 없어!' 그녀가 속으로 말했다.

"안녕히 계세요, 메시르." 그녀는 큰 소리로 말했으나 속으로는 이렇게 생각했다. '여기서 나가기만 하면 강으로 가서 빠져 죽어 버려야지.'

"잠깐 앉으시지요." 볼란드가 갑자기 명령하듯 말했다.

마르가리타는 안색이 변해서 자리에 앉았다.

"작별 인사로 뭔가 하실 말씀이라도?"

"아뇨, 아무것도, 메시르." 마르가리타가 당당하게 대답했다. "한 가지 말씀드릴 게 있다면, 제가 또 필요하시면 기꺼이 무슨 일이든지 해 드리겠다는 거예요. 무도회에서 전혀 피곤하지 않았고, 아주 즐거웠어요. 그러니까 무도회가 앞으로도 계속 열린다면 기꺼이 교수형 당한 흉악범과 살인범 수천 명이 입을 맞추도록 무릎을 내밀겠어요." 마르가리타는 두 눈에 눈물이 가득해서 마치 장막 너머로 볼란드를 바라보는 것 같았다.

"옳습니다! 당신 말이 전적으로 옳아요! 그렇게 해야 합니다!" 볼란드가 낮게 울리는 무시무시한 목소리로 외쳤다.

"그렇게 해야 합니다!" 볼란드의 수행원들이 메아리처럼 되풀이했다.

"우리가 당신을 시험한 겁니다." 볼란드가 말했다. "결코 아무것도 부탁하지 마십시오! 절대로 아무것도 부탁해서는 안 됩니다, 특히 당신보다 강한 자들 앞에서는요. 그들이 알아서 제안하고 알아서 모든 것을 줄 테니까요. 앉으십시오, 당당한 여성이여." 볼란드가 마르가리타에게서 무거운 가운을 찢어 냈고, 그녀는 다시 침대 위 그의 곁에 나란히 앉아 있었다. "그러니, 마르고." 볼란드가 목소리를 부드럽게 하여 말을 이었다. "오늘 제 무도회에서 여주인 노릇을 해 주신 대가로 무엇을 원하십니까? 그 무도회를 나체로 이끌어 주신 보상으로 무엇을 바라십니까? 당신의 무릎에 얼마의 값을 매기시겠습니까? 방금 교수형 당한 흉악범이라고 하신 저의 손님들 때문에 얼마만큼의 손실을 입으셨습니까? 말씀만 하십시오! 지금은 기탄없이 말씀하셔도 됩니다, 제가 부탁했으니까요."

마르가리타의 심장이 쿵쿵 뛰기 시작했다. 그녀는 깊이 숨을 들이쉰 뒤 뭔가 생각하기 시작했다.

"아니, 그러지 말고. 사양할 것 없습니다. 말씀하세요!" 볼란드가 격려했다. "상상력을 불러 일으켜 거기에 박차를 가하세요! 그 구제 불능의 무뢰한 남작이 살해당하는 현장에 있었던 사람이라는 것만으로도 상을 받기에 충분합니다, 여성일 경우에는 더 그렇고요. 자, 말씀하시죠?"

마르가리타는 숨이 막혔고, 마음속에 묻어 놓았던 준비된 말을 꺼내려 했으나 그 순간 갑자기 창백해져서 입을 가리고 눈을 크게 떴다. "프리다! 프리다! 프리다!" 누군가의 집요한, 애원하는 목소리가 그녀의 귓가에 울렸다. "제 이름은 프리다입니다!" 마르가리타는 더듬거리며 말하기 시작했다.

"그러면 저, 그러니까…… 부탁을…… 한 가지만 드려도 될까요?"

"요구하십시오, 요구하세요, 나의 돈나."* 볼란드가 이해심이 가득한 웃음을 지으며 대답했다. "한 가지를 요구하십시오."

아, 볼란드는 마르가리타 자신이 한 말을 반복하면서 수완 좋고 명료하게 강조했던 것이다. '한 가지'라고!

마르가리타는 다시 한 번 심호흡을 하고 말했다.

"프리다가 자기 아기를 질식시켜 죽일 때 썼던 손수건이 더 이상 그녀 앞에 나타나지 않기를 원합니다."

고양이는 하늘을 향해 고개를 들고 시끄럽게 한숨을 쉬었으나 분명 무도회에서 귀를 꼬집힌 것을 기억하는 듯 아무 말도 하지 않았다.

볼란드가 미소를 짓고 말했다. "그 바보 프리다에게서 뇌물을 받았을 가능성은 물론 철저히 배제해야 한다는 점을 생각하면 ─ 그런 건 당신의 왕족다운 품성과는 결코 어울리지 않으니까요 ─ 어떻게 해야 할지 모르겠습니다. 남은 방법은 하나밖에 없지요. 넝마 조각을 가져와서 제 침실의 틈바귀를 모두 막아 버려야겠습니다!"

"무슨 말씀이신가요, 메시르?" 마르가리타는 정말로 알아들을 수 없는 이 말을 듣고 놀랐다.

"저도 전적으로 동의합니다, 메시르. 다름 아닌 넝마 조각으로 막아야죠!" 고양이가 대화에 끼어들었다. 그리고 흥분한 고양이는 앞발로 탁자를 두드렸다.

"자비심에 관해서 말하는 겁니다." 볼란드가 불꽃 같은 눈을 마르가리타에게서 떼지 않고 자신이 한 말이 무슨 뜻인지

---

* 이탈리아어로 '여인'이라는 뜻.

설명했다. "그것은 때때로 전혀 예상치 못하게 교활한 방법으로, 제일 가느다란 틈바구니로 기어 들어오거든요. 그래서 넝마 조각이 필요하다고 한 겁니다."

"제가 하고 싶은 얘기도 바로 그거예요!" 고양이가 외치고 만약을 대비하여 분홍색 크림을 바른 앞발로 뾰족한 귀를 가린 채 마르가리타에게서 물러섰다.

"저리 썩 꺼져." 볼란드가 그에게 말했다.

"아직 커피도 안 마셨는데요." 고양이가 대답했다. "어떻게 저더러 나가라고 하시는 겁니까? 메시르, 혹시 축제의 밤에 식탁에 앉은 손님을 두 종류로 나누시는 겁니까? 하나는 1등급이고, 또 하나는 그 서글픈 수전노 식당 지배인이 말했듯이 2등급 신선도라는 겁니까?"

"입 다물어." 볼란드가 그에게 명령하고는 마르가리타에게 돌아서서 물었다. "이 모든 것으로 미루어 보아 당신은 유별나게 선한 분이시겠죠? 도덕심이 대단히 큰?"

"아니요." 마르가리타가 가까스로 대답했다. "당신 앞에서는 솔직하게 말할 수밖에 없다는 걸 아니까 솔직하게 말씀드리겠어요. 전 경솔한 사람이에요. 프리다를 위해서 부탁드린 건 그저 제가 조심스럽지 못해서 그녀에게 확고한 희망을 안겨 주었기 때문이에요. 메시르, 그녀는 기다리고 있어요. 제 힘을 믿는다고요. 그리고 그녀가 속게 된다면 전 끔찍하게 괴로운 입장에 처하게 돼요. 평생 마음의 평화를 찾을 수 없을 테니까요. 어쩔 수가 없어요! 이미 그렇게 된 거예요."

"아." 볼란드가 말했다. "이해가 갑니다."

"그럼 그렇게 해 주시겠어요?" 마르가리타가 조용히 물었다.

"절대로 안 됩니다. 소중하신 여왕님, 사실대로 말씀드리자면, 여기서 작은 오해가 발생한 것 같군요. 모든 관청은 자신이 관할하는 업무만 맡아야 합니다. 저희들의 능력이 다분히 위대하다는 건 이론의 여지가 없지요. 그다지 예리하지 못한 몇몇 인간들의 능력보다야 훨씬 큽니다……."

"예, 아주, 훨씬 크죠." 고양이가 이 능력을 눈에 띄게 뽐내며 참지 못하고 끼어 들었다.

"닥쳐, 악마나 데려갈 놈!" 볼란드가 고양이에게 으르렁거리고는 마르가리타를 향해 말을 이었다. "그렇지만 쉽게 말해서 제 표현대로 다른 관청에서 맡은 일을 대신 하는 게 무슨 의미가 있겠습니까? 저는 그 일은 하지 않겠습니다, 당신이 직접 하십시오."

"정말 제가 할 수 있나요?"

아자젤로가 한쪽 눈으로 마르가리타를 비웃듯 곁눈질하고는 붉은 머리를 눈에 띄지 않게 가로저으며 콧방귀를 뀌었다.

"아니, 해 보십시오, 이거 참 괴로워지는군요." 볼란드가 중얼거리고는 지구의를 돌려 어떤 곳을 자세히 들여다보기 시작했다. 마르가리타와 얘기하는 동안에도 다른 일을 하고 있었던 것이 분명했다.

"그럼, 프리다……." 코로비요프가 일러 주었다.

"프리다!" 마르가리타가 날카롭게 외쳤다.

문이 열리고 머리가 헝클어지고 벌거벗긴 했지만 술기운은 흔적도 남지 않은, 광란에 찬 눈을 크게 뜬 여자가 방으로 달려 들어와 마르가리타를 향해 팔을 뻗었고, 마르가리타는 엄숙하게 말했다.

"그대는 용서받았다. 이제 손수건은 나타나지 않을 것이다."

프리다의 통곡 소리가 들렸고, 그녀는 바닥에 쓰러지더니 마르가리타 앞에 대자로 엎드려 누웠다. 볼란드가 손을 흔들자 프리다는 눈앞에서 사라졌다.

"감사합니다, 그럼 안녕히 계세요." 마르가리타가 일어서며 말했다.

"그래 어떠냐, 베헤모트. 축제의 밤에 실리적이지 못한 사람의 행동을 이용해서 이득을 낼 수는 없지." 볼란드가 이렇게 말하고는 마르가리타에게 돌아섰다. "그러니까 이건 계산에 들어가지 않습니다. 전 아무것도 안 했으니까요. 당신 자신을 위해서 무엇을 원하십니까?"

침묵이 찾아왔고, 그 침묵을 깬 것은 코로비요프였다. 그는 마르가리타의 귀에 대고 속삭였다.

"선홍의 돈나, 이번에는 좀 더 합리적으로 행동하시라고 조언해 드리겠습니다! 잘못하면 행운이 달아나 버릴 수도 있으니까요."

"지금 당장, 바로 이 순간, 저의 연인인 거장이 돌아오기를 원합니다." 마르가리타가 말했고, 그녀의 얼굴은 경련으로 일그러졌다.

그때 방 안으로 바람이 휘몰아쳐 들어왔고, 촛대에 꽂힌 초의 불꽃이 드러누웠으며, 창문의 두꺼운 커튼이 움직이더니 창문이 벌컥 열리고 멀리 하늘 높이 둥근, 그러나 아침이 아닌 자정의 만월이 드러났다. 창틀에서 마룻바닥까지 밤의 달빛이 청록색 손수건처럼 드리워졌고, 그 속에서 이반을 찾아왔던 밤의 손님, 자신을 거장이라 부르는 사람이 나타났다. 병원에서 입는 그대로, 가운과 슬리퍼 그리고 한시도 벗어 놓지 않는 검은 모자 차림이었다. 면도를 하지 않은 얼굴은 경련을 일으키며 찡그렸고, 그는 광기와 두려움에 차서 촛불 쪽을 곁눈질했으며, 그동안 달빛의 물결이 그의 주위에서 끓어올랐다.

마르가리타는 곧바로 그를 알아보고 신음 소리를 내뱉으며 두 손을 꼭 쥐고 그에게 달려갔다. 그녀는 그의 이마와 입술에 입을 맞추고 뻣뻣하게 수염이 난 뺨에 얼굴을 비볐고, 오랫동안 참아 왔던 눈물이 그녀의 얼굴에서 냇물처럼 흘러내렸다. 그녀는 오직 한 단어만을 입 밖에 낼 수 있었고, 아무 의미 없이 그 말을 되풀이했다.

"당신……. 당신……. 당신……."

거장은 그녀를 밀어내더니 불분명한 소리로 말했다.

"울지 말아요, 마르고. 날 고통스럽게 하지 말아 줘요. 난 심하게 병들었어요." 그는 마치 창문으로 뛰어내려 도망칠 것처럼 창틀을 손으로 잡고는 이를 드러내고 앉아 있는 사람들을 들여다보며 소리쳤다. "난 무서워, 마르고! 또 환각이 시작됐어……."

마르가리타는 숨이 막힐 정도로 흐느끼면서 말을 더듬으며 속삭였다.

"아냐, 아냐, 아니에요……. 아무것도 겁내지 말아요……. 내가 당신과 함께 있으니까……. 내가 당신과 함께 있어……."

코로비요프가 능숙하게, 그리고 아무도 눈치채지 못하게 거장에게 의자를 밀어 주었고, 거장은 그 위에 앉았으며, 마르가리타는 쓰러지듯 바닥에 주저앉아 병자에게 몸을 기대고 그렇게 가만히 있었다. 흥분한 그녀는 자신이 더 이상 벌거벗고 있지 않다는 것을 알아채지 못했다. 그녀는 이제 검은 비단 외투를 입고 있었다. 병자는 고개를 숙이고 우울하고 병든 눈으로 바닥을 내려다보기 시작했다.

"그래." 볼란드가 침묵 끝에 입을 열었다. "그를 잘 처리했군." 그는 코로비요프에게 명했다. "기사여, 저 사람에게 뭔가 마실 것을 좀 주겠나."

마르가리타는 떨리는 목소리로 거장에게 간청했다.

"마셔요, 마셔요! 겁나요? 아니에요, 겁내지 말아요, 날 믿어요, 마시면 좋아질 거예요!"

병자는 잔을 받아들고 안에 든 것을 전부 마셨으나 손이 떨려 잔을 놓쳤고 잔은 발치에 떨어져 깨졌다.

"다행입니다! 다행이에요!" 코로비요프가 마르가리타에게 속삭였다. "보세요, 벌써 제정신이 돌아오는군요."

정말로 병자의 시선은 이제 전처럼 광폭하거나 불안해 보이지 않았다.

"당신이야, 마르고?" 달밤의 손님이 물었다.

"의심하지 말아요, 나예요." 마르가리타가 대답했다.

"한 잔 더!" 볼란드가 명했다.

두 번째 잔을 비우고 나자 거장의 눈은 생기가 돌고 초점을 되찾았다.

"그래, 이건 또 새로운 상황이군." 볼란드가 눈을 가늘게 뜨며 말했다. "이제 얘기 좀 해 봅시다. 당신은 누구십니까?"

"지금은 아무도 아닙니다." 거장이 대답했고, 미소로 입이 비뚤어졌다.

"어디서 오시는 길입니까?"

"슬픔의 집에서요. 전 정신병자입니다." 떠돌이가 대답했다.

이 말에 마르가리타는 참지 못하고 다시 울기 시작했다. 잠시 후 그녀는 눈물을 다 닦고 소리쳤다.

"무서운 소리예요! 무서운 얘기라고요! 이 사람은 거장이에요, 메시르, 그건 확실히 장담할 수 있어요! 이 사람을 치료해 주세요, 이 사람은 치료받을 자격이 있어요!"

"지금 누구와 얘기하고 있는지 아십니까? 여기가 누구의 집인지 아십니까?" 볼란드가 방문객에게 물었다.

"압니다." 거장이 대답했다. "정신병자의 집에 있을 때 제 옆방 사람이 그 젊은이, 이반 베즈돔니였습니다. 그 청년이 당신 얘기를 해 주더군요."

"그렇게 된 일이군요, 그렇게 됐어요." 볼란드가 감탄했다. "총주교 언덕에서 운 좋게 그 청년과 마주칠 기회가 있었지요. 제가 존재하지 않는다는 걸 증명하려 하면서 저를 거의 미치게 했답니다! 하지만 그게 정말로 제 얘기였다는 걸 믿으십니까?"

"믿어야 하게 됐군요." 떠돌이가 말했다. "물론 당신을 환각의 산물로 치는 쪽이 마음은 훨씬 편하겠죠. 죄송하게 생각합니다." 결례를 깨닫고 거장이 덧붙였다.

"뭐 이렇게 됐으니, 마음이 편한 쪽으로 생각하십시오." 볼란드가 예의 바르게 대답했다.

"안 돼요, 안 돼요!" 마르가리타가 겁먹은 소리로 말하고 거장의 어깨를 흔들었다. "정신 차려요! 당신 앞에 있는 건 진짜 그 사람이라고요!"

고양이가 다시 참견했다.

"하지만 전 정말로 환각과 비슷한걸요. 달빛에 비친 제 옆모습을 주의 깊게 보세요." 고양이는 달빛 기둥 속으로 기어들어가 뭔가 더 말하려 했으나 주위에서 그에게 조용히 하라고 부탁했고 그는 이렇게 대답했다. "좋아요, 좋아요, 입 다문다고요. 입 다문 환각이 될게요." 그리고 입을 다물었다.

"아, 그런데 마르가리타가 왜 당신을 거장이라고 부릅니까?" 볼란드가 물었다.

거장은 미소를 지으며 말했다.

"그건 봐 주실 수 있을 만한 약점입니다. 제가 쓴 소설을 지나치게 높게 평가하기 때문이죠."

"무슨 소설입니까?"

"본디오 빌라도에 관한 소설입니다."

순간 또다시 촛불의 불꽃이 흔들리며 뛰놀고 탁자 위의 식기가 덜덜 떨기 시작했으며, 볼란드가 우레와 같은 소리로 웃었으나 아무도 겁먹지 않고 놀라지도 않았다. 베헤모트는 어째서인지 박수를 쳤다.

"뭐라고, 뭐라고요? 누구에 대해서?" 볼란드가 웃기를 멈추고 말했다. "정말입니까? 이거 충격적이군요! 다른 주제는 찾아낼 수 없었습니까? 한번 읽어 보게 해 주십시오." 그는 손바닥을 위로 해서 손을 내밀었다.

"유감스럽지만 그건 안 됩니다. 난로 속에 던져 태워 버렸거든요." 거장이 대답했다.

"죄송하지만 믿을 수가 없군요." 볼란드가 대답했다. "그럴수는 없습니다. 원고는 불타지 않아요." 그는 베헤모트 쪽으로 돌아서서 말했다. "그래, 베헤모트. 소설 이리 가져와."

고양이는 즉시 의자에서 뛰어내렸고, 그가 이제까지 두꺼운 원고 뭉치 위에 앉아 있었던 것을 모두가 알게 되었다. 고양이는 고개를 숙여 보이며 맨 위에 있던 원고를 볼란드에게 내밀었다. 마르가리타는 다시 한 번 눈물이 날 정도로 흥분해서 몸을 떨며 소리쳤다.

"이거예요, 원고! 바로 이거예요!"

그녀는 볼란드에게 달려가 열광적으로 덧붙였다.

"전능해요! 전능하시군요!"

볼란드는 고양이가 내민 원고를 받아 뒤집어 보더니 한쪽으로 제쳐 놓고 말없이, 웃음도 짓지 않고 거장을 응시했다. 그러나 거장은 이유 없이 몹시 우울하고 불안해져서 의자에서 일어나 양손을 꽉 쥐고 비틀었고, 먼 달을 쳐다보고 몸을 떨며 중얼거리기 시작했다.

"밤에 달을 바라볼 때면 내게 평화란 없다……. 어째서 내 마음을 어지럽히는가? 오 신들이여, 신들이여……."

마르가리타는 환자 가운을 움켜쥐고 거장에게 다가서서 역시 우울하게 눈물지으며 중얼거렸다.

"오, 하느님, 어째서 약을 먹어도 효과가 없을까요?"

"괜찮아요, 괜찮아요, 괜찮아." 코로비요프가 거장 옆에서 몸을 구부리며 속삭였다. "괜찮아요, 괜찮아……. 한 잔만 더 마시고, 제가 옆에서 동무해 드리지요……."

잔은 달빛에 반짝이며 뭔가 눈짓을 보냈고, 그 한 잔은 효과가 있었다. 주위에서 거장을 자리에 앉혔고, 병자의 얼굴은 평온한 기색을 띠었다.

"그래, 이젠 모든 게 분명하군요." 볼란드가 말하고 긴 손가락으로 원고를 톡톡 쳤다.

"아주 분명하죠." 고양이가 입 다문 환각이 되겠다던 약속을 잊고 단언했다. "이젠 이 작품의 기본 줄거리를 처음부터 끝까지 전부 이해하겠어. 넌 어때, 아자젤로?" 그가 침묵을 지키는 아자젤로에게 물었다.

아자젤로가 콧소리를 내며 대답했다. "내 생각엔 널 물에 빠뜨려 죽이는 게 좋겠어."

"자비심을 좀 가져 봐, 아자젤로." 고양이가 대꾸했다. "그리고 주인님에게 그런 생각을 옮기진 말아 줘. 나도 밤마다 저기 불쌍한 거장처럼 달빛 옷을 입고 네 앞에 나타나서 너한테 고개를 끄덕이고 나를 따라오라고 부를 수도 있어. 그럼 어떻겠어, 친애하는 아자젤로?"

"그럼, 마르가리타. 필요한 것이 있으면 전부 말씀하십시오." 볼란드가 다시 대화에 참여했다.

마르가리타의 눈동자가 갑자기 타올랐고, 그녀는 애원하듯이 볼란드에게 말했다.

"저 사람과 잠시 둘이서만 얘기해도 될까요?"

볼란드는 고개를 끄덕였고, 마르가리타는 거장에게 다가가 귓속말로 뭔가 속삭였다. 거장이 그녀에게 대답하는 소리가 들렸다.

"아냐, 늦었어요. 난 이제 인생에서 아무것도 원치 않아요. 당신을 만나는 것만 빼면 말이지. 하지만 당신에게도 다시 한번 충고하겠어. 날 떠나요. 그렇지 않으면 당신도 나와 함께 파멸할 거야."

"싫어요, 떠나지 않겠어요." 마르가리타가 대답하고 볼란드에게 말했다. "제발 저희를 아르바트 광장 골목의 지하실로 돌려보내 주세요, 그리고 그곳의 등불을 켜 주시고 모든 것을 예전처럼 해 주세요."

그러자 거장은 웃음을 터뜨리고 한참 전부터 헝클어져 있던 마르가리타의 곱슬머리를 껴안고 말했다.

"아, 불쌍한 여자가 하는 말을 듣지 마십시오, 메시르. 그 지하실에는 이미 오래전부터 다른 사람이 살고 있고, 애초에 모든 것이 예전대로 돌아가는 법은 없으니까요." 그는 뺨을 연인의 머리에 대고 마르가리타를 껴안은 채 중얼거리기 시작했다. "가여운, 가여운 사람……."

"그런 법은 없다고, 그렇게 말씀하셨습니까? 틀린 말은 아닙니다. 하지만 한번 해 보죠." 볼란드가 말했다. "아자젤로!"

그 순간 당황하여 거의 제정신이 아닌 듯한 시민이 속옷만 입고, 그러나 어째서인지 여행 가방을 들고 모자를 쓴 채로 천장에서 바닥으로 떨어졌다. 그는 겁에 질려 덜덜 떨면서 웅크리고 앉았다.

"모가리치?" 아자젤로가 하늘에서 떨어진 사람에게 물었다.

"알로이지 모가리치입니다." 그가 떨면서 대답했다.

"여기 이분의 소설에 대한 라툰스키의 비평을 읽고 이분이 집에 불법 문서를 숨겨 두고 있다고 밀고장을 쓴 게 당신입니까?" 아자젤로가 물었다.

새로 나타난 시민은 얼굴이 퍼렇게 질려서 후회의 눈물을 쏟았다.

"그의 방으로 옮겨 가려고 하셨죠?" 아자젤로가 무척 정답게 콧소리를 냈다.

잔뜩 사나워진 고양이가 쉭쉭거리는 소리가 방 안에 퍼졌고, 마르가리타가 부르짖었다.

"마녀의 맛을 봐라, 맛 좀 봐!" 그리고 알로이지 모가리치의 얼굴을 손톱으로 할퀴었다.

소동이 뒤따랐다.

"무슨 짓을 하는 거요? 마르고, 창피스러운 짓은 하지 말아요!" 거장이 순교자처럼 외쳤다.

"항의합니다, 이건 창피스러운 게 아니에요!" 고양이가 포효했다.

코로비요프가 마르가리타를 떼어 냈다.

"욕조를 설치했어요……." 피투성이가 된 모가리치가 이를 딱딱 맞부딪치며 외치고는 공포에 질려 헛소리를 지껄이기 시작했다. "하얗게 칠하고……. 유산염으로……."

"아, 그거 잘 됐군, 욕조를 설치했다니. 이 사람은 목욕을 해야 돼." 아자젤로가 동의하듯이 말했다. 그리고 소리쳤다. "자아!"

그러자 모가리치는 거꾸로 뒤집혀, 열린 창문을 통해 볼란드의 침실에서 실려 나갔다.

거장은 눈을 휘둥그렇게 뜨고 속삭였다.

"이건 이반이 말했던 것보다 더 굉장하군요!" 그는 동요한 채 주위를 둘러보다가 이윽고 고양이에게 말했다. "저기 미안하지만……. 넌…… 아니, 댁은……." 그는 고양이를 어떻게 불러야 할지 몰라 말을 끊었다. "댁은 그때 전차에 탔던 그 고양이 아닙니까?"

"맞습니다." 존댓말을 듣고 기분이 좋아진 고양이가 동의하고 덧붙였다. "고양이를 이렇게 정중하게 대해 주시니 기분이 좋군요. 고양이에게는 어째서인지 다들 반말을 하죠. 고양이가 사람하고 술을 마시고 허물없이 말을 놓는 사이가 되자고 합의한 적은 한 번도 없는데 말입니다."

"왜인지는 모르겠지만 제 생각에 댁은 아주 고양이 같지는 않아요……." 거장이 망설이며 대답했다. "어쨌든 병원에서 제가 없어진 걸 알고 찾기 시작할 겁니다." 그가 볼란드를 향해 소심하게 덧붙였다.

"아니, 뭘 찾는다는 겁니까!" 코로비요프가 그를 달랬고, 웬 서류와 수첩이 그의 손에 나타났다. "당신의 병원 기록 맞죠?"

"예."

코로비요프는 기운차게 병원 기록을 난로에 던졌다.

"서류가 없으면 사람도 없는 거죠." 코로비요프가 만족하며 말했다. "그리고 이건 자택을 지어 드린 건축업자의 건축 등록부 맞습니까?"

"예에……."

"누가 등재돼 있죠? 알로이지 모가리치?" 코로비요프는 등록부 책장에 훅 하고 숨을 불었다. "자, 이렇게 하면 그 사람도 없습니다. 그리고 참, 여기 보십시오. 등재됐던 적도 없지요. 만약에 건축업자가 놀라면, 알로이지가 나온 꿈을 꿨던 거라고 말해 주십시오. 모가리치? 모가리치가 대체 누굽니까? 모가리치라는 사람은 없었어요." 실로 책등을 묶은 등록부가 코로비요프의 손에서 사라졌다. "그리고 등록부는 이 상태 그대로 건축업자의 책상 위에 있는 거죠."

"그 말씀이 옳습니다." 코로비요프의 굉장한 능력에 놀란 거장이 말했다. "서류가 없으면 사람도 없습니다. 왜냐하면 다름이 아니라 저도 그렇거든요. 전 신분을 증명할 서류가 없어요."

"죄송합니다만 그거야말로 다름 아닌 환각입니다. 여기 있네요, 서류." 코로비요프가 외쳤다. 그는 거장에게 서류를 건넸다. 그리고 눈을 돌려 마르가리타에게 달콤하게 속삭였다. "그리고 여기 당신의 재산도 있습니다, 마르가리타 니콜라예브나." 그리고 그는 마르가리타에게 가장자리가 그을린 공책과 말린 장미, 사진, 그리고 예금 통장을 특별히 조심스럽게 건네주었다. "예금하신 대로 1만 루블입니다, 마르가리타 니콜라예브나. 저흰 남의 돈은 필요 없습니다."

"남의 돈을 건드리느니 차라리 앞발이 마비되는 편이 나아요!" 고양이가 젠체하며 외쳤다. 고양이는 여행 가방 위에서 춤을 추고 있었는데, 그 안에 든 불운한 소설의 구겨진 원고 사본을 전부 펴기 위해서였다.

"여기 당신의 서류도 있습니다." 코로비요프가 마르가리타에게 서류를 건네며 말을 잇고는, 볼란드 쪽으로 돌아서서 정중하게 보고했다. "끝입니다, 메시르!"

"아니, 끝이 아냐." 볼란드가 지구의에서 눈을 떼고 대답했다. "소중하신 나의 돈나, 수행원은 어디로 보내 드리면 좋겠습니까? 제겐 필요하지 않아서요."

그때 열린 문으로 나타샤가 달려 들어왔다. 이전처럼 나체인 상태로, 양손을 짝짝 부딪치며 마르가리타에게 소리쳤다.

"기뻐하세요, 마르가리타 니콜라예브나!" 그녀는 거장에게 머리를 끄덕여 인사해 보인 후 다시 마르가리타에게 말했다.

"어디로 가고 싶은지 확실히 알고 있으니까요."

"가정부들은 모든 걸 알지요." 고양이가 의미심장하게 앞발을 들어 올리며 논평했다. "그들이 아무것도 모른다고 생각하면 오산이에요."

"어쩌려는 거야, 나타샤?" 마르가리타가 물었다. "집으로 돌아가."

"제발, 마르가리타 니콜라예브나. 저들에게 부탁해 주세요." 나타샤가 애원하면서 무릎을 꿇었다. 그녀는 볼란드 쪽을 곁눈질했다. "제가 마녀로 남게 해 주세요. 단독 주택은 이제 싫어요! 공학자에게도, 기술자에게도 시집가지 않을 거예요! 자크 씨가 어제 무도회에서 제게 청혼했어요." 나타샤는 주먹을 펴고 정체 모를 금화를 보여 주었다.

마르가리타는 허락해도 괜찮을지 묻는 듯한 시선을 볼란드 쪽으로 돌렸다. 그는 고개를 끄덕였다. 그러자 나타샤는 마르가리타의 목을 껴안더니 여기저기 소리 내어 입 맞추고 승리의 함성을 지르고는 창밖으로 날아갔다.

나타샤가 있던 자리에 니콜라이 이바노비치가 나타났다. 그는 사람의 모습을 되찾았으나, 무척 음울하고 심지어 화가 난 것처럼 보였다.

"여기 특별히 즐겁게 내보낼 사람이 있군요." 볼란드가 혐오스러운 듯 니콜라이 이바노비치를 보며 말했다. "아주 기꺼이 내보내겠습니다, 여기선 전혀 필요 없는 인물이니까요."

"증명서를 써 주시기 바랍니다." 니콜라이 이바노비치가 사납게 주위를 둘러보면서 고집스럽게 말했다. "제가 지난밤을 어디서 보냈는지에 대해서 말입니다."

"어떤 목적입니까?" 고양이가 엄격하게 물었다.

"경찰과 배우자에게 제출할 것입니다." 니콜라이 이바노비치가 단호하게 말했다.

"보통 증명서는 써 주지 않습니다. 하지만 댁을 위해서라면 사정이 사정이니만큼 예외로 해 드리겠습니다." 고양이가 얼굴을 찡그리며 말했다.

그리고 니콜라이 이바노비치가 정신을 차릴 틈도 없이 벌거벗은 헬라가 타자기를 앞에 놓고 앉았고 고양이가 구술했다.

"본 증명서는 제출인 니콜라이 이바노비치가 교통수단 자격으로 유인당하여 사탄의 무도회에서 문제의 밤을 보냈음을 증명합니다……. 괄호 열고, 헬라! '교통수단' 옆에 괄호 치고 '수퇘지'라고 써. 서명 — 베헤모트."

"날짜는?" 니콜라이 이바노비치가 쉿소리를 냈다.

"날짜는 안 써요, 날짜를 쓰면 서류의 효력이 없어지니까." 고양이가 대꾸하고는 종이를 흔들어 말리고, 어딘가에서 인장을 꺼내 사람들이 흔히 하듯이 인장에 입김을 불어 서류에 '수수료 불입'이라는 도장을 찍은 후 서류를 니콜라이 이바노비치에게 건네주었다. 그러자 니콜라이 이바노비치는 흔적도 없이 사라졌고, 그가 있던 자리에 예상치 못했던 새로운 사람이 나타났다.

"이건 또 누구야?" 볼란드가 촛불 빛을 손으로 막으며 내키지 않는다는 듯 물었다.

바레누하는 고개를 푹 떨어뜨리고 한숨을 쉰 후 조용히 말했다.

"돌려보내 주세요. 흡혈귀 노릇은 못 하겠어요. 그때 헬라와 함께 림스키를 거의 죽일 뻔했단 말입니다! 전 피에 굶주리지 않았다고요. 돌려보내 줘요."

"이건 또 무슨 헛소리야? 림스키가 대체 누구야? 자꾸 무슨 실없는 소리를 늘어놓는 거냐고?" 볼란드가 얼굴을 찡그리며 물었다.

"고정하십시오, 메시르." 아자젤로가 말하고 바레누하에게 돌아섰다. "전화로 야비한 소리를 지껄이고 그러면 안 되죠. 전화로 거짓말을 하면 안 된단 말입니다. 알겠습니까? 그런 일이제 안 하시겠지요?"

바레누하는 기쁨으로 머리가 몽롱해졌고, 얼굴이 환해졌다. 그는 자신이 무슨 소리를 하는지도 모른 채 중얼거렸다.

"맹세코……. 그러니까 제가 말씀드리려던 건, 각하……. 점심 먹고 당장……." 바레누하는 손을 가슴에 꼭 대고 탄원하듯이 아자젤로를 쳐다보았다.

"알았어요, 집으로 가시오." 그가 대답하자 바레누하는 녹아 없어졌다.

"이제 나와 이분들만 남겨 놓고 모두 나가라." 볼란드가 거장과 마르가리타를 가리키며 명했다.

볼란드의 명은 순식간에 실행에 옮겨졌다. 그는 잠시 침묵을 지킨 후 거장에게 말했다.

"그러니까 이제 아르바트의 지하실로 가는 겁니까? 하지만 앞으로 누가 글을 쓰겠습니까? 꿈은, 영감은?"

"전 더 이상 아무런 꿈도 꾸지 않을 것이고, 영감도 이젠 없습니다. 주위 사람들도 이 사람만 빼고는 아무에게도 관심이 없습니다." 거장은 다시 마르가리타의 머리에 손을 올려놓았다. "전 망가졌어요, 이젠 지쳤습니다. 지하실로 돌아가고 싶어요."

"하지만 소설은요? 본디오는?"

"그 소설은 이제 지긋지긋해요. 그것 때문에 고생을 너무 많이 했어요." 거장이 대답했다.

"이렇게 부탁할게요." 마르가리타가 거장에게 애처롭게 애원했다. "그런 말 하지 말아요. 어째서 나에게 이런 고통을 주는 거죠? 그 작품을 위해서 내가 인생을 전부 바쳤다는 거 당신도 알잖아요." 마르가리타는 볼란드를 향해 덧붙였다. "이 사람 말을 듣지 마세요, 메시르, 고생을 너무 많이 했어요."

"하지만 그래도 뭔가 써야 하지 않겠습니까? 그 총독에 대해서 더 쓸 게 없다면 저 알로이지라도 묘사해 보면 어떻습니까." 볼란드가 말했다.

거장은 미소 지었다.

"그런 건 랍슌니코바가 출판해 주지 않습니다. 재미도 없을 거고."

"그럼 무엇으로 생활을 꾸려 가실 생각입니까? 구걸을 할 수는 없지 않습니까."

"기꺼이 그렇게 하겠습니다, 기꺼이." 거장이 대답하고, 마르가리타에게 다가가 그녀의 어깨를 껴안고 덧붙였다. "아마 이 사람도 현실을 납득하고 저를 떠나겠지요……."

"저는 그렇게 생각하지 않습니다." 볼란드가 잇새로 내뱉고 말을 이었다. "그러니까, 본디오 빌라도의 이야기를 쓰신 분이 지하실에 숨어서 등불 밑에 자리를 잡고 구걸을 할 생각이시란 말이죠?"

마르가리타는 거장에게서 몸을 떼고 열을 내며 말하기 시작했다.

"전 할 수 있는 일은 다 했어요. 심지어 가장 유혹적인 말도 속삭여 보았지만 그것도 거절했어요."

"무슨 말을 속삭이셨는지 저도 압니다. 하지만 그건 가장 유혹적인 건 아닙니다. 제가 장담하지요." 볼란드가 반박했다. 그는 미소를 띠고 거장에게 말했다. "앞으로도 소설 때문에 놀랄 일이 있을 겁니다."

"그렇다면 정말 슬픈 일이군요." 거장이 대답했다.

"아니, 아니죠. 슬픈 게 아닙니다." 볼란드가 말했다. "이제 나쁜 일은 결코 일어나지 않을 겁니다. 자, 마르가리타 니콜라예브나. 전부 끝났습니다. 제게 뭔가 불만이라도 있으신지요?"

"아니에요. 정말 무슨 말씀이세요, 메시르!"

"그럼 이걸 기념품으로 가져가십시오." 볼란드가 방석 밑에서 다이아몬드가 박힌 조그만 순금 말 편자를 꺼냈다.

"안 돼요, 안 돼. 안 돼요, 제가 어떻게!"

"저와 말다툼을 하려고 그러십니까?" 볼란드가 미소 지으며 물었다.

마르가리타는 외투에 주머니가 없어서 편자를 냅킨에 싸고 그것을 보자기처럼 묶었다. 그때 그녀는 놀라운 일이 일어난 것을 깨달았다. 그녀는 달빛이 비치는 창문을 보다가 말했다.

"이게 이해가 안 돼요……. 어떻게 된 거죠, 자정이 지나도 계속 자정인데. 오래전에 아침이 되었어야 하지 않나요?"

"축제의 밤은 조금 길게 늘이는 게 즐겁지요." 볼란드가 대답했다. "자, 행복을 빌겠습니다!"

마르가리타는 기도하듯이 양손을 볼란드 쪽으로 뻗었으나, 감히 그에게 다가서지는 못하고 조용히 외쳤다.

"안녕히 계세요! 안녕히 계세요!"

"또 뵙지요." 볼란드가 말했다.

그리고 마르가리타는 검은 외투 차림으로, 거장은 환자 가운 차림으로 보석상 과부의 아파트 복도로 나왔다. 촛불이 타오르는 복도에는 볼란드의 수행원들이 기다리고 있었다. 복도를 나오자 헬라가 소설과 마르가리타 니콜라예브나의 많지 않은 재산이 든 여행 가방을 가져왔고 고양이가 헬라를 도와주었다. 아파트 문에서 코로비요프가 고개 숙여 인사하더니 어딘가로 사라졌고, 나머지는 계단까지 배웅을 나왔다. 계단은 텅 비어 있었다. 3층 층계참을 지날 때 뭔가 부드럽게 툭 치는 소리가 났지만 아무도 주의를 기울이지 않았다. 건물의 6번 출구를 나설 때 아자젤로가 위를 향해 숨을 훅 불었고, 아직 달이 지지 않은 마당으로 나오자 현관 계단에서 장화를 신고 모자를 쓴 채 한눈에 보기에도 죽은 듯이 잠들어 있는 사람이 보였다. 출구 가까이에는 전조등을 끈 커다랗고 검은 자동차가 서 있었다. 자동차의 앞 유리창으로 갈가마귀의 윤곽이 어렴풋이 보였다.

차에 타려 할 때 마르가리타가 절망에 나지막이 작게 비명을 질렀다.

"하느님, 편자를 잃어버렸어요!"

"일단 차에 타세요. 조금만 기다리세요. 어떻게 된 건지 알아보고 금방 돌아오겠습니다." 아자젤로가 말했다. 그리고 그는 현관으로 사라졌다.

사정은 이러했다. 마르가리타와 거장이 안내원들과 함께 건물을 나오기 전의 짧은 시간 동안, 보석상 과부의 아파트 밑에 있는 48호 아파트에서 바짝 마른 여자가 함석통과 자루를 들고 계단으로 나왔다. 그것은 바로 베를리오즈에게 몹시 불행한 날이었던 그 수요일, 회전문 아래에 해바라기씨 기름을 쏟은 안누시카였다.

이 여자가 모스크바에서 무슨 일을 하면서 무슨 수단으로 생계를 꾸려 가는지는 아무도 알지 못했고, 그렇다, 아마 앞으로도 아무도 알아내지 못할 것이다. 이 여자에 대해 알려진 것이라고는 매일 함석통을 들고, 혹은 자루를 들고, 혹은 자루와 함석통을 함께 들고 다니는 모습을 볼 수 있다는 것 정도였다. 석유 가게에서 보이기도 하고 시장이나 아파트 정문 앞, 계단 위에서 보이기도 했다. 가장 자주 보이는 곳은 이 안누시카가 사는 48호 아파트의 부엌이었다. 그 외에 무엇보다도 잘 알려진 것은 이 여자가 지내고 있거나 나타나는 곳은 어디든지 곧 그 자리에서 소동이 벌어지고, 그래서 그녀에게는 '역병'이라는 별명이 붙어 있다는 것이었다.

'역병' 안누시카는 대체로 아주 일찍 일어나는 편이었고, 오늘도 무슨 일인지 동이 트기도 전, 새벽 1시가 가까워올 때쯤 일어났다. 문의 자물쇠가 돌아가고 안누시카의 코가 문틈으로 삐져나오더니 잠시 후 그녀의 몸 전체가 빠져나왔고, 그녀는 등 뒤의 문을 닫고 어딘가로 발길을 옮길 요량이었는데 그때 위층 층계참에서 문 열리는 소리가 나고 누군가 아래쪽으로 계단을 내려오더니 안누시카에게 날아들어 한쪽으로 내팽개쳤고 그녀는 벽에 뒤통수를 찧었다.

"속바지만 입고 어디 악마나 데려갈 곳으로 가려는 거야?" 안누시카가 뒤통수를 움켜잡고 쉿소리를 냈다. 속옷만 입은 사람은 여행 가방을 들고 모자를 쓰고 있었고, 눈을 감은 채 안누시카에게 잠에 취한 사나운 목소리로 대답했다.

"급수 기둥! 유산염! 흰 칠을 하는 데만 해도 들어간 돈이 얼만데." 그리고 울음을 터뜨리더니 고함을 질렀다. "꺼져!"

여기서 그는 계단 아래쪽이 아니라 반대로 — 위로 돌진해서 경제학자가 발로 걷어차 깨뜨린 창문으로 떠올라서 거꾸로 선 채 그 창문을 통해 마당으로 날아갔다. 안누시카는 뒤통수 일도 잊어버린 채 비명을 지르고 창문 쪽으로 달려갔다. 그녀는 층계참에 배를 대고 엎드려서, 가로등을 밝힌 마당의 아스팔트 위에 여행 가방을 든 사람이 만신창이가 되어 누워 있는 광경을 보게 되리라 생각하며 고개를 마당 쪽으로 쭉 빼고 살펴보았다. 그러나 마당의 아스팔트 위에는 아무것도 없었다.

그러므로 잠에 취한 이상한 인물은 새처럼 아무 흔적도 남기지 않고 건물에서 날아가 버렸다고 추측할 수밖에 없었다. 안누쉬카는 성호를 긋고 생각했다. '그래, 정말 50호 아파트였던 거야! 사람들이 괜히 떠드는 게 아냐……. 저런 아파트라니……!'

그러나 미처 끝까지 생각하지 못했다. 바로 그때 위층의 문이 다시 열리고 누군가 두 번째로 뛰어 내려왔기 때문이었다. 안누시카는 벽에 바짝 붙어 서서 제법 의젓해 보이는, 턱수염을 기르고 그녀가 보기에 얼굴은 약간 돼지를 닮은 시민이 바삐 뛰어서 그녀 옆을 지나서는, 첫 번째 인물이 그랬던 것처럼 창문으로 건물을 나가는 모습을 지켜보았다. 그 역시 아스팔트에 떨어져 만신창이가 될 생각은 하지 않는 것 같았다. 안누시카는 이미 밖에 나온 목적은 잊어버리고 계단에 서서 성호를 긋고 탄식하며 혼잣말을 했다.

세 번째로 턱수염 없이 깔끔하게 면도한, 얼굴이 둥근 사람이 길고 흰 셔츠를 입고 잠깐 사이에 위층에서 뛰어 내려와 정확히 아까와 똑같이 창문으로 훌쩍 날아갔다.

안누시카의 명예를 위해 말해 두어야 할 것은, 그녀가 호기심이 왕성한 관계로 또 무슨 새로운 기적이 일어나지는 않을지 좀 더 기다려 보기로 했다는 사실이다. 위층 문이 다시 열리고 사람들 한 무리가 내려오기 시작했다. 이번에는 뛰지 않고 일반적으로 사람들이 그렇듯이 걸어 내려왔다. 안누시카는 창문에서 물러서서 아래층 자기 집으로 달려 내려가 잽싸게 문을 열고 그 뒤에 숨었고, 그녀가 문 앞에 남긴 양동이 속의 잿물에 호기심으로 광란하는 그녀의 눈동자가 비쳐 희미하게 반짝였다.

병자 같기도 하고 아닌 것 같기도 한, 기묘하고 창백하고 턱수염이 멋대로 자란 사람이 검은 모자를 쓰고 가운 같은 것을 입고 비틀거리며 걸어 내려왔다. 그의 팔을 정중하게 받치고 있는 것은 숙녀였는데, 안누시카가 어스름 속에서 보기에는 성직자의 검은 법의를 입은 것 같았다. 숙녀는 발이 맨발인 것 같기도 했고, 또 어떻게 보면 외제인 것이 틀림없는, 투명하고 조각조각 해진 구두를 신은 것 같기도 했다. 무슨 소리! 구두는 무슨! 저 숙녀는 벌거벗었잖아! 그래 맞아, 법의는 벌거벗은 몸에 걸친 것뿐이라고! '저런 아파트라니!' 안누시카는 내일 이웃들에게 이야기해 주리라는 희열에 차서 마음속으로 노래라도 부르고 싶었다.

이상한 차림새의 숙녀 뒤로 완전히 벌거벗은 숙녀가 여행 가방을 손에 들고 따라왔고 여행 가방 옆에는 거대한 검은색 고양이가 야옹거렸다. 안누시카는 눈을 비비며 하마터면 소리 내어 비명을 지를 뻔했다.

행렬의 끝에 선 것은 키가 작고 다리를 저는 애꾸눈의 외국인이었는데, 양복 상의 없이 흰색 연미복 조끼를 입고 넥타이를 매고 있었다. 일행은 안누시카 옆을 지나 아래층으로 내려갔다. 그때 뭔가 층계참에서 툭 소리를 냈다.

안누시카는 발소리가 작아지는 것을 듣고 뱀처럼 문 뒤에서 빠져나와 함석통은 벽 쪽에 두고 층계참에 배를 깔고 엎드려 여기저기 더듬기 시작했다. 그녀의 손에 뭔가 묵직한 것을 싼 듯한 냅킨이 걸렸다. 안누시카는 냅킨을 펼쳐 보고 놀라서 눈을 휘둥그렇게 떴다. 안누시카는 보물을 눈 바로 앞까지 바짝 가져다 댔고, 그 눈은 늑대처럼 불타올랐다. 안누시카의 머릿속에서 눈보라가 일어났다.

'난 아무것도 몰라, 아무것도 모른다고……! 조카한테……? 아니면 톱으로 조각조각 쪼갤까……? 보석은 파낼 수 있을 거야……. 그리고 파낸 보석은 하나씩 팔아 버리는 거야, 하나는 페트롭카 거리에서, 하나는 스몰렌스키 시장에서……. 그리고 — 난 아무것도 몰라, 아무것도 모른다고!'

안누시카는 전리품을 품속에 감추고 함석통 손잡이를 잡아채어 시내로의 여정은 일단 미뤄 두고 아파트로 도로 미끄러져 들어갈 요량이었는데, 그때 그녀 앞에 어디서 튀어나왔는지는 악마나 알 만한, 아까 그 흰 가슴에 양복 상의를 입지 않은 사내가 솟아나와 조용히 속삭였다.

"말 편자와 냅킨을 내놔."

"무슨 냅킨이랑 편자를 달라는 거예요? 냅킨 같은 거 난 몰라요. 이봐요, 시민, 당신 취했어요?" 안누시카가 영문을 모르겠다는 듯 물었다.

흰 가슴 사내는 더 이상 아무 말도 하지 않고 자동차 손잡이처럼 단단하고 또 그만큼이나 차가운 손가락으로 안누시카의 목을 졸라서 가슴으로 가는 공기 통로를 완전히 차단했다. 함석통이 안누시카의 손에서 바닥으로 떨어졌다. 양복 상의를 입지 않은 외국인은 숨 못 쉬는 안누시카를 얼마간 잡고 있다가 그녀의 목에서 손가락을 뗐다. 안누시카는 허겁지겁 숨을 들이쉰 후 미소를 지었다.

"아, 말 편자 말이에요? 당장 드리죠! 아 그게 댁의 편자였어요? 냅킨에 싸여 있어서 몰랐죠……. 다른 사람이 가져갈까 봐 제가 일부러 맡아 둔 건데, 금방 찾으러 오시네!"

편자와 냅킨을 돌려 받은 외국인은 안누시카 앞에서 한 발을 뒤고 빼고 고개 숙여 절하고는 그녀의 손을 굳게 잡고 악수한 뒤, 강한 외국 발음을 섞어 다음과 같은 표현으로 열띠게 감사했다.

"마음 깊이 감사드립니다, 마담. 제게 이 편자는 추억이 서린 소중한 물건입니다. 잘 지켜 주신 보답으로 200루블을 드릴 테니 받아 주십시오." 그리고 그는 즉시 조끼 주머니에서 돈을 꺼내 안누시카에게 건네주었다.

안누시카는 필사적으로 웃음을 지으려 애쓰며 이렇게 외칠 뿐이었다.

"아, 정말 진심으로 감사드려요! 메르시! 메르시!"

손 큰 외국인은 한달음에 아래층으로 가는 계단을 뛰어내리더니 마지막으로 사라지기 전에 아래층에서 외쳤는데, 이번에는 외국 발음이 하나도 섞여 있지 않았다.

"너, 이 늙은 마녀야! 남의 물건을 주우면 경찰에 갖다 줘, 품속에 숨기지 말고!"

안누시카는 층계에서 일어난 사건들 때문에 머릿속이 울리고 혼란스러워지는 것을 느끼며, 관성에 의해 오랫동안 소리질렀다.

"메르시! 메르시! 메르시!" 그러나 외국인은 이미 오래전에 사라지고 없었다.

그리고 마당의 차도 사라졌다. 아자젤로는 마르가리타에게 볼란드의 선물을 돌려준 후 그녀에게 작별 인사를 하며 자리가 불편하지 않은지 물었고, 헬라는 수백 번이나 마르가리타에게 입을 맞추었으며, 고양이는 마르가리타의 손에 정중하게 입 맞추었고, 수행원들은 생기 없이 구석에 자리를 잡고 미동도 없이 늘어진 거장에게 손을 흔들었고, 갈가마귀에게도 손을 흔든 후 계단을 걸어 올라가는 수고를 할 필요가 없다고 판단하고 곧바로 허공으로 녹아 사라졌다. 갈가마귀가 전조등을 켜고 대문간에서 죽은 듯이 자는 사람을 지나 대문 밖으로 굴러 나갔다. 커다란 검은색 자동차의 불빛은 시끄럽고 잠들지 않는 사도바야 거리의 다른 불빛 속으로 섞여 들어갔다.

한 시간이 지난 후 아르바트의 어느 골목에 있는 조그만 집의 지하 첫 번째 방, 모든 것이 작년 가을의 그 이상한 밤이 오기 전과 똑같이 돌아가 있는 그곳에서, 마르가리타는 은방울꽃이 꽂힌 꽃병과 갓을 씌운 등잔이 놓인, 공단 식탁보를 씌운 식탁 옆에 앉아 이제까지 겪은 충격과 행복감 때문에 조용히 울고 있었다. 불에 그을린 공책이 그녀 앞에 놓여 있었고, 그 옆에 불타지 않은 다른 공책들이 높이 쌓여 있었다. 집은 고요했다. 이웃한 작은 방의 소파 위에는 거장이 환자 가운을 덮고 누워 깊이 잠들어 있었다. 그의 고른 호흡은 소리가 없었다.

마르가리타는 실컷 울고 나서 불에 타지 않은 공책들을 뒤졌고, 곧 크레믈 궁의 담장 아래서 아자젤로와 마주치기 전에 되풀이해 읽던 부분을 찾아냈다. 마르가리타는 잠자고 싶지 않았다. 그녀는 마치 사랑하는 고양이를 쓰다듬듯 원고를 다정하게 쓰다듬고 손으로 넘겨 보며, 표지를 들여다보기도 하고 결말을 펼쳐 보기도 하며 한 장 한 장 찬찬히 살펴보았다. 문득 무서운 생각이 그녀를 덮쳐 왔다. 모든 것이 다 요술이며, 이제 곧 눈앞에서 공책들이 사라지고, 저택의 자기 침실에서 잠이 깨어 물에 빠져 죽으러 가야 할 것이라는 생각이었다. 그러나 이것은 마지막으로 찾아든 무서운 생각이고 오랫동안 겪어 온 고통의 반향(反響)일 뿐이었다. 아무것도 사라지지 않았고, 전능한 볼란드는 정말로 전능했으며, 마르가리타는 얼마든지, 원한다면 새벽이 올 때까지 마음껏 공책의 책장을 펄럭이고 들여다보면서 입을 맞추고 글을 되풀이해 읽을 수 있었다.

"지중해에서 찾아온 어둠이 총독이 증오하는 도시를 뒤덮었다…… 그래, 어둠이야……"

25
총독이 가룟의 유다를 구하려고 노력하다

지중해에서 찾아온 어둠이 총독이 증오하는 도시를 뒤덮었다. 무시무시한 안토니우스 탑과 사원을 잇는 구름다리도 사라졌고, 하늘에서 끝 모를 어둠이 내려와 모든 것이 잠겼다. 마상 경기장 위의 날개 달린 신들도, 하스모나 궁과 포문도, 시장도, 카라반의 마구간도, 골목길도, 웅덩이도……. 위대한 도시 예르샬라임은 마치 세상에 존재하지 않았던 것처럼 사라져 갔다. 어둠이 모든 것을 먹어 치우고 예르샬라임과 그 주변에 있는 모든 생명체를 두려움에 떨게 했다. 기괴한 먹구름이 봄의 니산 달 제14일의 끝 무렵에 바다 쪽에서 몰려왔다.

먹구름은 형리들이 서둘러 처형당한 죄수들을 창으로 찌르고 있는 민둥 언덕 꼭대기에도 배를 드리웠고, 예르샬라임의 사원에도 깔렸으며, 예르샬라임의 언덕에서 안개처럼 흘러나와 하부 도시*를 뒤덮었다. 먹구름은 조그만 창문들을 통해 흘러들어서 꼬불꼬불한 길거리에서 집 안으로 사람들을 몰아

넣었다. 구름은 성급히 습기를 내뿜지 않고 단지 빛을 내비칠 뿐이었다. 불꽃이 증기로 뭉친 검은 열탕을 피워 낼 때마다, 반짝이는 비늘 지붕을 덮은 사원의 거대한 덩어리가 위로 솟아올랐다. 그러나 그 불꽃은 순식간에 꺼졌고, 사원은 어둠의 심연 속으로 가라앉았다. 사원은 몇 번이나 그 심연에서 솟아올랐다가 다시 잠겨 들었고, 붕괴할 때마다 대재앙의 굉음이 수반되었다.

심연 속에서 흔들리는 불꽃이 사원 맞은편 서쪽 언덕 위 헤롯 대왕의 궁궐을 비추자 눈이 없는 무시무시한 황금 동상들이 검은 하늘로 팔을 뻗은 채 날아올랐다. 그러나 하늘의 불꽃은 다시금 모습을 감추었고 거센 벼락이 강타하여 황금 우상을 다시 어둠 속으로 몰아넣었다.

갑자기 폭우가 쏟아졌고 얼마 후에 소나기는 폭풍으로 변했다. 정오에 총독과 제사장이 담소를 나누었던 정원의 대리석 벤치 근처에서 대포 같은 번개가 내리쳐 삼나무가 지팡이처럼 부러졌다. 물에 먼지와 우박이 떠오르고 기둥 아래 발코니에는 뜯어진 장미와 목련 잎사귀, 조그만 옹이와 모래가 쌓였다. 폭풍이 정원을 잡아 찢었다.

그때 기둥 아래에는 단 한 사람이 있었는데, 그는 바로 총독이었다.

그는 의자에 앉아 있지 않고 주전자에 담은 포도주와 산해진미가 차려진 탁자 옆의 침상에 누워 있었다. 탁자 맞은편에 있는 다른 침상은 비어 있었다. 총독의 발치에는 아무도 치우

---

* 고대 예루살렘은 성벽을 따라 상부 도시와 하부 도시 두 지역으로 나뉘었다.

지 않은, 마치 피처럼 붉은 웅덩이가 퍼져 있고 도자기 파편이 이리저리 뒹굴고 있었다. 소나기가 오기 전 총독을 위해 상을 차리고 있던 시종은 총독이 빤히 쳐다보자 당황하여 자신이 총독의 기분에 거슬렸다고 생각했고 총독은 여기에 화가 나서 모자이크 바닥에 포도주 주전자를 내팽개치고 말했다.

"음식을 내오면서 왜 내 얼굴을 똑바로 보지 못하나? 뭔가 훔치기라도 한 거냐?"

아프리카인의 검은 얼굴은 잿빛이 되었고 눈에 극심한 공포의 빛이 떠올랐다. 그는 몸이 떨려 다른 포도주 주전자도 깨뜨릴 뻔했으나, 총독의 분노는 어째서인지 찾아올 때처럼 빨리 날아가 버렸다. 아프리카인은 깨진 주전자 조각을 치우고 웅덩이를 닦아 내려 했으나 총독은 그에게 손을 흔들어 보였고, 노예는 도망치듯 뛰쳐나갔다. 그래서 웅덩이는 그대로 남았다.

아프리카인은 적절하지 못한 때에 총독의 눈에 띌까 두려워하면서도 총독이 부르는 순간을 놓치지 않으려고 신경을 곤두세운 채 폭풍이 치는 동안 고개 숙인 하얀 나체의 여자 동상들이 놓인 벽감 옆에 숨어 있었다.

소나기의 어스름 가운데 침상에 누워 있는 총독은 포도주를 직접 잔에 따라 목을 꿀떡이며 천천히 마시고 이따금 빵을 부스러뜨려서 조그만 빵 조각을 삼켰고, 때때로 굴을 빨아 먹거나 레몬을 씹고 다시 포도주를 마셨다.

폭우가 아니었다면, 궁궐 지붕을 찌그러뜨릴 듯 위협적으로 내리치는 번개가 아니었다면, 발코니 계단을 망치질하며 떨어지는 우박 소리가 아니었다면 총독이 자기 자신과 대화를 나누며 중얼거리는 소리가 들렸을 수도 있다. 그리고 하늘에서 번쩍이는 약한 불꽃이 지속적인 빛으로 변했더라면 관찰하던 사람은 총독의 얼굴에서 최근 겪고 있는 불면증과 포도주로 인해 충혈된 눈에 조급함이 드러나 있음을, 총독이 붉은 웅덩이에 떠 있는 흰 장미 두 송이에 시선을 고정한 것이 아니라 끊임없이 물 먼지와 모래가 가득한 정원 쪽으로 얼굴을 돌려 누군가를 기다리는 것을, 그것도 매우 초조하게 기다리는 것을 알아차릴 수 있었을 것이다.

얼마간 시간이 지나자 총독의 눈앞에서 물의 장막이 엷어지기 시작했다. 폭풍은 한 번도 사나웠던 적이 없었던 양 약해졌다. 나무 옹이도 더 이상 갈라지거나 떨어지지 않았다. 번개가 번쩍이고 내리꽂히던 것도 뜸해졌다. 예르샬라임 위에는 흰 테를 두른 보라색 덮개가 아니라 평소와 같은 회색 후방 구름이 떠 있었다. 소나기는 사해 쪽으로 옮겨 가고 있었다.

이제는 빗소리도, 그리고 물받이에서 떨어져 곧바로 낮에 총독이 판결을 선고하기 위해 광장으로 나가면서 지나갔던 그 계단의 층계로 흘러내리는 물소리도 또렷이 구분해 들을 수 있었다. 이때까지 억눌려 있던 분수 소리도 마침내 낭랑하게 울리기 시작했다. 주위가 밝아졌다. 동쪽으로 멀어진 회색 장막에 푸른 창문이 나타났다.

그때 멀리서, 지금은 완전히 약해진 빗소리를 뚫고 은은한 나팔 소리와 몇백 개의 발굽이 땅을 치는 단속적인 소리가 총독의 귓가에 들려왔다. 총독은 이 소리에 살짝 몸을 움직였고, 얼굴은 생기를 띠었다. 기병대가 민둥 언덕에서 돌아오고 있었다. 소리로 미루어 보건대 판결이 선고되었던 바로 그 광장을 지나오는 것 같았다.

마침내 총독은 오랫동안 기다려 왔던, 정원에서 발코니 바로 앞까지 이어지는 계단을 올라오는 소리를 들었다. 총독은 목을 길게 늘였고, 눈은 기쁨의 빛을 드러내며 반짝였다.

두 마리 대리석 사자 사이로 처음에는 두건에 가려진 머리가 보였고 이어서 흠뻑 젖은 사람이 축축한 외투를 몸에 휘감고 나타났다. 선고가 내려지기 전에 총독과 함께 궁궐의 어둠 침침한 방에서 속삭였던, 그리고 처형이 진행되는 동안 세 발 의자에 앉아서 나뭇가지로 손장난을 하던 바로 그 사람이었다.

두건을 쓴 사람은 웅덩이를 건드리지 않고 정원 테라스를 가로질러 발코니의 모자이크 바닥에 들어서서, 팔을 쳐들고 듣기 좋은 높은 목소리로 말하기 시작했다.

"총독 각하의 건강과 행복을 기원합니다!" 방문객은 라틴어로 말했다.

"신들이여!" 빌라도가 외쳤다. "뼛속까지 젖었군! 굉장한 폭풍 아니오? 응? 당장 내 방으로 건너가시오. 부디 옷을 갈아입으시오."

방문객은 두건을 뒤로 젖혀 머리카락이 이마에 달라붙은 젖은 머리와 깔끔하게 면도한 얼굴을 드러내고는 예의 바른 미소를 지으며 이 정도 비는 아무런 해도 끼치지 못한다고 말하면서 옷 갈아입기를 사양했다.

"듣고 싶지 않소." 빌라도가 대답하고 손뼉을 쳤다. 그렇게 그는 숨어 있던 시종을 불러내어 방문객을 돌보아 드린 후 지체 없이 더운 음식을 대접하라고 명했다. 방문객은 머리카락을 말리고, 옷을 갈아입고, 신발을 갈아 신고 또 대강이나마 매무새를 가다듬기 위해 총독에게 잠시 시간을 청했고, 이내 마른 샌들과 마른 선홍색 전투용 외투 차림에 머리카락을 매끄럽게 빗은 모습으로 발코니에 나타났다.

그때 예르살라임에 해가 돌아왔고, 서쪽으로 넘어가 지중해로 잠겨 들기 전에 총독이 증오하는 도시에 마지막 작별의 햇살을 보내 발코니의 계단을 금빛으로 물들였다. 분수는 생기를 되찾아 온 힘을 다해 노래했고, 비둘기는 모래 위에 모여들어 꾸르륵거리며 부러진 나뭇가지 사이를 뛰어다니고 젖은 모래에서 뭔가 쪼아 먹었다. 붉은 웅덩이는 닦아 냈고, 도자기 파편은 치웠으며, 탁자 위에서는 고기가 김을 냈다.

"총독 각하의 명령을 기다립니다." 방문객이 탁자 가까이 다가와 말했다.

"앉아서 포도주를 마시기 전에는 아무 말도 하지 않을 거요." 빌라도가 다정하게 대답하고 맞은편 침상을 가리켰다.

방문객이 자리에 앉자 시종이 그의 잔에 붉고 진한 포도주를 따랐다. 다른 시종이 조심스럽게 몸을 숙이고 빌라도의 어깨 너머로 총독의 잔을 채웠다. 총독은 몸짓으로 두 시종을 모두 물러나게 했다.

방문객이 마시고 먹는 동안 빌라도는 때때로 포도주를 홀짝거리며 눈을 가늘게 뜨고 손님을 쳐다보았다. 빌라도를 찾아온 사람은 중년의 나이에 얼굴은 보기 좋게 둥글고 말끔했으며 코는 통통했다. 머리카락은 한마디로 정의하기 어려운 색깔이었다. 물기가 마르면서 머리 색이 다소 연해졌다. 외지인의 국적은 추측하기 힘들 듯했다. 방문객의 얼굴은, 말하자면 천성이 좋은 호인의 표정이었으나, 여기에 대립되는 것은 그의 눈, 아니, 눈이라기보다는 상대방을 바라보는 그의 태도였다.

외국인은 보통 그 작은 눈을 가볍게 내리깐, 마치 부어오른 듯 조금은 기묘하게 생긴 눈꺼풀 아래 가려 두었다. 그럴 때면 가느다란 틈처럼 열린 그 눈에 악의 없는 교활함이 반짝였다. 총독의 손님은 익살을 좋아하는 성향이 있는 것이 분명했다. 그러나 가끔 가느다란 눈틈에서 반짝이는 익살을 완전히 쫓아버리고, 지금 총독의 손님은 눈을 크게 뜨고 마치 상대방의 코에 묻은 희미한 얼룩을 찾아내려는 듯 상대방을 돌연히 똑바로 들여다보았다. 그러나 그것은 단지 한순간 지속되었을 뿐 눈꺼풀은 곧 다시 내리깔렸고, 눈은 다시 가느다란 틈이 되었으며, 그 틈에 선하지만 교활한 이성이 반짝였다.

방문객은 두 번째 잔도 거절하지 않았고, 눈에 띄게 음미하며 굴을 몇 개 삼켰으며, 데친 야채를 맛보고 고기를 한 점 먹었다.

그는 배불리 먹은 후 포도주를 칭찬했다.

"포도가 탁월합니다, 총독 각하. 이건 혹시 팔레르노가 아닙니까?"

"체쿠바요, 삼십 년 된." 총독이 다정하게 답했다.

손님은 손을 가슴에 대고 배가 부르다는 몸짓을 하며 더 먹으라는 권유를 사양했다. 이에 빌라도는 자기 잔을 채웠고 손님도 똑같이 했다. 식탁에 마주앉은 두 사람은 포도주를 약간 고기 접시에 부었고 총독은 잔을 들며 큰 소리로 말했다.

"우리를 위하여, 로마 시민의 아버지이며 가장 고귀하고 우월하신 황제 폐하를 위하여!"

그리고 둘은 포도주를 더 마셨고, 아프리카인이 탁자에서 음식을 치우고 과일과 포도주 주전자만 남겨 놓았다. 총독은 다시 한 번 손짓으로 시종을 내보내고 기둥 아래 손님과 단둘이 남았다.

"그래, 이 도시의 분위기에 대해서 뭐라고 하시겠소?" 빌라도가 낮은 목소리로 말을 꺼냈다.

그는 자신도 모르게 정원의 테라스 너머 아래쪽, 기둥과 평평한 지붕이 마지막 햇살을 받고 금빛으로 물들며 타오르는 그곳으로 시선이 향했다.

손님이 대답했다. "총독 각하, 제 생각에는 지금 예르샬라임의 분위기는 대단히 만족스럽습니다."

"그럼 이제 폭동이 일어날 위험은 더 이상 없다고 장담할 수 있소?"

손님이 상냥하게 총독을 쳐다보며 대답했다. "세상에 장담할 수 있는 건 단 하나, 위대하신 카이사르의 권능뿐입니다."

빌라도가 당장 말끝을 잡았다. "신들께서 그분에게 무병장수와 세상의 평화를 내려 주시길." 그는 잠시 침묵했다가 말을 이었다. "그렇다면 이제 군대를 철수해도 괜찮다고 생각하시오?"

"제 생각에 전격 보병대는 철수해도 되겠습니다. 작별 기념으로 보병대가 시내를 행진하면 좋을 것 같습니다." 손님이 대답했다.

"아주 좋은 생각이오." 총독이 찬성했다. "모레 보병대를 내보내면서 나도 같이 떠나겠소. 그리고 열두 신들의 연회와 가문의 신들을 걸고 맹세하건대, 오늘 당장 떠날 수만 있다면 뭐든지 내놓을 거요!"

"총독 각하는 예르샬라임을 싫어하십니까?" 손님이 온화하게 물었다.

"잘 알면서 그런 말씀을 하시오!" 총독이 미소 지으며 외쳤다. "지구상에 이보다 절망적인 곳은 없소. 이곳의 자연은 더 말할 것도 없고! 여기에만 오면 항상 병이 난단 말이야. 하지만 그게 문제가 아니오. 이 축일들은 — 마술사에 요술쟁이, 마법사, 떼지어 몰려오는 순례자……. 그들은 광신자요, 광신자! 이 사람들이 올해 갑자기 기다리기 시작한 그 메시아라는 자가 무슨 소란을 일으켰는지 좀 보시오! 언제든지 가장 불쾌한 유혈 소동을 목격할 준비를 하고 있어야 한단 말이오. 계속 군대를 여기저기 보내고, 밀고와 참소를 읽어야 하고, 게다가 그중 절반은 그걸 읽고 있는 나 자신에 대한 얘기란 말이오! 지겨운 일이라는 데 동의하시겠죠. 아아, 황제 폐하를 위한 의무만 아니었다면……!"

"예, 이곳의 축일은 힘들죠." 손님이 동의했다.

"축일이 어서 끝나기를 진심으로 바라고 있소." 빌라도가 힘차게 덧붙였다. "마침내 케사리아에 돌아갈 기회를 얻을 테니. 믿으시겠소, 헤롯 왕의 이 어리석기 짝이 없는 건축물이 말이오." 총독은 아래쪽 주랑을 향해 손을 흔들었고, 그래서 궁궐에 대해 말하고 있다는 것이 분명해졌다. "나를 정말 미치게 한다오. 여기서는 밤을 지낼 수가 없어. 이토록 기괴한 건물은 세상에 알려진 적이 없을 거요……! 하지만 본론으로 돌아갑시다. 우선 그 저주받을 바르-라반이 걱정되지 않으시오?"

손님은 특유의 시선을 총독의 볼 쪽으로 보냈다. 그러나 총독은 피로한 눈으로 먼 곳을 바라보며 혐오스럽다는 듯이 눈살을 찌푸리고 그의 발치에서 해 질 녘의 어둠 속으로 꺼져가는 도시의 일부를 관조하고 있었다. 손님의 시선도 꺼졌고 눈 꺼풀이 내리덮였다.

"바르는 지금 새끼 양처럼 온순해졌다고 생각하시면 됩니다." 손님이 말했고, 둥근 얼굴에 주름살이 나타났다. "지금은 그가 폭동을 일으키기에 불리하니까요."

"너무 유명해져서?" 빌라도가 웃으며 물었다.

"총독 각하는 언제나 그렇듯이 문제의 핵심을 빨리 파악하시는군요!"

"어쨌든 만약을 대비해야지." 총독이 근심스럽게 논평했고, 검은 보석이 박힌 반지를 낀 가늘고 긴 손가락이 위로 솟아올랐다. "앞으로 필요한 건……."

"오, 제가 유대에 있는 동안 바르는 미행 없이 한 발짝도 움직이지 못합니다. 총독 각하께서는 그 점은 확신하셔도 좋습니다."

"이젠 안심이 되는군. 당신이 이곳에 찾아오면 언제나 안심이 되듯이 말이오."

"과찬이십니다!"

"그럼 이제 처형에 관해서 말해 주시오."

"특별히 어떤 점에 관심이 있으십니까?"

"군중 쪽에서는 선동을 일으키려는 시도가 없었소? 물론 이게 가장 중요한 사안이오."

"전혀 없었습니다." 손님이 대답했다.

"아주 좋습니다. 그가 죽은 걸 직접 확인했소?"

"총독 각하, 그 점은 안심하셔도 됩니다."

"그럼 말해 주시오……. 기둥에 매달기 전에 마실 것을 주었소?"

"예." 손님은 눈을 감았다. "하지만 그는 거부했습니다."

"누구 말이오?" 빌라도가 물었다.

"죄송합니다, 각하!" 손님이 외쳤다. "제가 이름을 말하지 않았습니까? 하-노츠리 말입니다."

"미쳤군!" 빌라도가 어째서인지 얼굴을 찡그리며 말했다. 왼쪽 눈 아래 혈관이 실룩거렸다.

"법에 따라 햇볕에 타 죽는 형벌에 제공되는 것이다. 왜 거부하는 거지? 무슨 말로 거절했소?"

손님이 다시 눈을 감으며 대답했다. "고맙다고 했고, 자신의 목숨을 뺏는 것을 원망하지 않는다고 했습니다."

"누구를 원망하지 않는다는 거요?" 빌라도가 들릴 듯 말 듯하게 물었다.

"각하, 그건 말하지 않았습니다."

"병사들이 보는 앞에서 뭔가 예언하려고 하지는 않았소?"

"아니요, 각하, 이번에는 그다지 말이 많지 않았습니다. 단 하나 말한 것은, 인간적인 결점 중에서 비겁함을 가장 중대한 결점으로 여긴다는 말이었습니다."

"그건 무슨 뜻으로 한 말이오?" 손님은 갑자기 떨리는 총독의 목소리를 들었다.

"그건 알 수 없었습니다. 그는 평소 그랬듯이 대체로 이상하게 행동했습니다."

"어떤 점이 이상했소?"

"처형 시간 내내 둘러선 사람들의 눈을 한 사람 한 사람 들여다보려고 했고, 또 내내 멍청한 미소를 짓고 있었습니다."

"또 없소?" 목쉰 소리가 물었다.

"더는 없습니다."

총독은 잔을 소리 나게 내려놓고 포도주를 더 따랐다. 그는 바닥까지 완전히 잔을 비운 뒤 말했다.

"그러니까 사건의 핵심은 이거요. 최소한 현재 시점에서는 그의 숭배자나 추종자를 한 명도 밝혀낼 수 없었지만 그래도 그런 추종자가 전혀 없을 거라고 확신할 수는 없다는 거요."

손님은 고개를 숙이고 주의 깊게 들었다.

"그리고." 총독이 말을 이었다. "이제 돌발 상황을 원천 봉쇄하려면 즉시, 소리 소문 없이 처형된 죄수 세 명의 시체를 이 땅 위에서 치워서 비밀리에 조용히 묻어 버려야 하오. 죄수들에 대해 더 이상 아무런 소식도 돌지 못하도록."

"알겠습니다, 각하." 손님이 대답하고 일어서며 말했다. "사건의 중대함과 복잡한 양상을 고려해서 즉시 떠나도록 허락해 주십시오."

"아니, 잠깐만 다시 앉으시오." 빌라도가 몸짓으로 손님을 붙잡으며 말했다. "아직 두 가지 문제가 더 있소. 첫 번째는 유대 총독을 위해 기밀 첩보부 지휘관의 임무를 맡아 어려운 임무를 수행한 커다란 공훈을 세웠으니 이 기회를 빌어 기꺼이 로마에 당신의 치적을 보고하겠다는 것이오."

손님의 얼굴이 장밋빛으로 물들었고, 그는 일어나 총독에게 고개를 숙이며 이렇게 말했다.

"황제 폐하께 충성하며 임무를 다할 뿐입니다!"

"다만 한 가지 부탁하고 싶소. 만약 승진해서 다른 곳으로 전근 제의를 받게 되면, 거절하고 이곳에 남아 주시오. 나는 무슨 일이 있어도 당신과 헤어지고 싶지 않소. 보상은 뭔가 다른 방법으로 해 주겠소."

"각하를 모시는 것이 저도 기쁩니다, 각하."

"그렇다니 나도 아주 기쁘오. 그럼 두 번째 문제요. 이건 그러니까…… 가롯의 유다에 대한 거요."

손님은 그 시선을 총독에게 보냈다가 당연한 예의를 지켜 곧바로 시선을 거두었다.

총독이 목소리를 낮추며 말을 이었다. "듣자 하니 그가 그 미친 철학자를 자기 집에 초대해 정성스럽게 대접한 대가로 돈을 받았다고 하던데."

"아직 받지는 않았습니다." 기밀 첩보부 지휘관이 나지막이 빌라도의 말을 정정했다.

"액수가 많소?"

"그건 아무도 알 수 없습니다, 각하."

"당신도?" 총독은 놀라움으로 칭찬의 표시를 대신했다.

"유감스럽지만 저도 모릅니다." 손님이 태연하게 대답했다. "하지만 그가 오늘 저녁에 그 돈을 받게 된다는 건 알고 있습니다. 오늘 그를 카이파의 궁으로 소환할 것입니다."

"아, 가롯의 그 욕심 많은 늙은이." 총독이 미소를 지으며 평했다. "늙은이 맞지요?"

"각하는 보통 실수를 안 하시는 분인데 이번에는 잘못 아셨군요. 가롯의 유다는 젊은 사람입니다." 손님이 다정하게 대답했다.

"더 얘기해 주시오! 특징 정도는 얘기해 줄 수 있겠지? 광신자요?"

"절대로 아닙니다, 각하."

"그렇군. 다른 특징이 있다면?"

"아주 잘생겼습니다."

"그리고 또? 특별히 좋아하는 건 없소?"

"이렇게 거대한 도시에 사는 사람을 모두 그렇게 세세히 알 수는 없습니다, 총독 각하……."

"아니, 그러지 마시오, 아프라니! 자기 능력을 그렇게 과소평가하지 마시오."

"그가 열정적으로 좋아하는 것이 한 가지 있습니다, 총독 각하." 손님은 아주 잠시 말을 멈추었다. "돈을 좋아하지요."

"뭐 하는 사람이오?"

아프라니는 고개를 들어 위를 쳐다보며 잠시 생각한 후 대답했다.

"친척과 함께 환전소에서 일합니다."

"아 그래, 그렇군. 그래, 그래." 총독은 갑자기 말을 멈추고 발코니에 누가 있지는 않은지 둘러본 후 조용히 말했다. "그러니까 일이 이렇게 된 거요. 오늘 밤 그가 살해당할 거라는 보고를 방금 전에 받았소."

그러자 손님은 총독에게 그 시선을 던졌을 뿐 아니라 그 상태로 잠시 총독을 응시하기까지 했다. 그가 대답했다.

"각하, 아무래도 각하께서 저를 과대평가하시는 듯합니다. 제 생각에 저는 각하께서 로마에 보고할 만한 자격이 없습니다. 저는 그런 정보를 들은 바 없습니다."

"당신은 가장 큰 상을 받을 자격이 있소. 그러나 분명 그런 정보가 들어왔소."

"감히 여쭤 봐도 된다면, 누구에게서 들으셨습니까?"

"당분간 그건 밝힐 수 없으니 이해해 주시오. 게다가 우연히 얻은 정보라 분명하지도 않고 믿을 수도 없으니 말이오. 하지만 나는 모든 상황을 고려하고 있어야 하오. 그게 나의 임무이고, 이제까지 내 예감은 빗나간 적이 없으니 이것을 무엇보다도 믿어야만 하오. 그 정보에 의하면 하―노츠리의 은밀한 친구들 중 누군가가 환전상의 터무니없는 배신 행위에 격분하여 동료들과 공모해 오늘 밤에 그를 죽이고 배신의 대가로 받은 돈은 '저주받은 돈을 돌려주마.'라는 쪽지와 함께 제사장에게 도로 주기로 했다는 거요."

기밀 첩보부 지휘관은 그 예상치 못했던 시선을 총독에게서 거두고 눈을 가늘게 뜬 채 귀를 기울였으며, 빌라도는 말을 이었다.

"생각해 보시오, 축제의 밤에 그런 돈을 받으면 제사장은 기분이 좋겠소?"

"기분이 좋지 않다 뿐입니까. 그렇게 되면 굉장한 추문이 일어날 거라고 생각합니다." 손님이 미소를 지으며 대답했다.

"나도 그렇게 생각하오. 그래서 이 일을 맡아 달라고, 그러니까 가능한 한 모든 조처를 취해서 가룟의 유다를 보호해 달라고 부탁하는 거요."

"명령을 내리신 대로 수행하겠습니다. 하지만 총독 각하께서는 안심하셔도 좋습니다. 악당들의 음모는 성공하기 어려울 테니까요. 한번 생각해 보십시오." 손님은 말을 끊고 주위를 돌아본 후 계속했다. "사람을 미행해서 살해하고 돈을 얼마나 받았는지 알아내서 카이파에게 돌려주는 일을 하룻밤 사이에 전부 해낼 수 있단 말입니까? 그것도 바로 오늘?"

"어찌 됐든 오늘 살해할 거요." 빌라도가 완고하게 되풀이했다. "분명히 말하건대 그런 예감이 듭니다! 내 예감이 빗나간 적은 이제까지 한 번도 없었소." 총독의 얼굴에 경련이 스쳐갔고, 그는 잠시 손을 비볐다.

"알겠습니다." 손님이 고분고분 대답하고 일어나서 몸을 곧추 세운 뒤 갑자기 냉엄하게 물었다. "그럼 오늘 살해한단 말씀입니까, 총독 각하?"

"그렇소. 그리고 유일한 희망은 모든 사람을 놀라게 하는 당신의 놀라운 수행 능력에 달려 있소."

손님은 외투 아래 무거운 허리띠를 바로잡고 말했다.

"영광입니다, 각하의 건강과 행복을 빌겠습니다."

"아 그렇지. 완전히 잊어버렸군! 당신에게 빚이 있었는데……!" 빌라도가 낮게 외쳤다.

손님은 깜짝 놀라며 대답했다.

"아니, 총독 각하, 빚 같은 건 전혀 없습니다."

"없다니 무슨 소리! 기억하시오? 내가 예르샬라임에 들어올 때 거지 한 무리가……. 돈을 더 뿌려 주고 싶었는데 없어서 당신에게서 빌리지 않았소."

"아, 총독 각하. 그런 사소한 일을!"

"사소한 일도 기억해야 하는 거요."

빌라도는 몸을 돌려 등 뒤의 의자에 걸쳐둔 외투를 들어 올리고 그 아래에서 가죽 주머니를 꺼내 손님에게 내밀었다. 손님은 그것을 받으며 고개 숙여 인사하고 외투 아래 감추었다.

"기다리겠소." 빌라도가 말했다. "매장이 실수 없이 처리되었는지, 그리고 오늘 밤 가룟의 유다의 신변도. 아시겠소, 아프라니, 오늘이오. 호위대에게 당신이 도착하는 대로 나를 깨우라고 명령해 두겠소. 기다리겠소.”

“영광입니다.” 기밀 첩보부 지휘관은 이렇게 말하고 몸을 돌려 발코니에서 나갔다. 그가 테라스의 젖은 모래 위로 바삭거리며 지나가는 발소리와 장화가 사자 사이의 대리석을 두들기는 소리가 들렸으며, 그 뒤 그의 다리가 사라지고, 몸통이, 그리고 마침내 두건이 사라졌다. 그때 오직 총독만이 이미 해가 지고 황혼이 찾아온 것을 알았다.

26
매장

    아마도 이 황혼 때문에 총독의 외모가 급격히 달라져 보였는지도 모른다. 그는 마치 순식간에 나이를 먹어 등이 구부러진 것 같았고 게다가 눈에 띄게 불안해했다. 그는 주위를 한 번 둘러보고 외투를 걸쳐 놓은 빈 의자에 시선을 던지고는 왠지 모르게 몸을 흠칫 떨었다. 축제의 밤이 다가왔고, 저녁의 어스름이 술수를 부리고 있었으며, 아마도 지친 총독의 눈에는 빈 의자에 누군가 앉아 있는 것처럼 보인 듯했다. 총독은 노파심에 못 이겨 외투를 움직여 본 뒤 다시 놓아두었고, 양손을 비비기도 하고 탁자로 달려가 잔을 움켜쥐기도 하고 혹은 가만히 서서 무슨 문자라도 읽어 내려는 듯 바닥의 모자이크를 바라보기도 하면서 발코니를 이리저리 뛰어다녔다.

    오늘 하루 동안 벌써 두 번째로 우울감이 그를 덮쳐 왔다. 총독은 아침의 지옥 같은 고통에 비하면 이제는 그저 둔하고 조금 욱신거릴 뿐인 관자놀이를 문지르며 자신의 영혼이 왜 이토록 고통스러운지 납득하려 전력을 다했다. 사실 그는 그 이유를 잘 알았지만 지금 자기 자신을 기만하려 애쓰는 것이 었다. 오늘 낮에 뭔가를 돌이킬 수 없이 놓쳐 버렸다는 사실이 이제 분명해졌고, 그 놓친 것을 지금 어떤 하찮고 보잘것없으며 무엇보다도 뒤늦은 행위로 바로잡으려는 것이다. 총독은 지금 저녁의 이런 행위들이 아침의 판결보다 결코 덜 중요하지 않다고 자기 자신을 설득하면서 스스로를 기만하고 있었다. 그러나 총독은 전혀 성공하지 못했다.

그는 그렇게 이리저리 뛰다가 갑자기 멈춰 서서 휘파람을 불었다. 어스름 속에서 휘파람에 답하여 낮게 개 짖는 소리가 천둥처럼 울려오더니 목걸이에 금도금한 장식을 주렁주렁 단 거대한 회색 수캐가 귀를 쫑긋 세우고 정원에서 발코니로 뛰어들었다.

"반가, 반가." 총독이 작게 소리쳤다.

개는 뒷다리로 서서 앞다리를 주인의 어깨 위에 얹으려다가 바닥에 쓰러질 뻔했고, 그러고 나서 주인의 뺨을 핥았다. 총독은 의자에 앉았고 반가는 혀를 내밀고 숨을 헐떡이며 주인의 발치에 누웠다. 그 순간 개의 눈에 나타난 기쁨의 빛은 겁 없는 이 개가 세상에서 유일하게 무서워하는 소나기가 지나갔다는 것과, 또한 그가 자신이 사랑하고 존경하며 세상에서 가장 강력하다고 믿는, 모든 인간의 지배자, 그리고 덕분에 자신도 특권을 누리고 높은 자리에 있을 수 있는 그런 사람 곁에 있다는 것을 의미했다. 그러나 개는 주인의 발치에 누워 주인 쪽은 보지도 않고 시선을 저물녘의 정원에 둔 채, 주인에게 어떤 문제가 생겼다는 사실을 곧바로 이해했다. 그래서 그는 자세를 바꿔 일어서서는 옆으로 돌아가 앞발과 머리를 총독의 무릎 위에 얹고 외투 아랫단에 젖은 모래를 온통 비벼 댔다. 반가의 행동은 그가 주인을 위로하고 불행에 함께 맞설 준비가 되어 있다는 의미가 분명했다. 개는 주인 쪽으로 비스듬히 기울인 눈과 긴장한 듯 뾰족 세운 귀로 이것을 표현하려고 애썼다. 그렇게 이 둘, 서로 사랑하는 개와 사람은 축제의 밤을 발코니에서 함께 맞이했다.

한편, 총독의 손님은 할 일이 아주 많은 처지였다. 발코니 앞의 위층 테라스를 나온 그는 계단을 통해 정원의 다음 테라스로 내려와 오른쪽으로 돌아서 궁궐 안에 배치된 병영으로 나왔다. 이 병영에는 축일을 지내기 위해 총독과 함께 예르살라임에 온 그 백인대장 두 사람과 손님 자신이 지휘하는 총독의 비밀 호위대가 묵고 있었다. 손님은 병영에서 잠시, 십 분도 되지 않는 시간 동안 머물렀는데, 그 십 분 동안 병영 마당에는 참호를 팔 도구와 물을 담은 나무통을 가득 실은 수레가 세 채 나왔다. 회색 외투를 입은 사람 열다섯 명이 말을 타고 수레를 이끌고 나왔다. 그들의 지휘 아래 수레는 뒷문으로 궁궐 부지를 빠져나가 서쪽으로 방향을 잡고 도시 경계의 성문을 지나 오른쪽의 베들레헴 도로로 통하는 오솔길에 접어들었고, 베들레헴 도로를 따라 북쪽으로 가서 헤브론 성문에 도달한 후, 낮에 선고를 받은 죄수들을 데리고 처형장으로 행진했던 그 야파 로(路)를 따라 움직였다. 날은 이미 어두워졌고 지평선 위로 달이 모습을 드러냈다.

호위병들이 이끄는 대로 수레가 떠나가고 얼마 후 총독의 손님 또한 낡은 기다란 검은색 옷으로 갈아입은 뒤 말을 타고 궁궐 부지를 떠났다. 손님은 도시 바깥이 아니라 시내로 방향을 잡았다. 잠시 후 북쪽 대사원 바로 옆에 있는 안토니우스 성채로 말을 몰아가는 그를 볼 수 있었다. 손님은 성채에 아까처럼 아주 잠깐 머물렀으며, 이후 그의 흔적은 하부 도시의 구불구불하고 혼란스러운 골목으로 이어졌다. 손님은 어느새 노새로 갈아탄 상태였다.

도시를 잘 아는 손님은 자신이 가야 할 거리를 쉽게 찾아냈다. 그 거리는 그리스 물건을 파는 가게들이 자리 잡고 있어서 '그리스 거리'라고 불렸다. 그중 한 곳에서는 융단을 취급했다. 손님은 바로 이 조그만 가게에서 노새를 멈추고 내려서 문 옆 고리에 노새를 맸다. 가게는 이미 닫혀 있었다. 손님은 입구 옆의 쪽문으로 들어가 삼면이 헛간으로 둘러싸인, 그리 크지 않은 정사각형 마당에 들어섰다. 그리고 마당 귀퉁이를 돌아서 담쟁이로 뒤덮인 건물의 석재 테라스에 올라간 후 주위를 둘러보기 시작했다. 집도 헛간도 어두웠지만 아직 불은 켜지 않았다. 손님은 나지막이 누군가를 불렀다.

"니자!"

이 부르는 소리에 문에서 삐걱 소리가 나더니 저녁의 어스름이 내려앉은 테라스에 머리쓰개를 쓰지 않은 젊은 여자가 나타났다. 여자는 테라스의 난간 위로 몸을 숙이고 누가 왔는지 알아내려고 불안한 눈빛으로 두리번거렸다. 외국인의 모습을 알아본 그녀는 상냥하게 미소를 짓고 머리를 끄덕이며 손을 흔들었다.

"혼자인가?" 아프라니가 그리스어로 작게 물었다.

"혼자예요. 남편은 아침에 케사리아에 갔어요." 여자가 테라스에서 속삭였다. 여자는 문 쪽을 둘러보고 속삭이는 소리로 덧붙였다. "그렇지만 하녀는 집에 있어요." 그리고 '들어오세요.'라는 뜻으로 몸짓을 했다. 아프라니는 주위를 살펴보고 돌계단을 올랐다. 잠시 후 여자도 그도 작은 집 안으로 사라졌다.

아프라니는 이 여자의 집에서 아주 짧은 시간 머물렀다 — 어떻게 봐도 오 분을 넘지 않았다. 그런 뒤 그는 집을 나와 두건을 눈 위까지 끌어 내린 채 테라스를 뒤로 하고 거리로 걸어 나왔다. 거리의 집들은 이미 불을 켰고 축일의 군중은 대단히 혼잡했으며, 아프라니는 다시 노새를 타고 행인과 말 탄 사람들의 물결 사이로 사라졌다. 이후 그의 행보는 아무도 알지 못한다.

아프라니가 니자라고 불렀던 여자는 혼자 남아서 옷을 갈아입기 시작했고 매우 서둘러 나갈 채비를 했다. 어두운 방 안에서 필요한 물건을 찾아내기 힘들었지만 불도 켜지 않고 하녀도 부르지 않았다. 준비가 끝나고 머리에 검은 머리쓰개를 덮어쓰자마자 그녀의 목소리가 작은 집에 울렸다.

"누가 날 찾아오면 에난타의 집에 놀러갔다고 해."

늙은 하녀가 어둠 속에서 투덜거렸다.

"에난타의 집에요? 아유, 에난타라니! 주인님이 그 여자 집에 가지 말라고 했잖아요! 마님이 그렇게 좋아하는 에난타는 뚜쟁이라고요! 주인님께 다 이를 거예요······."

"자, 자, 그만. 입 다물어요." 니자가 이렇게 대꾸하고는 마치 그림자처럼 집에서 빠져나왔다. 니자의 샌들이 작은 마당에 깔린 포석 위에서 짝짝 소리를 냈다. 하녀는 투덜거리며 테라스로 나가는 문을 닫았다. 니자는 그렇게 집을 나섰다.

같은 시각에 하부 도시의 구불구불하고 여기저기 층이 져서 시 저수지로 이어지는 어느 골목, 창문 없는 쪽은 거리에 면해 있고 창문은 마당으로 난 허름한 어느 집의 쪽문에서 턱수염을 깔끔하게 정리한 젊은 사람이 어깨까지 내려오는 깨끗한 흰색 터번을 쓰고 축제를 위해 아래쪽에 술이 달린 푸른색의 새 탈리스를 두르고 끽끽 소리를 내는 새 샌들을 신고 거리로 나왔다. 축제를 위해 차려 입은 이 매부리코 미남은 축일 저녁 식사를 위해 바삐 귀가하는 행인들을 피해 성큼성큼 걸어가며 창문에 하나둘 불이 켜지는 것을 바라보았다. 젊은 남자는 사원 언덕 기슭에 자리 잡은 카이파 제사장의 궁으로 향하는 시장 옆길 쪽으로 방향을 잡았다.

얼마 후 카이파의 궁전 성문으로 들어가는 그를 볼 수 있었다. 그리고 얼마간 시간이 더 지나고 — 궁을 나오는 모습이 보였다.

젊은 남자는 벌써 등불과 횃불이 타오르고 축제의 야단법석이 한창인 궁궐을 방문하고 나서 보다 자신만만한 걸음걸이로, 더욱 즐겁게 걸어서 서둘러 하부 도시로 돌아갔다. 거리가 시장 광장으로 접어드는 바로 그 모퉁이에서 검은 머리쓰개를 눈 밑까지 내려 쓴 여인이 소란과 군중을 뚫고 마치 춤추는 듯한 걸음걸이로 가볍게 그를 앞질렀다. 이 여인은 젊은 미남을 앞지르면서 아주 잠깐 머리쓰개를 위로 살짝 젖히고 젊은 남자 쪽으로 시선을 던졌으나, 걸음을 늦추기는커녕 마치 방금 앞지른 사람에게서 몸을 감추기라도 하려는 듯 더 빨리 걷기 시작했다.

젊은 남자는 이 여인의 행동을 눈치챘을 뿐만 아니라, 그렇다, 그녀를 알아보았다. 동시에 흠칫 놀라 멈춰 서서 망설이며 여인의 등을 바라보다가 곧 그녀를 쫓아가기 시작했다. 젊은 남자는 하마터면 술 주전자를 손에 든 행인의 다리를 쳐서 넘어뜨릴 뻔하면서 여인을 쫓아가서 흥분하여 숨을 몰아쉬면서 그녀에게 소리쳤다.

"니자!"

여인은 몸을 돌려 눈을 가늘게 뜨더니 얼굴에 차가운 짜증의 빛을 드러내며 그리스어로 건조하게 대답했다.

"아, 당신이야, 유다? 곧장 알아보지 못했네. 그래도 이건 좋은 일이야. 전해 오는 이야기에 따르면 사람들이 알아보지 못하면 부자가 된다고 하니까……."

유다는 너무 흥분해서 심장이 마치 검은 두건에 갇힌 새처럼 벌떡벌떡 뛰는 것을 느끼며 간간이 끊어지는 소리로 행인들이 듣지 못하게 속삭였다.

"어디 가는 거야, 니자?"

"그건 알아서 뭐하게?" 니자가 걸음을 늦추고 유다를 오만하게 바라보며 물었다.

그러자 유다의 목소리에는 어린아이 같은 억양이 섞여 나왔고, 그는 정신없이 속삭였다.

"무슨 말이야……? 우리 약속했잖아. 난 당신 집에 들르려고 했다고. 저녁 내내 집에 있을 거라고 했잖아……."

"아, 아냐, 아냐." 니자가 토라진 듯 아랫입술을 앞으로 내밀었고, 유다의 눈에는 그가 평생 보아 온 얼굴 중 가장 아름다운 얼굴이 더 아름다워지는 것 같았다. "난 벌써 지겨워졌어. 당신들 축일인데, 날더러 뭘 하라고? 가만히 앉아서 당신이 테라스에서 한숨 쉬는 거나 들으라고? 그리고 하녀가 남편한테 이를까 봐 겁내고? 싫어, 싫다고, 나도 교외로 나가서 꾀꼬리 노랫소리를 듣기로 했어."

"교외라니? 혼자?" 당황한 유다가 물었다.

"물론 혼자서지." 니자가 대답했다.

"나도 같이 가게 해 줘." 유다가 숨을 가쁘게 쉬며 간청했다. 그의 머릿속이 몽롱해졌고, 그는 세상의 모든 것을 다 잊어버리고 니자의 푸른, 그러나 지금은 검은색으로 보이는 눈동자를 애원하는 듯한 시선으로 바라보았다.

니자는 아무 대답 없이 걷기 시작했다.

"왜 말을 안 해, 니자?" 유다가 그녀의 발걸음에 맞춰 걸으며 애처롭게 물었다.

"당신이랑 있으면 지루하지 않을 거라고?" 니자가 갑자기 걸음을 멈추더니 물었다. 그러자 유다의 머릿속은 완전히 뒤범벅이 되었다.

"그래, 좋아." 마침내 니자가 조금 누그러졌다. "가자."

"어디, 어디로?"

"좀 있어 봐……. 여기 마당으로 들어가서 정하자, 안 그러면 누군가 아는 사람이 날 보고선 내가 길거리에서 애인이랑 같이 있었다고 할까 봐 무서워."

그리하여 니자와 유다는 시장에서 사라졌다. 두 사람은 어떤 마당의 대문간에서 속삭였다.

"올리브 장원으로 가." 니자가 머리쓰개를 눈 쪽으로 끌어당겨 들통을 들고 대문간으로 들어오는 행인에게서 돌아서면서 속삭였다. "기드론 뒤의 겟세마네 말이야, 알아들어?"

"응, 응, 알아들었어."

"내가 먼저 갈게." 니자가 말을 이었다. "내 바로 뒤에서 따라오면 안 돼, 좀 떨어져서 걸어. 내가 먼저 나갈 테니까……. 개천을 건너면…… 암굴이 어디 있는지 알지?"

"알아, 알아……."

"위쪽으로 올리브유 압착기를 지나서 암굴 쪽으로 꺾어. 거기 있을게. 그렇지만 지금 당장 날 따라오면 안 돼. 인내심을 가지고 여기서 좀 기다려." 이 말과 함께 니자는 마치 유다와 이야기한 적이 없다는 듯 대문을 나섰다.

유다는 사방으로 흩어지는 생각을 정리하려 애쓰며 잠시 그곳에 서 있었다. 그런 생각들 중에는 축일 저녁 식사 자리에 함께하지 않은 것을 가족들에게 어떻게 설명하면 좋을까 하는 걱정도 있었다. 유다는 뭔가 그럴듯한 거짓말을 궁리해 내려 했으나 너무 흥분한 나머지 하나도 생각해 내지도, 짜 맞추지도 못했고, 그의 다리는 그가 원하지 않는데도 저절로 그를 대문 밖으로 끌고 나갔다.

그는 다른 길을 택하여 하부 도시로 돌진하지 않고 다시 카이파의 궁궐 쪽으로 돌아섰다.

시내에서는 이미 축제가 시작되었다. 유다가 있던 곳의 창문에서 불빛이 반짝이고 벌써부터 찬송가가 들려왔다. 축제에 늦은 사람들은 채찍을 가볍게 휘두르기도 하고 소리를 지르기도 하면서 노새를 재촉했다. 다리가 저절로 움직여 유다를 실어 갔다. 그는 자기 옆으로 안토니우스 성채의 이끼로 뒤덮인 탑들이 지나가는 것을 눈치채지 못했고, 성채에서 나팔소리가 울려 퍼지는 것도 듣지 못했고, 횃불을 들고 그의 앞길에 흔들리는 불빛을 쏟아내는 로마 순찰 기병에게도 전혀 주의를 기울이지 않았다.

유다는 탑을 지나가면서 방향을 틀다가 사원 위 엄청나게 높은 허공에 초꽂이가 다섯 개 달린 거대한 촛대에 두 군데 불이 켜진 것을 보았다. 그러나 이것 또한 유다는 그저 어렴풋이 흘려 보아서, 그의 눈에는 이제까지 본 적이 없는 커다란 등불이 다섯 개 켜져서 예르샬라임 위로 점점 높이 올라가는 단 하나의 등불 ── 달의 등불과 맞겨루는 것처럼 보일 뿐이었다.

유다는 가능한 빨리 도시를 나가고 싶어 무엇에도 신경 쓰지 않고 겟세마네 성문을 향해 전속력으로 걸었다. 때때로 자기 앞, 행인들의 등과 얼굴 사이에 춤추는 듯한 형체가 어른거리며 그를 이끄는 것 같았다. 그러나 그것은 착각이었다 ── 유다는 니자가 자신보다 훨씬 앞서 갔다는 것을 알고 있었다. 그는 환전소 앞을 지나 마침내 겟세마네 성문에 도착했다. 초조함에 달아올랐지만 어쨌든 그 앞에서 멈춰야 했다. 시내로 낙타가 줄지어 걸어 들어왔고, 그 뒤로 시리아인 정찰대가 말을 타고 들어왔으며, 유다는 속으로 그 정찰대를 저주했다…….

그러나 모든 것은 끝나게 마련이다. 조급한 유다는 어느새 도시의 성벽 밖에 있었다. 그는 자신의 왼편에 있는 작은 묘지와 그 옆에 줄지어 있는 순례자들의 줄무늬 천막을 보았다. 달빛으로 가득한 먼지투성이 길을 건넌 후, 유다는 기드론 시내를 건너기 위해 그쪽으로 발길을 서둘렀다. 유다의 발밑에서 물이 조용히 졸졸 소리 내며 흘렀다. 그는 이 돌에서 저 돌로 징검다리를 건너뛰어 마침내 맞은편 겟세마네 둔치에 도착했고, 정원 근처의 길에 아무도 없는 것을 보고 몹시 기뻐했다.

멀지 않은 곳에서 올리브 장원의 반쯤 열린 정문이 보였다.

방금 시내에서 나온 유다에게 봄밤의 아찔한 향기가 덮쳐왔다. 장원의 담장 너머로 겟세마네 벌판에서 은매화와 아카시아 향기가 파도처럼 밀려왔다.

정문은 아무도 지키고 있지 않았고 문 안에도 사람이 없었으며, 몇 분 후 유다는 거대한 올리브나무의 무성한 가지가 드리운 비밀스러운 그림자 아래에서 열심히 달리고 있었다. 길은 언덕으로 이어졌다. 유다는 숨을 몰아쉬며, 가끔 그림자를 벗어나 덩굴무늬 같은 달빛 융단 속에 모습을 드러내며 언덕을 올라갔고, 달빛의 융단 때문에 니자의 질투심 많은 남편이 하는 가게에서 봤던 융단이 떠올랐다. 잠시 후 유다의 왼편에 펼쳐진 벌판에서, 묵직한 돌 바퀴를 단 올리브유 압착기와 나무통 무더기가 어른거렸다. 동산에는 아무도 없었다. 작업은 해 질 녘에 이미 끝났고, 이제 유다의 위에서 꾀꼬리 합창단이 높은 소리로 지저귀며 우렁차게 노래하기 시작했다.

유다는 목표를 거의 달성했다. 그는 오른쪽 어둠 속에서 이제 암굴 안에서 물이 떨어져 조용히 속삭이는 소리가 들려오리라는 것을 알고 있었다. 예상대로 그는 그 소리를 들었다. 주위가 조금씩 서늘해졌다.

그는 걸음을 늦추고 작은 소리로 외쳤다.

"니자!"

그러나 니자 대신, 올리브나무의 굵은 줄기에서 남자의 다부진 형체가 떨어져 나와 유다 앞에 뛰어들었고, 그의 손에서 뭔가 반짝였다가 곧 빛을 잃었다. 유다는 나지막하게 비명을 지르고 뒤로 물러섰으나 두 번째 사람이 그의 길을 막았다.

앞에 서 있던 첫 번째 사람이 유다에게 물었다.

"이번엔 얼마 받았나? 목숨을 건지고 싶으면 순순히 말해!"

유다의 마음속에서 희망이 부풀어 올랐고, 그는 절박하게 외쳤다.

"30테트라드라크마!* 30테트라드라크마예요! 받은 돈은 전부 가지고 있어요. 여기 돈 드릴게요! 받으시고 제발 살려 주세요!"

앞에 선 남자가 순식간의 유다의 손에서 돈주머니를 낚아챘다. 그리고 바로 그 순간, 유다의 등 뒤에서 칼이 날아와 사랑에 빠진 남자의 견갑골 아래를 번개처럼 찔렀다. 유다는 앞으로 세게 밀려나갔고, 갈고리처럼 손가락을 구부린 손을 허공에 뻗었다. 앞에 선 사람이 넘어지는 유다를 자기 칼로 받아 손잡이까지 닿도록 유다의 심장에 깊이 박아 넣었다.

"니……자……." 유다가 평소의 높고 맑은 젊은이의 목소리가 아닌, 낮고 책망하는 듯한 소리를 내뱉고 더 이상 아무 소리도 내지 않았다. 그의 몸이 땅에 세게 부딪쳐 쿵 소리가 울렸다.

그때 세 번째 형체가 길에 나타났다. 세 번째 사람은 외투를 입고 두건을 쓰고 있었다.

"머뭇거리지들 말게." 그가 명령했다. 자객들은 재빨리 돈주머니를 세 번째 사람이 건넨 쪽지와 함께 가죽 보자기에 싸서 노끈으로 감았다. 두 번째 사람이 꾸러미를 품속에 집어넣었

---

* 드라크마는 고대 그리스에서 사용하던 은화로, 성경에 나오는 1드라크마의 가치는 대략 하루 품삯에 달했다고 한다. 1테트라드라크마는 4드라크마이다.

고, 두 자객이 길에서 한쪽 바깥으로 뛰어나가자 어둠이 올리브나무 사이로 그들을 삼켰다. 세 번째 사람은 살해당한 자 곁에 웅크리고 앉아서 그의 얼굴을 들여다보았다.

그림자 속에 보이는 그 얼굴은 백묵처럼 희고 어쩐지 감동적일 정도로 아름다워 보였다.

몇 초 후 그곳에 살아 있는 사람은 아무도 없었다. 숨이 끊어진 시체는 팔을 벌리고 누워 있었다. 왼발이 달빛의 얼룩 속에 드러나서 가느다란 가죽 샌들 끈이 하나하나 똑똑히 보였다. 겟세마네 정원은 온통 꾀꼬리 울음소리로 가득했다. 유다를 살해한 두 사람이 어디로 사라졌는지는 아무도 몰랐지만, 두건을 쓴 세 번째 사람의 행적은 알려져 있다. 그는 정원의 작은 길을 떠나서 남쪽을 향해 울창한 올리브나무 숲으로 서둘러 걸어 들어갔다. 그리고 정문에서 멀리 떨어진 정원의 남쪽 모퉁이, 담장 위쪽 돌이 무너진 곳에서 담을 넘었다. 그는 곧 기드론 냇가에 있었다. 그는 물속으로 걸어 들어가 얼마간 그렇게 발을 담그고 서 있다가, 멀리서 말 두 마리와 곁에 선 사람의 윤곽을 보았다. 말들도 개천 한가운데 서 있었다. 물줄기가 흐르며 발굽을 씻어 내렸다. 말몰이꾼이 그 중 한 마리 위에 걸터앉았고 두건을 쓴 사람은 다른 말에 올라탔으며, 두 사람은 물줄기 속에서 천천히 움직이기 시작했고, 말발굽 아래에서 돌이 덜그럭거리는 소리가 들렸다. 잠시 후 기수들은 물속에서 나와 예르샬라임 강둑 쪽으로 방향을 잡고 도시의 성벽을 따라 천천히 걸어가기 시작했다. 여기서 말몰이꾼은 혼자 떨어져 나와 앞으로 내달려 시야에서 사라졌으며, 두건을 쓴 사람은 말을 세우고 내려서 황량한 길 위에 섰고, 외투를 벗어 뒤집더니 그 안에서 깃털을 달지 않은 납작한 투구를 꺼내 머리에 썼다. 이제 그는 전투용 외투를 입고 단검을 허리에 차고 말에 올라탔다. 말고삐를 당기자 사나운 군마(軍馬)는 등에 태운 기수를 흔들며 속보로 달리기 시작했다. 길은 멀지 않았다 ─ 기수는 이제 예루살림의 남쪽 성문에 다가가고 있었다.

성문의 아치 밑에서 횃불의 불안한 불꽃이 춤추듯 뛰놀았다. 전격 부대 제2백인대의 보초병들이 돌 벤치에 앉아 주사위 놀이를 하고 있었다. 말 탄 무관이 들어오자 병사들은 자리에서 뛰어 일어났고, 무관은 그들에게 손을 흔들어 보이고는 시내로 들어섰다.

시내는 축제의 불꽃에 잠겨 있었다. 창문이란 창문에는 모두 등잔의 불꽃이 아른거렸고, 사방에서 고르지 못한 합창으로 찬송가 소리가 울려 퍼졌다. 기수는 거리로 난 창문을 통해 간간이 축일의 식탁에 앉은 사람들을 볼 수 있었다. 그 식탁에는 새끼 염소 고기가 놓여 있었으며 쓴 나물을 담은 접시 사이로 포도주 잔도 보였다. 기수는 휘파람으로 나지막이 노래를 부르면서 느릿한 구보로 하부 도시의 황량한 거리를 눈에 띄지 않게 지나 안토니우스 탑으로 향했고, 그러면서 사원 위에서 타오르는, 세상 어디에서도 보지 못했던 초꽃이 다섯 개인 촛대에서 나오는 불빛이나, 혹은 그 촛대보다도 더 높은 곳에 걸린 달을 이따금 올려다보았다.

헤롯 대왕의 궁궐은 유월절 밤의 축제에 전혀 참여하지 않았다. 로마 기병대 장교와 군단 사절이 묵고 있는 남향의 궁궐 별실에는 불이 밝혀져 있었고, 그곳에서 움직임과 생기가 느껴졌다. 현관의 앞부분, 궁궐에서 유일하게 자신의 의지와 반대로 어쩔 수 없이 이곳에 있게 된 총독이 있는 그곳은 휘황하게 빛나는 달빛 아래서 기둥과 황금 조각상 들의 눈이 먼 듯 했다. 여기 궁궐 안은 어둠과 정적이 지배하고 있었다. 그리고 총독은 아프라니에게 말했듯이 밖으로 나가기를 원치 않았다. 그는 방금 전 식사를 했고 아침에 심문을 했던 발코니의 그곳에 침상을 준비하라고 일렀다. 총독은 준비된 침상에 누웠으나, 잠은 그에게 찾아오려고 하지 않았다. 발가벗은 달이 맑은 하늘에 높이 걸려 있었고, 총독은 몇 시간이 지나도록 그 달에서 눈을 떼지 않았다.

대략 자정쯤 됐을 때 잠이 드디어 총독을 동정하여 찾아들었다. 총독은 경련하듯 하품하면서 외투를 끌러 벗어던지고 윗옷을 여미고 있는, 넓적한 무쇠 칼을 넣은 칼집이 달린 허리띠를 풀어 침상 옆의 의자에 놓은 뒤 샌들을 벗고 몸을 쭉 폈다. 그때 반가가 침대에 올라와 머리를 맞대고 옆에 누웠고, 총독은 개의 목에 팔을 걸치고 마침내 눈을 감았다. 그제야 개도 잠이 들었다.

침상은 기둥이 달빛을 가려 어스름 속에 있었으나, 현관 계단에서 침대까지 달빛의 띠가 길게 이어져 있었다. 그리고 총독이 주위를 둘러싼 현실과의 끈을 놓은 순간, 그는 빛나는 길에 들어서 그 길을 따라 위로, 달을 향해 곧장 떠오르고 있었다. 투명한 하늘색 길 위의 모든 것이 비할 바 없이 아름다워서, 그는 행복에 넘쳐 소리 내어 웃기까지 했다. 그는 반가와 함께 걸었고, 그 옆에는 떠돌이 철학자가 걷고 있었다. 그들은 굉장히 어렵고 중요한 문제에 대해 논쟁했지만 어느 쪽도 상대방을 이길 수 없었다. 두 사람은 모든 면에서 의견이 맞지 않았고, 그 때문에 그들의 논쟁은 유달리 흥미롭고 끝없이 이어졌다. 당연한 말이지만, 오늘 있었던 처형은 완전히 착오였다 ― 바로 여기, 모든 사람은 선하다고 주장하면서 전혀 믿을 수 없고 어리석은 이야기를 지어 낸 그 철학자가 옆에서 걷고 있으며, 그것은 즉 그가 살아 있다는 뜻이다. 그리고 물론 이런 사람을 처형할 수 있다는 것은 생각만 해도 아주 무시무시한 일인 것이다. 처형은 없었어! 없었다고! 그것이 달로 이어지는 계단을 오르는 이 여행에서 가장 매력적인 점이었다.

여유 시간은 필요한 만큼 충분히 있고, 소나기는 저녁에나 올 것이고, 비겁함은 의심할 바 없이 가장 나쁜 약점 중 하나이다. 예슈아 하-노츠리가 그렇게 말했다. 아니, 철학자여, 나는 여기에 이의를 제기한다 ― 그것이야말로 가장 나쁜 약점이다!

예를 들어 현재 유대의 총독이며 전직 로마 군단의 호민관은 처녀들의 골짜기에서 사나운 게르만 족이 거인 쥐잡이를 거의 물어 죽일 뻔했을 때에도 비겁하게 물러서지 않았다. 하지만 내 말 좀 들어 보게, 철학자여! 감히 그대는 유대의 총독이 카이사르에 반하는 대역죄를 저지른 사람 때문에 자신의 앞길을 망칠 거라고 생각한단 말인가?

"그래, 그렇지." 빌라도가 꿈속에서 신음하며 흐느꼈다.

물론 망치고 말 것이다. 아침에는 그렇게 하지 않았지만 지금 이 밤, 모든 것을 헤아려 본 뒤라면 기꺼이 그렇게 할 것이다. 아무 죄도 없는 정신 나간 몽상가이자 의사를 처형에서 구하기 위해서라면 그는 무슨 일이든 할 것이다!

"우리는 이제부터 언제나 함께 있을 겁니다." 도대체 어떻게 해서 황금 창의 기수가 가는 길에 서 있게 됐는지 모를 누더기 차림의 떠돌이 철학자가 꿈속에서 그에게 말했다. "한 사람이 있으면 다른 사람도 거기에 있다는 뜻입니다! 나를 떠올린다면 동시에 당신도 함께 떠올리는 겁니다! 버려진 데다 부모도 모르는 나를, 그리고 점성술사인 왕과 제분소 주인의 딸, 아름다운 필라의 아들인 당신을."

"그래, 그대는 나를 잊지 말게. 점성술사의 아들인 나를 기억해 주게." 빌라도가 꿈속에서 부탁했다. 그리고 잔혹한 유대의 총독은 꿈속에서 함께 걸어가는 엔 사리드의 거지가 고개를 끄덕이는 것을 확인하고 기쁨에 겨워 울고 웃었다.

모든 것이 좋았지만 총독의 각성은 그만큼 더 괴로웠다. 반가가 달을 향해 짖기 시작하자 반들반들해서 마치 기름으로 다듬은 듯한 하늘색 길이 총독 앞에서 사라졌다. 눈을 뜬 그가 처음으로 떠올린 사실은 처형이 이미 일어났다는 것이었다. 총독은 먼저 익숙한 몸짓으로 반가의 목걸이를 움켜잡았고, 병든 시선으로 달을 찾기 시작하여 그것이 한쪽으로 조금 기울고 은빛으로 변했음을 알았다. 발코니 바로 앞에서 밝아졌다 어두워졌다 하며 아른거리는 기분 나쁜 빛이 달빛을 가로막았다. 백인대장 쥐잡이의 손에서 횃불이 타오르며 그을음을 뿜었다. 횃불을 쥔 사람은 공포와 악의를 담은 눈길로 언제라도 뛰어들 태세를 갖춘 위험한 동물을 곁눈질했다.

"움직이지 마, 반가." 총독이 병든 목소리로 말하고는 기침을 했다. 그는 손으로 불빛을 막으며 말을 이었다. "밤에도, 달빛 아래서도 내게 평화는 없구나. 오 신들이여! 그대도 힘든 임무를 맡고 있다, 마르크. 병사들을 불구로 만들고……."

경악한 마르크는 총독을 멀거니 쳐다보았고, 그제야 총독은 정신을 차렸다. 그는 잠결에 내뱉은 쓸데없는 말을 지워 버리기 위해 말했다.

"기분 상해하지 말게, 백인대장. 다시 말하지만 내 처지는 더 괴로우니까. 무슨 일인가?"

"비밀 호위대 대장이 도착했습니다." 마르크가 차분하게 보고했다.

"들라 하게, 들라 해." 총독은 목소리를 가다듬기 위해 헛기침을 하며 명령하고는 맨발로 바닥을 더듬어 샌들을 찾기 시작했다. 불꽃이 주랑에서 아른거리고 백인대장의 전투용 샌들이 모자이크 바닥에 부딪쳐 발소리를 냈다. 백인대장은 정원으로 나갔다.

"달빛 아래서도 내게 평화는 없구나." 총독이 이를 갈며 혼잣말로 말했다.

발코니에 백인대장과 두건을 쓴 사람이 나타났다.

"반가, 움직이지 마." 총독이 조용히 말하고 개의 뒤통수를 쓰다듬었다.

아프라니는 보고를 시작하기 전에 평소 습관대로 주위를 둘러보고 그림자가 진 곳으로 물러났고, 발코니에 반가 외에 필요 없는 인물은 없음을 확인하고 조용히 말했다.

"저를 군사 재판에 넘겨 주십시오, 총독 각하. 각하께서 옳으셨습니다. 저는 가롯의 유다를 보호하지 못했습니다, 그는 살해당했습니다. 저를 재판에 회부하여 파면해 주십시오."

아프라니는 네 개의 눈이 자신을 바라보고 있음을 느꼈다

— 개의 눈과 늑대의 눈이었다.

아프라니는 군복 안에서 피가 덕지덕지 말라붙은, 두 개의 압인으로 봉한 돈주머니를 꺼냈다.

"살인자들이 여기 이 돈이 든 주머니를 제사장의 집에 던졌습니다. 주머니에 묻은 피는 가룻 유다의 피입니다."

"얼마가 들었는지 알고 싶은데?" 빌라도가 주머니 쪽으로 몸을 숙이고 물었다.

"30테트라드라크마입니다."

총독이 미소를 지으며 말했다.

"많지 않군."

아프라니는 침묵했다.

"살해된 자는 어디 있소?"

"그건 저도 모릅니다." 그가 평온하게 품위를 지키며, 한시도 두건을 벗지 않고 대답했다. "오늘 아침에 수색을 시작하겠습니다."

총독은 몸을 떨고 좀처럼 묶이지 않는 샌들의 끈을 놓았다.

"하지만 그가 죽었다는 건 분명 알고 있겠지?"

그리고 총독은 건조하게 울리는 대답을 들었다.

"총독 각하, 저는 유대에서 십오 년째 일하고 있습니다. 발레리우스 그라투스 밑에서 복무를 시작했지요. 사람이 죽었다고 하기 위해서 꼭 시체를 봐야 하는 것은 아닙니다. 보고드리건대 가룻 시에서 온 유다라고 하는 인물은 몇 시간 전 칼에 찔려 죽었습니다."

"용서하시오, 아프라니." 빌라도가 대답했다. "벌써 잠이 깼어야 하건만 아직 덜 깬 모양이오, 그래서 그리 말했소. 난 잠을 잘 못 자요." 총독이 미소를 지었다. "그리고 꿈속에서도 계속 달빛을 보았소. 생각해 보시오, 우스운 일 아니오. 마치 이 달빛 속에서 산책하는 것 같았소. 그래, 그대가 이 일에 대해 어떻게 생각하는지 듣고 싶군. 시체를 어디서 찾을 계획이오? 이리 앉으시오, 기밀 첩보부 지휘관."

아프라니는 고개 숙여 인사하고 의자를 침대 쪽으로 가까이 당기더니 검을 쩔걱거리며 앉았다.

"겟세마네 정원의 올리브유 압착기 근처에서 수색할 예정입니다."

"그래, 그래. 그런데 왜 하필 거기부터요?"

"각하, 제가 판단하건대 유다는 예르샬라임 시내에서 살해당한 것이 아니고 그렇다고 어딘가 멀리서 살해당한 것도 아닙니다. 그는 예르샬라임 교외에서 살해당했습니다."

"나는 그대가 자신의 분야에 아주 정통한 전문가라고 생각하오. 로마의 사정이 어떤지는 물론 내가 알 수 없지만, 식민지에서는 그대에게 견줄 자가 없소. 설명해 주시오, 어째서 그렇게 생각하시오?"

아프라니가 크지 않은 목소리로 말했다. "어떤 경우에도, 도시 안에서라면 유다가 이처럼 수상쩍은 인물들에게 당했으리라고 생각하기 어렵습니다. 길거리에서는 그렇게 몰래 사람을 죽일 수가 없습니다. 그렇다면 그를 지하실 같은 곳으로 유인해야 했을 겁니다. 하지만 만약 그렇다면 첩보부에서 하부 도시를 수색했으니 이미 발견되었어야 합니다. 하지만 그는 시내에 없습니다. 이 점은 각하께 장담하겠습니다. 또한 그가 시내에서 멀리 떨어진 곳에서 살해당했다면, 이 돈주머니가 그렇게 빨리 제사장의 집에 도달할 수 없었을 겁니다. 그는 도시 부근에서 살해당했습니다. 살인범은 그를 교외로 꾀어내는 데 성공한 겁니다."

"어떻게 그렇게 할 수 있었는지 납득이 가지 않소."

"예, 총독 각하. 그게 사건 전체에서 가장 어려운 질문이고, 저도 그 의문을 풀 수 있을지 모르겠습니다."

"정말 수수께끼로군! 축일 저녁에 유대교인이 유월절 저녁 식탁을 버려 두고, 알 수 없는 이유로 교외로 나갔다가 거기서 죽음을 당한다. 누가, 어떻게 그를 꾀어냈단 말이오? 여자가 개입된 건 아니오?" 총독이 갑자기 떠오른 듯 물었다.

아프라니는 차분하고 진지하게 대답했다.

"절대로 그럴 리 없습니다, 총독 각하. 그럴 가능성은 완전히 배제하고 있습니다. 논리적으로 판단해야 합니다. 유다의 죽음으로 누가 이익을 보겠습니까? 몇몇 떠돌이 몽상가 아니면 그런 사람들의 무리이겠지만 무엇보다도 그런 무리에 여자는 없습니다. 결혼을 하려면 돈이 필요합니다, 총독 각하. 출세하려 해도 돈이 필요하지요. 하지만 여인의 도움으로 사람을 살해하려면 엄청난 액수의 돈이 필요하고, 그런 돈을 가진 떠돌이는 없습니다. 이 사건에 여자는 개입되지 않았습니다, 총독 각하. 덧붙여 말씀드리면 그런 해석은 본궤도를 벗어나 수사를 방해하고 저를 혼란스럽게 할 수 있습니다."

"그대가 전적으로 옳소, 아프라니. 나는 그저 내 추측을 말해 본 것뿐이오." 빌라도가 말했다.

"죄송하지만 그 추측은 틀린 것 같습니다, 총독 각하."

"그럼 이제부터는 어떻게 하겠소?" 총독이 탐욕스러운 호기심을 드러내며 아프라니의 얼굴을 들여다보았다.

"어쨌든 이유는 돈이었다고 생각합니다."

"비범한 발상이오! 하지만 누가, 무슨 이유로 그에게 밤에 교외에서 돈을 주겠다고 제안하겠소?"

"오, 아닙니다 총독, 그렇지 않습니다. 저는 오로지 한 가지 이론을 세웠고, 그게 옳지 않다면 달리 설명할 방법은 아마 찾아내지 못할 겁니다." 아프라니는 총독에게 몸을 더 가까이 숙이고 속삭이는 소리로 덧붙였다. "유다는 자신만 아는, 인적이 드문 장소에 돈을 감추려고 했던 것입니다."

"아주 정확한 설명이오. 분명 그렇게 된 거야. 이제 그대의 말을 이해하겠소. 그를 꾀어낸 건 다른 사람이 아니라 자기 자신의 생각이었군. 그래, 맞아, 그렇게 된 거요."

"예. 유다는 사람을 쉽게 믿는 편이 아니었습니다. 그는 사람들 눈을 피해 돈을 숨기려고 했던 겁니다."

"그래, 당신 말대로 겟세마네에 말이지. 그런데 어째서 다른 곳도 아닌 바로 그곳에서 그를 찾으려고 하는 것인지 그걸 모르겠소."

"오, 총독 각하, 그건 참으로 간단한 문제입니다. 한길에, 노출되어 있는 빈 장소에는 아무도 돈을 숨기지 않을 겁니다. 그러니 유다는 헤브론 도로에도, 베다니 도로에도 가지 않았을 겁니다. 그는 인적이 드물고 나무로 둘러싸인 곳에 갔을 겁니다. 그건 아주 명백합니다. 그리고 예르샬라임 주변에서 그런 장소는 겟세마네를 제외하면 달리 없습니다. 그보다 멀리는 못 갔을 겁니다."

"그대의 말에 완전히 설복당했소. 그럼 이제 무엇을 해야 해야 하는 거요?"

"유다를 교외까지 미행한 살인범이 누구인지 즉시 수색을 시작하고, 한편으로 저 자신은 총독께도 말씀드렸듯이 군사 재판을 받으러 가겠습니다."

"무슨 이유로?"

"제 경비대가 어제 저녁 유다가 카이파의 궁을 나온 후에 시장에서 그를 놓쳤습니다. 어떻게 그런 일이 생겼는지 납득할 수 없습니다. 그런 일은 제 평생에 이제껏 한 번도 없었습니다. 총독 각하와 얘기를 나눈 직후부터 그를 감시했는데 말입니다. 그러나 시장 구역에서 그는 이리저리 방향을 틀고 이상하게 길을 빙빙 돌아 흔적 없이 사라졌습니다."

"그렇군. 내 그대에게 단언하건대 그대를 재판에 넘길 필요는 없다고 생각하오. 그대는 할 수 있는 일은 전부 했고 세상의 누구도……." 여기서 총독은 미소를 지었다. "그보다 잘 할 수는 없었을 거요! 유다를 놓친 밀정들에게 책임을 물으시오. 미리 말해 두지만 어떤 식으로든 너무 심하게 책임을 묻는 건 원치 않소. 우리는 그 무뢰한을 돌봐 주기 위해 이 일을 한 것 아니란 말이오! 그래, 물어보려다 깜빡했군." 총독은 이마를 문질렀다. "살인범은 어떻게 돈을 카이파에게 던져 넣은 거요?"

"그건 말입니다, 총독 각하……. 그건 별로 복잡하지 않습니다. 복수에 성공한 자들은 카이파의 궁궐 뒤쪽을 지나갔는데, 그곳은 뒷마당 위로 골목이 솟아 있지요. 그들은 거기서 나무 울타리 너머로 돈뭉치를 던진 겁니다."

"쪽지와 함께?"

"예, 말씀하신 그대로입니다, 총독 각하. 게다가." 아프라니는 꾸러미의 봉인을 뜯고 그 안에 든 것을 빌라도에게 보여 주었다.

"잠깐만. 무슨 짓을 하는 거요, 아프라니. 그건 분명 사원의 봉인 아니오!"

"총독께서 걱정하실 만큼 큰 문제는 아닙니다." 아프라니가 꾸러미를 닫으며 대답했다.

"설마 사원의 인장을 전부 가지고 있단 말이오?" 빌라도가 소리 내어 웃고는 물었다.

"그렇지 않으면 안 됩니다, 총독 각하." 아프라니가 웃음기 없이, 아주 준엄하게 대답했다.

"카이파가 뭐라고 했을지 상상이 가는군!"

"예, 총독. 이것 때문에 굉장한 소란이 있었습니다. 그들이 바로 저를 부르더군요."

어스름 속에서도 빌라도의 눈이 빛나는 것이 보였다.

"흥미롭군, 흥미로워……."

"감히 반박의 말씀을 드리자면, 총독 각하, 전혀 흥미롭지 않습니다. 지루하고 피곤한 일일 뿐입니다. 누군가에게 잔금을 치러 주지 않았느냐는 제 질문에 카이파의 궁에서는 그런 일은 없었다는 대답으로 일관했습니다."

"아, 그렇소? 뭐 어쩌겠소, 잔금을 치른 일이 없다면 그 말대로 치른 일이 없는 거겠지. 그만큼 살인범을 찾아내기 더 힘들어지겠군."

"지당하신 말씀입니다, 총독."

"그래, 아프라니, 그런데 갑자기 이런 생각이 드는군. 그가 자살을 했을 가능성은 없소?"

"오, 아닙니다, 총독." 아프라니가 깜짝 놀라 의자에서 몸을 젖히며 대답했다. "용서하십시오, 하지만 그런 일은 절대로 있을 수 없습니다!"

"아, 이 도시에서는 무슨 일이든 일어날 수 있소! 장담하건대 조금만 시간이 지나면 그런 소문이 도시 전체에 퍼질 거요."

아프라니는 총독에게 그 특유의 시선을 던지고 잠시 생각한 후 대답했다.

"그럴 수는 있습니다, 총독 각하."

이미 모든 일이 명백해졌음에도 총독은 가롯에서 온 사람의 죽음에 대한 그 질문을 떨쳐 내지 못한 채 조금은 꿈꾸는 듯한 목소리로 말했다.

"살인범이 어떻게 그를 죽였는지 봤으면 했는데."

"그는 대단히 솜씨 좋게 살해당했습니다, 총독 각하." 아프라니가 조금 뒤틀린 농담조로 대답하면서 총독을 흘끗 쳐다보았다.

"그걸 어떻게 아시오?"

"돈주머니를 삼가 주의 깊게 봐 주시기 바랍니다, 총독 각하. 유다의 피가 파도처럼 흘러나왔다고 장담할 수 있습니다. 저도 이 나이가 되도록 시체는 꽤 봐 왔습니다, 총독 각하!" 아프라니가 대답했다.

"그렇다면 물론 그는 살아나지 못하겠군?"

"아닙니다, 총독 각하. 살아날 겁니다." 아프라니가 철학자처럼 뜻 모를 미소를 지으며 대답했다. "이곳에서 기다리는 메시아의 나팔 소리가 머리 위에 울려 퍼질 때 살아나겠죠. 하지만 그 전에는 살아나지 못합니다."

"알겠소, 아프라니! 그 점은 명백하군. 이제 매장에 관해서 얘기해 보시오."

"처형당한 죄수들은 매장되었습니다, 총독 각하."

"오 아프라니, 그대를 재판에 넘기는 건 범죄일 거요. 그대는 가장 큰 상을 받을 자격이 있소. 어떻게 진행되었소?"

아프라니가 이야기를 시작했다. 그가 유다 문제에 전념하는 동안 그의 보좌관이 이끈 비밀 호위대가 저녁 무렵에 언덕에 도달했다. 호위대는 언덕 꼭대기에서 시체 중 한 구를 발견하지 못했다. 빌라도는 몸을 흠칫 떨고 목쉰 소리로 말했다.

"아, 내가 왜 그걸 예견하지 못했을까!"

"걱정하실 일이 아닙니다, 총독 각하." 아프라니가 대답하고 이야기를 계속했다.

호위대는 맹금(猛禽)에게 눈을 파 먹힌 디스마스와 게스타스의 시체를 수거했고 즉시 세 번째 시체를 수색하는 작업에 착수했다. 시체는 얼마 지나지 않아 발견되었다. 어떤 사람이……

"레비 마트베이." 질문이 아니라 단언하는 어조로 빌라도가 말했다.

"예, 총독 각하……"

레비 마트베이는 민둥 언덕 꼭대기의 북쪽 비탈에 있는 동굴에 숨어 어둠을 기다렸다. 예슈아 하-노츠리의 벌거벗은 시체가 그와 함께 있었다. 경비대가 횃불을 들고 동굴에 들어오자 레비는 절망과 분노에 휩싸였다. 그는 자신이 아무런 범죄도 저지르지 않았으며 법에 따라 모든 사람은 본인이 원한다면 누구나 처형당한 죄수를 매장해 줄 권리가 있다고 외쳤다. 레비 마트베이는 그 시체와 떨어지고 싶지 않다고 말했다. 그는 흥분하여 횡설수설했으며, 애원하기도 하고 협박도 하고 욕설도 했다……

"그래서 그를 체포해야 했소?" 빌라도가 음울하게 물었다.

"아닙니다, 총독 각하, 그렇지 않습니다." 아프라니가 대단히 안심시키는 어조로 대답했다. "시체를 매장할 예정이라고 설명하자 난폭한 미치광이도 진정했습니다."

레비는 이 말을 이해하고 잠잠해졌으나 자신은 아무 데도 가지 않고 매장에 참석하고 싶다고 진술했다. 그는 심지어 자신을 죽인다 해도 떠나지 않겠다고 말했으며, 가지고 있던 빵 자르는 칼로 자신을 죽이라고 제안하기도 했다.

"그를 쫓아 버렸소?" 빌라도가 목소리를 억누르며 물었다.

"아니요, 총독 각하, 아닙니다. 보좌관이 그가 매장에 참석하도록 허락했습니다."

"어느 보좌관이 그 작업을 지휘했지?" 빌라도가 물었다.

"톨마이입니다. 혹시 그가 무슨 실수라도 저질렀습니까?" 아프라니가 대답하고 불안하게 덧붙였다.

"아니요. 계속하시오." 빌라도가 대답했다. "실수한 건 없소. 난 아무래도 조금씩 분별력이 떨어져 가는 모양이오, 아프라니. 분명히 난 지금 실수를 절대 저지르지 않는 사람을 앞에 두고 있는데 말이오. 그 사람은 바로 당신이고."

호위대는 레비 마트베이를 처형된 죄수들의 시체와 함께 수레에 태워 두 시간 후 예르샬라임 북쪽의 인적 없는 골짜기에 도달했다. 그곳에서 경비대는 교대로 작업을 계속해서 한 시간 사이에 구덩이를 깊이 파고 그 안에 세 죄수의 시체를 모두 묻었다.

"벌거벗은 채로?"

"아닙니다, 총독 각하. 경비대가 그런 용도로 쓰려고 키톤을 몇 장 가져갔습니다. 매장하면서 시체의 손가락에 반지를 끼웠습니다. 예슈아는 눈금이 하나, 디스마스는 눈금이 두 개 그리고 게스타스는 눈금이 세 개입니다. 그리고 구덩이를 메우고 돌로 덮었습니다. 톨마이가 식별 표지를 알고 있습니다."

"아, 내가 이렇게 될 것을 미리 알았더라면! 그 레비 마트베이란 자를 만나야 했을지도 모르는데……." 빌라도가 찌푸리며 말했다.

"여기 데려왔습니다, 총독 각하."

빌라도는 눈을 크게 뜨고 얼마 동안 아프라니를 쳐다보다가 이렇게 말했다.

"이 일과 관련해 그대가 해 준 수고에 감사하오. 부탁이니 내일 톨마이를 보내 주시오. 내가 그의 일에 만족하고 있다고 미리 그에게 말해 두고. 그리고 아프라니, 그대는 기념으로 이것을 받아 주시오." 총독은 탁자에 놓인 허리띠의 주머니에서 반지를 꺼내 기밀 첩보부 지휘관에게 건네주었다.

아프라니는 고개 숙여 인사하고 말했다.

"커다란 영광입니다, 총독 각하."

"매장을 수행한 경비대에게도 상을 내리시오. 유다를 놓친 밀정들에게는 질책을. 그리고 레비 마트베이는 지금 내게 데려오시오. 예슈아 사건의 자세한 내용을 알고 싶소."

"알겠습니다, 총독 각하." 아프라니가 대답하고 물러서서 인사했고, 총독은 손뼉을 치고 외쳤다.

"여봐라, 여기! 주랑에 불을 밝혀라!"

아프라니는 벌써 정원으로 나갔고 빌라도의 등 뒤에 있는 시종의 손에서는 불빛이 반짝였다. 등불 세 개가 총독 앞 탁자 위에 나타나자 그 순간 달 밝은 밤이 정원으로 물러났다. 마치 아프라니가 데리고 나간 것 같았다. 아프라니 대신 정체를 알 수 없는 작고 초췌한 사람이 거대한 백인대장과 함께 발코니에 들어섰다. 백인대장은 총독이 눈길을 보내자 즉시 정원으로 물러서서 자취를 감췄다.

총독은 새로 들어온 사람을 몹시 흥미로우면서도 약간 두려운 듯한 눈길로 관찰했다. 사람들은 이야기로만 들어 보았던, 그리고 그 자신도 상상했던 사람을 마침내 대면했을 때 그런 눈으로 쳐다보곤 한다.

새로 들어온 사람은 나이가 마흔에 가깝고 검은 피부에 누더기를 걸치고 말라붙은 진흙으로 뒤덮여 있었으며 늑대 같은 눈초리로 눈을 치뜨고 쳐다보았다. 한마디로 그는 대단히 보잘것없고, 시끄럽고 더러운 하부 도시의 시장이나 사원 근처에서 방황하는 시내의 거지와 많이 닮았다.

침묵은 오랫동안 계속되었고, 그것을 깬 것은 빌라도 앞에 불려온 사람의 이상한 행동이었다. 그는 낯빛을 바꾸고 몸을 휘청거렸으며, 더러운 손으로 탁자 모서리를 붙잡지 않았다면 아마 넘어졌을 것이다.

"무슨 일인가?" 빌라도가 그에게 물었다.

"아무것도 아닙니다." 레비 마트베이가 대답을 하면서 뭔가 삼킨 듯한 몸짓을 보였다. 여위고 벌거벗고 더러운 그의 목이 부풀어 올랐다가 다시 가라앉았다.

"무슨 일인가, 대답하라." 빌라도가 반복했다.

"나는 지쳤소." 레비가 이렇게 대답하고는 음울하게 바닥을 쳐다보았다.

"앉아라." 빌라도가 의자를 가리켰다.

레비는 믿을 수 없다는 듯 총독을 바라보고 의자 쪽으로 다가가더니 겁먹은 눈으로 금제 팔 받침대를 흘낏 곁눈질하고 의자가 아니라 그 옆의 바닥에 앉았다.

"설명하라. 어째서 의자에 앉지 않나?" 빌라도가 물었다.

"난 진흙투성이라서 의자가 더러워질 거요." 레비가 땅을 내려다보며 말했다.

"곧 네게 먹을 것을 가져올 것이다."

"먹고 싶지 않소." 레비가 대답했다.

"어째서 거짓말을 하지?" 빌라도가 조용히 물었다. "하루 종일, 아니면 그보다 오래 아무것도 안 먹지 않나. 그래, 좋다, 먹지 마라. 네가 가지고 있었다는 칼을 보여 달라고 하려고 너를 불렀다."

"병사들이 날 여기로 데리고 들어오면서 압수했소." 레비가 대답하고 음울하게 덧붙였다. "꼭 돌려주시오, 주인에게 돌려줘야 합니다, 그건 내가 훔친 거요."

"어째서?"

"밧줄을 자르려고." 레비가 대답했다.

"마르크!" 총독이 외치자 백인대장이 기둥 아래로 나타났다. "이자의 칼을 달라."

백인대장은 허리띠에 달린 주머니 두 개 중 하나에서 더러운 빵 칼을 꺼내 총독에게 건네주고 물러났다.

"칼은 어디서 났나?"

"헤브론 성문 근처의 빵 가게에서 가져왔소, 시내로 들어서자마자 왼쪽에 있는."

빌라도는 넓은 칼날을 들여다보다가 어째서인지 손가락으로 칼날이 날카로운지 만져 본 후 말했다.

"칼 문제에 대해서는 걱정하지 마라, 가게에 돌려줄 테니. 이제 두 번째로 필요한 게 있다. 네가 갖고 다니는, 예슈아의 말을 적은 양피지를 보여 달라."

레비는 증오가 가득한 눈초리로 빌라도를 바라보았고, 악의에 찬 미소를 지어서, 그의 얼굴은 몹시 흉측하게 일그러졌다.

"다 빼앗아 갈 생각이오? 내가 가진 마지막 소유물까지?" 그가 물었다.

"내놓으라고 한 적은 없다." 빌라도가 대답했다. "보여 달라고 했다."

레비는 품속을 뒤져 양피지 두루마리를 꺼냈다. 빌라도는 그것을 받아 풀어서 불빛 사이에 펼치고 눈을 가늘게 뜬 채 알아보기 힘든, 먹물로 쓴 글자들을 연구하기 시작했다. 서투른 획들은 알아보기 어려웠고, 빌라도는 눈살을 찌푸리며 몸을 양피지 쪽으로 바투 숙이고 손가락으로 한 줄씩 따라갔다. 그는 어쨌든 양피지에 격언과 날짜, 살림살이에 관한 짧은 기록과 시구 들이 일관성 없이 나열되어 있다는 것을 해독해 냈다. 빌라도는 가까스로 다음 문장을 읽어 냈다. "죽음은 없다……. 어제 우리는 달콤한 봄철 무화과를 먹었다……."

빌라도는 긴장하여 얼굴을 찡그리고 눈을 가늘게 뜬 채 계속 읽었다. "우리는 생명의 물이 흐르는 맑은 강을 보게 될 것이다……. 인류는 투명한 수정을 통해 태양을 바라보게 될 것이다……."

여기서 빌라도는 몸을 떨었다. 양피지의 마지막 줄에서 그는 이런 말을 읽어 냈다. "……가장 큰 결점은…… 비겁함."

빌라도는 양피지를 도로 말아서 내던지듯 레비에게 건넸다.

"받아라." 그리고 잠시 침묵한 후 덧붙였다. "내가 보기에 너는 배운 사람이고 홀몸이니, 거처도 없이 거지 차림으로 돌아다닐 이유가 없다. 나는 케사리아에 큰 도서관을 가지고 있고 굉장한 부자이며, 널 고용하고 싶다. 넌 양피지를 정리하고 보존하는 일을 할 것이고, 잘 먹고 입게 될 것이다."

레비는 일어나서 대답했다.

"싫소, 내가 원치 않소."

"어째서?" 총독의 낯빛이 어두워졌다. "내가 불쾌한가, 아니면 나를 겁내는가?"

악의에 찬 미소가 다시 레비의 얼굴을 일그러뜨렸다.

"아니, 당신이 날 겁내게 될 것이기 때문이오. 그분을 죽인 후에 내 얼굴을 똑바로 쳐다보는 게 그렇게 쉽지는 않을 거요."

"입 다물라." 빌라도가 대답했다. "돈을 받아라."

레비가 거부의 뜻으로 고개를 젓자 총독이 말을 이었다.

"네가 자신을 예슈아의 제자라고 생각하는 건 알지만, 내가 보니 너는 그가 가르친 것을 전혀 터득하지 못했다. 네가 그의 가르침을 터득했다면 반드시 내게서 뭔가를 받아 가려고 했을 것이기 때문이다. 그가 죽기 전에 자신은 아무도 원망하지 않는다고 말한 것을 명심하라." 빌라도는 의미심장하게 손가락을 쳐들었고, 그의 얼굴이 경련을 일으켰다. "그리고 그 자신도 필시 뭔가 받았을 것이다. 너는 가혹하지만 그는 가혹한 사람이 아니었다. 이제 어디로 갈 테냐?"

레비는 갑자기 탁자로 다가와서 양손을 탁자에 짚고 타오르는 눈으로 총독을 쳐다보며 속삭였다.

"총독, 내가 예르샬라임에서 한 사람을 죽일 예정이라는 걸 알아 두시오. 당신에게 얘기해 두고 싶소, 앞으로도 누군가 더 피를 흘리게 되리라는 걸."

"나도 안다, 피가 더 흐르게 된다는 것을. 네 말은 하나도 놀랍지 않다. 너는 물론 날 죽이고 싶겠지?" 빌라도가 대답했다.

"난 당신을 죽이지는 못할 거요." 레비가 이를 드러내고 웃으며 대답했다. "그런 걸 기대할 만큼 어리석은 인물은 아니오. 하지만 난 반드시 가룟의 유다를 죽일 거요, 거기에 남은 인생을 바치겠소."

순간 총독의 눈에 쾌락의 빛이 나타났고, 그는 손가락으로 레비 마트베이를 자기 쪽으로 좀 더 가까이 부른 뒤 말했다.

"넌 그 일에 성공하지 못할 것이다. 하지만 쓸데없는 걱정은 하지 마라. 유다는 간밤에 이미 살해당했다."

레비는 탁자에서 펄쩍 뛰어 물러나서 사납게 좌우를 둘러보고 외쳤다.

"누가 살해했지?"

"질투하지 말거라." 빌라도가 이를 드러내며 대답하고 양손을 비볐다. "유감스럽게도 너 말고도 그에게 숭배자가 있었던 모양이지."

"누가 살해했소?" 레비가 속삭이는 소리로 되풀이했다.

빌라도가 그에게 대답했다.

"내가 그를 살해했다."

레비는 입을 벌린 채 총독을 응시했고 총독은 조용히 말했다.

"물론 부하들을 조금 썼지만. 어쨌든 그 명령을 내린 것은 나다." 그리고 덧붙였다. "그래, 이젠 뭔가 받아 가겠나?"

레비는 잠시 생각하는가 싶더니 이내 누그러져서 말했다.

"깨끗한 양피지 한 조각을 내게 주라고 하시오."

한 시간이 지났다. 레비는 궁궐에 없었다. 이제는 정원에서 걷는 보초병의 조용한 발소리만이 새벽의 고요를 흩뜨릴 뿐이었다. 달은 급속히 빛을 잃어 갔고, 하늘의 다른 쪽 구석에서 샛별의 희끄무레한 빛이 얼룩처럼 보였다. 등불은 오래전에 꺼졌다. 총독은 침상에 누워 있었다. 그는 손을 볼 아래 받치고 자면서 소리 없이 숨을 쉬었다. 그의 옆에서 반가가 함께 자고 있었다.

그렇게 니산 달의 제15일 새벽을 유대의 다섯 번째 총독 본디오 빌라도는 맞이하였다.

27
50호 아파트의 최후

마르가리타가 그 장(章)의 마지막 문장인 "…… 그렇게 니산 달의 제15일 새벽을 유대의 다섯 번째 총독 본디오 빌라도는 맞이하였다."에 이르렀을 때 아침이 밝아 왔다.

작은 마당의 버드나무와 보리수나무 가지 위에서 참새들이 즐겁고 신나게 아침의 대화를 나누는 소리가 들렸다.

마르가리타는 의자에서 일어나 기지개를 켰고, 그제야 자기 몸이 얼마나 쇠약해졌고 얼마나 더 잠을 자고 싶은지 깨달았다. 흥미롭게도 마르가리타의 영혼은 아주 건강했다. 머릿속도 혼란스럽지 않았고, 초자연적인 밤을 보냈다는 사실에도 전혀 동요하지 않았다. 자신이 사탄의 무도회에 있었다는 것도, 기적이 일어나 거장이 그녀에게 돌아왔다는 것도, 재가 되었던 소설이 다시 나타난 것도, 중상 모략꾼 알로이지 모가리치가 쫓겨 나간 골목의 지하 방에 모든 것이 예전 그대로 제자리에 돌아와 있다는 사실도 그녀를 불안하게 하지 못했다. 한마디로 볼란드와의 만남은 그녀에게 아무런 정신적 손실도 가져오지 않았다. 모든 일이 당연히 그렇게 되어야 하는 것 같았다.

그녀는 옆방으로 가서 거장이 깊고 평온한 잠에 빠져 있는 것을 확인하고 쓸데없이 커져 있는 책상 전등을 껐고, 자신도 맞은편 벽 아래 놓인, 낡고 해진 천을 덮은 작은 소파에 길게 누웠다. 일 분 후 그녀는 이미 잠들어 있었고, 그날 새벽에 그녀는 아무런 꿈도 꾸지 않았다. 지하의 방은 고요했고, 사설 건축업자가 지은 조그마한 집도 전체가 고요했고, 인적 없는 골목도 조용했다.

그러나 그 시간, 그러니까 토요일 새벽에 모스크바의 어떤 공공 기관에서는 한 층 전체가 편히 잠들지 못했고, 특수한 기계들이 웅웅 소리를 내고 솔을 왔다 갔다 하면서 청소하는, 아스팔트를 깐 커다란 광장 쪽으로 난 창문에는 막 떠오르는 햇빛을 관통할 만큼 환한 불빛이 밝혀져 있었다.

그 한 층 전체가 볼란드 사건을 수사하는 데 전력을 쏟고 있었고, 등불이 사무실 열 군데에서 밤새 타올랐다.

사실대로 말하자면 금요일인 어제, 극장 직원들이 전부 사라져 버리고 또 전날의 유명한 흑마술 공연이 벌어지는 동안 일어났던 망측한 소동의 결과로 바리에테를 닫을 수밖에 없게 되었을 때 이미 사건은 명백해진 것이었다. 그러나 문제는 이 잠들지 않는 층에 새로운, 그리고 더욱 새로운 소식이 계속해서 들어오고 있다는 것이었다.

이제 최면술의 농간과 형사 범죄를 섞어 놓은 듯한, 악마의 장난이 분명한 이 이상한 사건의 조사반은 모스크바 곳곳에서 일어난 다양하고 복잡한 사건을 하나의 덩어리로 맞추어야 했다.

전깃불로 빛나는 불면의 층에 처음으로 들러야 했던 사람은 음향 위원회 위원장인 아르카디 아폴로노비치 셈플레야로프였다.

금요일, 점심시간이 지난 후 카멘니 다리 근처에 있는 그의 아파트에 벨소리가 울렸고, 수화기 속에서 남자의 목소리가 아르카디 아폴로노비치를 청했다. 전화를 받은 그의 아내는 우울한 목소리로 아르카디 아폴로노비치가 몸이 좋지 않아 누워서 쉬고 있으며 전화를 받을 수 없다고 대답했다. 그러나 아르카디 아폴로노비치는 어찌 됐든 전화를 받아야만 했다. 누구인데 아르카디 아폴로노비치를 찾느냐는 물음에 전화 속의 목소리는 짧고 간단하게 정체를 밝혔다.

"지금 당장……. 바로……. 지금 곧……." 평소에는 매우 거만한 편인 음향 위원회 위원장 부인은 이렇게 중얼거리고는 화살처럼 침실로 날아가 아르카디 아폴로노비치를 침상에서 일으켰다. 그는 사라토프에서 온 조카딸을 아파트에서 쫓겨나게 한 어제의 마술 공연과 간밤의 소동을 떠올리며 지옥 같은 고통에 시달리고 있었다.

사실 일 초 후는 아니지만 일 분 후도 아닌, 4분의 1분 후 아르카디 아폴로노비치는 왼발에만 슬리퍼를 신고 속옷만 입은 채 수화기를 들고 더듬거리고 있었다.

"예, 접니다……. 알겠습니다, 알겠습니다……."

그의 아내는 불운한 아르카디 아폴로노비치가 저질렀다고 하는, 부부간의 신의에 어긋나는 혐오스러운 범죄 행위들을 이 순간만큼은 잊어버리고, 겁에 질린 얼굴을 문틈으로 내밀고 허공에 슬리퍼를 흔들며 속삭였다.

"슬리퍼 신어요, 슬리퍼……. 발이 얼잖아요." 아르카디 아폴로노비치는 맨발을 흔들어 아내를 쫓아냈고 눈을 흉악하게 치뜨 보이며 전화기에 대고 중얼거렸다.

"예, 예, 그럼요, 물론이죠, 알겠습니다……. 바로 나가겠습니다……."

아르카디 아폴로노비치는 저녁 내내 수사가 진행되는 바로 그 층에 머물렀다. 대화는 고통스러웠고 불쾌했다. 그 추악한 마술 공연과 특별석에서 벌어졌던 주먹다짐뿐만 아니라 그와 함께 어쩔 수 없이, 엘로홉스카야 거리의 밀리차 안드레예브나 포코바티코와 사라토프의 조카딸, 또 아르카디 아폴로노비치에게 형용할 수 없는 괴로움을 안겨다 준 다른 이야기들을 한 톨도 숨기지 않고 털어놓아야만 했기 때문이다.

당연한 이야기지만, 똑똑하고 교양 있는 사람이며 그 추악한 마술 공연의 총명하고 자격 있는 목격자인 아르카디 아폴로노비치가 가장 비밀스러운 가면의 마술사와 그의 무뢰한 조수 둘을 완벽하게 묘사했고 마술사의 이름이 볼란드라는 것도 또렷이 기억했기 때문에, 그의 증언에 힘입어 수사는 현저히 진척되었다. 아르카디 아폴로노비치의 증언과, 마술 공연이 끝난 후 창피를 당했던 숙녀들(림스키를 놀라게 했던 그 보라색 속옷을 입은 여성과 또 불운한 일을 겪은 여러 여성들) 및 사도바야 거리의 50호 아파트로 보내졌던 급사 카르포프 등 다른 목격자들의 증언을 대조한 결과, 이 모든 사건들의 원인이 되는 인물이 있을 만한 장소가 곧바로 도출되었다.

50호 아파트에 한 번이 아니라 수차례에 걸쳐 사람들이 찾아왔고, 유달리 꼼꼼하게 그 안을 조사했을 뿐만 아니라, 안의 벽을 두드려 보고, 난로의 굴뚝도 조사하고, 비밀 장소가 있나 뒤져 보았다. 이 조처는 전부 아무 성과도 없었고 몇 번을 찾아와도 그곳에서 아무도 찾아내지 못했지만, 아파트 안에 누군가 있다는 것은 확실했다. 설사 모스크바를 방문한 외국인 예술가와 어떻게든 관련이 있는 직원들은 하나같이 모스크바에 흑마술사 볼란드 따위는 없으며 있을 수도 없다고 단호하게 무조건적으로 선언했지만 말이다.

결정적으로 그는 이 곳에 온 후 어느 곳에도 등록하지 않았고, 누구에게도 여권이나 다른 어떤 서류도, 계약서도, 합의서도 제시한 적이 없고, 그에 관해서 아무도, 아무것도 들은 바가 없었다! 공연 위원회 프로그램 분과 과장인 키타이체프는 신에게 맹세코 사라진 스테판 리호데예프가 볼란드라는 인물도, 그런 인물이 한다는 공연 프로그램도 결재를 올린 적이 없으며 그 볼란드가 도착했다고 키타이체프에게 전화한 사실도 절대로 없다고 단언했다. 그래서 그는, 즉 키타이체프는, 스테판이 어떻게 바리에테에서 그런 공연을 하도록 허가했는지 이해할 수도, 알 수도 없었다. 공연에 참석한 아르카디 아폴로노비치가 그 마술사를 자기 눈으로 똑똑히 봤다는 말에 키타이체프는 그저 양손을 벌리고 시선을 멍하니 하늘로 향할 뿐이었다. 그리고 장담컨대 키타이체프의 눈을 보면 그가 수정처럼 결백하다는 것을 알 수 있었다.

그러니까 프로호르 페트로비치 키타이체프 중앙 공연 관람 위원회의 위원장은……

말이 나온 김에 얘기하자면, 그는 경찰이 사무실에 들어서

자마자 즉시 양복 정장 안에 다시 돌아왔는데, 이에 안나 리차르도브나는 열광적으로 기뻐했고 공연히 놀란 경찰은 어리둥절해했다. 그리고 또 말이 나온 김에 제자리, 그러니까 회색 줄무늬 양복 정장 속으로 돌아온 프로호르 페트로비치는 그가 잠시 자리를 비운 동안 양복이 결재한 안건들을 모두, 전적으로 인정했다.

……그러나 이 프로호르 페트로비치는 볼란드라는 인물에 대해서 아무것도 알지 못했다.

결과적으로 여러분이 뭐라고 해도 좋을 우스꽝스럽기 짝이 없는 상태가 되었다. 수천 명의 관객과, 바리에테 직원 전원, 고등 교육까지 받은 아르카디 아폴로노비치 셈플레야로프가 그 마술사와 대단히 꺼림칙한 그의 조수들을 보았는데, 그런데도 그를 찾아낼 방법이 하나도 없었던 것이다. 아니, 대체, 여러분에게 묻고 싶다. 그 혐오스러운 공연이 끝나자마자 땅으로 꺼져 버렸단 말인가? 아니면 여러 사람들이 주장하듯이 애초에 모스크바에 온 적이 없단 말인가? 그러나 첫 번째 경우를 가정한다면, 마술사는 사라지면서 바리에테 간부들의 머리를 전부 낚아채 데리고 갔다는 얘기이고, 만약 두 번째라고 하면, 이 불운한 극장의 간부들이 뭔가 더러운 수작을 부린 뒤(사무실의 창문이 깨진 것과 경찰견 투즈부벤의 행동을 상기하시라!) 모스크바에서 흔적도 없이 모습을 감추었다는 얘기가 아닌가.

그래도 수사를 지휘한 사람의 솜씨는 인정해 주어야 하겠다. 수사대는 사라진 림스키를 놀라울 정도로 빨리 찾아냈다. 극장 옆 택시 승강장에서 투즈부벤이 보인 행동과, 흑마술 공연이 언제 끝났으며 정확히 언제 림스키가 사라질 수 있었는지 등 몇몇 시간 정보를 대조하는 것만으로도 즉시 레닌그라드에 전보를 칠 수 있었다. 한 시간 후(즉, 금요일 저녁 무렵에) 답변이 돌아왔는데, 림스키는 아스토리아 호텔 412호에서 발견되었으며 4층에 있는 그의 방은 당시 레닌그라드에 출장을 나온 모스크바 어느 극장의 상연물 목록 담당자가 묵고 있는, 금장한 회청색 가구와 화려한 욕실로 정평이 난 방의 바로 옆방이었다.

아스토리아 412호 옷장 속에 숨어 있다 발견된 림스키는 즉시 체포되어 레닌그라드 현지에서 심문을 받았다. 그 이후에 모스크바에 전보가 도착했는데, 바리에테의 경영 지배인은 자신의 행동을 책임질 능력이 없는 상태이며, 질문에 조리 있게 대답하지 못하거나 똑바로 대답하려 하지 않고 자신을 장갑(裝甲)한 밀실에 숨기고 방 앞에 무장한 경비병을 세워 달라는 부탁만 되풀이한다는 내용이었다. 모스크바에서는 답전을 보내 경비대의 감시 보호 하에 림스키를 모스크바로 호송하라는 지령을 내렸고, 그 결과 림스키는 금요일 저녁 경비대의 보호를 받으며 기차를 타고 모스크바로 떠났다.

그 금요일 저녁 무렵에 리호데예프의 행적도 밝혀졌다. 리호데예프의 신변을 묻는 전보가 모든 도시에 보내졌고, 얄타에서 리호데예프가 그곳에 있었으나 비행기를 타고 모스크바로 돌아갔다는 답신이 왔다.

바레누하만이 유일하게 행적이 밝혀지지 않았다. 모스크바 전역에 모르는 사람이 없는 유명한 극장 간부가 물에 빠진 듯 사라진 것이다.

한편 바리에테 극장 외에 모스크바의 다른 구역에서 벌어진 사건들도 처리해야 했다. 「영광스러운 바다」를 부르는 직원들의 기묘한 사건과(말이 나왔으니 말인데, 스트라빈스키 교수는 피하 주사를 놓는 방법으로 두 시간이 걸려 그들을 진정시키는 데 성공했다.) 다른 시민들에게나 공공기관에 악마나 알 이상한 물건들을 돈이랍시고 내놓은 사람들, 또한 가짜 돈으로 고생한 사람들의 사건을 해명해야만 했다.

이 사건들 중에서도 가장 불쾌하고 추잡하여 해결이 안 되는 것은 고인이 된 문인 베를리오즈의 머리가 백주 대낮에 그리보예도프 홀에 있던 관 속에서 도둑맞아 사라져 버린 사건이었다.

모스크바 전역에서 펼쳐진 이 복잡한 사건의 저주받은 고리를 열두 사람이 마치 뜨개질하듯이 짜 맞추며 수사를 진행했다.

수사관 중 한 명이 스트라빈스키 교수의 병원을 방문해 지난 사흘간 병원에 들어온 환자들의 명단을 보여 달라고 지시했다. 그렇게 해서 니카노르 이바노비치 보소이와 머리가 잘린 불운한 사회자를 찾아냈다. 그러나 솔직히 말해 수사관은 그들에게 별다른 관심을 기울이지 않았다. 이 시점에서는 이미 이 두 사람이 그 의문의 마술사가 이끄는 사기꾼 일당에게 똑같이 당한 것이라는 사실을 쉽게 추측할 수 있었기 때문이다. 반면, 이반 니콜라예비치 베즈돔니는 특별히 수사관의 흥미를 끌었다.

금요일 저녁 무렵, 이반의 방 117호 문이 열리고 젊고 둥그런 얼굴에 태도가 평온하고 부드러운 사람이 방에 들어섰다.

전혀 수사관 같지 않았고, 그것도 모스크바에서 가장 우수한 수사관이라고는 상상할 수도 없는 사람이었다. 그는 침대에 누워 있는, 얼굴이 창백하고 말라빠진 젊은 남자와 그의 눈, 주위에서 일어나는 일에 완전히 무관심하고, 가끔은 주변의 현실을 초월한 어딘가 먼 곳을 보기도 하고 또 가끔은 자기 자신의 내면으로 향하기도 하는 그런 눈을 보았다.

수사관은 상냥하게 자신을 소개하고는 그저께 총주교 연못가에서 벌어진 사건에 대해 이야기하려고 찾아왔다고 말했다.

오, 만약 수사관이 좀 더 일찍, 예를 들어 목요일 밤 이반이 총주교 연못에서 벌어진 이야기에 사람들이 귀를 기울이게 하려고 미친 듯이 노력하던 그때 나타났다면 이반은 얼마나 승리감에 젖었을까. 자문 교수를 체포하는 데 일조하리라던 그의 꿈은 이제 실현되었고, 이 사람 저 사람을 쫓아 뛰어다닐 필요도 없이, 바로 그 수요일 저녁에 무슨 일이 있었는지 그의 이야기를 들으러 수사관이 직접 그를 찾아온 것이다.

그러나 불행히도 이반은 베를리오즈의 죽음이 찾아온 순간 이후로 완전히 변해 있었다. 그는 수사관의 모든 질문에 기꺼이, 정중하게 대답할 준비가 되어 있었으나, 그의 표정과 어조에서는 무심함이 느껴졌다. 베를리오즈의 운명은 더 이상 시인에게 영향을 미치지 못했다.

수사관이 찾아오기 전에 이반은 누운 채로 잠시 졸았고, 그때 그의 눈앞에 몇 가지 장면이 나타났다. 그렇다, 그는 기괴하고 이해할 수 없는, 존재하지 않는 도시와, 그 도시의 대리석 덩어리, 닳아 빠진 기둥, 햇빛에 빛나는 지붕, 검고 음울하며 무시무시하게 생긴 안토니우스 탑, 서쪽 언덕의 궁궐과 궁을 거의 지붕까지 감싼, 열대 식물 같은 정원의 녹음, 그 녹음 위로 노을 속에 타오르는 청동 조각상을 보았고, 고대 도시의 성벽 아래를 진군하는, 갑옷으로 무장한 로마의 백인대를 보았다.

졸고 있는 이반 앞에 의자에 꼼짝 않고 앉아 있는 사람이, 면도한 얼굴은 고뇌에 잠겨 노랗게 시들고 붉은 안감을 댄 흰 망토를 입었으며 화려하고 이국적인 정원을 증오에 찬 눈으로 바라보는 사람이 나타났다. 이반은 또 횡목을 댄 빈 기둥이 여러 개 세워져 있고 나무 한 그루 없는 누런 언덕을 보았다.

총주교 연못에서 일어난 사건들은 더 이상 시인 이반 베즈돔니의 흥미를 끌지 못했다.

"이반 니콜라예비치, 당신은 베를리오즈 씨가 전차 밑으로 떨어질 때 회전문에서 얼마나 멀리 떨어져 계셨습니까?"

어째서인지 무심한 미소가 이반의 입술에 보일락 말락 하게 떠올랐고, 그는 대답했다.

"전 멀리 있었습니다."

"그리고 그 체크무늬 사나이는 회전문 바로 옆에 있었고요?"

"아니요, 그는 저와 별로 멀지 않은 벤치에 앉아 있었습니다."

"당신의 기억에 따르면 베를리오즈 씨가 넘어지던 바로 그 순간에 그 사나이가 회전문에 접근하지 않았단 말이죠?"

"확실히 기억합니다. 접근하지 않았어요. 그는 몸을 쭉 펴고 앉아 있었습니다."

이것이 수사관의 마지막 질문이었다. 수사관은 일어서서 이반에게 손을 내밀었고, 빠른 쾌유를 빌며 조만간 다시 그의 시를 읽을 수 있게 되기를 바란다고 말했다.

"아니요. 이제 더는 시를 쓰지 않을 겁니다." 이반이 조용히 대답했다.

수사관은 예의 바르게 미소를 짓고 시인이 지금은 약간 우울증에 걸린 상태지만 곧 나아질 것이라 확신한다고 말했다.

"아니요." 이반이 수사관이 아니라 저 멀리 저물어 가는 수평선을 바라보며 대꾸했다. "절대로 낫지 않을 겁니다. 제가 쓴 시들은 형편없었어요, 이제야 깨달았습니다."

수사관은 어쨌든 이반에게서 꽤 중요한 정보를 얻어서 떠났다. 사건의 실마리를 마지막에서 시작까지 거꾸로 따라가다가 마침내 모든 사건이 발생한 근원에 도달하는 데 성공한 것이다. 수사관은 이 사건들이 총주교 연못에서 일어난 살인 사건에서 시작했다고 믿어 의심치 않았다. 물론 이반도 그 체크무늬 사나이도 불운한 마솔리트 회장을 전차 아래로 밀치지 않았고, 말하자면 그가 바퀴 아래로 추락하도록 물리적으로 조장한 사람은 없다. 그러나 수사관은 베를리오즈가 전차 아래로 몸을 던진 것은(혹은 떨어진 것은) 최면에 걸려 있었기 때문이라고 확신했다.

그렇다, 증거는 이미 충분했고, 누구를 어디서 찾아내야 하는지도 명백해졌다. 그러나 문제는 무슨 수를 써도 범인을 체포할 방법이 없다는 것이었다. 다시 말하지만, 세 겹으로 저주받은 50호 아파트에는 의심할 바 없이 누군가 있었다. 때때로 그 아파트에서는 누군가 시끄러운 목소리로, 혹은 콧소리 섞인 목소리로 전화를 받았고, 가끔은 아파트 창문이 열리고 그 안에서 축음기 소리가 들리곤 했다. 그러나 아파트를 찾아가 보면 매번 그 안에서 결코 아무도 나타나지 않았다. 한 번도 아니고, 밤낮으로, 다른 시간대에 여러 번 찾아갔던 것이다. 게다가 아파트를 샅샅이 뒤지고 구석구석까지 전부 확인했다. 아파트는 이미 오래전부터 의심받고 있었다. 대문을 통해 마당으로 가는 길뿐만 아니라 뒷길도 감시했다. 옥상의 굴뚝에도 보초를 세웠다. 그렇다, 50호 아파트는 농간을 부리고 있었고 거기에 대응할 방법은 전혀 없었다.

그렇게 수사는 금요일에서 토요일로 넘어가는 자정까지 계속되었다. 그때 마이겔 남작은 야회용 정장을 차려입고 에나멜 구두를 신은 채, 보무도 당당하게 50호 아파트에 손님 자격으로 행차했다. 남작이 아파트 안으로 들어가는 소리가 들렸다. 그리고 약 십 분 후 그들은 아무 예고도 없이 아파트에 들이닥쳤으나 아파트 주인뿐만 아니라 불가사의하게도 마이겔 남작의 흔적도 전혀 찾아내지 못했다.

앞에서도 말했듯이, 수사는 이런 식으로 토요일 새벽까지 이어졌다. 그때 새롭고 아주 흥미로운 정보가 더해졌다. 크림에서 출발한 6인승 여객기가 모스크바 공항에 착륙했다. 여객기의 승객들 사이에 한 기묘한 승객이 탑승해 있었다. 그는 젊은 남자 시민으로, 뺨에는 뻣뻣한 수염이 아무렇게나 자라고 사흘 정도 씻지 못한 듯했으며, 겁에 질린 눈에는 핏발이 서고, 짐도 없고 옷차림도 다분히 괴상했다. 시민은 카프카스에서 흔히 쓰는 높은 털모자를 쓰고 긴 잠옷 위에 역시 카프카스식 산양 가죽 외투를 걸쳤고, 발에는 방금 구입한 것이 분명한, 짙은 푸른색 가죽으로 된 새 슬리퍼를 신고 있었다. 그가 비행기 객실에서 바깥으로 이어지는 임시 계단을 내려와 땅에 발을 딛자마자 수사진이 그에게 접근했다. 수사진은 이미 그를 기다리고 있었고, 잠시 후 잊을 수 없는 바리에테 극장 지배인 스테판 보그다노비치 리호데예프는 수사관 앞에 서 있었다. 그가 새로운 정보를 내놓았다. 이제 볼란드가 예술가로 위장해 바리에테에 침투했고, 스테판 리호데예프에게 최면을 걸었으며, 그 스테판을 모스크바 밖으로, 몇 킬로미터나 떨어졌는지 신만이 아실 먼 곳으로 어떻게든 쫓아냈다는 것이 보다 분명해졌다. 이렇게 해서 증거가 더 늘어났지만 그로 인해 수사가 쉬워진 것은 아니었고, 오히려 약간 더 어려워졌다고 할 수 있었다. 스테판 보그다노비치를 골탕 먹인 이런 속임수를 쓰는 인물을 제압하기란 쉽지 않으리라는 것이 명백했기 때문이었다. 어쨌든 리호데예프는 그의 요청에 의해 안전한 곳에 감금되었고, 이제 거의 마흔여덟 시간 동안 흔적도 없이 사라졌다가 자기 아파트로 돌아와 바로 체포된 바레누하가 심문을 받았다.

사무장은 아자젤로에게 더 이상 거짓말하지 않겠다고 맹세했는데도 곧바로 거짓말을 하기 시작했다. 그렇다고 해서 그를 가혹하게 비난할 수는 없는 일이다. 사실 아자젤로는 그가 전화상으로 거짓말을 하거나 비열하게 행동하는 것을 금지했을 뿐이고, 지금 사무장은 문제의 통신 기기를 거치지 않고 이야기하고 있으니 말이다. 이반 사벨리예비치는 눈을 멍하게 뜬 채 목요일 낮에 그는 바리에테의 자기 사무실에서 혼자 취하도록 술을 마셨고, 그 뒤 어딘가로 나갔지만 어디로 갔는지는 기억이 안 나고, 어딘가에서 보드카를 좀 더 마셨는데 어디였는지는 기억이 안 나고, 어딘가 울타리 아래에 쓰러졌는데 어디였는지는 또다시 기억이 안 난다고 진술했다. 수사관들이 사무장에게, 그가 어리석고 무분별한 행동으로 중요한 사건의 수사를 방해하고 있으며 그 대가는 톡톡히 치르게 될 것이라고 말하자마자, 바레누하는 엉엉 울기 시작하더니 주위를 돌아보며 떨리는 목소리로 자신이 방금 한 헛소리는 볼란드 일당의 복수가 두려워서 공포에 질렸기 때문이고 이미 그 볼란드의 손아귀에 한 번 놀아났으며 지금은 장갑한 방에 감금되기를 부탁하며, 간청하며, 갈망한다고 속삭였다.

"이건 또 무슨 악마의 장난이야! 다들 그 장갑한 방에 못 들어가 안달하는군!" 수사관 중 한 명이 투덜거렸다.

"그 무뢰한들이 무시무시하게 겁을 준 모양이야." 이반을 찾아갔던 수사관이 말했다.

수사진은 바레누하를 할 수 있는 한 진정시키고 밀실에 감금하지 않고도 그를 보호해 줄 것이라고 말했고, 그러자 곧 그는 애초에 울타리 아래에서 보드카를 마신 적은 없었으며 실은 두 사람에게 얻어맞았는데, 하나는 송곳니가 튀어나온 빨간 머리 사내였고 다른 하나는 뚱보였다고 해명했다…….

"아, 고양이를 닮은?"

"예, 맞습니다, 맞아요." 사무장은 죽도록 겁에 질려 계속해서 매 순간 주위를 살피며 속삭이고 이어서 자신이 근 이틀간 50호 아파트에 흡혈귀 불한당들의 안내역으로 머무르면서 경영 지배인 림스키를 죽일 뻔한 사연을 늘어놓았다…….

그때 레닌그라드발 기차로 호송된 림스키가 들어왔다. 그러나 이 공포에 떠는, 정신적으로 불안정하고 머리가 하얗게 세어 버린 늙은이에게서 이전의 경영 지배인을 발견하기는 매우 어려웠고, 게다가 그는 무슨 일이 있어도 진실을 말하려 들지 않았으며 이 점에서 대단히 고집스러운 모습을 보였다. 림스키는 밤중에 자기 사무실 창문에서 헬라라는 사람을 본 적이 없고 바레누하도 보지 못했으며, 그저 몸이 안 좋아져서 인사불성이 된 채 레닌그라드로 떠났던 것이라고 주장했다. 병든 경영 지배인이 증언을 마치면서 자신을 장갑한 방에 가두어 달라고 부탁한 것은 두말할 필요도 없다.

안누시카는 백화점에서 계산원에게 미화 10달러 지폐를 내려고 하다가 체포되었다. 수사관들은 사도바야 거리의 아파트 건물 창문을 통해 밖으로 날아간 사람들과, 안누시카 본인의 말에 따르면 경찰에 제출하기 위해서 주웠던 말 편자에 관한 이야기를 주의 깊게 들었다.

"편자가 정말로 순금에 다이아몬드가 박혀 있었습니까?" 수사관들이 안누시카에게 물었다.

"다이아몬드인지 내가 어떻게 알아요." 안누시카가 대답했다.

"그 남자가 10루블 지폐를 줬다고 말씀하셨죠?"

"10루블이었는지 내가 어떻게 알아요." 안누시카가 대답했다.

"좋습니다, 그럼 그게 언제 미국 달러로 변했죠?"

"달러인지 뭔지 나는 몰라요, 그리고 달러 따윈 본 적도 없어요." 안누시카가 째지는 소리로 대답했다. "우린 권리가 있다고요! 보답으로 받은 거니까 그걸로 사라사 천을 사려고 했는데……." 그러고는 자신은 주택 관리에는 책임이 없다느니 관리소 측에서 5층에 부정한 기운을 불러들였다느니 그것 때문에 살 수가 없다느니 하는 엉뚱한 말을 늘어놓았다.

여기서 수사관은 이 여자에게 완전히 질려 버려서 안누시카에게 펜을 흔들어 보이고는 초록색 종이에 귀가해도 좋다는 허가증을 써 주었으며, 안누시카는 건물에서 사라졌고, 모두 만족했다.

그 후에도 수많은 사람들이 줄줄이 나타났는데 그중에는 니콜라이 이바노비치도 있었다. 이제 막 체포된 그는 순전히 질투심에 찬 그의 아내가 어리석게도 새벽녘에 남편이 사라졌다고 경찰에 신고해 버려서 잡혀온 것이었다. 니콜라이 이바노비치가 사탄의 무도회에서 시간을 보냈다는 말도 안 되는 증명서를 책상 위에 내놓았을 때 수사진은 그다지 놀라지 않았다. 마르가리타 니콜라예브나의 벌거벗은 가정부를 등에 태우고 악마들이 모여드는 강으로 날아가서 멱을 감은 일이나 그전에 창가에 나타난 나체의 마르가리타 니콜라예브나에 관해 이야기하면서 니콜라이 이바노비치는 진실에서 조금 벗어났다. 예를 들면 자신이 마르가리타가 벗어 던진 잠옷을 손에 들고 침실에 들어갔던 일이나 나타샤를 비너스라고 부른 일은 굳이 언급할 필요가 없는 것으로 간주했다. 결과적으로 그의 진술에 따르면 나타샤는 창문을 통해 밖으로 날아가서 그의 등에 타고 그대로 모스크바 밖으로 끌어냈다…….

"강요당한 겁니다. 따르는 수밖에 없었습니다." 니콜라이 이바노비치가 이야기했고, 아내에게는 이 일에 대해 한마디도 알리지 말아 달라는 부탁으로 잡담을 끝맺었다. 수사관들은 알리지 않겠다고 그에게 약속했다.

니콜라이 이바노비치의 진술을 바탕으로 하여 마르가리타 니콜라예브나와 그녀의 가정부 나타샤가 사라졌다고 추정할 수 있었다. 이들을 찾아내기 위한 조처가 취해졌다.

이렇게 한순간도 멈추지 않는 수사가 토요일 아침을 기념했다. 같은 시각 시내에서는 아주 작은 진실 한 덩어리를 화려한 거짓말로 장식한, 완전히 사실무근의 헛소문이 발생하여 점점 부풀어 오르고 있었다. 사람들이 말하길 바리에테에서 마술 공연이 있었고, 그 뒤에 관객 2000명이 어머니가 낳아 주신 벌거숭이 몸뚱이 그대로 거리로 뛰어나왔으며, 경찰이 사도바야 거리에서 마술로 위조지폐를 만드는 인쇄소를 덮쳤다든가, 어떤 불한당 무리가 오락 분과 지도요원 다섯 명을 납치했다거나, 그렇지만 경찰이 즉시 그들을 전부 찾아냈다든가, 이 외에도 굳이 되풀이하고 싶지도 않은 이야기들이 많이 있었다.

그러는 사이에 시간은 점심때가 가까워졌고 그때 수사가 진행되는 곳에 전화벨 소리가 울렸다. 사도바야 거리에서 보고가 들어왔는데, 저주받은 아파트에서 다시 인기척이 났다는 것이었다. 보고에 따르면, 아파트에서 누군가 창문을 열었고 그 안에서 피아노 소리와 노랫소리가 들려왔으며 검은 고양이가 창턱에 앉아 햇빛을 쬐는 모습이 창가에서 목격되었다고 했다.

더운 날 오후 4시 경, 사도바야 거리 302-2번지에서 약간 못 미치는 곳에 자동차 세 대가 서더니 사복을 입은 남자들이 굉장한 무리를 지어 몰려 내렸다. 무리는 두 개의 작은 무리로 나뉘어 한쪽은 건물의 대문과 마당을 통해 곧바로 6번 출입구로 향했고 다른 쪽은 평소에 못을 박아 막아 놓는, 뒷길로 이어지는 작은 마당의 문을 열었으며, 그렇게 양쪽은 다른 계단을 통해 50호 아파트로 올라가기 시작했다.

이 시각에 코로비요프와 아자젤로는 식당에 앉아서 아침 식사를 거의 마친 참이었다. 덧붙이자면, 코로비요프는 축일의 연미복과는 거리가 먼 일상복 차림이었다. 볼란드는 평소처럼 침실에 있었고 고양이는 어디 있는지 알 수 없었다. 그러나 부엌에서 쨍그랑거리는 냄비 소리로 미루어 볼 때 베헤모트가 언제나 하던 습관대로 부엌에서 광대놀음을 하고 있다고 짐작할 수 있었다.

"계단에서 들리는 저 발소리는 대체 뭘까?" 코로비요프가 블랙커피를 담은 찻잔에 찻숟가락을 넣고 장난을 치며 물었다.

"우릴 체포하려는 모양이지." 아자젤로가 이렇게 대답하고는 코냑을 한 잔 마셨다.

"아아, 그래, 그래." 코로비요프가 대꾸했다.

그때 출입구 계단을 올라오는 사람들은 이미 3층 층계참에 있었다. 층계참에서는 배관공 두 명이 스팀 난방기를 만지작거리고 있었다. 남자들은 지나가면서 배관공들과 의미심장한 눈짓을 교환했다.

"모두 집에 있습니다." 배관공 한 명이 망치로 관을 때리며 속삭였다.

그러자 앞에 가던 남자가 노골적으로 외투 속에서 검은 모제르 권총을 꺼내 들었고, 그 옆의 다른 남자는 마스터키를 꺼냈다. 50호 아파트로 가는 남자들은 대부분 제대로 무장하고 있었다. 그중 두 명은 주머니 속에 한 번에 펼쳐지는 가느다란 명주 그물을 가지고 있었다. 어떤 사람은 포획용 올가미를, 또 다른 사람은 거즈로 만든 입마개와 마취제가 담긴 약병을 갖고 있었다.

순식간에 50호 아파트 현관문이 열렸고, 남자들이 현관으로 들이닥쳤다. 그때 부엌에서 쾅 소리가 나며 문이 열렸고, 그

문을 통해 두 번째 무리가 뒷길을 통해 제때 들어왔음을 알 수 있었다.

이번에는 완전하지는 않더라도 어느 정도 성공이 목전에 있었다. 순식간에 모든 방으로 퍼진 사람들은 아무도 찾아내지 못했지만 그 대신 식당에서 방금 먹다 만 것이 분명한 버려진 아침 식사가 발견되었고, 거실의 벽난로 위 선반에는 크리스털 술병 옆에 거대한 검은 고양이가 앉아 있었다. 고양이는 발에 프리무스 버너를 쥐고 있었다.

거실에 들어온 남자들은 아무 말도 하지 못하고 꽤 오랜 시간 동안 고양이를 관찰했다.

"음, 그래……. 정말 대단하군……." 남자들 중 하나가 속삭였다.

"장난치는 거 아니에요, 아무도 안 건드려요, 버너를 청소하고 있을 뿐이라고요." 고양이가 퉁명스럽게 이맛살을 찌푸리며 내뱉었다. "그리고 미리 말해 둬야겠는데, 고양이는 태곳적부터 존재해 왔고 함부로 범해서는 안 되는 동물이에요."

"보기 드물게 훌륭한 술수야." 남자들 중 하나가 속삭였고, 다른 남자가 큰 소리로 분명하게 말했다.

"그래, 범접할 수 없는 굉장한 고양이야, 이리 와라!"

명주 그물이 펼쳐져 날아올랐지만 모두가 놀라서 지켜보는 가운데 그것을 던진 남자는 그물로 술병을 잡았을 뿐이었고, 술병은 즉시 쨍그랑 소리를 내며 깨졌다.

"벌칙이다! 만세!" 고양이가 부르짖었다. 그리고 고양이는 버너를 한쪽 옆에 놓아두고 등 뒤에서 브라우닝 권총을 꺼냈다. 고양이는 눈 깜짝할 사이에 가장 가까이에 서 있는 사람에게 총구를 겨누었으나 방아쇠를 당기기 전에 그 남자의 손에서 먼저 불꽃이 터졌고, 모제르가 발사되자마자 고양이는 권총을 떨어뜨리고 버너를 내던지고 선반에서 바닥으로 머리부터 쿵 떨어졌다.

"전부 끝났어." 고양이가 약한 목소리로 말하고는 괴로운 듯 피 웅덩이 속에서 사지를 쭉 폈다. "조금만 시간을 주시오, 이승과 이별할 수 있게. 오, 나의 친구 아자젤로여!" 고양이가 피 흘리며 신음했다. "너는 어디 있는가?" 고양이는 꺼져 가는 시선을 식당 문 쪽으로 향했다. "너는 불공평한 이 전투의 순간에 나를 도와주러 오지 않았다. 너는 불쌍한 베헤모트를 버린 거야, 한 잔의 술을 위해서 — 아주 좋은 코냑인 건 사실이지만! 어쩌겠나, 내 죽음이 너의 양심을 짓누르기를 빌겠다. 그리고 네게 내 브라우닝을 남겨 주지……."

"그물, 그물, 그물." 고양이 주위에서 남자들이 불안하게 수군댔다. 그러나 그물은 — 악마나 이유를 알겠지만 — 누군가의 주머니 속에 걸려서 밖으로 나오려 하지 않았다.

"치명상을 입은 고양이를 구원해 줄 수 있는 것은 단 한 가지, 등유 한 모금뿐이지……." 고양이가 말했다. 그리고 혼란한 상황을 틈타 프리무스 버너의 둥근 구멍에 입술을 대고 등유를 마셨다. 그 순간 왼쪽 앞발 아래서 흘러나오던 핏줄기가 멈추었다. 고양이는 생기 있고 기운차게 뛰어 일어나더니 겨드랑이에 난로를 끼운 채 벽난로 위로 뛰어올랐으며, 거기서부터 발톱으로 벽지를 할퀴며 벽을 기어올라 이 초 뒤에는 커튼 걸이 횡목 위에, 남자들 머리 위로 높이 앉아 있었다.

순식간에 남자들의 손이 커튼을 붙잡아 횡목과 함께 뜯었고, 그늘져 있던 방 안으로 햇빛이 쏟아져 들어왔다. 그러나 사기를 쳐서 기운을 회복한 고양이도 프리무스 버너도 아래로 떨어지지 않았다. 고양이는 프리무스 버너를 놓지 않고 절묘하게 공중을 휘저어 가서 방 한 가운데 걸린 샹들리에로 뛰어오르는 데 성공했다.

"사다리!" 아래에서 외쳤다.

"결투를 신청한다!" 고양이가 흔들리는 샹들리에를 타고 남자들의 머리 위로 날아다니며 부르짖었고, 다시 한 번 발에 브라우닝 권총이 나타났으며, 프리무스 버너는 샹들리에 가지 사이에 놓아두었다. 고양이는 조준을 한 뒤 마치 진자처럼 왔다 갔다 하면서 남자들의 머리 위에서 총을 쏘기 시작했다. 굉음이 아파트를 뒤흔들었다. 바닥에 샹들리에의 수정 조각이 우수수 떨어졌고, 거울이 별처럼 난로 위로 부서져 떨어졌으며, 회반죽 먼지가 피어올랐고, 다 쓴 탄창이 바닥에 튀어 올랐고, 창문 유리가 전부 깨졌고, 총알이 명중한 프리무스 버너에서 등유가 방울져 떨어지기 시작했다. 이제 고양이를 산 채로 잡는 것은 생각도 할 수 없게 되었고, 남자들은 맹렬하고도 정확하게 응사하여 모제르 권총으로 고양이의 머리를, 배를, 가슴과 등을 쏘아 댔다. 사격은 아스팔트 깔린 마당에 패닉을 불러 일으켰다.

그러나 이 사격은 오래 지속되지 않았고 저절로 잦아들기 시작했다. 사실 이 사격은 고양이에게도, 남자들에게도 아무런 해도 입히지 않았던 것이다. 알고 보니 아무도 죽지 않았을 뿐더러 상처조차 입지 않았다. 고양이를 포함하여 모두가 아무런 해도 입지 않았다. 이 사실을 다시 한 번 확인하기 위해 남자들 중 하나가 저주 받은 짐승의 머리에 다섯 발을 쏘았고 고양이도 탄창 하나를 다 써서 민첩하게 응사하였다. 그리고 결과는 똑같았다 ― 아무도 영향을 받지 않았다. 고양이는 샹들리에를 흔들어 진자 운동의 폭을 점점 줄였으며, 어째서인지 브라우닝 총구에 입김을 훅 불면서 앞발에 침을 튀겼다. 침묵 속에 아래에 서 있는 남자들의 얼굴에 완전히 어리둥절한 표정이 떠올랐다. 이것은 사격이 완전히 무효한 것으로 드러난 유일한 경우, 혹은 몇 안 되는 경우 중 하나였다. 물론 고양이의 브라우닝이 장난감이라고 추측할 수도 있지만, 남자들의 모제르 권총에 대해서는 절대로 그렇게 말할 수 없었다. 고양이가 처음 입었던 부상은 다름 아닌 농간이고 비열한 술책이었던 것이 의심할 여지 없이 분명해졌고, 등유를 마신 것도 마찬가지였다.

남자들은 다시 한 번 고양이를 잡으려고 시도했다. 누군가 던진 포획용 올가미가 촛불 중 하나에 걸려 샹들리에가 떨어졌다. 그 충격으로 건물 전체가 흔들린 것 같았으나, 의도했던 효과는 얻지 못했다. 남자들은 샹들리에 유리 조각을 뒤집어썼고 고양이는 공중을 가로질러 저 높이 천장 아래, 벽난로 위에 걸린 거울의 금도금한 테두리 위쪽에 안착했다. 고양이는 도망갈 생각이 전혀 없어 보였고 심지어는 그 반대로, 비교적 안전한 장소에 앉아 한 번 더 연설을 늘어놓기 시작했다.

"정말 이해할 수가 없군요. 저를 이렇게 거칠게 대하시는 이유를……." 고양이가 위에서 말했다.

그리고 여기서, 어디서 들려오는지 알 수 없는 굵고 낮은 목소리가 이제 막 시작한 연설을 가로막았다.

"아파트에 무슨 일이 일어난 거지? 일을 할 수가 없잖아."

또 다른, 콧소리 섞인 불쾌한 목소리가 대꾸했다.

"아, 물론 베헤모트지, 악마나 잡아 가라지!"

세 번째로 걸걸한 목소리가 말했다.

"메시르! 토요일입니다. 해가 지고 있어요. 때가 됐습니다."

"죄송합니다, 더 이상 이야기를 나눌 수 없겠군요. 때가 됐습니다." 고양이가 거울 위에서 말했다. 고양이는 브라우닝 권총을 힘차게 던져 양쪽 유리창을 깨뜨렸다. 그리고 아래로 등유를 쏟아부었다. 등유는 저절로 타올라 불길의 파도를 천장까지 뿜어 올렸다.

불길은 등유에서 타오른 것 치고는 유별나게 빠르고 강하게 타올랐다. 곧 벽지가 연기를 내기 시작했고, 뜯겨서 바닥에 놓여 있던 커튼도 타올랐으며, 깨진 창문의 창틀에도 불이 붙기 시작했다. 고양이는 용수철처럼 몸을 말고 야옹 소리를 낸 뒤 거울에서 창틀로 뛰어올라 프리무스 버너와 함께 창문 너머로 사라졌다. 밖에서 총소리가 울렸다. 보석상 과부의 아파트 창문 옆에서 소방용 철제 사다리를 타고 있던 남자가, 전에도 말했듯이 디근 자로 설치된 건물 모서리의 배수 파이프를 향해 창턱에서 창턱으로 뛰어가는 고양이에게 사격을 가했다. 고양이는 이 파이프를 타고 지붕으로 기어올랐다. 그곳에서 굴뚝을 지키고 있던 경비대 역시 유감스럽게도 아무 성과 없이 고양이에게 사격을 가했고, 고양이는 도시 전역에 햇살을 뿌리며 저물어 가는 태양 속으로 사라졌다.

같은 시각 아파트에서는 남자들의 발아래서 마룻바닥이 갑자기 타오르기 시작했고, 불길 속에서, 고양이가 부상을 입은 척하며 떨어졌던 바로 그곳에, 턱을 쳐들고 눈이 흐려진 마이 겔 남작의 시체가 서서히, 그러나 점점 뚜렷하게 나타났다. 그러나 시체를 불 속에서 끌어내는 것은 불가능했다.

거실에 있던 남자들은 뜨거운 바둑판무늬 마룻바닥 위를 이리저리 건너뛰고 손으로 연기가 나는 어깨와 가슴을 때리며 서재로, 현관으로 물러났다. 식당과 침실에 있던 남자들은 복도를 통해 뛰쳐나왔다. 부엌에 있던 남자들도 역시 뛰어나와서 현관으로 몸을 던졌다. 거실은 이미 불꽃과 연기로 가득했다. 누군가 나가면서 소방서에 전화를 걸어 수화기에 대고 짧게 소리쳤다.

"사도바야, 302-2번지!"

더 이상 지체할 수 없었다. 불길이 채찍처럼 현관을 때렸다. 숨 쉬기가 힘들어졌다.

요술에 걸린 아파트의 깨진 창문에서 첫 연기 줄기가 뿜어져 나오자마자 마당에서 다급한 외침이 들려왔다.

"불이야! 불이야! 타 죽는다!"

건물 여기저기에서 사람들이 전화기에 대고 소리치기 시작했다.

"사도바야! 사도바야, 302-2번지!"

사도바야 거리에 도시 전역에서 몰려오는 빨갛고 긴 자동차들이 내는 심장이 떨어질 듯한 사이렌 소리가 들려오기 시작했을 때, 마당에서 뛰어다니던 사람들은 연기와 함께 5층 창문을 통해 남자로 보이는 거무스름한 형체 세 개와 벌거벗은 여자 형체 하나가 밖으로 날아가는 것을 보았다.

28
코로비요프와 베헤모트의 마지막 모험

　이 형체들이 실제로 존재했는지 아니면 그저 사도바야 거리
의 불운한 아파트 건물에 사는 공포에 질린 거주자들 눈에 그
렇게 보인 것인지는 정확하게 말할 수 없다. 이 형체들이 존재
한 것이 맞다 해도 그들이 곧바로 향해 간 곳이 어디인지도 또
한 아무도 모른다. 그들이 어디서 헤어졌는지도 역시 말할 수
없지만, 그러나 우리가 아는 것은 사도바야 거리에서 화재가
시작된 지 십오 분쯤 후에 스몰렌스키 시장에 있는 토르그신
상점의 거울문 앞에 체크무늬 정장을 입은 기다란 시민과 까
맣고 커다란 고양이가 나타났다는 사실이다.
　시민은 행인들 사이를 교묘하게 헤치고 지나가 상점의 출입
문을 열었다. 그러나 자그마하고 뼈가 앙상하며 지극히 야박한
수위가 길을 막고 화를 내며 말했다.
　"고양이는 안 돼!"
　"뭐라고 하셨죠?" 기다란 시민이 걸걸한 목소리로 말하며

가는귀가 먹은 것처럼 마디가 툭 튀어나온 손을 귀 뒤에 갖다
댔다. "고양이라고 하셨습니까? 어디에 고양이가 있다고 그러
시는 거죠?"

수위는 눈을 휘둥그렇게 떴는데, 여기에는 이유가 있었다.
시민의 발치에는 이미 고양이는 전혀 보이지 않았고, 그 대신
시민의 어깨 뒤에서 불쑥 튀어나와 가게 안으로 비집고 들어
가려 하는 것은 찢어진 챙 모자를 쓰고 면상은 아닌 게 아니
라 고양이를 좀 닮은 웬 뚱보였다. 뚱보는 손에 프리무스 버너
를 들고 있었다.

어째서인지 이 방문객 한 쌍은 사람을 싫어하는 수위의 마
음에 들지 않았다.

"우린 외화만 받아요." 그가 마치 좀먹은 듯 부스스한 회색
눈썹 아래서 초조한 듯 눈을 치뜨고 목쉰 소리로 말했다.

"이보십시오, 수위님." 기다란 시민이 금이 간 코안경 너머로
눈을 빛내며 덜그럭거렸다. "그래, 제게 외화가 없다는 걸 무슨
수로 아십니까? 옷차림으로 판단하십니까? 절대로 그런 짓 하
지 마십시오, 존경하옵는 수위님! 그러다 실수하실 수도 있습
니다, 그것도 아주 큰 실수를요. 유명한 술탄 하룬 알 라시드*
의 이야기라도 다시 한 번 읽어 보십시오. 하지만 그 이야기는
잠시 잊어버리더라도 지금 이 일에 관한 한, 댁의 상사에게 항
의하고 몇 가지 일들을 이야기해서 이제부터는 댁이 저 빛나
는 거울 문 사이의 자기 자리를 떠날 수밖에 없도록 만들어

---

* 『천일야화』에 등장하는 왕. 거지 차림으로 바그다드 시내를 돌아다니며 백성
들을 왕궁으로 초대했다.

드리지요."

"내 프리무스 버너가 외화로 가득할지도 모르잖아요." 고양이 얼굴의 뚱보가 격분한 목소리로 대화에 끼어들며 가게 안으로 밀고 들어가려 했다.

뒤쪽으로는 이미 군중이 모여들어 화를 내고 있었다. 수위는 이 괴상한 한 쌍을 증오와 의심의 눈초리로 쳐다보면서 한쪽으로 물러섰고, 그렇게 우리의 친구 코로비요프와 베헤모트는 가게 안에 들어섰다. 그들은 우선 주위를 둘러보았고, 가게 구석구석까지 들릴 만큼 낭랑한 목소리로 코로비요프가 말했다.

"멋진 상점인데! 정말, 정말로 훌륭한 곳이야!"

손님들은 어째서인지 판매대에서 몸을 돌려 어리둥절한 눈으로 말한 사람을 쳐다보긴 했지만, 그가 가게를 칭찬한 것은 그럴 만한 이유가 있었다.

다양한 색색의 사라사 천이 선반에 격자 모양으로 수백 필씩 쌓여 있는 것이 보였다. 그 뒤로 모슬린과 비단 모슬린, 연미복용 나사가 산처럼 쌓여 있었다. 신발을 담은 종이 상자 더미가 눈길이 닿는 저 멀리까지 늘어서 있고, 여성 시민 몇 명이 나지막한 간이 의자에 앉아서 오른발에는 낡고 닳아 빠진 구두를, 왼발에는 반짝이는 새 구두를 신고, 새 구두를 신은 발로 융단을 조심스럽게 밟아 보고 있었다. 어딘가 안쪽 깊숙이 모퉁이 뒤에서 축음기가 노래와 음악을 연주했다.

그러나 코로비요프와 베헤모트는 이 아름다운 광경을 모두 모두 지나쳐 곧장 식품 코너와 과자 코너가 만나는 지점으로 향했다. 이곳은 무척 넓었고, 머릿수건과 베레모를 쓴 여성 시민들은 옷감 코너에서처럼 판매대로 몰려들거나 하지 않았다.

작달막하고 완전히 정사각형 몸매에 얼굴에는 면도 자국이 파르스름하게 난 남자가 뿔테 안경에 리본이 빳빳하고 얼룩 하나 없는 새 모자를 쓰고 연보랏빛 외투를 입고 불그스름한 새끼염소 가죽 장갑을 끼고 판매대 앞에 서서 소 울음같이 굵은 목소리로 고함을 치며 뭔가 명령하고 있었다. 깨끗한 흰 가운을 입고 푸른 모자를 쓴 판매원이 연보랏빛 외투의 고객을 응대했다. 판매원은 레비 마트베이가 훔쳤던 것과 아주 비슷하게 생긴 날카로운 칼로 기름기가 배어 나오는 분홍빛 연어 고기에서 뱀가죽처럼 여러 가지 색으로 반짝이는 은색 껍질을 벗겨 냈다.

"이쪽 코너도 근사한데. 외국인들도 호감이 가고." 코로비요프가 득의만만하게 말했다. 그는 상냥하게 연보라색 등을 손가락으로 가리켰다.

"아냐, 파고트, 그렇지 않아." 베헤모트가 생각에 잠겨 대답했다. "친구, 자네가 착각한 거야. 저 연보라색 신사의 얼굴에는 뭔가 모자라, 내 생각엔."

순간 연보라색 등이 흠칫 떨렸지만 물론 그것은 우연이었을 것이다. 외국인이 코로비요프와 그의 동료가 러시아어로 한 말을 알아들을 수는 없기 때문이다.

"코급품?" 연보라색 소비자가 엄하게 물었다.

"세계 최고죠!" 판매원이 물고기 껍질 밑에서 날렵하게 칼날을 비틀며 대답했다.

"코급품 좋아, 불량, 안 돼." 외국인이 딱딱하게 말했다.

"물론이죠!" 판매원이 열광적으로 대답했다.

우리의 친구들은 외국인과 그의 연어로부터 발길을 돌려 과자 판매대 근처로 향했다.

"오늘은 날이 덥군요." 코로비요프가 뺨이 붉은 젊은 여자 판매원에게 말을 걸었지만 아무 대답도 듣지 못했다. "귤은 얼마죠?" 그래서 코로비요프가 판매원에게 질문했다.

"1킬로그램에 30코페이카예요." 판매원이 대답했다.

"뭐든지 비싸군. 에휴, 에휴……." 코로비요프가 한숨을 쉬며 논평했다. 그는 조금 더 생각하더니 동료에게 권했다. "먹어 봐, 베헤모트."

뚱보는 프리무스 버너를 겨드랑이에 끼고 피라미드처럼 쌓아 올린 귤 더미 위쪽에서 하나를 집어 들고는, 그 자리에서 껍질째로 먹어 치운 후 두 번째 귤을 집으러 손을 뻗었다.

판매원은 엄청난 공포에 사로잡혔다.

"당신 미쳤어요? 전표 내놔요! 전표!" 그리고 그녀는 과자 집게를 떨어뜨렸다. 뺨의 홍조를 잃은 그녀가 외쳤다.

"예쁜 아가씨, 착하지, 진정해요." 코로비요프가 판매대 너머로 몸을 잔뜩 기울이고 목쉰 소리로 말하며 판매원에게 눈을 찡긋 했다. "우리가 오늘 외화가 좀 없어서……. 아니, 너 무슨 짓을 하는 거야! 그래, 이렇게 부탁할게요. 다음번에, 그러니까 아무리 늦어도 월요일까지는 전부 다 현금으로 갚는다니까! 집도 여기서 가까워요, 사도바야 거리예요, 불난 곳……."

베헤모트는 귤을 세 개째 삼킨 후 초콜릿을 절묘하게 쌓아 만든 구조물에 앞발을 쑤셔 넣어 아래쪽에서 하나를 빼냈고, 물론 그 때문에 구조물을 전부 무너뜨렸으며, 그런 뒤에 초콜릿을 금박 포장지와 함께 삼켰다.

생선 매장의 판매원들은 칼을 손에 든 채 돌처럼 굳어졌고,

연보라색 외국인은 강도들 쪽으로 돌아섰으며, 그러자 베헤모트가 틀렸다는 사실이 즉시 드러났다. 연보라색 외국인의 얼굴은 전혀 모자라는 부분이 없었을 뿐 아니라, 오히려 남아돌았다 ─ 축 처진 뺨과 여기저기 두리번거리는 눈.

판매원은 완전히 노랗게 질려서 상점 전체에 들리도록 구슬프게 소리쳤다.

"팔로시치!* 팔로시치!"

옷감 코너에서 손님들이 이 외침을 듣고 몰려왔고, 베헤모트는 과자의 유혹에서 벗어나서, '케르치**산 우량품 청어'라고 써 붙인 나무통에 앞발을 찔러 넣고 청어 두 마리를 끄집어내 삼킨 뒤, 꼬리만 뱉어 냈다.

"팔로시치!" 과자 판매대 뒤에서 필사적인 외침이 반복되었고, 생선 판매대 뒤에서 삼각 수염을 뾰족하게 기른 판매원이 목청껏 고함쳤다.

"너 거기서 뭐 하는 거야, 이 도둑놈아!"

파벨 이오시포비치가 황급히 사건 현장으로 오고 있었다. 그는 풍채가 당당한 남자로 외과의사처럼 희고 깨끗한 가운을 입었고 주머니에는 연필이 솟아나와 있었다. 파벨 이오시포비치는 척 보기에도 경험이 많은 사람이었다. 그는 베헤모트의 입에서 세 번째 청어의 꼬리를 발견하고 순식간에 상황을 판단했고 사건의 경위를 전부 이해했으며, 그리하여 철면피들과의 말다툼에는 애초에 말려들지 않고, 먼 곳으로 손을 흔들며

---

* '파벨'의 애칭.
** 동부 크림 지방의 항구 도시.

호령했다.

"호각 불어!"

스몰렌스키 시장 모퉁이의 거울 문에서 수위가 튀어나와 있는 힘껏 불길한 호각을 불기 시작했다. 군중이 불한당들을 둘러싸기 시작했고, 그제야 코로비요프가 일에 끼어들었다.

"시민들!" 그가 떨리는 가느다란 목소리로 외쳤다. "뭣들 하시는 겁니까? 예? 여러분께 여쭙겠습니다! 이 불쌍한 사람은." 코로비요프는 목소리에 전율을 섞어 넣으며, 재빨리 울상을 짓고 있는 베헤모트를 가리켰다. "이 불쌍한 사람은 하루 종일 프리무스 버너를 수리했습니다. 배를 곯으면서요⋯⋯. 그러니 어디서 외화를 구한단 말입니까?"

평소에는 내성적이고 조용한 파벨 이오시포비치였지만 이 말에 냉정하게 외쳤다.

"너, 그거 내려놓지 못해!" 그리고 이제는 조급하게 먼 곳을 향해 손을 흔들었다.

그러자 문가의 트레몰로가 보다 신나게 울려 퍼졌다.

그러나 코로비요프는 파벨 이오시포비치의 등장에 당황하지 않고 말을 이었다.

"어디서 구하지요? 여러분께 여쭤 보겠습니다! 이 사람은 허기와 갈증에 지칠 대로 지쳤다고요! 그는 덥습니다. 그래서 이 불운한 사람은 시험 삼아 귤을 집어 먹었습니다. 그 귤 값은 고작 3코페이카입니다. 그러자 사람들이 벌써 봄의 숲 속 꾀꼬리처럼 호각을 불어 대고 경찰을 놀라게 하며 경찰 본래의 업무를 방해하고 있습니다. 그렇다면 저 사람은 괜찮단 말입니까? 예?" 그리고 코로비요프는 연보라색 뚱보를 가리켰고 이 때문에 외국인의 얼굴에는 굉장한 불안감이 나타났다. "저 사람은 대체 누구란 말입니까? 예? 어디서 왔습니까? 무슨 목적으로? 우리가 저 사람을 보고 싶어 한 적이라도 있습니까? 우리가 초대라도 했단 말입니까?" 전직 지휘자는 냉소적으로 입을 비틀며 목청껏 부르짖었다. "물론 저 사람은 호화로운 연보라색 정장을 입었고, 연어를 먹어 잔뜩 부어올랐고, 외화를 주머니 가득 가지고 있지요. 하지만 이 친구, 이 친구는요? 정말 쓸쓸합니다! 쓸쓸해요! 쓸쓸하다고요!" 코로비요프가 마치 전통 결혼식의 들러리처럼 울부짖었다.*

이 어리석고 눈치 없으며 말할 나위도 없이 정치적으로 해로운 연설 때문에 파벨 이오시포비치는 분노로 치를 떨기 시작했으나, 정말 이상하게도, 모여선 군중이 보기에는, 대다수의 눈에 이 연설에 공감하는 빛이 나타나기 시작했다! 그리고 베헤모트가 구멍 난 더러운 소매를 눈가에 대고 비극조로 "고맙네, 충직한 친구. 고통받는 자를 옹호해 주다니!" 하고 외치자 기적이 일어났다. 과자 코너에서 아몬드 과자 세 개를 구매한, 초라하지만 단정하게 옷을 입은 점잖고 고상해 보이는 늙은이가 갑자기 돌변했다. 늙은이의 눈은 전투의 불길로 빛났고, 얼굴이 시뻘개져서는 과자가 든 종이 봉지를 마루에 힘껏 내던지고 외쳤다.

"그의 말이 맞아!" 그의 목소리는 어린 아이처럼 가늘었다.

---

* 러시아에서는 결혼식이 끝난 후 하객들이 "쓰다."라고 외치며 신랑 신부가 입맞출 것을 조르는 관습이 있다. 음식의 쓴맛을 불평하는 데서 기인했다고 하며, 전통 결혼식에서는 신랑이나 신부의 들러리, 혹은 특별히 고용된 사람들이 크게 소리쳐서 주도하곤 했다.

그리고 늙은이는 쟁반에서 베헤모트가 망쳐 놓은 초콜렛 에펠 탑의 잔해를 쓸어 내고는 쟁반을 들고 휘두르며, 왼손으로 외국인의 모자를 잡아채고 오른손은 크게 휘둘러 쟁반으로 외국인의 대머리를 후려쳤다. 트럭에 실린 철판이 땅으로 쏟아졌을 때 나는 소리가 우르릉하고 울렸다. 뚱보 외국인은 창백해지면서 뒤로 넘어져 케르치산 청어를 담은 나무통 위에 주저앉았고, 나무통에서는 청어를 절인 소금물이 분수처럼 뿜어져 나왔다. 바로 그때 두 번째 기적이 일어났다. 나무통에 빠진 연보랏빛 외국인이 외국 발음이 전혀 섞이지 않은 완벽한 러시아어로 외쳤다.

"살인이다! 경찰! 강도들이 날 죽이려고 해요!" 충격을 너무 크게 받은 나머지 지금까지 몰랐던 언어를 돌연히 통달하게 된 것이다.

그때 수위의 호각 소리가 멈추었고 흥분한 소비자 무리 속에서 경찰 헬멧 두 개가 아른거리며 가까워졌다. 그러나 교활한 베헤모트는 러시아식 증기탕에서 벤치 위에 뜨거운 물을 끼얹듯이 프리무스 버너에서 과자 판매대로 등유를 끼얹었고, 등유는 저절로 타올랐다. 불길이 위쪽으로 치솟고 판매대 아래로 달려가며 과일 바구니를 묶은 아름다운 종이 리본을 집어삼켰다. 여자 판매원들이 쇳소리를 지르며 판매대 뒤에서 뛰어나오기 시작했고, 그들이 뛰쳐나오자마자 창문의 리넨 커튼이 타오르고 바닥에서 등유가 불탔다. 군중은 곧장 절박하게 비명을 질러 대며 과자 판매대에서 물러나 더 이상 쓸모가 없어진 파벨 이오시포비치를 밟아 누르고 바깥쪽을 향해 몸을 던졌고, 생선 매장에서는 판매원들이 날카롭게 간 칼을 손에 든 채 줄을 지어 민첩하게 뒷문으로 달려갔다. 통에서 간신히 빠져나온 연보라색 시민은 온통 청어 국물로 범벅이 된 채 판매대의 연어를 타고 넘어 판매원들의 뒤를 따랐다. 목숨을 건지려는 사람들이 출구 거울 문의 유리를 밀어내는 바람에 유리가 쨍그랑 소리를 내며 깨졌고, 불한당 둘, 즉 코로비요프도 걸신들린 베헤모트도 어디론가 모습을 감추었는데, 그게 어디인지는 알아낼 수 없었다. 그 후, 스몰렌스키 시장의 외국인 전용 토르그신 잡화점에서 화재가 시작될 무렵에 이것을 목격한 사람들은, 마치 불량배 둘이 천장을 향해 날아올라 아이들이 공중으로 던지는 공처럼 터져 버린 것 같았다고 이야기했다. 물론 정말 그런 일이 일어났는지는 의심스럽지만, 어쨌든 우리가 모르는 일은 모르는 일인 것이다.

우리가 아는 것은 스몰렌스키 시장에서 사건이 있고 나서 일 분쯤 후에 베헤모트도 코로비요프도 대로변의 보도에, 공교롭게도 그리보예도프의 숙모 집 근처에 모습을 드러냈다는 것이다. 코로비요프가 울타리 옆에 멈춰 서서 말했다.

"흠! 그래, 이게 바로 작가들의 집이란 말이지! 이봐, 베헤모트, 난 이 집을 칭찬하는 좋은 말을 아주 많이 들었어. 이 집을 주의 깊게 보라고, 친구여. 저 지붕 밑에 한없이 재능 있는 문사들이 숨어서 성숙해 간다고 생각하면 기분이 좋아지지."

"온실 속의 파인애플처럼 말이지." 베헤모트가 말하고, 기둥이 늘어선 크림색 건물을 좀 더 잘 감상하기 위해 주철 울타리의 시멘트 토대 위로 기어 들어갔다.

"바로 그거야." 코로비요프가 둘도 없는 동료의 말에 동의했다. "그리고 이 집에서 지금 미래의 『돈 키호테』나 『파우스트』나, 어쩌면 악마나 알겠지, 『죽은 혼』*의 작가들이 여물어 가고 있다고 생각하면 달콤하고도 무서운 느낌이 심장을 향해 굴러 들어오는 거야! 안 그래?"

"생각해 보니 무섭군." 베헤모트가 맞장구쳤다.

"그래." 코로비요프가 말을 이었다. "저 건물의 온실에서 놀라운 작품들이 나올 거야. 멜포메네**와 폴리힘니아***, 탈리아**** 에게 봉사하는 데 기꺼이 일생을 바치기로 결심한 수천 명의 고행자들이 저 지붕 밑에 수천 명이나 모여 있으니까. 저들 중에서 누군가가 독자 여러분에게 『검찰관』****이나 『예브게니 오네긴』***** 같은 작품을 시험 삼아 바치면 얼마나 떠들썩해질지 상상해 보라고."

"아주 쉽게 상상이 가는군." 베헤모트가 다시 한 번 맞장구쳤다.

"그래." 코로비요프가 말을 이으며 근심스러운 듯 손가락을 쳐들었다. "하지만! 다시 한 번 되풀이해 말하겠는데, 하지만! 만약 미생물이 저 온실 속 식물들을 덮쳐서 뿌리를 갉아 먹는다면, 그래서 썩기 시작한다면! 파인애플에도 그런 일은 일어나잖아! 아, 그래, 맞아, 종종 일어난다고!"

"그런데 말이지." 베헤모트가 울타리의 구멍 사이로 둥그런

---

* 러시아 작가 니콜라이 고골(1809~1852)의 장편소설.

** 그리스 신화에 등장하는 아홉 뮤즈 중 하나로 비극을 관장하는 뮤즈.

*** 종교적인 시를 관장하는 뮤즈.

**** 희극과 목가적인 시를 관장하는 뮤즈.

***** 니콜라이 고골의 유명한 희곡.

****** 알렉산드르 푸시킨의 유명한 낭만주의 장시(長詩).

머리를 밀어 넣으며 질문했다. "저 사람들은 베란다에서 뭐 하는 거야?"

"점심을 먹고 있지. 덧붙여 말하자면, 소중한 친구, 여기엔 아주 괜찮고 값도 저렴한 식당이 있거든. 그리고 이렇게 되고 보니까, 먼 여행길을 앞둔 관광객들이 모두 그렇듯이, 뭔가 좀 먹고 커다랗고 얼음처럼 차가운 잔에 담긴 맥주도 마시고 싶다는 소망이 생기는군."

"나도 그래." 베헤모트가 대답했고, 두 불한당은 보리수나무 아래의 아스팔트를 씌운 오솔길을 따라, 골칫거리가 다가온다는 것을 전혀 알지 못하는 식당의 베란다를 향해 발걸음을 옮겼다.

창백하고 지루해 보이는 여성 시민이 흰 양말을 신고 장식술이 달린 역시 흰색 베레모를 쓰고, 베란다 출입구 옆, 식물 넝쿨을 감아올린 시렁 아래 비엔나 의자*에 앉아 있었다. 시민의 앞에 놓인 단순한 식탁 위에는 장부처럼 생긴 두꺼운 책이 놓여 있었고, 시민은 어째서인지는 알 수 없으나 식당에 들어오는 사람들을 모두 장부에 기록하고 있었다. 코로비요프와 베헤모트를 막아선 것도 바로 이 여성 시민이었다.

"신분증을 보여 주시죠?" 그녀는 코로비요프의 코안경과 베헤모트의 프리무스 버너, 다 해진 베헤모트의 소매 팔꿈치를 놀란 듯이 바라보았다.

"정말 대단히 죄송합니다만, 신분증이라니요?" 코로비요프가 놀라며 물었다.

---

* 등받이를 둥글게 세공한 의자.

"작가이신가요?" 이번에는 여성 시민이 물었다.

"두말할 필요도 없죠." 코로비요프가 품위 있게 대답했다.

"신분증은요?" 여성 시민이 되풀이했다.

"아름다운 아가씨……." 코로비요프가 다정하게 말을 시작했다.

"난 아름답지 않은데요." 여성 시민이 말을 가로막았다.

"아, 정말 유감이군요." 코로비요프가 실망스럽게 대꾸하고 이어서 말했다. "그래, 어쩌겠어요. 아름답다는 건 유쾌한 일이지만, 본인이 원치 않는다면 아름답지 않아도 좋겠죠. 그건 그렇고, 도스토예프스키가 작가라는 사실을 납득하기 위해 과연 그에게 신분증을 요구할 필요가 있습니까? 그의 소설을 아무 작품이나 골라서 다섯 쪽만 읽어 보면 신분증 같은 것 없이도 작가라는 걸 확신할 겁니다. 그리고 제 생각에 도스토예프스키는 신분증 따위 전혀 갖고 있지도 않았습니다! 넌 어떻게 생각해?" 코로비요프가 베헤모트에게 물었다.

"내기해도 좋아, 신분증은 없었어." 베헤모트가 프리무스 버너를 장부 옆에 세워 놓고 그을음투성이 이마에 맺힌 땀을 손으로 닦아 내며 대답했다.

"댁은 도스토예프스키가 아니잖아요." 여성 시민이 코로비요프의 말에 점점 혼란스러워하며 말했다.

"글쎄요, 그걸 당신이 어떻게 알아요, 어떻게 아냐고요." 코로비요프가 응수했다.

"도스토예프스키는 죽었어요." 여성 시민이 말했으나, 어쩐지 확신이 없어 보였다.

"항의합니다! 도스토예프스키는 불멸이에요!" 베헤모트가 격하게 외쳤다.

"신분증 내놔요, 시민들." 여성 시민이 말했다.

"미안하지만 따지고 보면 이건 참 우스운 일이군요." 코로비요프가 굽히지 않고 말했다. "신분증이 아니라 어떤 작품을 쓰는지가 작가의 위상을 결정하지 않습니까! 제 머릿속에, 아니면 이 머릿속에 어떤 발상들이 떠다니는지 당신이 어떻게 압니까?" 그는 베헤모트의 머리를 가리켰고, 그러자 베헤모트는 마치 여성 시민에게 자기 머리를 더 잘 보여 주려는 듯 즉시 모자를 벗었다.

"길 비켜요, 시민들." 이미 신경질을 내며 그녀가 말했다.

코로비요프와 베헤모트는 한쪽으로 물러나서 어떤 작가에게 길을 비켜 주었다. 그 작가는 회색 정장에 넥타이 없이 여름용 흰색 셔츠를 입었고, 셔츠 옷깃은 조끼 위로 널찍하게 내놓았으며, 옆구리에 신문을 끼고 있었다. 작가는 여성 시민에게 상냥하게 고갯짓을 해 보였고, 그녀가 내민 장부에 뭔가 멋을 부려 갈고리 모양으로 휘갈겨 적고는 베란다로 행차했다.

"이런, 우린 안 되는군, 우린 안 돼. 저 사람은 우리 같은 방랑자들이 그토록 꿈꾸던, 그 얼음같이 차가운 잔에 담긴 맥주를 손에 넣는데. 우리의 상황은 서글프고도 힘겹군. 이제 어떻게 살아야 할지 모르겠어." 코로비요프가 구슬프게 말했다.

베헤모트는 그저 쓸쓸하게 양손을 벌려 보이고는 고양이 털과 아주 비슷한 굵은 털이 빽빽하게 솟아난 둥근 머리에 모자를 썼다. 바로 그 순간에 작지만 고압적인 목소리가 여성 시민의 머리 위에 울렸다.

"들여보내요, 소피야 파블로브나."

장부를 든 여성 시민은 몹시 놀랐다. 시렁을 감고 있는 넝쿨 사이로 흰 연미복 가슴과 해적 같은 쐐기 모양 턱수염이 나타났다. 남자는 수상쩍은 두 부랑자를 상냥한 눈초리로 쳐다보았을 뿐만 아니라 초청하는 듯한 몸짓까지 해 보였다. 아르치발트 아르치발도비치의 권위는 그가 관리하는 레스토랑에서 모두가 진지하게 받아들이는 것이었고, 그래서 소피야 파블로브나는 고분고분 코로비요프에게 물었다.

"성함이 어떻게 되시죠?"

"파나예프*입니다." 그가 정중하게 대답했다.

여성 시민은 장부에 이름을 기록하고 의심에 찬 눈초리를 베헤모트에게 돌렸다.

"스카비쳅스키**입니다." 베헤모트가 무슨 이유에선지 프리무스 버너를 가리키며 빽빽거리는 소리로 말했다. 소피야 파블로브나는 그 이름도 기록하고 방문객들이 서명하도록 장부를 내밀었다. 코로비요프는 '파나예프' 옆에 '스카비쳅스키'라고 서명했고, 베헤모트는 '스카비쳅스키' 옆에 '파나예프'라고 서명했다.

소피야 파블로브나로서는 대단히 놀랍게도, 아르치발트 아르치발도비치는 매혹적인 미소를 지으며 베란다 끝의 아주 좋은 자리로 손님들을 안내했다. 그곳은 가장 짙게 그늘이 지고, 탁자 맞은편의 넝쿨을 잘라 낸 곳에서는 햇빛이 즐겁게 노니는 자리였다. 소피야 파블로브나는 어리둥절하여 눈을 깜빡이

---

* 19세기 초중반 러시아의 이류 작가.
** 19세기 중후반 러시아의 이류 비평가.

면서 느닷없이 들이닥친 방문객들이 장부에 적어 넣은 기묘한 서명을 한참 동안 들여다보았다.

종업원들도 소피야 파블로브나 못지 않게 아르치발트 아르치발도비치의 행동에 놀랐다. 지배인은 몸소 식탁에서 의자를 빼서 코로비요프에게 자리를 권하더니, 종업원 한 명에게 눈짓을 보내고 다른 한 명에게 뭔가를 속삭였으며, 그래서 종업원들은 새 손님들 옆에서 부산스럽게 시중을 들었는데, 손님 중 한 명은 프리무스 버너를 자기 단화 옆 바닥 위에 내려놓았다.

누런 얼룩이 진 헌 식탁보는 즉시 탁자에서 사라지고 풀을 빳빳이 먹여 사각사각 소리를 내는, 베두인*의 외투처럼 새하얀 새 식탁보가 허공으로 날아올랐으며, 아르치발트 아르치발도비치는 코로비요프에게 몸을 바짝 기울이고 그의 귓가에 조용히, 그러나 아주 명료하게 속삭였다.

"무엇을 권해 드리는 게 좋을까요? 철갑상어 고기가 아주 특별한 게 있습니다…… 건축가 학회에서 회수해 온 것이지요……."

"어…… 저…… 그냥 전채 요리만 주십시오……. 어……." 코로비요프가 식탁 쪽으로 고갯짓을 하며 호의적으로 중얼거렸다.

"알겠습니다." 아르치발트 아르치발도비치가 눈을 감아 보이며 의미심장하게 대답했다.

식당 지배인이 다분히 수상쩍은 방문객들을 어떻게 대하는지 지켜본 종업원들은 의심을 전부 버리고 진지하게 일에 임했다. 어떤 종업원은 베헤모트가 주머니에서 꽁초를 꺼내 입

---

* 사막에서 유목 생활을 하는 아랍인.

에 쑤셔 넣는 것을 보고 재빨리 성냥을 내밀었고, 다른 종업원은 날듯이 다가와 초록색 유리를 소리 내어 부딪치며 식탁 위에 조그만 보드카 잔과 가늘고 긴 술잔, 얇은 유리로 만든 샴페인 잔을 세트로 늘어놓았는데, 천막 아래서 이런 술잔에 나르잔 소다수를 담아 마시면 그렇게 좋을 수가 없다……. 아니, 앞으로 건너뛰어 미리 말하기로 하자. 그 잊을 수 없는 그리보예도프의 베란다 천막 아래서 나르잔을 마셨다.

"들꿩 고기 필레를 대접해 드리겠습니다." 아르치발트 아르치발도비치가 노래하듯이 웅얼거렸다. 금이 간 코안경을 쓴 손님은 해적 선장의 권유에 전적으로 찬성하고 쓸모없는 안경 유리알 너머로 호의를 가득 담아 그를 바라보았다.

옆자리에서 배우자를 동반하고 식사하던 소설가 페트라코프-수호베이는 버터를 발라 구운 돼지고기 요리를 거의 다 먹어 가면서 작가 특유의 관찰력으로 아르치발트 아르치발도비치가 비위를 맞추는 모습을 눈치채고 대단히, 정말 대단히 놀랐다. 한편, 대단히 존경할 만한 숙녀인 그의 아내는 해적 선장의 총애를 받는 코로비요프를 노골적으로 질투하여 시끄러운 소리를 내며 찻숟가락을 내려놓을 정도였다……. 대체 무슨 일이에요, 하고 그녀는 말했다, 우리를 기다리게 하다니……. 아이스크림을 내올 차례잖아요! 어떻게 된 거죠?

그러나 아르치발트 아르치발도비치는 페트라코프 부인에게 매혹적인 미소를 지어 보이더니 그녀에게 종업원을 보냈고, 자기 자신은 귀중한 손님들을 떠나지 않았다. 아, 수완도 좋은 아르치발트 아르치발도비치! 그는 분명 이 작가들보다도 관찰력이 좋은 것이다. 아르치발트 아르치발도비치는 바리에테 극장의 마술 공연에 관해서도 알고 있었고, 최근에 일어난 다른 많은 사건들에 대해서도 들었으나, 다른 사람들과는 달리 '체크무늬'라는 말도 '고양이'라는 말도 한 귀로 흘려듣지 않았다. 아르치발트 아르치발도비치는 방문객이 누구인지 한눈에 알아보았다. 그리고 그 뒤에는 당연히, 절대로 그들과 말다툼을 하려 들지 않았다. 그래 저 소피야 파블로브나는 얼마나 똑똑한 위인가! 저 두 사람이 베란다로 가는 것을 막을 생각이나 하고! 하지만 그녀에게 책임을 물어봤자 무슨 소용인가.

페트라코프 부인은 찻숟가락을 녹아내리는 아이스크림에 오만하게 꽂아 넣으며 광대처럼 차려입은 두 사람 앞 식탁이 마치 마술처럼 산해진미로 가득 덮이는 광경을 불만스러운 눈으로 바라보았다. 번쩍일 정도로 깨끗이 씻은 양상추 잎이 신선한 캐비아와 함께 병 속에서 비어져 나왔다…… 특별히 마련된 작은 탁자에는 성에가 맺힌 은빛 포도주 양동이가 눈 깜빡할 사이에 나타났다…….

모든 것이 격식대로 진행되었음을 확인하고 종업원들이 뭔가 쉭쉭 소리를 내며 익고 있는, 뚜껑을 덮은 프라이팬을 들고 달려온 후에야, 아르치발트 아르치발도비치는 수수께끼의 두 방문객이 있는 자리를 떴다. 게다가 발길을 옮기며 이렇게 속삭인 후였다.

"죄송합니다! 잠시만 기다리십시오! 필레 요리가 어떻게 돼 가는지 직접 보고 오겠습니다."

그는 식탁에서 물러나 식당의 안쪽 통로로 자취를 감췄다. 만약 어떤 관찰자가 아르치발트 아르치발도비치의 다음 행보를 추적할 수 있었다면 그의 행동은 어느 정도 수수께끼처럼 보였을 것이 틀림없다.

지배인은 필레를 살펴보러 부엌에 들어간 것이 아니라 반대로 식당 창고로 향했다. 열쇠로 창고 문을 열고 안에 들어가 문을 닫은 후, 소맷부리를 더럽히지 않기 위해 조심하면서 얼음 상자에서 두툼한 철갑상어 고기 두 점을 꺼내 신문지에 싸더니 노끈으로 꼼꼼하게 묶어서 한쪽에 놓았다. 그리고 옆방에 들어가 명주로 안감을 댄 여름용 외투와 모자가 제자리에 있는지 확인하고, 그런 후에야 부엌으로 발길을 돌렸다. 그곳에서는 요리사가 해적 선장이 손님들에게 약속한 필레를 열심히 발라내고 있었다.

여기서 아르치발트 아르치발도비치의 행동에 이상한 점이나 수수께끼 같은 점은 전혀 없었으며 오로지 피상적으로 관찰한 사람만이 이런 행동을 수상하게 여길 것이라는 점을 말해 두어야겠다. 아르치발트 아르치발도비치의 행동은 앞서 말한 사정에 근거하여 완벽하게 논리적으로 이어진 것이었다. 아르치발트 아르치발도비치가 이미 알고 있는 최근의 사건들과, 다른 무엇보다도 그의 경이적인 예감에 힘입어, 그리보예도프 식당 지배인은 두 방문객의 식사가 풍성하고 호화롭기는 하겠지만 짧은 시간 내에 끝나리라는 사실을 감지하고 있었다. 그리고 이 전직 해적을 한 번도 속인 적이 없는 그의 예감은 이번에도 그를 실망시키지 않았다.

코로비요프와 베헤모트가 이중으로 여과한, 차갑고 질 좋은 모스크바산 보드카가 담긴 술잔을 짤랑거리며 두 번째로 건배하고 있던 바로 그때, 베란다에 사회부 기자 보바 칸달룹스키가 땀으로 범벅이 되고 몹시 흥분한 채 나타났는데, 그는 놀라운 박식함으로 모스크바 전역에 이름이 알려진 사람으로, 즉시 페트라코프 부부 옆에 다가가 앉았다. 보바는 뚱뚱하게 부풀어 오른 서류 가방을 탁자 위에 놓더니 재빨리 입술을 페트라코프의 귀에 쑤셔 넣고 뭔가 대단히 유혹적인 말을 속삭였다. 페트라코프 부인은 호기심에 못 이겨 괴로워하며 보바의 두껍고 기름진 입술에 자기 귀도 갖다 댔다. 보바는 때때로 음흉하게 주위를 둘러보며 속삭이고 또 속삭였고, 다음과 같은 몇 마디 말이 흘러나왔다.

"제 명예를 걸고 말씀드린다니까요! 사도바야 거리예요, 사도바야 거리." 보바는 목소리를 더 낮췄다. "총알이 비켜 갔대요! 총알이……. 총알…… 등유…… 화재…… 총알……."

"이자야말로 거짓말쟁이군, 이런 흉악한 소문이나 퍼뜨리고 다니다니." 격분한 페트라코프 부인의 콘트랄토 목소리가 보바가 원했던 것보다 크게 울렸다. "그런 놈들이야말로 잡아들여서 설명해 보라고 해야 해요! 아니, 괜찮아요, 그렇게 될 테니까. 혼쭐을 내 줄 거라고요! 그렇게 심술궂은 거짓말을 하다니!"

"거짓말이라뇨, 안토니다 포르피리예브나!" 보바가 작가 부인이 믿어 주지 않는 데 상심하여 이렇게 외치고 다시 속삭이기 시작했다. "정말이에요, 총알이 비켜 갔대요……. 그리고 나서는 불이 났고……. 그 사람들은 공중으로…… 공중으로 날아갔대요." 보바는 이야기의 주인공들이 바로 옆에 앉아서 그의 새된 속삭임을 들으며 더없이 즐거워하고 있을 줄은 꿈에도 의심하지 않고 계속 지껄여 댔다.

그렇지만 이들의 즐거움은 오래 가지 못했다. 식당 안쪽 통로에서 허리띠를 단단하게 졸라매고 가죽 각반을 찬 남자 세 명이 손에 권총을 들고 베란다로 맹렬하게 걸어 나왔다. 앞장 선 남자가 무시무시한 목소리로 우렁차게 외쳤다.

"꼼짝 마!" 그리고 세 남자는 코로비요프와 베헤모트의 머리를 겨냥하고 베란다에서 총을 쏘기 시작했다. 사격의 표적이 된 인물들은 둘 다 순식간에 허공으로 녹아 사라져 버렸고, 프리무스 버너에서 불기둥이 천막까지 솟아올랐다. 불길은 거무스름한 입을 한껏 벌리고 천막에 옮겨 붙어 사방으로 퍼져 나가기 시작했다. 천막을 뚫고 솟아오른 불꽃은 그리보예도프 건물의 지붕까지 타올랐다. 2층 편집실 창가에 놓아 둔 서류 파일이 갑자기 타올랐고, 다음으로 커튼에 불이 옮겨 붙었으며, 불꽃은 누군가 입김이라도 부는 것처럼 낮고 둔탁한 소리를 내며 숙모의 집 곳곳에 불기둥을 이루어 퍼져 갔다.

몇 초 후, 대로의 주철 울타리로 이어지는 아스팔트를 씌운 오솔길, 그러니까 수요일 저녁에 아무도 이해하지 못했던 불운의 사자(使者) 이반이 걸어왔던 바로 그 길을 지금은 식사도 채 마치지 못한 작가와 종업원 들, 소피야 파블로브나, 보바, 페트라코프 부인, 페트라코프가 달리고 있었다.

때맞춰 샛길로 빠져나온 아르치발트 아르치발도비치는 어디로도 도망치지 않고 절대로 서두르지도 않았으며 마치 불타는 함선에서 마지막으로 떠나야 하는 의무가 있는 선장처럼 명주로 안감을 댄 여름 외투를 입고 철갑상어 꾸러미 두 개를 옆구리에 낀 채 평온하게 서 있었다.

29
거장과 마르가리타의 운명이 정해지다

해가 저물어 갈 무렵 도시 위로 높이 솟은, 모스크바에서 가장 아름다운 건물들 중 하나인, 약 150년 전에 지어진 건물의 돌로 된 테라스에 두 사람이 서 있었다. 볼란드와 아자젤로였다. 아래쪽 길에서는 그들의 모습이 보이지 않았다. 석고 꽃병과 꽃이 늘어선 난간이 불필요한 시선으로부터 그들을 가려 주었기 때문이다. 그러나 그들에게 도시는 거의 구석구석까지 잘 보였다.

볼란드는 검은 사제복을 입고 균형이 잘 잡힌 간이 의자에 앉아 있었다. 그의 넓적한 장검은 테라스를 가로지르는 두 판석 사이에 세로로 꽂혀 일종의 해시계 역할을 하고 있었다. 장검의 그림자는 천천히 꾸준하게 길어져서 사탄이 발에 신은 검은 슬리퍼 쪽으로 조금씩 늘어졌다. 볼란드는 주먹으로 뾰족한 턱을 받치고 간이 의자 위에서 한 다리는 접어서 몸 아래 깔고 몸을 잔뜩 웅크린 채 무한히 운집해 있는 궁궐과 거대한 건물, 낡아 빠져 무너져 가는 조그만 오두막집 들에서 시선을 떼지 않고 바라보았다.

아자젤로는 이전의 현대적인 옷차림, 그러니까 조끼와 중산모자, 에나멜 구두 차림이 아니라 볼란드처럼 검은 옷을 입고 자신의 통치자에게서 멀지 않은 곳에 움직이지 않고 서서 마찬가지로 도시에서 시선을 떼지 않았다.

볼란드가 말을 꺼냈다.

"정말 흥미로운 도시 아닌가?"

아자젤로는 몸을 살짝 움직이고 공손하게 대답했다.

"메시르, 저는 로마가 더 마음에 듭니다."

"그래, 그건 취향의 문제지." 볼란드가 대답했다.

시간이 조금 지나고 다시 그의 목소리가 울렸다.

"저쪽 대로에서 어째서 연기가 나는 것이냐?"

"그리보예도프가 불타는 것입니다." 아자젤로가 대답했다.

"그렇다면 떨어질 수 없는 한 쌍, 코로비요프와 베헤모트가 저기를 방문했다는 뜻이겠지?"

"두말할 나위가 없습니다, 메시르." 다시 침묵이 덮었고, 두 사람은 테라스에 자리를 잡고 거대한 건물들 위층, 서쪽으로 난 창문에서 조각난 태양이 눈을 멀게 할 듯 불타오르는 것을 바라보았다. 볼란드는 석양을 등지고 있었지만 그의 눈은 햇빛을 반사하는 창문처럼 불타올랐다.

그러다 볼란드는 무슨 이유에서인지 도시에서 몸을 돌려 등 뒤 지붕 위에 있는 둥근 탑에 주의를 기울였다. 탑의 벽 뒤에서 진흙투성이 누더기를 입은 사람이 음울한 얼굴을 하고 걸어 나왔다. 긴 옷을 입고 직접 만든 샌들을 신었으며 턱수염이 검은 사내였다.

"하!" 볼란드가 비웃음을 담은 시선으로 남자를 쳐다보며 외쳤다. "여기서 너를 만나게 되다니 이건 예상 밖인데! 무슨 일로 찾아왔는가, 초대받지 않았으나 예견된 손님이여?"

"너를 만나러 왔다, 악의 화신이자 그림자들의 통치자여." 남자가 볼란드를 향해 적의를 담은 눈을 치뜨고 대답했다.

"나를 만나러 왔다면 어째서 내게 인사하지 않나, 전직 세리여?" 볼란드가 냉엄하게 말했다.

"네가 안녕하기를 원치 않기 때문이다." 남자가 건방지게 대답했다.

"하지만 그건 네가 포기해야 할 것이다." 볼란드가 반박했고, 그의 입이 냉소로 비뚤어졌다. "지붕 위에 모습을 드러내는가 했더니 오자마자 헛소리를 늘어놓는구나. 그럼 뭐가 진짜 헛소리인지 가르쳐 줄까 — 바로 네 말투다. 넌 마치 그림자도 악도 인정하지 않는다는 듯이 말했다. 약간의 호의를 발휘해서 내 물음에 대해 생각해 보지 않겠는가? 악이 존재하지 않는다면 네 선으로 무엇을 할 것이며, 땅 위에 그림자가 사라진다면 이 땅은 어떻게 보일 것인가? 그림자는 사물과 사람들 때문에 지는 것이다. 저기 내 장검 때문에 그림자가 졌다. 하지만 그림자는 나무나 살아 있는 동물 때문에도 생기지. 벌거벗은 세상을 즐기려는 네 환상 때문에 나무와 동물 들을 모두 없애고 지구의 껍데기를 전부 벗기기라도 하겠다는 거냐? 너는 바보다."

"너와 논쟁하러 온 게 아니다, 이 늙은 궤변론자야." 레비 마트베이가 대답했다.

"넌 나와 논쟁할 수 없다. 그 이유는 벌써 말했지. 너는 바보다." 볼란드가 대답하고 물었다. "그래, 피곤하게 하지 말고 짧게 대답해라, 어째서 내 앞에 나타났지?"

"그분께서 나를 보내셨다."

"무슨 말을 전하라고 하던가, 노예여?"

"나는 노예가 아니다. 난 그분의 제자다." 레비 마트베이가 점점 더 악의에 차서 대답했다.

"우린 서로 다른 언어로 이야기하고 있군, 언제나 그렇듯이." 볼란드가 대꾸했다. "하지만 그렇다고 해서 이야기의 주제가 달라지는 건 아니다. 그래서……?"

"그분께서 거장의 작품을 읽으셨다. 그리고 너에게 거장을 데려와 상으로 평안을 내려 달라고 부탁하셨다. 그렇게 하는 게 네게 어려운 일인가, 악의 화신이여?"

"나에게 어려운 일이란 없다. 그 점은 너도 잘 알고 있겠지." 볼란드가 대답했다. 그는 잠시 멈추었다가 덧붙였다. "그런데 왜 그를 너희들이 있는 빛 속으로 데려가지 않는 것이냐?"

"그는 빛 속으로 올 자격이 없다, 그가 얻을 수 있는 건 평안이다." 레비가 서글픈 목소리로 말했다.

"그렇게 하겠다고 전하라." 볼란드가 대답하고 다음과 같이 덧붙였는데, 순간 그의 눈이 번쩍 타올랐다. "그리고 당장 내 앞에서 꺼져라."

"거장을 사랑하고 거장을 위해 고생한 그 여자도 함께 데려오면 좋겠다고 부탁하셨다." 레비가 처음으로 애원하는 태도로 볼란드에게 말했다.

"네가 굳이 지적해 주지 않았으면 그런 당연한 생각은 절대로 못할 뻔했군. 사라져라."

그 말에 레비 마트베이는 사라졌고, 볼란드는 아자젤로를 가까이 불러 명했다.

"그에게 날아가서 모든 일을 처리해라."

아자젤로는 테라스를 떠났고, 볼란드는 혼자 남았다.

그러나 그의 고독은 오래가지 않았다. 테라스의 포석 위에 발소리와 생기 넘치는 목소리가 들려왔고, 이내 볼란드 앞에 코로비요프와 베헤모트가 나타났다. 뚱보 곁에는 이제 프리무스 버너 대신 다른 물건들이 가득했다. 그는 옆구리에 금제 액자에 넣은 자그마한 풍경화를 끼고 한 손에는 반쯤 탄 요리사 가운을 걸쳐 들고 다른 손에는 껍질과 꼬리까지 그대로 달린 청어 한 마리를 쥐고 있었다. 코로비요프와 베헤모트에게서는 탄내가 났고, 베헤모트의 낯짝은 재투성이였으며, 모자도 반쯤 타 있었다.

"경례, 메시르!" 지칠 줄 모르는 한 쌍이 소리쳤고, 베헤모트는 청어를 휘둘렀다.

"아주 잘했다." 볼란드가 말했다.

"메시르, 제 말 좀 들어 보십시오. 제가 약탈자인 줄 알더라구요!" 베헤모트가 기쁨에 들떠 소리쳤다.

"네가 가져온 물건들로 봐서는 넌 약탈자가 맞다." 볼란드가 풍경화를 쳐다보며 대답했다.

"믿을 수 있겠습니까, 메시르……." 베헤모트가 다정한 목소리로 말했다.

"아니, 못 믿겠다." 볼란드가 짧게 대답했다.

"메시르, 맹세하겠습니다. 전 할 수 있는 한 모든 것을 구해 내려고 영웅적으로 노력했다고요, 그리고 이게 바로 지켜 낼수 있었던 것 전부예요."

"그보다 말해 봐라, 어째서 그리보예도프에 불이 났지?" 볼란드가 물었다.

코로비요프도 베헤모트도 전혀 모르겠다는 듯 양손을 벌리고 시선을 하늘로 향했고, 베헤모트가 소리쳤다.

"납득할 수가 없어요! 우린 정말 얌전히 앉아서 평화롭게음식을 먹고 있었는데……."

"그런데 갑자기 탕, 탕!" 코로비요프가 말꼬리를 잡았다. "총탄이! 저랑 베헤모트는 공포에 질려 정신을 잃고 대로로 달려나왔고, 사람들이 저희 뒤를 따라왔고, 그래서 트베르스카야거리의 티미랴제프* 동상 쪽으로 달리기 시작했어요!"

베헤모트가 끼어들었다. "하지만 의무감이 수치스러운 공포심을 물리쳤고, 그래서 우린 돌아간 겁니다."

"아, 돌아갔다고? 그래, 물론 그랬겠지. 돌아갔을 땐 건물은모조리 불타 버렸겠지." 볼란드가 말했다.

"모조리!" 코로비요프가 짐짓 비애에 찬 어조로 맞장구쳤다. "그러니까 메시르, 메시르가 정확하게 표현하신 그대로 모조리 불에 타 버렸습니다. 재만 남았어요!"

"전 곧장 회의실로 돌진했지요." 베헤모트가 이야기했다. "기둥이 늘어선 그 방 말입니다, 메시르. 뭔가 값진 거라도 끌고나올 셈으로요. 아, 메시르, 제 아내는 — 만약 제게 아내가 있었다면 말입니다 — 과부가 될 위기를 열두 번은 넘겼을 거예

---

* 19세기 러시아의 유명한 식물학자.

요! 하지만 메시르, 다행히도 전 결혼을 안 했고, 또 솔직히 말씀드리자면 결혼을 하지 않아서 행복합니다. 아, 메시르, 독신의 행복을 부담스러운 굴레와 맞바꿀 수 있단 말입니까!"

"또 말도 안 되는 소리를 지껄이는군." 볼란드가 말했다.

"알겠습니다. 얘기나 계속하죠." 고양이가 대답했다. "그래서 말입니다, 이 풍경화를 가져온 겁니다. 회의실에서는 이것 말고는 아무것도 가지고 나올 수가 없었어요. 불길이 얼굴을 때려서요. 그리고 창고로 달려가 청어를 구해 냈죠. 부엌으로 달려가서 요리사 가운을 구해 냈고요. 메시르, 전 제가 할 수 있는 일은 다 했다고 생각합니다. 메시르의 얼굴에 나타난 냉소적인 표정을 어떻게 설명해야 할지 모르겠습니다."

"그런데 네가 그렇게 약탈하는 동안 코로비요프는 뭘 했지?" 볼란드가 물었다.

"전 소방관들을 도왔습니다, 메시르." 코로비요프가 찢어진 바지를 가리키며 대답했다.

"아, 만약 그렇다면, 새 건물을 지어야겠군."

"새 건물을 지을 겁니다, 메시르." 코로비요프가 대꾸했다. "그건 감히 장담할 수 있습니다."

"그래, 그럼 남은 건 새 건물이 예전 것보다 낫기를 바라는 일뿐이군." 볼란드가 말했다.

"그렇게 될 겁니다, 메시르." 코로비요프가 말했다.

"저를 믿어 주세요. 전 정식 예언가란 말입니다." 고양이가 덧붙였다.

"어찌 됐든, 저희는 여기 이렇게 대령했습니다, 메시르. 그리고 메시르의 지시를 기다립니다." 코로비요프가 보고했다.

볼란드는 간이 의자에서 일어나 난간으로 다가가서, 혼자, 수행원들에게 등을 돌린 채 오랫동안 아무 말 없이 먼 곳을 바라보았다. 그런 후에 난간에서 물러서서 다시 간이 의자에 앉아 말했다.

"아무런 지시도 내리지 않겠다. 너희는 할 수 있는 일을 모두 완수했고, 나는 더 이상 너희의 수고를 필요로 하지 않을 것이다. 쉬어도 좋다. 이제 소나기가, 마지막 소나기가 찾아와 남은 일을 모두 마무리 지을 것이고, 우리는 길을 떠날 것이다."

"잘 알겠습니다, 메시르." 두 어릿광대가 볼란드에게 대답하고 테라스 한가운데 자리 잡은 둥근 탑 뒤 어딘가로 모습을 감추었다.

볼란드가 말한 소나기는 이미 지평선에 모여들고 있었다. 검은 구름이 서쪽에서 피어올라 해를 반으로 갈랐다. 그러고 나서 구름은 해를 완전히 덮었다. 테라스가 서늘해졌다. 조금 더 시간이 지나자 사위가 어두워졌다.

서쪽에서 온 어둠이 거대한 도시를 뒤덮었다. 다리도 궁궐도 사라졌다. 모든 것이, 마치 한 번도 세상에 존재한 적이 없었다는 듯 모습을 감추었다. 실처럼 가느다란 불꽃 한 줄기가 하늘 전체를 가로질렀다. 그리고 천둥소리가 도시를 뒤흔들었다. 천둥소리는 반복되더니 소나기가 내리기 시작했다. 볼란드는 소나기의 어스름 속에서 더 이상 보이지 않게 되었다.

30
때가 왔다! 때가 왔다!

"그거 알아요?" 마르가리타가 말했다. "어젯밤에 당신이 잠들고 나서, 지중해에서 시작된 어둠에 대해서 읽었어요……. 그리고 그 우상들, 아, 금으로 만든 우상들! 그 우상들 때문에 왠지 평정을 얻을 수가 없어요. 곧 비가 내릴 것 같아요. 서늘해지는 거 느껴져요?"

"모든 게 다 좋고 멋져요." 거장이 담배를 피우며, 한 손으로 연기를 헤치며 대답했다. "그 우상들도 하느님이 함께하시길……. 하지만 앞으로 무슨 일이 일어날지 그건 정말 알 수가 없소!"

이 대화가 이루어진 것은 해가 저물 무렵, 바로 레비 마트베이가 볼란드를 만나기 위해 테라스에 나타났던 때였다. 지하실의 조그만 창문은 열려 있었고, 만일 누군가 그 안을 들여다봤다면 이야기하는 사람들의 기묘한 모습에 깜짝 놀랐을 것이다. 마르가리타는 벌거벗은 몸에 검은 외투 하나만 걸쳤고, 거장은 아직도 환자복을 입고 있었다. 이렇게 된 것은 마르가리타가 입을 옷이 하나도 없었기 때문이다. 그녀는 소유물을 전부 집에 남겨 두고 왔고, 비록 그 단독 주택이 아주 가까운 곳에 있긴 했으나 그곳에 가서 자신의 물건을 가져온다는 것은 말할 필요도 없이 불가능한 일이었기 때문이다. 한편, 거장은 마치 한 번도 이곳을 떠난 적이 없었던 것처럼 옷장에 옷이 고스란히 들어 있었지만, 이제 곧 이해할 수 없는 일이 일어날 거라는 생각을 마르가리타에게 늘어놓는 중이라 옷을 갈아입고 싶지가 않았다. 사실 그는 면도도 그 가을밤 이래 처음으로 했던 것이다.(병원에서는 기계로 턱수염을 깎았다.)

방도 이상한 모습이었고, 그 혼란 속에서는 무엇이든 분간하기가 매우 힘들었다. 융단 위에는 원고가 놓여 있었고, 소파 위에도 있었다. 책 한 권이 읽던 부분이 펼쳐져 뒤집힌 채 의자 위에서 뒹굴었다. 원탁에는 식사가 차려져 있었고, 음식 접시 사이로 병도 몇 개 세워져 있었다. 이 음식과 음료가 어디서 나타났는지는 마르가리타도 거장도 알 수 없었다. 잠이 깨보니 식탁 위에 전부 차려져 있었다.

거장도 그의 반려자도 토요일 해 질 녘까지 실컷 자서 완전히 기운을 되찾은 느낌이었고, 오직 한 가지 사실만이 어제의 모험을 증명해 주었다 — 두 사람 모두 왼쪽 관자놀이가 조금 쑤셨다. 그리고 두 사람 모두 정신적으로 굉장히 큰 변화를 겪었는데, 이것은 지하의 방에서 이어진 대화를 엿들었다면 누구나 확신했을 것이다. 그러나 대화를 엿들을 사람은 아무도 없었다. 마당도 그런 면에서는 좋았는데, 언제나 비어 있었기 때문이다. 날이 갈수록 녹음이 짙어지는 창밖의 보리수나무와 버드나무는 봄날 같은 향기를 뿜어냈고, 바람이 불어 그 향기를 지하실로 실어 날랐다.

"후, 이런, 악마! 정말이지, 생각 좀 해 봐요……." 거장이 갑자기 외쳤다. 그는 꽁초를 재떨이에 비벼 끄고 양손으로 머리를 감싸 쥐었다. "아냐, 들어 봐요, 당신은 현명한 사람이고 미치지 않았으니까……. 당신 진심으로 우리가 어제 사탄의 집에 있었다고 확신하는 거요?"

"진심으로 확신해요." 마르가리타가 대답했다.

"물론, 물론이지." 거장이 반어적으로 말했다. "이젠 확실히, 미치광이가 한 명이 아니라 두 명이 돼 버렸군! 남편도 아내도." 그는 하늘을 향해 손을 쳐들고 외쳤다. "아냐, 이건 악마나 알 일이라고. 악마야, 악마, 악마!"

대답 대신 마르가리타는 소파 위에 쓰러져 깔깔거리며 맨발을 흔들어 댔고, 그런 후에 소리쳤다.

"아, 못 하겠어! 못 참겠어! 당신 모습이 어떤지 좀 봐요!"

거장이 부끄러운 듯 환자복 속옷을 끌어올리는 동안 마르가리타는 한참을 웃었고, 다시 진지해졌다.

"당신, 지금 당신도 모르게 진실을 말했군요. 무슨 일인지는 악마나 알 것이고, 악마가 모든 일을 꾸민 거예요, 내 말 믿어요!" 그녀가 말했다. 갑자기 그녀의 눈이 타올랐고, 그녀는 벌떡 일어나 제자리에서 춤을 추더니 외치기 시작했다. "얼마나 행복한지, 얼마나 행복한지, 그와 거래를 맺다니! 오 악마, 악마야……! 내 사랑, 당신은 마녀와 함께 살아야 해요!" 그러고는 거장에게 달려들어 그의 목을 껴안고 입술에, 코에, 양 뺨에 입을 맞추기 시작했다. 헝클어진 검은 머리칼이 회오리처럼 거장에게 튀어 올랐고, 입맞춤 세례를 받은 거장의 뺨과 이마가 달아올랐다.

"당신 정말 마녀처럼 행동하는군요."

"그건 나도 부정하지 않겠어요. 난 마녀고 그래서 아주 만족해요." 마르가리타가 대답했다.

"그래, 그래요. 마녀는 마녀지. 아주 영광스럽고 찬란해요! 난 분명 병원에서 유괴당한 게 틀림없어……. 그것도 아주 멋져! 이곳으로 돌아왔으니, 그렇다고 쳐요……. 우릴 잡으러 오지도 않을 거라고 가정하고……. 하지만 모든 성인의 이름을 걸고 묻겠는데, 우리가 앞으로 무슨 수로, 어떻게 살아가겠소? 이렇게 말하는 건 당신이 걱정되기 때문이오, 날 믿어 줘요!"

바로 그때 창가에 앞코가 뭉툭한 단화와 가느다란 줄무늬가 있는 바지 아랫단이 나타났다. 그리고 그 바지가 무릎 부근에서 구부러지면서 누군가의 묵직한 엉덩이가 낮의 햇빛을 가렸다.

"알로이지, 집에 있어?" 창문 너머, 바지 위 어딘가에서 어떤 목소리가 물었다.

"저 봐, 시작이에요." 거장이 말했다.

"알로이지? 그 사람은 어제 체포됐어요. 그런데 누가 그 남자를 찾는 거죠? 성함이 어떻게 되시죠?" 마르가리타가 창문에 가까이 다가서며 물었다.

바로 그 순간 무릎도 엉덩이도 모습을 감추었고, 쪽문이 탁 닫히는 소리가 들리더니 모든 것이 정상으로 돌아왔다. 마르가리타는 소파에 쓰러져 눈에서 눈물이 흘러나올 정도로 신나게 웃어 댔다. 그러나 그녀가 조용해진 뒤에 그녀의 안색은 심하게 변했고, 그녀는 소파에서 내려와 바닥에 앉은 거장의 무릎 옆으로 다가가서, 그의 눈을 쳐다보고 머리를 쓰다듬으며 진지하게 말하기 시작했다.

"고생을 너무 많이 했군요, 고생을 너무 많이 했어, 내 불쌍한 사람! 그걸 제대로 아는 사람은 나 혼자뿐이에요. 봐요, 머리엔 희끗한 머리카락이 섞였고 입술 옆엔 지워지지 않을 주름이 생겼어요! 하나밖에 없는 내 사랑, 아무 생각도 하지 말아요! 당신은 너무 많이 생각해야만 했으니까. 이젠 내가 당신 대신 생각할게요. 그리고 장담할게요, 장담할게요, 모든 일이 눈부실 정도로 잘 풀릴 거예요!"

"난 아무것도 무섭지 않소, 마르고." 갑자기 거장이 그녀에게 대답하고는 고개를 들어, 한 번도 본 적은 없지만 존재를 확신하는 그 세계를 묘사할 때와 같은 모습으로 변했다. "이미 많은 일을 겪었기 때문에 무섭지 않소. 너무 겁을 먹어서 이젠 그 무엇에도 겁먹지 않아요. 하지만 난 당신이 불쌍하오, 마르고. 그게 문제야, 그래서 자꾸 같은 얘기를 되풀이하는 거요. 정신 차려요! 어째서 당신까지 병든 거지와 함께 인생을 망쳐야겠소? 집으로 돌아가요! 당신이 불쌍하니까, 그래서 이런 말을 하는 거요."

"아, 당신, 당신." 헝클어진 머리를 흔들며 마르가리타가 속삭였다. "아, 당신, 신념을 잃은 불행한 사람. 난 어젯밤 당신을 위해 알몸으로 전전긍긍했는데, 본성을 잃어버리고 새롭게 태어났는데, 몇 달 전부터 어두운 골방에 앉아서 오직 한 가지, 예르샬라임에 내리는 소나기에 대해서만 생각했는데, 눈이 빠지도록 울었는데, 이제 와서 불시에 행복이 돌아오고 나니까

날 내쫓는 건가요? 그럼 좋아요, 가겠어요, 간다고요, 하지만 당신이 잔인한 사람이라는 건 알아 둬요! 당신의 영혼은 황폐해졌다고요!"

거장의 마음속에 씁쓸하고도 다정한 무언가가 떠올랐고, 이유도 모른 채 그는 마르가리타의 머리카락에 얼굴을 파묻고 울기 시작했다. 마르가리타도 울면서 그에게 속삭였고, 그녀의 손가락이 거장의 관자놀이에서 움직였다.

"그래요, 흰 머리, 이 흰 머리……. 내가 보는 앞에서 당신 머리에 눈이 내리네……. 아, 내 사랑, 머리카락마저도 이렇게 고생했다니! 봐요, 당신 눈이 어떤지! 그 안은 공허해요……. 그리고 어깨는, 어깨엔 무거운 짐을 지고……. 불구가 되었어요, 불구가……." 마르가리타의 말은 두서가 없어지기 시작했고, 마르가리타는 흐느낌 때문에 몸을 떨었다.

그러자 거장은 눈물을 닦고 무릎에 쓰러진 마르가리타를 일으켜 세우더니 자신도 일어나서 확고한 어조로 말했다.

"이제 됐어요! 당신 말을 듣고 부끄러워졌어요. 앞으로는 절대로 무기력한 소리도 하지 않고 그 문제도 다시 꺼내지 않을 테니 안심해요. 우리 둘 다 마음에 병이 들었다는 걸 알고 있고, 아마 내가 그 병을 당신한테 옮겼는지도 모르지……. 하지만 그러니까 함께 이겨 내기로 해요."

마르가리타는 거장의 귓가에 입술을 가까이 갖다 대고 속삭였다.

"당신 인생을 걸고 맹세할게요, 당신이 생각해 낸 점성가의 아들을 걸고 맹세할게요, 모든 게 잘될 거예요."

"그래, 좋아요, 좋아요." 거장이 대답하고 잠시 웃은 후 덧붙였다. "물론 사람이 지금 당신과 나처럼 모든 것을 빼앗긴 후에는 내세에서 구원을 찾는 법이지! 그래, 어쩌겠어, 나도 거기서 구원을 찾아 보겠소."

"그래, 그래요, 지금 당신의 얼굴은 예전 같아요, 웃고 있잖아요. 그리고 당신의 그 유식한 말은 전부 악마나 가져가라고 해요. 내세건 아니건 아무래도 상관 없잖아요? 난 배가 고파요."

그녀는 거장의 손을 잡고 식탁에 끌어다 앉혔다.

"이 음식이 당장 땅으로 꺼지거나 창밖으로 날아가지 않을지 모르겠네." 안정을 되찾은 거장이 말했다.

"날아가지 않아요!"

그리고 바로 그 순간, 창가에서 새로운 목소리가 들려왔다.

"여러분께 평화가 오기를."

거장은 몸을 떨었지만 이상한 일에 이미 익숙해질 대로 익숙해진 마르가리타가 외쳤다.

"그래, 저건 아자젤로예요! 아, 얼마나 멋져요, 얼마나 좋아요!" 그리고 거장에게 속삭였다. "저기 보이죠. 보세요, 우릴 버리지 않았어요!" 그녀는 문을 열기 위해 뛰어갔다.

"옷깃이라도 여며요." 뒤에서 거장이 소리쳤다.

"이젠 그런 거 상관 안 해요." 이미 복도에 나간 마르가리타가 대답했다.

잠시 후 아자젤로가 고개를 숙여 인사하고 거장의 안부를 묻고는 애꾸눈을 번쩍여 보였고, 마르가리타가 부르짖었다.

"아, 정말 기뻐요! 평생 이렇게 기쁜 적이 없었어요! 아자젤로, 내가 발가벗고 있는 건 용서해 주세요!"

아자젤로는 걱정하지 말라고 안심시키고, 자신은 발가벗은 여자뿐만 아니라 가죽이 깨끗이 벗겨진 여자도 본 적이 있다고 단언한 뒤, 난로 구석에 어두운 색 비단 꾸러미 같은 것을 세워 두고는 기꺼이 식탁에 다가앉았다.

마르가리타가 코냑을 따라 주자 아자젤로는 단번에 한 잔을 다 마셨다. 거장은 아자젤로에게서 눈을 떼지 않고 가끔 탁자 밑에서 조용히 자기 왼쪽 손끝을 꼬집었다. 그러나 그것도 도움이 되지 않았다. 아자젤로는 공중으로 사라지지 않았고, 사실 그럴 필요도 전혀 없었다. 머리가 불그스름하고 키가 작달막한 이 사람은 전혀 무서워 보이지 않았고, 한쪽 눈에 백태가 끼긴 했지만 그건 마술을 부리지 않아도 일어날 수 있는 일이고, 또 옷차림이 아주 평범하다고는 할 수 없고 승복인지 사제복인지 뭔가 긴 옷을 입었지만 다시 한 번 엄밀하게 따져 보면 그런 옷을 입고 다니는 사람도 있지 않은가 말이다. 그는 코냑도 모든 착한 사람들이 그렇듯이 기세 좋게 마셨는데, 안주도 없이 꿀꺽꿀꺽 잔을 넘겼다. 바로 그 코냑 한 잔을 마시고 거장은 머리가 윙윙 울리는 것을 느꼈고, 이렇게 생각했다.

'아냐, 마르가리타의 말이 맞아! 물론 내 앞에 앉아 있는 건 악마가 보낸 사람이지. 나야말로 멀리 갈 것도 없이 바로 그저께 밤에 이반에게 총주교 연못가에서 다름 아닌 사탄을 만난 거라고 설명해 놓고, 지금은 어째서인지 그 생각에 겁을 먹고 최면술사니 환각이니 떠들기 시작했잖아. 최면술사는 무슨 악마나 잡아갈 최면술사라는 거야!'

그는 아자젤로를 관찰하기 시작했고, 상대방의 눈 속에 뭔가 부자연스러운, 때가 되기 전에는 당분간 속내를 드러내지 않을 어떤 생각이 꿈틀거린다는 것을 확신했다. '그냥 찾아온

게 아냐, 뭔가 지시를 받고 나타난 거야.' 거장이 생각했다.

그의 관찰력은 그를 배신하지 않았다.

아자젤로는 코냑 석 잔을 마시고 나서도 아무렇지도 않은 기색으로 이렇게 말했다.

"여긴 악마조차도 꿈꾸지 못할 아늑하고 편안한 지하실이로군요! 그래도 궁금한 점이 한 가지 있습니다. 이 지하실 안에서 뭘 하실 겁니까?"

"저도 바로 그 얘기를 하고 있었습니다." 웃음을 터뜨리며 거장이 대답했다.

"아자젤로, 어째서 날 불안하게 하는 거예요?" 마르가리타가 물었다. "어떻게든 될 거예요!"

"무슨 말씀을, 무슨 말씀을!" 아자젤로가 소리쳤다. "당신을 불안하게 할 생각은 전혀 없었습니다. 저도 같은 의견입니다 ─ 어떻게든 되겠죠. 물론이죠! 아, 깜빡할 뻔했군요……. 메시르께서 안부 전하셨습니다. 그리고 여러분도 원하신다면, 잠시 함께 산책을 하자고 초대하셨습니다. 어떠십니까?"

마르가리타는 탁자 아래서 발로 거장을 건드렸다.

"기꺼이 가야지요." 거장이 아자젤로를 유심히 바라보며 대답했고, 아자젤로가 말을 이었다.

"마르가리타 니콜라예브나께서도 거절하지 않으시길 바랍니다만?"

"저야 당연히 거절할 리 없죠." 마르가리타가 말했고, 그녀의 발이 다시 거장의 발 위로 지나갔다.

"훌륭합니다!" 아자젤로가 외쳤다. "전 이런 게 좋습니다! 하나, 둘, 준비 끝! 알렉산드롭스키 정원에서처럼 망설이지 않고 말입니다."

"아, 그 얘긴 꺼내지 마세요, 아자젤로! 그땐 내가 바보였어
요. 그래요, 말이 나왔으니 말인데 그렇다고 날 그렇게 심하게
비난하지는 말아 줘요. 악의 기운과 매일 마주치는 건 아니잖
아요!"

"옳으신 말씀입니다." 아자젤로가 맞장구쳤다. "그렇지만 매
일 마주친다면 그것도 유쾌한 일이겠죠!"

"저도 빠른 게 마음에 들어요." 마르가리타가 열띠게 말했
다. "빠른 것도, 벌거벗은 것도 마음에 들어요……. 모제르 총
을 쏘듯이, 발사! 아, 아자젤로는 얼마나 총을 잘 쏘는지!" 마
르가리타가 거장을 향해 외쳤다. "방석 밑에 숨긴 스페이드 카
드 7을, 아무 무늬나 골라서 말이에요!" 마르가리타는 열광하
기 시작했고, 이 때문에 눈이 불타올랐다.

"깜빡한 게 또 있군요. 정신이 없어서 그만! 메시르께서 선
물을 보내셨습니다." 아자젤로가 자기 이마를 때리며 외쳤다.
그는 거장을 향해 몸을 돌렸다. "포도주입니다. 유대의 총독이
마셨던 바로 그 포도주라는 걸 알아 주셨으면 합니다. 팔레르
노 포도주이지요."

아주 당연하게도, 마르가리타도 거장도 이렇게 희귀한 품목
에는 몹시 흥미가 쏠렸다. 아자젤로는 장례용 검은색 비단 꾸
러미에서 곰팡이로 뒤덮인 술 주전자를 끄집어냈다. 그들은 포
도주의 향을 맡아 보고 잔에 따른 뒤, 소나기가 오기 전 사라
져 가는 창밖 햇빛에 유리잔의 포도주를 비추어 보았다. 모든
것이 핏빛으로 물드는 것 같았다.

"볼란드의 건강을 위하여!" 마르가리타가 잔을 들며 외쳤다.

세 사람은 잔에 입술을 대고 한 모금을 꿀꺽 마셨다. 순간 거장의 눈앞에서 소나기가 오기 전의 햇빛이 꺼지기 시작했고, 숨이 막혔다. 그는 끝이 다가온다고 느꼈다. 그의 옆에서 마르 가리타가 죽은 사람처럼 얼굴이 창백해지고 거장을 향해 힘 없이 손을 뻗으며 식탁에 머리를 떨어뜨리더니 이내 바닥으로 미끄러져 쓰러지는 것이 보였다.

"독살자⋯⋯." 완전히 기운이 빠지기 전에 거장이 외쳤다. 그 는 식탁 위의 칼을 집어 들고 아자젤로를 찌르려 했지만 그의 손은 힘없이 식탁보 아래로 떨어졌고, 거장을 둘러싼 지하실 의 모든 것이 검은 색으로 물들어 잠시 후에는 완전히 사라졌 다. 거장은 얼굴을 위로 하고 쓰러졌고, 쓰러지면서 책상 모서 리에 관자놀이를 부딪쳐 살갗이 찢어졌다.

독살당한 사람들이 조용해지자 아자젤로는 행동을 개시했 다. 가장 먼저 그는 창밖으로 달려나가 몇 초 후 마르가리타 니콜라예브나가 살았던 저택에 도착했다. 언제나 정확하고 빈 틈없는 아자젤로는 모든 것이 계획대로 실행되었는지부터 확인 했다. 그 결과 모든 것이 완벽하게 제대로 되어 있었다. 아자젤 로는 남편의 귀가를 기다리던 음울한 표정의 여인이 침실에서 나오다가 갑자기 창백해지며 가슴을 움켜잡고 힘없이 이렇게 외치는 것을 보았다.

"나타샤! 아무라도⋯⋯. 살려 줘!" 여자는 서재까지 가지 못 하고 거실 바닥에 쓰러졌다.

"전부 제대로 됐군." 아자젤로가 말했다. 잠시 후 그는 다시 바닥에 쓰러진 연인들 곁에 있었다. 마르가리타는 얼굴을 바 닥의 융단에 파묻은 채 쓰러져 있었다. 아자젤로는 강철 같은 손으로 마치 인형을 돌리듯 마르가리타를 돌아 눕혀 얼굴을 자기 쪽으로 향하게 한 뒤 가만히 들여다보았다. 그의 눈앞에서 독살된 여인의 얼굴이 변했다. 짙게 깔린 소나기의 어스름 속에서도 마녀처럼 변했던 사팔눈과 얼굴 윤곽에 서려 있던 잔혹함과 난폭함이 사라지는 것이 보였다. 고인의 얼굴이 환해지더니 마침내 부드럽게 가라앉았고, 이를 드러낸 입은 맹수의 그것이 아닌 그저 보통 여자의 괴로워하는 입매가 되었다. 아자젤로는 그녀의 흰 치아를 벌리고 그녀를 독살할 때 썼던 포도주를 입안으로 몇 방울 흘려 넣었다. 마르가리타는 한숨을 쉬고 아자젤로의 도움 없이 몸을 일으키더니 앉아서 가냘픈 목소리로 물었다.

"어째서요, 아자젤로, 어째서? 나한테 무슨 짓을 한 거예요?"

그녀는 누워 있는 거장을 발견하고 몸을 떨면서 속삭였다.

"이건 예상하지 못했어요……. 살인자!"

"그런 게 아닙니다, 아니에요. 지금 곧 일어날 겁니다. 아, 왜 그렇게 불안해하십니까!" 아자젤로가 대답했다.

붉은 머리 악귀의 목소리가 확신에 차 있었기 때문에 마르가리타는 그를 믿었다. 그녀는 강하고 생기 넘치는 모습으로 돌아와 벌떡 일어나서 쓰러진 거장에게 포도주를 먹이는 것을 도왔다. 눈을 뜬 거장은 음울한 눈빛으로 쳐다보며 증오심이 어린 목소리로 쓰러지기 전의 마지막 말을 되풀이했다.

"독살자……."

"아! 좋은 일은 보통 비난으로 보상을 받지요." 아자젤로가 대답했다. "정말 눈이 멀었단 말입니까? 빨리 눈을 뜨십시오!"

그러자 거장이 일어나 맑고 생기 있는 눈으로 주위를 둘러보며 물었다.

"이 새로운 정황은 무엇을 뜻하는 거지요?"

"때가 왔다는 뜻입니다. 벌써 천둥소리가 울리는군요, 들립니까? 날이 어두워집니다. 말들이 떼를 지어 땅을 울리고, 조그마한 정원이 전율하고 있습니다. 지하실에 작별을 고하십시오, 빨리 작별을 고하십시오."

"아, 알겠습니다." 거장이 좌우를 둘러보며 말했다. "당신이 우리를 살해했고, 우리는 죽은 거군요. 아, 정말 현명하십니다! 때를 잘 맞췄어요! 이젠 전부 알겠습니다."

"아, 제발." 아자젤로가 대답했다. "제가 제대로 들은 겁니까? 댁의 반려자께서는 댁을 거장이라고 부르던데요. 그런데도 정말로 당신들이 죽었다고 생각하십니까? 그럼 본인이 살아 있다고 여기기 위해서는 반드시 셔츠와 환자복 속옷을 입고 지하실에 앉아 있어야 하는 겁니까? 우습군요!"

"무슨 말씀인지 전부 알겠습니다. 더 말하지 마십시오! 당신이 천만번 옳습니다!" 거장이 외쳤다.

"위대한 볼란드." 마르가리타가 그를 흉내 내기 시작했다. "위대한 볼란드! 나보다 훨씬 더 좋은 생각을 해냈어요. 하지만 소설만은, 그 소설만은 어디로 가든 소설은 꼭 가지고 가요!" 그녀가 거장에게 소리쳤다.

"필요 없어요. 처음부터 끝까지 죄다 외우고 있으니까." 거장이 대답했다.

"하지만 한마디도……. 어떻게 소설을 한마디도 빼놓지 않고 외울 수 있어요?" 마르가리타가 연인에게 몸을 기대 그의 찢어진 관자놀이에서 피를 닦아 내며 물었다.

"걱정 말아요! 이젠 절대로, 아무것도 잊지 않을 테니까." 그가 대답했다.

"그럼 불을 붙입니다!" 아자젤로가 외쳤다. "세상의 모든 것을 시작했던 불, 그리고 우리가 끝을 맺을 불이죠."

"불!" 마르가리타가 무시무시하게 고함쳤다. 지하실의 창문이 덜컹하고 열렸고, 바람이 커튼을 양쪽으로 불어 젖혔다. 하늘에서는 천둥소리가 유쾌하고 짧게 울렸다. 아자젤로는 손톱을 곤두세운 손을 난로에 쑤셔 넣고 연기가 피어나는 불씨를 꺼내 탁자의 식탁보에 불을 붙였다. 그리고 소파 위의 오래된 신문 뭉치에도, 그 뒤에 놓인 원고와 창문의 커튼에도 불을 붙였다.

거장은 곧 시작될 질주에 벌써 도취된 듯 책장에서 책을 꺼내 바닥에 떨어뜨리고 불타는 식탁보 위에 책장을 펼쳐 놓았고, 책은 경쾌한 불꽃을 내며 확 타올랐다.

"타라, 타 버려, 예전의 인생이여!"

"타 버려라, 고생이여!" 마르가리타가 외쳤다.

방 안은 이미 선홍색 불기둥이 흔들리고 있었고, 연기와 함께 문으로 달려 나간 세 사람은 돌계단을 통해 위로 올라가 마당에 나타났다. 셋이 그곳에서 처음으로 본 것은 땅바닥에 앉아 있는 건축업자의 요리사였다. 요리사 옆에는 감자와 양파 몇 단이 아무렇게나 흩어져 있었다. 요리사의 상태는 납득할 만했다. 검은 말* 세 마리가 곳간 옆에서 콧김을 불고 몸을

---

* 요한계시록 6장 5절을 인용한 것으로 보인다. 검은 말은 기근을 뜻한다.

부르르 떨며 분수처럼 흙먼지를 차올리고 있었던 것이다. 마르가리타가 먼저 말 등에 뛰어올랐고, 다음으로 아자젤로가, 마지막으로 거장이 말을 탔다. 요리사는 신음 소리를 내고 손을 들어 성호를 그으려 했으나, 아자젤로가 안장 위에서 위협적으로 소리 질렀다.

"네놈의 손을 잘라 버릴 테다!" 아자젤로가 휘파람을 불자 말들은 보리수나무의 가지를 부러뜨리며 날아올라 낮게 깔린 검은 구름 사이로 솟아올랐다. 동시에 지하실의 조그만 창문에서 연기가 뿜어져 나왔다. 아래에서 요리사의 약하고 가련한 외침이 들려왔다.

"불이야……!"

그러나 말들은 이미 모스크바의 지붕 위로 날아올랐다.

"도시와 작별 인사를 하고 싶소." 거장이 앞서 달려가는 아자젤로에게 소리쳤다. 천둥소리가 거장의 말꼬리를 묻어 버렸다. 아자젤로는 머리를 끄덕여 보이고는 전속력으로 말을 몰았다. 맞은편에서 먹구름이 무섭게 돌진해 왔지만 아직 비를 뿌리지는 않았다.

세 사람은 대로 위를 날아가면서 사람들의 조그만 형상이 비를 피해 이리저리 뛰어다니는 것을 보았다. 첫 빗방울이 떨어졌다. 그들은 그리보예도프의 마지막 흔적인 연기 위로 날아갔다. 그들은 이미 어둠에 파묻힌 도시 위를 날아갔다. 그들 위에서 번개가 번쩍였다. 잠시 후 건물 지붕은 녹색 숲으로 바뀌었다. 그제야 비가 쏟아지기 시작했고 날아가던 이들은 물속에서 세 개의 거대한 공기 방울이 되었다.

마르가리타는 비행의 느낌에 익숙했지만 거장은 그렇지 못했고, 그래서 그는 목적지에, 달리 작별 인사를 나눌 사람이 없어서 떠올리게 된 사람이 살고 있는 곳에 아주 빨리 도착한 것을 놀라워했다. 거장은 비의 장막 속에서 곧 스트라빈스키의 병원 건물과 강, 그가 아주 면밀히 관찰했던 병원 건너편 강둑의 관목 숲을 알아보았다. 세 사람은 병원에서 멀지 않은 공터의 숲으로 고도를 낮추었다.

"여기서 기다리겠습니다." 번개가 번쩍이기도 하고 빗줄기의 회색 장막이 덮이기도 하는 가운데 아자젤로가 차양처럼 얼굴을 손으로 가리고 소리쳤다. "작별 인사를 하십시오, 하지만 빨리 하셔야 합니다!"

거장과 마르가리타는 안장에서 뛰어내려 마치 물에 비친 그림자처럼 아른거리며 병원의 정원을 가로질러 날아갔다. 얼마 후 거장은 익숙한 손길로 117호 병실 발코니의 격자창을 밀어 젖혔다. 마르가리타가 그의 뒤를 따랐다. 그들은 뇌우가 우르릉거리며 울부짖는 동안 보이지도 들리지도 않게 이반의 방에 들어섰다. 거장은 침대 옆에 멈추어 섰다.

이반은 이 휴식의 집에서 처음으로 소나기를 관찰할 때처럼 꼼짝 않고 누워 있었다. 그러나 그때처럼 울고 있지는 않았다. 발코니에 불쑥 나타나 자신을 향해 다가오는 검은 윤곽을 본 그는 몸을 일으켜 세우고 팔을 뻗으며 기쁘게 말했다.

"아, 당신이군요! 기다리고 있었어요, 계속 기다렸습니다. 이렇게 와 줬군요, 이웃 양반."

이반의 말에 거장이 대답했다.

"내가 왔소! 하지만 유감스럽게도 옆방의 이웃 노릇은 더 이상 못하게 됐소. 이제 영원히 떠날 예정이라 작별 인사나 하려고 찾아온 거요."

"알고 있었어요, 짐작했어요." 이반이 조용히 대답하고 물었다. "그를 만났나요?"

"그래요. 당신이 최근에 유일하게 이야기를 나눈 사람이었기 때문에 작별 인사를 하러 온 거요." 거장이 말했다.

이반의 얼굴이 환해졌다.

"여기 들러 주셔서 정말 기쁩니다. 약속은 지킬 거예요, 하찮은 시 따위 더 이상 쓰지 않겠습니다. 지금은 다른 데 흥미가 있거든요." 이반은 미소를 짓고 얼빠진 눈으로 거장 너머의 어딘가를 바라보았다. "이젠 다른 걸 쓰고 싶습니다. 아시겠죠, 여기 누워 있는 동안 아주 많은 걸 깨달았거든요."

거장은 이 말에 흥분하며 이반의 침대 가장자리에 걸터앉아 말했다.

"그거 잘 됐군요, 그거 참 잘 됐어요. 당신이 그에 관해서 속편을 써 주시오!"

이반의 눈이 번쩍 빛났다.

"직접 쓰시는 거 아니었습니까?" 그리고 그는 고개를 숙이고 생각에 잠겨 덧붙였다. "아 그렇지……. 내가 뭘 묻는 거야." 이반은 겁먹은 듯 바닥을 곁눈질했다.

"그래요." 거장이 말했고, 그의 목소리는 이반의 귀에 낯설고 불분명하게 들렸다. "이젠 더 이상 그에 관해 쓰지 않을 거요. 다른 일을 할 겁니다."

폭풍 소리를 뚫고 먼 곳에서 휘파람 소리가 들려왔다.

"들었소?" 거장이 물었다.

"폭풍 소리가……."

"아니, 날 부르는 거요. 가야 해요." 거장이 이반에게 말하고는 침대에서 일어났다.

"잠깐 기다려요! 한마디만 더 할게요. 그 여자분을 찾았나요? 아직도 당신에게 충실한가요?"

"여기 그 사람이 있소." 거장이 대답하고 벽을 가리켰다. 흰 벽에 기대 있던 검은 마르가리타가 걸어나와 침대로 다가갔다. 그녀는 누워 있는 청년을 쳐다보았고, 그녀의 눈에 비애가 스쳤다.

"불쌍한, 불쌍한 사람." 마르가리타가 소리 없이 속삭이고 침대 쪽으로 몸을 숙였다.

"정말 아름다우시군요." 질투심이 들어 있지 않은, 그러나 서글프고 감동한 듯한 어조로 이반이 조용히 말했다. "이런, 그러고 보니 당신은 결국 모든 일이 잘 풀렸군요. 난 그렇지 않은데." 그는 잠시 생각하더니 여전히 사색에 잠겨 덧붙였다. "하지만 생각해 보면 잘된 건지도……."

"그래요, 그래." 마르가리타가 속삭이며 누워 있는 사람에게 완전히 몸을 굽혔다. "이제 이마에 입 맞춰 줄게요, 그럼 모든 일이 순리대로 될 거예요……. 그 점에 대해선 절 꼭 믿으세요, 전 이미 모든 걸 봤고 모든 걸 알고 있으니까요."

누워 있는 청년은 양손으로 마르가리타의 목을 감쌌고, 그녀는 그에게 입 맞추었다.

"잘 있어요, 제자여." 거장이 들릴 듯 말 듯하게 말하고는 허공으로 녹아들기 시작했다. 그가 사라졌고, 그와 함께 마르가리타도 사라졌다. 발코니의 격자창이 닫혔다.

이반은 불안해졌다. 그는 침대에 앉아서 초조하게 주위를 둘러보고, 신음 소리를 내기도 하고 혼잣말을 하기도 하다가 이윽고 일어섰다. 폭풍은 점점 더 거세게 날뛰었고 그러면서 그의 영혼을 뒤흔든 것이 분명했다. 그는 또한 이미 계속된 정적에 익숙해진 그의 귀가 방문 너머로 불안한 발소리와 웅얼거리는 목소리를 잡아내서 더욱 흥분했다. 그는 신경질적으로 온몸을 떨며 외쳤다.

"프라스코비야 표도로브나!"

프라스코비야 표도로브나는 벌써 의구심이 담긴 불안한 눈으로 이반을 쳐다보며 방으로 들어오고 있었다.

"왜요? 무슨 일이에요?" 그녀가 물었다. "폭풍 때문에 불안해졌어요? 그래, 괜찮아요, 괜찮아…… 당장 도와 드릴게요. 당장 의사를 부르겠어요."

"아니에요, 프라스코비야 표도로브나, 의사는 부르지 않아도 돼요." 이반이 걱정스러운 눈으로 프라스코비야 표도로브나가 아닌 벽을 쳐다보며 말했다. "그렇게 큰일은 아니었어요. 이젠 알겠어요, 겁내지 마세요. 한 가지만 말해 줘요." 이반이 진지하게 물었다. "저 옆방, 118호에서 지금 무슨 일이 일어난 거죠?"

"118호요? 거긴 아무 일도 없었어요." 프라스코비야 표도로브나가 되물었고, 그녀의 눈이 두리번거렸다. 그러나 이반은 그녀가 거짓으로 목소리를 꾸며 냈다는 것을 바로 눈치채고 말했다.

"아, 프라스코비야 표도로브나! 당신은 진실한 사람이잖아요…… 내가 날뛸 거라고 생각하는 건가요? 아니에요, 프라스코비야 표도로브나, 그런 일은 없을 겁니다. 그러니 사실대로 말해 줘요. 벽을 통해서도 다 느낄 수 있다고요."

"댁의 이웃이 방금 사망했어요." 자신의 진실함과 선의를 이겨 낼 수 없었던 프라스코비야 표도로브나가 이렇게 속삭이고는 번개의 불빛에 감싸인 이반을 겁먹은 눈으로 쳐다보았다. 그러나 이반은 아무런 소동도 일으키지 않았다. 다만 그는 의미심장하게 손가락을 쳐들고 말했다.

"나도 알고 있었어! 프라스코비야 표도로브나, 장담하건대 방금 시내에서도 한 사람이 사망했을 거예요. 난 누가 죽었는지도 알아요." 이반은 비밀스럽게 미소를 지었다. "여자입니다."

31
참새의 언덕에서

　폭풍은 흔적 없이 물러갔고, 하늘에는 색색의 무지개가 모스크바 전체를 아치 모양으로 덮으며 모스크바 강에서 물을 마시고 있었다. 높은 언덕 위, 두 관목 숲 사이로 검은 형체가 세 개 보였다. 볼란드와 코로비요프, 베헤모트는 검은 말의 안장 위에 앉아서 강 건너편에 펼쳐진 도시와, 서쪽의 성(聖) 처녀 수도원에서 당밀 과자를 굽는 탑 쪽으로 난 수천 개의 창문에서 반짝이는 조각난 태양을 바라보았다.

　공중에서 쉭쉭 소리가 들려왔고, 아자젤로와, 그의 외투가 검은 꼬리처럼 휘날리는 뒤로 거장과 마르가리타가 날아와서 기다리는 사람들 앞에 착륙했다.

　"고통을 좀 드린 것 같군요, 마르가리타 니콜라예브나와 거장." 볼란드가 잠시 침묵한 뒤에 말을 꺼냈다. "하지만 제게 감정을 갖지는 말아 주십시오. 그 때문에 후회하실 거라고는 생각하지 않습니다. 그래, 어떻습니까." 그는 거장 쪽을 향해 말했다. "도시에 작별을 고하십시오. 우리는 떠날 때가 됐습니다." 볼란드는 손목 부분이 나팔처럼 벌어진 검은 장갑을 낀 손으로 강 건너에서 셀 수 없이 많은 태양이 유리를 녹이는 그곳, 태양 너머로 먹구름과 연기, 하루 종일 달구어진 도시의 증기가 떠다니는 그곳을 가리켰다.

거장은 안장에서 뛰어내려 말 탄 사람들을 뒤로 하고 언덕의 절벽으로 달려갔다. 검은 외투 자락이 그의 뒤로 땅에 끌렸다. 거장은 도시를 여기저기 바라보았다. 처음에는 마음을 짓누르는 슬픔이 가슴께로 살며시 스며들었으나, 그것은 곧 달콤한 전율로, 방랑하는 집시가 느낄 법한 흥분으로 바뀌었다.

"영원히! 이 말에 의의를 부여해야 해." 거장이 중얼거리며 마르고 갈라진 입술을 핥았다. 그는 귀를 기울이고 마음에서 일어나는 일들을 하나하나 되새기기 시작했다. 그가 느끼기에 흥분은 지나갔고, 이제 깊고 심한 모욕감으로 바뀌었다. 그러나 그것도 오래 머무르지 않고 사라지더니 어째서인지 오만한 무관심으로 바뀌었고, 그것은 다시 영원한 평안이 올 것이라는 예감으로 바뀌었다.

기수의 무리는 말없이 거장을 기다렸다. 기수의 무리는 검고 긴 형체가 절벽 가장자리에서 마치 도시 경계 너머를 엿보려는 듯 고개를 쭉 빼고 도시 전역에 골고루 시선을 던지기도 하고, 혹은 발밑의 짓밟힌 연약한 풀을 관찰하려는 것처럼 고개를 푹 숙이기도 하며 몸짓을 하는 모습을 바라보았다.

지루해진 베헤모트가 침묵을 깨뜨렸다.

"허락해 주십시오, 주인님. 떠나기 전에 작별의 의미로 휘파람을 불게 해 주세요."

"숙녀분이 놀라신다. 그리고 그것 말고도 네 오늘치 어릿광대 짓은 이미 끝났다는 걸 잊지 말아라." 볼란드가 대답했다.

"아, 아니에요, 아닙니다, 메시르." 마르가리타가 아마존의 여인처럼 몸을 젖히고 양손을 허리에 댄 채 끝이 뾰족한 치맛자락을 땅에 닿도록 늘어뜨리고 안장에 앉아서 말했다. "허락해 주세요, 휘파람을 불게 해 주세요. 저는 먼 길을 앞에 두고 슬픔에 잠겼어요. 그 길 끝에는 행복이 기다린다는 걸 알고 있더라도 서글퍼지는 건 아주 자연스러운 것 아닌가요, 메시르? 베헤모트 덕분에 조금은 웃을 수 있을 거예요, 그 웃음이 눈물로 끝나고 길을 떠나기도 전에 모든 게 물거품이 될까 봐 두렵지만요!"

볼란드가 베헤모트에게 머리를 끄덕이자 베헤모트는 아주 활기차게 안장에서 뛰어내려 손가락을 입에 넣고 뺨을 부풀린 뒤 휘파람을 불었다. 마르가리타의 귀청이 울렸다. 그녀의 말이 펄쩍 뛰어올라 뒷발로 섰고, 숲속에서 마른 나뭇가지들이 우수수 떨어졌으며, 갈가마귀와 참새가 무리 지어 날아올랐고, 강 쪽에서 먼지 기둥이 일어났으며, 부두 옆을 지나가던 나룻배에서 승객들의 모자가 벗겨져 물속으로 떨어지는 것이 보였다.

거장은 휘파람 소리를 듣고 몸을 떨었으나 등을 돌리지는 않았고, 마치 도시를 위협하듯 팔을 하늘로 쳐들고 더 초조하게 몸짓을 하기 시작했다. 베헤모트는 거만하게 주위를 둘러보았다.

"굉장한 휘파람이군, 두말할 나위가 없어." 코로비요프가 마지못해 인정한다는 듯이 말했다. "정말 굉장했어. 하지만 솔직히 말하자면, 너무 평범하게 불었어!"

"난 합창단 지휘자가 아니란 말이야." 베헤모트가 점잖게, 그리고 거드름을 피우며 대답하고는 돌연히 마르가리타에게 눈을 찡긋했다.

"그럼 나도 한번 옛날에 하던 대로 해 볼까." 코로비요프가 양손을 비비고 손가락을 후후 불며 말했다.

"조심해라, 조심해. 누구를 불구로 만들 농간은 부리지 말고!" 말 위에서 볼란드의 엄한 목소리가 들려왔다.

"메시르, 믿어 주십시오." 코로비요프가 대꾸하고 손을 가슴에 대며 대답했다. "농담이었어요, 순전히 농담이었습니다……." 그는 갑자기 고무로 만든 것처럼 위로 쭉 늘어나더니 오른손 손가락으로 뭔가 교묘한 형상을 만들고 나사처럼 온몸을 꼬았다가 풀면서 휘파람을 불었다.

마르가리타는 이 휘파람을 소리로 듣지 못하고 눈으로 보았다. 그것은 그녀가 타고 있던 사나운 말과 함께 옆으로 20미터 정도 밀려났을 때였다. 그녀 옆에서 참나무가 뿌리째 뽑혔고, 땅은 강 바로 앞까지 갈라졌다. 강둑의 거대한 지층이 부두와 식당과 함께 강으로 떨어져 내렸다. 그리고 강물이 거품을 내며 파도쳐 올라오더니 녹음이 우거지고 야트막한 반대편 강둑으로 나룻배가 전혀 다치지 않은 승객들을 그대로 태운 채 튀겨져 나갔다. 콧김을 내뿜는 마르가리타의 말 발치에 파고트의 휘파람 때문에 죽은 갈가마귀가 떨어졌다.

거장은 이 휘파람에 깜짝 놀라 펄쩍 뛰었다. 그는 머리를 움켜쥐고 자신을 기다리는 동행자들을 향해 도로 뛰어왔다.

"어땠습니까. 정산은 전부 끝났습니까? 작별 인사도 마쳤습니까?" 볼란드가 말 위에 높이 앉아 그에게 말했다.

"예, 마쳤습니다." 거장이 대답하고 보다 차분해져서 볼란드의 얼굴을 똑바로 대담하게 바라보았다.

그때 언덕 위에 나팔 소리 같은 볼란드의 무시무시한 목소리가 우레처럼 울렸다.

"때가 왔다!" 그리고 베헤모트의 날카로운 휘파람 소리와 웃음소리가 뒤따랐다.

말들이 뛰어오르고 기수들은 위로 솟아올라 전속력으로 달리기 시작했다. 마르가리타는 자신이 탄 사나운 말이 재갈을 물고 잡아당기는 것을 느꼈다. 볼란드의 외투가 기마 행렬의 머리 위로 휘날렸고, 외투는 저녁놀이 지는 드넓은 하늘을 가리기 시작했다. 검은 천이 잠깐 옆으로 밀려난 사이 마르가리타는 달리는 말 위에서 고개를 돌려, 등 뒤의 다채로운 탑과 그 위에서 선회하던 비행기 들이 사라졌을 뿐 아니라, 도시 전체가 이미 오래전에 땅속으로 꺼지고 그 자리에 먹구름만 남은 것을 보았다.

32
용서와 영원한 안식처

신들이여, 나의 신들이여! 저녁의 대지는 얼마나 슬픈가! 습지 위에 깔린 안개는 얼마나 비밀스러운가! 이 안개 속을 방황해 본 사람, 죽기 전에 심한 고통을 겪어 본 사람, 힘에 부친 짐을 지고 이 대지 위를 날아 본 사람, 그 사람은 이것을 안다. 지친 사람은 이것을 안다. 그리고 그런 사람은 일말의 후회 없이 대지의 안개를, 그 늪과 강들을 버리고 가벼운 마음으로 죽음의 손에 몸을 맡긴다. 그는 알기 때문이다, 오직 죽음만이…….

마법의 검은 말조차 피로해져 기수를 태우고 천천히 나아갔고, 피할 수 없는 밤이 그들을 쫓아오기 시작했다. 등 뒤에 쫓아오는 밤을 느끼고 항상 떠들썩하던 베헤모트까지도 조용해져서 안장에 발톱을 박고 북슬북슬한 꼬리를 세운 채 꽉 매달려 말없이 진지하게 날아갔다.

밤은 숲과 초원을 검은 천으로 덮기 시작했고, 어딘가 아래쪽 멀리서 구슬프고 작은 불을 켰는데, 이 불은 이제 마르가 리타에게도 거장에게도 아무런 필요가 없는, 타인의 불이었다. 밤은 기마행렬을 앞질러 그들의 머리 위에서 슬픔에 잠긴 하 늘 여기저기에 하얀 별의 얼룩을 씨앗처럼 흩뿌렸다.

밤은 더욱 짙어졌고, 달리는 사람들 옆을 날아가면서 그들 의 외투를 잡아채 어깨에서 벗겨 내고 환각을 폭로했다. 그리 고 서늘한 바람에 쏠리며 눈을 뜬 마르가리타는 목적지를 향 해 날아가는 사람들의 얼굴이 변하는 것을 보았다. 맞은편 숲 의 가장자리에서 적자색 만월이 떠오르기 시작했을 때 모든 환상은 사라졌고, 마법으로 만들어 낸 연약한 옷은 늪 속으로 가라앉고 안개 속에 빠져 버렸다.

코로비요프-파고트, 어떤 통역도 필요하지 않은 비밀스러 운 자문 교수의 통역사를 자칭하는 그가 지금 거장의 반려자 오른편, 볼란드 바로 옆에서 날아가는 바로 그 인물이라는 것 을 거의 알아볼 수 없었다. 코로비요프-파고트라는 이름으로 해진 서커스 의상을 입고 참새의 언덕을 떠났던 사람 대신, 지 금은 말고삐의 금 사슬을 조용히 울리며 말하는, 음울하고 결 코 웃지 않는 얼굴의 짙은 보라색 기사가 있었다. 그는 턱을 가슴에 파묻었고, 그는 달을 바라보지 않았고, 그는 대지에 관 심을 두지 않았고, 그는 볼란드의 옆에서 날아가며 혼자만의 생각에 잠겨 있었다.

"어째서 저렇게 변한 거죠?" 마르가리타가 바람이 부는 휘 파람 소리 사이로 조용히 볼란드에게 물었다.

"저 기사는 언젠가 그다지 성공적이지 못한 장난을 한 적이 있죠." 볼란드가 조용하게 불타오르는 눈을 마르가리타 쪽으로 향하고 대답했다. "동음이의어를 이용해 빛과 어둠에 관한 말장난을 지어냈는데, 그렇게 뛰어난 건 아니었습니다. 그리고 그 후에 기사는 예상보다 더 많이, 더 오래 그 장난을 계속해야 했습니다. 하지만 오늘은 정산을 마치는 밤입니다. 기사는 치러야 할 값을 모두 치르고 거래를 끝낸 겁니다!"

밤은 베헤모트의 북슬북슬한 꼬리도 떼어 내고 털을 벗겨 늪에 털 뭉치를 던져 흩뜨렸다. 어둠의 왕자를 즐겁게 해 주던 고양이였던 인물은 이제 날씬한 소년, 악마이면서 시동이고, 세상에 존재하는 그 누구보다도 실력이 뛰어난 광대가 되었다. 이제 그도 역시 조용해져서 젊은 얼굴을 달에서 쏟아져 내리는 빛 속에 내민 채 소리없이 날아갔다.

그들 옆에서 아자젤로가 갑옷의 쇠를 번쩍이며 날아갔다. 달은 그의 얼굴도 바꾸어 놓았다. 괴상하고 보기 흉한 송곳니는 흔적도 없이 사라졌고, 애꾸눈도 가짜인 것으로 드러났다. 아자젤로의 양쪽 눈은 똑같이 까맣고 공허했으며, 얼굴은 희고 차가웠다. 아자젤로는 이제 자신의 진짜 모습, 물 없는 사막의 악마이자 살인자의 모습이 되어 날아갔다.

마르가리타는 자신의 모습은 볼 수 없었지만 거장의 모습이 달라지는 것은 잘 보였다. 그의 머리카락은 달빛에 하얗게 변했고 뒤에서 한 덩어리로 뭉쳐져 바람에 길게 날렸다. 바람이 불어 거장의 외투가 날릴 때 마르가리타는 무릎까지 올라오는 그의 장화에서 불타오르기도 하고 꺼지기도 하는 별 모양의 박차를 보았다. 거장도 소년 악마와 마찬가지로 달에서 눈을 떼지 않고 날아갔으나 마치 잘 알고 사랑하는 사람에게 하듯 달을 향해 미소를 지었으며 118호실에서 얻은 습관대로 혼잣말을 중얼거렸다.

그리고 마지막으로 볼란드 또한 자신의 진짜 모습으로 날아갔다. 마르가리타는 그의 말고삐가 무엇으로 만들어진 것인지 알 수 없었다. 그 달빛에 비친 사슬도, 말도 어둠의 덩어리일 뿐이고 말갈기는 구름이며 기수의 박차는 별빛의 흰 얼룩일 수도 있다고 생각했다.

그렇게 그들은 오랫동안 말없이 날았고, 그 동안 아래에 보이는 지형은 크게 변하지 않았다. 슬픈 숲이 땅의 어둠 속에 잠겼고 그 뒤로 무딘 칼날 같은 강이 이어졌다. 얼마 후에는 아래쪽에서 둥근 돌이 나타나 달빛을 반사했고, 그 사이로 검은 낭떠러지가 나타났으며, 달빛도 그것을 뚫지 못했다.

볼란드가 황량하고 평평한 돌투성이 고원에 말을 세우자, 기수들도 규석과 자갈을 차는 말발굽 소리를 들으며 속도를 늦추었다. 눈부신 초록색 달빛이 평원을 가득 채웠고, 마르가리타는 이내 황량한 땅 위에서 팔걸이가 있는 커다란 의자와 그 의자에 앉은 하얀 사람 형체를 알아볼 수 있었다. 그 사람은 귀가 들리지 않거나 지나치게 명상에 몰두해 있는 듯했다. 그는 말의 무게로 돌투성이 대지가 전율하는 것을 듣지 못했고, 기수들이 다가서는데도 놀라지 않았다.

달은 마르가리타에게 큰 도움이 되었고 가장 밝은 전깃불보다도 더 밝게 비추었으며, 마르가리타는 앉아 있는 사람이 마치 눈이 보이지 않는다는 듯 잠시 양손을 비비고 그 보지 못하는 눈으로 둥근 달을 주시하는 것을 바라보았다. 그리고 마르가리타는 달빛에 비쳐 표면에서 뭔가 불꽃이 번쩍이는 육중한 돌의자 옆에 거대하고 귀가 뾰족한 검은 개가 엎드려서 자기 주인과 마찬가지로 불안하게 달을 바라보고 있는 것을 보았다. 앉아 있는 사람의 발치에는 깨진 주전자 파편이 뒹굴고 마르지 않는 검붉은 웅덩이가 퍼져 나가고 있다.

기수들은 말에서 내렸다.

"다들 당신의 소설을 끝까지 읽었습니다." 볼란드가 거장을 향해 말했다. "그리고 오직 이 한 가지만 말하더군요. 유감스럽게도 끝을 맺지 않았다고 말입니다. 그래서 이렇게 직접 주인공을 보여 드리고 싶었습니다. 이천 년 가까이 그는 이 평원에 앉아서, 잠들어 있다가 보시다시피 만월이 떠오르면 불면증에 시달립니다. 불면증은 저 사람뿐만 아니라 그의 충직한 경호원인 저 개까지도 괴롭히지요. 가장 중대한 결점은 비겁함이라는 말이 옳다면 저 개는 적어도 그 점에 있어서 잘못이 없습니다. 용맹한 견공이 두려워하는 것은 단 하나, 폭풍우뿐입니다. 그래도 어쩌겠습니까, 누군가를 사랑한다면 사랑하는 사람의 운명에도 동참해야 하는 법이죠."

"저 사람 무슨 말을 하고 있는 건가요?" 마르가리타가 물었고, 완전히 평온하던 그녀의 얼굴에 동정의 아지랑이가 엷게 깔렸다.

"같은 말을 되풀이하고 있습니다." 볼란드의 목소리가 울려 퍼졌다. "달빛 앞에서도 그에게 평안이란 없다고, 그리고 자신에게 좋지 못한 임무가 주어졌다고 말입니다. 잠들 수 없을 때에는 항상 그렇게 말하고, 또 잠들어 있을 때에는 항상 똑같이 꿈속에서 달빛으로 만들어진 길을 보고 그 길을 걸어 죄수인 하-노츠리와 이야기하고 싶어 하지요. 왜냐하면, 그가 확신하는 것처럼, 오래전 그때, 봄의 니산 달 제14일에 뭔가 다 이야기하지 못한 것이 있기 때문입니다. 하지만 불행히도 이유는 모르지만 그는 그 길로 걸어 나갈 수가 없고, 아무도 그 길을 걸어 그에게 오지 않습니다. 그러니 어떻게 하겠습니까, 혼잣말을 할 수밖에 없는 겁니다. 하지만 어떻게든 조금은 변화를 주어야 하니까, 달에 관해 말하면서 종종 자신의 불멸과 전례 없는 명성을 세상에서 가장 증오한다고 덧붙이곤 합니다. 자신의 운명을 누더기를 걸친 부랑자 레비 마트베이의 운명과 기꺼이 맞바꾸겠다고 주장하지요."

"언젠가 있었던 단 한 번의 만월 때문에 1만 2000번의 잠 못 드는 만월이라니, 너무 심한 건 아닐까요?" 마르가리타가 물었다.

"프리다의 이야기를 반복하려는 겁니까?" 볼란드가 말했다. "하지만 마르가리타, 여기서는 걱정하지 마십시오. 모든 것이 올바르게 마무리될 겁니다, 세상은 그렇게 만들어져 있으니까요."

"그를 풀어 주세요!" 마르가리타가 언젠가 마녀였을 적에 외쳤던 것처럼 꿰뚫는 듯한 소리로 갑자기 외쳤고, 이 외침 때문에 산에서 자갈이 떨어져 나와 귀가 먹을 듯한 굉음을 내고 온 산을 뒤흔들며 끝을 알 수 없는 심연으로 떨어졌다. 그러나 마르가리타는 그 굉음이 돌이 떨어졌기 때문인지 사탄의 웃음소리 때문인지 알 수 없었다. 아닌 게 아니라 볼란드는 마르가리타를 보면서 웃고 있었고, 그리고 말했다.

"산에서는 소리 지르면 안 됩니다. 어쨌든 그는 낙석에는 익숙해져 있고, 그래서 거기에는 놀라지 않습니다. 그를 위해 청원할 필요는 없습니다, 마르가리타. 왜냐하면 그가 그렇게 이야기하고 싶어서 애쓰는 바로 그 사람이 이미 청원을 했으니까요." 볼란드는 다시 거장에게 돌아서서 말했다. "어떻습니까, 이제는 한마디로 소설을 끝낼 수 있겠지요!"

거장은 가만히 서서 앉아 있는 총독을 바라보면서 바로 이 순간을 기다린 듯했다. 그는 손을 둥그렇게 모아 입가에 대고, 인적도 숲도 없는 산 구석구석에 메아리가 울릴 정도로 크게 소리쳤다.

"자유다! 자유! 그가 너를 기다린다!"

산이 거장의 목소리를 우레 소리로 바꾸었고, 그 우레가 산을 무너뜨렸다. 저주받은 암석의 벽이 무너졌다. 남은 것은 돌의자가 놓인 평원뿐이었다. 암석의 벽이 무너져 내린 검은 심연 위로 끝없이 펼쳐진 도시와 그 도시를 지배하는 번쩍이는 우상, 우상 아래서 달이 수천 번 지나는 동안 녹음이 화려하게 번성해 온 정원이 타올랐다. 바로 그 정원으로 총독이 오랫동안 기다려 온 달빛의 길이 뻗어 나갔고, 처음으로 그 길 위를 달리기 시작한 것은 귀를 뾰족하게 세운 개였다. 핏빛 안감을 댄 흰 외투를 입은 사람은 의자에서 일어나 목쉬고 갈라진 소리로 뭔가 외쳤다. 그가 우는지 웃는지, 무슨 말을 외치는지는 구분할 수 없었다. 오직 보이는 것은 충직한 경비견의 뒤를 따라 그도 달빛의 길 위를 맹렬하게 달리기 시작했다는 것뿐이었다.

"우리도 그를 따라 저기로 가나요?" 거장이 말고삐를 만지며 불안하게 물었다.

"아니요. 이미 끝난 일인데 뭐하러 뒤따라갑니까?" 볼란드가 대답했다.

"그렇군, 그럼 저쪽입니까?" 거장이 몸을 뒤로 돌려 방금 전에 떠나온, 수도원의 당밀 과자를 굽는 탑과 유리에 비친 조각난 태양이 있는 도시가 솟아 있는 곳을 가리켰다.

"그곳도 아닙니다." 볼란드가 대답했고, 그의 굵은 목소리가 절벽 위로 흘렀다. "낭만적인 거장이여! 당신이 상상해 낸, 그리고 방금 직접 자유롭게 풀어 준 주인공이 그토록 만나기를 갈망했던 바로 그분이 당신의 소설을 읽었습니다." 여기서 볼란드는 마르가리타에게 돌아섰다. "마르가리타 니콜라예브나! 당신이 거장을 위해 가장 좋은 미래를 생각해 내려고 애썼다는 건 잘 압니다만, 제가 당신에게 제안하는 것이나 예슈아가 당신들을 위해서, 그래요, 당신들을 위해서 부탁한 것이 그보다 더 좋은 것 같군요. 저들은 그냥 놓아두십시오." 볼란드가 거장의 안장 쪽으로 몸을 숙이고 떠나가는 총독의 등 뒤를 가리키면서 말했다. "저들을 방해하지 맙시다. 어쩌면 뭔가 합의점에 도달할지도 모르니까요." 그리고 볼란드가 예르샬라임을 향해 손을 흔들자 예르샬라임은 사라졌다.

"저기도 마찬가지입니다." 볼란드가 뒤쪽을 가리켰다. "지하실에서 할 일이 뭐가 있겠습니까?" 그때 유리에 비친 조각난 햇빛이 사라졌다. "무엇 때문에 돌아갑니까?" 볼란드가 확고하고도 부드럽게 말을 이었다. "오, 다른 이들보다 세 배는 더 낭만적인 거장이여, 낮에는 반려자와 함께 꽃이 피기 시작한 벚나무 아래를 산책하고 저녁에는 슈베르트의 음악을 듣는 생활을 하고 싶지 않습니까? 촛불 앞에서 거위 깃털로 글을 쓰면 즐겁지 않겠습니까? 파우스트처럼 새로운 호문쿨루스*를 빚

---

* 괴테의 『파우스트』에서 파우스트의 조수가 만들어 낸 인조인간.

어 낼 수 있을 거라는 희망을 품고 증류기 앞에 앉아 있고 싶지 않습니까? 저곳입니다, 저곳! 저기에 벌써 당신들의 집과 늙은 하인이 기다리고 있고, 촛불도 벌써 타오르고 있습니다. 하지만 촛불은 곧 꺼질 겁니다, 이제 곧 새벽이 다가올 테니까요. 이 길로 가십시오, 거장, 이 길로! 안녕히 가십시오! 나는 떠날 때가 됐습니다."

"안녕히 가십시오!" 마르가리타와 거장이 한목소리로 볼란드에게 대답했다. 그러자 검은 볼란드는 어떤 길도 거들떠보지 않고 곧장 낭떠러지로 향했고, 그의 뒤로 수행원들이 요란한 소리를 내며 함께 떨어졌다. 암벽도, 평원도, 달빛의 길도, 예르샬라임도 주위에 남지 않았다. 검은 말도 사라졌다. 거장과 마르가리타는 약속된 새벽을 보았다. 새벽은 자정의 달이 진 바로 그곳에서 시작되었다. 거장은 반려자와 함께 반짝이는 아침의 첫 햇살 속에서 이끼 낀 돌다리 위를 걷기 시작했다. 두 사람은 다리를 건넜다. 햇살은 충직한 연인들의 뒤에 남았고, 두 사람은 모래로 덮인 길을 걸었다.

"정적에 귀를 기울여 봐요." 마르가리타가 거장에게 말했고, 모래가 그녀의 맨발 아래서 사각사각 소리를 냈다. "귀 기울여 당신 인생에 한 번도 주어지지 않았던 것 — 고요함을 즐겨 보세요. 봐요, 저기 앞에 당신이 상으로 받은 영원의 집이 있어요. 벌써 베네치아식 창문*과 지붕까지 감아 올라간 포도 넝쿨이 보여요. 저기 당신의 집이, 영원의 집이 있어요. 난 알아요, 저녁이면 당신이 좋아하는 사람들, 당신이 관심을 갖고

---

* 창문 세 개가 연달아 있고 가운데가 위로 둥글게 솟은 장식적인 창문.

당신을 혼란에 빠뜨리지 않는 사람들이 찾아올 거예요. 그들이 당신에게 음악을 연주해 주고, 노래를 불러 줄 거예요, 촛불이 타오르면 방 안에 어떤 빛이 비치는지 알게 될 거예요. 기름때가 묻은 변함없는 침실용 모자를 쓰고, 입술에 미소를 띠고 잠이 들 거예요. 잠을 자면서 당신은 더 강건해지고, 현명하게 판단하게 될 거예요. 그리고 당신, 이제부턴 날 쫓아낼 수 없어요. 당신의 잠은 내가 지켜 줄 테니까."

마르가리타가 거장과 함께 그들의 영원한 집을 향해 걸어가면서 말했고, 거장은 마치 뒤에 남겨 두고 온 햇살이 흘러내리며 속삭이는 것처럼 마르가리타의 말이 흘러내리는 것을 느꼈으며, 거장의 기억, 불안정하고 바늘로 여기저기 찔린 그의 기억도 사라지기 시작했다. 그가 방금 자신이 창조한 주인공을 풀어주었듯이, 누군가가 거장을 자유롭게 풀어 주었다. 그의 주인공은 심연 속으로 돌이킬 수 없이 떠났다. 일요일이 시작되는 부활의 밤에 사면을 받아 길을 떠난 그는 점성가 왕의 아들, 유대의 잔혹한 다섯 번째 총독인 기사 본디오 빌라도였다.

에필로그

그건 그렇고, 토요일 저녁 해질 무렵에 볼란드가 수행원들과 함께 수도를 떠나 참새의 언덕에서 사라진 후, 모스크바에는 또 무슨 일들이 일어났을까?

오랜 시간 동안 수도 전체에 믿기 어려운 소문들이 왁자지껄하게 퍼져서 멀리 떨어진 지방의 벽촌까지 순식간에 전해졌음은 말할 필요도 없다. 그 소문들은 입에 올리기도 불쾌한 것이었다.

이 진실만을 담은 글을 쓰고 있는 본인도 개인적으로 직접, 페오도시야로 가는 기차 안에서, 모스크바의 한 극장에서 2000명의 사람들이 문자 그대로 벌거벗은 채 걸어 나와 택시를 타고 각자 집으로 흩어졌다는 이야기를 직접 들은 바 있다.

"부정한 기운……"이라는 속삭임이 우유 가게 앞에 줄선 사람들 속에서, 전차 안에서, 가게 안에서, 아파트에서, 부엌에서, 교외선과 장거리 열차 안에서, 기차역과 정거장에서, 피서지와 해변에서 들려왔다.

보다 성숙하고 교양 있는 사람들은 당연히 수도를 찾아온 부정한 기운에 관한 소문에 전혀 주의를 기울이지 않았고 심지어 그런 이야기를 하는 사람들을 비웃으면서 계몽하려고 애쓰기까지 했다. 그러나 어쨌든 사실은 사실인 법이고, 아무런 해명 없이 사실을 기피할 수는 없는 것이다. 즉, 누군가 수도에 찾아왔다. 그것은 불에 타서 잿더미로 변해 버린 그리보예도프만 보아도 알 수 있었고, 또 수없이 많은 증거가 아주 설득력 있게 웅변해 주고 있는 것이다.

교양 있는 사람들은 수사진의 관점에 동의했다. 즉, 실력이 아주 뛰어난 최면술사와 복화술사 무리가 이 일을 꾸몄다는 것이다.

물론 이들을 체포하기 위해 모스크바는 물론 그 주변 지역에서도 즉각 대대적인 조치가 취해졌으나, 유감스럽게도 아무 성과가 없었다. 자신을 볼란드라고 지칭했던 인물은 앞잡이들을 데리고 사라져서 더 이상 모스크바에 돌아오지 않았고 다른 곳에도 전혀 모습을 나타내지 않았으며 어떤 방식으로도 정체를 드러내지 않았다. 그가 외국으로 도망쳤다는 추측이 나온 것은 자연스러운 일이지만, 외국 어디에서도 그의 모습을 볼 수 없었다.

그의 사건에 대한 수사가 오랫동안 진행되었다. 누가 뭐라고 해도 이 사건은 괴상했던 것이다! 불타 버린 집 네 채와 미쳐 버린 사람들 수백 명은 차치하고라도 살해당한 사람들도 있었다. 그중 두 사람은 정확하게 설명할 수 있다. 바로 베를리오즈와, 또 외국인을 대상으로 모스크바 명소를 소개하는 일을 하던 불운한 전(前) 남작 마이겔이다. 이 두 사람은 살해당한 것이 분명하다는 얘기다. 그중 마이겔 남작의 불탄 유해는 화재가 진압된 사도바야 거리 50호 아파트에서 발견되었다. 그렇다, 희생자가 있었고, 이 희생자들은 수사를 필요로 했다.

게다가 희생자가 더 있었고, 그것도 볼란드가 수도를 떠난 이후에 발생했는데, 이번에 희생자가 된 것은 슬프게도 검은 고양이들이었다.

근 100마리 정도 되는 이 평화롭고 사람에게 충직하며 유용한 동물들이 러시아 곳곳에서 총을 맞거나 다른 방법으로 박멸되었다. 여러 도시에서 한 번에 열다섯 마리 정도씩, 때때로 심하게 불구가 된 모습으로 경찰서에 전달되었다. 예를 들어 아르마비르에서는 어떤 시민이 이 아무 잘못도 없는 짐승 한 마리를 앞발을 묶어 경찰에 끌고 왔다.

이 시민은 매복하고 있다가 그 고양이가 교활한 모습으로, (그러나 고양이가 정말로 그렇게 보인다고 해도 어쩌겠는가? 그것은 그들이 죄가 있기 때문이 아니라 개나 사람처럼 자신보다 강한 존재가 해를 입히거나 모욕을 줄까 봐 겁을 내기 때문이다. 그리고 해를 입히거나 모욕을 주는 것은 아주 쉬운 일이지만, 단언하건대 그것은 절대로 명예로운 행동이 아니다. 그렇다, 절대 명예로운 행동이 아니다!) 그렇다, 그렇게 교활한 모습으로 무슨 까닭인지 우엉 잎을 향해 뛰어가려 할 때 붙잡았다고 했다.

고양이를 덮친 시민은 잡아 묶을 요량으로 목에서 넥타이를 풀면서 악의에 차서 위협적으로 중얼거렸다.

"아하! 보아하니 이젠 우리 아르마비르까지 행차하셨군, 최면술사 양반? 하지만 여기선 아무도 댁에게 겁먹지 않아. 말 못하는 척하지 말라고. 우린 이미 댁이 어떤 인물인지 다 알고 있단 말이야!"

시민은 이 불쌍한 짐승의 앞발을 녹색 넥타이로 묶어서 경찰서로 끌고 갔다. 게다가 고양이가 뒷발로 서서 걷도록 가볍게 발길질을 해 대는 것도 잊지 않았다.

휘파람을 부는 소년들이 따라오는 가운데 시민은 고양이에게 소리쳤다. "너, 바보 짓은 그만둬, 그만두란 말이야! 그래 봤자 소용없어! 어서 사람들처럼 걸어가라고!"

검은 고양이는 그저 순교자 같은 눈을 굴릴 뿐이었다. 애초에 자연은 고양이에게 말할 능력을 주지 않았으므로 그 짐승은 어떤 방법으로도 자신의 무죄를 증명할 수 없었다. 불쌍한 짐승을 구원해 준 것은 첫 번째로는 경찰이었고, 그다음은 자신의 주인인 존경할 만한 과부 노파였다. 고양이가 경찰서에 끌려오자마자 그곳 사람들은 이 시민에게서 알코올 냄새가 심하게 난다는 사실을 알아챘고, 그래서 그의 증언은 곧바로 의심받았다. 한편 노파는 자기 고양이가 잡혀갔다는 것을 이웃에게서 듣고 경찰서로 달려왔고 제때 도착했다. 노파는 온갖 칭찬으로 고양이의 신원을 보증했고, 고양이를 안 지 오 년이 지났는데 그동안 말썽 한 번 피운 적 없는 아주 훌륭한 고양이였고 자기 자신을 믿듯이 고양이를 믿을 수 있다고 장담했으며, 고양이가 모스크바에도 한 번도 가 본 적이 없다고 증언했다. 고양이는 아르마비르에서 태어나 자랐고 쥐를 잡는 법도 그곳에서 배웠다는 것이다.

고양이는 말하자면 인생의 쓴맛을 보고 결박에서 풀려나,

실책과 중상모략이 무엇인지 생생하게 체험한 뒤 여주인에게 돌아갔다.

고양이 외에도, 별로 중요하지는 않지만 불쾌한 사건들이 몇몇 사람들을 덮쳤다. 몇 사람은 체포되었다. 잠시 구금되었던 사람들은 다음과 같았다. 레닌그라드에서는 시민 볼만과 볼페르, 사라토프와 키예프, 하리코프에서는 볼로딘이 세 명, 카잔에서는 볼로흐, 그리고 펜자에서는 ─ 이유는 전혀 납득할 수 없지만 ─ 화학과 박사 과정 수료자인 베트친케비치가 있었다. 사실 그 베트친케비치는 키가 엄청나게 크고 아주 짙은 갈색 머리이긴 했다.

그 외에도 곳곳에서 코로빈 아홉 명과 코롭킨 네 명, 카라바예프 두 명이 붙잡혔다.

세바스토폴행 기차에서는 어떤 시민이 결박당한 채 벨고로드 역에서 강제로 끌려나갔다. 이 시민은 같은 열차에 탄 승객들을 카드 마술로 즐겁게 해 주려는 생각을 떠올렸다고 했다.

야로슬라블에서는 점심 무렵 어떤 레스토랑에 프리무스 버너 손에 든 시민이 나타났는데, 그는 수리점에서 막 버너를 돌려받은 참이었다. 수위 두 명이 외투 보관소에서 그 시민을 보자마자 자리를 박차고 뛰어나왔고, 레스토랑 손님과 종업원 들도 전부 뛰어나왔다. 그 와중에 계산대에서는 어찌 된 일인지 번 돈이 모두 사라져 버렸다.

그 밖에도 여러 가지 일들이 있었지만 전부 다 기억할 도리가 없다. 어쨌든 민심은 대단히 동요했다.

여기서 또다시 수사진의 솜씨를 인정해 주어야겠다. 수사진은 범죄자들을 체포하기 위해서뿐만 아니라, 그들이 저지른 일들을 전부 해명하기 위해 할 수 있는 모든 조치를 취했다. 그리고 모든 일이 해명되었으며 그 해명은 명료하면서도 동시에 반박할 수 없이 확고한 것이었다는 사실도 인정하지 않을 수 없다.

수사 대표와 경험 많은 정신과 의사들은 범죄자 집단의 구성원들이나 혹은 그중 한 명이(이 점에서 우선 코로비요프가 의심을 받았다.) 보기 드문 능력을 가진 최면술사라서 자신이 실제로 있는 장소가 아닌 다른 곳에서 가짜로 모습을 드러낼 수 있다고 추측했다. 게다가 그들은 앞에 있는 상대방의 내면을 마음대로 조작하여, 실제로는 없는 사물이나 사람을 있다고 생각하게 하거나 반대로 눈에 보이는 곳에 있는 사람이나 사물을 보이지 않게 했다.

이러한 설명에 따르면 무엇이든, 심지어 시민들을 가장 동요시켰던 일, 즉 체포할 목적으로 경비대를 보냈으나 50호 아파트에서 사격을 당하고도 상처를 입지 않은 고양이의 사건도 납득할 수 있을 듯했다.

사실 샹들리에 위에 고양이 같은 것은 없었고, 아무도 응사할 생각은 하지 않았으며, 경비대는 허공에 대고 사격을 했던 것이고, 사람들이 고양이가 거울 위에서 소란을 피운다고 생각하는 동안 코로비요프는 사격하는 사람들 뒤에 아무런 방해도 받지 않고 서서 젠체하며 얼굴을 찌푸리고 자신의 엄청난, 그러나 범죄를 위해 악용한 최면 능력을 즐기고 있었다는 것이다. 등유를 끼얹어 아파트에 불을 지른 것도 물론 그의 소행이었다.

그리고 스테판 리호데예프는 얄타 따위에 날아간 적도 없고

(그런 술수는 코로비요프라 해도 힘들다.) 그곳에서 전보를 친 적도 없다. 그는 절인 버섯을 포크에 찍어 들고 있는 고양이를 보여 주는 코로비요프의 요술에 겁을 먹고 보석상 과부의 아파트에서 정신을 잃은 후, 이윽고 코로비요프가 비웃으며 그의 머리에 펠트 모자를 씌워 모스크바 공항까지 데려가기까지 아파트에 계속 누워 있었고, 코로비요프는 스테판을 만나러 나온 형사 수사국 사람들에게 미리 최면을 걸어 스테판이 세바스토폴발 비행기에서 내릴 것이라고 믿게 했던 것이다.

사실 얄타 형사 수사국은 맨발인 스테판의 신병을 확보했으며 그의 이름으로 모스크바에 전보를 보냈다고 강하게 주장했으나, 그 전보의 사본은 한 장도 찾아내지 못했고, 그 때문에 내려진 슬프지만 확고한 결론은 최면술사 일당이 엄청난 거리에 걸쳐, 그리고 한 개인뿐 아니라 집단에게까지 최면을 거는 능력이 있다는 것이었다. 그래서 범죄자들은 심리 상태가 가장 안정적인 사람들까지 미혹시킬 수 있었던 것이다.

그러니 일반석에서 남의 주머니에 들어 있던 트럼프 카드나 사라져 버린 여성들의 옷, 야옹 하고 우는 베레모 등등 잡다한 사정에 대해서 뭐라고 하겠는가! 그런 속임수는 중간 정도 실력을 갖춘 전문 최면술사라면 누구나, 어떤 무대에서나 보여 줄 수 있는 것이고 그렇게 따지면 사회자의 머리를 잘라 내는 요술도 어렵지 않기는 마찬가지다. 말하는 고양이 역시 완전히 헛소리다. 우선 사람들에게 그런 고양이를 보여 주기 위해서는 복화술을 할 줄 아는 것으로 충분하고, 코로비요프의 기술이 그보다 훨씬 뛰어나다는 것은 아무도 의심하지 않는 일이었다.

그렇다, 여기서 요점은 트럼프 카드도, 니카노르 이바노비치의 서류 가방에 든 가짜 편지도 아니다. 이런 건 하나도 중요하지 않다! 베를리오즈를 전차 밑으로 밀어 넣어 피할 수 없는 죽음을 맞이하게 했던 것은 바로 코로비요프다. 불쌍한 시인 이반 베즈돔니를 미치게 한 것도 코로비요프이고, 바로 그 코로비요프가 시인에게 환상을 불어넣어 괴로운 꿈속에서 고대의 예르샬라임과 태양이 작렬하고 물 한 방울 없는 민둥 언덕과 그곳에서 기둥에 매달린 세 사람을 보게 만든 것이다. 바로 코로비요프와 그의 일당들이 마르가리타 니콜라예브나와 그녀의 가정부인 미녀 나타샤를 강제로 모스크바에서 사라지게 한 것이다. 말이 나왔으니 말인데, 수사진은 이 사건에 특히 관심을 기울였다. 이 여성들이 살인범과 방화범 일당에게 유괴된 것인지 아니면 자신의 의지로 범죄자 무리와 함께 달아난 것인지 밝혀내야만 했다. 두서없이 혼란스러운 니콜라이 이바노비치의 진술을 기초로, 마르가리타 니콜라예브나가 남편에게 남긴 이상하고 조리에 맞지 않는, 마녀가 되어 떠난다는 메모를 계산에 넣고, 나타샤가 자신의 소지품을 전부 제자리에 두고 사라졌다는 정황을 고려하여, 수사진은 여주인도 가정부도 다른 사람들처럼 최면에 걸렸고 그 상태에서 일당에게 유괴되었다는 결론에 도달했다. 범죄자들이 이 두 여성의 미모에 끌렸으리라는, 아주 설득력 있는 의견도 나왔다.

그러나 수사진들에게 대단히 불분명하게 남아 있는 점 한 가지는, 일당이 정신 병원에서 자신을 거장이라고 부르는, 제정신이 아닌 환자를 유괴한 동기였다. 그 동기는 결국 밝혀지지 않았고, 마찬가지로 유괴된 환자의 이름도 알아내지 못했다. 그리하여 그는 '제1동 118호실'이라는 생기 없는 별칭 아래 영원히 사라지고 말았다.

이렇게 거의 모든 일이 해명되었고, 모든 일에 끝이 있듯이 수사도 끝이 났다.

몇 년이 지나갔고, 시민들은 볼란드도 코로비요프도, 그 밖에 다른 일들도 잊어버리기 시작했다. 볼란드와 그의 앞잡이들에게 당해 고생했던 사람들의 삶에도 많은 변화가 일어났고, 그런 변화들이 소소하고 무의미하기는 하지만 어쨌든 전부 거론할 필요가 있다.

예를 들어 조르주 벤갈스키는 병원에서 석 달을 보낸 후 회복되어 퇴원했으나, 바리에테의 사회자 자리는 떠날 수밖에 없었고, 그것도 군중이 표를 사기 위해 떼를 지어 몰려드는 가장 바쁜 때에 떠날 수밖에 없었다 — 흑마술과 그 폭로에 대한 기억이 너무나 생생했던 것이다. 벤갈스키는 바리에테를 그만두었다. 저녁마다 2000명의 관객 앞에 서서, 누구나 어김없이 그를 알아보고 머리가 있는 편이 나은가 없는 편이 나은가 하는 조롱 섞인 질문에 마주쳐야 하는 것이 너무 괴로웠기 때문이었다.

그렇다, 사회자는 쾌활한 성격을 상당 부분 잃어버렸는데, 그것은 직업상 꼭 필요한 것이었다. 그에게 남은 것은 매년 봄 만월의 밤이 되면 불안에 빠져 돌연히 목을 움켜잡고 겁먹은 눈으로 주위를 둘러보며 우는 불쾌하고 끔찍한 습관뿐이었다. 발작은 차츰 나아졌지만 어쨌든 이런 상태로는 이전에 하던 일을 할 수가 없었고, 사회자는 평온한 삶을 찾아 떠나서 그간 저축해 놓은 돈으로 살기 시작했다. 그것은 검소한 그의 계산에 따르면 앞으로 십오 년은 먹고 살 수 있는 액수였다.

그는 바리에테를 떠나서 이후 다시는 바레누하와 마주치지 않았다. 바레누하는 믿을 수 없게도, 보기 드문 동정심과 예의 바른 행동으로 극장 직원들 모두의 인기와 사랑을 얻었다. 예를 들어 항상 특별 허가권을 사용하는 사람들은 그를 '은혜로운 아버지'라는 별명으로 불렀다. 어떤 시간에 바리에테에 전화해도 항상 수화기에서 "예, 말씀하십시오."라고 말하는 부드럽지만 슬픈 목소리를 들을 수 있었다. 그리고 전화로 바레누하를 부탁한다고 하면 같은 목소리가 서둘러 대답했다. "무엇을 도와 드릴까요." 그러나 바로 이런 정중함 때문에 이반 사벨리예베치는 고통 받지 않았던가!

스테판 리호데예프는 더 이상 바리에테에서 전화로 이야기할 일이 없었다. 여드레 동안 머물렀던 병원에서 나온 직후 그는 전근 명령을 받고 로스토프로 갔고, 그곳에서 커다란 고급 식료품점을 관리하는 임무를 맡았다. 소문에 의하면 그는 포트와인을 완전히 끊었으며 이제는 구스베리 열매를 담근 보드카만 마시는데, 그 덕분에 아주 건강해졌다고 한다. 또 말수가 줄었고 여자를 피한다고도 한다.

스테판 보그다노비치가 바리에테를 떠났지만 림스키는 몇 년 동안이나 간절하게 꿈꾸어 왔던 기쁨을 맛보지 못했다. 경영 지배인은 병원 생활과 키슬로보츠크에서의 요양을 마친 후 완전히 늙어 버려서 머리를 절레절레 흔들며 바리에테를 그만두겠다는 사직서를 제출했다. 흥미로운 사실은 이 사직서를 림스키의 아내가 바리에테에 가져왔다는 것이다. 그리고리 다닐로비치 자신은 창문에서 달빛이 가득 비친 깨진 유리와 아래쪽 빗장으로 뻗어 가는 기다란 손을 보았던 그 건물에 환한 대낮에도 들어올 용기가 나지 않았던 것이다.

경영 지배인은 바리에테를 사직한 후 자모스크보레치예에 있는 어린이 인형 극장에 들어갔다. 이 극장에서 그는 이제 존경하옵는 아르카디 아폴로노비치 셈플레야로프와 음향 문제로 충돌할 일이 없었다. 셈플레야로프는 얼마 후에 브랸스크로 좌천되어 버섯 가공 공장의 공장장을 맡았다. 모스크바 시민들은 이제 소금에 절인 송이버섯과 식초에 절인 흰 버섯을 먹으며 그 맛을 칭송해 마지않았고, 유별날 정도로 그가 전근 간 것을 기뻐하고 있다. 지나간 일이니 하는 얘기지만, 음향 일은 아르카디 아폴로노비치에게 맞지 않았으며, 그가 아무리 음향 수준을 개선하려고 애를 써도 언제나 예전 그대로였다고 말할 수 있을 것이다.

극장을 떠난 인물들 중에는 아르카디 아폴로노비치 외에도 — 비록 공짜 표를 사랑했다는 것 외에는 극장과 아무 관계도 없지만 — 니카노르 이바노비치 보소이를 들 수 있다. 니카노르 이바노비치는 이제 어떤 극장에도, 돈을 주고 표를 사건 공짜표를 받건 절대로 가지 않을뿐더러 극장과 관련된 이야기가 나오면 안색이 변하기까지 한다. 극장 외에도 시인 푸시킨과 재능 있는 예술가 사바 포타포비치 쿠롤레소프에 대한 그의 증오심은 작아지지 않고 오히려 커졌다. 특히 쿠롤레소프를 너무나 싫어한 나머지, 작년에 신문에서 사바 포타포비치가 막 재능을 꽃피우려던 무렵에 심장마비로 사망했다는, 검은 테를 두른 기사*를 읽고 니카노르 이바노비치는 자기 자신도 사바

---

* 부고 기사를 뜻한다.

포타포비치를 따라갈 뻔했을 정도로 얼굴이 시뻘개져서는 "그놈은 그래야 마땅해!" 하고 부르짖었다. 게다가 바로 그날 저녁, 인기 예술가의 죽음 때문에 괴로운 기억이 한꺼번에 되살아난 니카노르 이바노비치는 혼자서 사도바야 거리를 비추는 만월을 벗 삼아 무서울 정도로 술을 마셔 댔다. 잔을 비울 때마다 눈앞에 그가 증오하는 형상들이 저주받은 사슬처럼 줄지어 떠올랐고, 그 속에는 세르게이 게라르도비치 둔칠과 미녀인 이다 헤르쿨라노브나, 싸움 거위들의 주인인 그 붉은 머리와 정직한 니콜라이 카납킨도 섞여 있었다.

그렇다면 이 사람들에게는 무슨 일이 일어났을까? 하느님 맙소사! 그들에게는 아무 일도 일어나지 않았고 일어날 수도 없었는데, 왜냐하면 사실 이들은 현실 속에 존재하지 않는 사람이기 때문이었다. 호감 가는 예술가 사회자도 없었고, 극장도, 지하실에서 외화가 썩고 있다던 구두쇠 늙은이 포로호브니코바 숙모도, 물론 금 나팔과 무례한 요리사도 없었다. 모든 것은 니카노르 이바노비치가 불한당 코로비요프의 농간으로 꾸게 된 꿈이었을 뿐이다. 꿈에 나온 인물 중 유일하게 존재하는 사람은 바로 예술가 사바 포타포비치였고, 그는 라디오에 자주 등장했기 때문에 니카노르 이바노비치의 기억에 새겨진 것뿐이었다. 그는 존재했지만, 나머지는 존재하지 않았다.

그렇다면 알로이지 모가리치도 존재하지 않았던 것일까? 절대로 그렇지 않다! 그는 실제로 존재했을 뿐만 아니라 지금도 존재하며, 그것도 림스키가 거절한 바로 그 일, 그러니까 바리에테의 경영 지배인을 맡고 있다.

볼란드를 방문하고 하루가 지나서 뱟카 근방 어딘가의 기차 안에서 정신을 차린 알로이지는 자신이 정신이 흐려진 상태로 어째서인지 모스크바를 떠난 후 바지 입는 것을 잊어버렸고, 이유는 전혀 알 수 없지만 대신 쓸모도 없는 건축업자의 등록부를 훔쳤다고 확신했다. 알로이지는 차장에게 거금을 치르고 그의 오래된 기름투성이 바지를 손에 넣어 뱟카에서 돌아왔다. 그러나 알로이지는 불행히도 건축업자의 작은 집을 찾을 수 없었다. 불꽃이 낡아 빠진 폐가를 깨끗하게 태워 버렸던 것이다. 그러나 알로이지는 유별나게 진취적인 사람이었다. 그는 이 주 후에 이미 브류소프 골목의 아름다운 방에 살고 있었고, 몇 달이 지나자 림스키의 사무실에 앉아 있었다. 그리고 예전에 림스키가 스테판 때문에 시달렸듯이, 이제는 바레누하가 알로이지 때문에 괴로워한다. 이반 사벨리예비치는 단 한 가지, 알로이지가 바리에테를 떠나 어딘가 보이지 않는 곳으로 사라져 버리기만을 꿈꾼다. 바레누하가 친한 사람들과 있을 때 가끔 속삭이듯이, "알로이지 같은 개자식은 살면서 한 번도 본 적이 없으며 저 알로이지는 마음만 먹으면 뭐든지 할 수 있는 인물"이기 때문이다.

어떻게 보면 사무장이 편파적인 것일 수도 있다. 알로이지는 수상쩍은 일에 말려든 바도 없고, 그렇게 따지면 전혀, 아무 일에도 연루된 바가 없지만 그것은 물론 식당 지배인 자리에 소코프를 임명한 것을 별개의 문제로 취급할 때의 얘기다. 그 안드레이 포키치는 볼란드가 모스크바에 나타난 지 아홉 달 뒤에 간암으로 모스크바 제1대학 병원에서 죽었다…….

그렇다, 몇 년이 흘렀고, 이 책에 사실대로 기록된 사건들은 질질 끌다가 사람들의 기억 속에서 사라졌다. 그러나 모든 사람이 잊은 것은 아니다, 모두 그런 것은 아니다!

해마다 봄의 축제와도 같은 만월이 떠오르는 시기가 되면 저녁 무렵 총주교 연못 보리수나무 아래에는 나이가 서른, 혹은 서른이 좀 넘은 듯한 사람이 나타난다. 불그스름한 머리에 눈은 녹색이고, 옷을 수수하게 입은 사람이다. 이 사람은 역사 철학 연구원에서 교편을 잡고 있는 이반 니콜라예비치 포니료프 교수이다.

그는 보리수나무 아래로 와서 언제나 같은 벤치, 즉 이제는 모두에게 잊힌 베를리오즈가 생전에 마지막으로 산산이 부서진 달을 보았던 저녁에 앉았던 그 벤치에 앉는다.

지금 달은 둥글고, 저녁이 시작될 무렵에는 하얗다가 점점 금빛으로 물들어 표면에 검은 용마(龍馬)를 새긴 채 전직 시인 이반 니콜라예비치 위를 떠가, 저 높은 곳, 언제나처럼 같은 자리에 멈춰서 있다.

이반 니콜라예비치에게는 모든 것이 명백하고, 그는 모든 것을 알고 또 이해한다. 그는 젊은 시절 자신이 범죄자 최면술사 집단의 희생자가 되었다는 것을 알고 있고, 그 후 치료를 받고 완쾌되었다. 그러나 그는 또한 자신이 견딜 수 없는 일이 있다는 것도 안다. 그는 이 봄의 만월을 견딜 수가 없다. 이 시기가 되면, 달이 둥글게 부풀어 언젠가 두 개의 5촉 촛대보다도 높이 걸려 있던 천체에서 금빛 광선을 쏟아내기 시작하면, 이반 니콜라예비치는 불안해져서 신경질을 부리고 입맛도 잠도 잃은 채 달이 여물기만을 기다린다. 그리고 만월의 밤이 되면 그 무엇도 이반 니콜라예비치를 집에 잡아 둘 수 없다. 저녁 무렵에 그는 밖으로 나가서 총주교 연못가로 간다.

벤치에 앉아서, 이반 니콜라예비치는 거리낌 없이 혼잣말을 하고 담배를 피우고, 눈을 가늘게 뜨고 달을 보기도 하고 또렷이 기억하고 있는 회전문을 보기도 한다.

이반 니콜라예비치는 그렇게 한 시간이나 두 시간을 보낸다. 그런 후에 자리에서 일어나 언제나 똑같은 길로, 스피리도놉카 거리를 지나, 아무것도 보지 않는 듯 공허한 눈을 하고 아르바트 광장 근처의 골목으로 접어든다.

그는 석유 가게를 지나 오래되고 낡아 빠진 가스등이 있는 모퉁이를 돌아 울타리로 살금살금 다가서고, 그 너머로 화려한, 그러나 아직 꽃이 피지 않은 정원과 등불이 나와 있는 삼면 창문 쪽은 달빛으로 장식되고 다른 쪽은 어둠에 잠긴 고딕 양식의 단독 주택을 본다.

교수는 무엇이 그를 울타리로 끌어당기는지, 그 단독 주택에 사는 사람이 누구인지 모르지만, 만월의 밤에는 이런 자기 자신을 어쩌해 볼 수 없다는 것은 안다. 게다가, 그는 울타리 너머의 정원에서 피할 수 없이 언제나 같은 것을 보게 된다는 것도 안다.

약간 나이 들고 신뢰감을 주는 외모에 턱수염을 기르고 코안경을 쓰고 얼굴 윤곽이 약간 돼지를 닮은 사람이 벤치에 앉아 있다. 이반 니콜라예비치는 언제나 이 단독 주택의 거주자가 항상 같은 꿈꾸는 듯한 자세로 달을 향해 눈을 돌리고 앉아 있는 것을 본다. 이반 니콜라예비치는 앉아 있는 사람이 달을 감상한 후 반드시, 시선을 등불이 걸린 창문으로 옮겨 마치 지금이라도 창문이 활짝 열리고 창가에 뭔가 특이한 일이 일어나기를 기다리는 것처럼 창문을 응시한다는 것도 알고 있다.

그다음에 일어나는 일들도 이반 니콜라예비치는 외우다시 피 알고 있다. 이제부터는 어쩔 수 없이 울타리 쪽으로 더 바 짝 숨어야 한다. 이제 곧 앉아 있던 사람이 불안하게 고개를 돌리기 시작하고, 허공에서 뭔가 찾아내려는 듯 눈을 두리번 거리며 열광적으로 미소 짓고, 그런 후에 달콤한 우수에 잠겨 갑자기 손뼉을 치고, 그런 후에는 주위는 신경 쓰지 않고 다분 히 큰 소리로 중얼거릴 것이기 때문이다.

"비너스, 비너스여……! 아, 난 바보야……!"

"신들이여, 신들이여!" 이반 니콜라예비치도 울타리 뒤에 숨 어서 비밀에 싸인 낯선 사람에게서 타오르는 시선을 떼지 않 은 채 속삭이기 시작한다. "저기에도 달의 희생자가 한 사람 더 있구나……. 그래, 저 사람도 나와 같은 희생자야."

그리고 앉아 있는 사람은 말을 계속할 것이다.

"아아, 난 바보야! 어째서, 어째서 나는 그녀와 함께 날아가 지 않은 거지? 뭘 두려워한 거야, 늙은 당나귀 같으니! 증명서 를 받아 낼 궁리만 했지! 아, 그러니까 지금 이렇게 고통 받는 거야, 늙은 백치!"

단독 주택의 어두운 부분에서 덜컹거리며 창문이 열리고 그 곳에 하얀 형체가 나타나 불쾌한 여자 목소리가 울릴 때까지 그는 그렇게 계속 있을 것이다.

"니콜라이 이바노비치, 어디 있어요? 또 무슨 공상에 잠겨 있는 거예요? 말라리아 걸리고 싶어요? 이리 들어와서 차 마 셔요!"

그러면 앉아 있는 사람은 정신을 차리고 목소리를 꾸며 내 대답한다.

"공기를, 맑은 공기를 좀 마시고 싶었어요, 내 사랑! 공기가 아주 좋아요!"

그리고 그는 벤치에서 일어나 닫히는 아래층 창문을 향해 몰래 주먹질로 위협하며 느릿느릿 집으로 걸어간다.

"거짓말하는 거야, 거짓말! 오 신들이여, 그는 거짓말을 하고 있습니다!" 이반 니콜라예비치는 울타리를 떠나며 중얼거린다. "맑은 공기가 정원으로 이끌었다니, 절대로 아냐. 그는 이 봄의 만월에 달과 정원과 저 높은 곳에서 뭔가를 보는 거야. 아, 그의 비밀을 뚫고 들어가서 그가 어떤 비너스를 잃었고 지금은 왜 그녀를 찾아 아무 소용도 없이 손으로 허공을 더듬는지 알아낼 수만 있다면 아무리 큰 대가라도 치를 텐데!"

그리고 교수는 완전히 병든 채 집으로 돌아온다. 아내는 그의 상태를 전혀 눈치채지 못한 척하며 서둘러 그를 침대에 눕힌다. 그러나 그녀 자신은 눕지 않고 등불 아래 책을 들고 앉아서 자는 사람의 얼굴을 씁쓸한 시선으로 바라본다. 그녀는 새벽이 되면 이반 니콜라예비치가 비명을 지르며 잠에서 깨어나 울면서 몸부림치기 시작하리라는 것을 안다. 그 때문에 그녀 앞에 있는 등불 아래 탁자에는 미리 준비해 둔, 소독용 알코올에 담가 놓은 주사기와 진한 차(茶) 색깔의 액체가 담긴 주사약 병이 준비되어 있다.

중병 환자의 아내가 된 불쌍한 여인은 이제 자유롭고 걱정 없이 잠들 수 있다. 이반 니콜라예비치는 주사를 맞은 후 행복한 얼굴로 아침까지 잘 것이고, 그녀는 알 수 없지만 뭔가 화려하고 행복한 꿈을 꿀 것이다.

만월의 밤에 학자를 깨워 가련한 비명을 지르게 하는 것은 언제나 같은 것이다. 코가 없는, 이상하게 생긴 형리가 나타나 위로 뛰어오르더니, 뭔가 무시무시한 목소리를 울리며 기둥에 묶혀 제정신을 잃은 게스타스의 심장을 창으로 꿰뚫는다. 그러나 그 형리만큼이나 무서운 것은 세상에 대재앙이 닥치는 순간에만 찾아오는, 끓어오르며 땅을 뒤덮는 먹구름 속에서 비쳐 나오는 부자연스러운 빛이었다.

주사를 맞고 나면 잠든 사람의 눈앞에서 모든 것이 바뀐다. 침대에서 창문까지 넓은 달빛의 길이 이어지고, 그 길 위에 핏빛 안감을 댄 흰 외투를 입은 사람이 나타나 달을 향해 걷기 시작한다. 그의 옆에는 누더기가 된 긴 옷을 입고 얼굴은 보기 흉하게 불구가 된 젊은 사람이 걷는다. 그들은 걸어가면서 뭔가에 관해 열띠게 이야기하고 말다툼하며 의견의 일치를 보려 한다.

"신들이여, 신들이여! 이 얼마나 저속한 처형인가! 하지만 부디 말해 주게." 외투를 입은 사람이 오만한 얼굴을 길동무에게 향하고 말한다. 그의 오만한 얼굴이 애원하는 얼굴로 바뀐다. "처형은 없었지! 제발 부탁이니 말해 주게, 없었던 거지?"

"그럼, 물론이죠. 없었습니다. 그냥 상상일 뿐이었소." 길동무가 목쉰 소리로 대답한다.

"맹세할 수 있나?" 외투를 입은 사람이 아첨하듯 간청한다.

"맹세하죠!" 길동무가 대답하고, 그의 눈은 어째서인지 미소 짓는다.

"난 더 이상 아무것도 필요 없네!" 외투를 입은 사람이 갈라진 목소리로 외치고는 길동무와 함께 달을 향해 점점 더 높이 떠올라 간다. 그 뒤로는 평온하고 위풍당당한 거대한 개가 귀를 뾰족하게 세우고 따라간다.

그때 달빛의 길이 끓어오르고 그 안에서 달빛의 강이 흘러나와 사방으로 흘러넘친다. 달은 지배하고 유희하며, 달은 춤추고 장난친다. 그러면 달빛의 흐름 속에서 이루 말할 수 없이 아름다운 여인이 나타나 겁먹은 듯 주위를 둘러보는, 턱수염이 덥수룩하게 자란 사람의 손을 잡고 이반에게 다가온다. 이반 니콜라예비치는 곧 그를 알아본다. 바로 118호실, 그를 찾아왔던 밤의 손님이다. 이반 니콜라예비치는 꿈속에서 그 사람에게 손을 뻗고 애타게 묻는다.

"그럼 분명히 이렇게 끝난 거죠?"

"이렇게 끝난 거라네, 제자여." 118호가 대답하고, 여인이 이반에게 다가와 말한다.

"물론 이렇게 끝났죠. 전부 끝났고, 전부 끝나가요……. 이제 이마에 키스해 드릴게요, 그럼 모든 일이 되어야 하는 대로 될 거예요."

그녀는 이반을 향해 몸을 숙이고 그의 이마에 입을 맞추고, 이반은 그녀를 향해 몸을 뻗어 그녀의 눈을 들여다보지만 그녀는 한 걸음씩 한 걸음씩 멀어져서 동반자와 함께 달을 향해 가 버린다…….

그러면 달은 광란하기 시작하고, 달은 빛의 흐름을 이반을 향해 곧장 쏟아 붓고, 달은 빛을 사방으로 흩뿌리고, 방 안에는 달빛의 홍수가 시작되어 빛이 출렁거리며 점점 높이 차올라 침대를 뒤덮는다. 바로 그 순간 이반 니콜라예비치는 행복한 얼굴로 잠이 든다.

이튿날 아침 그는 말수가 적어진, 그러나 완전히 평온하고 건강한 상태로 잠에서 깬다. 바늘에 찔린 듯 고통스러운 기억은 진정되고 다음 만월까지 아무도 교수를 동요시키지 못할 것이다. 게스타스를 죽인 코 없는 살인자도, 유대의 잔혹한 다섯 번째 총독인 기사 본디오 빌라도조차도.

작품 해설

작가에 관하여

미하일 아파나시예비치 불가코프(Михаил Афанасьевич Булгаков, Mikhail Afanasievich Bulgakov)는 1891년 키예프에서 태어났다. 키예프는 현재 우크라이나의 수도이지만 당시에는 러시아 제국의 영토였다. 아버지 아파나시 불가코프는 키예프 대학교의 신학 교수였으며, 불가코프의 외가와 친가 양쪽 모두 유서 깊은 러시아 정교 성직자 집안이었다.

미하일 불가코프는 키예프에서 고등학교를 마치고 키예프 대학교 의과 대학에 입학했다. 1913년에 첫 아내인 타티야나 라파와 결혼하고 1914년 제1차 세계대전이 발발하자 적십자를 통해 종군 의사로 자원하는데, 곧바로 최전방으로 보내졌다가 심한 부상을 입는다. 1916년 키예프 의과 대학을 정식으로 졸업한 불가코프는 당시 기울어 가던 러시아 차르의 군대인 백군(白軍)에 입대하여 군의관으로 복무하다가(포로로 잡혔다는 설도 있다.) 1917년 우크라이나가 러시아 제국에서 독립을 선언했을 때 잠시 우크라이나 국민군에서 복무하기도 한다.

1918년 공산혁명이 일어나 러시아 제국이 무너지고 소비에트 연방이 창설되자 불가코프의 가족들은 대부분 파리로 망명했다. 불가코프와 그의 남동생은 카프카스 지역(현재의 체첸 지역)에 남게 되었고, 불가코프는 그곳에서 다양한 내용의 짧은 칼럼이나 기사 등을 기고하며 저널리스트로 일했다.(이때 쓴 기사들은 1919년에 『미래의 전망』이라는 제목으로 출간되었다.) 이후 프랑스와 독일 정부로부터 의사 자격으로 망명 신청이 받아들여졌으나 티푸스가 발병하면서 러시아 정부에서 출국을 금지했다. 이로 인해 불가코프는 가족을 다시 만날 수 없게 되고 말았다.

한편, 불가코프는 전쟁 중에 입은 부상으로 만성적인 통증에 시달렸다. 의사로 일하면서 진통제를 손쉽게 입수할 수 있었던 그는 한때 심각한 모르핀 중독에 시달리기도 했다. 그러나 1918년을 기점으로 중독을 완전히 떨쳐 버린다.

불가코프는 1921년 모스크바로 이주, 저널리스트로 일하면서 본격적으로 글을 써 여러 신문과 잡지에 기고하는데, 이때 쓴 기사와 기고문은 『소맷부리에 쓴 메모』라는 제목으로 1922년에서 1923년 사이에 출간된다. 1923년에 불가코프는 소비에트 작가 조합의 회원이 되었고, 1924년에는 우크라이나 국민군에서 복무한 경험을 바탕으로 이 지역의 패권을 놓고 다투는 세력 간의 갈등을 그린 소설 『백위군』을 발표한다.

생전의 불가코프는 저널리스트나 소설가보다는 희곡 작가

로 더 많이 알려져 있었다. 1926년 희곡 『트루빈 가족의 날들』
을 발표하여 그해 10월부터 모스크바 예술 극장에서 성공적으
로 상연했다. 모스크바 예술 극장은 당시 네미로비치-단첸코
와 콘스탄틴 스타니슬랍스키가 체호프의 희곡을 중심으로 사
실주의 연극 전통을 계승해 온 러시아 극예술의 중심 극장이
었다.

이곳에서 첫 무대에 오른 「트루빈 가족의 날들」은 내용상
『백위군』과 연결되는데, 1918년 말부터 1919년 초까지 당시 키
예프에서 집권하던 파벨 스코로파드스키 장군이 실각하여 볼
셰비키에게 쫓겨 가던 상황을 배경으로, 주인공인 트루빈 일
가족이 기존의 생활 기반을 잃고 파멸하는 과정을 그렸다. 비
록 공연은 흥행에 성공했으나 이때부터 불가코프는 연극의 내
용 때문에 반(反)소비에트적이라는 이유로 비판을 받아, 스탈
린 자신이 "불가코프는 우리 편이 아니다."라고 논평했으며 또
한 각종 문예지에 불가코프의 저작 전반에 대한 날카로운 비
평이 실리기 시작한다. 이러한 상황은 불가코프가 사망할 때
까지 이어진다. 작가 자신이 헤아린 바에 따르면 이후 십 년간
각종 신문과 잡지에 실린 불가코프와 그의 저작에 관한 글 중
비판하는 글이 298편이었던 데 반해, 긍정적인 글은 단 세 편
에 불과했다고 한다. 이처럼 오랫동안 이어진 절망적이며 모욕
적인 경험과 여기에 대한 분노와 회한은 『거장과 마르가리타』
에서 거장이 처하는 상황에 그대로 반영되어 있다.

1928년 불가코프는 아내와 함께 카프카스 지방으로 여행을
가는데, 후일 『거장과 마르가리타』가 될 소설을 이곳에서 처음
구상했다고 전해진다. 1929년에는 옐레나 세르게예브나 실룹스

카야를 알게 되어 1932년 세 번째로 결혼한다. 옐레나 세르게 예브나는 불가코프의 마지막 아내이며 『거장과 마르가리타』에 서 마르가리타의 모델이 되는 인물로도 알려져 있다.

1929년에서 1930년까지 불가코프는 반소비에트 작가라는 사상 문제로 인해 모든 작품의 출간과 상연을 금지당한다. 정 치적인 이유로 작가의 자존심에 상처를 입고 끝없는 비판과 음해에 시달렸을 뿐 아니라 경제적으로도 곤궁에 처한 불가 코프는 소비에트 당국에 편지를 써서 외국으로 이민을 허락해 주든지 아니면 모스크바 예술 극장에서 일하게 해 달라고 청 원한다. 이 편지에 대한 답변으로 스탈린은 불가코프에게 직접 전화를 걸어 모스크바 예술 극장에 일자리를 알아보라고 권했 다고 한다.

불가코프는 이러한 우여곡절 끝에 1930년부터 중앙 노동 청 년 극장에서 감독으로, 같은 해 모스크바 예술 극장에서 감독 조수로 일하게 되어 1936년까지 근무한다. 1932년 모스크바 예술 극장에서는 니콜라이 고골의 소설 『죽은 혼』을 불가코프 각색으로 무대에 올렸고, 같은 해 「트루빈 가족의 날들」이 모 스크바 예술 극장에서만 다시 상연을 허가받는다. 1936년에는 불가코프가 1929년에 완성한 희곡 『위선자들의 카발라』가 오 랜 기다림 끝에 상연된다. 그러나 이 작품에 대하여 "거짓되고 반동적이며 부적격하다."라고 한 비평이 공산당 중앙 기관지인 《프라브다》에 대대적으로 실린다.

이 일로 인하여 불가코프는 1936년 모스크바 예술 극장을 떠나 볼쇼이 극장에서 오페라 각색과 통번역 일을 하게 된다. 1939년에는 스탈린에 관한 희곡인 『바툼』을 완성하여 스탈린의 승인까지 받지만, 이후 어쩌된 일인지 상연과 출간을 모두 금지당한다. 이와 함께 불가코프는 고혈압성 신장병으로 인해 건강이 극도로 나빠진다. 와병 중에도 『거장과 마르가리타』의 최종본을 아내에게 구술한 것으로 알려져 있다. 불가코프는 1940년 3월 10일 사망하였다.

작품에 관하여

1. 출간

소설 『거장과 마르가리타』의 출간에 얽힌 이야기는 소설 자체만큼이나 복잡하고 흥미롭다. 불가코프는 1928년경부터 사망할 때까지 십 년이 넘는 기간 동안 『거장과 마르가리타』를 집필하고 퇴고하였으나 결국 이 작품은 작가 생전에 출판되지 못했다.

『거장과 마르가리타』가 출간된 것은 아내 옐레나 세르게예브나의 공이 크다. 옐레나 세르게예브나는 1945년 스탈린에게 편지를 보내 『거장과 마르가리타』의 출간을 허락해 줄 것을 간청했다. 그러나 이 편지는 그 당시에는 별다른 성과를 거두지 못했다. 십 년이 더 지난 1956년 무렵부터 불가코프의 중단편을 모은 작품집이 조금씩 발간되기 시작했고, 그의 문학적 유산을 기리기 위한 위원회가 설립되어 당대의 저명한 시인이자 작가인 콘스탄틴 시모노프가 위원장을 맡았다. 이 위원회, 정확히 말하자면 시모노프와 옐레나 세르게예브나의 노력으로 1962년부터 1965년 사이에 불가코프의 중단편과 희곡 들이 대거 출간되었다.

그러나 『거장과 마르가리타』의 출간은 여전히 요원했다. 이 작품을 읽은 시모노프는 이 작품이 불가코프의 필생의 역작이라는 점에서 옐레나 세르게예브나와 의견을 같이하고 어떻게든 세상에 빛을 보게 하기 위해 '평행 출간'이라는 일종의 작전을 기획했다. 예르샬라임 부분만 역사 소설로 독립시켜 잡지에 연재하고, 동시에 작품 전체를 다른 잡지에 연재한다는 것이었다. 이를 위해 시모노프는 예르샬라임 부분만 떼어 『본디오 빌라도』라는 제목의 중편소설로 편집하기도 했다. 그러나 '평행 출간' 작전은 결국 실패했고 『본디오 빌라도』는 출간되지 못했다.

『거장과 마르가리타』는 1967년이 되어서야 《모스크바》에 게재되었다. 그러나 이 버전은 검열된 판본으로, 원문의 약 12퍼센트가 삭제되었고 나머지는 심하게 변경되었다. 같은 해에 파리에서는 『거장과 마르가리타』 전문을 실은 비검열판이 출간되었다.

러시아에서 『거장과 마르가리타』의 전문이 검열 없이 정식으로 출간된 것은 1973년이다. 소비에트 말기에는 이 판본이 최종본으로 인정받았으나, 1989년에 4차 퇴고된 1938년도 원고를 기준으로 미하일 불가코프가 남긴 모든 원고를 수합, 편집하여 새로운 판본이 출간됨에 따라 이 1989년본이 최종 판본으로서 권위를 인정받고 있다.

2. 내용
『거장과 마르가리타』는 미하일 불가코프라는 작가의 대표

작일 뿐만 아니라 현대 러시아 문학에 길이 남을 걸작이다. 이 점에는 이론의 여지가 없다.

작가가 이 작품에서 가장 신경 쓴 부분은 '살아 있는 예수의 이미지를 문학적으로 구현하는 것'이었다고 한다. 공산혁명 이후 소비에트 정부는 공식적으로 무신론을 표방했으며, 이 때문에 10세기 말 동방 정교를 받아들인 이후 900년 이상이나 독실한 정교 국가였던 러시아의 문화 전체에 커다란 변화가 일어났다. 불가코프가 『거장과 마르가리타』를 구상하기 시작한 1928년은 혁명 이후 십 년간 소비에트 러시아 문화에서 종교라는 요소를 인위적으로 많이 지워 버린 시기였다.

이러한 시기에 '살아 있는 예수의 이미지'를 문학에 나타내려 한 것은 앞에서도 언급했듯이 불가코프가 오래된 성직자 가문의 후손이라는 데서 일차적인 이유를 찾을 수 있을 것이다. 그러나 이런 단편적인 개인적 배경 외에도, 종교성이나 신성의 문제 혹은 선과 악의 역학 관계라는 문제는 러시아에 정교가 들어온 이후로 모든 지식인들이 관심을 가졌던 철학적인 주제라는 사실을 기억해야 한다. 불가코프 자신도 19세기 말에 태어나 고대 러시아의 수도인 키예프에서 교육받은 정통 러시아 지식인으로서 이 주제에 관심을 갖지 않을 수 없었던 것이다.

특기할 점은 『거장과 마르가리타』에서 불가코프가 선과 악, 신성과 악마성이라는 추상적 개념들의 대립보다는 이 두 극단 사이에 있는 인간이라는 존재에 더 중점을 둔다는 사실이다. 제명(題名)에 인용한 『파우스트』의 구절에서도 알 수 있듯이 악마 볼란드의 존재는 소설 처음부터 신의 권위에 도전하는

성격을 보이지 않는다. 물론 그는 초인간적, 초자연적 존재이
며, 인간의 입장에서 보기에 끔찍한 짓을 저지르기도 한다. 그
러나 그는 여러 가지 소동을 일으키면서 그 과정에서 선과 악
을 바로잡아, 종국에는 모든 일을 순리대로 흘러가게 하고 선
을 위해 봉사하는 존재이다.

그리고 이러한 소동이 일어나는 과정에서 등장인물들의 인
간적인 나약함과 비겁함, 위선, 잔꾀, 모순, 약점 등이 가차 없
이 드러난다. 저널리스트로 일하면서 풍자적인 글을 많이 썼
던 불가코프의 날카로운 인간 관찰이 여실히 빛나는 부분이
다. 흑마술 공연 중에 공짜라는 말에 홀린 듯이 무대 위로 뛰
어들어 미친 듯이 옷과 신발을 낚아채는 욕심 많은 관객들, 공
산당 노선에 아첨하는 형편없는 글만 쓰면서도 작가 조합 회원
이라는 자격을 벼슬처럼 휘두르면서 거대한 저택을 차지하고
레스토랑에서 풍성한 식사를 즐기는 등 특권을 만끽하는 거
만한 마솔리트의 문인과 비평가들, 조카가 죽었는데도 애도의
마음은 단 한 점도 없고 오로지 그의 아파트를 차지하기 위해
잔꾀를 쓰는 포플랍스키를 예로 들 수 있다. 작품 안에서 거장
과 마르가리타를 제외하면 거의 모든 등장인물이 약점이나 비
밀을 하나씩은 가지고 있다. 그리고 이들의 약점과 비밀은 가
차 없이 폭로되고, 이 인물들은 상상할 수 없이 기발하고 우스
꽝스러운 방식으로 합당한 벌을 받게 된다.

이런 등장인물들이 체포당하거나 정신 병원으로 보내지는
결말이 한편으로는 시원하게 느껴질지 몰라도 다른 한편으로
는 여기에서 당시의 서글프고 어찌 보면 섬뜩하기까지 한 현실
을 엿볼 수 있다.

우선 설명이 필요한 것은 당시 소비에트 러시아가 대단히 폐쇄적이며 고도로 통제된 사회였다는 사실이다. 1장 제목인 '절대로 낯선 사람과 이야기하지 마시오'는 공산당에서 시민들에게 주입하던 선전 문구이며 당대의 사회 분위기를 단적으로 반영하는 문장이기도 하다. 당은 신원이 불분명한 사람과 외국인을 모두 서구 자본주의 사회의 스파이로 단정하고 소비에트 시민들에게 이런 사람을 발견하면 무조건 의심하고 신고하기를 권장했다. 그리고 본문에 나오는 대로 외국인이 소비에트 러시아를 방문하려면 용건이 무엇인지 확실하게 밝히는 초대장이 있어야 했고, 러시아에 도착하면 즉시 외국인 등록을 해야 했다.(초대장과 외국인 등록 제도는 아직까지도 시행되고 있다.) 머무르는 숙소나 가 보고 싶은 관광지를 마음대로 선택할 수도 없었고, 무조건 국영 관광 여행사에서 지정해 주는 호텔에 머무르고 허가된 장소만 방문해야 했다. 그렇지 않을 경우 스파이 행위를 했다는 혐의로 체포되었다.

자국민에 대한 통제 또한 만만치 않았다. 50호 아파트에 얽힌 이야기에도 나오듯이 사람들이 출근길이나 퇴근길, 혹은 일상적인 외출 중에 흔적도 없이 사라지는 일이 비일비재했다. 무슨 일이 되었든 조금이라도 수상쩍다는 의심을 받으면 곧바로 체포되었기 때문이다. 그리고 이 수상쩍은 정황 중에서 가장 확실한 증거는 바로 외화를 소지하는 것이었다. 외국 돈을 은행에 넘기지 않고 몰래 가지고 있다는 것은 외국에 소비에트 사회의 비밀을(그게 무슨 비밀이든지 간에) 팔아넘긴 대가로 간주했기 때문이다.

이렇게 체포된 사람들은 감옥이나 강제 수용소로 보내지는 경우가 많았으나 운이 좋으면 정신 병원으로 보내지기도 했다. 그리고 멀쩡한 사람을 감옥이나 정신 병원으로 보내기 위해서는 정식 절차를 거칠 필요도 없이 누군가 신고하거나 밀고하기만 하면 되었다. 사도바야 거리 302-2번지에 있는 문제의 아파트에서 사람들이 자꾸만 사라지는 것은 아파트에 함께 사는 이웃 중에 밀고자가 있다는 사실을 간접적으로 암시하는 것이다.(이 밀고자는 아마도 안누시카인 것 같다.)

그리고 아파트와 관련하여 또 한 가지 설명이 필요한 것은 소비에트 초기의 주택난이다. 소비에트 러시아의 공산주의 체제 하에서는 개인이 마음대로 집을 사거나 팔 수 없고 반드시 당에서 분양받아야 했다. 그런데 본래 어느 나라든지 수도는 주택난이 심각하게 마련이며, 더구나 혁명 직후 모스크바는 노동자들이 일자리를 찾아 몰려드는 상황이었다. 여기에 정부 당국의 무능력과 통제 경제 특유의 경직성이 더해져, 소비에트 시절 모스크바에서 국영 공동 아파트를 한 칸이라도 분양받으려면 십오 년에서 이십 년은 기다려야 했다. 살 곳을 찾지 못한 사람들은 안 그래도 좁은 아파트 안에 칸막이를 쳐서 방을 나누었고, 침대 하나만 들여놓아도 꽉 차는 작은 방에서 너댓 명 혹은 그 이상이 함께 사는 풍경이 연출되었다. 이런 공동 아파트는 아파트 안에 침실밖에 없고 욕실과 화장실, 공동 부엌이 한 층에 하나뿐이었으므로(그래서 '공동 아파트'다.) 사생활 보장은 상상도 할 수 없었고 생활이 불편한 수준을 넘어 일종의 수용소 같은 상황이었다.

이러한 와중에 법적으로 집을 사거나 팔 수는 없지만 증여하거나 상속받을 수는 있다는 사실을 악용한 사람들이 작품에 언급되는 '부동산 투기'를 하기도 했다. 방 한 칸이라도 자신의 이름으로 배정받아 가지고 있으면 거기에 칸막이를 쳐서 좁은 방 두 개로 나누고, 그중 한 칸을 더 좋은 위치에 있거나 더 넓은 다른 집과 맞바꾸는 등 창의적인 방법으로 불법 거래를 되풀이하면서 재산을 늘려 나간 것이다. 한편, 그렇게 칸막이를 쳐서 점점 좁게 나누어지는 방에 세든 사람들은 집주인의 배를 불리기 위해 점점 더 열악한 환경에서 살아야 했다.

이러한 현실에서, 공동 아파트에 살지 않고 독립된 주택을 소유하고 있다는 것은 굉장한 특권이었다. 거장이 모스크바 한복판에 있는 전통적인 번화가 아르바트 거리의 단독 주택에 방을 세냈다든가, 마르가리타가 2층 주택에 살았다는 사실을 강조하는 것도 이 때문이다. 거장과 마르가리타는 소비에트형 인간이 아닌, 전통적이며 다분히 이상화된 러시아 상류층 혹은 지식인층에 더 가까운 인물이라는 사실을 그들의 거주 환경이 암시해 주는 것이다. 우리나라에도 아파트와 단독 주택의 구분이 있기는 하지만 문화적 함의가 많이 다르다는 점을 유념할 필요가 있다.

이 시대에는 주택난뿐만 아니라 물자 부족도 큰 문제였다. 1918년 공산혁명과 1919년부터 1921년까지 이어진 내전 때문에 소위 전쟁 공산주의에 입각하여 모든 물자를 군수품 위주로 생산하면서 생필품과 소비재가 부족해졌고, 농촌에서 생산한 식자재가 도시로 전달되는 데 차질이 빚어지거나 혹은 기근이 들기도 했다. 이러한 난국을 타개하기 위해 레닌은 1921년에 신경제정책(NEP)을 시행하여 농촌에서의 소규모 시장 경제를 허용하면서 한시적으로 경제가 부흥하기도 했다. 그러나 1924년 레닌이 사망하고 정권을 잡은 스탈린은 중공업 위주의 정책을 펼쳤다. 이후 비누나 화장지, 양말, 치약 등의 소비재와 식료품은 만성적으로 부족해졌고, 이런 생필품을 구하기 위해 가게 앞에 사람들이 길게 줄을 선 모습은 지금까지도 공산주의 사회의 상징과도 같은 이미지로 남아 있다. 마솔리트 회원들이 레스토랑에서 신선한 고급 요리를 싼 값에 먹을 수 있다고 자랑하는 장면이나, 흑마술 공연에서 관객들이 미친 듯이 무대를 습격하여 옷과 신발, 가방을 가져가려는 모습에는 인간의 욕심이라는 보편적인 요소 외에 이처럼 우울한 사회적, 역사적 배경도 작용한 것이다.

『거장과 마르가리타』에서 불가코프는 환상적인 사건과 초자연적인 대소동을 재미있게 풀어 놓으면서도 이렇게 당대 소비에트 러시아의 현실을 대단히 충실하게 묘사했다. 일그러진 사회와 부조리한 제도, 그리고 그러한 환경에서 드러나는 인간의 온갖 모순과 위선, 나약함, 비겁함에 대한 날카롭고 풍자적인 묘사는 러시아인들의 마음을 뒤흔들었다. 그리하여 이 소설이 러시아에서 처음으로 출간되었던 1960년대에는 검열된 판본의 변경된 부분과 삭제된 부분을 보충하고 어느 부분이 변경 혹은 삭제되었는지 표시한 자가(自家) 출판 혹은 지하 출판본이 나돌았고, 독자들은 사도바야 거리 302-2번지 볼란드의 아파트에 찾아가 '볼란드, 우리는 당신을 원한다.' 혹은 '모스크바로 와 주시오, 볼란드.' 등의 낙서로 벽을 뒤덮기도 했다.

불가코프는 당대 모스크바와 소비에트 러시아의 모습뿐만 아니라 예수와 본디오 빌라도의 이야기도 역사적인 사실을 가능한 한 그대로 묘사하려 애썼다. 작가는 이를 위하여 예수의 생애에 대하여 폭넓게 연구했다. 당시 예루살렘의 도시 구조와 지형지물을 자세히 조사했으며, 예루살렘이나 예수 그리스도 같이 익숙한 지명과 인명 대신 '예르샬라임', '예슈아 하-노츠리' 등으로 표기하여 예수가 살아 있을 당시의 고대 히브리어와 아람어 발음을 반영하려고 노력했다. 번역에서도 원작자의 이러한 의도를 따랐음을 알려 두는 바이다.

예수 생존 당시의 역사적인 사실을 있는 그대로 묘사하면서도 작품 안에서 모스크바의 풍경과 본디오 빌라도가 헤롯 왕의 궁전 테라스에서 바라보는 예르샬라임의 모습은 교묘하게 겹친다. 모스크바 국립 대학 앞에 있는 '참새의 언덕'에서 내려다보면 숲과 모스크바 강(모스크바 한가운데를 흐르는 강 이름도 '모스크바 강'이다.) 너머로 도시의 지붕이 보이며, 그 옆으로 중앙 마상 경기장의 둥근 지붕이 보인다. 불가코프는 실제로 참새의 언덕에서 내려다본 전경을 본디오 빌라도가 바라보는 예르샬라임 전경의 묘사에 이용했다고 하며, 그리하여 작품 안에서 두 도시의 모습은 자연스럽게 겹쳐진다.

여기서 마상 경기장의 존재는 상당히 중요하다. 시내 중심가에 마상 경기장이 있다는 것은 모스크바와 예르샬라임이라는, 시대도 국가도 전혀 다른 두 도시를 이어 주는 요소가 된다. 뿐만 아니라 말 혹은 말을 타는 기수나 기사의 이미지 또한 작품 곳곳에 나타난다. 불가코프는 본디오 빌라도를 "황금 창의 기수"로 칭하는데, 작품 안에서 본디오 빌라도가 말을 타고 가는 장면이 나오지 않음에도 되풀이해서 그를 '기수(騎手)'라 지칭한다. 그리고 작품의 후반부에서 볼란드를 위시한 악마 일행은 거장과 마르가리타를 말에 태우고 가는데, 달빛 아래 말을 타고 가면서 수행원들은 모습이 변한다. 그리하여 어릿광대 같았던 코로비요프는 심각하고 진지한 기사의 모습을 되찾게 된다.

자동차가 일반화되기 전에 말은 일상적인 교통수단으로서 다분히 친숙한 동물이었다. 또한 30장에 등장하는 검은 말은 요한 계시록에 등장하는 기근과 죽음의 상징이기도 하다. 그러나 31장에 나타나듯이 악마와 그의 수행원들, 즉 초자연적인 존재가 달빛 아래 말을 타고 달리는 이미지는 무엇보다도 서양 문학에서 낭만주의의 시초가 된 괴테의 시 「마왕」(1782)과 연결된다.

덴마크 구전 설화에서 유래된 이 시는 깊은 밤에 아버지가 어린 아들을 데리고 말을 달려 숲속을 지나가는 것으로 시작한다. 어린 아들은 귓가에서 속삭이며 자기와 함께 가자고 유혹하는 마왕의 목소리를 듣고 겁에 질리지만, 아버지는 마왕처럼 초자연적인 존재는 상상 속에나 있는 것이라며 부정한다. 그러나 마왕은 실제로 존재하여, 숲을 빠져나왔을 때 아들은 차가운 시체가 되어 있었다.

달빛 아래 말을 달리는 정황과 함께 여기서 중요한 것은 초자연적인 존재를 믿느냐 믿지 않느냐 하는 것이다. 낭만주의 이전의 계몽주의 전통이 이성과 논리로 설명할 수 없는 존재를 믿지 않았다면, 낭만주의는 이성으로 설명할 수 없는 초자연적인 존재와 현상을 믿는 데서 시작한다. 그리고 이런 믿음은 일반 대중에게 알려지지 않고 논리적으로 설명할 수 없는 초월적인 신의 섭리에 대한 신앙으로 이어진다. 이러한 낭만주의적 믿음의 문제는 작품의 첫머리에서 예수 그리스도가 실제로 존재했는가, 혹은 신과 악마가 실제로 존재하는가라는 베를리오즈와 베즈돔니의 대화를 통해서도 제기된다. 그리고 볼란드는 작품 안에서 의심의 여지없이 신과 악마를 포함하여 초자연적이고 신비하며 추상적인 모든 것이 존재한다고 확언한다.

이처럼 초월적이고 신비한 존재, 그리고 선과 악 등의 추상적인 개념이 어째서 중요한 것인가? 그 답은 거장과 마르가리타에게서 찾을 수 있다. 이러한 존재를 믿고, 꿈꾸고, 그것이 상징하는 초월적인 가치를 추구할 때 매일같이 이어지는 구질구질한 일상 속으로 침몰하는 것을 막을 수 있다. 비겁함과 나약함, 욕심과 모순 등 결점뿐인 추레하고 보잘것없는 존재로 주저앉기를 스스로 거부하고, 자신이 올바르고 가치 있다고 믿는 일을 끝까지 지켜 내는 힘을 바로 이런 초월적이고 추상적인 가치에서 얻을 수 있는 것이다.

거장과 마르가리타에게는 그러한 가치가 예술과 문학, 즉 아름다움이며, 그들은 자신들이 믿는 가치를 지키기 위해 끝까지 힘겹게 노력했기 때문에 결국 영원한 평안이라는 보상을 얻는다. 본디오 빌라도에게 그 가치는 정의였으나, 정치적인 압박에 밀려 자신의 결정이 옳지 못하다는 것을 알면서도 비겁하고 나약하게 행동했기 때문에 벌로 이천 년 동안 잠들지 못하고 두통에 시달리며 괴로워한다.

그리고 이처럼 괴로워하는 빌라도를 구해 주는 것 또한 거장의 소설, 즉 문학이다. 이런 의미에서 『거장과 마르가리타』는 불가코프 자신이 작가로서 문학에 바치는 장대하고 복잡하며 아름다운 찬가로 볼 수 있다.

그런데 이런 관점에서 보면 예수도, 본디오 빌라도도, 악마 볼란드도, 종교나 신성 혹은 선과 악의 문제와는 직접적으로 상관이 없는 그저 소설의 등장인물이 되어 버린다. 그리고 사실 『거장과 마르가리타』에 나타난 예수나 본디오 빌라도, 유다 등의 인물은 성경이나 기독교적 관점에서 제시하는 해석과는 많이 다른 것이 사실이다.

이 때문에 최근에는 『거장과 마르가리타』를 포스트모더니즘의 관점에서 해석하려는 연구도 나타나고 있다. 즉, 위에서 말한 대로 예수나 본디오 빌라도, 사탄, 악마 등은 역사적인 사실 혹은 종교적, 문화적 함의라는 현실의 뿌리에서 분리된 하나의 이미지일 뿐이며, 작가는 그렇게 분리된 이미지를 빌어다가 작품 안에서 자기 나름대로 재창조하고 있다는 것이다. 그러므로 기존의 기독교적 관점 혹은 역사적, 사실적 관점에서 『거장과 마르가리타』를 해석하여 특정 등장인물이 특정한 가치를 상징하며 그러므로 작품의 주제는 무엇이다, 하고 한마디로 딱 떨어지는 설명을 도출하려는 시도는 그 자체로 오류라는 주장이다.

해석의 관점이 다양하다는 것은 그만큼 텍스트가 풍부하다는 방증이다. 『거장과 마르가리타』는 초자연적인 존재들이 등장하는 환상 소설로 읽어도 재미있고, 초기 소비에트 러시아 사회를 풍자하는 사회 비판 소설로 읽을 수도 있으며, 작가와 소설, 나아가 문학이라는 장르에 대한 메타텍스트로 볼 수도 있고, 앞에서 말한 대로 선과 악, 예수와 신의 존재에 의문을 제기하는 종교적인 소설로 읽을 수도 있다. 어느 쪽이든 해석은 독자의 몫이다. 분명한 것은, 이 모든 요소들을 모두 고려

할 때 『거장과 마르가리타』를 더욱 풍성하게 이해하고 즐길 수 있다는 사실이다.

3. 번역

『거장과 마르가리타』는 분량이 워낙 방대한 데다 한국의 실정과는 맞지 않는 표현이 자주 등장하여 역자와 편집자에게 상당한 고심거리를 안겨 주었다. 우선 '악마'라는 단어가 문제가 되었다. 러시아에서는 "악마나 잡아가라." "악마나 알겠지." 등의 표현이 흔하게 쓰인다. 일반적으로 이런 표현은 욕설에 해당하는데, 『거장과 마르가리타』에는 실제로 악마가 등장하기 때문에 함부로 의역할 수가 없었다. 그래서 한국어로 조금 부자연스럽게 느껴지더라도 굳이 '악마'를 넣어 직역하였다.

또한 배경이 초기 소비에트 러시아와 고대 예루살렘인 관계로 현대 한국의 사회문화적 실정과는 전혀 맞지 않는 사물이나 상황이 자주 등장한다. 예를 들어, 소련에서 간이 조리 기구로 많이 사용했던 프리무스 버너나 러시아 정교의 성화, 예루살렘 부분에서 등장하는 백인대, 십인대 등의 군부대 구분과 기마대가 모는 말의 종류나 속도를 이르는 단어 등은 21세기를 사는 한국 독자들에게는 낯설게 느껴질 수밖에 없다. 이런 부분은 독서의 흐름을 방해하지 않는 한도 내에서 최대한 직역하고 필요한 부분에는 각주를 첨부했다.

이러한 일반적인 번역의 어려움 외에도 『거장과 마르가리타』는 원문의 판본이 워낙 여러 가지라서 판본을 결정하는 것도 쉽지 않았다. 여기서는 2007년 상트페테르부르크의 아즈부카 출판사에서 간행한 판본을 사용하였다. 이 판본은 1938년도 원고를 기준으로 하면서 주석에 텍스트의 여러 이본(異本)까지 반영하여 매우 충실한 판본이라 여겨진다.

끝으로 『거장과 마르가리타』의 출판을 위해 애써 주신 민음사와, 특히 방대한 분량을 더할 나위 없이 꼼꼼하게 읽어 주신 편집자께 깊은 감사의 마음을 전한다.

2010년 8월
정보라

작가 연보

1891년   5월 3일 키예프에서 신학자의 7남매 중 맏아들로
        출생.

1909년   키예프 김나지움을 졸업하고 키예프 대학교 의과
        대학에 입학.

1913년   타티야나 라파와 첫 번째 결혼.

1914년   제1차 세계대전이 발발하자 학업을 중단하고 종군
        의사로 자원. 적십자를 통해 최전방으로 투입되어
        큰 부상을 입음. 만성적인 통증에 시달리다가 모르
        핀에 중독됨.

1916년   키예프 대학교 의과 대학 졸업.

1918년   키예프에서 비뇨기과 의사로 개업. 모르핀 중독에
        서 벗어남.

1919년   내전 발발과 함께 우크라이나 국민군에 징집되었으
        나 탈영. 이후 일설에 의하면 군의관으로 적군에 징

집되었다가 백군에 포로로 잡혔다고 하며, 다른 설에 의하면 거리 전투 중에 백군 쪽에 가담했다고 함. 어느 쪽이든 불가코프는 백군에서 복무했고, 카프카스(현 체첸) 지방에 있을 때 내전 종식. 카프카스에서 저널리스트로 일하면서 기사 모음집 『미래의 전망(Грядущие перспективы)』 출간.

1921년	모스크바로 이주하여 저널리스트로 일함.
1922년	기사 모음집 『소맷부리에 적은 메모(Записки на манжетах)』 출간.
1923년	소비에트 작가 조합 가입.
1924년	소설 『백위군(Белая гвардия)』 발표. 류보프 벨로제르스카야를 알게 됨.
1925년	벨로제르스카야와 두 번째 결혼. 소설 『운명의 달걀(Роковые яйца)』 발표. 「이집트의 어둠」, 「철의 목구멍」 등 단편 집필.('젊은 의사의 일기'라는 제목의 단편집으로 1963년 출간됨.) 희곡 『조야의 아파트(Зойкина квартира)』 집필.(러시아에서는 1982년 출간됨.) 소설 『개의 심장(Собачье сердце)』 집필.(러시아에서는 1987년 출간됨.)
1926년	진통제에 중독되었던 경험을 바탕으로 한 소설 『모르핀(Морфий)』 출간. 첫 희곡 『트루빈 가족의 날들(Дни Трубиных)』을 집필하여 모스크바 예술 극장에서 상연. 흥행은 성공적이었으나 '반소비에트 작가'라는 격렬한 비판에 직면.
1927년	희곡 『적자색의 섬』을 집필하여 상연.

1928년 아내 벨로제르스카야와 함께 카프카스 지역을 여
행. 『거장과 마르가리타』 구상. 희곡 『질주』 완성.

1929년 몰리에르를 소재로 한 희곡 『위선자들의 카발라
(Кабала святош)』 완성. 옐레나 세르게예브나 실롭
스카야를 알게 됨.

1930년 중앙 노동 청년 극장에서 감독으로, 동시에 모스크
바 예술 극장에서 감독 조수로 일함.

1932년 세 번째이자 마지막 아내가 된 옐레나 세르게예브
나와 결혼. 같은 해에 니콜라이 고골의 소설 『죽은
혼』을 각색하여 모스크바 예술 극장에서 상연. 모
스크바 예술 극장에서 「트루빈 가족의 날들」 상연
재허가.

1936년 「위선자들의 카발라」 첫 상연. 《프라브다》에 혹평이
실리면서 모스크바 예술 극장을 떠나 볼쇼이 극장
에서 오페라 각색가 겸 통번역가로 일하게 됨.

1939년 스탈린을 소재로 한 희곡 『바툼(Батум)』이 상연 금
지됨. 신장병 악화.

1940년 3월 10일 사망. 모스크바의 노보제비치예 묘지에
안장됨.

세계문학전집 **254**

거장과 마르가리타

1판 1쇄 펴냄 2010년 9월 10일
1판 17쇄 펴냄 2024년 4월 29일

지은이 미하일 불가코프
옮긴이 정보라
발행인 박근섭, 박상준
펴낸곳 (주)민음사

출판등록 1966. 5. 19. (제 16-490호)
서울특별시 강남구 도산대로1길 62(신사동) 강남출판문화센터 5층 (우편번호 06027)
대표전화 02-515-2000 팩시밀리 02-515-2007
www.minumsa.com

© 정보라, 2010. Printed in Seoul, Korea

ISBN 978-89-374-6254-2 04800
ISBN 978-89-374-6000-5 (세트)

세계문학전집 목록

세계문학전집은 계속 간행됩니다.